I0749277

Faëster

2. Les chevaliers des royaumes de sang

De la même autrice :

Faëster (fantasy)

1. Les assassins du royaume pourpre
2. Les chevaliers des royaumes de sang

Démé-Ter – Les trois couronnes (fantasy)

1. Le Corbeau Blanc
2. Le roi affranchi
3. Les voix du Thanatos

Victor's Rock (fantasy)

1. L'héritage des Helldog
2. Le crépuscule de la rose
3. Les larmes des Valmar
4. Les fleurs des ténèbres
5. Le prince du Faubourg
6. L'aube des dragons

De si cruelles magies (fantasy)

Le domaine des cygnes noirs (romantique fantastique)

1. Hôtel Miracle
2. Le bois des anges
3. Le manoir aux papillons
4. La maison des cygnes

Vintage Kiss (romance contemporaine)

1. N'arrête jamais de parler
2. Libre de t'aimer encore
3. Ces ombres qui peignent ton cœur

LES CHEVALIERS
DES ROYAUMES
DE SANG
FAËSTËR

Ceci est une œuvre de fiction. Les noms, les personnages, certains lieux et les faits décrits ne sont que le produit de l'imagination de l'auteur, ou sont utilisés de façon fictive. Toute ressemblance avec des personnes ayant réellement existé, vivantes ou décédées, des établissements commerciaux, des événements ou des lieux ne serait que le fruit d'une coïncidence.

Dépôt légal : janvier 2026

ISBN : 9782493252432

Carte et illustrations : Geoff Ink

Couverture : Anaïs Bonaventure

Correction et relecture : Dani Arthacky Corrections

Jocolleen.com

Marais de lave d'Edstar
Fortvaillant
N
O
E
S
PROVIDENCE
Mer Douce
Corélysée
Rocheprince
Pourprebrume
CONCORDIA
Splendore
Saceraster
Forthoule
Fortbrise
Édélice
Boisrouge
Abondance
Fortfer

Résumé des *Assassins du royaume pourpre*

Par Georgia

Quand ma sœur, Orféa, est venue me voir pour me demander de l'aider, je n'ai pas su dire non. Je n'ai d'ailleurs pas vraiment su assurer avec elle ces dernières années. La mort récente de Morengo, notre bienfaiteur, me pousse à tenter de resserrer les liens avec elle, quitte à faire sortir un assassin de prison, Alimar, cet Aster déjà rencontré dans l'un de mes rêves !

Le Maestro sanglant est capable d'achever quelqu'un en quelques notes. Il est enfermé dans la chapelle de l'opéra après avoir éliminé les soutiens du maître chanteur qui lui a pourri la vie.

Morengo avait plus de mauvais côtés que de bons…

Je ne le découvre qu'en apprenant à connaître Alimar, en même temps que mon pouvoir de me balader dans l'inconscient des gens. Nous œuvrions sans le savoir pour le même commanditaire : le Chevalier Cador. Si pour ma part je réalisais juste des extra dans mon travail de souffleuse, Alimar, lui, n'avait pas d'autre choix que d'assassiner des griffons. Parmi les membres de cette légendaire expédition envoyée sur le Continent Interdit se trouvait mon père, Andrey Lamare, ancien garde royal, déclaré mort. Maxwell, l'actuel gouverneur de Corélysée, dirigeait cette troupe au milieu de la malédiction. Sans s'en douter, les griffons ont rapporté ce mal chez nous et l'ont propagé à travers l'arbre du Service qui pompe le sang des appelés.

Problème, une fois l'évasion réussie avec le soutien de mes principaux patrons et amis, Thomin et Mercurio, la coupable du meurtre de mon parrain est compromise par le Souffle de la victime. Orféa est arrêtée par le Cador et Maxwell, après une représentation catastrophique à l'Opéra Royal. Alimar et moi devons fuir afin de ne pas subir le même sort. Il me réalise alors une promesse qui scelle nos deux destins brisés : *« Toi et moi. Peu importe les moyens. »* Mes patrons nous sauvent les fesses in extremis.

Toujours avoir parmi ses potes un Aster capable de prendre l'apparence de n'importe qui !

Voilà les deux souffleurs embarqués avec nous dans une partie de cache-cache avec le Cador à travers tout Providence.

En planque au Palais Pinotte, l'une des jolies demeures de famille d'Alimar, Mercurio fait une proposition déroutante au maestro : les aider à mettre fin au Service avec sa magie.

Alimar refuse d'ébranler la Maison Céleste, même s'il est en froid avec son meilleur ami : le prince. Rien que ça…

C'est d'ailleurs Uräne que nous allons solliciter afin qu'il intervienne en faveur d'Orféa. L'objectif est de réclamer un véritable procès pour qu'il mette en lumière les agissements de Morengo et de comprendre le geste de ma sœur afin de lui éviter un jugement trop arbitraire de la part du roi.

Nous abandonnons mes patrons qui filent un mauvais coton. Au cours d'un bal masqué, je déniche le prince à côté du bol de cacahuètes. Logique…

Je réussis difficilement à lui soutirer un peu de confiance, mais la découverte de sa fiancée et d'Alimar en pleins ébats nous fauche tous les deux. La vérité explose auprès de Son Altesse. Bérénice est une ancienne cliente de Morengo qui s'offrait les faveurs de cet élève du surintendant de la Musique royale. Elle lui tend un énième piège. Le passé du maestro dans la prostitution et la soumission le rattrape d'une façon aussi tordue qu'ignoble.

Nous prenons, encore, la fuite. Mon complice m'embrasse juste avant ma propre arrestation par la garde princière. On me conduit auprès d'Uräne qui cherche à percer le secret des grossesses de sa mère depuis qu'il est enfant, en même temps que le mystère de sa disparition. Avant de sauter par la fenêtre, Bérénice nous traite, Son Altesse et moi, de bâtards d'Edstar. Sympa…

Pour finir, la garde royale m'embarque, direction la prison avec Orféa. La décision du chevalier met en boule Uräne.

Entre-temps, Alimar se fait aussi choper par le Cador. Mais ces deux-là s'allient en douce pour négocier nos peines en échange de livrer les rebelles aux autorités. L'air de rien, le maestro retourne auprès du second Aster pour soi-disant se joindre à son plan.

Le procès au cours duquel Orféa et moi sommes jugées par le roi Grïffon, via la bouche du Cador, dérape quand Uräne accourt à notre secours. Il vient d'apprendre qu'il est notre demi-frère grâce à saint Gédéone.

Orféa et moi sommes les filles de notre reine disparue Lÿs, une fae ! Personne ne sait où elle se trouve, sauf Bérénice et Mercurio, princesse Mizar et Alioth de leurs vrais noms faes ! Avec le capitaine de la garde princière, ils s'étaient infiltrés parmi nous.

Le plan de Bérénice était simple : devenir reine pour offrir une terre d'exil à son peuple opprimé par la malédiction envoyée par notre étoile, Mater Astër, lors de l'Astralis pour mettre fin à la guerre entre les humains et les faes. Cette étoile sanglante a ainsi condamné toute une population et a enfermé notre royaume derrière la barrière de vents, maintenue en place par la présence permanente de Grïffon dans son palais.

Même le roi est en prison dans cette histoire !

Au passage, j'apprends que Bérénice a assassiné ma mère à cause de la bague qu'elle portait sur elle. Le bijou contenait la magie de ma sœur. Quand Orféa l'a découvert sur Morengo des années plus tard, elle a exigé qu'il lui rende, mais n'a pas su maîtriser cet afflux de pouvoir. Dans un accès de colère, elle a dit à Morengo de sauter par la fenêtre. Il en est mort.

Orféa est emmenée au Service permanent entre les racines du cinarbre originel. Comme prévu, Alimar trahit rebelles et faes. Bérénice décide d'achever elle-même l'arbre qui répand la malédiction parmi notre peuple. Son but : éviter à tout prix que les terres qu'elle convoite soient aussi souillées par le mal et affaiblir les frontières entre nos deux royaumes. Son geste condamne Orféa à mort. Elle choisit de ne pas la sauver et d'honorer un pacte réalisé auprès de son père : tuer les bâtards d'Edstar.

Uräne essaie de secourir notre sœur avec l'aide d'une prêtresse rencontrée dans le Temple, Valentina. En se battant contre son ex-fiancée, il plante la lame d'un cimeterre magique dans les racines et détruit lui-même l'arbre sans le vouloir. Orféa décède au milieu du cinarbre devenu du cristal, comme la majorité des appelés…

Parmi les soutiens des faes, Thomin et Céréza, l'augure de la Maison Céleste, sont arrêtés.

Le prince réussit à avoir Mercurio d'une balle dans le ventre. Désespéré par la perte de son grand amour, Thomin cherche à assassiner

Uräne. Alimar sauve *son* ami en retournant l'invention de *mon* ami, un piège mortel à Souffle, contre lui.

Après mon père, ma mère, mon parrain, c'est au tour d'Orféa, de Thomin et de Mercurio de me quitter.

Mon monde s'effondre une fois de trop.

Les ombres m'engloutissent loin de tout, même d'Alimar, dont j'ignore le sort aux côtés du roi et du Cador…

Prologue

Georgia

J'erre dans un désert de sable scintillant.

Mes paupières se plissent sous une forte luminosité rouge. Mon pouls s'accélère au milieu de la poussière soulevée par mes orteils. Ils s'enfoncent dans la dune de cristal blanc au sol de la pyramide du Temple. Il n'y a rien d'autre que cette étendue à perte de vue.

Un froid remonte le long de mes mollets. L'odeur sucrée des feuilles de cinarbre se répand autour de moi.

Le serpent d'étoile laisse l'empreinte de ses traînées devant moi. Il m'offre une nouvelle échappatoire, loin du monde qui s'effondre en m'engloutissant avec lui. Rester avec cette entité me permet de fuir ma douleur, le présent, la réalité que même les cigares ne parviennent plus à adoucir.

Peut-on adoucir la perte de nos proches ?

Je secoue la tête et suis mon guide sous des bannières, elles aussi blanches. Elles arborent des noms, ou plutôt des mots incompréhensibles, dans des listes sans fin. Le son d'un violon mélancolique donne le ton.

Je m'enfonce dans ce songe étrange.

Rentrer dans l'esprit d'Alimar endormi se révèle souvent d'une telle simplicité que mon intrusion ressemble à une seconde nature. À croire que son instrument fétiche m'en octroie la clé.

Cette mélodie me faisait supposer que je renouvelais sans le vouloir cette expérience.

Je commence à en douter.

Où suis-je ?

J'ai l'impression qu'il s'agit de sa musique. J'arrive à reconnaître sa signature à travers quelques notes. Aveuglée par la lumière de plus en plus sanguine, je bute contre quelque chose.

Ma respiration se bloque sur un haut-le-cœur.

Mon pied recule de la veilleuse semblable à celle qui indiquait l'emplacement des cocons. Je la contourne et relâche l'air contenu dans mes poumons face à un visage sans traits distinctifs, enfermé sous une cage de racines en cristal. Son corps s'enfonce dans ce sable issu de la destruction du cinarbre originel.

Je m'éloigne dans un geste brusque, mais me heurte à un deuxième, puis encore à un autre.

Mon nez se relève sur un horizon de lanternes éteintes.

Ma respiration s'affole lorsque je repère Alimar, assis en tailleur, les paupières closes, au milieu de ces anonymes. Ses notes accompagnent des noms confus, comme leurs images, énumérés par une voix de poste de radio bourrée de bruits parasites.

Mon cœur se serre. Je parviens à avancer vers lui, malgré l'horreur qui me cerne. Au milieu de ce nouveau cauchemar, je ressens la tristesse qu'il déverse sur son instrument.

Je ne sais pas quoi lui dire.

Nous ne nous sommes pas parlé depuis plusieurs mois.

Je veux juste…

Je ne sais pas. Le réconforter ?

Impossible, lorsqu'on se trouve en incapacité de le faire pour soi-même.

Mon hoquet de surprise lui dévoile ma présence. La mienne, et non celle de ma copie étendue à ses pieds dans un cocon de cristal.

Mon irruption fait grincer la mèche sur les cordes. Une grimace de sa part souligne son faux pas musical. Pourtant, l'émerveillement chasse vite la frustration de son erreur.

— Georgia !

La chaleur dans sa voix entraîne mon pouls dans une course contre la douleur. J'agonise une nouvelle fois lorsqu'à côté de mon double macabre, je découvre celui d'Orféa.

— Ne les observe pas !

Alimar m'en conjure, mortifié de me trouver au milieu de ses souvenirs morbides.

C'en est trop !

Je ne supporte pas de me voir dans cet état et encore moins ma sœur. Je secoue la tête frénétiquement pour me tirer de ce cauchemar. Mes souffrances me forcent à reculer. Je fuis Alimar. Encore.

— Reste, cette fois !

Sa supplique m'étonne. Nos regards se croisent.

D'habitude, il me laisse m'échapper sans rien dire.

— Je te promets de tout faire disparaître.

Le maestro en chemise lâche se relève. Archet dans une main, violon dans l'autre, il agite ses bras comme pour gommer le paysage. Sa tentative vaine souligne juste son impuissance. Rien ne pourra effacer ce que nous avons vécu cette nuit-là, au sein du Temple.

Je ferme les yeux et recule, encore. Je dois partir !

— Georgia !

— Arrête avec tes promesses !

Je claque la porte de ce rêve avec ce cri du cœur. Alimar s'évapore derrière moi. Mon pouls s'affole de naviguer ainsi entre mes blessures et celles que je provoque. Je ressens le mal que je lui inflige à souhaiter conserver mes distances, à avoir besoin de temps pour guérir…

À ce que je découvre ce soir, lui aussi en a besoin.

Comme chaque fois, la culpabilité se mêle au chagrin.

Comme chaque fois, je préfère poursuivre mon chemin, tant que je parviens à m'en tracer un, même si c'est dans le néant.

J'ai perdu de vue le serpent.

Sans me retourner, je cours tout droit dans une sorte d'entre-deux, entre conscience et inconscience, dépourvu de lumière. Je pensais me trouver dans le noir total. Or, une vague d'obscurité me surprend. Elle déferle autour de moi et m'étreint d'un courant d'air froid.

Cette ombre m'arrête net.

Effrayée, j'aperçois la queue du reptile. Lui aussi fuit cette menace.

J'ai intérêt à en faire de même. Je détale, lorsqu'une pluie de pétales de roses me retient. Leur parfum remplace celui du cinarbre. L'une des serres du Palais Bönté suspendues au sommet du gratte-ciel se modèle autour de moi.

Je me sens d'un coup mieux. En sécurité.

— Ton serpent m'a tiré de mon lit.

Uräne sort de sa chambre et s'avance parmi les fleurs. Des remous sous ses draps attirent mon attention. Je tends le cou pour retrouver le reptile, mais le prince, torse nu et vêtu d'un simple pantalon décontracté, essaie de faire barrage à ma curiosité.

Il ne s'agit pas du Souffle de l'animal.

Du moins, je l'espère…

— Ce n'est pas *mon* serpent. Je n'ai aucun contrôle sur lui.

— J'ai remarqué, grommelle-t-il en se recoiffant avec ses doigts.

— Pardon, je me suis égarée. Je ne voulais pas t'interrompre…

Mon sourire canaille cache pourtant davantage. Je m'en veux d'avoir fait irruption en plein milieu de son intimité, une récurrence depuis des semaines.

Le cheval ailé nommé Bönté se contracte en même temps que les muscles de son pectoral tatoué. Au lieu de me reprocher d'avoir cassé son coup onirique, il saisit mon bras avec tendresse. Le prince m'éloigne sans me brusquer de sa chambre et des draps qui remuent derrière lui.

Elles sont combien là-dessous ?

— Ne t'excuse jamais de venir me trouver si tu t'égares, m'assure Uräne. Je t'aiderai toujours à retrouver le chemin de la réalité.

Il pousse la grille d'un escalier en colimaçon. Nous descendons au niveau inférieur de la serre, celui de mes appartements au palais. Je me laisse porter par sa bienveillance.

Ce n'est pas la première fois qu'il m'assied sur ce transat, au milieu des roses, dos à la verrière qui donne sur mon propre lit. Depuis quatre mois, il ouvre la fenêtre de la serre face à moi pour que je puisse contempler les étoiles et entendre les bruits urbains de la capitale.

Il me recrée un espace où je me sens bien – du moins, moins mal – et entre même dans ma chambre afin d'allumer ma lampe de chevet.

Uräne revient à moi. Il se penche en prenant appui sur les accoudoirs en rotin.

— Je veille sur toi. Si tu as besoin de moi, tu sais où me trouver.

Le serpent glisse entre les pieds de rosiers et les parterres de lys odorants. Uräne détourne son inquiétude de lui, pour m'adresser quelques derniers mots :

— Réveille-toi, petite sœur.

Chapitre 1

Alimar

La flamme de la Grâce éclaire la flaque de sang à mes pieds.

J'exècre cette arme…

À genoux à côté de ma victime, j'observe le trou légué par la balle dans son gilet de smoking. Sa chemise blanche se tache de ce pourpre coutumier. L'agonie de cet homme aux tempes grisonnantes, à la peau noire et au charisme certain s'achève lorsque ses yeux se révulsent face à leur propre reflet sur mon masque de fer, celui du Cador.

Agir en solo me laisse quelques instants de répit afin de m'assurer d'une chose…

Je range mon flingue d'opérette, plaqué de figures d'allégories argentées, dans son étui à ma ceinture. Avec délicatesse et prudence, mes mains gantées du cuir du chevalier déboutonnent son costume. La qualité des tissus et les gemmes des boutons de manchettes me font supposer que je viens d'assassiner un aristocrate ou un riche notable.

Linus Picdor…

Ce nom ne me dit rien.

Je me penche sur son corps pour vérifier l'absence de tatouage sur sa nuque. Il n'était pas un Aster. En revanche, les écailles sur son torse me confirment qu'il a bien été touché par la malédiction.

Un de plus.

La boule au ventre, je me relève en bordure du Champ-de-Grâce. Le feu éternel qui se consume sous l'étoile pourpre, accrochée à l'énorme arc de miséricorde, me confère un peu de visibilité au milieu des ombres de cette ruelle. Le long du mur du prieuré de ce quartier résidentiel huppé, je glisse mon index sur une roulette discrète au coin du regard neutre de mon masque. Des verres rouges s'abaissent, preuve que le roi surveillait la fille illégitime de son épouse en la recrutant et non par réelle nécessité d'avoir des souffleurs dans son équipe d'assassins. Il aime se débrouiller par lui-même, lorsque la tâche lui est possible. Or, tuer l'un de ses sujets lui coûterait sa propre vie.

Dans mon costume de doublure, je repère le Souffle parsemé d'étoiles, teinté par la couleur de mes verres et tire d'une poche dissimulée dans ma cape, un petit piège à Souffle doté de trois ampoules rouges. Un flash suffit à capturer cette lumière sur une pellicule spéciale.

Je m'attarde encore un instant pour mémoriser ce visage, comme je le fais avec chacune de mes victimes.

Qui étiez-vous, monsieur Picdor ?

Un bruit de pas en provenance du jardin du Champ-de-Grâce me fait relever le nez. Mon alter ego ne prendrait pas le risque de se montrer. Je redoute de tomber sur un flâneur nocturne à la sortie de l'un des quelques restaurants chics de cette colline de Corélysée chargée d'histoire. On dit que c'est ici, en place du feu qui éclaire l'étoile pourpre, que Mater Astër aurait répondu aux prières du prince fae Arïes et lui aurait accordé son royaume en même temps que la paix.

Légende ou pas, je scrute les bosquets et les fontaines aménagées au centre du long défilé qui traverse le quartier. La succession d'arcs commémoratifs est couverte de végétation, à l'instar des anciens gradins qui encadrent à présent ce parc résidentiel et sacré de pelouses.

Pendant que les bruits de pas se rapprochent, je relève le filtre pour me redonner un minimum de visibilité sous le fin voile qui obscurcit mon regard et qui me confère un certain handicap. À la différence de Grïffon, je ne possède pas de petites flammes au fond des yeux…

Je déteste ce costume !

Je range ce précieux Souffle de vie dans ma cape et recule pour me fondre parmi les ombres, sans perdre le visuel sur le Champ-de-Grâce. Une prêtresse aux yeux bandés de dentelle noire passe devant mon crime sans le remarquer. Elle doit dépendre du prieuré chargé de l'entretien de cette flamme.

Elle a sûrement la tête dans les étoiles.

Ma distraction ne m'amuse qu'un temps. La lueur d'une lame s'abat sur moi. Je balance mon bras en arrière. Ma cape claque contre une silhouette massive et la rend aveugle. Mon genou en profite pour s'encastrer dans un ventre rebondi. Un grondement étouffé par ma lourde étoffe accompagne la chute d'une dague, puis d'un prêtre, lui aussi aux yeux bandés.

Pourquoi diantre un serviteur du Culte essaie-t-il de me tuer ?

Mes réflexions se meurent dans le son précipité de sandales qui referment ce guet-apens.

Couteau serré entre ses doigts, la prêtresse se rue sur moi pendant que son collègue se relève avec son arme. Mon pistolet ressort de son étui. La crosse percute les dents du prêtre avant qu'une détonation n'achève sa consœur. Il n'a pas le temps de riposter. Son crâne rejoint ce carnage.

Mon propre cœur menace d'exploser.

Ma main tremble après coup d'une chute brutale d'adrénaline.

Lentement, je me retourne sur les deux autres corps éclairés par la flamme de la Grâce. Supprimer ce Linùs était un ordre du roi. Un mal nécessaire, selon lui. J'émets quelques réserves à ce sujet. Mais je soupçonne Grïffon d'en savoir davantage qu'il ne m'en révèle.

Et que dire de serviteurs du Culte qui ont tenté de m'achever derrière le prieuré qui entretient ce lieu sacré ?

Notre monde ne tourne plus rond…

Des lumières s'allument aux fenêtres des immeubles cossus. Sur mes gardes, j'abaisse à nouveau le filtre et récupère les Souffles de mes deux agresseurs. Mieux que des aveux, ils parleront à leur place.

Les deux flashs rouges indiquent ma position. Je recule dans la ruelle, mon attention portée sur chaque bruit, chaque mouvement, chaque croisement que je traverse pour regagner mon point de rendez-vous.

Mon pouls peine à se calmer, même lorsque je parviens à rejoindre la limousine noire sans autre encombre. Le véhicule m'attend, phares et moteur éteints, au bout du défilé du quartier de la Grâce. Ce dernier offre une vue dégagée sur la capitale en contrebas ainsi que sur la ceinture de vents lumineux qui percent la nuit et les flots au loin.

Après la taxe pour devenir Aster, voici un parfait exemple des inégalités de notre société. Plus vous avez d'argent et plus vous pouvez prétendre à vivre parmi les étoiles.

La voiture s'ouvre à mon approche. Un dernier coup d'œil en arrière m'assure que je n'ai pas été suivi. Mes agresseurs n'étaient que deux.

Je saute sur la banquette et claque la portière.

— Roulez, ordonne le gouverneur Maxwell.

Nous disparaissons du paysage sans attendre, tout comme le chauffeur derrière la vitre opaque que remonte le passager. Installé en face de moi, il me détaille comme le vilain aspic de la bande.

Une habitude chez lui.

À moins que ce soit son propre reflet sur mon visage qui le dégoûte.

Comme je le comprends. À sa place, je ne me supporterais pas moi-même. Il ne fait pas tant de manières lorsque la version originale, l'homme en costume de soirée assis à côté de moi, endosse la même armure de cuir sombre et de fer.

— Pourquoi trois coups de feu ? me questionne notre bon souverain sous ses larges lunettes de soleil. Linus est-il mort ?

— Qui est cet homme ?

Mon absence de réponse l'étonne.

Pour un roi censé vivre enfermé dans son palais, il se paye le luxe d'une promenade nocturne en limousine en compagnie de son gouverneur et de son assassin préféré. D'ordinaire, il me laisse agir en solitaire. Il m'envoie son chauffeur qui me conduit là où ma mission et ma prochaine victime m'attendent.

— Pourquoi suis-je sous escorte ce soir ?

Je précise, puisque mon évidence ne semble pas sienne…

— Linus est un membre important de l'aristocratie.

— Mais pas un Aster…

— Les Asters ne sont pas les seuls à posséder du pouvoir. La magie ne fait pas tout, me cherche Maxwell.

Je pince le bout de mes doigts pour les ôter de mes gants et libérer ainsi la possibilité d'utiliser mon don accordé par Mater Astër. Ce cuir en recouvre la source. Sans tenir directement un objet capable de propager le son, je me retrouve avec une unique pièce d'opérette pour arme. Ce minimum d'ascendant sur moi arrange Grïffon, bien qu'il ne risque rien. Uräne et lui se révèlent hermétiques aux magies extérieures.

Chose que mon ami s'est toujours gardé de m'avouer…

Non, Maxwell n'est pas un Aster. Il a beau me brandir la carte de la politique, ma musique reste la plus fatale. Mes doigts me démangent en ce moment. Il n'a pas intérêt à trop me chercher.

— Répondez, Chevalier ! m'ordonne le monarque.

Ciel, ce qu'il peut être rabat-joie !

— Linus Picdor est bien mort.

Je lui passe le piège qu'il ne tardera pas à me réclamer. Ses longs cheveux au châtain doré glissent sur l'épaule de sa veste.

— Mais un prêtre et une prêtresse m'ont tendu une embuscade avec une dague et un couteau.

— Et vous ne le dites que maintenant ? s'emporte Maxwell.

— Personne d'autre ne m'a suivi. Je me suis débarrassé d'eux et j'ai récolté leur Souffle.

D'un geste vague, empreint de mes craintes, je désigne l'appareil qu'observe le roi. Sous son front plissé, il donne l'impression de tenter de lire ces témoignages.

Ma révélation l'ébranle. Sa peau s'illumine. Il en perd le contrôle et nous éblouit, juste le temps pour nous de nous y habituer. D'ordinaire, il sait se maîtriser. Ses réflexions l'entraînent trop loin. Je ne suis pas sûr qu'il entende le gouverneur me traiter d'irresponsable.

Maxwell et moi, une longue histoire d'aversion réciproque.

— Vous auriez dû le dire dès que vous êtes monté en voiture. Le roi se trouvait sans doute en danger.

— Oh, il l'était ! C'est certain ! Le Cador a failli y passer ce soir. Je vous remercie de vous inquiéter pour ma personne, d'ailleurs.

— Votre rôle est de prendre les risques à sa place.

— Mon rôle est de stopper la propagation de la malédiction.

Puisqu'il ne peut pas voir mes yeux, je penche la tête dans une exagération afin de lui faire comprendre que mon intérêt se porte sur les écailles dissimulées sous sa manche de costume.

— Oups ! Dommage pour vous, Gouverneur. Je ne peux pas vous promettre que votre mort se fera sans douleur.

Je croise mes doigts enfin libres afin de les faire craquer devant moi, histoire de les préparer à une vengeance qui me démange.

— Ne jouez pas à ce jeu avec moi, Alimar. Je peux vous faire coffrer pour ces meurtres.

— Allez-y ! Enfermez-moi encore une fois dans la chapelle de mon propre opéra.

Je suis le Cador. Je suis intouchable.

Presque…

Deux simples lames ont failli avoir raison de moi.

Je ne sais pas ce que notre souverain attend avant de me donner l'ordre de l'abattre, comme les dizaines de personnes que j'ai dû éliminer depuis cinq mois pour son compte, sous notre persona commun.

Pourquoi cette clémence ? Ce risque ?

En quelques notes, je réglerais le cas du gouverneur. J'ai toujours mon harmonica sur moi…

Mais pas ce soir. J'ai eu mon compte de bains de sang.

— Ce n'est peut-être pas moi que nous devrions enfermer dans cette chapelle.

— Ne parlez pas de ce que vous ignorez, me répond-il tout aussi dangereux.

— Vous avez raison, Maestro, l'interrompt mon voisin.

Ah, que j'aime entendre cette approbation de notre chef !

Par-dessus tout, que j'adore voir Maxwell se décomposer face à l'avenir qui lui pend au nez.

— Vous n'y pensez pas, Votre Majesté ? s'inquiète le gouverneur.

Mon sourire cruel, comme le caractérise Mère, fait sa grande apparition, même si personne ne peut l'apercevoir. Je jubile de savoir Maxwell reclus dans le lieu où lui et son copain Morengo m'ont emprisonné, plus de cinq ans auparavant.

— Nos bonnes intentions conditionnent notre bonne destinée, affirmait ma chère gouvernante. Le retour de bâton ne s'abattra pas sans douleur sur vous.

Je le souligne en croisant les bras, satisfait, pendant que nous nous engouffrons dans le transurbain. Les lumières du tunnel accentuent son teint blafard sous ses boucles blondes plaquées sur son crâne.

— Je peux vous y traîner dès que nous arriverons à l'opéra. Personne n'en saura rien. Prenez garde au vin, il tourne vite sous la chaleur du vitrail.

— Vous avez raison, Maestro. Ce n'est pas vous que nous devrions enfermer dans cette chapelle, répète le ton neutre du roi. Mais le cas de Maxwell ne vous concerne en rien.

— Oh, j'avais pourtant cru que ces cas maudits me concernaient en premier lieu.

— Vous oubliez votre mission première, Chevalier.

Je n'aime pas lorsqu'il appuie ses requêtes de ce titre qui n'est autre que le fruit d'un chantage.

Je me suis fait flouer ! Le pacte comprenait mon retour en tant que surintendant et chef d'orchestre. À l'inverse de moi, notre bon souverain avait anticipé ce désastre. Il m'a fait miroiter ma plus grande ambition, sachant qu'elle ne se réaliserait pas. Aucune des représentations que je dirige ne trouve son public. Dès que mon nom s'accole à l'une d'elles, aucun billet ne se vend. Personne ne désire se retrouver dans la salle de spectacle du Maestro sanglant. Même mes musiciens ont peur de moi.

Oh, Grïffon a tenu parole ! Dans les faits, j'ai le droit de jouer ma musique, entre les murs de mon opéra, si j'assassine les personnes qu'il me désigne.

J'aurais aussi dû le voir venir…

Nous voilà donc revenus à *sa* plus grande aspiration, celle dont je pensais que quelques mois de réflexion avaient fini par le faire changer d'avis.

Encore une fois, je me trompais lourdement.

Ramener notre reine à Providence passe encore, bien que je ne sache pas comment m'y prendre. Mais éliminer le roi fae…

Comment dire ? Je ne le sens pas.

Maxwell s'est figé dans son sursis. Entendre Grïffon me nommer chevalier me place au-dessus de lui dans la hiérarchie. Il a du mal à l'encaisser depuis que son supérieur l'a mis au parfum. Il devait lui expliquer pourquoi le Cador pouvait être aperçu à l'autre bout du royaume alors que notre souverain dînait en sa compagnie, au palais.

Une piqûre de rappel salutaire.

Je bombe le torse. « Un peu d'élégance », soulignerait Père.

— Que faire pour satisfaire ma mission première ?

Je le demande à mon commanditaire. Grïffon soulève ses lunettes sur son inquiétude. Les petites flammes vacillent dans l'or de ses iris, comme derrière des vitraux.

— Vous trouver un guide.

— Merveilleux ! Je ne pars pas seul ?

Mon étonnement est sincère.

Jamais il ne m'a parlé d'un complice.

— Ne vous réjouissez pas trop vite. Et nous allons devoir éclaircir cette attaque préoccupante avant votre départ. L'étude des Souffles nous en révélera davantage.

Je donnerais cher pour savoir où le roi entrepose ces pellicules et comment il les consulte sans l'aide du Scriptorium.

— Puis-je vous suggérer de ne pas traîner pour envoyer quelqu'un nettoyer ce carnage ? Le sommeil du bon peuple de cette banlieue a été malmené.

— Des officiers sont sur place, s'impatiente Maxwell.

Il n'apprécie pas que je lui apprenne son travail.

Nous débouchons dans le quartier princier des divertissements. Nous remontons les cinémas et les théâtres. La large paire de lunettes de soleil revient le dissimuler à la vie nocturne de Corélysée en même temps qu'elles cachent les veines noires autour de ses yeux. Nous dépassons le Palais Bönté dans un silence pesant.

La limousine s'arrête dans la ruelle sombre, sous la coursive qui relie l'opéra au conservatoire. Les réflexes de l'ancien général de la garde reprennent le dessus. Maxwell scrute les environs pendant que je renfile mes gants. Je ne dois pas me servir de ma magie. Elle me rend facilement identifiable. Le Cador demeure un mystère, un pantin dont le roi active les ficelles. Je n'attends pas un bonsoir de la part de mes acolytes de cette nuit. Sans objection de ma vigie, j'ouvre la portière.

La main royale retient son bras droit : le mien.

— Vous êtes en danger, Chevalier. Restez prudent.

— Prudence est mon deuxième nom.

— Salazar Pinotte n'aurait jamais donné un tel nom à son fils. Il aurait été fort mal choisi.

— Je vous l'accorde. Audace et Impertinence auraient été plus à propos. Vous soucieriez-vous de moi ?

— Je me soucie de mon peuple.

— Disons que j'en fais partie. Ce point me rassure. Savez-vous pourquoi le Culte a attaqué le Cador ?

— Je n'ai que des soupçons. Pour l'heure, concentrez-vous sur votre guide. Dès demain, vous vous rendrez à Fortfer.

Oh, non…

Pas encore une prison !

Chapitre 2

Georgia

— Ça va encore durer longtemps, madame la guichetière ? Je n'ai pas toute ma soirée. Il y en a qui travaillent de nuit.

Derrière ma machine à écrire, je lève les yeux sur B.Ben, avachi sur mon comptoir du bureau des dépôts. Cet idiot arrogant me détaille, dans un sourire sournois, son menton posé au creux de sa main.

— J'accélérerai le mouvement quand tu cesseras de baver sur ton chapeau.

Son sifflement provocateur attire l'attention de ma responsable. Sa face de crapaud analyse le souffleur-emmerdeur que nous connaissons tous, comme chacun de ceux qui patientent dans l'attente que leur numéro s'affiche dans ce petit hall. Me rencontrer de l'autre côté de la frontière, assise à un tabouret au lieu de courir après les Souffles, amuse beaucoup mes anciens concurrents.

— Je n'ai pas envie de louper le dernier tramway, me pousse Vectra d'un ton monocorde.

Cette crâneuse frappe le récépissé d'un second souffleur sans regarder les touches.

— Oui, bon, je tape à la vitesse que je peux ! La machine à écrire n'a jamais été mon truc. J'ai foiré tous mes examens de l'école d'Administration. Y compris pour mettre au propre les lettres illisibles de mes potentiels supérieurs.

Mon constat coule vers la concernée. Elle ne prend pas la mouche sous son chignon rose grisé, serré à s'en retendre les rides. Vectra est trop désabusée par son travail pour ça.

Bon sang, que je la comprends…

Mon chariot tinte et revient à l'autre bout de la feuille. Je tourne la molette pour inscrire en bas du récépissé le montant forfaitaire qu'empoche B.Ben pour avoir rapporté le Souffle d'un simple sujet décédé dans un accident de la circulation.

— Tu es une perle, chérie, ironise ma responsable sous ce surnom qu'elle me colle depuis que nous nous connaissons. Celui qui t'a pistonnée ne sert pas l'intérêt du pays.

Ma frappe bloque les tampons et enraye la machine pendant qu'elle fait exploser sa bulle de gomme à mâcher. Ma maladresse lui donne raison, par-dessus le marché !

Contrairement aux apparences, nous nous apprécions, plutôt en salle de pause que dans le feu de l'action.

Je serre les dents sur une série de jurons alors que j'essaie de décoincer cet engin sans m'étaler de l'encre partout. Depuis quelques semaines, mes chemises noires me sauvent la mise. De plus, je ne peux pas contredire Vectra sur un point : j'ai été pistonnée.

— Qu'as-tu fichu pour te retrouver ici, ma belle ? me saoule B.Ben. On dit que tu as disparu des radars pendant plusieurs mois. Les débutantes font rarement long feu. Faut avoir les nerfs solides et ne pas avoir peur de se casser un ongle.

Son rire gras me met en rogne. Au lieu de l'envoyer promener, je fais preuve de professionnalisme, comme l'a exigé Vectra maintes fois. Je fouille dans le fond de caisse sous mon bureau et en sors les billets de sa prime.

— J'étais trop bonne sur le terrain, mon moche. Je vous faisais trop d'ombre.

Ma réplique le vexe. Il se redresse en gonflant son torse sous son long manteau.

— Comment tu m'as appelé ?

— Vingt cardinaux et un ticket-repas.

Je le coupe et pose la liasse devant son nez.

— D'habitude, c'est deux tickets.

— Le tarif pour le Souffle correspond à une grille. Les bonus restent à la libre appréciation de la guichetière, en fonction du mérite et du comportement du souffleur. Histoire qu'ils ne se montrent pas trop cons…

— C’est quoi ce bordel ?

Il se tourne vers ma responsable. Vectra ricane, un sourire en coin sous ses iris mauve. Même son client s’accoude au comptoir pour me contempler remettre la sale tronche de B.Ben à sa place.

— Enfin une qui lit le règlement !

Je détecte presque une pointe de fierté au milieu des rides de Vectra. Solidarité féminine.

— La prochaine fois, réfléchis-y avant de t’occuper d’autre chose que de tes miches. Prends ton argent et tire-toi !

Manque de bol pour lui, je ne suis pas d’humeur en ce moment. J’en ai ma claque de ce travail, d’encaisser ce genre de comportement toute la journée et de devoir me justifier. B.Ben n’est pas le premier. Je sature…

Il n’a pas compris le message.

Au lieu de laisser la place, il s’appuie sur le comptoir et insiste.

— Tant mieux que tu ne sois plus dans la course, me lâche-t-il sans gêne. Reste derrière ton bureau, ma belle. Trouve-toi un mari qui te fera des marmots. Deux souffleurs en moins, c’est bon pour les affaires. Étant donné la fin du Service, nous autres allons devenir riches.

Mon effarement va plus vite que ma colère. J’étais sur le point de lui coller mon poing jusqu’à ce qu’il évoque Thomin. Même la gomme à mâcher de Vectra menace de dégringoler du coin de sa bouche.

Le ticket-repas de B.Ben se fait subitement la malle. Des doigts surgis de derrière son dos le lui volent. Il s’apprête à gueuler – sa spécialité –, mais tombe nez à nez avec une petite femme plus âgée que lui, aux rondeurs engoncées dans ses bretelles. Les lunettes rouges de la souffleuse dardent cet imbécile depuis la coupe en brosse rousse où elles sont perchées. Il devient soudain muet.

— Je pense que Georgia voudra récupérer ce bonus, déclare Dusty. Je ne crois pas que ta connerie le *mérite.*

— Hé ! Il est à moi !

— Les riches n’ont pas besoin de tickets-repas, B.Ben. Fous le camp d’ici ou je te traîne en personne sur le trottoir.

— Tu me voles ma prime, Dusty !

Courroucé, il cherche les regards de ma responsable et des autres hommes.

Plus personne ne bronche, pendu à la force de caractère de leur collègue que tous respectent. Même B.Ben…

— Tu l'as perdue lorsque tu l'as ouvert à propos de Thomin. Nous avons beau tous être en concurrence, tu oublies notre code d'honneur. On se soutient entre nous. La société nous enfonce déjà assez sans que le grand B.Ben décide de s'ériger roi des souffleurs.

Des ricanements se moquent de lui dans le hall. La tête du fautif disparaît petit à petit entre les pans remontés de son col.

— Et toi, tu t'attaques à un mort ! poursuit-elle, sans pitié. Tu mérites même que je te reprenne ton piège. Estime-toi heureux qu'on ne le fasse pas ce soir, devant tout le monde.

Elle désigne ses collègues. Seule une intervention collégiale et informelle pourrait excommunier un souffleur. Il n'existe aucune loi, juste une façon de faire : si tu trahis le milieu, tu dégages, sans autre procès que celui de tes pairs. Devenus paria dans toutes les strates de la société, les exclus plongent dans un cauchemar sans fin. Jusqu'à ce que tout s'arrête…

La menace de Dusty n'a rien d'anodin.

B.Ben presse la poche intérieure de son long manteau pour éviter qu'elle lui arrache son outil de travail. Ma poitrine se serre d'être moi-même sans piège. Je le plains presque…

— Ça ne compte pas ! se défend-il. Georgia n'est plus l'une des nôtres.

Plusieurs souffleurs se lèvent de leur siège, prêts à l'expulser du bureau des dépôts. Celui au comptoir de Vectra se redresse et fait craquer ses doigts sous ses gants en cuir.

Ils adorent se tirer dans les pattes et entretenir cette concurrence, mais toucher à l'un d'eux revient à s'en prendre à toute la communauté. Même si je suppose que l'offense à la mémoire de Thomin constitue davantage le déclencheur de cet élan de solidarité que de m'avoir rabaissée. Un sentiment de fierté m'envahit.

Même si j'aurais aimé lui clouer le bec moi-même…

Je navigue en pleine déprime. Il y a des jours avec et des jours sans. Parfois, il suffit d'un mot pour que je me plombe à nouveau le moral.

— Détale d'ici, B.Ben, lui ordonne Dusty d'un ton froid et autoritaire. Avant de ne plus pouvoir t'asseoir.

Il lève les mains pour montrer qu'il capitule. Dans le sale regard qu'il me jette, il tourne les talons avant de terminer sous les poings de ses collègues.

— Et ne t'adresse plus jamais à Georgia de cette manière ! ponctue Dusty lorsqu'il franchit les portes du vingtième étage du gratte-ciel.

Ma responsable reprend son mâchement de gomme. Comme si rien ne venait de se passer, son ton monocorde revient au souffleur qu'elle servait. Elle lui donne ses billets, mais ajoute quatre tickets-repas.

Je respire pour me calmer. Les doigts tremblants de cette confrontation, j'appuie sur le bouton à côté de ma machine. Le cliquetis mécanique tourne un nouveau chiffre dans le hall.

— C'est à moi, se réjouit Dusty !

Elle balance son numéro dans la poubelle à ses pieds, sans me le montrer. Elle se croit discrète lorsqu'elle lance un signe dans son dos afin que le véritable suivant se rassoie docilement.

Personne n'ose la contredire.

Sans un mot, la souffleuse me tend la boîte noire et ronde de la pellicule. Je l'insère dans l'une des capsules situées entre le bureau de Vectra et le mien. Trois lumières s'allument pour valider la présence de trois Souffles à l'intérieur. Je la glisse dans le tube pneumatique. Elle rejoint les réserves qui seront acheminées au Scriptorium à la fin de la journée.

J'en reviens à Dusty. Elle croise les bras sur le comptoir et m'observe d'une attention qui me met mal à l'aise.

— Noms, prénoms et statuts des Souffles.

Mince… Je commence à prendre la même attitude blasée que ma responsable.

— Aucun, je les ai trouvés dans un squat entre Montlilas et Portemimosa. Trois overdoses de Météore.

Je lève le nez sur sa sincère désolation pour ces personnes. Le poids dans mon estomac s'alourdit. L'envie de fumer me colle à la langue tant ces quelques mots me retournent.

J'inspire et tape, à mon rythme, le récépissé de dépôt. Ma lenteur d'escargot laisse le temps à Dusty de me cuisiner.

— Que fiches-tu ici, ma belle ?

Elle le murmure afin de conserver cette conversation entre nous, mais mon doigt frappe à côté, sur la mauvaise lettre. Un soupir m'échappe en même temps que mes cernes se creusent.

Le ton de Dusty diffère de celui vicieux de B.Ben. Elle y met de la douceur dans l'espoir de me faire parler. Elle s'inquiète pour moi.

— Je n'ai plus de piège à Souffle et il faut bien payer les factures.

Concentrée sur ma tâche, je ne relève pas le nez vers elle. Je ne tiens pas à lui expliquer dans quel état se trouve le mien : explosé au milieu du bureau de Thomin.

Lorsque j'ai quitté le Palais Bönté, il y a plus d'un mois, Uräne m'a surprise en me rendant mon appareil photo. Il m'a assuré qu'Alimar souhaitait que je le récupère.

Je n'ai pas compris leur intention. Me forcer à repartir avec l'arme qui a fauché Thomin n'avait aucun sens ! Aucun d'entre eux ne voulait me faire du mal. Il paraissait important pour Uräne que je le prenne. Alors, je l'ai fait…

À peine rentrée chez moi, je l'ai balancé aux oubliettes sous le coup de la colère. Je l'ai entendu se fracasser contre l'un des meubles. Ce bruit a apaisé mes nerfs, autant que le claquement de la porte, fermée pour toujours.

Mais, sans piège, la souffleuse s'est retrouvée au chômage.

— Pourquoi ne te sers-tu pas de celui de Thomin ? m'interroge Dusty.

Mes doigts se crispent sur la roulette qui remonte la feuille. Personne dans la communauté ne sait réellement pourquoi Thomin et Mercurio sont morts.

Mieux vaut qu'ils l'ignorent.

Je me détourne de la grille tarifaire et du calcul de sa prime. Sa compassion me dérange. Elle me voit me renfermer, mais insiste.

— Tu es faite pour le terrain, Georgia. Tu as plus de tripes que la moitié de ces gars.

Elle désigne ses collègues dans son dos, pendant qu'un suivant se présente au guichet de Vectra. L'air de rien, ma responsable nous écoute.

— Tu t'es occupée de l'hémorragie sur les chiottes du Mirador alors que personne ne voulait y foutre les pieds !

— Une belle idiote. Je me coltinais les cas les plus problématiques juste pour prouver que j'en étais capable.

— Tu es courageuse, rectifie-t-elle.

Ma moue lui fait comprendre que je ne la crois pas.

— Oh, si, Georgia. Davantage que tu le penses.

— Je ne veux pas toucher au piège de Thomin, OK ?

Je suis brusque, mais j'en ai ras la casquette qu'on me dise ce que je devrais faire ou pas.

Oui, j'aimerais plus que tout retourner sur le terrain.

Non, je ne m'approprierai pas celui de Thomin. J'ai déjà eu du mal à ouvrir la porte du bureau dans notre immeuble. Alors, pénétrer chez lui pour aller fouiller dans ses affaires se révèle au-dessus de mes forces.

Et ce sentiment d'impuissance me ronge.

— Je comprends, m'accorde Dusty, pendant que je tape la somme de sa prime.

Une misère pour des anonymes sans statut. Je sors les billets et les compte sous son nez. J'ajoute cinq tickets-repas pour avoir débarrassé le plancher de B.Ben.

— Non, non, prends-les, refuse-t-elle.

Elle pousse ces précieux bouts de papier qui permettent à bon nombre de sujets d'acheter à manger. Ils commencent à devenir rares depuis que le Service n'existe plus et prennent de la valeur. Nous avons tous peur que le roi les supprime pour de bon, maintenant qu'il est impossible de « servir » le royaume.

Son geste me touche en même temps qu'il me met mal à l'aise.

Ma galère se devine-t-elle ?

J'ai prétendu aller mieux auprès de mon frère pour revenir chez moi. Une fois mes larmes séchées, ce lieu avait le don de me rappeler que je ne connaissais rien de cette nouvelle branche familiale qui s'ajoutait à mes racines. Je ne pouvais plus imposer ma joyeuse compagnie à Uräne. J'en avais assez de contempler l'inquiétude de l'homme qui s'échinait à prendre soin de moi, avant même de lui. Je lui ai demandé du temps pour reprendre mes marques. Tel Bönté, il a respecté ce souhait.

Au fond de moi, je le regrette…

Je ne le vois plus autant et cette absence me pèse.

J'ai aussi refusé son argent, celui des impôts…

Selon lui : « Une princesse ne travaille pas pour gagner sa vie. Elle sert son royaume d'une autre manière. »

Je ne suis pas une princesse !

Il aimerait que je le sois, nuance. Ma situation se résume à être la progéniture illégitime de la reine Lÿs. C'est tout. Je n'ai pas à prétendre à une rente ou à des faveurs. J'ai également repoussé le garde qu'il a essayé de me coller sur le dos. Je m'en suis toujours tirée seule et, encore une fois, il n'y a rien à protéger.

Pour finir, Uräne a cru me faire plaisir en m'obtenant ce poste dans ce bâtiment gouvernemental. Je le soupçonne d'avoir demandé à Maxwell cette faveur. Le bureau du gouverneur se situe quelques étages plus haut. Je ne peux pas lui en vouloir. Je ne sais plus moi-même ce qui me fait plaisir.

— J'apprécie ton geste, assuré-je à Dusty. Mais le règlement m'interdit de les accepter.

Vectra coule une moue satisfaite dans ma direction, avant d'en revenir à sa machine à écrire. Elle rémunère son souffleur, pendant que ma cliente empoche sa prime dans sa veste en tweed.

— Passe à l'Arum noir un de ces soirs. J'ai sans doute un vieux piège qui traîne pour toi.

— Tu n'es pas obligée ! Je… je vais réussir à m'en payer un.

— Je le sais. Ma proposition est purement égoïste. Moins B.Ben aura de pognon et plus je serai heureuse. Surveille ta boîte aux lettres, j'ai du courrier à te déposer.

Elle tapote sa poche. Je me tourne vers ma responsable qui sifflote et porte une attention accrue à son vernis violet, après en avoir terminé avec le type. Elle fait semblant de ne rien avoir entendu. Vectra doit se dire que, plus vite je me tirerai d'ici, plus vite les bureaux redeviendront calmes. Elle n'a pas tort…

Mon sourire de gratitude n'ose pas renoncer à ce cadeau. Mon salaire me suffit à vivre sans trop d'extra, mais mon voisin de palier ne cracherait pas sur ce bonus.

— Tu as intérêt à te pointer à l'Arum noir, me prévient-elle.

Son ton retrouve la sévérité que nous lui connaissons tous. Son clin d'œil étire mes lèvres en même temps que la gomme à mâcher de Vectra claque sur le bruit mécanique d'un nouveau numéro.

Chapitre 3

Georgia

Les sons de la capitale m'apaisent. Assise sur la plateforme de l'escalier de secours de mon immeuble à Montlilas, je tire sur l'arôme suave de mon cigare en observant les étoiles au-dessus des lumières urbaines. Ni les miaulements du chat dans la poubelle de l'impasse ni les ronflements du vieux Jony qui dort la fenêtre ouverte n'arrivent à taire mes pensées, comme bien des nuits avant la fraîcheur de celle-ci.

Je relis encore une fois le papier reçu de Valentina, déposé chaque matin dans ma boîte aux lettres depuis que je suis rentrée chez moi, alors qu'ils accompagnaient mes petits déjeuners au Palais Bönté. Je ne l'ai ramassé que ce soir, avec les cinq tickets-repas de Dusty.

« Horoscope personnel de Georgia Lamare, n° 104, année 822 après l'Astralis. Augure de la Maison Céleste.

Amour

La passion est mère de frustration. Le véritable amour rougit sous les braises, attisé par la brise de la patience.

Fortune

Vous avez plus de valeur que vous ne le pensez.

Souffle

Le serpent se mord la queue. Le grand air vous ferait du bien. »

Je souris à ces phrases dont, souvent, je ne comprends pas la signification. La dernière me hante.

« Le serpent se mord la queue. »

Valentina m'a attribué cette constellation pour lire mon avenir, celle tatouée sur mon annulaire droit. Bien que je ne sois pas membre de la Maison Céleste, l'augure de cette famille s'en fait un devoir.

Je ne lui ai rien demandé, mais si elle y tient…

Je ne vais pas froisser le cosmos ! C'est déjà assez le bordel dans mon existence.

Uräne en a eu assez de voir débarquer le reptile au milieu de ses nuits. Selon lui et saint Gédéone, je descends d'un Faëster, ces chevaliers choisis par l'étoile, ceux qui accompagnaient notre tout premier souverain dans sa tâche de création d'un royaume providentiel où faes et humains vivraient en paix. Mon pouvoir découlerait de ce Pygma, surnommé le « liseur de Souffle » ou le « serpent onirique ». Le Faëster se baladait dans l'inconscience des gens et parvenait à modifier les rêves, ce dont j'ai hérité. Mon frère m'a mis en garde contre ce procédé. Il peut rendre fou l'hôte que je dérange.

Le prince tient à sa lucidité…

Il a surtout jugé bon de m'en informer à cause du Cador qui se doute de mes capacités. Je suppose que le roi se trouve déjà au courant.

J'ai encore du mal à me faire à cette filiation abstraite.

Pourtant…

L'horoscope termine sur la grille. La main qui porte mon cigare tourne la bague en forme de serpent qui, justement, se mord la queue, sous le tatouage. Elle m'a été offerte à mes dix-huit ans par celle que je considère comme ma véritable mère, la femme qui m'a élevée : Soraya Lamare.

Elle connaissait mes liens paternels avec Pygma. Je ne vois que cette explication. Elle me parlait parfois de la constellation du serpent en affirmant que je possédais un peu d'elle en moi. Je la prenais pour une plaisanterie, comme quand elle disait qu'Orféa avait dû avaler un rossignol pour hériter d'une si belle voix.

Je l'entends encore chanter au milieu de nos souvenirs. Ma poitrine se creuse d'un gouffre qui ne pourra jamais être comblé, comme chacun de ceux laissés par la disparition de mes proches…

J'inspire une bouffée de feuilles de cinarbre et continue de m'enliser dans mes réflexions.

Oui, je tourne en rond dans ce silence quotidien, malgré mon travail. Passé minuit, j'ai besoin de ressentir la ville vibrer autour de moi. Cet immeuble sonne vide, à l'exception des quelques chantonnements discrets de mon nouveau voisin de palier.

Après quelques semaines ici, la réalité devient de plus en plus évidente. J'ai du mal à me sentir à nouveau chez moi sans Thomin et Mercurio. À la douleur de leur trahison et de leur chantage s'en ajoutent d'autres que le temps peine à pardonner.

Eux sont morts, mais mon amitié détruite pour Thomin perdure. Un peu comme un vase brisé en mille morceaux qu'on ne peut pas recoller, mais qui reste toujours sous nos yeux.

Tout comme mes sentiments pour l'homme qui l'a tué…

La boule au ventre, j'écrase mon mégot contre le métal de la plateforme des escaliers. Ces produits de luxe valent dorénavant des sommes mirobolantes au marché noir. Plus aucun dérivé de cinarbre n'est autorisé à la consommation ou à l'exploitation dans le royaume.

Je comprends cette mesure de précaution, même si elle m'emmerde.

J'ai besoin de mes doses pour avancer, bien que je les aie réduites. Il vaut mieux fumer ces feuilles plutôt que de courir après la Météore et terminer dans l'oubli dans un squat sordide de Montlilas.

J'enjambe la fenêtre et la referme sur un calme qui me colle le bourdon. Je traverse mon salon où sont encadrées mes photographies en noir et blanc au mur, puis descends la cage d'escalier recouverte des jolies peintures de mon nouveau voisin. Il a tenu à embellir l'immeuble un peu défraîchi pour me remercier de ce qu'il qualifie de générosité.

Je trouve mon geste normal, mais il faut croire qu'il l'a marqué.

Le résultat est époustouflant !

Les tons dorés et bruns se mélangent en une fresque qui m'escorte jusqu'au rez-de-chaussée. Une forêt animée donne l'impression que cet immeuble revit. À l'exception de ces couleurs qui confèrent la sensation d'habiter dans un palais, elle reflète un réalisme saisissant. Les détails d'un plumage de colibri me captivent, au même titre que les nervures des feuilles d'une liane.

À vrai dire, j'évite surtout de regarder les portes du logement de mes anciens patrons.

Arrivée en bas, je m'assieds sur la première marche de l'escalier, sous un bout de la composition inachevée. L'artiste a avancé aujourd'hui. Des étoiles ponctuent désormais la cime des arbres.

Mes chiens me sautent dessus. Ils me détournent du talent du peintre et me couvrent de léchouilles. Mes amours cherchent à me réconforter, à me dire qu'eux sont toujours là, à me faire tenir mes promesses : celles prononcées à moi-même à travers l'anneau gravé à leur nom porté à mon index, comme celles souhaitées par ma sœur.

« Ne sombre pas, Georgia. »

« Sois heureuse. »

Mon cœur s'alourdit encore à la pensée d'Orféa. Je sers Urane entre mes bras. J'effectue un parallèle que je devrais pourtant éviter. Mon frère me réconfortait d'une étreinte chaque fois qu'il me trouvait en pleurs sur l'un des transats en osier, au milieu des belles fleurs de sa roseraie.

Une chanson chantée par Orféa se mêle à cette étreinte, comme pour elle aussi me consoler. Le nez dans le poil de mon chien, je fredonne cette berceuse que notre mère nous a apprise, celle que j'ai jouée à Alimar. Les souvenirs de mon enfance se mélangent à cette musique entendue pendant que je m'endormais au cours de mon ultime Service. Pourtant, au lieu de mépriser cet air, je me dis que le maestro a malgré lui offert un joli adieu à la cantatrice à travers cette mélodie qui nous tranquillisait chaque soir.

Une larme m'échappe, certaine qu'Orféa chante toujours parmi les étoiles. L'une d'elles devrait porter son nom.

« Ne sombre pas, Georgia. »

La douceur de cette mélodie se mélange à celle de ces mots. Orféa continue de vivre en moi. Je dois avancer, afin qu'elle y résonne toujours.

Ce que je pensais accomplir à travers cet emploi. Il a beau me nourrir au sens le plus strict du terme, il ne m'épanouit pas.

Je dois à Orféa d'y remédier.

Je *me* le dois.

Je relâche mon chien et me lève de ma marche en occultant aussi le bureau verrouillé. Dans l'espoir de me changer les idées, je pousse la porte de mon laboratoire. Le moment est venu pour moi de m'infliger un bon coup de pied au cul !

J'ignore combien de temps nous pourrons encore squatter ici.

Qui hérite de cet immeuble ?

Thomin n'a pas de descendance, pas que je sache. Je doute qu'il m'ait couchée sur un hypothétique testament. Le connaissant, il doit être rédigé sur un couvercle de boîte de pizza.

Un sourire nostalgique m'échappe tandis que mon espace s'allume en rouge. Je devrais lui en vouloir après tout ce qui s'est passé. Je l'ai détesté pendant des mois.

Je n'y parviens plus…

Dans mon refuge, il me reste quelques pellicules à développer, celles mises de côté pour plus tard. Le temps est venu de me racheter un appareil photo et de renouer avec cette Georgia que j'avais appris à apprécier avant que mon monde s'effondre. Encore une fois.

Ça aussi, c'est terminé ! Je ne laisserai plus personne me démolir. J'en ai marre de subir la vie, comme si un camion me roulait dessus, encore et encore. Merde, à la fin !

J'inspire un grand coup, gonfle ma poitrine d'une nouvelle détermination.

Voilà ce que j'aime : la photo !

Autant que marcher à travers la capitale à la recherche de Souffles. Dusty et Vectra ont raison. Je n'ai pas ma place derrière un guichet. J'ai besoin de bouger, d'aller à la rencontre des gens, de m'exprimer à travers des images capturées de cette ville que j'apprécie tant.

J'en ai besoin pour revivre.

J'ajoute à cette liste la promesse de faire payer Bérénice pour l'ensemble de ses crimes, en particulier pour avoir laissé mourir ma sœur et avoir achevé notre mère. Sans compter le mal qu'elle a infligé à Alimar !

Je rumine ma rancœur et élabore des projets de vengeance en fouillant dans mes étagères, au-dessus des bacs à la recherche des produits de préparation. Mon imagination part loin…

Si je la retrouve, elle passera son dernier quart d'heure.

Cette meurtrière rejoint mes recherches actives lorsque mon attention dérive sur deux tirages oubliés au coin de la paillasse. Mes doigts se crispent sur la bouteille dénichée au milieu des petites ampoules rouges.

Je relâche tout l'air qui soutenait ma nouvelle résolution. Le visage masqué d'Alimar, sur ces clichés pris à notre rencontre, alourdit mon cœur. Je dépose la solution à côté du bac et saisis son gros plan. L'ensemble de mes souvenirs avec lui rejaillit en un coup de poing porté à l'estomac. Mes sentiments me font mal.

J'ai beau me raisonner, me dire qu'il a arraché le Souffle de Thomin pour sauver Uräne, son ami, mon frère, notre futur roi. Rien n'y fait. Je ne revois que ce flash vert qui l'assassine en même temps que notre relation à peine entamée. J'ai cependant la sensation d'avoir vécu une vie entière à ses côtés.

Non, mais quelle idiote !

Je mets de côté ce bloc de mon passé. Je n'avancerai pas tant que je ressasserai ce meurtre, ces amitiés et cet amour envolés.

La nouvelle Georgia est en marche ! Fini les conneries, la déprime et la solitude. Je pense à moi et à ma vengeance.

Maman, Orféa, je vous promets que justice sera faite.

Je prends à nouveau une profonde inspiration pour attiser mon courage et ouvre le robinet de ma paillasse dans le but de verser de l'eau dans l'un de mes bacs. Soudain, mes molosses aboient.

Des motos qui pétaradent ?

Ou d'autres chiens qui passent dans la rue ?

Ils dorment dans le hall maintenant que le bureau reste verrouillé. Leur rôle dissuasif me rassure au milieu du silence. En tendant l'oreille, j'entends des coups résonner par-dessus leur raffut, puis la voix d'un homme. Oh, bon sang !

J'abandonne le laboratoire et cours dans le couloir avant que mes chéris ne croquent le visiteur qu'accueille Poe sans méfiance. Mon voisin a le contact facile et a vu plus de crasses au cours de son existence que n'importe qui. Plus rien ne lui fait peur. Enfin, c'est ce que je m'imagine quand je croise son visage fatigué par ces années à vivre dans la rue sous sa tignasse ébouriffée blond cendré.

Je m'apprête à choper les deux colliers, mais mes molosses font déjà la fête à mon frère. Mon sourire revient aussitôt.

En revanche, mon nouveau locataire s'est statufié devant son prince.

Ah, bah… si. Uräne peut lui faire peur.

Chapitre 4

Georgia

— Merci, Poe, je gère.

Il ne bouge pas de l'entrée.

Mon frère détaille de la tête aux pieds l'homme en caleçon et au maillot de corps enfilé à la va-vite. Il m'adresse une œillade aussi paternaliste que bourrée de préjugés.

Non, mais oh !

Je lui reproche de vivre entouré de femmes dans son palais, moi ?

Qu'il ne fasse pas le coup du « ce ne sont que mes domestiques ». Je me souviens de Lucineda et de cette foutue chanson d'opéra.

Avant qu'un nouveau coup de spleen ravive la voix d'Orféa ou celle d'Alimar, je claque des doigts devant les yeux vairons et surpris de mon voisin de palier.

— Ça va, Poe. Remets-toi. Son Altesse va devenir mal à l'aise.

Uräne grimace. Il m'a défendu à plusieurs reprises de le nommer de cette manière dans l'intimité. À moins qu'il ne saisisse ma chamaillerie derrière ce titre. Il faut réussir à jongler entre sa vie privée et sa vie publique. Un calvaire à compartimenter de mon côté.

— Je m'en charge.

Je pose les mains sur les épaules menues de Poe et le tire en arrière pour le décrocher de la porte.

— Voulez-vous que je prépare du thé ? Du café ? Un cake ?

L'enfant de Montlilas sort de sa torpeur, sans savoir comment accueillir un prince passé minuit.

Un cake ? Non, mais je vous jure…

— Merci de votre sollicitude, mais j'ai déjà dîné.

— De ma solici…

De son timbre posé et profond, Poe ne termine pas son mot, encore sous le choc. Je le traîne jusqu'à l'escalier et le remercie d'une façon plus de chez nous.

— C'est sympa d'avoir ouvert. Mais évite à l'avenir, histoire que les chiens ne mangent pas le facteur. Une chance qu'Urane connaisse Urâne.

Mon frère marmonne quelque chose en croisant ses mains dans son dos. La distinction jusqu'au bout, ce prince !

Il m'a suggéré de trouver un surnom à mon amour. Je n'y peux plus rien s'il l'a intégré depuis qu'il est chiot ! J'ai essayé avec Rarane, mais Urâne premier du nom m'a imploré d'arrêter.

Faut savoir ce qu'il veut !

— Je m'occupe de ce visiteur. Tu peux retourner là-haut.

— Comme tu voudras, parvient à prononcer Poe.

Il met encore quelques secondes à se détourner de cette apparition et à grimper les escaliers après avoir loupé la deuxième marche. Une main devant la bouche pour masquer mon rire, je reviens vers mon frangin. Urâne me renvoie un sourire indulgent. Je devrais l'être aussi, mais je n'ai jamais surpris Poe dans cet état.

— Tu lui as tapé dans l'œil.

Mon murmure précède mon fou rire devenu incontrôlable.

— Je fais souvent cet effet-là aux gens sans que leur attitude traduise du romantisme.

Il joue le blasé, mais ma bonne humeur lui fait plaisir. Son rire finit par se joindre au mien. Le revoir me procure un bien fou.

Cette complicité tourne court dans l'un de ses éclaircissements de voix dans son poing.

— Hum, Georgia, puis-je entrer ? J'apprécie le quartier, me ment-il, mais j'ai la vague impression que ma présence a fuité et qu'un rassemblement s'opère dans mon dos.

Je me hisse sur la pointe des pieds. De nombreuses lumières éclairent des têtes aux fenêtres des appartements, au-dessus des jardinières fleuries. Je compte aussi plus de dealers qu'à l'accoutumée sous leur casquette en tweed. Un juron éclate entre mes dents et contre ma patience :

— Hé ! Est-ce que je mate chez vous, *moi* ? Occupez-vous de vos choux ! Rentrez dans vos piaules et allez vous coucher !

Le ronchonnement atterré d'Urâne disparaît derrière sa main, tout comme son visage.

— Il ne faut pas avoir honte. Ils ont l'habitude, tu sais. Mais entre, je t'en prie.

Il s'empresse d'avancer dans le hall après un dernier coup d'œil sans doute destiné au probable chauffeur de sa berline grise luxueuse, garée derrière la voiture de l'entreprise de Trépas Service. À moins que le prince craigne que quelqu'un la lui vole tandis que je repousse la porte.

Je lève les yeux au ciel. Or, les siens se retrouvent capturés par la fresque de Poe.

— C'est beau, hein ? lancé-je, fière de mon ami.

— C'est… hum… original. Et… intrigant.

Il se perd dans ces tons sépia et dorés. Si bien que je suis aussi obligée de claquer des doigts pour le reconcentrer sur moi.

Il bat des cils. Je suis sûre qu'il s'entendrait avec Poe. J'organiserai des présentations un de ces quatre.

— Pardon, marmonne-t-il.

— Ça m'arrive souvent. Je reste longtemps à admirer ce paysage.

— Je ne m'attarde pas, m'assure mon frère, changeant de sujet.

Il lit ma déception. Sa moue espiègle s'empresse d'ajouter :

— Et toi non plus.

Un temps de latence s'avère nécessaire pour enregistrer ce qu'il me raconte.

Euh, non, je ne comprends pas.

— Pour quelle raison je ne m'attarde pas, *chez moi*, au juste ?

— Nous partons. Toi et moi !

Toujours les mains derrière le dos, il se redresse, enchanté de son annonce.

— Si tu n'as rien d'autre de prévu, enfile une tenue confortable pour la marche. Nous allons randonner.

Il ne porte pas de costume, mais juste un pull passé sur une chemise. Ses chaussures élégantes sont plus rustiques que ses pompes cirées habituelles. Son pardessus et son pantalon valent au moins un mois de travail pour moi.

Bref, je m'habille tous les jours de façon « confortable » pour arpenter cette ville, davantage qu'il pense l'être en cet instant.

— Oh, j'avais deux ou trois bricoles de programmées, comme me rendre au boulot, mais je suis certaine que je ne manquerai pas à Vectra. Et comment dire non à une rando dans laquelle tu m'entraînes en pleine nuit, prononcé-je, pince-sans-rire. Où me conduis-tu ?

Uräne glisse un coup d'œil en haut de la cage d'escalier.

— Ton petit ami connaît-il nos liens ?

— Poe n'est pas mon mec ! Ce n'est pas possible ! Dès qu'une femme vit avec un homme, il faut forcément que ce soit son copain, son mari, son père… ou son frère ! Alimar m'a fait le même coup avec Thomin.

Ma voix se brise sur cette dernière phrase, sortie toute seule, comme quelque chose de banal. Comme si ces deux-là faisaient encore partie de mon quotidien.

Je me détourne de l'inquiétude que provoque mon moment de fébrilité chez Uräne.

— Pardon, il semble avoir dans nos âges et il portait à peine plus d'un caleçon. Enfin, je n'aurais pas dû tirer de conclusion.

— Pas grave, marmonné-je. Je connais Poe depuis plus de deux ans. Il faisait la manche au coin de ma rue. Je discutais souvent avec lui pendant la promenade des chiens. Lorsque je suis revenue, il squattait la cage d'escalier et avait commencé sa fresque. Il a essayé de se sauver. Mais je l'ai rattrapé, parce que, franchement, je préférais que ce soit lui qui investisse ce bâtiment déserté plutôt qu'un dealer de Météore !

— Je le conçois.

— Il n'a même pas ouvert les apparts ! Moi, la première, j'aurais pillé cet endroit pour trouver de l'argent ou des trucs à revendre. Bref ! Il n'avait pas de lieu où dormir. Cet immeuble est maintenant vide, alors je lui ai offert de rester dans l'ancien logement du domestique de Mercurio, juste en échange de veiller sur mes chiens quand je sors. Je n'ai pas eu le courage de lui proposer l'appartement des garçons ni de l'ouvrir depuis…

La crise de panique que m'a provoqué mon unique pas dans le bureau m'a dissuadée d'en faire autant chez eux.

— Ton geste est très généreux.

Je hausse les épaules.

— Il avait besoin d'un toit. J'en avais un. Voilà tout. Bon, nous n'allons pas épiloguer toute la nuit. Je peux savoir où tu m'emmènes ou c'est un secret d'État ?

Il hésite.

Mince, c'en est vraiment un ?

Bien souvent, Uräne est pourtant le dernier au courant de ce qui se trame dans le royaume…

Quoique chaque fois que je l'ai au téléphone, il me raconte qu'il a passé la journée au Scriptorium, le nez dans les bouquins et les retranscriptions, en compagnie du vieux Gédéone.

Je m'inquiète pour lui. Il devrait se faire des potes de son âge.

Comme Poe, tiens !

À son silence, Uräne reconsidère son idée.

Pour finir, il jette un ultime coup d'œil à l'étage et prend une profonde inspiration avant de m'annoncer :

— Dans la province de Concordia.

Je reste dans l'expectative. Ce territoire représente une telle superficie que je ne suis pas plus avancée.

— Dis-moi que nous allons en bord de mer pour bronzer sur une plage avec un cocktail à la main.

J'en ai terriblement envie.

— Ce genre de station balnéaire se déniche plutôt à Splendore.

— Accouche ou je décide que nous partons glander à Rocheprince !

— Dans la forêt de cinarbres, m'avoue-t-il sur la retenue.

Le prince se fout de moi. Je ne vois pas d'autre explication.

— Pour faire quoi au juste ?

— Je ne peux rien te dire ici.

Mouais…

Il s'entête, inquiet que Poe en apprenne davantage. Il me presse afin que nous prenions la route au plus vite.

Revenue chez moi, je termine de boucler mon sac en me demandant à quoi rime cette conspiration. Toutefois, l'excitation de l'aventure, mais surtout de changer de décor, me pousse à m'activer.

J'ai besoin d'arrêter de ruminer. Une randonnée, c'est le pied !

Je me dépêche de rejoindre mon nouvel agent de voyage dans le hall après avoir laissé le soin de mes deux amours à Poe. Je dis au revoir à mes chiens pendant qu'Urãne ne cesse de couvrir sa voiture d'inquiétude par la porte entrouverte.

— Détends-toi ! Personne ne va te piquer ta caisse ! D'un, elle est garée devant chez moi. Les voleurs réfléchiront à deux fois avant de démonter tes jolis pneus blancs sur le trottoir d'une souffleuse. De deux, ils vont galérer à les revendre. Ce genre de pièce se trouve sur les véhicules des riches et eux ne passent pas par le marché noir pour se fournir.

Je verrouille mon immeuble sur mes analyses enveloppées du parfum du gros lilas de la place.

— Je ne m'en faisais pas tant pour ma voiture de collection que pour son contenu.

— Tu transportes des lingots d'or ? Ta couronne ? Les bijoux de ta famille en plus de tes bijoux de…

— Nous ne partons pas seuls.

Hé ! Il me coupe dans ma blague ! Ce qu'il peut être guindé parfois !

Son éducation me donne de belles occasions de l'asticoter. J'ai néanmoins la vague impression de tomber dans un traquenard. Face à ma réserve, il s'empresse d'ouvrir la portière.

Il n'y a aucun chauffeur. Je passe la tête à l'intérieur du véhicule, au milieu d'une odeur de cuir que j'adore, et découvre ma camarade de randonnée, assise sur la banquette arrière : Valentina.

La prêtresse me salue dans une droiture malgré tout assez chaleureuse. Je ne m'étonne même plus de la voir. Mon frangin et elle sont souvent fourrés ensemble sous prétexte qu'elle est devenue sa plus proche conseillère.

Une fois, j'ai fait remarquer à Urãne qu'elle était censée guider son père en premier lieu. Ce à quoi il m'a répondu que le roi avait gardé le silence sur cet avancement. Le prince la considère comme l'augure de la Maison Céleste, mais nous avons tous un doute du côté de la couronne. La prêtresse n'a pas été invitée au Palais Royal malgré sa nomination logique. Le roi semble ne plus vouloir s'embarrasser d'horoscopes depuis l'arrestation de Céréza. On ne sait pas trop, étant donné que nous n'avons plus de nouvelles de lui depuis qu'Urãne a détruit le Service en même temps que l'un des fondements religieux de notre pays…

Son père doit lui faire la tronche.

Seuls les augures ministres restent en place sous la direction de saint Gédéone. Je comprends les réticences de Grïffon ! Céréza l'a trahi. Pourquoi ferait-il confiance à Valentina, son apprentie ?

Uräne affirme qu'elle n'a jamais collaboré avec les faes. Selon lui, elle représente un atout dont il a besoin.

Besoin pour quoi au juste ?

Ouais, ouais… Père et fils ont un goût commun pour les Uranies.

Ma génitrice a beau être une fae, dans les faits, les Uranies ont recueilli Lÿs et ont fait d'elle l'une des leurs. Grïffon l'a épousée en la croyant prêtresse, avant de connaître ses origines. La situation a dû lui procurer une sacrée animation, alors qu'ils étaient enfermés dans le palais.

« Chéri, au fait, j'ai oublié de te dire… je viens de l'autre côté de Mer Douce. Ne me demande pas comment j'ai fait pour passer la barrière de vents lumineux, c'est top secret ! Et, oups, je suis déjà mariée au roi fae. Ça ne t'ennuie pas, j'espère ? »

Le bordel…

J'ignore quoi penser de Valentina. Uräne a ordonné qu'elle reste en place dans son observatoire, comme le stipulent nos lois saintes. De mon côté, je ne fais plus confiance à grand monde depuis que Mercurio et Thomin me l'ont fait à l'envers. Un soupir m'échappe tandis que la voiture quitte le quartier de Montlilas.

— Profitez du trajet pour dormir, nous n'arriverons pas là-bas avant le milieu de la matinée. La journée de demain promet d'être longue. J'ai besoin de vous fraîches et disponibles.

Je jette un regard derrière mon épaule et me demande à quoi nous pouvons lui servir. Valentina ne laisse rien transparaître sous son bandeau et son nez tourné vers les lumières de la ville qui défilent.

Je me retourne vers la route. Leurs deux présences me tirent de mon quotidien.

« Le grand air vous ferait du bien », affirmait mon horoscope.

Puisque ce sont les étoiles et l'augure assis sur la banquette arrière qui le disent…

Chapitre 5

Alimar

Comment vomir avec un masque devant la bouche ?

Je me pose la question tandis que les vagues malmènent mon estomac, aussi meurtrières que les rochers sur lesquels elles se fracassent.

Bien qu'affaiblis, ces vents constitués de lumière demeurent impressionnants. Ils charrient la mer telle une vieille tambouille de rascasses, guère plus appétissante que celle vendue sur les embarcadères de Rocheprince. L'aristocratie se complaît à déguster sur le pouce ces « plats pittoresques », issus de l'héritage des anciens pêcheurs de la ville portuaire. À mon humble avis, il existe une bonne raison au fait que ce mets ait porté pendant un temps l'étiquette de « plat oublié » avant de revenir à la mode avec les beignets au chou.

Pourquoi je digresse là-dessus, au juste ?

Ah oui, la nausée qu'ils me soulèvent se montre comparable à ce mauvais mal de mer. Je décroise les jambes pour échanger leur position, assis dans un des fauteuils d'un salon de ce bateau, à la vue panoramique sur le fort en approche. De lourdes bottes descendent l'escalier, depuis le poste de commandement.

— Nous arrivons dans dix minutes.

— Merci, Commissaire.

Norian attend la suite de mes instructions. Lui et ses deux collègues qui l'accompagnent se retrouvent malgré eux embarqués dans nos petites confidences depuis le désastre du Temple. Ils ont tout aperçu et tout entendu. De ce fait, ils deviennent les complices de la couronne. Ils ont été détachés au service du Cador et étouffent ses meurtres.

Loupé pour la neutralité de la police…

J'imagine qu'il s'agit d'une chimère en ce bas monde.

Face au manque d'éloquence du chevalier, Norian se demande ce qu'il doit faire. Sa fine moustache se tortille sous son képi. Déconcerté par le reflet hésitant de sa peau brune sur mon visage, il retourne sur la passerelle auprès du capitaine du bateau pénitentiaire. Il me laisse seul dans ce modeste salon. Plusieurs soupiraux donnent sur les cellules situées sous ce poste afin qu'un haut gradé puisse s'assurer de la surveillance des malfrats tout en prenant le thé.

Les trappes sont closes… pour le moment.

Le Chevalier Cador répond à un rôle de composition dont je ne suis que la doublure. Je dois coller au jeu de l'acteur principal pour préserver la crédibilité du personnage. Ce silence se révèle à la fois utile et frustrant. Je ronge mon frein sous ma boîte de conserve chaque fois que je m'enferme sous ce masque.

Comment le roi, bavard notoire lorsqu'on le connaît un minimum, fait-il pour ne pas s'épancher sous cette cape ?

Tout comme manger ?

Parti à l'aube, je contemple le petit déjeuner servi au bout de la table dressée face à la baie vitrée. Je regrette presque le jus de fruits qui suit les mouvements des vagues.

Enfin, si j'en viens à rendre mon café de cinq heures du matin, je vais aussi le regretter.

Il me suffit de lever la tête sur la verrière pour observer Norian et son équipe échanger et même rire à plusieurs reprises. Une tasse en main, ils prennent ce voyage avec moins d'appréhensions que le Cador. Ils se serrent à côté du capitaine, accroché à la barre pour ne pas nous fracasser contre le fort en approche, ce dont je lui sais gré. Ces hommes armés préfèrent se confiner dans ce petit espace, plutôt que de profiter des avantages de ce salon, comme cette carafe de jus de fruits…

L'intérêt de Norian descend sur moi en avalant une gorgée de son café. La crainte que je lis au fond de ses yeux me déplaît. Ce sentiment ne transparaît pas dans son attitude.

J'ai toujours recherché l'attention autour de moi et, dans le fond, l'appréciation et l'approbation que peu m'accordaient. Or, je demeure cloîtré dans le rôle du Cador et celui-ci emmure ses acteurs dans une solitude dont nous avons, malgré nous, tous les deux l'habitude.

Je me l'impose même. Depuis que j'ai enfilé ce masque, je ne cherche pas à revoir Georgia, notamment pour la protéger du chevalier, que ce soit le roi ou moi qui portions cette cuirasse. Néanmoins, chacune de ses irruptions dans mes nuits me replonge dans mes incertitudes et mes regrets.

Elle me manque tant, mais je ne dois pas me laisser distraire.

Je préfère me lever et regarder devant moi, par-delà la baie vitrée. Mes mains gantées se croisent dans le dos, sous ma cape, afin de me donner de la prestance. Un bâtiment se dessine au milieu des vents. Je n'ai jamais observé un fort de si près, juste ce qu'une bonne paire de jumelles me permettait par temps clair depuis un canot.

Au centre d'un imposant édifice de forme oblongue en roches brunes, les lumières impétueuses balayent un phare élancé, composé d'un empilement de plus en plus fin de pierres laiteuses. Proches de l'albâtre, ces dernières ressemblent à celles du Palais Royal.

De la pierre astrale, en provenance de Mater Astër.

Le sommet se couronne d'une tour dans laquelle des jeux de miroir tournoient, comparables à des moulins à vent. Ils donnent naissance à ces lumières qui nous protègent.

Ou, plutôt, qui nous protégeaient…

Au pied de ce colosse impressionnant, je me demande comment la magie du roi peut se porter si loin avec une telle puissance depuis son lieu de résidence ?

Son pouvoir est immense.

Une sueur froide descend le long de mon dos. Une pensée se tourne vers Uräne qui en héritera. J'en ai peur pour lui.

Nous accostons sur un quai sécurisé, entouré de parapets qui dépassent les têtes des plus grands d'entre nous. Je me tords encore le cou pour apercevoir le bout des murs du fort. Cette prison est dénuée d'ouvertures, à l'exception de celle par laquelle nous pénétrons, gardée par une section spéciale dépendante de la police de Providence. Quant au sommet du phare qui le surmonte, il m'est impossible de l'observer tant la luminosité m'aveugle, même sous mon fin voile noir.

— Chevalier ?

Norian me presse sous couvert d'une interrogation. Nous ne devons pas nous attarder à quai et je ne peux lui adresser le flot de questions qui bouillonnent à propos de cette structure.

Le Cador est un habitué des lieux. La preuve ! Le commissaire et ses deux hommes sont fouillés par leurs collègues avant d'entrer, mais nul n'ose demander au chevalier de se soumettre à cette vérification.

Ce masque forcerait-il les spectateurs à s'asseoir à l'une de mes représentations ?

Je m'amuse à l'envisager, sans grand sérieux, bien que l'idée revête un certain charme, pendant que nous nous engouffrons dans ce bâtiment aussi froid que sordide. Des ampoules au plafond percent l'obscurité. Mon escorte me perd à travers les couloirs, puis les alignements de portes en fer d'où le fort tire son nom.

Je deviens incapable de retrouver seul mon chemin dans ce labyrinthe.

Nous croisons plusieurs surveillants qui me saluent et me confortent dans mes suppositions que le roi met souvent les pieds dans ce coupe-gorge. On ne peut lui retirer son investissement auprès de son peuple, même pour les tâches les plus ingrates, celles que n'importe quel souverain aurait déléguées.

Ce qu'il fait aujourd'hui, mais non sans une bonne raison.

— C'est ici.

Norian m'indique une unique porte rouge au fond d'un tunnel. Il souligne davantage un fait plus qu'une véritable information. Nous y sommes tous venus une fois, en théorie.

Vierge de Fortfer, je pénètre pourtant seul dans la cellule ouverte sur mon ordre. Mes doigts se posent sur la crosse argentée à ma ceinture. Cette arme d'opérette a été conçue pour être vue et dissuasive avant d'être utilisée.

En entrant dans cet espace réduit et lugubre, je regrette toutes les remarques adressées au Cador au milieu de la puanteur de la tannerie de Concordia. Son masque n'arrête pas les effluves nauséabonds ! Pire, j'ai l'impression qu'il renferme la pisse, la sueur et une autre odeur proche de la mort. Mes yeux m'en piquent. Impossible de les frotter.

Ne pas vomir dans mon armure.

Ne pas vomir dans mon armure.

Je me le répète en même temps que l'intransigeance de notre roi me frappe. Le prisonnier auquel je rends visite est vautré par terre. De longues chaînes en métal rouge entourent ses mollets et ses poignets.

De l'argilis sans aucun doute.

Elles sont inutiles devant la détresse du fae à la peau noire à deux doigts de l'agonie.

Deux surveillants entrent à ma suite et tentent de le redresser dans des gestes brusques. Je ne le supporte pas.

— Lâchez-le. Sortez ! Tous ! Et fermez derrière moi.

Mon ton devient trop rageux pour le Cador. J'essaie d'inspirer pour refouler mon aversion pour ce traitement. Le parfum nauséabond de la mort m'en dissuade. Le roi voulait que je prenne conscience de ce qu'il réserve aux traîtres et aux assassins. Une laisse invisible accrochée à mon collier. Message bien reçu…

— Souhaitez-vous vraiment rester seul avec cet homme ?

Stupéfiant ! Norian s'inquiète pour moi ! Je supposais qu'il serait ravi de se débarrasser du chevalier qui lui fiche la trouille.

— Que me ferait-il dans son état ?

— Justement, nous n'en savons rien, répond-il sans se démonter.

— Voyez cette expérience comme une occasion de l'apprendre. Fermez cette porte avant d'être mis à pied, Commissaire Duchêne.

Ses sourcils montent sur son front. Même s'il est détaché depuis peu à mon service, j'ignore si le Cador possède un tel pouvoir et j'imagine que lui aussi. Dans le doute, il m'enferme avec cette vieille connaissance.

Quoique j'aie du mal à le reconnaître. Je tourne autour de cette épave. L'unique ampoule éclaire pourtant l'Aster avec qui j'ai fait les quatre cents coups à travers le pays. Outre le fait que la lumière du jour relève d'une évidente nécessité pour sa santé, ses traits raffinés, proches de la prétendue perfection attribuée à son peuple, ont été creusés par la faim que le croûton moisi dans son écuelle n'a pas réussi à combler. Ses cheveux noirs aux reflets d'un violet profond sortent de sa longue tresse en des nœuds emmêlés. Torse nu, affublé d'un simple short de toile, sa corpulence famélique attire ma pitié.

Sa blessure au ventre semble cicatrisée et propre. Je m'agenouille pour observer Mercurio de plus près. Le travail a été réalisé par un bon chirurgien. Le roi voulait le conserver en vie coûte que coûte.

Depuis quand le Cador ne l'a-t-il pas revu ?

A-t-il contemplé ce fae miséreux à mes pieds ?

Peut-être est-ce le fait d'avoir voyagé un temps avec lui qui me fait le considérer en premier comme un individu et non comme un traître et un meurtrier. Après tout, je l'ai moi-même dupé et suis moi-même un assassin.

Mais Grïffon ne doit pas envisager les choses à ma façon.

Mon bras se tend en direction de son front afin de vérifier qu'aucune fièvre n'entacherait ma proposition. Je commence d'ailleurs à douter que Mercurio me soit utile dans cet état. Dans tous les cas, je peux user de ma couverture pour lui octroyer un peu de décence.

Mes doigts rencontrent sa peau. Je grimace de frustration. Je ne ressens rien à travers cette épaisseur de cuir. La première fonction de cette armure.

Je retire ma main, mais une poigne plus puissante qu'elle n'y paraît m'attrape au passage. Le rusé feignait le sommeil !

— Je vous conseille de me lâcher, sans quoi vous ne sortirez pas d'ici, Alioth.

Ses paupières se soulèvent d'un coup sur son regard de nacre bleutée.

Chapitre 6

Alimar

— Je ne sortirai jamais d'ici. Dites-moi pourquoi je ne vous étoufferais pas avec mes chaînes ?

Sa voix déraille à force de silence. Je déglutis avec difficulté. Le visage d'Uräne manquant d'air sous la chaîne des menottes de Thomin ressurgit au milieu de mes nausées et en ajoute une supplémentaire.

Je ne me détourne pas de lui, comme de chacune des victimes que moi, Alimar, j'ai causées.

Jamais je n'oublie.

Le Cador, lui, encaisse sans montrer qu'il a remarqué le parallèle. Quelqu'un lui a raconté les détails de cette histoire. Mon impassibilité se transforme en miroir devant lequel le détenu se découvre et perd pied. Son propre reflet émacié l'effraie. Il me relâche tout de suite.

J'en profite pour me relever, sans me précipiter. Je conserve néanmoins une bonne distance avec son haleine malade, loin de l'élégance du Mercurio que j'ai connu. Je retrouve quand même en lui cette même lueur d'intelligence qui provoquait à la fois ma crainte et mon admiration pour ce faux Aster.

— Il se pourrait que ce soit votre jour de chance. À vous de la saisir.

Couché sur le flanc, il laisse sa tête retomber sur le côté.

— Ma chance m'a conduit à porter des chaînes qui me tuent à petit feu.

Son poignet fait tinter avec difficulté leurs lourdes entraves.

Du fin fond de ma mémoire, je cherche dans les contes rapportés par ma gouvernante dans l'espoir que l'enfant agité que j'étais se tienne un minimum tranquille.

Peine perdue, mais ses récits possédaient un aspect distrayant et je lui réclamais souvent mes favoris.

Dans l'un d'eux, il était question d'un chevalier humain qui résista aux paroles envoûtantes d'une princesse fae grâce à son armure en fer. Cette magie me fascinait, et pour cause, je me demandais si ma musique était capable d'une telle manipulation. La réponse m'est apparue plus tard, dans des situations dont je suis peu fier.

J'assurais à ma gouvernante que nous avions affaire à une fae un peu idiote. Qu'il lui suffisait d'ôter son armure à cet homme avant de faire de lui ce qu'elle voulait !

J'ai cependant retenu une chose des explications. Le fer bloque la magie. Raison pour laquelle les Asters se retrouvent parfois enfermés à Fortfer.

La princesse n'a pas réussi à mettre à nu le chevalier. Victorieux de ce combat, il a mené sa grande bataille en repoussant l'armée d'êtres mythiques à l'aide de l'étoile rouge qu'il brandissait. Je voyais en cette image une représentation de Mater Astër. Mais s'il s'agissait d'une transcription tardive d'autre chose…

Je suppose donc que l'argilis possède un effet néfaste sur lui.

Pire que cela !

— L'argilis vous rend malade.

Je n'ai pas le souvenir d'avoir aperçu Bérénice ni Mercurio toucher ce métal. Ce dernier ne portait pas l'une des paires de lunettes des souffleurs. Il ne pouvait pas assurer ce poste, incapable d'effleurer les verres. Son état de stress, ses sueurs et son éloignement lorsqu'il m'a délivré de cette chapelle avec ma cage autour de mon crâne confirment ma théorie.

Un rire dégoûté se fiche de moi.

— Comme si vous ne le saviez pas. Vous m'avez fait enfermer derrière cette porte d'argilis et enchaîner dans ce supplice.

Je ferme les yeux derrière mon voile. Pour ma part, je considère qu'avoir achevé son conjoint constitue déjà une sentence lourde pour lui. Je ne conserve aucune animosité à son égard, mais je me méfie de son intelligence redoutable. Néanmoins, j'ai besoin de réponses.

— Depuis combien de temps ne nous sommes-nous pas revus ?

Je le questionne comme pour jauger de ses capacités cognitives.

— Depuis deux mois.

Il soupire en roulant sur le dos, les bras en croix. Il ne peut pas le déduire à la luminosité inexistante. Je suppose que ses repas sont servis selon un rituel régulier qui lui confère un repère plus ou moins fiable. Je sais à quel point ces habitudes deviennent vitales pour garder un rythme, aussi restreint soit-il. À en juger par la façon dont il a ordonné ses écuelles et son pot de chambre, le long du mur, à l'opposé les uns des autres, il se raccroche à ces seules routines pour ne pas s'enfoncer dans la folie.

Que j'ai pitié de lui.

Comme j'avais pitié de moi.

Mais de ceci Mercurio ne peut être mis au courant. De plus, je redoute sa réaction à le confronter au meurtrier de son grand amour. Si les rôles avaient été inversés, si Georgia avait péri de sa main, je n'aurais eu aucun scrupule à l'anéantir.

Je secoue la tête pour m'éviter de sombrer dans un nouveau carnage.

La puanteur contribue à dévier mes pensées et me rend malade à mon tour. J'accélère le processus et vais droit au but.

— Je vous propose de sortir d'ici.

L'œil résigné de Mercurio coule dans ma direction. Il n'est pas dupe.

— Quel serait le prix ?

— Vos réponses et votre aide.

— À retrouver la princesse Mizar ?

— Si vous savez où se cache cette teigne, je l'ajoute à la liste de mes requêtes.

Je parle trop vite, sans retenue. C'est plus fort que moi lorsqu'il s'agit de Bérénice. Son homme de main – ou qu'importe ce qu'il soit pour elle – plisse le front saisi d'un doute. Le métal devant ma bouche brise ma voix, mais mes mots peuvent me trahir. Je reprends contenance.

— Expliquez-moi quand et comment vous avez passé notre frontière pourtant protégée par la magie de Sa Majesté ? Comment vous y êtes-vous pris pour enlever notre reine ?

— Je ne répondrai toujours pas à ces questions.

— Qu'ai-je fait, Alioth, la dernière fois que vous avez rejeté ma proposition de collaboration ?

Ma menace laisse supposer que je suis prêt à recommencer.

— Vous m'avez enchaîné dans l'argilis.

Ses bras battent le sol à la manière d'un papillon entravé. Il n'est pas doté d'ailes, selon Uräne, à l'inverse de Bérénice et de Chester, enfin, Mizar et Hadar.

Je ne me fais pas à ces noms faes. Je fournis déjà un gros effort pour le nommer Alioth, car le roi l'a exigé.

— Et si, cette fois, je vous offrais un peu de décence ?

Un rire amer lui tord la voix et se noie dans une toux.

— Un homme tel que vous n'en possède aucune.

— Une remarque déplacée de la part de celui qui condamnait les appelés au Service en même temps qu'il secourait le monde du péril du cinarbre maudit.

Il bute sur mon sarcasme, mais ne perd pas le nord.

— Nous avons sauvé des millions de personnes. Vous ne mesurez pas le danger. Vous ne voyez que quelques écailles et quelques racines ensanglantées. Mais la terreur et la faim frappent à vos portes ! Nous n'avons fait que les ralentir.

— Montrez-moi.

Je saisis la perche qu'il me tend malgré lui.

— Pardon ?

— Puisque, selon la princesse Mizar, votre roi reste sourd à toutes les négociations, conduisez-moi à lui. Montrez-moi ce mal qui vous effraie tant. Laissez-moi vous débarrasser d'un tyran et ramener notre reine chez nous.

Mercurio se redresse sur ses coudes. Ses cheveux gras traînent dans la poussière et la crasse.

— Vous me demandez de trahir les miens ?

— Serait-ce la première fois ?

— Oui ! J'ai toujours suivi les ordres de la princesse.

— À son tour, a-t-elle toujours suivi ceux de son père ?

Je sais que non, selon Uräne. Il nous a rapporté comment elle jouait avec les contours d'un serment : celui d'assassiner les bâtards d'Edstar.

Autrement dit, la progéniture de Lÿs née à Providence : Uräne et Georgia. Il est trop tard pour Orféa, mais jamais je ne la laisserai toucher aux deux personnes qui comptent le plus pour moi.

Masque ou pas masque. Cador ou pas Cador.

Bérénice a longtemps repoussé ce moment, ne voulant pas s'en prendre à des enfants, puis ayant un autre projet en tête : devenir souveraine de Providence pour installer son peuple sur une terre plus saine. Pour cela, il fallait supprimer le cinarbre originel, mettre fin au Service et diminuer notre principale défense, la barrière de vents.

Depuis combien de temps se cachent-ils parmi nous ? Au moins depuis la naissance d'Orféa et l'enlèvement de Lÿs, je suppose. Mais Mercurio se trouvait déjà dans la garde royale, en poste à Fortvaillant.

Quel âge a chacun de ces faes réputés immortels ?

Tant de questions que ma curiosité souhaite poser à Mercurio. Il ne répond d'ailleurs pas à ma dernière. Inutile, nous le savons tous les deux.

— Je vous propose une cellule plus spacieuse et plus lumineuse, garantie sans argilis. Reprenez des forces et réfléchissez à mon offre. Qu'avez-vous à y perdre ? Sinon, un éventuel mal de mer à bord du bateau pénitentiaire.

Le détenu plisse le front. À bout de force sur ses coudes, il s'affale sur le dos, mais creuse ses pensées en silence, un peu trop longuement pour mes narines. La puanteur me pousse à le presser à son tour.

— Vous cherchez un piège qui n'existe pas. Je vous promets un minimum de confort. La porte restera en fer, en revanche. C'est le mieux que je puisse vous offrir.

Un soupir lui échappe avant d'acquiescer à cette occasion inespérée. Il ne peut voir mon sourire, loin d'être victorieux. Son accord me soulage, en premier lieu pour lui. Séjourner ici le tuerait d'ici peu.

Je m'empresse de tambouriner contre la porte. Norian et ses hommes me rejoignent sans attendre, des menottes rouges en main.

— Passez-lui celles en fer, ordonné-je.

— Avec votre respect, nous ne connaissons pas l'étendue de ses pouvoirs, commence à me contredire le commissaire, désireux de bien faire.

— La magie se nourrit d'énergie. Que pourrait-elle puiser en lui ?

Sans plus chercher à s'opposer, il détache Mercurio pour une entrave plus conventionnelle.Lorsque les policiers le traînent devant moi, je ne saisis pas ce que je lis dans le regard du détenu : un mélange de doute, de reconnaissance, mais aussi de peur. Après tout, cette alliance que m'ordonne mon propre roi sous-entend un régicide du côté des faes.

Chapitre 7

Georgia

— Tu ne plaisantais pas quand tu parlais de randonnée !

Uräne avance en tête d'expédition. Sa machette nous dégage le passage au milieu de la végétation pourpre. Sous le soleil timide du début d'après-midi, je me retourne vers Valentina, en galère avec ses sandales. L'augure accroche sa robe dans plusieurs ronces et peste comme pas permis.

Entendre une prêtresse s'énerver contre des plantes m'amuse beaucoup ! Cette normalité la rend plus humaine derrière le mysticisme de ses fonctions.

— N'y a-t-il pas de chemins forestiers ?

Je me prends une énième claque de feuilles en pleine poire et ravale ma question.

— Désolé ! lâche Uräne après la branche.

C'est la quatrième fois qu'il me fait le coup…

Son Altesse aux grandes pattes avance à son rythme. Nous avons du mal à le suivre. La pauvre Valentina se coltine non seulement sa robe, mais aussi son bandeau. Le peu de lumière qui réussit à percer la canopée nous plonge dans une sorte d'atmosphère rougeâtre au milieu de cette nature sauvage.

Où nous traîne-t-il à la fin ?

— Mais ralentis, bon sang ! Ou tu devras charrier l'une d'entre nous !

Je prends l'augure en pitié et l'attends. Quand Uräne s'apercevra qu'il a perdu le groupe, il consentira peut-être à lever le pied.

— Êtes-vous obligée de porter cette robe et des sandales ? Le pantalon vous est-il interdit ?

Je papote avec Valentina pendant qu'elle arrive enfin à mon niveau.

— En public, je dois revêtir cette tenue confectionnée par mes sœurs.

Un rictus lui échappe. Je reste persuadée que ça la gonfle.

— Mais, dans l'intimité de mon observatoire, j'enfile un pantalon, marche en chaussettes sur la pierre et sirote du café toute la nuit, un œil collé à mon télescope.

Sa voix se fait rêveuse. Ce lieu est son refuge.

Non, plus que ça ! Sa passion.

— Vous vous considérez en public avec nous ?

— Le prince nous accompagne !

— Bah, pour le moment, il ressemble plutôt à un guide médiocre qui paume tout le monde.

Je monte le ton dans l'espoir qu'il porte jusqu'à ses oreilles sur le point de disparaître derrière de hautes fougères. Mon cri a le mérite de le faire se retourner, nous pensant en danger.

Agacée, je lève les mains au ciel. À quoi joue-t-il ?

Cette sortie n'a rien d'un agrément. Il me cache un truc.

Son Altesse repère ma légère mauvaise humeur, mais du bout du doigt, me désigne quelque chose à sa droite avant de se volatiliser.

Je vais l'étriper…

— J'ignorais que nous allions crapahuter autant, me confesse la femme qui devine l'avenir dans les étoiles.

Elles l'ont abandonnée sur ce coup-là.

— Le protocole exige de moi que je sois toujours habillée ainsi face à la Maison Céleste. Que je sois augure ou simple prêtresse.

Nous marchons côte à côte.

— Ne pouvez-vous pas commettre une entorse ? Je veux dire, il y a peu de risques que Gédéone vous chope en flagrant délit de port de pantalon en plein milieu de ces bois. Le papy a déjà du mal à se traîner dans son Temple.

Je ricane, mais je suis la seule. L'ouaille du saint n'apprécie pas mon manque de respect.

OK, changement de sujet…

— Revêtez-vous le bandeau en permanence ?

Les coutumes du Culte m'intriguent autant qu'elles me dépassent. Je ne côtoie jamais de serviteurs. L'occasion se révèle trop belle pour confirmer ou infirmer quelques croyances populaires.

— Je ne le retire que pour étudier la voûte céleste la nuit, loin des lumières impures. Nul n'est censé nous voir sans.

— J'en ai porté un une fois. J'ai vécu une galère pendant à peine une heure, alors ça doit être enquiquinant au quotidien, non ?

Je pèse mes mots…

— Comment avez-vous eu accès à un tel vêtement ?

Elle s'en offusque.

— Vous savez, on trouve de tout à Montlilas quand on sait où chercher.

Sa bouche se tord de désapprobation. Jouer avec la sacralité de cette dentelle l'énerve. Logique…

— Je fais avec depuis que j'ai été ordonnée prêtresse, m'apprend-elle dans un haussement d'épaules. J'avais quatorze ans. Il y a donc douze ans.

— Vingt-six ans ! J'ai gagné !

Je m'écrie en levant des bras victorieux au ciel.

Les sourcils de l'augure passent par-dessus son bandeau. Sa moue perplexe me pousse à ajouter :

— Uräne vous en donnait vingt-deux. M'enfin, les mecs adorent les jeunettes.

— Avez-vous parié sur mon âge ?

— Nooon ! Nous l'avions juste supposé au détour d'une conversation, comme ça, autour d'une tasse de café !

Nous avions surtout picolé une bouteille de malté alors qu'il avait initié une série de paris sur tout et n'importe quoi dans l'unique but de me remonter le moral. À partir de cette soirée, Uräne a réussi à me sortir de ma tête, de cette cage dans laquelle je m'enfermais pour fuir une nouvelle fois la réalité.

J'écarte les fougères qui ont avalé mon frère. Nous le retrouvons au milieu d'une large allée aux herbes piétinées jusqu'à la terre. Il patiente, scrutant cet environnement sauvage. Je l'informe qu'il me doit de l'argent en frottant mes doigts bagués. Il me l'accorde dans un sourire humble.

— Bah, en voilà un chemin !

Je m'exclame, pas mécontente d'arrêter de me faire fouetter par des feuilles.

— Ceci est une ligne de désir, nous annonce-t-il.

— Une ligne de désir, répété-je, perplexe. Mais bien sûr… Oh, mais attendez, je saisis mieux. Le prince a craqué sous la pression de la couronne. Il avait besoin d'un bon bol d'air.

Je prends Valentina à partie, sous le ton de la confidence. Son visage dénué de regard ne s'amuse pas autant que moi.

— Il s'agit du mot pour désigner les sentiers créés par des passages nombreux, comme par les éléphants dans le cas présent, me répond-elle avec tout le sérieux d'un augure.

Uräne opine pour appuyer son discours. Je laisse avancer monsieur je-sais-tout pour rester à la traîne. Néanmoins, je ne peux pas m'empêcher de parler.

— Croyez-vous que nous allons croiser des éléphants ? Ce serait trop cool !

— J'ignore ce que nous faisons ici, souffle Valentina.

Même elle, le prince a réussi à la gonfler. Il est temps de lui faire cracher le morceau.

— Uräne…

— Je n'aime guère t'entendre prononcer mon prénom comme lorsque ton chien souille les tapis du Palais Bönté !

— Vous avez donné un nom curieux à votre animal, relève la prêtresse.

Un gloussement lui échappe. Je savais qu'elle n'était pas aussi rigide qu'elle n'y paraissait.

— Vous ne voulez pas me tutoyer ? Nous n'avons que deux ans d'écart. Je préfère que les gens se sentent à l'aise avec moi.

— Je me sens à l'aise ainsi, m'assure Valentina.

J'ignore ce qu'elle pense de moi. Les serviteurs du Culte apprennent jeunes à mettre des distances avec le reste du monde, comme ce bandeau.

Dans le fond, je commence à l'apprécier.

— Nous sommes ici à la recherche de réponses et de Bérénice, nous avoue Uräne sans nous regarder.

Il poursuit sa progression. Son attention perce les sous-bois autour de nous, sa machette prête à l'offensive. Je regrette de ne pas avoir d'arme à portée de main pour m'occuper personnellement du cas de son ex. Un coup de sang échauffe mes veines. Je cours pour rattraper le prince passé en mode traqueur de proie.

— Pourquoi ne pas me l'avoir dit ?

— Je comptais le faire au bon moment !

Je tire sur son bras et le force à s'arrêter. Une discussion s'impose.

— Maintenant n'est-il pas le bon moment ? Uräne, tu nous traînes dans les bois à la recherche d'une meurtrière ! Je rêve de lui faire la peau, mais tu ne crois pas que tu devrais me partager ce genre d'information ? J'aurais pu mieux me préparer !

— Je préférais juger de ton état avant de te parler d'elle, de Soraya, d'Orféa ou même de notre mère.

— Lÿs n'est pas ma mère !

Je le lâche sous le coup d'une pulsion. La peine se mêle à la colère d'Uräne. Ma maladresse le blesse et je m'en veux. Je reprends mon chemin et lui passe devant, sans savoir où je vais vraiment.

Le prince accourt derrière moi. Sa poigne forte me rattrape et me stoppe dans ma fuite. Je fais face à sa douleur et déglutis sur cette boule qui m'étouffe.

— J'ai conscience que tu ne l'as pas connue comme moi. Qu'elle ne t'a pas bercée d'espoir et de réconfort. Qu'elle ne s'est pas occupée de toi lorsque tu avais avalé le pot-pourri du salon de Maxwell pour le vomir toute la nuit.

— Tu as fait ça ?

Un ricanement m'échappe malgré mon inconfort. Uräne a ce don de désamorcer les situations tendues en quelques mots. Pendant ce temps, notre escorte s'assied au creux d'un arbre pour reprendre des forces et masser ses pieds malmenés dans ses sandales.

Je vais lui passer des chaussettes.

— Pour ma défense, j'avais six ans et ils ressemblaient à de vrais fruits.

— Un peu bébête, notre prince !

Je blague et me sens idiote d'avoir réagi au quart de tour. Je reste encore à fleur de peau par moments.

— Je ne te demanderai jamais de renier ce qu'a été Soraya pour toi. J'aimerais juste que tu ne me désavoues pas en tant que frère. J'ai tant attendu ce jour où je te retrouverais.

Sa déclaration me touche. La boule grossit au fond de ma gorge. Ma vue se trouble, à la fois de chagrin et de joie. Pourtant, il se trompe.

— Je te considère comme mon andouille de frangin. Je ne renie pas Lÿs ! Mais, pour moi, elle représente seulement la femme qui m'a mise au monde et ma reine. Ne m'en demande pas davantage.

— C'est déjà beaucoup, m'assure-t-il, son sourire revenu. J'appréciais Soraya, autant qu'Andrey. Et la savoir assassinée de la main de Bérénice consolide mon envie de ne pas laisser les faes agir à leur guise. Je n'ai pas l'intention de demeurer aussi placide que mon père, assis sur son trône, à l'abri entre ses murs. Je ne subirai plus cette situation à laquelle il semble s'accommoder. Notre reine, *ma* mère est détenue par un peuple qui cherche à prendre nos terres.

— Ils voudraient fuir une malédiction, nuance.

— J'entends leur souffrance ! Or, je ne négocierai rien dans ces conditions. C'est pourquoi j'essaie de renouer le dialogue avec Bérénice, afin d'exiger qu'elle relâche ma mère avant d'accéder à la moindre de ses requêtes. Selon elle, mon sang me propulse au rang d'espoir pour les faes. À l'aide d'une arme dont j'ignore tout, je pourrai abattre cette nature corrompue.

Je l'écoute avec attention. Je me trouvais dans un cocon lorsqu'il a appris tout ceci. Au milieu de ma dépression, il m'en avait expliqué quelques éléments en même temps que comment et pourquoi notre sœur avait péri.

— Je ne demeurerai pas les bras croisés pendant que ma mère est séquestrée par un tyran dont elle est aussi l'épouse. Elle a traversé des forêts peuplées de monstres, bravé Mer Douce et la barrière de vents pour échapper à ce mariage. Je ne pense pas qu'elle aurait mis sa vie en jeu dans sa fuite s'il avait été heureux. Je refuse de la laisser là-bas ! J'estime qu'il est de mon devoir de fils et de frère de la soustraire à un roi qui, de l'aveu de la princesse elle-même, est réputé cruel.

— Et dans la bouche de Bérénice, ce doit être un euphémisme.

— Je le redoute, se lamente Uräne dans un soupir. Malgré toute ma volonté, j'ignore comment m'y prendre. Aucun de mes plans jusque-là n'aboutissait pour la simple raison que je suis prince et connu de tout le royaume. Mes moindres faits et gestes sont rapportés à Père. Rechercher Bérénice me semble pour le moment la chose à faire. Gédéone m'épaule et m'a donné cette piste à suivre.

— Comment peut-il savoir où elle se planque ?

Un cri retentit. Une racine s'enroule autour de la taille de Valentina. Des branches suintantes de pourpre écrasent sa gorge.

Un cinarbre prend vie sous nos yeux horrifiés.

Nous courons au secours de la prêtresse. La machette d'Uräne s'abat sur celle qui l'étrangle, puis sur celle qui enserre son ventre. Je l'aide à se relever en la tractant par ses poignets. Couverte du sang de l'arbre, Valentina me tombe dans les bras.

Uräne s'acharne contre les racines agressives. Une branche le frappe et le flanque au sol. L'une d'elles attrape sa cheville. Je me jette sur la machette et la dresse contre cette saloperie pendant que Valentina tente de tirer le prince dans l'autre sens.

— Bordel de cinarbre !

Je jure et vise le tentacule végétal, mais il gesticule au point que je manque à plusieurs reprises de couper le pied d'Uräne. Son cri rauque traverse la forêt et fait lever une bande de corbeaux du bosquet voisin. L'un des rameaux a percé le talon de sa bottine !

Je serre les dents sur un haut-le-cœur et me place en amont. Je sectionne le branchage et le libère, mais un second essaie de m'attraper.

— Ah non ! J'en ai marre de ces putains d'arbres ! Vous m'avez assez pompé de sang.

La rage s'empare de mes actions. Ma lame s'abat, aussi violente que peu précise. Ma coordination désastreuse fait cependant hésiter la plante sur sa technique d'approche. Elle donne l'impression de réfléchir !

C'est quoi ce délire ?

Qu'à cela ne tienne, elle invite des copines. Le sol bouge sous mes semelles. Ma machette tranche l'écorce qui sort de terre et qui expulse des sortes de spores, comme ceux attachés au lichen du cinarbre originel qui nous endormait pendant le Service. Je masque mon nez avec mon coude, mais respire malgré moi ces paillettes lumineuses et pourpres.

Me battre devient plus difficile et mon arme inutile quand plusieurs arrachent le sous-sol forestier en même temps.

L'une d'elles me frappe aux jambes. Je tombe à genoux au milieu de ce nuage rouge qui s'évapore déjà, mais jamais je ne déclarerai forfait contre ce cinarbre qui me pourrit l'existence.

— Crève ! Bordel, crève !

Mes coups hargneux me sauvent la mise à plusieurs reprises, mais couvrent ma lame et ma figure de cette couleur sanguine. Cette saleté en est imbibée. Je croyais que l'arbre originel était le seul à posséder ces facultés vampiriques !

— Georgia ! s'effraie Uräne.

De peur qu'il lui arrive quelque chose, je cherche le prince derrière moi. Il est toujours étendu par terre, dans les bras de Valentina. Ma seconde d'inattention me coûte l'apparition d'une énorme racine. Plus grosse que ma cuisse, elle dégouline d'un liquide pourpre et tiède pendant qu'elle se dresse au-dessus de ma tête.

Je suis morte !

Cette chose me toise. On ne peut clairement plus parler d'arbre.

Le cœur affolé, je rampe en tranchant quelques tentacules qui me couvrent encore de sang. Mon frère essaie de se relever avec son pied blessé afin de me porter secours.

— Reste en arrière, andouille ! lui hurlé-je. Ne joue pas le prince vaillant, tu vas terminer en vieux pruneau desséché !

Il peine à marcher tant il souffre. De toute manière, il n'en a pas le temps. La grosse racine dégringole droit sur moi.

Je roule. Elle fracasse le sol à l'endroit où je me trouvais. Le parfum ferreux du liquide qui en gicle sature mon odorat. La prêtresse m'agrippe alors que des branches s'enroulent déjà autour de moi. L'une d'elles me pique au bras.

Mes paupières deviennent lourdes. Je reconnais les prémices de l'endormissement, comme au Service. Je sais à quel point les appelés sombraient vite.

Uräne me reprend la machette pour me dégager. À côté de moi, il ne reste plus que le sillon laissé par la racine, de nouveau dressée au-dessus de nous trois, prête à nous anéantir. Elle amorce sa chute. Je retiens mon souffle. Valentina se crispe autour de mes épaules. Mon frère se fige devant l'inévitable. Mes yeux se ferment avec force.

Je ne veux pas voir ça…

Au moins, la plante a la bonne idée d'engourdir mon esprit avant de me tuer.

Le temps s'étire. Ou l'impact a été d'une telle violence que je suis déjà morte et sans douleur.

Pourtant, j'entends des coups de lame trancher ce bois spongieux. Je sens encore la chaleur de ce liquide se répandre sur mon bras.

Mon propre sang.

L'atmosphère grésille d'une aura singulière, presque magnétique.

— Bouge, Georgia !

Le cri d'Uräne et les tractions de Valentina me ramènent à la réalité. Mes paupières se soulèvent avec difficulté sur le visage ensanglanté de mon frère. Les mains en l'air, il est tourné vers la racine qui tente en vain de s'abattre sur nous. Elle se heurte sans cesse à une sorte de bouclier invisible formé devant lui.

Ce pouvoir salvateur émane d'Uräne !

Je dois rêver…

Depuis quand possède-t-il une magie ?

N'est-il pas censé l'obtenir le jour où il entrera au Palais Royal en même temps qu'il restera enchaîné à ces pierres ?

— Bouge, Georgia ! répète-t-il.

Sa capacité faiblit à vue d'œil. L'insistance de Valentina à me tirer en arrière, machette à la main, me détourne de cet exploit. Je la laisse m'aider à me relever et attrape mon frère boiteux au passage. Il conserve sa concentration et ses mains levées pendant que nous nous éloignons de la portée du cinarbre.

Mes pieds s'emmêlent. Uräne trébuche de ma maladresse entre mes bras, par chance, hors d'atteinte de la créature tentaculaire qui gesticule, je le soupçonne, de frustration.

Comment un arbre peut-il être frustré ?

Ressent-il quelque chose qui dépasse des instincts primaires ? Des émotions ?

Malgré le fait qu'elle demeure ancrée dans le sol, cette chose me colle froid dans le dos.

Elle finit par se calmer. Chaque racine et chaque branche reprennent leur place, comme si de rien n'était. Les seules preuves de notre combat sont les stigmates infligés à l'environnement autour d'elle et le sang qui nous recouvre.

Ma peur grandit face à ce piège mortel pour randonneurs !

Le souffle court d'Urâne, appuyé contre moi, et la main crispée de Valentina témoignent des mêmes craintes. Des bruits de sabots approchent. Je ne parviens plus à tenir. Je m'endors dans leurs bras.

Chapitre 8

Georgia

Le serpent onirique glisse autour de ma silhouette allongée.

La vache, ces spores m'ont propulsée dans un délire assez étrange !

J'ai l'impression de flotter dans le cosmos.

Une fraîcheur se tortille autour de mon bras.

— Arrête de me geler le sang !

Ma protestation n'a aucun effet sur l'animal composé d'étoiles.

Et pour cause ! Ce n'est pas lui qui s'enroule ensuite autour de ma jambe, puisqu'il s'enfuit déjà loin de moi, au milieu des points lumineux. Je me redresse d'un coup, lorsqu'une racine m'attrape.

— Ah non ! J'en ai marre ! Tu ne vas pas m'emmerder même quand je dors !

Ses mouvements ressemblent à ceux du serpent. Ce parallèle me sidère pendant deux secondes qui me sont fatales. Elle me pique, comme quelques instants plus tôt dans les bois.

Je me situe dans mon propre rêve.

Le cœur battant, je lui reprends mon bras d'un geste brusque. J'arrache cette perfusion, mais du sang se répand sur ma chemise au blanc immaculé alors qu'elle devrait être tachée. Je roule pour échapper à une nouvelle attaque et me relève au milieu des racines rougeâtres.

Je n'aime pas le sol qui se matérialise, celui du Temple avant qu'il ne tombe en poussière de cristal.

Non ! Pas encore ! Je ne veux pas y retourner !

— Où es-tu ? hurlé-je à destination de mon pouvoir. Viens me chercher !

Une larme se mêle à mon angoisse, mais le serpent ne réapparaît pas.

Je ne peux compter que sur moi.

J'ignore si j'ai la capacité de m'extraire sans lui de mes propres psychés. Or, j'ai un besoin vital de fuir les murs bruns du Temple qui commencent à s'incarner devant moi.

— Non !

Mon cri surgit au cœur de ma peur de me retrouver une fois encore enfermée dans ce lieu, sous les racines qui me grimpent autour des jambes.

— Non !

Ma volonté explose.

Je dégringole en chute libre dans le noir complet.

Mon pouls s'emballe. La lumière ressurgit lorsque mes organes ont cessé de se croire tombés d'un gratte-ciel. Les contours d'un bureau luxueux, au mobilier volumineux et précieux, se dessinent autour de moi, le temps de reprendre mes esprits.

Où ai-je atterri ?

J'avance sur un tapis épais composé d'un griffon ailé surmonté de deux étoiles, symbole de notre roi. Le parfum d'alcool ambré du verre posé au sommet du tas de papiers sur le sous-main me saisit. Je me dirige vers le fauteuil au haut dossier en cuir capitonné, tourné en direction de la paroi vitrée. J'y aperçois le reflet d'une personne, assise face à la vue nocturne et panoramique sur la province-capitale : Corélysée.

Le Palais Bönté se dresse face à ce visage brouillé par l'ambiance tamisée. Un picotement remonte le long du bras qui a été piqué. Je relève les manches de ma chemise : des écailles ou de l'écorce grimpent jusqu'à mon épaule.

La malédiction !

En panique, je la gratte pour tenter d'arracher cette peau rugueuse qui ressemble à une matière végétale.

Suis-je en train de me transformer en un foutu arbre ?

Je ne veux pas devenir l'un de ces monstres !

Cette rage sourde appartient à la personne qui me tourne le dos. À en croire la décoration chargée de récompenses et de symboles royaux de cette pièce, je me trouve dans les hautes sphères du pouvoir. Ces stigmates sur mon bras me donnent une idée d'à qui je rends visite.

La bourde…

Le fauteuil pivote vers la paperasse. Le propriétaire de ce rêve exécute les mêmes gestes que moi dans un jeu de miroirs atroce. Son attention reste rivée sur son acharnement. Torse nu, Maxwell essaie d'arracher les plaques de squames qui remontent jusqu'au début de son épaule dans l'espoir vain d'endiguer leur propagation.

La peur s'insinue au milieu de la souffrance qu'il se procure en partie lui-même. Du sang commence à couler sous nos ongles qui décollent des lambeaux. Mon cri de douleur retentit en même temps que son inconscient saisit mon intrusion sans la comprendre.

À vrai dire, je ne sais pas non plus ce que je fiche ici.

Je suis arrivée dans le crâne de Maxwell par mes propres moyens, sans l'aide du serpent. Un peu comme lorsque je tombe dans celui d'Alimar.

— Vous ?

— Vous devriez mettre un baume là-dessus. Je connais une adresse à Montlilas. L'herboriste est assez spéciale, mais elle confectionne des pommades contre l'eczéma qui opèrent des miracles. Rendez-vous chez Maria de ma part. Le stress n'est pas bon pour vous…

— Que dites-vous ?

Il secoue la tête avec force pour m'en chasser. Je profite de son incrédulité pour proférer toujours plus de bêtises, dans l'espoir de lui rendre ma présence moins réelle.

— Je ne suis qu'une image de votre subconscient, déclaré-je dans un jeu de mains destiné à lui faire gober l'illusion. Mais franchement, essayez la crème !

Si ça se trouve, elle fonctionnerait ! Je ne plaisantais pas sur les talents de l'herboriste.

Je recule en une pirouette, au milieu du songe grotesque que j'élabore. Quelque chose m'attrape la jambe et me tire en avant. Je tombe à la renverse et me cogne la tête sur le tapis aux armoiries du roi.

Ces foutues racines n'ont pas disparu !

J'agrippe ces tentacules végétaux pour m'en dépêtrer. Ils ont la même consistance que les écailles sur le corps du gouverneur.

— Mais lâche-moi, saloperie !

Celles du Service se montraient plus douces, soumises à Mater Astër. Nous, les appelés, étions aussi plus dociles…

Maxwell se lève sans comprendre le chemin qu'empruntent ses songes. Mes cauchemars empiètent sur le sien ! Je suis en train de modifier et de polluer son subconscient.

— Sors-moi de là !

J'appelle le serpent, mais Maxwell prend cet appel à l'aide pour lui. Le courage de l'ancien général, sous le commandement duquel ont servi mes parents, le pousse à accourir afin de tenter d'arracher à mains nues les racines. Le parallèle avec le jour où il m'a sauvée de l'effondrement du Service et sortie de mon cocon me coupe le souffle.

— Elles s'étendent jusqu'à nous, se lamente-t-il, persuadé que je ne suis qu'une projection de son esprit. C'est trop tard. Beaucoup trop tard ! Nous allons mourir, comme sur les terres du royaume d'Edstar.

Je cesse de me débattre, choquée par la profondeur de sa détresse, dissimulée d'ordinaire sous une bonne couche d'autorité. Je la ressens au plus profond de mes entrailles.

— Pardon pour votre père, me lâche-t-il, droit dans les yeux. Je n'ai rien pu faire. Il a avancé trop loin.

— Les faes l'ont-ils tué ?

Les racines se figent sous nos pieds, elles aussi suspendues dans cette attente.

Maxwell plisse le front. Il se demande comment son subconscient peut lui répondre avec autant de vraisemblance.

Je n'ai jamais obtenu de détails sur ce qui s'était déroulé lors de l'expédition, que ce soit de la part de ma mère, de Morengo ou même de Mercurio. Tous les trois sont morts à présent. Maxwell représente le seul griffon encore en vie au courant de tout ce qui s'est passé sur le Continent Interdit.

Ses mains quittent le cinarbre comme s'il venait de le brûler. L'eau monte autour de moi. Les racines fondent dans ce souvenir, son regard perdu dans le vague. Je me redresse avant de finir noyée dans ses regrets. Mon cœur s'emballe lorsque je me retrouve à le suivre au milieu d'une forêt au pourpre plus profond que celui des bois que j'arpentais, mais dont la densité des branches et la profusion des mousses lui confèrent un aspect ancien et dangereux.

Maxwell accélère le pas dans son armure composée de cuir et de fer, assez proche de celle du Cador. Une peur ancrée depuis des jours ne le quitte pas. Son propre pouls se précipite lorsqu'il se retourne de crainte d'une nouvelle attaque. J'entends des bruits derrière moi, mais je reste concentrée pour ne pas déraper sur le tapis forestier glissant. Je porte aussi une cuirasse griffée. L'odeur de l'humidité se mélange à une autre difficile à identifier, à la fois verte et ferreuse.

Je me prends surtout de plein fouet l'état d'esprit de survie dans lequel se trouve le général depuis son débarquement en terre hostile.

Cette expédition était un cauchemar !

Le paysage change brusquement. Je manque de percuter mon guide.

— Après des jours de marche, nous étions parvenus à la lisière de ces bois infestés de démons, au bord d'un immense lac.

L'orée de la forêt se modèle dans notre dos. Le royaume d'Edstar apparaît autour de moi au fil du récit de Maxwell.

— À l'horizon, de hautes fortifications scintillaient sur l'eau. Elles protégeaient une ville et un château.

Mon pouls s'accélère devant cette merveille.

— Nous avons rattrapé Andrey avant qu'il tente de rejoindre à la nage la cité fae. Morengo essayait de le raisonner alors qu'il avait déjà ôté sa cuirasse.

Mon cœur explose devant l'image de mon père, rendue floue par les années, mais bel et bien face à moi. Je tends vers lui une main remplie d'espoir dans un réflexe inutile. Il n'est qu'une image, un film qui défile dans l'esprit de Maxwell.

Torse nu, en caleçon long réglementaire, ses cheveux frisés attachés par un lien et avec une barbe trop indisciplinée pour un garde royal, il bouscule Morengo. Le maestro dans son uniforme se retrouve en sale état après des semaines d'expédition, loin de l'homme soigné au raffinement tiré à quatre épingles que j'ai toujours connu.

— *Pense à tes filles !* lui crie Morengo.

— *Je le fais pour elles !*

La réponse de mon père me fige dans un silence qui oscille entre la peur et la stupéfaction. Maxwell lance un signe derrière nous. Incapable de détourner les yeux, je ne vois pas à qui il s'adresse. À Mercurio, je suppose.

— *Ne me raconte pas tes histoires, Andrey ! Pas à moi ! Ne te sers pas d'elles comme prétexte ! Cette lâcheté m'étonne de toi. Tu as changé. Tu prends des risques inconsidérés depuis…*

Une flèche transperce la poitrine de son ami et le fait taire. Mon cœur agonise une fois de trop. Le corps de mon père tombe dans le lac. Son sang commence à rougir les vaguelettes.

— *Partons !*

La voix de Mercurio sonne le début d'une course dont je connais déjà l'issue heureuse pour les trois hommes. Les images se brouillent sur Maxwell tirant en arrière Morengo, puis sur les deux guerriers faes en armure dorée et aux ailes de papillon de nuit cristallines et colorées qui les prennent en chasse.

Mon pouls explose des visions qui s'accélèrent à m'en donner le vertige. Je m'accroupis, les mains sur la tête. Je dois sortir d'ici !

Une chaloupe se matérialise autour de moi. Je me retrouve face à Mercurio, lui aussi en cuirasse et crasseux de cette expédition. Je ne l'ai jamais vu avec des cheveux si courts, coupés comme l'exige la garde. Il rame du peu de force qu'il parvient encore à puiser jusqu'au quatre-mâts qui mouille au large. Dans son dos, Morengo dissimule sa tristesse et sa fatigue derrière ses doigts. Il pleure la disparition de son ami.

Assise à côté de Maxwell torse nu et déjà contaminé depuis des années, je me perds dans cette vision de désolation.

— Mon père aurait-il pu être soigné ?

— Peut-être, m'accorde Maxwell.

Je découvre un remords sur ce visage implacable. Il me comprime la poitrine.

— Alors, vous l'avez abandonné. Pour sauver cette pourriture !

Mon écœurement glisse sur Morengo. Sa peine me bouleverse, mais ma colère et ma répugnance envers lui consument les miettes de compassion auxquelles j'aurais pu consentir.

— Le pouvoir de Morengo possédait trop de valeur pour le roi. Il m'avait ordonné de le ramener sain et sauf, qu'importe qui je devais sacrifier pour y parvenir. J'étais obligé de partir à leur recherche et de faire ce choix, malgré mon serment de protéger mes hommes. J'ai dû abandonner l'un de mes meilleurs éléments. Et comme toujours, la décision de notre souverain a été la plus sage. Morengo est devenu notre seul remède. La blessure d'Andrey nous aurait ralentis. Nous y serions tous restés ! Il aurait été incapable de marcher nuit et jour dans ces bois et ces marais de lave.

Il se retourne pour contempler la rive noire de cendres que nous quittons. Des fumerolles s'échappent de terres arasées. Deux autres embarcations suivent la nôtre. J'appréhende surtout quelque chose.

— Comment savez-vous qu'il est décédé dans ce cas ?

Maxwell plisse le front saisi d'un doute. Sa tête revient lentement face à moi. Il commence à deviner que je ne suis pas une simple projection.

— Sa Majesté l'a déclaré mort, en même temps que bon nombre de nos hommes. Nous ne sommes plus que trois chaloupes à peine remplies, alors que six ont débarqué.

— Vous ne répondez pas à ma question ! Comment être certain qu'Andrey Lamare n'a pas survécu à ses blessures ?

— Les guerriers lui ont mis la main dessus.

— Il est peut-être fait prisonnier !

— Le roi affirme que cette situation serait impossible. Et je le rejoins sur ce point.

— Grïffon était trop heureux de se débarrasser de l'amant de sa femme ! Bien entendu qu'il l'a déclaré mort.

— J'en doute. L'unique message qu'a reçu notre souverain de la part de Phalémir n'a jamais mentionné l'existence d'un prisonnier. Andrey aurait représenté une monnaie d'échange qu'il aurait été idiot de ne pas utiliser.

— Seule Lÿs intéressait Grïffon.

— La reine constituait sa priorité, m'accorde-t-il en toute logique. En vérité, votre père a fait échouer cette mission par excès d'héroïsme et d'égoïsme.

— Je ne vous permets pas…

— Et votre sœur, me coupe-t-il, nous a tous condamnés.

Je l'empoigne par les épaules, mes doigts s'enfoncent dans les écailles de l'une d'elles. Je réprime mon dégoût pour, une fois encore, défendre Orféa.

— Elle n'avait pas conscience de ce qu'elle faisait. Ce salaud…

Je pointe le maestro, futur surintendant et maître chanteur.

— … méritait ce qu'il lui est arrivé.

— Sans doute, approuve Maxwell. En attendant, vous et moi passons de l'autre côté. Sans aucune échappatoire possible.

— Je n'aime pas beaucoup quand vous m'incluez dans je ne sais quel côté avec vous.

Ses yeux descendent le long de mon bras, pourvu des mêmes écailles que lui depuis que je suis entrée dans sa tête.

— Vous êtes maudite. Réveillez-vous.

Le serpent fend son image pour se jeter à mon visage. Ses crochets mordent mon esprit. La douleur me fait hurler. Je me débats entre les voiles de ma conscience. Une ombre pulvérise le reptile en une pluie d'étoiles.

— Georgia !

Chapitre 9

Georgia

Je sursaute à mon nom, en sueur au milieu de draps inconnus. L'air qui s'engouffre par une fenêtre m'oxygène peu à peu l'esprit. Je ne me rappelle pas cette pièce austère aux murs gris.

En revanche, je reconnais Uräne, penché au-dessus de moi.

— Georgia ! Réveille-toi !

— Oui, oui… pas la peine de hurler.

Une migraine pointe à travers ce brouillard. Je masse ma tempe lancinante et essaie de passer outre une envie tenace de fumer. J'ignore où se trouve mon sac.

— En l'occurrence, c'est toi qui hurlais.

Il me faut un moment pour émerger pleinement dans ce simple lit à barreaux.

— Où sommes-nous ?

— Au dispensaire de Boisrouge. Des gardes-chasses m'ont entendu crier. Ils sont arrivés quand tu t'es évanouie et nous ont conduits ici.

Je comprends mieux cette pièce dépouillée à la vague allure de chambre d'hôpital.

— Boisrouge ? C'est loin du cinarbre qui a disjoncté ?

— Assez proche, au contraire, m'avoue-t-il, penaud.

Alimar a grandi sur ces terres. Uräne a anticipé mes réticences à partir pour cette ville en me le cachant. J'espère qu'ils ne se sont pas donné rendez-vous dans mon dos !

J'ignore où le maestro se trouve exactement depuis plus de cinq mois. Mon frère m'a affirmé qu'il était libre et redevenu surintendant de la Musique royale. Ce poste devait faire partie des conditions pour qu'il trahisse mes patrons. La mort de Thomin ternit cette joie de savoir qu'il a réussi à revenir au sommet et cette victoire d'avoir repris ce que Morengo lui avait volé dans le sang.

— Combien de temps ai-je dormi ?

Uräne s'assied sur mes draps, au plus près de moi. Une chaise reste à sa disposition à côté de mon lit.

— Quelques heures. Nous avons déjà dîné.

— Oh, non ! J'ai loupé l'heure de l'apéro !

Je plaisante afin de le rassurer sur mon état, mais mon voyage dans la tête de Maxwell m'a fichu la frousse. Revoir mon père m'a ébranlée.

Ce que j'ai appris sur lui encore plus…

Bon public, Uräne m'accorde un sourire. Il s'est changé entre-temps. J'imagine que quelqu'un a ramené notre voiture et nos affaires. Je me redresse, en soutien-gorge. Mon frère se détourne par décence pendant que je dissimule ma poitrine sous le drap.

— Une infirmière t'a fait une toilette sommaire, m'annonce-t-il.

— Je me disais aussi, je pue moins le sang.

Mes doigts se crispent sur le coton. Je fais le lien entre cette odeur véritable et cette ambiance végétale et onirique.

La forêt d'Edstar…

J'ai du mal à réaliser.

Je repère surtout mon sac ouvert sur le carrelage dans un coin de la pièce. Voilà de quoi m'habiller.

— Ne te lève pas tout de suite. Je te ferai porter un plateau. Tout le monde est aux petits soins pour nous.

— Pour Son Altesse, tu veux dire.

— Oui, soupire-t-il. Leurs bonnes volontés m'oppressent. Je manque de patience ce soir.

— Après une journée pareille, qui t'en blâmerait ?

— Moi, je m'en blâme. Le médecin pense que les spores t'ont endormie, enchaîne-t-il, pour changer de sujet. Ton réveil s'apparente à celui d'un Service, même assez court.

— T'inquiète, j'en ai l'habitude.

— Je suis navré, Georgia, de t'avoir amenée dans ces bois.

Son attention et ses remords reviennent sur moi.

— Je te pardonne. Mais la prochaine fois, je me charge de l'organisation de nos randonnées.

— C'est de bonne guerre. Tu as une mine affreuse et tu criais dans ton sommeil. Repose-toi encore.

— La faute du serpent ! Il m'a fichu la frousse.

Pourquoi m'a-t-il attaquée ?

Et quelle est cette ombre qui a pulvérisé mon pouvoir ?

Cette anomalie me fait de plus en plus peur…

— Le serpent, marmonne Uräne, dans un éclaircissement de gorge. Je n'aime pas le savoir tout le temps à tes côtés.

— Je n'y peux rien ! Et puis, quand il ne m'accompagne pas en exploration, mon pouvoir sème le bazar. Remarque, la tête de Maxwell ressemble à un vrai merdier. J'en connais un qui a besoin d'une bonne thérapie. En même temps, à qui pourrait-il se confier ?

À moi, apparemment…

— Tu t'es promenée chez Maxwell ? s'horrifie son ancien pupille.

— Il devient vieux pour faire des siestes.

Ou de plus en plus affaibli…

Mince, je commence à le plaindre !

— Georgia, te rends-tu compte à quel point le rencontrer de cette façon se révèle dangereux ?

— As-tu peur que je le rende fou ?

— Il est un homme de pouvoir, proche du roi ! Bien entendu que je me soucie de ce qui peut lui arriver.

Un sérieux doute arrête ma langue avant de lui faire du mal.

Uräne sait-il que son tuteur est touché par la malédiction ? Alimar lui a-t-il dévoilé *ce détail* ?

Je n'ai pas envie de lui briser le cœur. Il a beau se plaindre du poids qu'a constitué la présence de cet homme dans sa vie, pour finir, il représentait, et représente toujours, sa seule constante depuis la disparition de sa mère. Un peu comme Morengo l'a été pour ma sœur et moi. Maxwell se comporte parfois en parfait connard, mais il n'est pas aussi pourri que l'était mon parrain. Je cerne sa logique de fidélité à la couronne, celle qui anime chaque garde royal, et encore plus les généraux.

Je préfère me taire et attendre un autre moment pour lui en parler.

À la place, je rebondis sur un sujet qu'il évite avec soin.

— Ne te soucie pas de mon pouvoir. J'aimerais plutôt que tu me dises depuis quand tu en possèdes un, *toi* ?

Ses joues virent au rouge. Son attention file partout sauf sur moi.

— Je croyais que le prince n'accédait à sa magie qu'en fichant les pieds au Palais Royal.

— Les conditions exceptionnelles de ma naissance l'ont laissé croire aux augures. Raison pour laquelle Père peine à gober toutes leurs prédictions depuis.

— Ils se sont plantés ?

Je me tortille sous les draps pour accrocher son regard mordoré. Il triture sa lèvre avec ses dents, en proie à une lutte interne. Son air coupable finit par glisser sur moi.

— Mère m'a fait promettre de ne jamais rien révéler. Père m'a obligé à la renouveler après sa disparition. Mais maintenant que tu m'as découvert en action, je suppose que je te dois cette confession.

— Tu oublies Valentina !

J'en ricane.

— Elle en sait déjà beaucoup sur mon compte. Et ses questions ne tarderont pas.

Ses joues se creusent sur ce rouge qui s'accentue.

Oh, il est trop mignon !

— Tu ne me dois rien. Parle si tu en as envie et non pas par devoir.

Il prend le temps de réfléchir, avant de me répondre dans un sourire :

— Je crois que j'en ai envie.

— Tant mieux ! Je t'écoute !

Je m'en réjouis et gesticule dans mon lit afin de me redresser et de croiser les mains sur le drap, devant ma poitrine. Urāne rit à cet élan de complicité qui m'éloigne des démons de Maxwell.

— Les augures n'ont pas deviné cette singularité chez moi, car tous ignoraient mon sang fae. Comme pour toi, il a levé le verrou posé par Mater Astër sur les pouvoirs de la Maison Céleste.

— Alors, tout le truc avec le Palais Royal, ça ne marche plus ?

— Si, malheureusement. Les deux sont dissociables et pourtant fonctionnent ensemble. Comment t'expliquer ? soupire-t-il.

— Bah, commence par le début.

Mon poing bouscule son épaule, un geste de taquinerie. Uräne me sourit avant de rassembler ses idées.

— La Maison Céleste dispose d'une série de dons défensifs. Nos souverains ont toujours eu pour unique vocation de défendre leur peuple. En gros, nous faisons office de boucliers. Père et moi sommes hermétiques à la magie extérieure. Nous possédons notre propre bouclier en quelque sorte.

— J'arrive pourtant à m'incruster dans ta tête.

— Parce que je l'ai levé uniquement pour toi. Pour que tu puisses venir à ma rencontre en cas…

Il cherche le terme qui ne me mettra pas mal à l'aise. Trop tard, mes joues s'échauffent à la fois de honte et de reconnaissance pour ce droit qu'il m'octroie.

— … d'égarement. En dehors de cette protection personnelle, notre don s'étire autour de nous, dans une limite raisonnable.

— Celle de ton père englobe tout le royaume !

— Il n'en serait rien sans le Palais Royal bâti en pierre astrale. Cette roche est extraite des fonds marins. Elle se trouvait encore accessible sur certains rivages en ce temps-là. Maintenant tout a été submergé et nul n'a le droit de l'exploiter.

— Comment s'est-elle retrouvée sous l'eau ?

— Il s'agit de météores envoyés par Mater Astër le jour de l'Astralis dans le but de nous isoler des terres faes en guerre. Les impacts ont façonné ce continent en forme d'étoile.

— Pour nous enfermer…

Je me rappelle les propos de Mercurio.

— Je le pense de plus en plus, m'approuve Uräne. Ce minéral possède sa propre énergie. Seul, le roi ne peut pas créer ces vents de lumière protecteurs. Du temps du Service, les résidus de magie contenus dans le sang du peuple, prélevés par le cinarbre originel, cheminaient jusqu'au palais. Un peu comme l'électricité passe dans des câbles. Il faut considérer tout ceci à la manière d'un système assez simple de radiodiffusion dont il est nécessaire de séparer chaque élément pour en comprendre le fonctionnement.

Plus je l'écoute et plus je patauge dans l'incrédulité.

— Toi aussi tu as inhalé des spores dans ces bois…

Il m'assure que non, avant de poursuivre.

— Cette énergie retransmise par l'intermédiaire du trône de racines augmentait la puissance du roi, qu'il convient de comparer à un émetteur. La pierre astrale joue le rôle de l'antenne, dans notre exemple. Le souverain peut ainsi retranscrire le bouclier de la Maison Céleste sous la forme de ces vents si particuliers. Depuis cette antenne, la magie se diffuse jusqu'au dispositif de relais en pleine mer. Un savant assemblage de miroirs éoliens en haut des phares de forts, bâtis dans cette même pierre, crée cette tempête permanente et rend visible cette lumière. Cette analogie te permet-elle de mieux saisir cette alliance entre la Maison Céleste et Mater Astër ?

— En gros, la pierre de l'étoile fait rayonner le pouvoir du roi.

— Selon Gédéone, Père émet une lueur difficile à réguler. J'ai compris pourquoi certaines photographies personnelles que j'ai de lui ont les blancs brûlés. Elle l'imprègne depuis sa naissance. On surnomme le Palais Royal, le palais aux voiles, car ils sont tendus un peu partout afin qu'il puisse se déplacer sans avoir à se contrôler et sans éblouir ses domestiques.

— Tu plaisantes ? Grïffon produit de la lumière ?

— Et il ne peut pas sortir de chez lui sans prendre le risque que nos protections s'effondrent.

— Ça, tout le monde le sait ! Même si personne ne comprend pourquoi.

— Simple question de radiodiffusion. Constamment alimentée par l'énergie issue du peuple, la puissance de son don est telle que sans antenne pour évacuer ce trop-plein, il finirait par… griller.

Ce terme lui arrache une grimace justifiable.

— Mais, Maxwell peut entrer dans ce palais, non ? Les serviteurs y vivent, j'imagine ?

— Tu le pourrais aussi. Tu es la fille d'Andrey. La lignée du Gracié Arïes se retrouve conditionnée à recevoir ce pouvoir. Lorsque ma mère a quitté ce lieu pour me mettre au monde, elle m'a préservé de l'afflux de magie qui devait m'enchaîner à ces pierres. Elle m'a néanmoins condamné à être incapable d'approcher de cette roche. Mon sang réagirait avec cette dernière, quoi qu'il arrive.

— En somme, tu grillerais…

Ma légèreté porte pourtant un lourd avertissement. Il m'approuve d'une moue pincée.

— Brilleras-tu aussi quand tu seras sur le trône ?

— Il paraît, maugrée-t-il, sans aucune joie à cette perspective. Un rite est cependant nécessaire afin de stabiliser cette force. Une sorte de révélation, comparable à ce qui se déroule pour les Asters.

— Tu auras droit à un joli tatouage sur la nuque ! Je penche, au hasard, pour Bönté.

— Selon Valentina, elle peut le réaliser où je le souhaite.

Je note qu'il ne me contredit pas sur le choix de l'étoile filante.

— Oh, je vois ! Vous ne parlez pas que d'horoscope avec elle, mais également de ton corps !

Je devrais arrêter de le charrier. Sa figure se transforme en coquelicot. Il prend une profonde inspiration pour poursuivre sans relever ma pique.

Oui, je m'occupe de sa vie pour éviter mes propres problèmes.

Qui n'a jamais fait ça ?

— Je te l'ai raconté, avant de devenir augure, Valentina avait la charge de la révélation des Asters en leur apposant leur tatouage.

— Ouais, ouais, enchaîne.

— Eh bien, Valentina est l'une des clés du reste de mes pouvoirs. L'une des rares capables d'initier le rite qui me permettra en tant que roi de protéger mon peuple.

— Tout en t'attachant au palais.

— C'est l'idée, soupire-t-il.

Lÿs lui a-t-elle vraiment rendu service en lui offrant cette liberté, avant de devoir s'en défaire pour vivre cloîtré ? J'ignore combien il existe de ces clés capables de transmettre la magie de Mater Astër, mais il n'a pas intérêt à se séparer de sa précieuse Valentina.

Aucun risque là-dessus !

Son regard se perd dans le vide, guidé par une mélancolie contagieuse. Il se voit déjà enfermé au milieu de ces voiles.

Mon petit coup d'épaule le sort de cet avenir lointain.

— Je viendrai squatter chez toi. Il doit bien y avoir des piscines au milieu des moustiques. Et les domestiques savent probablement faire des cocktails.

Son sourire réapparaît, animé de malice.

— Je t'en ferai construire une et tu auras même ta chambre.

Il s'en réjouit d'avance.

— Vendu ! Mes chiens vont raffoler de gambader dans les jardins royaux.

Sa moue se creuse de réticences.

Hé ! Ce n'est pas sympa ! Ils adorent le prince !

Bon, revenons à nos moutons. Parce qu'avec tous ces nouveaux éléments, un point me chiffonne.

— Tu parlais de Gédéone…

— J'ignorais bon nombre de ces choses avant qu'il ne me les révèle au cours de mes recherches. Ma mère m'avait avoué le peu que je connaissais. J'aurais préféré en apprendre davantage de la part du principal concerné. J'en conviens, le téléphone n'est pas des plus appropriés pour ce genre de conversation. Les standardistes entendent tout. Le conservateur du Scriptorium se montre d'une aide immense.

— Mouais. T'es-tu demandé pourquoi il le faisait ?

— Oui… et je n'ai pas encore trouvé. En attendant, je prends ce que je peux obtenir de lui sans pour autant lui accorder ma pleine confiance. Je reste sur mes gardes, si c'est ce qui te tracasse.

— Je me dis juste qu'il ne t'ouvre pas grand les portes d'un lieu réputé aussi secret et impartial sans une raison, bonne ou mauvaise.

— Selon lui, le Scriptorium a perdu sa neutralité avec…

— … l'irruption du Cador. J'avais compris ce passage. Mais quand même, c'est louche.

— Tant que j'y trouve des réponses à mes questions, qu'il me fournit des informations capitales, comme sur Bérénice…

— La franche réussite !

— … sur les Faësters et leur descendance, ou sur ma mère, j'entrerai dans son jeu.

Beaucoup considèrent Uräne comme un gentil et beau prince naïf. Moi, la première, lorsque je ne savais de lui que ce que les tabloïdes racontaient à son sujet.

Or, c'est mal le connaître.

Mais parfois nos blessures nous aveuglent et nous rendent sourds à la raison. Je préfère m'assurer qu'il sait où il met les pieds.

— Fais attention de toujours être en mesure d'en sortir. J'ai peur qu'il te fasse miroiter des choses impossibles.

— Si on te disait qu'il existe une infime chance de pouvoir sauver l'un de tes parents, ne prendrais-tu pas ces risques ?

Sa question me heurte.

La flèche traversant le buste de mon père me déclenche la nausée.

Je saisis ce qu'Uräne sous-entend par « l'un de mes parents ». Il s'imagine qu'à force de me rabâcher que Lÿs est ma mère, elle finira par s'imprimer dans ma tête et dans mon cœur.

Peut-être y parviendra-t-il un jour ? J'ai toujours trouvé son histoire avec le roi Grïffon si romantique, avant de comprendre qu'Andrey Lamare était son véritable amour.

Pour l'heure, c'est vers lui que mes pensées convergent.

— Je te promets de conserver un maximum mes distances, m'assure Uräne, inquiet que je me renferme.

La porte de la chambre lui vole la parole. Valentina s'avance, vêtue de mes affaires, ses longs cheveux ondulés aux reflets acajou tressés dans son dos. Elle a bien fait de se servir dans mon sac.

Le prince se lève d'un coup de mon lit. Il la découvre pour la première fois habillée comme n'importe qui, comme moi plus précisément. Il trébuche sur un appui incertain et se rattrape au dossier de la chaise. Elle lui adresse un salut respectueux et une remontrance.

— Le médecin vous a ordonné l'immobilité.

La prêtresse ne se rend pas compte que sa simple présence le plonge dans cet état nerveux.

— La racine a perforé les tissus de votre talon et fragilisé le tendon. Vous devez le laisser au repos le plus longtemps possible.

Inquiète pour lui, je me penche sur mes draps.

Il s'est bien gardé de me montrer son bandage !

Valentina et moi sommes mieux loties que lui. Mis à part un gros dodo assez houleux pour moi et une piqûre sur mon bras, nous nous en sortons bien.

— Terminé les bals pour le moment ! souligné-je.

L'augure contourne mon lit pour venir à mon chevet. Elle m'approuve tandis qu'Uräne clopine sur un pied pour parvenir à s'asseoir sur la chaise. Elle ne remarque pas que le prince la dévore des yeux. Valentina m'avait soutenu que jamais elle ne se présenterait devant lui ainsi. Elle fait preuve de courage pour oser pénétrer dans cette pièce.

— Le pantalon vous va bien.

J'essaie de la rassurer.

— Peu importe, j'enfreins le protocole devant Son Altesse Royale, me chuchote-t-elle.

— Oh, bah, il ne s'en plaint pas…

Elle donne l'impression de s'étouffer en inspirant de l'air.

Quelqu'un frappe à la porte. Uräne autorise la présence d'un visiteur pour que j'arrête de les asticoter tous les deux. Une infirmière en tablier blanc incline sa tête surmontée d'une coiffe, par respect pour le prince.

— Je suis heureuse de vous retrouver réveillée, se réjouit la jeune femme joviale. Nous avions supposé que votre sommeil serait plus long.

— J'ai l'habitude de ce genre de somnifère. Ils ne doivent plus être efficaces à la longue.

Elle me contemple avec perplexité. J'évite d'en ajouter une couche avec mes cinq Services en huit ans. Six, si je compte l'ultime avant la chute du Temple.

— Votre Altesse, un homme demande à vous parler.

— Je ne suis pas disposé à recevoir je ne sais quel admirateur.

Il s'en agace. Sa présence fait sensation dans le dispensaire. La pauvre infirmière se trouve un peu prise au dépourvu. Elle essaie pourtant de le convaincre :

— Il ne s'agit pas de n'importe qui. Notre mécène souhaite vous offrir un meilleur accueil.

Elle se tait à l'approche d'un gentilhomme dans son dos. Elle lui adresse la même pirouette qu'au prince avant de nous laisser seuls face à la sévérité de cette connaissance.

Ses cheveux noirs et ondulés m'en rappellent d'autres, bien qu'il soit mieux peigné que son fils. Il porte une canne d'apparat sous le bras. Le portrait accroché dans le bureau du Palais Pinotte, à Rocheprince, et les traits du visage au teint mat qu'avait volé Mercurio me permettent de savoir sans peine qui nous rend visite.

— Salazar Pinotte ! s'étonne Uräne.

Je remonte mon drap haut sur mon cou. Il ne manquerait plus que le vieux d'Alimar me découvre en sous-vêtements !

La sagacité de ce bel homme saute du pied blessé du prince, à la prêtresse au regard voilé et en pantalon, à… moi, à moitié à poil. Il plisse le front avant de reculer en s'excusant.

— Pardonnez mon irruption. Le directeur du dispensaire vient juste de m'informer de votre présence à Boisrouge, Votre Altesse. Ma voiture et ma maison sont à votre disposition pour votre repos et votre tranquillité.

Urâne se retrouve à son tour pris au dépourvu. Il s'interroge sur la façon de répondre à cet audacieux qui s'incruste parmi nous.

Alimar a de qui tenir…

Salazar a saisi l'occasion de se faire bien voir de la famille royale.

Ou s'agit-il de prévenance ?

Les lettres odieuses que j'ai trouvées dans son bureau et que j'ai ensuite brûlées me font pencher pour ma première idée.

— Je vous remercie pour cette offre généreuse.

Mon frère m'adresse un coup d'œil incertain. Il a envie d'accepter, de ne pas passer la nuit dans un lieu où tout le monde est un peu trop aux petits soins pour lui. Ça le gonfle…

De toute évidence, il connaît un minimum Salazar. Il doit se dire qu'une grande demeure lui procurera plus de calme. Il hésite à cause d'Alimar et moi.

C'est de l'histoire ancienne ! Si ça lui fait plaisir d'aller chez les Pinotte…

— Fais comme tu veux.

J'avoue être curieuse de visiter la maison où Alimar a grandi.

Il y réfléchit encore en adressant la même question silencieuse à Valentina. L'augure n'y voit aucun inconvénient. Un bon signe !

— Dans ce cas, nous vous suivons, Monsieur Pinotte.

Chapitre 10

Alimar

Le soleil est couché et je ne peux toujours pas ôter mon masque.

Cette armure de cuir et de métal me pèse avec la fatigue.

J'ouvre la portière de la berline mise à ma disposition par Sa Majesté. Dans la ruelle qui donne derrière la chapelle de l'opéra, je fais signe à mes acolytes du jour de me rejoindre. Norian s'extrait d'une voiture banalisée, afin de ne pas attirer l'attention. Il précède le prisonnier menotté et cagoulé. Ses deux collègues le tiennent et l'obligent à baisser la tête.

Dès qu'il retrouvera la vue, Mercurio saura où il se trouve. Il connaît ce chemin, composé des passages secrets de Morengo. Inutile de nous compliquer la tâche en lui offrant toutes les possibilités de fuite.

Personne d'autre que nous devons le voir.

Nous réalisons un détour pour emprunter une sortie de service. Quelques couloirs sombres plus tard, une faible lueur bleue et familière perce à travers une grille, au milieu d'un passage étroit. La veilleuse du vitrail et mon ancienne prison se situent de l'autre côté.

Aux aguets, dans l'espoir de ne croiser aucun petit rat égaré, je pousse une tapisserie défraîchie. Je peine à distinguer où je marche dans l'obscurité de ma vision.

Norian déverrouille la chapelle à l'aide d'une grosse clé. Ironie du sort, je la lui ai moi-même remise. La stupeur s'empare des trois policiers qui m'accompagnent lorsqu'ils découvrent leur futur lieu de mission pour les semaines à venir. Ils ne sautent pas de joie face au modeste bureau, les deux chaises dépaillées et tout ce qu'il faut pour une décence sommaire. Ils ont touché le gros lot…

Le commissaire ouvre le sas. Le bruit métallique des portes fait contracter les muscles du prisonnier vêtu des moins crasseux haillons que j'ai ordonné de lui passer à Fortfer. Ses longs cheveux arrivent en bas de sa tunique jaunie. Je doute qu'il s'agisse de la couleur de base du tissu.

La seconde porte du sas s'ouvre. Avec réticence, je pénètre le premier dans ce qui a été ma vie pendant cinq interminables années.

Une vive émotion mêlée d'angoisse me fauche. Cet endroit reste semblable au moment de mon départ. Mes affaires se trouvent toutes à la même place. Un confort rudimentaire, mais toujours plus agréable que les horribles cellules de Fortfer.

Je me contente de quelques pas, juste de quoi laisser entrer mon invité. Masqué une nouvelle fois, je demeure incapable d'aller plus loin dans cette pièce.

Sous sa cagoule, Mercurio respire à pleins poumons, à la recherche de quelque chose. La fraîcheur que restituent les pierres et le parfum du vieil encens éteint depuis des décennies éveillent en lui des souvenirs.

À moins que ce soit l'odeur du sang séché qu'il a lui-même versé qui lui monte au nez. Ses sens sont peut-être plus aiguisés que les miens. La flaque n'a pas été lavée depuis que Mercurio a fait exploser les crânes de mes gardiens pour me sortir d'ici. Je lui dois en partie ma liberté, même s'il n'avait d'autre but que de se servir de moi.

L'a-t-il a minima accompli pour Georgia ?

— Nettoyez ce sang !

Je vomis ces mots. La gravité de ma voix ricoche contre le métal de mon masque.

Mon dégoût surprend tout le monde. Les policiers échangent des coups d'œil à la fois craintifs et perplexes à cause de la tache sombre qui auréole la pierre à leurs pieds, à l'intérieur d'une ancienne chapelle.

Les deux hommes responsables de ce carnage leur font face. Ils n'ont eu aucune connaissance de l'assassinat de ces deux gardes royaux.

Puisqu'aucun d'eux ne semble pressé d'exécuter mes ordres, je prends exemple sur la poigne de fer de Père à la direction de ses équipes.

— Attendez-vous que le travail s'opère comme par magie ? Savez-vous ce qui est moins fatigant que de me répéter ? Signer votre lettre de mise à pied.

Sur cette paraphrase maintes fois entendue, je pousse le pan de ma cape et dévoile la crosse tape-à-l'œil en métal argenté de mon flingue. Elle attire l'attention et la coopération sans avoir la nécessité de dégainer.

— Je m'en charge, finit par céder Norian.

Le commissaire m'étonne. Il pourrait l'exiger de ses deux subalternes.

Il ressort dans l'ancienne annexe du Culte transformée en bureau, trouve un seau qu'il remplit d'eau au robinet qui servait pour les offices. Il s'agenouille devant les reliques de ce meurtre et, à l'aide d'une brosse, gratte l'outrage commis en ce lieu saint.

Je devrais demander pardon à l'étoile qui me contemple du haut de son vitrail. Elle et moi avons été de connivence à de nombreuses reprises. Or, comme la plupart de mes collaborateurs, je doute à présent de sa moralité.

Mater Astër est une sacrée garce…

Je ravale mon blasphème silencieux et exige des policiers qu'ils retirent la cagoule du prisonnier.

Je ne m'habitue pas à voir ce visage émacié du fae avec qui j'ai fui. Sa surprise s'attarde sur chaque élément de sa nouvelle prison. Sous le zodiaque doré peint sur la nef azur, il a besoin d'un moment pour assimiler ce qui lui arrive. La faim au ventre et la fatigue du voyage, couplé à son état de santé, marquent chaque partie de son corps et ralentissent ses réflexes d'ordinaire aiguisés.

— Laissez-nous et fermez juste la première porte derrière vous. Sauf vous, Commissaire. Continuez de rendre cet endroit habitable.

Norian et Mercurio m'adressent le même coup d'œil dubitatif.

Oui, je pourrais le faire moi-même. Le Cador a démontré à plusieurs reprises qu'il n'hésitait pas à se salir les mains lorsqu'il était en mesure de l'accomplir.

En cela réside mon problème. J'ai envie d'effacer ce nouveau carnage dans lequel j'ai été impliqué, mais aucun de mes pieds ne daigne avancer quand le sas nous enferme. L'angoisse m'étreint telle une ancienne amante dont je ne parviens pas à me défaire. Elle me colle à la peau et m'étouffe.

Je me force à respirer sans trahir la posture inflexible du chevalier. Mercurio se dirige en direction du commissaire, sans se détourner de moi. Je me crispe sans savoir comment réagir.

Je ne peux plus bouger ni même sortir mon arme contre lui, de crainte de perdre un atout précieux et de faire, encore, couler du sang dans ce lieu saint. J'oublie aussi la musique. Ma signature me démasquerait.

Alors, je laisse faire Norian, comme le Cador déléguait à Maxwell ou à son assassin lorsque les risques menaçaient de dévoiler son identité ou que son impuissance à abattre l'un de ses sujets le submergeait.

Rien de mieux que de se glisser dans la peau d'un homme pour le cerner.

— Reculez ! lui ordonne le commissaire en se relevant.

Mercurio traîne des pieds au milieu des rangées de bancs parmi lesquelles j'avais mis le chaos afin de me créer des espaces de vie. Il s'appuie contre les dossiers de ceux qui surélevaient ma paillasse, à la couverture en pagaille, pour parvenir jusqu'au flic. Ce dernier s'écarte, une main sur la crosse de son pistolet de service.

Je secoue la tête pour qu'il laisse faire notre prisonnier. Son comportement m'intrigue. Il en a toujours été le cas avec Mercurio. Norian ne lâche pas son arme, pourtant encore dans son étui. Il revient auprès de moi, prêt à me défendre en cas de nécessité.

J'admire son professionnalisme.

Georgia m'avait parlé de lui comme d'un type bien.

Je l'approuve sur ce point.

Le responsable de cette mare séchée et noire tombe à genoux devant le seau d'eau. Il empoigne la brosse avec le peu de force qu'il a réussi à se reconstituer le temps du trajet, loin de l'argilis, et commence à gratter la pierre de la chapelle.

— Que fait-il ? marmonne Norian, incrédule.

— Il tente d'apaiser sa conscience.

— Dans ce cas, rejoignez-moi, Alimar, balance Mercurio.

Mon sang se fige dans mon armure.

Non seulement ce malin m'a reconnu, mais en plus il me vend !

Choqué, Norian fait un pas de côté. Il associe mon nom à ma réputation et à mon visage. Un long soupir m'échappe. Si cette erreur arrive aux oreilles du roi, il va me retirer mon violon et ma baguette…

— Je ne suis pas responsable de ces meurtres ! Pour un expert en discrétion, vous perdez la main, Mercurio. Ce dont je doute. Vous me jouez donc un vilain tour en révélant mon nom au brave commissaire Duchêne.

Le policier s'emmure dans l'incrédulité. Mon ton diffère de celui du Cador. À quoi bon maintenir l'illusion ?

— Bon sang, marmonne Norian.

— J'agis sous les ordres de Sa Majesté, lui rappelé-je. Je vous suggère de garder ce que vous apprenez pour vous.

— Le chevalier et vous étiez présents au même endroit. Dans l'opéra, dans le Temple, réfléchit le fae. Il y a par conséquent deux Cador. Qui est le second ? Ou plutôt, je le suppose, le premier ?

Inutile de nier. Il est impossible que je me cache sous ce masque depuis le début.

— Je n'ai pas l'intention de me défaire de la maigre avance que je conserve sur vous. Je vous conseille de vous taire à propos de ce duo, tous les deux. Car vous n'aurez jamais la certitude de savoir qui, de nous deux, vous aurez en face de vous. Divulguer ce secret vous coûterait cher.

— Vous voulez parier ? ricane Mercurio.

Ses doigts pataugent dans le sang dilué par l'eau.

— Je pense que l'endroit et ma réticence à entrer ici vous ont éclairé, Alioth.

— Je reconnais vos tournures de phrases, m'affirme-t-il d'une voix suave. Votre façon de vous déplacer. Vos faiblesses... Nul besoin de votre visage pour mettre un nom sur ce nouveau masque. Je vous ai connu sous vos anciens, Maestro. Et je vous demande de ne pas utiliser mon prénom fae. J'ai vécu tant de temps parmi vous que je me suis construit bien plus qu'une couverture à Montlilas. Mercurio est celui que je suis devenu.

Je déteste qu'il en sache autant sur moi. Alors, je rebondis, sans montrer qu'il parvient à me déstabiliser.

— Comment l'êtes-vous devenu au juste ? Comment avoir réussi à infiltrer la garde royale et, votre complice, la princière ?

Un rire lui échappe, aussi bref que son manque d'énergie lui permet.

— Pensez-vous que je vous offrirais cette information au risque de me voir repartir dans ma cellule d'argilis ? Je préférerais mourir ici et emporter ce secret dans les étoiles.

Il redouble d'efforts sur sa tâche. Son choix ne m'étonne guère. J'aurais réalisé le même. Mes jambes fébriles consentent à quelques pas dans sa direction.

— Vous ne repartirez pas, Mercurio. Je vous le promets. J'ai besoin que nous fassions équipe.

— Vos promesses ne valent rien.

— C'est faux ! Je les tiens toujours.

— Vous nous avez trahis !

De rage, il jette la brosse à travers la chapelle. Norian se rapproche avec les menottes. Je l'arrête. Cette colère est légitime. Mais il faut que le détenu comprenne.

— Oui, je vous ai vendu pour respecter mon serment fait à Georgia.

Le commissaire se raidit à l'évocation du prénom de son amie, ou qu'importe ce qu'elle représente pour lui. Je n'ai jamais saisi et je ne cherche pas plus loin.

— Je suis désolé de m'être servi de vous pour tenter de sauver les sœurs Lamare, mais je ne regrette rien ! Georgia et Orféa ont toujours constitué ma priorité. Une personne aussi intelligente que vous ne pouvait que s'en douter.

— Thomin y a perdu la vie !

Son cri du cœur monte jusqu'au vitrail. Bouleversé, il bascule d'affliction et s'assied par terre.

— Et moi, je l'ai perdu. J'ai tout perdu…

Son chagrin visible me broie le ventre.

— Là encore, je suis désolé d'avoir utilisé sa propre création contre lui. Mais je ne regretterai jamais d'avoir secouru Uräne ! Il représente davantage qu'un prince pour moi. Un ami, un frère. Thomin a commis une erreur au milieu de sa détresse. Il savait ce que lui coûterait son geste ! La bonne étoile a voulu que je me trouve accroché à la clémence de Son Altesse. Si je n'étais pas intervenu, le coup fatal aurait pu revenir à Norian…

Je pointe du doigt le commissaire qui remet toutes les pièces du puzzle en place. De toute manière, il se retrouve déjà impliqué.

— … ou à l'un de ses hommes qui nous attendent derrière la porte. Ou même à Maxwell qui aurait cherché à protéger son pupille avant son prince. Et certainement au Cador, main du roi et donc de son père.

Inutile d'entrer dans les détails, car il aurait été question de la véritable main du roi Grïffon. Il n'aurait pas hésité à tuer ce rebelle, quitte à mourir pour son fils.

— Thomin n'avait aucune chance !

Je le hurle pour qu'il l'entende enfin. Ma colère fait sauter tous les barrages, toutes les distances instaurées par mon masque.

— J'étais le plus proche, le plus apte à sauver Uräne sans qu'il se prenne une balle perdue. Alors oui, pardon d'avoir assassiné votre amour, Mercurio, mais vous avez failli en faire autant des miens ! Dont Georgia ! Votre protégée ! Au nom de quoi ?

— Au nom de la survie d'un peuple entier !

De rage, il se relève, chancelant. Norian n'ose plus bouger. L'aveu de mes sentiments pour Georgia le surprend-il ?

— Thomin n'était pas de ceux-là ! riposté-je.

— Il ne m'a pas suivi aveuglément, si c'est ce que vous me reprochez ! Il avait compris que nos frontières allaient nous tuer et que, sans alliance, nous serions *tous* morts ! D'un côté comme de l'autre ! Sortez de votre égoïsme et de vos petites ambitions, Alimar.

— Mes petites… *quoi* ?

— Je ne ferai pas *équipe* avec vous. Je ne vous fais plus confiance. Vous n'apprendrez rien de moi, autant m'achever tout de suite.

Mes dernières foulées m'emportent contre lui. Je l'empoigne et le force à reculer contre l'effigie en bois du Gracié Arïes martelé par mon ennui et mes couteaux émoussés.

— Ne me tentez pas ! gronde ma rage. Vous me reprochez d'avoir tué un seul homme, quand *vous* avez sacrifié la vie d'un millier de personnes pour mettre fin au Service.

Il ouvre la bouche. Je ne lui en laisse pas le temps. Son dos frappe encore une fois la pierre et force à ravaler ses arguments dans une grimace douloureuse.

— Ne me parlez pas d'un renoncement nécessaire à votre grande cause ! Vous étiez gravement blessé au point que le prince lui-même vous pensait mort. Les policiers de Norian vous ont évacués dès que possible.

Le commissaire se rapproche, mais croise les bras. Il m'écoute avec attention. Je ne peux plus me taire. Je ne parviens plus à enfouir mes nouveaux cauchemars. Ils s'ajoutent aux anciens pour ne m'octroyer aucun répit la nuit. Moi aussi, je suis exténué.

— Vous n'avez pas regardé ces visages prisonniers du cristal.

— J'ai vu celui d'Orféa.

— Alors, transposez-le au nombre de personnes qui n'ont pas pu être secourues. J'ai aidé le commissaire et ses hommes à tirer leurs corps hors des cocons, une fois ce massacre achevé, le prince et Georgia hospitalisés. J'ai senti la puanteur de la décomposition au milieu de la poussière cristalline laissée par le cinarbre. J'ai assisté à toutes les cérémonies d'hommage pendant le deuil national. Écouté chaque nom prononcé par saint Gédéone devant les portes du Temple et parcouru la capitale recouverte de bannières blanches. Ne vous servez pas de votre peuple en danger pour me traiter d'égoïste et me soutirer des larmes ! J'en ai déjà tant versé pour le mien ! Si j'ai accepté de porter cette armure, c'est précisément pour le délivrer de ce mal avant qu'il ne se répande. À vous de vous montrer moins individualiste sous vos grands principes, Alioth. Car je peine à croire que le Mercurio qui a vécu tant de temps parmi nous fasse preuve de si peu de compassion. Votre colère et votre deuil vous ôtent votre clairvoyance habituelle. Nous avons besoin l'un de l'autre. Réfléchissez-y au milieu de vos erreurs !

Je le lâche et m'écarte de lui pour lui pointer la tache de sang diluée.

— Parce que *moi* j'ai toujours eu le courage d'affronter les miennes, sans me cacher derrière mes *ambitions.*

Hors de moi, je repars et frappe contre le sas, comme tant de fois inutiles au début de ma détention. J'ai mis un moment à me résigner, à comprendre que mes gardes ne m'entendaient pas à travers deux portes en fer.

La première finit par s'ouvrir. Je sors en trombe, sans autre instruction que :

— Apportez-lui le strict nécessaire !

Je laisse Norian et son équipe s'occuper de lui, persuadé que le commissaire se situe dans mon camp depuis que nous avons extrait les défunts de ces cocons et participé aux cérémonies d'hommage aux victimes. Je gage que lui aussi en fait des cauchemars.

Je retourne à ma loge d'artiste par le passage secret dissimulé au fond de la penderie. Le parfum écœurant de la rose me cueille. Je n'ai jamais eu le courage de prendre possession du logement de fonction qui baignait dans cette odeur. Hors de question de remettre un jour les pieds dans cet endroit où j'ai froissé des draps en même temps que ma dignité, dans l'espoir sordide de récupérer ma magie et mon corps.

Je préfère vivre reclus dans cette pièce gardée à la discrétion des générations de surintendants précédentes. Je me raconte que Morengo ne constituait qu'une monstrueuse erreur de casting parmi eux pour parvenir à dormir sur le sofa près du piano.

J'avais entassé les guenilles pompeuses de Morengo que je ne pouvais plus ni voir ni sentir, derrière cette porte dérobée. Je me réserve la vengeance de les offrir à Mercurio, un souffleur traître aux griffons dont le maestro était membre.

Tous deux détesteront ma démarche.

Parfait !

Une petite lampe à huile sur la table de maquillage éclaire l'ambiance azurée et cristalline plongée dans la pénombre. Par des gestes rageurs, j'enlève la capuche de ma cape, la fine cagoule noire, puis l'attache de mon masque à l'arrière de ma tête. Mon visage impersonnel dégringole dans un tintement désagréable à côté des quelques perruques sombres que je conserve pour les représentations et bals auxquels tout le monde m'évite ou égare mes invitations.

J'ai les nerfs à vif entre cette visite à Fortfer, remettre les pieds dans mon ancienne prison et cette confrontation avec ces blessures trop récentes pour avoir cicatrisé. Celles de mon visage s'ajoutent au fer miroitant qui me les renvoie. J'y rencontre davantage que mon simple reflet.

Tout se mélange dans une valse vicieuse sans fin.

La satisfaction du surintendant à me glisser des roses de son appartement à ma veste avant de m'envoyer dans sa chambre d'amis, au milieu des badinages libertins peints entre les dorures de ses murs.

Mon regard morne sur les miroirs du ciel de lit à baldaquin en forme de coquillage, une fois ces chaleurs étrangères enfin parties des draps de soie.

Ma cage d'argilis qui se superpose au masque du Cador, une flûte à la bouche.

Et partout, la violence…

Je détourne du miroir celles qui me marquent de mon passé et contourne l'allégorie de la musique sur le paravent blanc. Sous les reflets du lustre en cristal, j'avise une bouteille de grand cru posée sur le piano, à côté de l'étui de mon violon.

Mes doigts caressent le vin avant de s'attarder sur ma moitié, triste de se retrouver si souvent délaissée. Avec mon état de fatigue et d'énervement, vider ce vin dans un estomac à jeun, malmené par les flots, se terminerait par un concert privé et mélancolique sur le toit de l'opéra.

Je ne dois pas sombrer dans la facilité, l'appel de l'alcool.

J'ai besoin de rêves reposants et non plus de cauchemars agités.

Pour l'heure, mon ventre crie famine. J'ai envie de voir du monde, de m'extraire de ce rôle de Cador, mais surtout d'oublier l'odeur du sang et du vieil encens.

C'est décidé. Ce soir, je sors.

Chapitre 11

Georgia

— Pas plus de deux glaçons, après ça devient de la flotte.

Le valet de pied en habit rouge m'adresse un air perplexe sous sa perruque blanche. Mais la politesse à laquelle sont contraints tous les serviteurs de cette maison gomme son étonnement en un battement de cils.

Voilà, je l'ai enfin, mon apéro !

Je récupère mon verre de malté, servi par le domestique sur un plateau d'argent, à une terrasse en hauteur et sous un ciel magnifique, dénué de pollution lumineuse. Mon regard monte sur le beau manoir blanc, aux longues colonnes qui courent sur plusieurs niveaux de la façade, celui rencontré sur les peintures de Rocheprince. Il n'est pas aussi vaste que le Palais Pinotte. Cette demeure possède un côté intimiste, loin du faste de la baie de Splendore investie par l'aristocratie. L'ambiance se révèle cependant glaciale.

Je trempe mes lèvres dans ma boisson et passe devant Cordélia, la mère d'Alimar, installée sur le canapé d'extérieur. La pâleur de son teint contraste avec celui de son époux, fils d'agriculteur du sud d'Édélice. Elle s'accentue au-dessus de sa toilette crème aux boutons rouges. De l'argilis, sans doute.

Cordélia m'ignore depuis que nous avons déposé nos valises dans nos chambres.

Oh, je ne le prends pas personnellement ! Elle fait de même avec Valentina et Uräne. Plutôt que de m'adresser la parole, elle émiette un gâteau qu'elle donne au compte-gouttes aux petits chiens qui l'entourent sur l'assise en soie.

Si je faisais ça avec les miens, ils ruineraient le mobilier et me mangeraient le bras en prime.

Ses cheveux noirs sont tirés en arrière dans un chignon sévère. Sa bouche pincée est peinte du même rouge profond que les roses disposées sur la terrasse.

Je ne sais pas trop ce que nous lui avons fait ou pas fait. Uräne l'a remerciée de nous héberger pour cette nuit. C'est à peine si elle lui a souri.

Le prince s'entretient avec Salazar dans son bureau. Ils se font attendre. Je préfère rejoindre l'augure qui a le nez tendu vers les étoiles. Malgré l'heure, des jardiniers s'échinent à reboucher les trous dans la pelouse brune, en lisière de la forêt pourpre, derrière un troupeau d'éléphants en train de boire à la fontaine juste en face.

Des éléphants dans un jardin…

Logique…

Dans la myriade de petites torches qui éclairent le parc, ils veillent à ne jamais les déranger.

Le sérieux de Valentina m'interroge. Verre en main, je tourne le dos aux jets d'eau et m'appuie contre la rambarde à côté d'elle. Elle ne dit plus rien depuis que nous sommes descendues de nos chambres et qu'elle m'a aidée à me préparer en vitesse sans arracher mon pansement au bras.

Bref, je m'ennuie ferme.

— Quoi de neuf dans les étoiles ?

J'avale une gorgée après cette tentative pour la dérider.

— Le ciel se fissure.

Son annonce se ponctue d'un froncement de sourcils. Je m'étrangle à moitié avec mon malté. Je m'attendais à tout sauf à ça !

Cordélia coule un œil perplexe dans sa direction, mais conserve le silence. Je ne parviens pas à croire qu'elle ait engendré un fils moulin à paroles !

— Comment peut-il se *fissurer* ? Il se déchire ? Ou un truc dans le genre.

— Il s'agit d'une image, m'explique l'augure d'un ton bien neutre comparé à la gravité de cette révélation. Le ciel n'est pas une toile plate.

Elle me vexe un peu pour le coup !

— Hum… je le savais, quand même… J'ai eu un minimum de cours de cosmologie à l'école. Bon, ils ne m'ont pas servi à grand-chose pour apprendre à taper à la machine à écrire.

— Si vous préférez, les lignes du destin de la Maison Céleste se fissurent, reformule-t-elle.

— Ah bah, voilà. C'est beaucoup plus clair.

La frousse qu'elle me colle se dissimule sous mon éclaircissement de gorge. Je lui en ficherais des annonces pareilles !

Cordélia revient à ses chiens – des sortes de pompons courts sur pattes –, dans une moue pincée, l'air de dire : « N'importe quoi ! »

Je ne suis pas d'accord. De mon point de vue, Valentina possède un vrai don.

— Du coup, la situation devient un peu grave, non ?

— J'essaie de le déterminer, me répond-elle, sa dentelle toujours rivée sur les étoiles.

— Vous êtes vachement rassurante…

Je marmonne dans une nouvelle gorgée de malté. Il va m'en falloir davantage si elle me refait un coup dans ce genre, alors que je n'ai presque rien avalé de la journée.

Mon glaçon tourne dans le liquide ambré. L'odeur m'évoque celle dans le bureau de Maxwell. D'une façon inévitable, cette flèche revient transpercer ses souvenirs et donc les miens. Je réprime une grimace amère et repose mon verre pour prendre le bol de cacahuètes à la place. Les effets des spores se sont en grande partie dissipés. Mon appétit se creuse.

Le tintement régulier d'une canne sur le marbre me détourne de cet apéritif. Chaque pas semble procurer une douleur atroce à mon frère !

L'un des pompons de Cordélia saute du canapé pour aboyer sur Uräne. La petite mâchoire édentée tente de s'attaquer au pied bandé. Le blessé le repousse à l'aide d'une canne au pommeau en forme d'aile en argilis, prêtée par Salazar.

— Il suffit, Pipeau.

Pipeau ? Le chien qu'a connu Alimar. Il ne devrait pas être mort depuis le temps ?

En tout cas, on dirait moi qui essaie de faire taire mes deux chéris juste pour le principe de ne pas emmerder le voisinage.

Au final, je les laisse faire. Faut bien qu'ils s'expriment !

Sa propriétaire lui balance un biscuit pour l'éloigner du pauvre prince malmené. Urãne soupire pendant que je ricane en avalant une cacahuète. Son attention file en direction du parc, derrière moi. Un sourire vengeur atténue sa fatigue et lui rend une part de sa chaleur habituelle.

Quelque chose frappe contre mon dos.

Je me fige. C'est quoi ce machin ?

Une trompe avance à tâtons sur mon bras, puis mon épaule et tente de fouiller dans le décolleté de mon chemisier.

— Non, mais dis donc !

Je me retourne, face à face avec une imposante paire d'oreilles et un regard aussi ancien que curieux, éclairé par les feux des lanternes de la terrasse. Le plus massif des éléphants essaie de me peloter.

— Toi, tu es un sacré coquin !

J'en plaisante, mais séparée d'une simple rambarde en pierre, je ne fais pas la maligne. Ses longues défenses effleurent presque mon ventre. Davantage téméraire que moi, Valentina pose la main sur la trompe qui s'enroule dans les frisettes brunes de mes cheveux. Elle me chatouille !

L'animal change de cible et entreprend la même chose avec Valentina. Elle le caresse, mais tient son bandeau afin que l'éléphant facétieux ne dévoile pas le plus grand secret de l'augure.

— Elle s'appelle Barok, nous surprend Salazar, sur le seuil de la baie vitrée. La matriarche du groupe, la plus ancienne et la plus expérimentée. Elle a soixante-douze ans et une excellente mémoire pour guider ce troupeau de femelles à travers ces bois.

— Un clan de nanas !

Je le relève, épatée.

Au moins, il me confirme qu'elle n'est pas dangereuse.

— Les mâles vivent en bande de célibataires. Ce sont elles qui s'occupent de l'éducation des plus jeunes. Elles sont souvent membres d'une même famille, au sens où nous nous l'entendons. Sœurs, filles, tantes.

Avec sa canne en ivoire, il me montre un éléphanteau entouré d'adultes qui le protègent pendant qu'il boit et joue avec l'eau.

Je prends une poignée de cacahuètes dans mon bol et l'offre à la doyenne. Sa trompe s'enroule autour des coques des fruits. Elle en fiche pas mal par terre, mais parvient à en fourrer dans sa bouche.

C'est trop cool !

— Barok est gourmande, note Uräne, amusé.

Il conserve ses distances avec l'animal et préfère se rapprocher de Salazar. Il a eu son compte de blessures.

— Hé, mais voilà la future reine ! plaisanté-je. Vous avez les mêmes goûts et elle est cheffe de clan. Une super alliance politique ! Et elle a l'air plus sympa que Bérénice.

Je me tords le cou pour observer sa grimace dans mon dos. Je suis certaine qu'il s'imagine l'éléphante avec une couronne d'étoiles sur la tête. Je visualise assez bien la scène !

La bouche de Salazar tressaille. Il me trouve soit bizarre soit drôle.

Peut-être les deux ?

À l'école, j'étais le clown au fond de la classe. J'avais de relatives bonnes notes, ce qui énervait d'autant plus mes profs.

Jusqu'à mes études dans l'administration… La catastrophe !

La trompe se sert directement dans mon bol pour ensuite en jeter à ses copines.

— Une excellente souveraine pour Providence ! Elle prend soin des siens.

— Il y a quelques semaines, nous les avons retrouvées devant la grille à l'arrière du parc, précise Salazar. Elles trépignaient et appelaient à l'aide. Je leur ai ouvert le jardin pour leur offrir un refuge. Elles étaient exténuées. La forêt est devenue trop dangereuse. D'après le récit de Son Altesse, vous en avez eu un aperçu.

— On ne risque pas d'oublier ce maudit arbre !

La vision effrayante de la forêt d'Edstar par Maxwell se superpose à celle devant nous, plongée dans la nuit.

Cette flèche et mon père ressurgissent, encore.

— Deux d'entre elles ont péri pour arriver jusqu'ici. Nous avons retrouvé la première empêtrée dans des racines et collée au tronc d'un grand cinarbre pluricentenaire au fond du domaine, bien au-delà des grilles du parc. Il n'y avait plus rien à faire. Quant à la seconde, son cadavre avait été vidé de son sang dans les sous-bois.

Je ne connaissais pas ces animaux, pourtant une profonde tristesse m'envahit. Barok et sa famille ont vécu l'horreur.

— Avec mon garde-chasse, nous effectuons régulièrement des patrouilles, afin de surveiller l'évolution du mal dans cette forêt, au-delà même de mes terres, et dans l'espoir de venir en aide aux éléphants blessés. Par malheur, rares sont ceux à s'en tirer. Nous arrivons souvent trop tard.

— Le cinarbre originel n'était-il pas le seul capable de prélever du sang ? s'interroge la prêtresse qui choyait l'arbre du Temple. Il s'agissait d'un don de Mater Astër à notre premier souverain : le Gracié Arïes.

— Tu parles d'un cadeau pourri.

Mon commentaire soulève l'indignation de Valentina. Salazar m'observe avec surprise.

— Une aberration !

Cordélia m'approuve en fourrant un gâteau dans la gueule de Pipeau.

Bah voilà, nous commençons à nous entendre !

— Une nécessité à la protection du royaume, nuance Salazar. Ce cinarbre a enfanté cette forêt par un long processus de drageonnage.

— Qu'est-ce que le drageonnage ? le questionne Uräne.

Le prince boite jusqu'au premier fauteuil pour s'y installer et reposer sa jambe, le plus loin possible des pompons qui glapissent.

— Un terme botanique pour expliquer ce phénomène de pousses qui grandissent à partir d'une racine. Ces arbres se nourrissent de sang. La destruction du cinarbre originel a levé une certaine emprise sur ceux qu'il a engendrés.

— Les mômes ont pris leur indépendance, maintenant que le cordon a été coupé…

Mon résumé fait grimacer mon frère. Il se sent coupable d'avoir réduit leur papounet ou mamounette en paillettes.

— Ils étaient inoffensifs tant que le premier les alimentait, m'approuve Salazar. Dorénavant, ils doivent chercher leurs nutriments ailleurs et seuls. Ils filtrent la magie que beaucoup d'entre nous conservent à l'état inactif, après que ce flux a été prélevé par le Service et après son passage par le Palais Royal. Puis, ils finissent par expulser leurs déchets dans la terre.

— Et ça crée de l'argilis ?

Je le suppose auprès de l'un des rares extracteurs de ce minerai de Providence. La trompe me tape sur l'épaule pour me quémander de nouvelles cacahuètes.

— Le fer du sang et les vestiges d'étincelles de pouvoir s'unissent en une sorte d'oxyde de magie. Lorsqu'il rencontre l'une des veines de fer de cette région industrielle et minière, il se recombine pour former de l'argilis. Un minerai qui donne ensuite un métal à la dureté sans égale, au point de fusion bas. Les racines de cinarbres ne parviennent pas à percer ses veines. La prochaine fois, en forêt, ne vous éloignez pas des chemins tracés par les éléphants. D'instinct, ils se protègent en avançant sur ces lignes. Parfois, certains s'égarent.

— Les rumeurs qui le disent magique sont donc fondées ?

— Des contes anciens affirment qu'il garde à distance les mauvais faes, à la différence du fer imperméable aux enchantements. Ce dernier point étant avéré, même chez les Asters, l'argilis a un temps eu cette réputation d'antigène avant qu'elle ne tombe plus ou moins dans l'oubli. Il faut la chercher dans les vieux livres.

— Un antigène ? s'étonne Uräne, le nouveau rat de bibliothèque.

Là, je commence un peu à paniquer.

— Ce minerai et le métal qui en découle leur provoqueraient une sorte de réaction comparable à de l'allergie et capable de les conduire à la mort, selon les légendes.

Oh, la vache…

Rien à voir avec les rhinites que me cause la floraison des mimosas dans Corélysée. Je me demande quel abruti a ordonné de planter cet arbre dans le quartier où se trouvent les meilleurs bars ?

Ma naissance hybride me protège-t-elle de ces effets ?

Je tire mes lunettes de ma poche de pantalon.

— Ces verres rouges contiennent-ils de l'argilis ?

Je dois être immunisée ou un truc dans le genre. Si tel n'était pas le cas, Uräne et moi, nous ne tiendrions pas dans cette maison où ce métal se mélange au bois de cèdre un peu partout. Je n'ai jamais ressenti de malaise à son contact.

À la différence des mimosas !

— Le minerai est incorporé à la silice qui le compose. Il vous offre un filtre qui vous permet de révéler les Souffles, ces essences de vies accordées par les étoiles. Je suppose que vous êtes souffleuse.

Je remarque cette même crainte chez lui que celle aperçue chez son fils lorsqu'il s'est retrouvé face à moi, ou plutôt à ma profession, pour la première fois. Cordélia va bientôt me traîner dehors.

— Je vois d'où proviennent les préjugés, marmonné-je.

— Accueillir ces éléphants représente un acte généreux, Monsieur Pinotte, rebondit Uräne, sentant le vent tourner.

Bon d'accord, je range mes lunettes. Je n'ai pas envie de faire du camping cette nuit, pas dans cette forêt.

— Protéger ces animaux sacrés relève de mon devoir.

— Votre famille a un attachement particulier envers eux.

— *J'ai* un attachement particulier, me corrige-t-il. Elles sont les souveraines de ces bois. N'y voyez aucune offense, Votre Altesse.

— Vous n'offensez nullement la couronne, lui assure le prince.

— Le troupeau piétine nos parterres et souille nos fontaines, intervient Cordélia. Mes chiens ne peuvent plus courir dans le jardin de crainte de terminer sous leurs pieds.

— Je me devais de leur offrir cette protection, semble se répéter Salazar avec lassitude.

— Sont-elles vraiment à l'abri ? N'avez-vous pas de cinarbres maudits dans votre parc ?

— De simples grilles n'empêchent pas les arbres de communiquer entre eux, m'appuie Valentina.

— Ce n'est qu'une question de temps avant que ces éléphants et nous soyons obligés de partir.

Le chagrin perce derrière l'expression sévère du propriétaire de ce domaine. Cordélia retient sa tristesse avec un reniflement. Les Pinotte tiennent à ces terres.

La sagacité de Salazar se pose sur mon bol de cacahuètes, puis sur la trompe qui essaie de m'en voler de nouvelles alors que je lui tourne le dos.

— Vous n'êtes pas le seul à être attaché à eux.

Il comprend sans mal mon message. De son propre aveu, il n'y a qu'Alimar qui nourrit ses animaux de la sorte. Puisque je traîne avec le prince, il doit se douter que je connais son fils.

Je ne sais pas pourquoi je lui tends cette perche. Me retrouver au milieu de sa famille et de cet endroit où il a grandi me pousse à en apprendre davantage sur eux, sur ce mode de vie atypique, sur ces éléphants.

Cordélia fait mine de ne pas saisir. Elle préfère jouer avec ses pompons surexcités par une dose de sucre qui devrait être létale.

Alimar craignait qu'ils ne soient obligés de s'exiler à Boisrouge. En observant sa mère, j'ai l'impression qu'elle n'a plus beaucoup d'interactions sociales. Cet enfermement la rend distante.

— Peux-tu m'apporter quelques graines, Georgia ? Avant que Barok ne les prenne toutes, s'esclaffe Uräne.

Il a le chic pour détendre l'atmosphère.

— Tiens, Prince Cacahuète. Je ne voudrais pas que tu dépérisses, tel un pachyderme sans arachides.

Sa mine cordiale s'effondre d'un coup. Nous n'oublierons jamais cette chanson écrite et composée par Alimar pour Orféa. Leurs deux voix se mélangent dans mes souvenirs nostalgiques et me bousculent.

Ils me manquent.

Tous les deux…

Uräne n'avait pas apprécié cette petite blague de son ami. Je tends le bol à son air bougon.

— Prince Cacahuète ? relève Salazar, déconcerté.

Il s'approche, dos à son épouse.

— Vous avez devant vous le plus gros consommateur de la production Pinotte.

— Oh, oui… m'approuve son augure.

Sa douceur laisse passer un amusement. Le prince s'enlise dans l'indignation, mais ma remarque gonfle de contentement la poitrine de l'exploitant de cacahuètes.

— Elles disent vrai, capitule Uräne. Je dois cette addiction à votre fils.

Salazar redevient froid et insondable.

Sa réaction me met en boule. Il en veut à Alimar.

— Nous n'avons plus de fils, lâche Cordélia, l'air de rien, en émiettant un nouveau gâteau à ses chiens.

Son ton léger contraste avec l'horreur qu'elle profère.

— Il est mort en même temps qu'il a basculé du côté du sang. J'ai toujours dit que cet enfant se complaisait dans la cruauté.

— Cordélia ! gronde son mari.

Ces propos me choquent. Même Uräne ne sait plus quoi répondre devant tant de violence prononcée avec un tel détachement.

Salazar lâche un soupir résigné devant un combat stérile.

Je ne le supporte pas.

— Non, Madame. Alimar vit malgré lui dans cette cruauté. Et ce n'est pas ça, perdre un proche.

Ses yeux bruns se détournent de ses chiens pour me considérer véritablement pour la première fois. Mes poings se serrent le long de mon corps pour m'empêcher d'aller la secouer.

Comment peut-elle parler ainsi de son propre enfant ?

Je pige pourquoi elle nous ignore. Elle sait qu'Uräne et Alimar étaient amis. La presse ne se gênait pas pour le raconter d'après eux.

Ses grands airs forgés dans la porcelaine et la douleur ne me font pas peur. J'insiste.

— Il ne tient qu'à vous de lui pardonner pour le revoir et adoucir votre peine. Vous lui manquez. Il lui arrive de papoter à propos de vous. Je connaissais même le nom de Pipeau !

Alimar a commis des erreurs, mais pour autant il ne mérite pas d'être renié, ou pire enterré !

Sa mère me fusille du regard.

— Que savez-vous de ma peine ? De celle qui se nourrit des critiques qui accompagnent notre déchéance ? De celle qui me fane derrière les murs d'un refuge en sursis ?

— Je suis souffleuse et fille d'Aster déchu. Niveau rejet de la société, je maîtrise. Vous ne serez pas heureuse tant que vous ne vivrez qu'à travers l'approbation des autres. Vous donnez à l'aristocratie exactement ce qu'ils attendent de vous : que vous disparaissiez. Vous avez la chance d'avoir encore une famille. Unissez-vous pour reprendre ce que vous avez chèrement obtenu.

— Je suis d'accord avec Georgia. J'aimerais vous offrir mon soutien.

L'annonce du prince sonne Cordélia. Son mari paraît bouleversé, mais elle réagit comme un animal blessé. Au milieu de cet instant de faiblesse, elle contre-attaque.

— En échange de quoi ? Lorsque tous ces rats nous sont tombés dessus, votre père nous a abandonnés.

— Cordélia ! gronde encore Salazar. Sa Majesté s'est montrée d'une grande générosité avec nous.

— Ton précieux roi nous a laissés dans le trou ! Un mot de sa part aurait suffi à nous réhabiliter dans la haute société. Juste un !

Son époux adresse un sourire frileux au prince qui les écoute avec attention. Il craint que sa femme ne les enfonce davantage et tente de rattraper le coup.

— Nous avons conservé notre droit d'exploitation.

— Parce qu'il a besoin de toi ! De tes moyens pour extraire l'argilis.

— Monsieur Pinotte, les interrompt un valet dans son dos.

— Pas maintenant, le chasse la maîtresse de maison.

Elle n'a pas fini de vider son sac, lesté par plusieurs années de frustrations et de blessures.

— Pardonnez-moi, Madame, mais la ville se rassemble au cinématographe. Sa Majesté le roi Grïffon prend la parole ce soir. J'ai pensé que vous voudriez en être informée.

Uräne se redresse dans son fauteuil. Sa stupeur silencieuse déclenche un nouvel intérêt chez nos hôtes pour cette annonce.

— Rapportez la bande ici dès que la séance sera terminée, lui ordonne Salazar. Le prince ne peut pas se déplacer.

Le domestique s'incline, avant de repartir en trottinant sur le marbre du hall.

— Pourquoi ne m'a-t-il pas prévenu ? marmonne Uräne de déception.

Chapitre 12

Alimar

Je referme le blouson sur ma chemise afin de contrer la fraîcheur nocturne. Le parfum de l'ancienne propriétaire de ce vêtement s'est presque estompé, mélangé à celui du cuir, depuis que je le porte chaque jour. Je n'ai pas eu le cran de le lui rendre en même temps que l'appareil photographique.

Je n'ai pas eu la force de me départir de tout ce qui me rappelait Georgia.

Monté sur ma moto, j'abaisse mes lunettes de soleil sur mon nez malgré l'absence de luminosité. La créature de l'ombre que je suis devenue perd peu à peu l'espoir de briller à nouveau.

Je navigue dans l'obscurité.

Le moteur de ma nouvelle compagne ronronne, un caprice acheté avec ma solde de Cador en plus de mes grands crus. Il faut bien se distraire quand la salle de spectacle reste déserte.

Un chevalier se doit d'avoir une monture digne de ce nom !

Sous la coursive et le vitrail étoilé de mon ancienne prison, je retire la béquille et m'élance au milieu de la ronde de bâtiments blancs. L'opéra donne le rythme architectural de cette place.

Le vent cingle mon visage d'un coup de fouet nécessaire. Cheveux attachés par un lien de cuir, je remonte la circulation embouteillée de la capitale en doublant autobus, tramways et tacots. Quelques klaxons plus loin, je pique en direction du Palais Bönté. Ses pierres noires et ses ornements dorés se dressent devant moi. Vu du bas, le gratte-ciel ressemble à l'étoile filante dont il porte le nom. Ses serres lui octroient les ailes de ce cheval qui la personnifie.

Je réprime une énième envie d'aller frapper aux portes d'Uräne. Je sais que Georgia a regagné son logement. Son frère me tient informé par téléphone, mais il semble trop pris pour venir honorer l'une de mes représentations avec sa cour ou même passer me voir tout court.

Je me rends donc dans l'un des clubs de jazz où Uräne et moi avions nos habitudes. Je ne suis pas habillé pour y entrer, mais il me suffira de soulever mes lunettes pour qu'on me l'y autorise. Je préfère les conserver dès que je sors, afin d'éviter que les flâneurs ne changent de trottoir face au tristement célèbre Maestro sanglant.

Et encore, mes verres ne sont pas ceux d'un souffleur.

Une nouvelle corde à mon violon.

Un feu rouge stoppe ma recherche de distraction au coin du quartier du palais princier. Un flot de badauds extasiés en tenue de soirée traverse au passage piéton devant moi. Ils se pressent sous les enseignes lumineuses des spectacles musicaux et les affiches de films.

J'identifie parmi eux bon nombre de membres de hautes familles. Ils délaissent les beaux restaurants qui bordent l'avenue. Aucun d'entre eux ne me reconnaît ou ne m'accorde une attention particulière. Ils n'ont qu'un mot à la bouche : « Le roi. »

Leur empressement pique ma curiosité.

Pourquoi convergent-ils tous dans les cinématographes du coin ?

Ma réponse éclate dans la voix d'un jeune crieur de rues chargé de rameuter le plus de monde possible pour la salle qui l'embauche :

— Allocution exceptionnelle du roi ! Grïffon s'adresse à son peuple ce soir ! Tarif spécial : dix cardinaux la place au Théâtre du Petit Palais.

D'autres mômes donnent du coffre pour tenter de s'arracher cette riche clientèle, dans des lieux moins prestigieux.

Dix cardinaux une place ! C'est du vol notoire ! L'occasion s'avère juteuse de gagner de l'argent sur le dos de Sa Majesté.

Je dois admettre que l'affaire paraît étrange, pour ne pas dire inédite. Cette intervention n'a pas été programmée. Je tourne dans la première ruelle et gare ma moto.

Je paye mon entrée au kiosque du Petit Palais avec le sentiment de me faire rouler. Dans l'étroit couloir feutré, tapissé de moquette rouge, je joue des coudes parmi la bonne société qui dépense dix fois cette somme le temps d'un dîner au Mirador.

La salle au plafond peint et aux moulures dorées de cet ancien théâtre reconverti en cinéma figure parmi les plus belles de la capitale. Sa réorientation tient d'une activité plus rentable que de rémunérer des comédiens. Sans ôter mes lunettes de soleil, je monte dans les balcons, mais ne trouve guère de places assises.

Contrarié, je termine donc dans l'un des poulaillers, ces balcons en hauteur dépourvus de sièges et délaissés depuis longtemps, sauf aujourd'hui. L'effervescence qui crépite parmi les fauteuils en contrebas devient communicative. Mon pouls s'accélère alors que je n'ai aucune idée sur quoi porte cette intervention royale.

L'odeur du pop-corn chatouille ma faim. Mon jeune voisin écrase mes chaussures de ville pour me passer devant. Le môme me force à reculer pour placer son nez au ras de la rambarde. Mon râle d'agacement se noie dans le brouhaha.

Je ne dis rien de plus. Je n'ai pas envie que ce théâtre se vide de ma seule présence.

Ce serait si humiliant…

Les lumières s'éteignent et les portes se ferment sur un établissement qui explose son quota de spectateurs pour l'assurance. Je m'en soucie, en bon professionnel du spectacle que je suis. Le moindre mouvement de foule engendrerait une catastrophe. Chose dont le directeur n'a pas l'air de se préoccuper.

Dans la poche de mon blouson, je serre l'harmonica, au cas où…

Lui non plus, je n'ai pas eu le courage de le restituer à sa propriétaire.

L'écran reçoit la lumière de la salle de projection située sous mes pieds. Les visages s'éclairent d'envie. Un autre réflexe d'artiste, mais surtout de compositeur : je scrute les réactions du public.

Les chiffres défilent à rebours sur une mire. Ils rendent ce suspense aussi savoureux que pressant. Un éclat familier attire mon œil au bout du poulailler en même temps que la foule me comprime contre le gamin. Elle s'éloigne du Cador venu espionner sa propre intervention depuis les balcons.

Que fiche le roi ici ? Ne sait-il pas ce qu'il va suivre ?

Ou, comme moi, aime-t-il jauger du résultat de ses œuvres ?

Je me dégage de cette foule compacte. Tel un saumon luttant contre le courant pour remonter les eaux vives de Splendore, je me heurte aux blocs de mécontentements. Dévoiler mon identité, en plus de la présence du chevalier, ferait sauter toutes ces volailles directement dans le parterre, à l'instar du pop-corn que perd le môme de ses grosses poignées enfournées dans son gosier.

Les protestations cessent quand l'hymne de Providence retentit sur l'image des voiles du Palais Royal, juché en haut de ses jardins luxuriants en terrasses.

La dernière fois que notre souverain s'est adressé à son peuple, la douleur déchirait les cœurs pour le lancement de cinq jours d'un deuil national ponctués de commémorations. Ce souvenir se lit encore sur quelques figures, mais la plupart ne traduisent que l'excitation de voir une seconde fois en quelques mois le visage de leur roi soi-disant enfermé chez lui.

La vision de ce descendant de faes, à la lignée la plus pure du royaume, déclenche quelques émois parmi la foule. L'homme est jugé plaisant à contempler par bon nombre de ses sujets, à l'instar de son fils. Ses longs cheveux détachés passent sur les épaules de son habit richement brodé, sans oublier de dégager ses oreilles en pointe au-dessus desquelles siège une couronne d'étoiles rouges.

L'image a beau être en noir et blanc, nous remettons tous les couleurs des portraits officiels sur ces astres ainsi que sur les reflets d'or de sa chevelure châtain et de ses yeux qui les rappellent.

Rien de sa luminosité ne paraît à l'écran. Je soupçonne une tartine de maquillage pour dissimuler le réseau de veines qui encerclent d'ordinaire son regard. Le résultat de la pression qu'exerce le palais sur ses pouvoirs, m'a-t-il expliqué un jour où je soulevais cette absence d'hérédité chez son fils.

Je respire enfin autour du Cador. Cette partie du balcon a été délaissée par les spectateurs. Nul n'ose s'approcher à moins de quelques mètres. La présence de Maxwell dans son ombre ne me surprend guère. Sa bouche traduit son impatience à croiser une fois de trop ma route.

Nos relations sont toujours au beau fixe d'après ce constat. Ce dont je le remercie d'un sourire insolent.

Notre trio de choc se réunit.

— Comment fait-il pour ne pas cramer la pellicule ?

Maxwell bondit, prêt à me faire taire tandis que le chevalier reste de marbre.

Ou de cuir sombre et de fer…

Or, nous nous retrouvons seuls, assez loin des premières volailles pour nous livrer à quelques confidences royales à demi-mot.

— La lumière se contrôle pendant un laps de temps.

— Même les yeux ?

— Cette performance requiert plus de délicatesse. Elle sollicite beaucoup de ressources et impose une grande fatigue.

— Je vois…

Tirer sur nos magies nous affaiblit le moment de la récupération. Or, s'il me colle l'envie d'une bonne sieste lorsque j'en abuse, cet exercice, à un tel niveau de puissance, doit le mettre à plat.

Quand a-t-il réalisé cet enregistrement ?

— *Mes chers sujets, peuple de Providence…*

La rondeur dans la voix du souverain captive son auditoire dès les premiers mots.

— *Je me tiens devant vous pour une annonce qui marquera à jamais un tournant dans la monarchie.*

Mes muscles se tendent. Qu'a-t-il en tête ?

— Une abdication ? demandé-je d'un ton léger à mon voisin de poulailler.

— Jamais ! m'assure la boîte de conserve avec férocité.

Je m'en doutais un peu…

— *Je vous ai laissé le temps de panser vos plaies et d'honorer vos morts. À présent, entendez la vérité.*

Je reste sur mes gardes. Une vérité de monarque n'en est jamais une ou elle ne l'est qu'à moitié.

— *De nombreuses spéculations ont couru sur les causes de la fin du Service, des plus cocasses aux plus infamantes. La plupart ont mentionné l'existence de rebelles. Ce soir, je vous confirme qu'il s'agit, en partie, de ce qui s'est passé.*

La rumeur enfle dans la salle. Sceptique, je me tourne vers la version en chair et en os, mais me heurte à mon propre reflet.

Est-ce raisonnable d'avouer la présence de faes ?

Hostiles, qui plus est ?

Il va créer des émeutes dans toute la capitale. Chacun se méfiera de son voisin et des tensions exploseront. Je doute que ce soit judicieux.

— *Ces hommes et ces femmes ont attenté à la vie du prince, de votre futur roi.*

La stupeur s'empare de la foule.

À quoi joue-t-il ? Il s'agissait d'un acte désespéré qui n'avait rien à voir avec ce sabotage. Bérénice aurait tué Thomin de ses propres mains s'il avait achevé Uräne, un composant du plan de la princesse. Elle a même tenté des parades afin de ne pas recourir à cette extrémité.

Il n'avait aucune chance.

— *En tant que souverain et membre de la Maison Céleste, il en va de mon devoir de vous protéger contre les défaillances d'un système si ancien que la gangrène de la corruption apparaît comme normale.*

— Qu'avez-vous fait ?

Je le murmure, mort d'inquiétude. Le Cador lève le menton et croise les bras. Il en assume chaque mot.

— *Sans le Service, les barrières de vents ne remplissent plus leur rôle à leur plein potentiel. Ma présence au sein du Palais Royal n'est donc plus utile en permanence.*

Plus personne ne parle, absorbé par cette annonce historique.

Va-t-il oser ? Après tout, en m'offrant ce masque, il désirait partager plus de temps avec son peuple.

— *À partir d'aujourd'hui, je vous promets de me montrer davantage parmi vous. De venir à votre rencontre, aux quatre coins de Providence, de vous écouter de mes propres oreilles.*

La foule exulte. Le roi se tait. Il avait anticipé cette réaction.

Je respire de soulagement. Il reste assez vague pour ne pas attirer l'attention sur le pourquoi, mais suffisamment pour donner de quoi satisfaire les commérages.

— *Mon devoir et mon statut de chef religieux*, reprend Grïffon, *m'oblige à sévir contre les responsables d'une telle défaillance.*

Je me redresse d'un coup. Je croyais le sujet fae clos !

A-t-il retrouvé Bérénice ?

— *Je parle bien du Culte qui nous enferme dans des rites aussi obsolètes que devenus nuisibles.*

La surprise de la foule se joint à la mienne.

Oh, Foutre Grâce…

— *De ce courant composé de traîtres qui dictent nos vies et nous mettent en danger face au péril qui décime le Continent Interdit. J'ai nommé : les Uranies.*

Ma mâchoire m'en tombe. Je me tourne vers le Cador impassible, semblant me dire : « Attendez la suite, Alimar, le bouquet final arrive ! »

— *C'est pourquoi, à partir d'aujourd'hui, en accord avec saint Gédéone, je dissous l'ordre des augures.*

La torpeur ne cesse d'enfler dans le public. Les journalistes dans le parterre couvrent les pages de leur carnet. Un flash immortalise même cet instant de confusion.

Le chevalier n'a sans doute pas laissé le choix au saint. Le vieux gardien du Temple est le plus corrompu de tous, de la faute du roi lui-même.

— *Les Uranies ont trahi leurs vœux sacrés en participant à la fin du Service et à la tentative de meurtre du prince.*

— C'est faux ! glissé-je à mi-voix à mon voisin. Vous étiez là !

Son index ganté de cuir se pose devant sa bouche de métal pour m'ordonner le silence.

— *Il est normal que la principale responsable de cet outrage soit punie. Je suis le premier attristé et déçu. La Maison Céleste souffre de cette trahison. Céréza, ancien augure de la Maison Céleste, sera exécutée par le plus fidèle allié de la couronne, sur le Champ-de-Grâce, à la vue de toutes les personnes désireuses de justice, et en ma présence.*

La foule oscille entre indignation et applaudissement. Même la bonne société ne sait plus quoi penser, groggy de mensonges.

— Ne me demandez pas ça !

Je gronde de colère.

— Céréza est un sujet de Providence. Sa Majesté ne peut elle-même accomplir sa propre sentence, me rappelle-t-il.

— Je vous en prie, pas devant le peuple entier !

— Le Cador est la main du roi, celle qui presse la détente pour préserver la monarchie.

— Vous la mettez vous-même à mal !

Je m'emporte à mi-voix tandis que celle de Grïffon sur la bande-son énumère d'autres actes de trahison commis par Céréza, véridiques ceux-là.

— Au contraire, Sa Majesté la renforce autour de sa personne. Il fait du ménage parmi les félons.

— Vous savez qui sont les véritables fautifs !

— Et comment croyez-vous qu'ils ont réussi à franchir nos protections ? Fortvaillant constitue leur porte d'entrée ! Les Uranies jouent depuis trop longtemps sur les deux tableaux et certaines se sont égarées en chemin, offrant des failles à nos ennemis. Gédéone va former un nouveau Culte.

— Un nouveau Culte ? N'est-ce pas contraire aux fondements de ce pacte passé entre notre premier roi et Mater Astër ?

La bobine s'achève dans les clameurs sous la coupole de l'ancien théâtre. La lumière revient et les flashs des journalistes mitraillent cet instant historique.

— Le Gracié devrait être renommé le Damné, me certifie Grïffon. Son ambition nous a jetés dans les bras de la plus terrible des étoiles. À présent, nous devons nous battre non seulement contre nos voisins, mais aussi contre une divinité.

Il s'écarte, croyant en avoir terminé. Je le retiens par le poignet. Mon comportement osé attire des regards curieux pendant que le poulailler se vide. Maxwell bascule sur la défensive.

— Relâchez-le, m'ordonne-t-il.

Mon autre main se resserre sur l'harmonica dans ma poche. Le Cador interrompt le chevaleresque gouverneur d'un simple geste.

— Avez-vous des preuves de tout ceci ? Les Uranies honorent le cosmos entier. Elles ont toujours placé Mater Astër au même rang que les autres étoiles. Pourquoi ne pas les conserver auprès de vous ? Pourquoi vous mettre à dos tout l'univers ?

— Nous n'avons pas qu'un seul ennemi, Maestro. Et pour finir, nous nous retrouvons seuls face à eux.

Il me reprend son bras, sans violence, mais avec fermeté, puis fouille dans l'un des plis de sa cape. Il en ressort un papyrus scellé de cire et du sceau d'un griffon ponctué de deux étoiles.

Ma prochaine mission.

Mes épaules s'affaissent. Je n'ai jamais eu si peu envie d'œuvrer pour lui. Le virage extrême qu'il entame me déplaît.

— Venez au palais, demain, après ceci. Je gage qu'au terme de ce qu'il aura découvert au cours de sa journée, le Cador appuiera de lui-même sur la détente. Et si tel n'est pas le cas, le gouverneur de Corélysée rendra justice dans sa propre province.

Ma stupeur passe du chevalier à l'ancien général. Sans aucun doute, Maxwell est fin prêt à éliminer Céréza et à marquer la scission de sa propre main s'il le faut.

— Tenez-vous prêt à l'aube, mais restez sur vos gardes. La prêtresse qui nous a attaqués appartenait au Temple. L'autre est un prêtre du prieuré de la Grâce. Ne vous fiez à aucun membre du Culte.

Grïffon me laisse sans voix. Il disparaît par l'escalier derrière nous, celui dont personne n'ose s'approcher.

— Il commet une erreur. La reine est elle-même une Uranie, entre autres choses.

Ma supplique parvient aux oreilles de Maxwell et le retient un instant. Son dos se contracte dans son smoking, avant que réapparaisse son regard aux reflets roux au-dessus de son épaule.

— Alors, elle représente un espoir de ramener l'équilibre. Je vous conseille de ne pas traîner pour embarquer.

— J'ai besoin de temps pour affréter discrètement un navire et convaincre mon guide.

— Le Cador peut tout obtenir, prononce-t-il dans un sourire amer.

— Vous vous trompez…

— Par malheur, non. Vous êtes devenu l'arme la plus puissante de Providence, sans doute même davantage que le roi lui-même. Rendez-vous compte de l'honneur qu'il vous fait en vous octroyant ce masque ? Cessez de ruminer votre ambition avortée et osez jouer de vos privilèges !

— Celui de tuer sans discernement ?

— Vous portez la cape, Alimar. Vous appuyez sur la détente. Sous vos gants se cache un pouvoir que de nombreuses personnes aimeraient posséder, y compris Sa Majesté. Vous marquez les esprits et le peuple, au-delà des murs de votre opéra. N'est-ce pas ce dont vous avez toujours rêvé, Maestro ?

— Avec ma musique et encore moins sous un masque !

— Oh, vraiment ?

— Je n'apprécie guère vos sous-entendus. De toute manière, je pars pour d'autres contrées. Mes rêves ont quelque peu changé.

— Ils sommeillent en vous. L'indifférence du public ne vous toucherait pas autant dans le cas contraire.

— Et vous, quels sont vos rêves, Maxwell ? contré-je, excédé qu'il se mêle de mes frustrations. Vous agiter au bout de la laisse du roi jusqu'à ce que vos écailles la rongent ?

— Achever ma mission, me sert-il dans un calme déstabilisant. Je me sais condamné et je tiens à m'éloigner de Sa Majesté avant que la malédiction ne me retourne contre lui et contre mon devoir. Ou qu'il m'enferme dans une chapelle. Je mourrai sur ces terres qui ont anéanti mon avenir ainsi que ceux qui m'ont suivi, mais pas sans tenter de retrouver la reine !

— Vous partez pour Edstar ?

— Avec vous, Alimar.

Miséricorde ! Il ne manquait plus que lui !

— Le roi le cautionne-t-il ?

— Il le cautionnera.

— Je refuse que vous embarquiez avec moi !

— Un homme qui connaît un minimum le terrain vous sera utile, tout comme une arme de plus. N'ayez crainte, vous conserverez le privilège de m'abattre lorsque je serai devenu trop dangereux. Qu'avez-vous à y perdre ?

J'encaisse cette demande d'alliance déconcertante.

Le silence s'étire dans mes doutes. Jamais je ne serais parti seul. Autant me tirer une balle tout de suite. Mais je pensais à Norian en plus de Mercurio pour me protéger d'une éventuelle vengeance pendant mon sommeil. J'imagine déjà Maxwell et Mercurio, les deux anciens griffons, se battre pour savoir qui aura la primeur de la gâchette à mon encontre.

Ressuscitons Morengo et le tableau sera complet ! Je pourrais même envoyer une invitation à Bérénice, dans l'espoir de rendre ce voyage davantage cauchemardesque !

Le gouverneur prend mon absence de réponse pour une approbation qui n'en est pas une. Loin de là !

— Adressez-moi le lieu et l'heure de l'embarquement. Pour le reste, mettez moins de formes à convaincre notre guide. Après tout, embobiner votre monde reste votre spécialité.

Il me salue d'un hochement de menton et m'abandonne, seul, au milieu du poulailler déserté.

Mes doigts ne parviennent pas à relâcher l'harmonica.

Chapitre 13

Uräne

La bobine s'arrête et nous plonge dans le noir.

J'en reste sans voix.

Mon père me prévient toujours de ce genre d'apparition, notamment car elles constituent une des rares fois où je peux le contempler en train de parler, de bouger, de cligner des yeux ou même de sourire. Loin des images figées de lui collectionnées dans mon album photographique.

Le valet dans l'entrée tourne l'interrupteur. Mes paupières papillonnent pour contrer cet éblouissement. Sonné, je me détourne de la toile tendue entre deux appliques en forme de défenses croisées, dans l'un des petits salons verts du manoir. Dans ce silence de plomb, ma tête tombe entre mes mains. Je croyais avoir ébranlé le Culte en mettant fin au Service alors que j'essayais de le protéger.

Le roi, lui, y met un terme.

Et aux Uranies…

— Tu étais au courant ?

La question de Georgia parvient à mes oreilles.

J'émerge petit à petit du chaos.

— Uräne ? s'inquiète ma sœur.

Mes doigts glissent sur mon visage. Je m'efforce d'incarner cette force que tous attendent de moi.

— Pouvez-vous nous accorder un instant, je vous prie ?

Ma voix tremble. Même Cordélia, pourtant acide à l'encontre de la Maison Céleste, note l'émotion sur le point de m'engloutir. Elle ne dit rien et embarque ses chiens qu'elle engraisse de sucreries. Salazar la suit. Il m'indique où les trouver en cas de besoin, avant d'avoir l'obligeance de fermer les portes du salon derrière eux. Les Pinotte nous laissent en partie en famille, ce dont ils ne se doutent pas.

Quoique notre familiarité avec Georgia puisse les mettre sur la voie. En public, un prince ne s'adresserait même pas de la sorte à sa fiancée. Ils ont compris qu'aucune des femmes qui m'accompagnent ne possède de prétention à devenir reine.

Ma sœur se lève d'un canapé, face à celui occupé par les animaux de Cordélia, et entreprend de faire les cent pas.

— Tu le savais ? insiste-t-elle avec plus de douceur.

Sa pitié me marque au fer rouge de l'humiliation. Ma réponse jaillit au milieu de ma douleur.

— De quoi aurais-je dû être au courant, au juste ? Que Père avait décidé seul d'une réforme ? Qu'il avait eu comme lubie de balayer des siècles de collaboration avec les Uranies ? Qu'il était déterminé à sortir du palais sans vouloir rencontrer son fils ?

Je me force à conserver le menton haut, mais ma peine martèle chaque mot. Georgia n'ose pas me confirmer que ce sont bien ses interrogations. Inutile. Je lis de mieux en mieux en elle.

— Je savais Père réfractaire et lassé de subir les injonctions du gardien du Temple. Il a beau être chef religieux de droit divin, il a toujours soutenu que le Culte nous dirigeait tous, lui y compris. Dans un sens, et sur ce point, je lui donne raison.

— Sa Majesté ne peut affirmer une telle chose ! rétorque Valentina. Vous, encore moins.

Assise sur une chaise à côté de la mienne, la prêtresse dégringole de haut. Non seulement le roi désavoue sa fonction, mais il s'attaque directement à ce qu'elle est.

Ses larmes silencieuses sous son bandeau accroissent mon chagrin et ma colère quant à ces décisions abruptes. Je ne parviens plus à conserver cette fierté de façade. Ma main se pose sur l'une des siennes, cramponnée au tissu à carreaux de son pantalon.

— Une réforme devenait nécessaire. Mais pas de cette façon. Jamais en balayant ce qui constitue l'essence de cette couronne, de ce royaume. Rassurez-vous, qu'importe les choix de notre souverain, cela ne change rien à votre rôle auprès de moi.

La dentelle se mouille de tristesse.

J'aimerais la lui retirer pour m'assurer qu'elle garde confiance en moi. Mes doigts pressent les siens dans l'espoir qu'elle me réponde. Le cerveau en pleine ébullition de Georgia ne lui en laisse pas le temps.

— Un truc ne colle pas. Le gardien du Temple s'est allié au roi pour renverser des siècles de Culte ? Est-ce un hasard si nous sommes ici ce soir ?

Sa pertinence me frappe. L'occasion apparaît comme trop parfaite.

— Gédéone m'a suggéré de partir la nuit dernière. Je l'avais eu au téléphone quelques heures plus tôt. Tenait-il à nous éloigner de Corélysée ? À vous tenir loin des observatoires de Pourprebrume ?

— Je n'en sais rien, me confie Valentina, impuissante.

— Le saint corrompu par le Cador se retrouve de mèche avec la couronne pour créer un nouvel ordre ? s'interroge Georgia.

— Cette configuration me paraît peu réaliste.

— Nous l'avons tous remarqué au Temple, m'appuie Valentina. Saint Gédéone demeure vulnérable face aux tours de force de ce chevalier masqué. Cet impie a pénétré armé dans l'enceinte sacrée et a tendu le bras à un sage tremblant de peur.

— Ne vous fiez pas à son numéro d'homme usé par l'autorité et fragilisé par l'âge. À force de le côtoyer, je me rends compte que rien ne tient du hasard chez lui. Souvenez-vous qu'en théorie, la fonction de Gédéone le propulse au sommet de la pyramide de l'influence au sein de Providence, juste en dessous de celle du souverain. En réalité, les deux se font souvent concurrence. Est-il vraiment du côté de Père ? Pense-t-il réellement qu'il faut supprimer le Culte et stopper toute coopération avec les Uranies ? Ou le Cador a-t-il exercé un nouveau chantage sur lui ?

— Le chevalier roule-t-il bien pour le roi ? ajoute Georgia.

— Je me pose cette même question depuis des mois. Je l'ai d'ailleurs notifié au Cador en personne. Nous dirige-t-on vers une guerre interne entre le Temple et le Palais ?

Ma propre remarque me colle une sueur froide.

Georgia s'effondre sur le canapé qu'occupaient les chiens. Elle se masse la tempe.

Est-elle encore soumise aux effets des spores ?

Elle m'a fait peur quand elle s'est évanouie dans nos bras. Le visage d'Orféa m'est revenu en mémoire dans un éclair d'horreur. Mon erreur m'a hurlé que j'avais mis en danger la sœur qui me restait.

Les personnes qui m'entourent ont beau me répéter que Bérénice est responsable du sort d'Orféa, une part de moi ne parvient pas à me défaire de cette culpabilité.

J'ai planté le cimeterre dans le cinarbre originel. *Ma* magie l'a activé.

Le médecin nous a rassurés sur l'état de Georgia, mais cette excursion aurait pu se révéler fatale pour nous tous. Tous ces risques pour retrouver Bérénice m'asphyxient de remords. Rien que pour ceci, j'endure mes blessures et ma punition sans sourciller.

Ou presque…

J'ai la sensation que l'on m'enfonce une aiguille à tricoter dans la jambe à chaque mouvement.

— Ce conflit couve depuis un moment, résume Georgia. Depuis le retour des griffons d'expédition.

— Depuis l'enlèvement de la reine, je dirais même.

Je déteste ce regard qui émerge au fil de ses réflexions, celui qu'elle arborait durant ses jours et ses nuits passés sur ce transat de la roseraie. Il revient avec une telle facilité. Comme si la bonne humeur de ce voyage ne constituait qu'une façade rassurante.

Je pensais que cette excursion nous avait rapprochés. J'y voyais une belle occasion de se retrouver ensemble. J'ai peut-être trop tardé à lui rendre visite chez elle. Nos échanges téléphoniques ne me donnaient pas matière à m'inquiéter. Certes, j'étais occupé au Scriptorium, mais je tenais en premier lieu à respecter sa demande de lui laisser le temps de reprendre pied dans son quotidien.

Que se passe-t-il dans sa tête ?

Valentina me retire sa main et me tire de mes propres ruminations. Je n'aime pas le froid qui chasse sa chaleur sous mes doigts.

J'apprécie d'autant moins cette prise de conscience.

— Nous devrions aller la chercher nous-mêmes, me surprend Georgia.

Parle-t-elle de notre mère ?

Je me repasse cette initiative plusieurs fois avant de me faire à l'évidence.

Un sourire monte à mes lèvres.

— Le penses-tu sérieusement ? Je n'osais pas te le suggérer tant que je n'avais pas de plan fiable.

— Je rectifie ! me coupe-t-elle, en se redressant. Je propose d'aller chercher mon père et ta mère.

Sa respiration s'accélère d'une audace et d'une détermination qui m'ébranlent. Je ne comprends pas son raisonnement.

— Votre père ? s'éberlue Valentina. Le griffon ? Le croyez-vous toujours en vie ?

— Maxwell est incapable d'affirmer l'inverse. Il y a donc une chance que ce soit le cas.

— Georgia… tu ne peux apporter de crédit à ce qu'un songe te montre. Comment mesurer la part de véracité d'un esprit endormi ? Bon nombre de mes rêves ne sont que ce qu'ils sont.

— Je ne te parle pas de tes fantasmes, me balance-t-elle sans pitié. J'ai discuté avec Maxwell ! Il m'a amenée dans le royaume fae. J'ai même admiré une cité ! J'ai aussi vu mon père se faire transpercer par une flèche et tomber dans un lac !

Ciel, je saisis le pourquoi de ce regard si sombre.

— Alors, Andrey doit être mort et j'en suis le premier navré.

— Et si mon père avait survécu à sa blessure ? Et s'il cherchait depuis le moyen de sauver son grand amour ? Ou de rentrer chez lui, auprès de ses filles ?

Andrey serait dévasté du décès de sa benjamine. Peut-être vaut-il mieux pour lui qu'il ne soit plus de ce monde.

— Et si le roi fae l'avait capturé et qu'il le torturait depuis plus de vingt ans ? s'entête-t-elle dans une supposition morbide.

— Et s'il s'était donné la mort plutôt que d'endurer de pareilles souffrances ? contré-je, avec plus de lucidité.

— Si on te disait qu'il existe une infime chance de pouvoir sauver l'un de tes parents, ne prendrais-tu pas ces risques ?

Elle répète ma propre question dans le but de me dissuader de briser son espoir.

— Ma décision est prise. Je pars !

Sa détermination m'oppresse. Elle est forgée dans la même douleur que la mienne. Je possède au moins la certitude que notre mère est en vie. Bérénice se serait fait un devoir de m'annoncer ce revirement dans le cas contraire.

Un nouveau doute se loge dans son cœur. Je comprends que Georgia veuille le lever. Mieux que cela. Je suis fier de la voir à nouveau se battre pour quelque chose.

Je me rappellerai toujours l'audace qu'elle a eue à me chercher au beau milieu des membres de ma cour, au nez de Bérénice, pour que je l'aide à sauver Orféa.

Là encore, une occasion manquée dont je me sens coupable.

Néanmoins, j'élabore depuis des années des plans pour retrouver ma mère. Tous ont avorté à cause de deux problèmes majeurs : ma notoriété et la barrière de vents. De l'aveu même du principal artisan, nos défenses s'affaiblissent. Elles deviennent poreuses. De plus, j'ai quelques nouveaux atouts dans ma manche.

Le moment est venu. Mon pouls s'emballe et mon sourire s'étire à l'idée que je vais enfin lever l'ancre.

Je mets cependant en garde Georgia.

— Il ne s'agit pas d'une proposition pour une petite randonnée. Nous parlons d'une véritable expédition. De marcher sur les pas des griffons afin d'exfiltrer une reine sur un territoire dont nous ignorons tout si ce n'est qu'il est maudit et peuplé de démons.

— Bah, heureusement que je me charge de toute l'organisation.

— Toute ?

Je croise les bras sur ce point qui me chagrine. Je pensais piloter ce projet dans l'ombre. Cette prise de commandement m'étonne d'elle.

— Le fils unique doit apprendre à partager. Ton père ne te laissera jamais quitter Providence. Tu dois faire profil bas. T'inquiète, je m'occupe de tout.

— Où comptez-vous dénicher un navire ? se préoccupe Valentina.

— Je viens juste de me décider. Je n'ai pas eu le temps d'y réfléchir. Mais j'ai mon réseau de combines.

— Pardon, insiste l'augure, mais trouver comment partir ne suffira pas ! Comment faire afin d'éviter de ramener la malédiction chez nous ?

— Elle se propage déjà parmi nous.

Je désigne la fenêtre. Mon ventre se tord à l'idée de me retrouver un jour à nouveau confronté à ces arbres.

— Ne négligeons pas que les griffons mutent en créatures mystérieuses, souligne Valentina.

— Je ne tiens pas à avoir le Cador collé au train ni à me recouvrir d'écailles, approuve Georgia.

— Il y a un risque. Je compte aussi sur cette expédition pour trouver un remède pour notre peuple. Gédéone m'a exposé une théorie à ce sujet. Les faes qui vivent parmi nous viennent d'Edstar. Pourtant, ils n'ont pas été affectés. Ils doivent connaître un moyen de s'en prémunir. Ils vivent au milieu de ce mal. Nous avons tant à apprendre d'eux.

— Donc l'idée est de leur arracher leur reine pour ensuite leur demander un remède miracle ? Ne vois-tu pas le truc qui cloche ?

— Nous devons chercher des alliés ! Un souverain avec une réputation telle que celle de Phalémir doit avoir des détracteurs de qui nous rapprocher. Rien que notre mère constituerait une clé de compréhension importante de ce royaume, de cette malédiction. Fae et Uranie. Elle a accès à des connaissances quasi infinies.

Sa bouche se tord pour lui éviter de répondre trop vite. Je souhaite que Georgia entende les espérances portées par mon discours. Il a été nourri de chacune de mes réflexions matinales dans la serre bâtie par ma mère. Partir à la recherche d'une solution à ces mutations a autant de sens pour moi que de retrouver nos parents.

Je ne me contenterai pas de ramener la reine Lÿs à Providence. Je resterai là-bas tant que la malédiction qui ronge Providence ne sera pas détruite. À l'instar des faes, nous n'échapperons peut-être pas à la sentence déclenchée par notre propre divinité sur nos anciens ennemis. Un retour de bâton amer. Or, nous pouvons sans doute apprendre d'eux comment nous en prémunir au mieux.

Donc, qui de mieux placé que l'une d'entre eux ?

En attendant, j'essaie déjà de grappiller quelques éléments hors de mes livres.

— Vous êtes une Uranie, Valentina. Que savez-vous sur les faes ?

Elle se redresse et croise les jambes.

— Uniquement ce que Céréza et ma mère m'ont enseigné.

— Vous avez une mère ?

— Je ne suis pas née d'une poussière d'étoiles ! me réplique-t-elle, sous un sarcasme évident.

— Pardonnez-moi. Je me suis mal exprimé…

Un gloussement amusé échappe à Georgia. Même Valentina sourit de m'avoir mouché.

Elle retrouve un peu plus de sérieux pour me répondre.

— Autrement dit, peu de choses.

— Pourtant, Céréza les connaît.

— J'en reste la première surprise. Elle a trahi sa foi et son souverain pour participer à l'assassinat des appelés au nom d'une cause qui n'était pas la sienne, s'écœure cette autre Uranie. Sa place est à Fortfer !

— Selon le roi, sa place sera bientôt au Scriptorium. Toute la vérité éclatera enfin. Si le Cador ne ramasse pas son Souffle avant…

Je gesticule d'inconfort sur ma chaise pour soulager à la fois mon pied et mon impatience.

— Pouvons-nous compter sur votre soutien ? osé-je lui demander.

— Je suis littéralement née pour servir la Maison Céleste. Qu'importe que les lumières des étoiles s'éteignent autour de mes nuits, les vôtres éclairent ma destinée.

Mes bras se serrent à nouveau contre mon torse dans un embarras visible. Cette déclaration a un côté malsain qui me déplaît. Si la dentelle ne l'aveugle pas, son dogme s'en charge.

Son intérêt pour moi n'est-il que le fruit d'un conditionnement ?

— J'espère que vous voyez plus en moi qu'un simple devoir. Tout comme je vois au-delà de votre fonction d'augure royal.

— Je suis une Uranie, Votre Altesse. Non seulement je viens d'être déchue de mon titre, mais vous représentez plus qu'un devoir pour nous. Votre mère a fait de vous un espoir de conciliation.

— Vous parlez comme Bérénice, marmonné-je.

J'ignore si elle m'écoute, car elle poursuit sur sa lancée.

— Il n'y a pas une unique étoile qui brille au-dessus de vous, mais…

— … l'ensemble de la voûte céleste, achevé-je avec impatience et déception. Céréza m'a appris ce *détail.*

— Je crois en vous et en vos valeurs.

Valentina me décontenance. Même Georgia l'observe d'une façon étrange. Sa ferveur à vouloir servir ma famille, et en particulier mon nom, me prend souvent au dépourvu. Je déteste qu'elle me porte ce genre de dévotion. Céréza me faisait déjà cet effet, mais la froideur qu'elle mettait dans chaque mot finissait par me persuader qu'elle ne les pensait pas.

Ils résonnent d'une manière singulière dans la bouche de Valentina. Je ne saurais l'expliquer, à l'instar de la confiance que je lui accorde. J'ai l'impression qu'elle est différente de son instructrice.

Comment une telle chose est-elle possible ?

En même temps, s'attacher à Céréza revient à se prendre d'affection pour un glaçon. Peut-être que Valentina ne portait pas d'importance à la femme qui lui a enseigné la condition d'augure ?

J'ai conscience que je devrais me montrer plus prudent envers elle. Pour le moment, cette prêtresse ne m'a pas donné matière à m'inquiéter. Elle m'a même aidé dans le Temple à essayer de sauver Orféa et les appelés aux prises avec les racines de cristal.

La trahison de Céréza me bascule aussi sur la réserve en ce qui concerne les Uranies. En un sens, je saisis la logique de mon père, même si je désapprouve ce bouleversement radical, trop général, et le fait qu'il lui assigne ma tentative d'assassinat.

Je ne l'évoque pas, afin de ménager Georgia, mais, pour ma part, ce Thomin a eu ce qu'il méritait. J'ai une dette à vie envers Alimar.

Il doit exister une autre solution que celle de notre souverain, mais surtout un argument à cette prise d'autorité. Nous avons des institutions bien huilées chargées de maintenir le pays à flot sans intervention royale. Je ne comprends pas ce changement de cap soudain.

— Le vieux hibou vous a peut-être rendu service, réfléchit Georgia. Il vous libère de votre charge d'augure de la Maison Céleste. Ainsi, vous restez près du prince, étant donné que vous êtes sa clé.

Je serre les dents sur cette bourde. Je n'étais pas censé le révéler à qui que ce soit. Valentina arbore une moue outrée si adorable que mon sourire contrit passe pour insolent.

— Il cherche peut-être à ce que personne ne vous mette la main dessus, poursuit Georgia.

— Je suis peu de chose sans mon matériel et mon télescope, limitée à ma propre vision. Une paire de jumelles ne les compense pas.

— Prenez celui du Palais Bönté. Mère a installé un observatoire au sommet. Mis à part le Mirador, il n'existe pas de plus haut bâtiment dans la capitale.

Je rebondis, soucieux de l'aider et ravi de l'accueillir dans ce palais trop vide à mon goût.

— Votre offre est généreuse, mais mes affaires, mes instruments et même mon nécessaire de tatouage sont rangés dans mon observatoire. Sans lui, je demeure incapable de transmettre les dons de Mater Astër. Mon pouvoir ne sert à rien sans l'encre. Elle représente dorénavant une denrée rare, puisqu'elle provenait des grenades du cinarbre originel.

Je ressens son inquiétude jusque dans mes veines.

— Ces fruits ne poussent-ils pas à Boisrouge ? la questionne ma sœur.

— Pas à ma connaissance.

— C'est bizarre de tatouer des gamins d'un an, réfléchit Georgia.

— Il ne s'agit que d'un tracé effectué à l'encre de grenade, lui apprend notre spécialiste. Au terme d'un rituel, la tatoueuse retranscrit sur la nuque de l'enfant ce qu'elle aperçoit de sa vie sous la forme d'un unique cartouche parmi ceux qui tapissent le Temple et la salle du trône. De cette manière, le futur Aster se relie à l'étoile, en quelque sorte. Il faut attendre quelques minutes. Si le rouge pénètre dans la peau et ne laisse aucune empreinte, alors le verrou de la magie est levé. Dans quelques années, le dessin réapparaîtra en même temps que les dons. Sinon, un coup de chiffon suffit à le retirer.

— Rien à voir avec ça ! Mais cette pratique reste bizarre…

Georgia agite ses doigts tatoués au-dessus de ses bagues.

— Faisons un détour par Pourprebrume sur notre chemin de retour, proposé-je. Mettons en sécurité cette encre.

Je cherche le regard de Georgia en guise de soutien. Elle acquiesce, trop curieuse, comme moi, de pénétrer dans un observatoire d'augure. Valentina incline la tête et me remercie d'une chaleur qui me conforte dans mon choix. Je ne fais que ce qui me semble juste.

— Bien, allons nous reposer. Nous partirons avant le lever du jour.

Je me redresse et ramène mes jambes sous moi. La douleur me crispe. J'essaie de prendre sur moi pour m'appuyer sur l'aile en argilis du pommeau de canne. Valentina arrive aussitôt pour m'épauler. Je cesse de grimacer et dissimule ma souffrance.

— Je m'en vais prévenir de notre départ et apporter ainsi cette bonne nouvelle à Cordélia.

— Dans ce cas, je vais me coucher ! bondit Georgia.

Son ton joyeux et sa subite envie de rejoindre sa chambre me paraissent louches.

— Je vous accompagne auprès de Salazar ?

Je souris à cette offre généreuse de la prêtresse et ne prends conscience qu'en sentant ma lèvre engourdie que je me la mordais. Les mains dans les poches de son pantalon maintenu par une paire de bretelles, Georgia nous dépasse et rit sous cape avant de quitter le salon.

Que s'imagine-t-elle ?

Au milieu de leurs mensonges, mes parents m'ont appris quelque chose malgré eux : les servantes du Culte doivent rester de l'ordre du fantasme tout au plus.

Même si j'admets ne pas arriver à me faire à cette image de Valentina, habillée comme Georgia. Sa robe avait l'avantage – et je soupçonne là une de ses fonctions – de dissimuler sa silhouette que je qualifierais de parfaite. De petite taille, elle possède certains atouts de charme qui rendraient n'importe quel homme dingue d'elle, à commencer par son esprit et son aura mystérieuse.

Et que dire de ce bandeau de dentelle ?

De nombreuses courtisanes l'adoptent au cours de jeux sensuels. Il représente l'interdit du Culte. Le péché. La transgression, où parfois je m'égare, dans mes rêves. En particulier lorsque je me souviens de cette dague venue embrasser ma gorge, pendant que Valentina pressait mon dos contre sa poitrine.

— Votre Altesse ?

La douceur dans sa voix me ramène au milieu du salon tapissé d'un vert forêt, mais surtout m'éloigne d'une pente glissante. Néanmoins, je saisis l'offre de mon augure, avant qu'elle ne me la retire.

Chapitre 14

Georgia

Monter une expédition !

En voilà une riche idée !

Pendant que je me balade dans le couloir blanc à la moquette écarlate des chambres, je m'entends la proposer à Uräne.

Je m'épate moi-même.

Cette mission secrète me flanque une peur bleue. Pourtant, je reste persuadée que je dois le faire. Je ne pourrai plus dormir en paix tant que je ne saurai pas la vérité sur mon père.

Avec le recul, je ne lui en veux pas d'être parti pour retrouver la femme qu'il aimait. Adolescente, j'aurais été en colère en apprenant la supercherie montée avec la mère qui m'a élevée. Le deuil a été long et compliqué. Les cicatrices sont là.

Comme l'affirme Alimar, elles deviennent aujourd'hui ma force.

Mon père pensait revenir vivre auprès de ses amours, même s'ils se trouvaient dans deux foyers différents. Son geste reflète un tel courage, qu'il me donne l'énergie de suivre ses pas.

Je n'ai aucune idée de comment m'y prendre.

La nuit porte conseil, comme on dit…

Et puis, je suis souffleuse ! Nous nichons au milieu de la débrouille. Poe connaît tout le monde dans le quartier. Il m'indiquera où me rendre.

J'imagine le prince à bord d'un bateau de contrebande. De pirate ! Comme dans les contes de Mer Douce. Le tricorne m'irait bien. Je suis prête à le parier.

Je n'aurais jamais dû boire de malté après une cure de spores. La fatigue m'assomme et me fait dérailler.

Je m'arrête devant une chambre avant la mienne. La platine en argilis ouvragée attire mon œil, comme celle de chaque porte de cette maison.

Les faes ne vont pas débarquer ici de sitôt…

La platine voisine dessine des roses et donne le ton de la décoration. Sur celle-ci, mon index glisse sur une lyre.

Le tatouage sur la nuque d'Alimar représente cette constellation.

L'unique et dernier Aster de la famille dormait-il dans cette pièce ?

Dommage pour la dynastie d'élite que Salazar espérait fonder à travers son fils. Il n'y aura bientôt plus assez d'encre afin de révéler des personnes à ce privilège.

D'un côté, voir ainsi périr la magie au sein de notre peuple me rend triste. De l'autre, la situation met fin à un paquet d'inégalités. Il reste toujours l'aristocratie, mais les Asters déchus n'y ont pas leur place…

Je tourne le bouton de la porte avec un sentiment d'appréhension. J'espérais maintenir Alimar à l'écart de ma vie chamboulée. Passer du temps ici, en compagnie des Pinotte, me fait comprendre que je suis incapable de l'oublier.

J'entre dans cette pièce, plus chargée que sa chambre de Rocheprince. Celle-ci regorge de jouets, de photographies aux cadres poussiéreux et de bibliothèques où les livres côtoient les partitions et quelques étuis d'instruments.

Une odeur de cèdre embaume cette chambre chaleureuse aux tapis colorés malgré l'obscurité. Des éléphants en métal rouge supportent le dais du lit en voilage blanc, digne de celui d'un enfant chéri. Je m'attarde sur les dos des reliures abîmées éclairées par la lumière du couloir. La plupart sont des recueils de contes.

Bienvenue dans la marmite dans laquelle a mijoté l'imaginaire du compositeur d'opéras.

Entre un gros volume malmené et une petite lyre en bois précieux, je saisis le cliché d'un chérubin au sourire arrogant, un violon en main. Il porte l'habit et la perruque. Alimar pose dans un salon cossu, sans doute l'une des relations de Salazar, heureux d'exhiber les talents de son fils. Histoire de se faire mousser dans la haute société.

La férocité dans le regard du jeune musicien d'à peine neuf ans, à vue de nez, m'arrache à moi aussi un sourire espiègle. Elle représente celle d'un conquérant, d'un gamin qui sait déjà ce qu'il veut et que rien, pas même son père, n'arrêtera.

Je repense à ce qu'il a traversé pour retrouver, aujourd'hui, son rêve.

En valait-il la peine ? Lui seul peut répondre à cette question.

Je repose la photographie. Je heurte les cordes de la lyre. Un son dissonant en sort quand je la rattrape avant de faire dégringoler le portrait juste à côté.

Plus âgé sur cette image, Alimar joue du violon, assis sur un rocher. Autour de lui un troupeau d'éléphants l'écoute. La beauté de cette photo me saisit. Le musicien conserve les paupières closes. L'animal en face de lui en réalise de même.

Est-ce Barok ? Elle possède une dissymétrie au niveau de ses défenses que je ne peux pas voir de profil.

Je m'installe en tailleur sur le tapis. J'aurais cru en un sanctuaire en l'honneur de leur fils, si je n'avais pas rencontré sa mère ce soir et soulevé tant de poussière avec mes fesses. Je m'étais imaginé que son père était le plus dur de ses parents. Le discours de Cordélia me donne la nausée. Si Salazar affiche une profonde déception envers Alimar, elle l'a carrément enterré.

Je soupire devant cette image de lui, jeune adolescent, animé par cette passion. La lourdeur dans ma poitrine s'aggrave. Me retrouver au milieu de ses souvenirs me fait mal.

J'ai moi-même affirmé à Cordélia que perdre un proche n'avait rien à voir avec vouloir tenir à l'écart une personne bien vivante. Qu'il suffisait de pardonner pour lui faire à nouveau une place.

La vérité et les situations sont plus complexes. Le manque nous rend parfois illogiques. J'en sais quelque chose. Je fuyais ma sœur et ma peine en me noyant dans le Service.

Je refoule une envie de fumer et déglutis sur ce constat. Je dépose la photographie à côté de moi, puis lève le nez sur la bibliothèque à la recherche d'autres trésors qui me procureraient une souffrance dont j'ai besoin. Souffrir, c'est se sentir en vie, non ?

Je le pensais, jusqu'à ce que la torture me conduise trop loin, jusqu'à ce qu'elle m'interdise de vivre.

Un métronome tombe à portée de doigts sur l'étagère. Je déplace le poids en haut de la tige et la lance. Le tic-tac commence à me bercer, tandis que ma fatigue détecte malgré tout une présence à la porte.

Adossé contre le chambranle, les bras croisés, Salazar m'observe depuis je ne sais quand.

— Pardon, je n'aurais pas dû entrer ici.

Je vais pour me relever, mais il m'interrompt d'un geste apaisant accompagné d'une question :

— Que sous-entendiez-vous en affirmant qu'Alimar vivait dans la cruauté ?

De surprise, mes fesses retombent sur le tapis. Le maître des lieux ne pénètre pas dans cette pièce aux rideaux tirés. Il semble la redécouvrir.

Comment répondre à cette interrogation sans trahir l'intimité de son fils ? Qu'ai-je le droit de lui révéler ?

Pourtant, il devrait entendre à quel point Alimar a souffert. Ce dernier décrivait Salazar comme un homme orgueilleux. Je ne partage pas ce sentiment, du moins pas aujourd'hui. Il y a peut-être une carte à jouer du côté du père. Après tout, il me pose la question. Il se soucie donc un minimum de lui.

— Un jour, Alimar m'a raconté que vous ne vouliez pas qu'il entre au conservatoire, de peur qu'il termine mal. Qu'il ternisse l'image de votre maison avec, vous savez, ce qui se passe parfois en coulisses.

Le patriarche se raidit, mais ne me contredit pas.

Pire, je suis en train de confirmer ses craintes.

— Vous connaissez l'aristocratie, Monsieur Pinotte. Je n'affirme pas qu'ils sont tous comme ça, mais, dans le lot, se planquent de sacrés enfoirés. Disons qu'Ali est tombé sur un homme qui lui a fait miroiter de belles perspectives en échange de sa coopération. Vous voyez où je veux en venir ?

— Je ne saurais vous dire, prononce-t-il sur la réserve.

D'accord, je suis trop vague.

— Écoutez, le tact n'a jamais été mon fort, alors je vais vous annoncer les choses d'une manière assez directe. Ali n'avait pas un rond en poche au conservatoire. Le surintendant de la Musique royale, Morengo, a repéré son potentiel et lui a mis le grappin dessus. En échange de services, il l'a fait monter jusqu'au rang de maestro.

— L'obligeait-il à user de sa magie ?

— Non, ça, c'était plutôt le roi lorsqu'il l'a enfermé sur une requête de Morengo en faisant croire à tout le monde qu'il se trouvait en cavale.

— Je vous demande pardon ? tonne Salazar.

Il ose enfin un pas et se dépêche de refermer la porte. Que je parle de son copain Grïffon de cette façon doit le défriser. Alors, je me concentre sur l'essentiel.

— Morengo bridait sa magie sous prétexte qu'elle ne devait pas constituer un avantage dans son apprentissage. Au début, en échange de représentations privées organisées par le surintendant, Ali recevait de l'argent pour payer sa scolarité et de quoi s'habiller pour les spectacles. Il lui proposait toujours plus de rencontres prestigieuses et d'occasions de se faire connaître, jusqu'à ce que le prix demandé devienne indécent. Morengo vendait la beauté d'Alimar en même temps que son corps afin d'obtenir les bonnes grâces des plus puissants et servir ses intérêts auprès d'eux.

Son cœur de père se fracasse en mille morceaux.

Bouleversé, il perd sa stature rigide et ose enfin avancer jusqu'à moi.

— Continuez.

La fébrilité dans sa voix me met en rogne. Tout ceci, il aurait pu l'apprendre ou même l'éviter s'il n'avait pas coupé les vivres à son fils adolescent.

Sa prise de conscience visible me pousse à tempérer ma colère. Nous faisons tous des erreurs et certaines nous coûtent cher.

— Il a essayé de se défaire de l'emprise de Morengo avec l'aide d'Uräne. Le prince l'a nommé surintendant en virant l'ancien. Ce dernier n'a pas supporté son éviction au profit de son élève. Ali a paniqué quand un homme de main de Morengo est venu l'éliminer d'une façon plus radicale. En pleine représentation, il a craqué sous la pression de cette violence et de son désespoir. Sa musique a achevé tous ceux qui avaient abusé de lui et qui étaient présents dans le public en guise de soutien à Morengo ce soir-là.

— Foutre Grâce…

Sa main monte devant son juron, il s'assied dans le fauteuil, à côté d'un pupitre à partition. Il comprend enfin son geste.

Je relance le métronome.

— Bérénice, l'ex-future reine et cliente de Morengo, l'a dénoncé. Ali s'est fait arrêter. Morengo a demandé au Cador et à Maxwell de l'enfermer dans l'opéra afin que sa musique et cette rivalité continuent de le torturer. Ils ont fait de lui l'assassin du roi à la botte du chevalier, chargé d'éliminer chaque personne qui présente des traces de malédiction, les griffons en premier, vous vous en doutez. Le masque d'argilis qu'ils l'ont obligé à porter lui a laissé des cicatrices au visage. Vous le savez sans doute, il est libre à présent.

Statufié dans le fauteuil, il met un moment à digérer le récit de plus d'une quinzaine d'années de vie de son fils. Il a du mal à encaisser que Sa Majesté se soit servie d'Alimar de cette manière.

— Et vous ? me questionne le père fébrile. Comment vous connaît-il ? Qui êtes-vous ?

— Oh moi, j'étais la souffleuse de la bande. Je capturais le Souffle et le redonnais au Cador.

Qui lui en faisait je ne sais quoi ! Mais je ne vais pas entrer dans les détails ni même lui avouer mes liens avec Uräne. Je vais le perdre !

Ses doigts appuient sur ses yeux pour tenter de chasser les tensions qui envahissent son crâne.

— Ça fait beaucoup. Je vous comprends. Je joue franc jeu, car j'estime qu'il est important que vous entendiez ce qui est arrivé à Ali. D'accord, il a commis des erreurs. Mais en aucun cas, il ne mérite que ses parents l'estiment mort.

Son regard tourmenté réapparaît. Après un long silence, il se penche pour tirer un gros ouvrage de la bibliothèque.

— Celui-ci était son préféré. Il en a usé la couverture autant que la gouvernante.

Son ton ne me laisse rien deviner d'un éventuel changement d'avis à son sujet. Il me tend le lourd livre illustré d'un éléphant à trois têtes : « *Contes des royaumes de sang.* »

— Une compilation de légendes faes et humaines. L'auteur considère les deux royaumes sur un pied d'égalité et a regroupé des récits d'avant et d'après les guerres sanguinaires qui nous ont opposés. Rien de sérieux, mais Alimar adorait le feuilleter. Prenez-le.

Il se relève. Salazar en a assez entendu pour ce soir.

— Pourquoi me le donner ?

— Vous sembliez chercher quelque chose qui vous rappelle mon fils. Après la musique, ce livre est sans doute ce qui le caractérise le mieux. Du moins, qui le caractérisait dans son enfance. Je crains de fort mal le connaître à présent.

— Il est prétentieux et parle à tort et à travers, me moqué-je.

Un sourire en coin lui échappe. L'espace d'un bref instant, j'y lis de la fierté teintée de nostalgie.

— Merci pour votre honnêteté, Mademoiselle Lamare. Si je peux faire quoi que ce soit pour vous, n'hésitez pas.

Il s'apprête à ouvrir la porte quand cette proposition attire mon attention.

— Comment transportez-vous vos marchandises ?

Ma question le surprend.

— Par le réseau ferroviaire ou via ma flotte navale. Si c'est de l'argilis que vous désirez, j'ai un contrat d'exclusivité avec le roi…

— Pas du tout. J'ai besoin d'un bateau discret avec un équipage pas trop regardant et surtout un peu casse-cou.

— Où comptez-vous aller ?

— Loin… *très* loin…

Je reste vague sous un ton obscur. Avant Poe, je tente le coup avec Salazar. L'un sait comment éviter tous les truands de Montlilas et donc comment les trouver. L'autre navigue dans les hautes sphères du commerce, au milieu des requins. Le fils de paysans devenu un magnat de la cacahuète et de l'argilis doit avoir pris quelques raccourcis pour se hisser parmi les plus grosses fortunes de ce pays.

Je ne me fie pas à son air hautain. Son esprit tisse des ramifications pour essayer de percer ce mystère. Alimar possède cette même lueur dans le regard quand une idée émerge et qu'il en mesure la faisabilité.

— Je ne peux pas vous accorder l'un de mes navires. Je travaille en étroite collaboration avec le roi.

Sa bouche se fend d'un regret. Apprendre ce qu'il a fait à sa progéniture le bouleverse.

— Au-delà de la loyauté que je suis censé lui porter, ma proximité avec Sa Majesté rendrait dangereux de m'inclure directement dans vos projets à la discrétion douteuse.

Je fais la moue. Il n'a pas tort.

— Je ne pensais pas à vous en personne. Plutôt à un contact ?

— Où souhaitez-vous aller ? me redemande-t-il, d'un air qui sous-entend que j'ai intérêt à lui répondre si je désire son aide.

Après une longue hésitation, j'opte pour le minimum de sincérité.

— Au-delà de Mer Douce.

Sa bouche se tord dans une mauvaise prédiction.

— Alimar embarquerait-il avec vous ?

— Il n'est pas prévu au programme.

Ce point semble le rassurer.

— Dans ce cas, je vous donnerai l'adresse d'un contact avec qui il m'arrive de travailler pour éviter quelques taxes sur certaines cargaisons.

Je me redresse sur le tapis.

— Vous parlez de contrebande ?

— Je ne peux guère vous offrir davantage. Je prends déjà un risque de contrarier Sa Majesté pour je ne sais quelle mission dans laquelle je soupçonne l'implication de Son Altesse. Ce dont je ne souhaite pas avoir confirmation. Je prends aussi le risque de voir le Cador frapper à ma porte.

— Nous vous en sommes reconnaissants.

— Je ne le fais pas pour la reconnaissance. Ces dernières années m'ont appris à m'asseoir dessus et à ravaler mon orgueil. Je ne saurais pardonner, même au roi, d'avoir enfermé et exploité mon enfant de cette façon. Je n'étais sans doute pas le père dont Alimar rêvait, mais ce que j'ai fait, c'était pour le protéger. J'ai échoué et baissé les bras devant une ambition qui me dépassait, je l'admets. Je le regrette…

Salazar se retire sans me laisser une chance de lui dire qu'il devrait avouer tout ceci à son fils. Je relance le métronome qui terminait sa course. Mes émotions brouillent mon esprit. Je trouve dommage qu'ils ne parlent pas entre eux. Que Salazar ne se livre pas, comme il l'a fait avec moi.

Encore une fois, je me mêle de la vie d'Alimar alors que je m'efforce de l'oublier. Je ne parviens plus à m'en convaincre.

Une certaine satisfaction monte cependant en moi. J'ai réussi à obtenir la promesse d'un contact capable de nous conduire jusqu'au Continent Interdit.

Ce n'est pas rien !

Je gagne en confiance en moi. La poitrine bombée de fierté, j'ouvre le gros volume de contes et parcours quelques pages au son du métronome que je relance de temps en temps. Je l'emporte avec la photographie jusqu'au fauteuil dans lequel s'était assis Salazar.

En feuilletant les récits illustrés à la forte odeur poussiéreuse, je tombe sur un dessin d'éléphant à trois têtes nommé : Barok.

Logique…

Je commence à lire l'histoire de cet animal mythique. La fatigue me rattrape. Pourtant, je n'ai pas envie de me lever ou de partir de cette chambre. Je m'y sens mieux que dans celle d'amis. L'empreinte d'Alimar possède quelque chose de rassurant.

Mes paupières papillonnent sur l'image de l'adolescent qui joue du violon devant un troupeau d'éléphants. Je me retrouve ensuite face au maestro adulte, qui me contemple pendant que je dors.

Chapitre 15

Georgia

— J'essayais de te réveiller. Enfin, non, justement… Bref, tu me comprends, s'emmêle le maestro.

Je me redresse dans le fauteuil où je me suis assoupie.

Suis-je dans ma tête ?

— À force d'avoir soupé de l'Alimar toute la soirée, normal qu'il termine en face de moi.

J'observe ce beau visage scarifié de fines cicatrices. Ses sourcils montent d'étonnement et me font douter.

— Cher rêve, je me trouvais en plein solo devant un parterre de babouins avant que tu me sauves d'un lynchage de bananes.

Pour appuyer son argument, il lève son violon, vêtu en habit de représentation bleu clair. Sa coiffure est aussi serrée que celle de son père, prête à recevoir une perruque laissée dans la loge de son esprit. De sa main qui tient son archet, il chasse une peau jaune de ce fruit. Derrière lui défile le serpent d'étoiles.

Oh, misère, je lui rends encore visite malgré moi !

— Par Mater Astër ! Revoilà cette sale bestiole !

Alimar panique. Il recule pour s'éloigner de l'animal. Nos jambes se frôlent. Mon cœur s'alourdit en sentant sa présence.

— As-tu un problème avec les serpents ?

— Oui… et avec celui-ci en particulier.

— C'est la matérialisation de ma magie, issue de Pygma, un Faëster.

Lentement, il se retourne vers moi, ses yeux ronds de stupeur.

Je me force à ne pas rire.

— Pour résumer, tu es entrée en moi et as modelé autour de nous ma chambre d'enfance à Boisrouge ainsi, qu'une fois de plus, ce serpent.

— Juste ce lieu. Lui se balade avec mon pouvoir. Bien qu'une fois j'aie réussi à passer dans l'inconscience de quelqu'un sans son aide. L'expérience a été aussi dangereuse qu'instructive. De plus en plus, je croise aussi une ombre un peu flippante.

— Hein, hein… marmonne Alimar sceptique.

Néanmoins, un sourire lui échappe, heureux que je m'arrête dans sa tête. Je pourrais me lever et partir.

J'en ai assez de le fuir. Je parviens à surmonter mes craintes. Même si mon pouls bat la chamade comme jamais, lui parler me fait plaisir.

Le tic-tac du balancier traîne en bruit de fond. Alimar se grandit et observe les détails qui nous entourent avec attention. Cette tenue lui confère une prestance qui m'éblouit. Il s'agit de la première fois que je le vois dans ses habits de maestro, plus sobres que ceux de bal.

Il est sublime.

Le trouillard ose un pas en direction de son lit, mais le serpent qui se cache en dessous le dissuade d'avancer plus.

— Puis-je savoir comment tu as eu connaissance de cette pièce, au point de parvenir à reproduire le son exact de mon vieux métronome ?

— Je me suis endormie sur le conte de Barok. Dans ton fauteuil.

Il détaille le mobilier sur lequel je me trouve encore.

— Foutre Grâce ! Que fiches-tu dans ma chambre ?

— Ton père jure comme toi.

— D'où crois-tu que je tienne cette manie ? J'hésite sur le plus étonnant. Qu'il ait eu l'audace de jurer devant toi ou que tu lui aies parlé, *chez lui* ?

— Bah, en fait…

— Non, me coupe-t-il. Discuter avec toi constitue le plus agréable des miracles. Tu parais en forme, cher rêve.

Je détestais cette façon qu'il avait de me nommer avant de l'apprécier et même de la chérir. L'entendre me bouleverse. J'ai du mal à lui répondre que j'essaie d'aller mieux sonnerait plus juste.

Alimar saisit mon trouble. Il me propose son bras pour m'aider à me lever.

Je me redresse seule.

Je redoute de le toucher et de retomber dans une relation compliquée avec lui. La dernière chose dont j'ai besoin en ce moment.

Et puis, Uräne et moi allons bientôt partir. J'ignore si je reverrai Alimar un jour. Autant ne pas le faire souffrir pour rien. Les enjeux dépassent nos propres sentiments.

Il encaisse mon rejet derrière un sourire qui ne monte pas jusqu'à ses yeux, puis croise ses mains dans son dos. Je le blesse. Je ressens tout à travers son rêve.

— Ton séjour à Boisrouge est-il agréable ? Goûtes-tu à la douce hospitalité des Pinotte ?

— Uräne m'a traînée dans ce patelin. Il cherchait Bérénice.

— À Boisrouge ?

Il en détache chaque syllabe, tant ceci lui paraît irréaliste.

— Elle a été aperçue dans la forêt près de votre domaine. Les cinarbres prennent vie et boivent le sang des éléphants, selon Salazar.

Une crainte me soulève soudain les entrailles. Les siennes. Je m'empresse de le rassurer.

— Tes parents vont bien. Bon, ta mère a un peu vrillé, mais j'ai réussi à me mettre ton père dans la poche.

— Tout ce qui sort de ta bouche depuis que tu es entrée dans ma nuit ressemble à une fable assez saugrenue. Je commence à supposer que je me perds dans un simple songe.

Au milieu de sa chambre, je pince son habit bleu et son bras.

— Ouille !

Son violon noir, patiné sur les arêtes, se dresse en guise de bouclier.

— Si tu crois qu'il peut m'arrêter. D'une seule pensée, il finira en allumettes.

— Sans cœur ! s'insurge-t-il, outré. En tout cas, je n'ai plus aucun doute quant à ta véritable présence ici. Jamais mon esprit n'aurait formulé de pareils propos. Des allumettes… Ne t'approche plus jamais de lui.

Il ramène son instrument contre lui afin que je ne le lui vole pas. Le maestro dans ses beaux habits me fait rire.

— Pourquoi Bérénice se balade-t-elle chez mes parents ? reprend Alimar avec plus de sérieux et d'inquiétude.

— Aucune idée ! Gédéone a donné l'information à Urãne. C'est louche…

Son front se creuse en quête d'explications.

— Comment Gédéone saurait-il où se planquent les faes ? Je le vois mal comploter avec eux. Qu'aurait-il à y gagner ? Je doute que ceci ait un rapport direct avec moi, elle sait où me trouver.

— Nous partons pour le royaume d'Edstar.

— Pardon ?

Il se redresse, piqué par mon annonce abrupte. Il doit être tenu au courant et je ne trouve pas d'autre façon d'aborder le sujet. L'abandonner sans rien lui révéler s'avère au-dessus de mes forces.

— Avec Urãne, et sans doute Valentina, nous embarquons afin de chercher Lÿs et un remède contre la malédiction des écailles.

Je passe sur ma motivation première. Je n'ai pas envie qu'il tente de me dissuader de retrouver mon père. Lui seul pourrait choisir les mots justes pour me ramener à la raison.

Les traits de son visage s'effondrent. Ils me confortent dans mon idée que je lui en ai déjà trop dit.

— Tu prépares une expédition sur ces terres interdites ?

— J'espère que tu es tout seul dans ton lit. Je sais que tu parles en dormant.

— Bien entendu que je suis seul ! Avec qui veux-tu que je sois ?

— Ce détail ne me concerne pas.

— Ne joue pas avec moi, Georgia. Je te répéterai sans m'en lasser que tu représentes l'unique femme qui compte pour moi.

Ma poitrine se contracte dans l'étau de mes sentiments. Alimar a toujours été direct sur les siens. De mon côté, les avouer reste compliqué et douloureux. Pourtant, je savoure sa présence et même cette remontrance.

J'aime qu'il me dise que je suis unique à ses yeux.

Je suis égoïste…

— Je suis navrée de t'apprendre notre départ de cette manière.

— C'est parfait ! se réjouit-il.

Hum… ai-je loupé quelque chose ?

Je pensais lui provoquer de la peine et le voilà qui effectue les cent pas au milieu de sa chambre. Les doigts joints devant sa bouche, il se perd dans ses réflexions aux allures de prière, quelque part entre l'excitation et l'euphorie. Son violon a disparu.

Bon, j'ai sans doute dramatisé l'effet de cette annonce pour un voyage à travers des terres au haut potentiel mortel, mais là il me vexe un peu !

Devant le livre de contes abandonné sur le fauteuil, il se retourne dans une pirouette, le sourire aux lèvres. Les basques de son habit volent derrière lui.

— Je souhaite en être !

J'ai la fâcheuse sensation qu'il n'attendait que ça.

À moins que ce soit de retrouver son ami le prince qui le motive.

— Minute, tu veux partir avec nous ?

— Crois-moi, tu as besoin de moi. Et j'ai besoin de vous. De plus, je t'ai vue manier un fleuret comme un mauvais comédien. Je crains un peu pour ta survie.

— Hé ! Je ne vais pas voyager avec une épée !

— Tu le devrais ! Et il est primordial que je vienne avec vous ! affirme Alimar en avalant l'espace qui nous sépare. Je dois monter sur un bateau en direction d'Edstar.

— Quel plan foireux as-tu encore en tête ?

— Pour une fois, il ne m'appartient pas. Je naviguerai en fond de cale, s'il le faut. Tu ne me croiseras pas de toute la traversée.

— Je n'ai jamais souhaité que tu t'écrases devant moi, Ali !

Son visage se tord d'une douleur qui comprime ma poitrine, la sienne.

— J'ai assassiné ton ami. Je comprends que tu m'en veuilles.

— Ne parle pas de Thomin, s'il te plaît, grondé-je, en tentant de maîtriser la peine qu'il ravive.

— Pardon, je ne prononcerai plus son nom. Mais laisse-moi embarquer ! Je t'assure, tu vas avoir besoin de nous.

— C'est qui *nous* ?

— Ma joyeuse troupe, me sourit l'espiègle. Ajoute deux passagers à ta liste. Enfin non, trois, il semblerait…

— Tu ne sais même pas combien vous êtes ?

— Et il vaut mieux qu'Uräne ignore l'identité de l'un d'eux jusqu'au dernier moment et réciproquement. Je conserverai donc quelques détails pour moi, si tu le veux bien.

— Non, je ne le veux pas ! Et j'ai garanti à ton père que tu n'étais pas de la partie.

— Il est au courant ?

— De pas grand-chose. Il m'a juste donné un contact.

— Tant mieux qu'il reste lui aussi dans l'ignorance.

— Je suis l'organisatrice de cette expédition. Il va falloir m'en dire plus si tu veux venir !

— Dois-je te nommer capitaine ?

— Tu as intérêt ! le taquiné-je.

— Merveilleux ! Je suis accepté à bord.

— Tu es le roi de l'embrouille, Ali ! Je veux savoir qui embarque avec nous.

— Pas tout de suite, me lâche-t-il dans un pâle sourire. J'ai besoin de convaincre l'un de mes amis.

— Depuis quand as-tu d'autres potes qu'Urâne ?

— Peux-tu me dire de quelle manière tu as trouvé ce livre de contes ? Je pensais que Nouna, ma gouvernante, avait fini par le brûler.

Dans cette pirouette malhabile, son cœur se charge d'une tristesse étrange, et le mien également par la même occasion. Ce qu'il me raconte ne colle pas avec cette sensation de solitude familière qui m'envahit.

Une seule certitude, Alimar n'est pas aussi entouré qu'il le laisse entendre. J'ignore de qui il parle, mais ces personnes sont loin d'être ses amis. À travers ce rêve, je ressens tout ce qu'il endure et ça me rend folle.

Alors, je tire l'un des épais rideaux de sa chambre. Intrigué, il me suit et ouvre la fenêtre sur mon cadeau : Barok boit à la fontaine en compagnie de sa famille.

— Oh, Georgia, souffle-t-il, troublé. Il ne lui est rien arrivé.

Un grand sourire étire quelques-unes de ses cicatrices. Il s'appuie contre le cadre de l'huisserie, juste à côté de moi. L'enfant de Boisrouge croise les bras pour admirer ces animaux avec tendresse.

Je m'adosse au mur pour contempler cette douce nostalgie sur lui. Son épaule presse la mienne en une béquille dont il a besoin pour encaisser le choc de ses émotions. Son parfum aux notes de myrrhe, celui que je lui ai acheté dans une supérette de Montlilas, me replonge quelques mois en arrière. Les souvenirs de sa chaleur, de ses baisers, rejaillissent dans cette proximité. La faille apparue au milieu de nos absences se creuse de ce besoin de lui.

— Merci, me lâche-t-il avec reconnaissance. Tu as rencontré toute la famille, à ce qu'on dirait.

— Même la bande de chiens…

— Diantre, ils sont plusieurs à présent !

Je ricane et réussis à le faire rire avec moi.

— Même Pipeau !

— Dans ce cas, je ne dois pas beaucoup manquer à Mère.

— Tu es jaloux d'un pompon court sur pattes et édenté.

— Jolie définition ! Mais admets qu'il y a de quoi !

J'opine malgré moi. Je préfère mettre l'accent sur Salazar.

— Pour répondre à ta question, ton père m'a prêté ton livre alors qu'il me demandait de tes nouvelles.

Alimar me sert une drôle de grimace. Il ne me croit pas.

— Je t'assure ! Tu pourrais peut-être essayer de le recontacter ?

— Pourquoi seulement lui ?

Il se détache de la fenêtre sans pour autant s'écarter. Son regard descend sur moi dans une attitude de défi mêlée de souffrance, qui ne m'est pas destinée. Il se doute déjà de la vérité.

— Ne me force pas à te le dire.

Il lève la main dans une lenteur qui lui procure le temps de jauger mes réactions. Je ne bouge pas, perdue à mi-chemin entre le pardon, la tentation et la peine.

Son pouce effleure ma joue. Je fonds sous ce simple toucher.

— Mère m'a renié pour de bon.

Mes lèvres se pincent. Je ne parviens pas à lui avouer que la réalité est encore plus terrible. Inutile, son cœur se brise. Il mesure le fossé qui l'éloigne d'eux.

Ses doigts glissent sur ma peau, le long de ma mâchoire jusqu'à mon cou. Toutefois, ses yeux ne peuvent pas cacher sa déception. Je sens qu'il a besoin de moi pour encaisser ce rejet.

Je me laisse emporter dans cette douceur qu'il recherche à travers moi. Mes muscles se relâchent contre le rideau. Mes lèvres s'entrouvrent pour trahir un soupir qui traduit à lui seul les frustrations de mes indécisions.

J'aimerais lui enlever cette tristesse qui nous bouleverse tous les deux.

Puis-je y parvenir sans en souffrir moi-même ?

Un éclat de lumière interrompt le geste sensuel d'Alimar. Le serpent traverse la pièce ! .

Les doigts agiles et sensibles du violoniste se retirent. Il conserve l'animal dans son champ de vision, de crainte qu'il ne l'attaque.

Pourquoi le ferait-il ?

Après tout, le reptile m'a déjà mordue au cours de ma dernière déambulation chez Maxwell. Ma magie devient de plus en plus agressive.

— Je ne lui voulais aucun mal, se défend Alimar.

Les étoiles se dressent. Je m'interpose entre Alimar et son étrange comportement.

— Mais ça suffit, oui ? Arrête !

Une chose est sûre : je ne dois plus traîner dans les parages.

— Nous en reparlerons !

Alimar n'a pas le temps de me retenir. Son image se brouille.

Je me réveille dans le fauteuil, au dernier battement du métronome.

Chapitre 16

Alimar

Mes doigts pianotent sur la portière de la voiture. Nous traversons les vignes aux couleurs orangées, après les vendanges. Les vignerons sont à pied d'œuvre pour retirer une partie des sarments avant que la neige ne recouvre ces vins de glace pour l'hiver.

Je lève mon regard voilé, sous mon masque, vers la chaîne de petites montagnes qui séparent Saceraster, Splendore et Corélysée. Leurs plus hauts sommets possèdent déjà un fin duvet blanc alors que le sud de Providence cultive encore les blés tardifs.

Contempler ce paysage pittoresque n'a d'autre but que de détourner mes ruminations de cette mission confiée par Sa Majesté après l'annonce qui me laisse fébrile.

Je n'ai aucun mal à monter sur scène pour mon art. Or, pour celui du meurtre, je préfère rester seul dans ma honte. Ma réputation de bourreau n'est plus à faire, mais l'exercer devant tant de monde, sans haine aveuglante pour les occulter, me dégoûte.

Voilà que je rumine à nouveau…

J'en reviens aux vignes, mais le passage d'un tunnel me soustrait à ce beau panorama. Je me retrouve face à mon masque et au Cador. Il me domine même lorsqu'il est absent.

Je me détourne de mon propre reflet. J'ai toujours du mal à le supporter. Pourtant, je demeure partagé.

J'ai regretté d'avoir abattu les soutiens de Morengo en pleine salle de spectacle. Ce geste m'a fait tout perdre, y compris une part de ma mince dignité. Il a légué une fêlure profonde qui a déchiré mon cœur pour laisser les ombres s'y engouffrer. Ma conscience cohabite à présent avec elles, dans un tango tantôt passionné, tantôt violent et destructeur.

Lorsque j'aurai besoin d'elles, face à des innocents, elles s'éloigneront de ma raison submergée de questions.

Devons-nous éliminer des personnes sous le seul prétexte qu'ils présentent quelques écailles sur le corps ? Comment savoir quel niveau de dangerosité ils atteindront si nous les exécutons tous ?

Plusieurs kilomètres s'écoulent avant que nous débouchions dans des nuages oppressants. Nous avons gagné en altitude sans nous en rendre compte. L'air froid se charge d'une bruine qui pousse mon conducteur à monter le chauffage et à activer les essuie-glaces.

Je referme ma cape sur mon armure, plus dans un réflexe de protection idiot que pour contrer la température qui ne parvient pas à percer le cuir épais. Les virages s'enchaînent dans une visibilité réduite, jusqu'à ce que je croise un panneau au nom de ma destination : *« Sanctuaire des Justes. »*

Après m'être réveillé d'une attaque de serpent d'étoiles, j'ai réfléchi à ce nom le reste de la nuit, quand mon cerveau ne se trouvait pas accaparé par la mise à mort de Céréza et par le changement de cap du roi. Cette bestiole me fiche la trouille, mais je suis heureux d'avoir enfin pu échanger avec Georgia.

La culpabilité me ronge à mesure que ma promesse de la tenir éloignée du Cador s'effondre. Mon cher rêve m'offre la porte de sortie du royaume dont j'ai besoin. Même si j'ai peur qu'il leur arrive quelque chose là-bas, un sentiment comparable m'oppresse de savoir tous mes proches en ce moment à Boisrouge. Ils se retrouvent au milieu de cette malédiction et, sans doute, proches de Bérénice.

Je dois tirer sa présence dans ces bois au clair.

Voilà que je m'inquiète pour mes parents…

Une chose que le Cador ne peut se permettre.

La voiture s'arrête sur un vaste parking désert, devant l'entrée d'une grotte. J'ouvre moi-même la porte sur ce crachin givré. La météo va faire rouiller le fer de mon armure. Un frère-gardien enveloppé d'une cape de fourrure blanche s'avance à grandes enjambées sous un parapluie. Cet accueil me surprend.

— Nous avons fermé le sanctuaire.

L'homme jauge ma réaction. Il ne peut que la supposer.

J'avise les alentours. La présence de frères-gardiens me prouve que j'ai franchi la limite de la province de Splendore pour pénétrer dans celle gouvernée par le gardien du Temple. J'imagine que Gédéone a donné cet ordre après les tumultes d'hier soir.

— Bien.

Que répondre d'autre sous ce charisme ?

Le chevalier n'a pas à s'émouvoir du sort du Culte. Encore moins depuis que quelques-uns de ses membres ont tenté de lui faire la peau.

Du moins, il ne doit pas le montrer.

— Je vous y conduis, m'annonce mon escorte sous une mine lugubre.

Ma victime m'attend-elle ?

Ce serait une grande première fort déplaisante !

Mes pas deviennent lourds, à l'instar de mon esprit chargé de questions. Personne ne sait jamais que j'arrive. Avertir les condamnés se révélerait stupide, angoissant et inutile.

Le frère-gardien possède une carrure avec laquelle je ne rivalise que grâce au cuir et au fer. Il découvre son crâne rasé pour tendre son parapluie au-dessus de ma capuche.

Tant de prévenance me laisse perplexe. Je reste sur mes gardes.

Je le suis à l'intérieur de cette vaste grotte aménagée en un véritable complexe touristique. Au sec, il rabat son parapluie et me fait franchir un tourniquet, après les guichets aux rideaux abaissés. Nous entrons dans un lieu de pèlerinage fréquenté par les plus fervents pratiquants du Culte et défenseurs de la couronne. C'est dire à quel point les deux s'imbriquent.

Une boutique de souvenirs demeure éteinte, à côté d'un troquet. Les frères-gardiens, guides et guichetiers au chômage technique y boivent un café, attablés à ce qu'il convient de nommer une terrasse, pourtant cernée de roche.

Ils se taisent lorsque je passe devant eux. Les journaux ouverts sur les tables de bistrot trahissent leur sujet de conversation : *« Folie ou sagesse royale ? »*

Une bonne interrogation…

Je ne m'attarde pas sur leurs visages et m'enfonce dans la découverte de ce site touristique. Mes parents ne m'ont jamais amené ici et Urãne se moquait de la crédulité des pèlerins. Selon lui, ils doivent manquer de jugeote pour vénérer des boîtes vides, celles logées dans des niches qui tapissent le mur de la première salle.

Je n'avais pas d'avis à ce propos. Voilà l'occasion de m'en forger un.

Un chemin de cierges, enfilés sur des lignes de piques à hauteur d'homme, me guide au milieu des noms inscrits sur chacune des petites boîtes en bois rouge. Les jolies calligraphies restent plus ou moins lisibles selon les années indiquées. Elles remontent aux premiers siècles de Providence.

J'en suis abasourdi.

— Conservent-elles toujours les Souffles ?

Je pose la question à la volée. Le frère-gardien ralentit.

Soit mon manque de connaissance à ce sujet l'étonne. Soit le fait que le Cador prenne le temps de s'y intéresser avant sa besogne lui paraît surréaliste.

Autant concilier devoir et plaisir ! Je n'ai plus souvent l'occasion de faire du tourisme. Cet endroit m'intrigue dans un doux émerveillement.

Le bois de cinarbre a la particularité d'emprisonner les Souffles, m'a expliqué un jour Mercurio. Avant l'invention des bobines et la création des souffleurs, les gens possédaient ce genre de boîte chez eux sur un petit autel afin que les empreintes errantes des défunts ne perturbent pas l'équilibre du foyer. J'imagine qu'il y avait des rites spéciaux ou formules en ces temps peu éloignés des faes. Les Justes ont donc le privilège de ne pas avoir terminé au Scriptorium et de conserver les secrets les plus intimes de leur vie pour eux.

— Quelle serait notre utilité dans le cas contraire ?

Ah, non !

Il trouvait ma question idiote.

Au temps pour moi !

Lui ne doit pas être guide ou il ne doit pas amasser beaucoup de pourboires.

Dans ce silence religieux, nous nous enfonçons dans des salles plus vastes, aux dates plus anciennes.

Entre les poils de sa cape à fourrure, je repère le tatouage sur sa nuque : une constellation dans un cartouche.

Nombre d'Asters se dévouent à la couronne.

Ils se font plus rares parmi le Culte, car le vœu de chasteté signe le sacrifice d'une lignée. Ceux sans famille décident parfois de servir leur pays de cette manière.

Nous arrivons dans un espace circulaire qui tranche avec le reste. Des niches plus majestueuses, décorées de fresques, accueillent chacune une boîte aux peintures qui jouent avec les nuances de rouge du bois. Un bestiaire mythique et ailé encadre le nom calligraphié d'un roi ou d'une reine défunts.

Les Souffles reposent dans cette montagne, au plus près des étoiles.

Je devine quelques croyances dans ce goût-là.

Au centre de ce temple, des socles forment un cercle. Je reconnais quelques noms peints sur les vases clos qui les surmontent pour les avoir croisés dans mes livres de contes. L'un d'eux me restait encore inconnu jusqu'à hier soir : Pygma.

Je m'octroie le loisir de contempler ces œuvres, aussi massives que celles des souverains, mais moins ornées. Seuls quelques astres dorés ressortent sur le bois rougi.

Je compte leur nombre : douze.

— Seraient-ce les chevaliers qui accompagnaient le Gracié Arïes ?

La boîte de notre premier roi me surplombe, son nom encadré de deux bouquetins ailés. Mon escorte s'arrête près d'un couloir à l'autre bout du cercle. Son attention glisse sur moi, avec une certaine appréhension.

Là encore, je ne saurais dire sur quel point penche son incrédulité. Que le Cador puisse obtenir un jour un tel honneur lui fait-il horreur ?

Je doute que ce soit le cas. Le premier aura sa niche parmi les monarques. Quant à moi, mon Souffle sera probablement entreposé là où Grïffon planque ceux jamais rendus aux copistes.

Un soupir envieux m'échappe. Dommage…

Je me serais bien vu reposer dans ce sanctuaire pour l'éternité.

Mon index se lève avec la curiosité d'effleurer le bois du bout de mon cuir.

— Ne les touchez pas ! m'ordonne le vaillant frère-gardien.

Je me retiens d'effleurer le nom de Pygma au dernier moment, mais repère une fente au niveau du col. Cette fine fissure court jusqu'à la première étoile.

— Les boîtes sont en mauvais état.

— Nous les appelons des urnes, me reprend-il avec sévérité.

Je suis à peu près sûr qu'il me traite de boîte de conserve dans sa tête. En tout cas, je l'aurais fait. J'en souris malgré moi.

— Eh bien, ces urnes me paraissent négligées.

— Certaines parmi celles des premiers chevaliers ont près de huit cents ans. Dans quel état serez-vous, passé cet âge vénérable ?

Diantre, qu'il commence à m'amuser !

J'espère ne pas devoir l'assassiner.

— Du coup, comment garantir que les Souffles se trouvent encore à l'intérieur ?

Un certain serpent me laisse pensif. Georgia m'assure qu'il s'agit d'une manifestation de son pouvoir. Et si Pygma lui-même cherchait à me mordre ? À m'éloigner de sa protégée ? Je n'apprécie pas l'idée qu'elle puisse à son tour tomber sous le joug d'un être manipulateur.

Les gros yeux de mon guide m'extraient de mes craintes. Ils menacent de me mettre à la porte à tout moment.

Or, il ne le peut pas. Je suppose que Gédéone a donné un ordre.

— Pourquoi en douterions-nous ? s'entête-t-il.

— L'urne de Pygma est fendue.

Mon évidence ne paraît pas sienne. Outre le fait que ce maudit serpent possède la fâcheuse tendance à perturber mes rêves avec Georgia, il s'agit d'un trou dans une boîte en bois !

Que ne comprend-il pas ?

Lorsque ses sourcils se rejoignent, j'abandonne la partie.

Nous franchissons une grille interdite au public pour nous engouffrer dans les profondeurs du sanctuaire. Dans cet étroit couloir, les parois luisent d'humidité.

J'ai la désagréable impression de m'enfoncer dans un piège…

Sous ma cape, je porte discrètement la main sur la crosse de mon pistolet et conserve en mémoire l'avertissement du roi.

Ce membre du Culte veut-il me faire la peau ?

Je songe à rebrousser chemin à chaque pas. Mais cette situation extraordinaire pousse ma curiosité plus loin. Je me dis qu'ils ne tenteront pas deux fois un coup similaire pour abattre le Cador au milieu d'un lieu saint.

Nous traversons un pont en pierres glissantes qui enjambe un torrent souterrain avant de nous retrouver face à une grille.

— Nous les avons enfermés dans l'entrepôt, m'informe mon guide.

— *Les* ?

Il la déverrouille et me fait signe d'avancer le premier dans un passage rendu étroit par des sacs, des caisses et cartons alignés jusqu'à la voûte rocheuse. Un œil sur le frère-gardien, j'avise cependant des noms de producteurs d'Édélice et même quelques marchandises estampillées « *Le père Pinotte* ».

Les affaires familiales prospèrent toujours. Père s'introduit dans les lieux les plus saints.

— Par ici.

Le frère-gardien me montre une autre grille qu'il s'empresse d'ouvrir.

Je n'ose pas la franchir.

Une ampoule éclaire mal cette cellule sombre dans une désagréable intermittence. Face à moi, un second frère-gardien relève la tête en entendant la voix de son collègue. Son bras est couvert d'écailles sous la manche courte de sa tunique à la blancheur crasseuse. Son regard se souligne de cernes et de fatigue.

Comme chaque fois, un sentiment de pitié m'envahit.

— Vous pouvez partir, annoncé-je à mon guide.

Je n'aime pas avoir des spectateurs, même si en face de moi se redresse un homme aussi musclé que celui qui me barre le passage dans mon dos.

L'Aster n'en fait rien. Il conserve une stature rigide.

Cette affaire devient périlleuse. Mon cœur s'accélère.

Sur le seuil de cette cellule, je redoute de plus en plus un piège.

— Je vous déconseille de rester seul.

L'avertissement sincère du frère-gardien dans le couloir me trouble davantage, mais je joue le jeu jusqu'au bout de mon personnage peu impressionnable.

— S'il vous plaît de contempler le trépas de votre collègue.

Je tire mon flingue et fais mine de vérifier le chargeur déjà en place sous les vacillements de l'unique ampoule.

— Nous avons connu ces monstres avant vous, me garantit ma prochaine victime. Je les ai vus se nourrir du sang des griffons sur le Continent Interdit.

— Je ne suis guère surpris que vous soyez l'un des membres de cette expédition.

— Je n'ai pas peur de mourir. J'ai fait mes adieux à ce monde depuis que j'ai été mordu.

— Mordu ?

Je relève ce détail surprenant dans un chuchotement.

— Je dois partir, car l'éternité qui m'attend n'a rien d'enviable. Je préfère les étoiles au sang. Mon collègue et frère d'armes parmi les griffons s'efforce à ce que vous ne partiez pas en même temps que moi, Chevalier.

Il me fait signe d'entrer, prêt à recevoir le baiser meurtrier de la faucheuse de Souffle.

Je retire le cran de sûreté et pénètre dans la lumière blafarde et intermittente de l'ampoule en fin de vie. Sur mes gardes, je me focalise sur cette personne en train de muter, avec une balle destinée à le délivrer.

Du moins, je m'en convaincs.

Son visage apparaît et disparaît à plusieurs reprises dans cet éclairage instable. Je cesse de respirer et maudis ces gants qui me privent d'un meilleur atout. La musique aurait été une fin moins sordide pour cet individu dont, pour finir, j'admire le courage à se tenir droit face à sa mort.

Mon pied renverse une assiette, son dernier repas.

Mon attention vacille en même temps que la lumière. Le condamné se jette sur moi de tout son poids. L'impact me fait percuter le mur. Mes muscles se tendent. Le coup part en une détonation assourdissante.

Mon cri à travers mon métal ne masque en rien les grognements qui surgissent dans le dos de ma victime.

Des griffes strient soudain le faisceau lumineux à l'endroit où je me dressais quelques secondes plus tôt.

Chapitre 17

Alimar

Mon propre cœur me menace d'un arrêt imminent.

Je mesure la distance entre mon frêle corps dans sa triste armure tachée du sang d'un ancien griffon et l'agitation d'un nouvel individu au stade de mutation le plus avancé que j'aie croisé.

Se sachant mort, le condamné s'est interposé entre moi et des crocs entourés de bave. Il a donné son sang pour protéger le mien de celui injecté dans les orbites du monstre enragé au bout de ses chaînes, jusqu'ici dissimulé dans les ombres.

Les écailles sur lesquelles poussent de minuscules feuilles rouges grignotent sa peau. Elles découvrent les os à l'air libre juste avant de les enrober. Son visage reste à la fois celui d'une personne en pleine décomposition et celui d'une créature dont je ne saurais toujours pas trancher si ces squames sont animales ou proches de l'écorce. Ses doigts se sont allongés pour se terminer par des griffes aussi acérées que les canines du dément qui me prennent pour leur prochain repas.

— Chevalier !

Mon titre et le frère-gardien dans le couloir m'extirpent de ma torpeur. Je baisse le nez sur son collègue qui m'a sauvé la vie en sacrifiant la sienne.

J'ai cru qu'il m'attaquait.

J'ai tiré.

Son regard éteint creuse le gouffre de ma pitié.

— Chevalier ! Achevez ce pauvre pèlerin, m'exhorte mon guide. Il n'a que trop souffert !

Un pèlerin ?

Je repousse ma victime avec humilité. J'accompagne sa chute au sol sans jamais me détourner du monstre en train de naître devant moi.

Par Mater Astër…

Ceci est l'œuvre de cette étoile. De la malédiction qu'elle a proférée sur le royaume d'Edstar. Les démons tant craints sur ces terres ancestrales étaient-ils des faes à la base ? Ont-ils tous muté pour mieux répandre de cette manière cruelle cette justice douteuse et divine ?

Sommes-nous tous voués à terminer ainsi ?

Je commence à le redouter.

Je me relève sans geste brusque. Au milieu de ses grondements gutturaux effrayants, la créature se calme et se retranche au fond de la cellule, à la manière d'un chien réprimandé. Ce soi-disant pèlerin se recroqueville dans un coin sombre, sous le point d'attache de ses chaînes.

Le bruit provoqué contre l'assiette l'a surpris. Il m'a attaqué.

Mon arme se braque sur lui par miséricorde. La peur borde son regard veiné de noir. Il me rappelle celui, véritable, de notre souverain qui traduit un afflux puissant de magie chez ce dernier. J'en suppose de même chez ce malheureux. Il me dit aussi vaguement quelque chose. J'ai la sensation d'avoir déjà croisé cette personne.

Quand ? Où ?

Impossible de me le remémorer juste à partir de ses yeux.

Cet unique signe de son humanité enfouie au plus profond de sa mutation me retourne le ventre.

Le roi devrait se trouver à ma place afin de contempler cette terreur chez cet individu dévoré par le mal rapporté par ses griffons. L'un d'eux se tient encore dans l'entrée d'après ce que j'ai saisi.

Entre ces deux hommes, une évidence s'impose à moi : mon patron n'a pas prévu que je revienne ! Seule Georgia a évoqué un potentiel remède.

Au fin fond du Scriptorium, Uräne aurait-il mis le doigt sur quelque chose capable de nous délivrer ? Le futur souverain de Providence n'embarquerait pas sans savoir comment retourner sain et sauf en son royaume. Je l'espère !

Bon sang, nous nous apprêtons à voyager en direction de ces terres maudites et de ce genre de démon. Jamais je ne les laisserai devenir comme cette personne dont les mâchoires claquent en signe d'avertissement qu'elle me mordra si je l'approche.

Je dois leur raconter mes découvertes.

Je dois les voir !

Je réajuste ma position de tir au niveau du front du pèlerin.

Ciel, il me dit vraiment quelque chose.

Qui êtes-vous pauvre créature ?

Mon pouls s'accélère, de crainte de commettre une erreur.

Qu'importe de qui il s'agit, je dois aider ce misérable.

Ses tremblements cessent. Au milieu de ses larmes naît une lueur de lucidité, d'humanité, suivie d'une résignation et d'un soulagement. Je réfrène celles qui me brouillent la vue, enfouis mes interrogations et presse la détente.

L'ampoule grésille sur le sang qui éclabousse la pierre. Ma main s'agite, elle aussi, après coup. Je n'ai jamais été un excellent tireur, à peine passable, martelait Père. Je m'aguerris à force de porter le costume du Cador.

Même lui ne saurait dissimuler mon moment de fébrilité.

Le frère-gardien récite une prière. Dans des gestes maladroits inhabituels, je range mon arme à ma ceinture, sous ma cape, et sors mon petit piège à Souffle.

Le Cador s'entourait jadis d'une équipe.

Je me retrouve seul à encaisser la cruauté de Mater Astër.

« Le Gracié devrait être renommé le Damné. Son ambition nous a jetés dans les bras de la plus terrible des étoiles. À présent, nous devons nous battre non seulement contre nos voisins, mais aussi contre une divinité. »

Je commence à comprendre notre bon roi.

Pensif, j'abaisse mes verres rouges. Deux lumières ponctuées d'astres flottent au-dessus des corps. Une preuve que le monstre n'a pas tout à fait rongé la personne.

Je capture successivement celui du pèlerin et celui du griffon, sous les prières de son collègue. Puis, je m'agenouille pour fermer les yeux de ma première victime, sans oser approcher de la seconde.

Dans cette position, je les mémorise en m'attardant sur ce qui reste d'humain chez le démon. J'attends que le frère-gardien termine de les recommander aux étoiles, à Mater Astër. Ma bouche se tord d'une envie de le contredire, mais les rites deviennent surtout importants pour les vivants, plus que pour les morts. Je le laisse panser ses plaies de la perte de son frère d'armes de la seule façon que nous connaissons tous : nous en remettre à plus grand que nous.

Au milieu de ses prières, un prénom me percute : Childéric.

Sous le choc, je l'associe sans mal avec l'impression de connaître déjà ce regard éteint et altéré, au ras du sol de la réserve. Mon estomac se tord d'un violent coup du destin.

— Pardon.

Je murmure, de crainte d'interrompre le frère-gardien. D'ordinaire, je préfère conserver des visages anonymes en mémoire. Mais depuis que je suis chevalier, j'ai cette obligation afin de me rendre près d'eux. Pour cette mission, il n'y avait rien d'autre que l'adresse indiquée sur la missive royale. On m'attendait et à en croire le soulagement de ces hommes, j'aurais dû arriver plus tôt.

Connaissant Childéric Hautbois, je repousse pour de bon l'éventualité d'un piège destiné à se débarrasser du Cador. Je n'ai même pas reconnu le visage de cet aristocrate de Boisrouge, le seul gamin de mon âge avec qui Père m'autorisait à jouer. Il manquait d'esprit pour faire de lui un bon camarade, mais il fallait lui reconnaître sa gentillesse.

Un poids me plombe le moral.

— Que faisait ce pèlerin parmi vous ?

Une fois les prières achevées, j'essaie de conserver le timbre neutre du chevalier, mais mes souvenirs d'enfance me chamboulent.

— Il exerçait du bénévolat chez nous depuis plus de deux mois. Nous l'avons enfermé, quand il s'est mis à mordre. Dans un moment de lucidité, il nous a confié qu'il cherchait le pardon auprès des Justes, car il pensait avoir offensé Mater Astër d'une façon ou d'une autre et qu'elle le changeait en monstre.

— N'a-t-il pas senti se faire mordre ? De ce que je comprends aujourd'hui, votre collègue a été atteint de la sorte, alors qu'il avait réussi à échapper à la malédiction en revenant d'Edstar. Je suppose un cas semblable pour Childéric.

— Jakob pensait que notre dévotion au Culte nous avait évité cette malédiction. Lui comme moi n'avons pas été touchés. Nous ne sommes pas les seuls ! Nous avons accueilli quelques-uns des derniers griffons dans ce sanctuaire. Tous des Asters.

Sa tristesse reste rivée sur son collègue à mes pieds. Une marque rouge attire mon intérêt sur la nuque de ce Jakob. Une constellation dans un cartouche me confirme son statut.

— Il a servi son pays avec dignité. Il ne sera pas oublié.

Ma promesse bouleverse son collègue sous cette lumière de plus en plus agaçante.

— Avait-il une famille ?

— Il n'avait que nous.

— Alors, buvez en son honneur ce soir. Souvenez-vous de son courage.

Il acquiesce, encore sous le coup de l'émotion. Néanmoins quelque chose me chiffonne.

— Depuis quand sont-ils enfermés ?

— Childéric a attaqué Jakob il y a un peu plus d'un mois. Nous avons confiné notre collègue avec lui, à sa demande, après qu'il nous a avertis de l'apparition de ses plaques.

— Un mois !

Ma voix claque contre le métal et me revient dans les oreilles en un mauvais jeu de cymbales. Je me redresse dans une grimace inutile et passe outre les acouphènes pour tenter de comprendre.

— Pourquoi ne pas avoir prévenu vos supérieurs avant ?

— Nous l'avons fait ! se vexe mon guide dont j'ignore toujours le nom.

— À qui l'information avait-elle été transmise ?

— À saint Gédéone ! lâche-t-il telle une évidence. Son bureau nous a dit de les garder en vie et sous bonne surveillance. Qu'il nous recontacterait. Ce qu'il n'a jamais fait ! Nous désespérions d'obtenir un retour. Nous accueillons du public ! Des enfants ! Nous ne pouvions pas nous exposer au risque que la malédiction se répande parmi les autres pèlerins. Face à la souffrance qu'enduraient ces hommes que je voyais dépérir quotidiennement, j'ai pris l'initiative de fermer le sanctuaire, malgré une potentielle sanction divine. J'ai fini par appeler le Palais Royal il y a quelques jours, avant l'ultime recours de les abattre moi-même. Et vous n'arrivez que maintenant !

Après l'annonce de la scission au sein du Culte.

Juste après que Grïffon a décidé de reprendre les choses en main d'une manière officielle.

Gédéone avait gardé cette information pour lui. La marionnette du Cador a tenté de lui échapper et cette manœuvre ne lui a pas plu.

Oh, juste ciel…

— Avez-vous un endroit où les conserver en toute dignité ?

— Nous sommes un sanctuaire aménagé en site touristique et non une morgue ! me rabroue le frère-gardien avec lucidité. Où voulez-vous que l'on mette des corps ?

Un râle contrarié m'échappe de sous ma carrosserie. En attendant, je ne vois rien de mieux que cette cellule dont le contenu a été déplacé dans le couloir.

— Entreposez la nourriture ailleurs, loin de la mort. Conduisez-moi à un téléphone. Je vous envoie des hommes pour s'occuper d'eux.

— Nous ne sommes pas raccordés. L'altitude nous en empêche.

— Dans ce cas, je ne m'attarde pas ici. Je retourne à ma voiture et vous adresse des renforts au plus vite.

— Merci, Chevalier, prononce le frère-gardien en courbant la nuque.

Cette sincère reconnaissance m'étonne. Personne n'en accorde autant au Cador d'ordinaire. J'avais supposé que les griffons, plus que tout autre, le redoutaient.

— N'attendez pas un mois cette fois. Par respect et dignité des corps, mais aussi par mesure d'hygiène et afin que ce lieu puisse à nouveau servir les Justes.

— Je m'y engage et reviendrai moi-même si cela est nécessaire. Je me tiendrai informé.

Je m'affranchis de directives royales et décide de prendre des initiatives, comme l'a si élégamment suggéré Maxwell. J'utilise mon privilège pour mettre Norian sur ce coup. Il a l'habitude de ramasser derrière le chevalier, sur ordre du gouverneur. J'obtiendrai ainsi des retours directs et de confiance.

Pendant que nous rebroussons chemin sur le pont, à travers les couloirs et les salles aux urnes, j'ai la furieuse impression que le roi et Gédéone s'adonnent à un jeu dangereux et je ne sais dans quel sens.

— Puis-je vous demander votre nom ?

— Amir, frère-gardien depuis plus de trente-cinq ans.

— Vous étiez donc au service du Culte lorsque vous avez embarqué pour cette expédition.

— Je commandais la patrouille affectée aux remparts de la cité de Pourprebrume et, de ce fait, à la sécurité des observatoires.

— Un homme de foi et de terrain. Que pensez-vous de l'annonce de Sa Majesté ?

Il se fige dans la dernière salle, la plus petite et la plus récente de toutes. Ses muscles le redressent d'appréhension.

— Vous me le demandez ? À moi ?

Je m'arrête à mon tour pour lui faire face.

— Nous sommes seuls, à moins que les Souffles écoutent aux couvercles de leurs boîtes.

— Oh, ils le font et jugent chacun de nos actes. C'est pourquoi je ne les trahirai pas.

— Ceux qui ont servi le Culte ou ceux qui ont porté la couronne ?

— Il n'y a pas de distinction à faire. Ne croyez-vous pas ?

Je conserve le silence, car j'espère au fond de moi que notre souverain en a conscience. Mais le Cador ne peut répondre à cette question. Mon impassibilité le pousse à enchaîner.

— Si votre main tremblait devant ce pèlerin, dites-vous que ce qui lui est arrivé n'est rien comparé à ce qui se trame sur le continent. Chaque bruit représente un potentiel démon avide de sang dissimulé derrière des arbres tout aussi mortels. Nous avons dépassé le stade des simples considérations de pouvoir. Je ne devrais pas parler ainsi, mais ce qui m'a le plus frappé n'est pas que le roi nous envoie dans ces marais de lave pour une mystérieuse raison, mais bien l'aval de son augure ! Maxwell dirigeait cette troupe. Nous avons été laissés en arrière. Lorsqu'ils sont revenus, Morengo, Mercurio et lui, sans Andrey, la peur au ventre, ils ont conservé un mutisme déloyal. Nous n'avons jamais su le fin mot de cette histoire, mais nous avons tous deviné que nous n'avions pas été expédiés là-bas pour les analyses de Jakob et de son équipe. Et j'aime à penser que nous n'avons pas pris tous ces risques uniquement pour essayer de percer un secret divin. Que Sa Majesté avait une bonne raison derrière ce périple insensé.

— Ainsi, vous lui faites confiance ?

— Devrais-je affirmer le contraire à son chevalier ?

— Sans doute pas. Mais vous doutez de l'ancien augure royal.

— Je souligne juste qu'aucun membre du Culte n'aurait ordonné ou même cautionné cette expédition. Nous ne connaîtrons jamais la vérité. Mais si nos institutions sont gangrénées, alors le roi doit prendre ses responsabilités, en particulier envers les augures.

— Vous vous méfiez des Uranies ?

— Après avoir vécu l'horreur et l'observer se propager maintenant parmi nous, je ne me méfie pas des étoiles, mais de certaines interprétations.

Il semble pencher du côté de la couronne. Fait-il plaisir à mes oreilles ou demeure-t-il sincère ? J'ai tendance à croire en cette dernière supposition.

— Vous dites que Jakob était membre de l'équipe de scientifiques.

— Il la dirigeait.

— Au cours de ses recherches, a-t-il trouvé un moyen de prévenir la mutation ? Ou un remède ?

— Ne pensez-vous pas que, si tel avait été le cas, il l'aurait utilisé sur lui ? Et connaissant sa générosité, il en aurait fait profiter les autres griffons plutôt que de les voir disparaître de votre fait.

— Si vous aviez conscience de ma mission depuis un moment, pourquoi ne pas m'empêcher de prélever les vies des griffons ?

— Nos vies s'arrêtent dès l'apparition des premières écorces.

Des écorces et non des écailles.

Des démons imprégnés de la nature sanguinaire.

Depuis le début, j'assassine des personnes qui ne veulent pas terminer en ces monstres qui les ont terrorisés. Il en va autrement pour les innocents, comme la femme de la tannerie, qui n'avait sans doute pas conscience de ce qui lui arrivait. À l'instar de Childéric.

— Seriez-vous prêt à retourner sur le Continent Interdit ?

Ses yeux soulignés de pattes d'oie s'agrandissent à ma demande audacieuse. Je n'ai aucune certitude de rallier Mercurio à ma cause. Et même si je parviens à ce miracle, une équipe composée d'individus qui connaissent un minimum le terrain me serait utile.

Je rejoins Maxwell sur ce point et me résigne à le voir à mes côtés.

— Pourquoi y retourner ?

— Pour chercher un remède, une solution, un enchantement…

Je ne lui dis pas tout. Je ne sais pas qui se trouve devant moi. Il pourrait aussi bien être un fae infiltré, ce don je doute après avoir rencontré plusieurs d'entre eux. Je devrais revêtir de l'argilis en plus du filtre pour les flashs, histoire de les repérer.

— Le pardon des Justes constitue le seul remède.

Sa résignation balaye les urnes autour de nous. Sur ce coup-là, il ne m'aide pas beaucoup.

— Alors, continuez de les prier pour les innocents.

Ma main se porte à mon cœur en un désir authentique, mais insuffisant. Cet homme reconnaissant de ma compassion a encaissé assez de tourments. Je préfère ne pas insister. Je ne traînerai personne contre sa volonté au cœur de la malédiction.

Dans la partie aménagée en commodités de ce sanctuaire, je m'attendais à devoir passer devant les mines lugubres des collègues de Jakob, endeuillés par mon geste, mais l'agitation dans laquelle nous débouchons me surprend.

Des uniformes rouges pressent les tuniques blanches.

D'une porte réservée au personnel surgissent plusieurs prêtres et prêtresses voilés, aux regards bandés. Ils portent des valises ou des baluchons. Derrière eux, des gardes royaux les somment d'accélérer le pas.

La scène se répète auprès de plusieurs frères-gardiens aux airs menaçants, mais forgés dans le culte de la paix. Je repère quelques cartouches tatoués sur des nuques.

Des Asters.

Des griffons ?

Aucun garde n'est assez fou pour tenter de les brusquer. Les frères-gardiens mettent n'importe qui hors d'état de nuire et sans recourir à une arme.

— Que se passe-t-il ?

Le ton d'Amir m'accuse d'une conspiration dont je ne sais rien.

Le minutage est trop parfait. Je commence à bouillir de rage sous ma cuirasse. Je saisis le premier bras à ma portée. Le garde intercepté dégaine pour pointer mon visage d'un canon. Ses yeux s'écarquillent lorsqu'ils y découvrent leur propre reflet.

Il s'empresse de ranger son pistolet face au Cador.

— Que faites-vous ?

La confusion règne au-dessus du motif de griffon tressé en cordage sur sa veste rouge.

— Nous emmenons les serviteurs du Culte à Pourprebrume. Selon vos ordres.

Son attention descend au niveau de la tache de sang laissée par Jakob sur mon armure. Sa bouche tressaille, mais il parvient à rester droit dans ses bottes.

Mes ordres. Ceux du roi.

Il n'y a rien que je puisse faire. Je suis forcé de relâcher son bras et de subir l'indignation d'Amir. De son point de vue, je l'ai trahi.

Grïffon commet une grave erreur en fermant le sanctuaire.

— Je vous promets que les corps seront traités avec dignité.

Je m'y engage alors qu'un garde le presse à rejoindre ses collègues dans un autobus affrété pour eux. Les guichetiers et les vendeurs, d'humbles civils, me dévisagent avec mépris. Ils travaillent avec ces hommes et ces femmes. Que le pouvoir royal, en ma supposée personne, se permette une telle chose les révulse.

Je le comprends.

Que prévoit le roi ? Que va-t-il faire de tous ces gens ?

Je n'ai pas demandé à me retrouver au milieu d'une guerre entre le Palais Royal et le Temple. Comme Amir, j'estime qu'il y a plus grave et plus urgent à s'occuper.

Je les escorte jusque sur le parking encerclé d'uniformes rouges.

Combien parmi eux savent qu'ils suivent directement les instructions de Sa Majesté ?

J'ai peu de doute sur la générale Adéma, absente de ce sanctuaire. Elle est obligée de connaître son petit jeu pour agir sans sourciller.

Mais les autres ? Se posent-ils la question ou exécutent-ils simplement les ordres de leur générale ?

J'avance au milieu des protestations pacifiques des frères-gardiens qui cherchent à protéger les quelques serviteurs du Culte, sonnés par ce ramdam, et qui montent à bord de l'autobus.

La fine bruine tourne peu à peu à la neige.

Ce n'est pas elle qui me glace le sang, mais la situation catastrophique qui se profile.

La tête du Cador figurera parmi les prochaines à faire sauter.

Je le sais au regard noir que me lance Amir avant de grimper le dernier dans le véhicule.

Le roi a touché à l'espoir.

Je suis bien placé pour affirmer que, sans lui, nous devenons des monstres.

Des flocons de plus en plus gros tombent sur ma capuche.

Cette fois, personne ne m'apporte de parapluie.

Chapitre 18

Uräne

Le poids de mon corps passe d'un pied à l'autre, en prenant appui sur ma canne. J'essaie de soulager ma blessure. Je sens battre mon pouls dans mon talon, malgré les antidouleurs fournis par la médecin. Je parviens à peine à marcher…

Je refuse de rester sans rien faire, assis sur la chaise désignée par Valentina devant des cartes du ciel éparpillées sur une longue table, pendant qu'elle et Georgia emballent ses effets personnels. Je l'ai mise mal à l'aise lorsque j'ai pénétré dans l'intimité de sa chambre. Son embarras se révélait déjà palpable lors de mon arrivée dans cette pièce circulaire, perchée au sommet de l'une des tours des remparts de Pourprebrume. Elle a essayé de faire du rangement dans ses tasses de café sales délaissées dans l'évier de sa minuscule cuisine, puis de rassembler ses carnets d'horoscopes autour d'un poste de radio et d'un pot de beurre de cacahuètes plus qu'entamé.

Je souris encore du souvenir de la voir ramasser à la hâte ses sous-vêtements qui séchaient sur un étendoir, à côté du télescope massif qui trône sous la coupole fermée. Georgia a tenté de la mettre à l'aise avec l'évidence qu'il ne s'agit pas des premières petites culottes croisées dans mon existence. La pauvre Valentina s'est enlisée dans l'embarras.

En bon gentilhomme, j'ai détourné les yeux.

À présent, je patiente dans ce lieu dépourvu de fenêtre où règne un désordre rassurant, car familier. Nous avons tendance à placer les prêtresses sur un piédestal assez austère.

Entre une sphère armillaire et des astrolabes, j'approche d'une belle collection de disques de jazz. Dans l'étagère de guingois, des boîtes de puzzles s'empilent au maximum de la capacité du meuble. La bibliothèque qui suit les courbes du bâtiment contient une multitude d'almanachs de prédictions.

— Souhaitez-vous emporter quelque chose de cette pièce ?

Je demande par politesse et par envie de l'aider, mais son injonction criée depuis sa chambre ne m'étonne guère.

— Ne touchez à rien et restez assis !

Nous avons chacun nos petites habitudes.

Je claudique sans autre but que de satisfaire ma curiosité, pour apprendre à connaître cette femme si mystérieuse. J'aime découvrir cette normalité chez elle, autant qu'un augure avec des capacités hors du commun telles qu'elle puisse l'être.

La révoquer serait une erreur. Certes, je ne crois pas que les étoiles se soucient des moindres détails de nos existences. Même si, un matin, l'un de ses horoscopes m'a prédit que j'allais renverser mon café. L'événement a bien eu lieu lors de mon fou rire à lire cette prophétie de si bonne heure. Une pure coïncidence provoquée par ces quelques mots, plutôt qu'un véritable message du cosmos, à mon avis.

Au-delà de ces considérations religieuses, Valentina représente ma seule porte d'accès aux Uranies pour franchir Fortvaillant et passer la barrière de vents. Elle constitue aussi l'accès à mes pouvoirs. Deux excellentes raisons de la conserver près de moi.

Mon visage apparaît au fond de l'évier de sa modeste cuisine. Ou plutôt, une imitation assez mal exécutée de mon portrait officiel.

Je n'ai pas les oreilles si longues !

Afin d'éviter la crasse de ce chaos domestique, je soulève du bout des doigts la tasse à mon effigie et me contemple au milieu d'une odeur de vieux café.

— Je vous avais dit de ne rien toucher !

La voix de mon augure claque dans mon dos et me fait sursauter. Le bibelot typique des boutiques de souvenirs de la cité monacale me glisse entre les doigts. Mes gestes maladroits entravés d'une canne n'arrangent rien. Mon portrait termine par terre, devant les bottines de marche de ma sœur. Un soupir échappe à la propriétaire de cette horreur.

— Oh bordel ! jure Georgia, penchée au-dessus de l'un des tessons.

Elle ramasse un morceau de ma tête et explose de rire.

Je le prends un peu mal, mais feins l'indifférence afin de faire preuve de politesse et de repentir.

— Mille excuses, Valentina. Je vous en rachèterai un.

Cette idée m'horripile d'avance.

— Il s'agissait juste d'une blague de l'augure du divertissement qui a cru de bon goût de m'offrir cette tasse à l'un de mes anniversaires.

— La grosse ambiance entre vous, s'esclaffe Georgia, incapable d'arrêter de se moquer du pauvre prince.

— Elle a été mis à pied après le décès de Morengo. Le roi lui a reproché de ne pas avoir anticipé sa mort.

Valentina réussit en deux phrases à calmer ma sœur, mais de la pire des façons. Sans le savoir, elle blesse Georgia.

— Je vais nettoyer, se braque cette dernière.

— Je m'en charge !

Je cale la canne finalement donnée par Salazar sous mon coude et retrousse les manches de ma chemise. Je repère le balai dans un coin, mais elle me retient par le bras.

— J'insiste ! Je le fais.

Vu la force que Georgia insuffle dans sa poigne, elle a besoin de canaliser sa douleur sur quelque chose. Autant que ce soit ce balai. Pourtant, elle ne bouge pas d'un poil. Son attention s'égare sur Valentina, elle-même concentrée sur quelque chose. La prêtresse serre une grosse fiole d'un liquide épais et rouge contre elle.

— Vous entendez ? chuchote-t-elle.

Nous tendons les oreilles sur un raffut que nos rires et nos chamailleries avaient tenu loin de nous. Je n'ai pas le temps d'acquiescer. Valentina ouvre la porte. Le son nous bouscule, comme si quelqu'un venait d'allumer le poste de radio.

— Par le ciel ! jure l'augure.

Elle disparaît sur les remparts.

— Ramassons ses affaires, s'agite Georgia.

Elle me balance un baluchon qui, au poids, doit être rempli de livres ou de carnets de notes et, au bruit, d'objets en métal.

— Peux-tu le porter ?

Elle se souvient au dernier moment de mon pied en vrac.

— Sans problème !

Ma mâchoire crispée a du mal à sortir ce mensonge.

— C'est son matériel de tatouage, m'indique-t-elle en empoignant deux valises. Je te conseille de ne pas le paumer.

Je suis ma sœur dans l'escalier qui s'enroule autour de la pierre brune de la tour. Comme elle, je reste un instant stupéfait face au nombre d'autobus qui déchargent des flots de serviteurs du Culte dans la brume pourpre de cette matinée. L'air doux la dissipe dans une lenteur qui soutient cette atmosphère pesante. Mais même ces nappes vaporeuses ne parviennent pas à dissimuler les taches rouges au milieu de cette marée humaine composée du blanc des frères-gardiens et du bleu céleste des prêtres. La garde royale guide ces hommes et ces femmes, tantôt apeurés, tantôt en colère, vers le centre de la cité monacale.

Quelle scène effrayante !

Je descends le plus vite possible en bas de la tour, à m'en donner le tournis, au son précipité de ma canne.

Arrivé auprès de Georgia, je cherche Valentina dans la foule amassée dans les rues entrecoupées par les sillons du bayou, dans l'odeur prenante des eaux stagnantes. Avec l'aide de ma sœur hissée sur la pointe de ses pieds, nous avançons à contre-courant des personnes repoussées par des gardes qui conservent leurs armes à la hanche. Nous grimpons sur un pont et prenons un peu de hauteur.

— Là ! s'écrie ma vigie.

Elle pointe du doigt la seule touche de marron au milieu de ce blanc, de ce bleu et de ce rouge. Habillée en tenue de marche, Valentina tente de forcer l'accès de l'un des temples lustraux, retenue par deux hommes arborant un griffon sur le buste. Je ne réfléchis pas davantage. Le cœur battant, je remonte cette tragédie à la recherche de mon précieux augure.

Je maudis ma jambe qui me ralentit.

Ma sœur me suit en donnant de la voix pour nous dégager le passage. Ce n'est rien comparé à l'indignation qui gronde dans celle d'ordinaire si posée de Valentina.

— Vous ne pouvez pas cautionner cette façon d'agir !

— Le roi… essaie de placer ce timbre chevrotant que je connais bien.

— Le roi se trompe ! Cessez de courber l'échine devant les offenses commises.

Les deux gardes brandissent leur arme vers elle. Mon cœur loupe un battement. Je m'interpose entre les canons et l'augure de la Maison Céleste.

— Baissez ces armes ou cette erreur sera la dernière pour vous.

Ma présence surprend tout le monde, mais pas autant que moi de me retrouver face à face avec Gédéone en costume parme, assis dans l'ombre et la fraîcheur des colonnes du portique du temple. Il s'évente à l'aide d'un éventail, sa canne dans l'autre main. Sa stupeur se porte sur ma colère.

Georgia fait bloc avec moi. Épaule contre épaule, elle se positionne à mes côtés, entre les pistolets et la femme crispée sur la fiole.

— Pourquoi parquez-vous tous ces gens comme des bestiaux qu'on amène à l'abattoir ? lâche Georgia sans délicatesse.

Chose dont je ne saurais lui tenir rigueur. Je n'en pense pas moins.

— La comparaison est un peu rude, tempère Gédéone.

— Nous pourrions qualifier votre façon d'agir ainsi ! s'emporte ma sœur. Vous semblez cautionner ce regroupement forcé. Vous avez envoyé le prince et l'Uranie loin du bordel que vous créez ! Pourquoi ?

— Baissez la voix, lui ordonne-t-il sous une fatigue palpable.

Les deux gardes royaux échangent des regards perdus.

Comment réagir face au prince et à la dame à la langue bien pendue ?

Je me garde de la contredire.

— Je rejoins Georgia. À quoi jouez-vous, saint Gédéone ? Comment voulez-vous que je vous fasse confiance si vous me cachez des informations de cette ampleur ?

— Je fais ce qu'il faut pour servir la couronne que Providence mérite.

Ses verres de myope intensifient son attention sur moi.

— Vous n'étiez pas censé être ici, Votre Altesse. Votre mission à Boisrouge…

— N'a pas abouti.

Nous n'avons pas trouvé trace de Bérénice, mais nous avons gagné davantage. Je ne lui dirai rien de l'expédition que tente de monter ma sœur.

— Partez ! s'inquiète l'ancien. Tout de suite ! Aucun de vous ne doit être ramassé. Surtout avec ce que Valentina détient. Vous devriez ranger l'encre de grenade !

— Je… je suis partie dans la précipitation, tonne la tatoueuse en colère.

— Ramassé ? relevé-je. Que vont devenir les serviteurs du Culte ?

— Ils seront logés et nourris entre ces murs le temps de trouver un compromis avec le roi. Il n'y a pas matière à s'en préoccuper. Ils restent sous ma protection.

— Que vaut réellement votre protection ? m'énervé-je. Sur quel point porte ce compromis au juste ? La meilleure façon d'éliminer les Uranies ?

Georgia recule pour se placer derrière Valentina et ainsi la défendre au mieux. Une bouffée de fierté m'envahit à la savoir de mon côté.

— Non ! Votre père n'est pas un tyran !

Son menton pointe le dos de ses deux gardes. Il ne peut pas parler devant eux. Gédéone se positionne en victime, lui aussi retenu en otage.

— Sortirez-vous de la cité ?

— Je reste libre de mes mouvements, affirme-t-il, sans que je saisisse s'il ment. Je dois mener les négociations avec l'homme de main du roi.

— Le Cador est ici…

Chapitre 19

Uräne

— Je vous déconseille de passer par la porte principale, Votre Altesse.

L'homme de métal et de cuir apparaît derrière les derniers frères-gardiens repoussés dans l'enceinte de la cité.

Le voilà, le véritable responsable.

Celui qui s'attribue tous les droits.

Celui que je soupçonne de manipuler la couronne.

Mon sang ne fait qu'un tour. Le feu de la colère chasse ma patience et mon indulgence. Je m'engouffre entre les tuniques blanches et les robes bleues. Beaucoup me percutent et s'excusent une fois qu'ils m'ont reconnu, mais ils peuvent difficilement m'éviter tant la foule se compacte dans ce goulot d'étranglement.

Les gardes referment les battants massifs de la porte.

Georgia me rattrape et réussit à forcer le passage en accrochant Valentina pour ne pas la perdre. Les lunettes rouges qu'elle porte sur le nez fichent la frousse à beaucoup de personnes, mais ces braves gens sont incapables d'esquiver cette tornade qui nous creuse un chemin. Je m'engouffre derrière ses valises. Je cherche à tout prix à sortir.

— Arrêtez !

Mon ordre attire l'attention d'Adéma, dans le sillage du chevalier. Le mouvement des vieilles huisseries lessivées par les décennies se stoppe quand tous me reconnaissent.

Leur hésitation à enfermer un prince non prévu au programme me permet de gagner ma liberté.

Pas pour longtemps…

Nous nous retrouvons face au Cador et à plusieurs gardes de mon père, dont sa générale au chignon blanc et au visage marqué par ses longues années d'expérience.

— Vous êtes blessé, Votre Altesse ! relève l'homme masqué, à supposer qu'il en soit un.

— Vous n'avez pas encore connaissance de l'ensemble des faits de ce royaume. Me voilà rassuré à propos de votre prétendue omniscience.

— Je ne me suis jamais targué de tout savoir. En particulier, lorsqu'il s'agit de vous.

— C'est juste un air que vous vous donnez, Cador !

Le silence retombe autour de nous, même au-delà des portes entrouvertes. Quelques murmures s'étonnent de ma prise de position.

Le prince tient tête au chevalier.

La scène s'avère inédite pour le peuple, mais nous n'en sommes pas à notre premier face à face. Cette fois, je ne plierai pas devant lui.

— Je ferai mandater l'un des médecins de Sa Majesté au Palais Bönté.

— Entrez-vous dans le crâne que je n'ai jamais sollicité votre aide et que mon opinion ne changera jamais à votre égard. Je vous le répète, je n'ai pas confiance en vous. Le jour où je monte sur le trône sonnera votre dernier, Chevalier.

— Amenez-moi la prêtresse qui les accompagne, perd patience le Cador.

— Non !

Ma vive protestation demeure inefficace. Adéma s'avance en personne. D'un coup d'épaule, je me dresse devant mes compagnes d'excursion et repousse Valentina en arrière. Ma canne leur barre le passage.

Ma manœuvre empire la situation. Deux gardes la saisissent dans mon dos et la traînent jusqu'au masque qui me nargue.

— Lâchez-moi ! ordonne sa voix fluette. Je suis l'augure de la Maison Céleste !

— Vous n'avez jamais été ordonnée par le roi et votre fonction n'existe plus, lui rappelle le chevalier. Quant à vous, Altesse, votre père vous demande de ne pas vous immiscer dans cette affaire et de vous tenir éloigné de Saceraster avec mademoiselle Lamare.

Il referme son gant autour du bras de Valentina.

Je ne supporte ni son geste ni son injonction.

Trop, c'est trop.

Je largue le baluchon. Il tombe à mes pieds dans un tintement métallique. La colère aux tempes, mes doigts cramponnés au pommeau ailé, j'avale l'espace qui me sépare du chevalier.

Adéma tente de s'interposer. J'avertis la générale avec ma canne qu'elle n'a pas intérêt à s'approcher de moi. Un simple mot de l'homme tout puissant en cuirasse lui ordonne de s'écarter.

Bien !

Il me facilite les choses lorsque mes muscles tendus par l'envie d'en finir avec ce masque lui décochent un coup en plein visage. Mon poing s'écrase dans le fer de sa joue et envoie le mythique Cador à terre. Il emporte Valentina dans sa chute.

Je la tire à moi avant qu'elle ne le rejoigne, étalé sur le pavé. Le bruit d'un verre brisé perturbe le silence provoqué par la stupeur générale.

Les murmures se sont tus.

L'encre se répand devant le masque enfoncé que le chevalier s'efforce de maintenir en place, déterminé à conserver son anonymat coûte que coûte. Mon geste n'apaise en rien mes nerfs. Au contraire, ils se tendent davantage devant le carnage que même lui semble comprendre.

Il se redresse sur son coude, encore sonné. Je cramponne Valentina et recule loin de ma bévue. Les doigts gantés tremblent en collectant un peu de liquide rouge qu'ils portent au regard voilé du Cador pour l'examiner de plus près.

— Ce flacon était mon dernier.

Horrifié, je me retourne vers la lamentation tragique de la prêtresse.

J'ai commis une erreur.

Une monstrueuse erreur !

— Qu'avez-vous fait ? tempête le Cador. Arrêtez-les ! Tous !

— De quel droit osez-vous exiger l'arrestation de votre futur roi ?

— Tous ! insiste l'homme masqué sans me prêter attention.

La garde nous encercle. À aucun moment, ces hommes et ces femmes ne remettent en cause cet ordre !

— Urâne… s'inquiète Georgia. On est mal, là.

La panique s'empare de moi. L'impuissance me ronge, comme lorsque nous nous sommes retrouvés sous cette racine prête à nous écraser. Pour sauver Georgia et Valentina, je n'avais pas eu d'autre choix que de rompre le secret de mes pouvoirs. Mais il s'agissait de mes proches, pas du Culte et de la garde en entier !

Je ne peux pas trahir toutes les promesses et les mensonges que nous avions élaborés avec ma mère afin de nous protéger l'un l'autre.

Lorsque la poigne d'Adéma se referme sur moi, je comprends à quel point je me suis retranché derrière ce qu'on a toujours attendu de moi, du prince régi par le protocole et les injonctions de son roi qui rendent ma situation, ma différence, plus faciles à vivre.

Mon égoïsme a atteint son paroxysme.

Les doigts de la générale s'enfoncent dans l'étoffe de ma chemise. Je refuse de ramper devant un individu qui dissimule ses secrets derrière un masque. Je libère le mien à la face du monde.

J'entends ma sœur, de plus en plus lointaine. Je cherche en moi cette étincelle oubliée, celle que la peur avait ravivée dans la forêt de Boisrouge.

— Uräne ! s'écrie Georgia.

Son appel me provoque une décharge. Ma colère et l'injustice lui lâchent la bride. Adéma et ses hommes se retrouvent propulsés au loin au sol par un champ magnétique invisible. Je reste concentré sur le Cador qui vacille à terre, au ras de cette magie étouffée depuis l'enfance.

Le pouvoir de la Maison Céleste.

Son bras l'empêche de tomber en arrière pendant que l'autre essaie de préserver son identité.

Je fais abstraction de la série de jurons qui s'échappent de la bouche de Georgia.

À travers cette énergie enfin libre, je déverse des flots de haine à l'encontre du Cador renversé. La générale se relève et hurle quelque chose à la garde qui tente de contenir la foule dans la cité.

— C'est quoi ce bordel ?

Je me retourne sur ce commentaire de Georgia. Derrière ses lunettes de souffleuse, ses yeux s'agrandissent sur la présence de Gédéone. Il a trouvé le moyen de se traîner en marge des forces armées qui repoussent les serviteurs du Culte.

Comment a-t-il pu marcher si vite jusqu'ici au milieu de cette marée humaine, lui qui a besoin de mon bras et de sa canne pour se déplacer ?

Je doute qu'il ait été capable de remonter ces courants d'effroi et de colère sans encombre.

Ma magie flanche par manque d'habitude.

Le champ de force retombe.

Valentina hisse son sac sur ses épaules et porte ses valises lâchées par ma sœur. Dans la stupeur générale que j'ai provoquée, Georgia nous saisit au passage. Elle me tire en arrière pour que nous fichions le camp.

Je ne peux partir ainsi, au milieu de ce chaos !

En tant que prince, je dois essayer quelque chose. Je dois m'entretenir avec ce père qui semble m'avoir oublié depuis des mois, jusqu'à rejeter mes appels.

— Puisque vous servez de page à Sa Majesté, crié-je au Cador, faites-lui part de mes sentiments. Je ne cautionne aucune de ses décisions !

Je désigne la cité monacale et hausse le ton afin que chacun m'entende.

— Pire, je les méprise ! Je lui offre une chance de retrouver la raison. Qu'il se présente chez moi, au Palais Bönté, pour une réception en son honneur et qu'il accepte de négocier avec l'une des Uranies.

Pendant que Georgia insiste pour partir, je capte le sourire en coin du vieux hibou. La situation satisfait Gédéone.

Que cherche-t-il au juste ?

À me monter contre le roi ? Recherche-t-il la fracture ? À placer « la couronne que Providence mérite » sur le trône ? Laisse-t-il manœuvrer mon père sans garde-fou dans l'espoir que ma voix se dresse contre lui ?

Pour que je dévoile ma magie et me montre prêt à prendre les rênes du pouvoir ?

J'en suis persuadé, il aspire à l'indépendance du Scriptorium, chose qu'il pense recueillir de moi lorsque je porterai la couronne d'étoiles rouges. Il m'a déjà dit que je ferais un meilleur souverain que l'actuel.

— Que saint Gédéone l'accompagne, puisque rien ne se déroule dans ce royaume sans qu'il en soit informé. Je ne sais lequel, entre le chevalier et le gardien du Temple, est la pire manticore.

Mes invitations n'ont pour réponse qu'un nouveau silence sidéré derrière les remparts. Le coude du Cador s'effondre. Je doute que ces quelques mots le terrassent véritablement.

Embarqué par ma sœur, je boite jusqu'au parking.

Sans ordre pour nous arrêter, la garde nous laisse passer. Georgia me jette dans ma voiture, sur le siège passager. La portière arrière claque lorsqu'elle met le contact. Je me retourne vers Valentina pour lui demander si tout va bien.

Je me fige dans l'incompréhension.

Gédéone disparaît en un battement de cils !

— Où est-il ?

— Faut qu'on se tire d'ici ! s'effraie Georgia.

Pâle sous ses lunettes, elle se détourne du rétroviseur, enclenche la première et démarre sur les chapeaux de roues. Nous quittons le parking de la cité monacale en trombe.

— Le vieux… balbutie-t-elle en essayant de se concentrer sur la route sinueuse.

— Saint Gédéone, la rabroue Valentina pourtant apeurée.

— Ouais, lui ! Il s'est… volatilisé !

— Je l'ai remarqué.

— Non ! Tu ne comprends pas !

Georgia m'attrape le bras et remonte ses verres rouges sur son front.

— Fais-moi plaisir, tiens le volant.

Une de ses mains reprend le contrôle de ma voiture de collection. Sa nervosité ne me rassure pas du tout. Nous allons terminer dans un arbre ou dans un cours d'eau.

— Le vieux, répète-t-elle, est apparu puis s'est évanoui au milieu d'une nuée de Souffles. Un peu comme des lucioles lumineuses qui modèleraient son image.

— Une projection astrale ! en déduit Valentina.

Mes allers-retours entre ces deux femmes me plongent toujours plus dans l'inimaginable. Ma bouche s'assèche pendant que je mesure l'étendue de mon ignorance.

— Ça va, Uräne ? s'inquiète ma sœur, concentrée sur les cahots des ponts qui enjambent les bras d'eau. Je veux dire, tu as montré à tout le monde de quoi tu es capable. Ce n'est pas rien ! Et je ne parle pas que de ta magie.

— Tu te trompes. Je viens de leur dévoiler mon incompétence. J'ai mis fin au Service et maintenant, définitivement, aux Asters.

— Il n'y avait pas assez d'encre pour une autre révélation que la vôtre, intervient Valentina.

— Cela revient au même…

— Vos collègues, les autres clés, elles n'en ont pas ? suggère Georgia.

À travers le rétroviseur, j'implore la tatoueuse de trouver une solution à mon erreur. Je n'ai jamais désiré m'enfermer dans ce palais, mais depuis peu j'ai pris conscience de mes responsabilités et surtout de ce besoin de savoir mon peuple en sécurité.

Je m'enlise dans une chimère puisque aucun argument ne vient à l'augure.

— Il n'existe qu'une dague sacrée, gravée de prières anciennes. Elle seule change les grains de grenade en encre. J'en suis la gardienne. Mes sœurs et ma tante dépendent de mes réserves. Je suis navrée, Votre Altesse. Je n'ai plus rien pour procéder à votre révélation.

Au milieu de ce bayou détesté, le cœur lourd, je formule l'unique vérité qui me coûte plus que je ne l'aurais imaginé :

— Je ne suis plus à même de protéger le peuple de Providence.

Chapitre 20

Alimar

— Sa Majesté vous attend.

Ah enfin ! Je poireaute depuis assez longtemps, assis à ce petit salon, à l'ombre des hibiscus du jardin, alors que le roi m'a convoqué ! Je soupçonne qu'il n'était pas au palais. Sinon, on m'aurait fait monter comme à l'accoutumée.

Je réponds au domestique à la façon du Cador. Immobile, je patiente qu'il comprenne qu'il n'obtiendra pas un bonjour de ma part.

La chose prend tout au plus quelques secondes. Celui-ci ne doit pas avoir beaucoup croisé son propre reflet sur le masque du chevalier. À sa jeunesse, je devine qu'il ne travaille pas depuis longtemps entre ces murs. Les plus anciens n'auraient pas espéré un seul mot de ma part.

Non sans réticence, il me tourne le dos pour me conduire à travers les jardins luxuriants du Palais Royal. Je décroise les jambes et abandonne ma chaise. Au milieu des portiques et de voiles qui ponctuent les cours et jardins du bas, le serviteur s'égare sur la tache de sang qui souille mon armure. Ce nouveau sceau apposé sur ma conscience participe au fait qu'il me distance de plus en plus.

Je commence à en avoir l'habitude.

Je n'ai pas eu la possibilité de me changer dans la voiture envoyée par le roi. Il a refusé que j'utilise ma moto pour me déplacer sous ce masque. Elle me trahirait, tout comme ma magie.

Ma déception fut immense…

Je me voyais déjà, sombre chevalier, remonter les avenues bordées de gratte-ciel colorés, à cheval sur les ronronnements du moteur, de nuit, la cape au vent ! Quoiqu'avec ma veine légendaire, le tissu finirait par se prendre dans les roues et par m'étrangler. Je tiens trop à ma tête et à mes mains pour terminer sous mon bolide.

Un soupir m'échappe.

Je pourrais circuler sans escorte à travers ces portiques jusqu'aux canaux qui irriguent les jardins suspendus. Eux aussi forment une sorte de pyramide en terrasses, à la végétation abondante et colorée au sommet de laquelle règne le palais. Je grimpe par habitude l'escalier de service dissimulé sous cette énorme structure, loin de celui d'honneur en pierre astrale, qui prolonge la perspective de l'allée bordée de statues de créatures mythiques et ailées, entre les deux hauts polygones. Celui-ci relève du pèlerinage à gravir.

Le domestique se révèle inutile jusqu'à l'esplanade et sa vue d'une terrifiante splendeur sur le Temple et la province de Saceraster gorgée de sang du peuple.

Mon souverain m'y attend. Il n'y contemple pas son royaume, mais la malédiction qui frappe à ses portes.

Ses mains sont jointes dans le dos d'une tunique semblable à celle des frères-gardiens, en plus travaillée, avec de nombreuses broderies au fil d'or. Son profil songeur demeure rivé sur les arbres pourpres du bayou pendant que je m'incline en un salut respectueux.

Quoi que nous pensions de lui, sa prestance et son aura lumineuse rappellent à chacun qu'il incarne le pouvoir.

Je me redresse en même temps que le serviteur. Ce dernier comprend cette fois qu'il est de trop. Le roi attend qu'il s'éloigne par l'escalier de service pour prendre la parole. Sous sa couronne d'étoiles rouges, derrière l'une de ses longues mèches au châtain doré agité par la brise, son œil coule sur la tache de sang.

Un unique frémissement de lèvres me traite de sagouin.

Ce n'est pas lui qui s'est retrouvé attaqué par un démon !

Par Childéric.

Je me force à l'appeler par son prénom, au prix d'un gros effort.

— Votre mission s'est-elle bien déroulée ?

— Tout dépend du sens de votre question.

— Sont-ils morts ? s'agace-t-il.

— L'Aster et le pèlerin ont été délivrés de la malédiction. J'ai pris la liberté de demander à mes hommes d'organiser la levée de corps avec respect. Je l'ai promis au griffon que vos gardes ont ensuite embarqué en même temps que le peu de confiance que j'avais réussi à instaurer entre nous.

— Un Aster ? relève-t-il plutôt que mon insolence.

Il s'y accoutume un peu trop.

— Un certain Jakob dont j'ignore le patronyme. Son sang honore mon armure.

— S'est-il défendu ? doute le roi.

— Il m'a protégé contre le pèlerin, un Hautbois de Boisrouge. Je n'avais jamais rencontré de mutation à ce stade.

Son inquiétude balaye l'horizon et consent à me renseigner.

— L'étude des Souffles des griffons, en particulier ceux des scientifiques et ingénieurs, m'a appris une chose : la malédiction se répand par les spores présentes dans les lichens ou par les piqûres des cinarbres. Les deux reviennent au même. Spores et sèves vivent en une sorte de symbiose. Ils passent dans le sang des arbres autant que dans le nôtre, que ce soit par inhalation ou injection.

— Par inhalation ?

— Les cinarbres relâchent des spores pour endormir leurs victimes. Certains sont porteurs de la malédiction. D'autres non.

J'encaisse et retiens une flopée de jurons indignes du Cador. Quand je pense que Georgia et Uräne se sont promenés dans les mêmes bois que Childéric ! J'espère qu'il ne leur est rien arrivé.

— Ou par morsure, ajouté-je. Jakob a été contaminé ainsi.

Grïffon clôt les paupières et hoche la tête d'une compréhension de la situation que j'aimerais posséder. Le roi est peu bavard aujourd'hui. Étrange…

— Une morsure, voilà qui devient logique.

— Qu'y a-t-il de logique ?

Ses yeux éclairés de sagesse réapparaissent en même temps qu'il me révèle une vilaine plaie entourée d'un hématome sur sa joue, sous les veines de son pouvoir qui encerclent son regard.

— Vous êtes blessé !

Ma surprise ne l'émeut guère. Sans aucune précision, il entame le chemin jusqu'à l'entrée de sa résidence bordée de voiles. Son Cador – ce chien aux capacités hors norme par définition – va le suivre. Cette mesure dans ses paroles s'avère inhabituelle sans son masque. Cet état témoigne de bien plus que d'une atteinte à son intégrité corporelle. Sa fierté semble davantage ébranlée.

À moins que parler ne lui colle quelque souffrance.

Que lui est-il arrivé ?

Qu'importe, je n'en ai pas terminé avec cette conversation !

— Vous m'envoyez sur le Continent Interdit au milieu de ces maudits arbres en toute connaissance du mal qui s'emparera de moi, comme n'importe quel griffon ! J'estime avoir le droit de savoir pourquoi je dois me sacrifier de la sorte.

— Pour votre royaume, Alimar !

Il avance sans se retourner, au milieu des voiles soulevés par la brise qui drapent les statues.

— *Vous* en êtes le roi ! Les nobles causes n'ont jamais fait partie de mes centres d'intérêt. Je tiens à ma vie ! Je ne compte pas l'écourter, peu importe la raison. Je ne veux pas terminer en bête-arbre ! Ou arbre-bête ? Bon sang, que sont ces créatures au juste ?

— Des morbois.

L'évidence même, alors que nous dépassons la salle au trône de racines réduites en poussière cristalline.

Merci pour la rétention d'informations !

À l'inverse de nos précédentes entrevues, il ne m'invite pas à entrer au milieu des cartouches dorés qui ornent ces murs en pierre astrale à la blancheur d'albâtre. Les veines rouges qui la parcouraient ont nécrosé pour tourner au noir. Ce changement de routine entre nous n'est pas ce qui me préoccupe le plus.

— Des morbois ?

— D'après Lÿs, les faes nomment les démons buveurs de sang qui encerclent leur cité ainsi. Tranquillisez-vous, il y a peu de risques que vous vous recouvriez d'écorce. Sauf si vous vous faites mordre, d'après notre leçon du jour.

— Vous appelez mon intervention au Sanctuaire des Justes *une leçon* ?

Ma voix claque contre le métal de mon masque. Elle dépasse les frontières de mon personnage.

Incroyable ! Il acquiesce !

Le roi me précède dans un salon. Ce bâtiment possède un nombre réduit de portes. Les voiles et les arcades cloisonnent des espaces ouverts sur la nature, en parfaite opposition avec l'enfermement qu'ont connu ses habitants depuis des générations, des siècles.

— Changez-vous, m'ordonne-t-il. Le sang ne peut pénétrer où nous allons. Mes serviteurs vous rendront l'armure nettoyée à votre départ.

— Pourquoi ai-je l'impression que vous cherchez à esquiver le sujet de mon preux sacrifice ?

— Votre impatience vous tire vers de mauvaises conclusions. J'avais espéré que ce masque vous tempérait.

— Me tempérer ?

J'attrape la pile de linges qu'il me désigne sur une table basse entourée de banquettes blanches.

— J'estime avoir été forcé à assez de tempérance pour le restant de ma vie, que ce soit auprès de Morengo ou de vous.

— Passez-moi la récolte du jour, enchaîne-t-il sans relever.

Je place sur le compte de sa solitude le fait de ne pas savoir écouter son interlocuteur. Les flammes dans ses yeux trahissent pourtant des blessures qui dépassent le simple hématome. Il n'apprécie pas la comparaison. Je me montre sans doute un peu rude, mais Grïffon n'est pas le dernier à manipuler son monde.

Je tire le piège à Souffle de ma cape. Il le reçoit dans sa paume lumineuse avec, enfin, une esquisse de satisfaction.

— Déshabillez-vous entièrement, réclame-t-il ensuite. Ne mettez que ces habits.

Cette injonction maintes fois entendue me heurte. J'avise les voilages fins et le roi braqué sur moi. Mes entrailles se tordent de vieilles angoisses.

Ma nudité ressurgit au milieu de froissements de tissus et de corps entremêlés. L'alcool et la Météore inhibaient mon dégoût pour un temps. Je me revois tituber ou avancer à quatre pattes dans des orgies organisées dans des pièces au raffinement comparable à celle-ci. Les tapis précieux au sol me rappellent ceux sur lesquels femmes et hommes me prenaient de force, eux aussi drogués.

Mon esprit se séparait de mon enveloppe charnelle, se retranchant dans la musique qui me maintenait en vie plutôt que sous ces doigts, ces langues et ces sexes qui me tuaient à petit feu. L'odeur de la coupe de vin que me sert Grïffon ne parvient pas à chasser ces odeurs de sueur mélangées aux encens et aux cires des bougies.

Pire, le raisin attise le parfum de la dépravation dans laquelle je me noyais.

Définitivement, cette configuration me déplaît.

— Tournez-vous.

Mon exigence fait tiquer le souverain.

— Je ne vous imaginais pas pudique.

— Vous vous montrez bien imprudent, Majesté. Vous me démontrez l'étendue de votre ignorance à mon sujet. Tenez-moi en laisse avec vos manœuvres, mais mon corps n'appartient qu'à moi. Dorénavant, je décide qui le regarde comme je décide qui le touche.

Il plisse le front de contrariété. Je suis pourtant certain qu'il connaît mon passé, comme il sait à quelles manipulations dégradantes s'adonnait Morengo. La couronne passait sur ses caprices, parce que le royaume avait besoin du surintendant au pouvoir miraculeux.

Or, je dépasse les limites du protocole.

Jamais Grïffon n'obéit à un ordre, encore moins lorsqu'il le rend vulnérable.

Chapitre 21

Alimar

— Je ne me dévêtirai pas sous vos yeux, aussi royaux soient-ils.

Son agacement s'accroît.

Tourner le dos à un assassin, le sien, lui paraît inconcevable.

Au point que mon étonnement m'échappe lorsque Grïffon consent à se retourner, à demi seulement, afin que je me change sans subir la pression de regards non désirés.

Je me fiche qu'il soit roi ! J'ignore ce qu'il a en tête. J'ai appris à ne pas me fier au fait que les hommes soient mariés pour les craindre… Tout comme les femmes.

J'ôte capuche, masque, cagoule, cape, cuirasse et sous-vêtements inadéquats pendant que Grïffon comble enfin ma soi-disant impatience.

— Avez-vous remarqué que, parmi les griffons, jamais un Aster n'a été touché ?

Je réfléchis en retirant la tunique matelassée qui supporte mon armure. Torse nu, je déplie une chemise propre et ample, lacée sur le devant par deux cordons.

— À part aujourd'hui…

— Il s'agit du premier cas.

— J'ai aperçu quelques Asters au sanctuaire des Justes. Amir, l'homme qui a contacté le palais, figure parmi ceux-là. Il affirme avoir accueilli les derniers en ce lieu saint. Selon Jakob, pourtant en charge des scientifiques de l'expédition, leur dévotion au Culte leur a évité cette malédiction.

— Nous cherchons dans nos fois les explications à l'inexplicable, même chez les plus rationnels d'entre nous.

Il croise les mains dans son dos et se redresse face à ses jardins. Il conserve néanmoins une conscience accrue d'où je me situe dans cette pièce.

— Vous êtes chef religieux. Comment pouvez-vous parler ainsi ?

— Quand la connaissance remplace les croyances, elle ne doit plus être ignorée. Vous-même ne croyez pas en cette histoire d'absolution. Je me trompe ?

J'enfile un pantalon en lin blanc resserré en haut des mollets en méditant cette fable.

— Non, avoué-je. Mais comment justifier que les griffons du sanctuaire aient été préservés ? Les faes, eux-mêmes, n'ont-ils pas été changés en ces bêtes ?

— Ils l'ont été. Au départ, seuls les astrarbres ont subi la malédiction. Les forêts de lumière se sont transformées en démons assoiffés de sang. Les spores qu'ils libéraient et les piqûres des nouveaux cinarbres se chargeaient de répandre le mal auprès de faes immortels, les métamorphosant à leur tour en morbois tout aussi éternels.

— Les morbois d'Edstar sont les faes d'il y a huit siècles ?

Ma question s'étrangle dans ma stupeur.

— Pas tous. Mais une bonne partie, selon leurs propres légendes. Au fil du temps, ce peuple a développé une sorte d'immunité. Ils ne peuvent plus être maudits de cette façon.

— Ce qui explique que Mercurio soit rentré indemne.

— Alioth, me reprend-il avec sévérité. Le seul moyen à présent pour un fae d'être changé en morbois est d'être mordu, je suppose. Et encore, je n'en ai pas la certitude. Et leur nature leur interdit de mettre fin à une vie végétale.

— Le mal prolifère parce qu'ils sont dans l'incapacité de le détruire. Un peu comme vous et vos sujets.

— La comparaison est malhabile, mais vous pouvez le voir ainsi. Pour ma part, il s'agit d'un serment impossible à défaire, réalisé par Arïes dans le sang fae de ses chevaliers, me rappelle-t-il.

— Je commence à vous rejoindre sur le fait que le Gracié a commis quelques erreurs au démarrage.

— Quelques ?

Un rire amer lui échappe.

Il traduit tant de souffrances qu'il me déroute. Je détache le lien de cuir de mes cheveux afin de me refaire une courte queue de cheval convenable.

— Pourquoi les Asters seraient-ils immunisés ? Parce qu'ils possèdent la même magie ? Celle des étoiles ?

— Je n'ai qu'une supposition invérifiable, s'en désole le roi.

— Ne pouvez-vous pas mener des expériences ?

— Sur quel Aster ? Vous ?

Il se retourne sans crier gare. Une chance pour lui, je suis habillé et termine d'enfiler une paire de babouches confortables. Un sourire en coin perce enfin sa morosité.

— J'aimerais l'éviter…

Ses lèvres s'agrandissent d'amusement.

— Vous m'êtes trop précieux, Alimar.

— Oh, merci de le préciser ! J'avais quelques doutes, étant donné que vous m'envoyez au casse-pipe.

— Ayez davantage foi en vous.

Son aplomb me déstabilise.

— Grande première ! Quelqu'un me reproche un manque de confiance en moi !

Le roi glousse, puis me fait signe de le suivre à travers les voilages d'une série d'arcades de ce niveau de jardin.

Ma simple présence parvient-elle à lui redonner le moral ? Se sent-il si seul au point que n'importe qui comble ce vide ? Ou, plus farfelu, m'apprécie-t-il ?

Je m'étais répété de ne jamais faire ami-ami avec le Cador au risque de ne plus pouvoir le supprimer. Maintenant que la chose se révèle impossible, je me laisse embarquer dans la découverte de cet homme surprenant que personne ne connaît en réalité. À part peut-être Maxwell ?

L'odeur sucrée des fleurs n'éteint cependant pas mes questions et mes craintes.

— Quelle est votre théorie ?

À quelques pas derrière lui, j'aperçois pourtant sa bouche se tordre de frustration.

— La seule différence réside dans le choix de Mater Astër, déclare-t-il, énigmatique.

— La révélation au privilège d'Aster les protège ? Donc j'ai raison. Il s'agit de notre magie céleste !

— Saviez-vous que certaines plantes produisent à la fois leurs poisons et leurs antidotes ?

— Je ne suis pas initié à cet art. J'ai appris de Morengo que notre musique suffit à empoisonner l'existence de n'importe qui.

— Morengo était plutôt bon.

— Oh, je vous en prie ! Passablement ennuyeux, tout au plus.

Il ricane sous le cri d'un paon qui s'envole dans un ficus.

Je suis on ne peut plus sérieux !

Nous marchons sur des dalles en pierre, au milieu d'herbes vertes et tendres, avant de rejoindre une nouvelle arcade d'où part un escalier en fer forgé. Ces couleurs estivales contrastent avec tout ce qui se trouve dans la province de Saceraster.

— Je peux me tromper, suggère-t-il sans le penser, mais je réfute que la libération de la magie joue en la faveur des Asters. En revanche, quelles autres particularités possèdent-ils sur le reste de la population ?

— Hormis leur pouvoir et de l'argent à ne plus savoir qu'en faire, je ne vois que les tatouages sur la nuque qui les différencient de l'aristocratie.

Ma main passe sur la constellation en relief de la lyre.

— Exact, souligne Grïffon dans un pâle sourire. L'encre des grenades du cinarbre originel.

Les points rouges et lumineux qui parsemaient les branches de ce démon végétal me reviennent en mémoire dans un onirisme teinté de souffrance. La joie que j'aurais dû éprouver en apprenant qu'un second remède, autre que Morengo, existait se fige dans mes veines, loin de mon cœur.

— Le cinarbre est détruit…

Au milieu de l'escalier, le roi se retourne sur mon ton rauque. Un simple hochement de tête m'approuve et porte toute la tristesse de cette tragédie.

— Et, aujourd'hui, il n'en reste plus aucune goutte. La dernière fiole a été brisée.

— Foutre Grâce… marmonné-je.

— Suivez-moi, Alimar.

Je lui emboîte le pas dans un soupir peiné. Je me doute de la réponse, mais je demande tout de même :

— Les cinarbres de Boisrouge ne fournissent-ils pas de grenades ?

— Vous êtes un enfant de ces bois. En avez-vous déjà croisé ?

— Non, soufflé-je de dépit.

La fraîcheur des pierres cueille nos sombres pensées. Nous nous enfonçons dans un long couloir percé de meurtrières qui nous apportent assez de visibilité pour ne pas déraper sur la mousse verte qui recouvre le sol et les statues vieilles de plusieurs siècles sur notre passage.

— Nous surveillons tout de même cette forêt de près.

— Ôtez-moi d'un doute, lorsque vous dites *nous,* vous ne parlez pas de Père ?

— Qui d'autre ?

Sur cette évidence, il emprunte un escalier glissant, droit vers les ténèbres.

Où m'emmène-t-il ?

— J'imagine qu'il est vain de vous demander de ne pas impliquer mes parents. Je préférerais qu'ils partent du manoir.

— Salazar refusera, m'assure le roi.

Je le devine. Il aime trop ces terres pour les livrer au mal. Il se battra tel le premier bastion sur le chemin d'une armée redoutable, et d'autant plus si son cher souverain le lui a ordonné.

Mon estomac se noue d'appréhension.

— Jusqu'à ce qu'il soit lui aussi transformé en monstre…

L'obscurité m'engloutit dans cette vision funeste, au point que je ne sais plus quelle direction prendre. Un bruit de verrou et une lumière rouge me révèlent mon guide, un peu plus loin.

— J'ai une autre question !

Je rebondis en pénétrant dans un lieu assez singulier. Des boîtes métalliques et rondes s'entassent sur une table, sous une ampoule comparable à celle des laboratoires de développement photographique. La pièce paraît plus sèche que l'ensemble des jardins et des couloirs que nous venons de traverser. Seul un petit cours d'eau passe dans une succession de plusieurs éviers en pierre. Il suit une longue pente.

En approchant, je découvre plusieurs substances, la plupart inconnues au profane que je suis, d'autres étant à base de poudre d'argilis. Dans ces bains étranges trempent des bobines de microfilms.

Le roi développe lui-même les Souffles que je lui rapporte !

— Je vous écoute, m'attend Grïffon.

Dans des gestes précautionneux, il ouvre le piège et retire la pellicule qui contient les dernières traces des vies de Childéric et de Jakob. Il la range dans une boîte élégante en bois de cinarbre.

Il relève la tête dans la plus grande des patiences pendant que je me remets du choc de me retrouver au milieu de l'un de ses secrets.

Maxwell connaît-il cet endroit ?

— Alimar, je vous prie de poser votre question, avant que nous entrions dans le temple.

J'avise ma tenue, proche de celle des appelés, en plus raffinée du fait des textiles sélectionnés. Cet homme de goût savoure ma surprise avec un sourire indulgent, vêtu d'une manière assez semblable.

Je suis certain que personne à part lui n'a fichu les pieds ici.

— Amir, le griffon qui m'a accueilli au sanctuaire des Justes…

— Je sais qui il est. Comme chacun des membres de cette expédition.

— Oui, logique… maugréé-je. Je disais donc, Amir m'a certifié avoir prévenu Gédéone depuis plus d'un mois. Pourquoi cette information n'est-elle pas parvenue plus tôt aux oreilles du Cador ?

— En voilà une bonne question, m'approuve le roi. Votre avis ?

Je contiens mon impatience montante, en parfaite opposition avec le calme et le froid dans lesquels il se réfugie à l'abord de ce sujet.

— Selon moi, Gédéone a voulu conserver un avantage sur les chantages du Cador…

— Je le pense aussi.

— Donc, il enferme les cas qu'il détecte avant vous ? Dans quel but ? Les étudier ?

— En partie, mais je ne pense pas que ce soit sa finalité. Souvenez-vous des membres du Culte que vous avez abattus.

— Je ne risque pas de les oublier…

— En outre, n'avez-vous pas remarqué que le Sanctuaire des Justes n'accueille que des Asters, à la rédemption certaine, selon notre théorie.

Notre théorie.

Je n'aime pas beaucoup qu'il m'inclue d'office de son côté.

Quoique, dans le cas présent, je lui donne de plus en plus raison.

— Avons-nous éliminé tous les autres ?

J'insiste sur le « *nous* ». Je ne porterai pas seul cette responsabilité.

Foutre Grâce, il dit vrai ! Nous formons une équipe…

— Plusieurs se sont évanouis dans la nature depuis quelques années. Mercurio, énumère-t-il telle une évidence. Mais la disparition de trois griffons non Asters a été attribuée à tort au Cador.

— Sous-entendez-vous qu'ils ont rejoint Gédéone ?

— Oui, et depuis la découverte des deux cas du sanctuaire, je redoute que ce ne soit pas de leur plein gré.

— Mais dans quel but ?

— Pourquoi le gardien du Temple, conservateur du Scriptorium soumis au chevalier, retiendrait-il des maudits sous sa coupe ?

— Dans l'espoir d'en faire des morbois pour le renverser ! Les prêtres n'étaient qu'un préambule !

L'air grave du roi me confirme ce coup de massue, avant de m'assommer d'une seconde révélation.

— Les Souffles de vos agresseurs ont attesté que Gédéone a commandité l'assassinat du Cador auprès de proches serviteurs du Culte qui partagent ses opinions sur l'indépendance du Scriptorium. Et ce n'est pas tout. Je le soupçonne de savoir qui porte ce masque, en dehors de vous, Alimar. Il cherche à m'éliminer. Je vous conseille de vous montrer prudent. Il ignore sans doute que nous sommes deux.

J'apprends que j'ai potentiellement le Culte et trois morbois collés au train, mais Grïffon se tire par une nouvelle porte, avec une autre boîte en cinarbre sous le bras !

Le bruit d'un cours d'eau devient plus intense, tout comme mon pouls. Va-t-il me laisser ainsi mortifié au milieu de son laboratoire ?

Je m'empresse de le rejoindre dans un couloir mousseux.

— Fermez la porte !

J'en sursaute à sa voix plus proche que je ne le supposais. Je repousse la lourde ouverture en fer. Une clarté jaillit d'une petite fenêtre que Grïffon découvre de son volet. La lumière frappe un à un plusieurs miroirs dans un jeu de cascade qui nous trace un sentier parmi des créatures en pierre, anciennes et ailées, couvertes de cette végétation.

Le roi reprend son chemin et moi mes interrogations.

— Un détail me chiffonne.

Je me place à côté de lui bien que le protocole exige que je marche derrière, comme depuis le début de cet entretien. Au point où nous en sommes…

Grïffon m'accorde sa pleine attention.

— Pourquoi ne pas arrêter Gédéone et lui retirer ses privilèges ? Pourquoi ne pas lui envoyer le chevalier ? Non pas que ça m'enchante de le supprimer. Mais en toute honnêteté, si c'est lui ou moi, alors je préfère remporter cette partie.

— Ravi de l'entendre. Néanmoins, le Cador ne doit pas se séparer du pouvoir qu'il a instauré sur le Scriptorium. Il nous est trop précieux pour comprendre le mal que nous affrontons et pour surveiller la présence de faes sur nos terres.

— Pardon, mais ils ont tous fait en sorte de ne surtout pas se retrouver au Service. Leurs positions infiltrées leur offraient des échappatoires.

— Leur existence pouvait filtrer à travers le vécu des sujets de Providence. C'était l'un des moyens possibles. En réalité, j'ignore où se trouvent les griffons disparus. Le saint joue à un jeu d'esbroufe dans lequel je m'engouffre en feignant la même indifférence. J'attends qu'il commette un faux pas, à la vue de tous, pour le clouer en place publique avec ses erreurs.

— La scission avec le Culte n'a d'autre but que de le sortir de ses retranchements ?

— Gédéone est le Culte, m'affirme-t-il devant une porte.

Il pose sa main sur un verrou, mais patiente jusqu'à la fin de cette conversation.

— Encore une fois, vous êtes chef religieux…

— Je représente le pouvoir d'une étoile dont je ne cautionne plus les agissements. Elle se retourne contre son propre peuple.

— Je l'ai compris. Je vous l'assure. Mais, dans ce cas, pourquoi rejeter les Uranies ? Adhérez au culte du Cosmos et reléguez Mater Astër au rang de divinité parmi d'autres !

— Croyez-vous que ce soit si simple ? Je ne suis qu'un homme face à la foi. J'ai beau régner sur ce royaume, Gédéone règne sur le Culte avec son armée d'augures. Je mène les négociations avec lui pour, justement, tenter de repérer où il place ses pions. Non seulement enfermer l'ensemble des serviteurs à Pourprebrume bouscule Gédéone, mais leur détention réduit les risques d'assassinat pour le Cador.

— Vous avez confiné toutes ces personnes pour nous préserver ?

— Je vous l'ai dit, vous m'êtes trop précieux.

Son geste, aussi insensé soit-il, me touche.

— J'avais aussi l'espoir de protéger Uräne des influences du Culte. Je me réjouis que mon fils se méfie des machinations de Gédéone, lui aussi. J'espère qu'en entrant dans ce temple, vous comprendrez à quel point la couronne a depuis longtemps perdu le contrôle, Chevalier.

Il ouvre la porte sur une vaste salle recouverte de végétation, du bain qui nous accueille sur le seuil, aux mosaïques au sol et aux colonnes qui retiennent des dais de lierre. Mais les rideaux d'eau qui cloisonnent ce lieu sur trois des côtés constituent sans conteste la plus stupéfiante des splendeurs.

J'en prends plein les mirettes, mais sa confidence fait autant de remous que ces cascades assourdissantes.

— Vous avez parlé à Uräne ?

Je me force à monter la voix afin qu'il m'entende, mais il contourne ma question.

— Pourquoi mon fils se déplace-t-il avec une canne et traîne-t-il la jambe ?

— Uräne est blessé !

Son père comprend que je l'ignore.

Diantre, pourquoi Georgia ne m'a-t-elle rien dit ?

— Où se trouvait-il les jours précédents ?

— Aucune idée !

J'espère mon mensonge convaincant. Le roi plisse le front avant de retirer ses sandales. Je me déchausse sur une intuition de devoir l'imiter tandis qu'il s'engage dans le pédiluve. Boîte sous le bras, il rince sa figure abîmée et les mains dans une vasque en forme de coquillage. Un geste élégant de sa part m'invite à en faire de même.

La discussion est close au sujet d'Uräne.

Je n'en saurai pas davantage et lui non plus…

J'entre dans ce temple singulier. L'eau rafraîchit mes chevilles et mon visage. Pieds nus, j'avance sur la mosaïque à moitié avalée par le lierre rampant. J'y distingue quelques constellations tracées par-dessus des animaux ou effigies mythiques de notre ciel : un zodiaque.

Les remous me donnent la sensation d'être enveloppé de murmures.

Grïffon me conduit près d'une table en bois. Un lecteur de diapositives nous y attend. Il détonne avec cet environnement sacré.

Mon coup d'œil perplexe passe sur notre souverain. Je doute qu'il veuille me montrer les photographies de ses dernières vacances, qu'il n'a jamais prises…

Je le vois mal bronzer sur les plages de Splendore, en costume de bain, tandis que sa cour lui enverrait un volant de badminton. Ce genre de souvenir a été forgé dans mon esprit avec son fils. Uräne a connu ces moments de détente et ces bains de foule. La vie du prince n'a pour ainsi dire été faite que de ces représentations, amusé et dorloté par ses courtisans.

Tout l'inverse de son père solitaire.

Je commence sincèrement à plaindre l'existence de ce monarque, que même son épouse a délaissé au profit de sa propre liberté.

Comment en vouloir à Lÿs ?

— *Mais comment rester insensible au destin de notre roi ?*

Je sursaute à ce murmure qui achève, mais, surtout, révèle mes réflexions. Je scrute les environs, mais ne croise que la gêne de mon souverain qui, à n'en point douter, vient de tout entendre.

Depuis que je suis entré ?

— Oui, depuis que vous êtes entré, Alimar. Vos pensées se réverbèrent sur l'eau.

Chapitre 22

Alimar

Foutre Grâce ! N'aurait-il pas pu m'en informer…

— … *plus tôt ?* termine un chuchotement.

Un frisson prolonge mon égarement.

— J'aurais dû. Soyez assuré que je ne vous montrerai pas mes photographies de famille. Bien que j'en possède un album.

Son sourire en coin ne m'en tient pas rigueur.

— Urāne en a un qu'il compulse chaque fois qu'il vous téléphone.

La joie du roi étire ses lèvres.

— Je suis heureux qu'il ait conservé ce réflexe que Lÿs lui avait enseigné.

Je me mords la langue pour m'éviter de lui demander pourquoi il ne se présente pas à son fils ? L'enfant à l'intérieur du prince reste meurtri par ses absences. Il a besoin de lui.

J'oublie trop vite qu'il m'entend déjà.

— Vous vous trompez. Urāne m'a annoncé ce qu'il pensait de moi et de ma façon de gouverner. Il ne me fait pas confiance et méprise mes décisions. Je ne tiens pas à lui imposer ma présence.

— *Ses paroles m'ont blessé par deux fois…* le trahit un murmure.

Une grimace souligne son manque de maîtrise. Il avait réussi à me dissimuler l'intérieur de son crâne depuis le début de cette conversation.

— Il ne peut vous l'avoir avoué en face. Je suppose que sa colère a parlé pour lui, face au Cador.

— *Le roi devenu faible. Mettre fin à un pouvoir décadent. Manticore, manticore,* martèle un chuchotement.

— Je n'ai jamais été un père pour lui. Maxwell l'est davantage que moi.

— C'est stupide.

Il lève un sourcil étonné par ma franchise.

— Inutile que je taise mes réflexions, vous finirez par les connaître.

— Nous nous trouvons dans le temple des Murmures, m'interrompt-il sans précaution, mettant fin au chapitre d'Urãne.

Je peux toujours continuer de penser ce que je pense…

Son œillade d'avertissement me recentre sur le sujet qu'il a décidé d'aborder avec moi.

Soit, prêtons attention à Sa Majesté.

Il hoche la tête l'air de dire qu'il me la coupera si je ne me concentre pas. En serait-il capable ? Comment le roi Grïffon réduit-il ses ennemis au silence ?

— Tenez-vous à connaître la réponse ? Mettez votre esprit en sourdine.

— Mon cerveau est ainsi fait. Et lorsqu'il se retrouve par malheur muselé, par exemple, pris au hasard, sous un masque, il n'en devient que plus bavard.

Cet homme fait de retenue ferme les paupières et inspire profondément.

— *Pourquoi a-t-il fallu que ce soit lui ?*

— Je vous entends ! me vexé-je. Vous vous ennuieriez sans moi. Je parie que Maxwell se montre moins distrayant.

— *C'est certain.*

— Je le savais !

Je croise les bras, fier de cette victoire, même si elle naît d'une compétition ridicule. Un rire bref s'échappe de sa bouche, en même temps que ses flammes reviennent sur moi.

— Disons qu'il a moins le sens du spectacle que vous.

— Tout réside dans la mise en scène.

— Vous êtes l'un de mes rares invités à pénétrer dans le temple des Murmures. La dernière était mon épouse. Vous comprenez sans doute pourquoi.

— Avoir un accès privilégié à vos pensées est dangereux pour vous. Pourquoi ce nouveau privilège ?

— Un péril plus grand nous entoure et vous seul agissez à ma place. Ainsi, vous devez entendre pourquoi.

Il dépose la boîte à côté de la machine. Il en sort des diapositives qu'il installe dans la visionneuse.

— Ce temple est un cadeau de mariage construit par Despin, chevalier du prince Arïes, devenu Faëster, comme les autres.

— Il ne s'est pas fichu de lui…

— Comme chaque Faëster, il était doté de puissants pouvoirs. Le sien donnait une voix aux Souffles à travers l'eau.

Je regarde autour de moi, des fois qu'un serpent d'étoiles surgirait de derrière…

— *Une colonne.*

Ma main frappe mon front de mon erreur.

Chut, cerveau !

— Vous avez rencontré Pygma, ricane doucement Grïffon. Je n'en suis guère étonné avec mademoiselle Lamare.

— Est-ce le Souffle de Pygma qui rend visite à Georgia ?

Grïffon s'étonne de mon intonation protectrice. Elle est certes rare chez moi, mais si naturelle dès qu'il s'agit de mon cher rêve.

— Aucune idée. De ce que je sais, Pygma est mort il y a un peu moins de huit cents ans. En revanche, ce décès ne remonte qu'à quelques jours. Rappelez-vous.

Il presse un bouton. Son appareil s'allume par je ne sais quelle magie.

La sienne ?

Il conserve le doigt appuyé près de l'ampoule. Je ne suis pas certain que ce soit elle qui émette de la lumière. Celle du souverain traverse l'engin.

Dans un sourire entendu, il enfonce la première diapositive. Je me retrouve dans une embarcation, aux abords de l'un des forts, à travers les yeux d'un homme accroché à son chapeau pendant la manœuvre d'accostage.

Dans un bruit mécanique, la seconde diapositive dévoile le visage d'un homme à la peau noire, renvoyé par le miroir dans lequel il se recoiffe tel un galant, dans l'entrée d'un luxueux logement.

Je reconnais sans mal l'individu que j'ai abattu dans le quartier de la Grâce : Linus Picdor.

Son costume dégage de l'élégance et sa posture témoigne d'un certain charisme qui, sans nul doute, peut être qualifié de charme pour qui s'intéresse au sexe masculin.

— Vous avez développé son Souffle, en conclus-je.

— J'en ai fait des microfilms sur bobine. Mais je me suis permis de réaliser des diapositives en coupant certaines séquences de son existence. Je vous résume sa biographie. Linus était un aristocrate de longue lignée à la descendance précieuse. Chaque mois depuis qu'il se trouvait en âge de fréquenter les salons des élites, Linus était convié à rendre visite à l'une des prêtresses.

— Rendre visite ?

Je répète ce sous-entendu lourd de sens, mais surtout surprenant associé au Culte.

— Vous avez saisi. L'unique Uranie à être dispensée du vœu de chasteté, mais non pas de fidélité. Enfin, pas tout à fait, puisque l'une des filles de celle-ci est appelée à prendre le relais avec un autre aristocrate.

— Les Uranies engrossent ces femmes ?

Je n'en reviens pas !

— Linus a été choisi par le cosmos. Fier de servir cette cause, il n'y a jamais dérogé.

— Comme c'est étonnant ! ironisé-je. Bon nombre d'hommes rêveraient de démontrer leur ferveur de cette façon.

Les murmures s'intensifient autour de nous. Les mots deviennent trop précipités et trop flous pour parvenir à les distinguer, en partie parce que ceux du roi me passionnent.

— D'après l'étude de son Souffle, Linus et Cléofée s'appréciaient. Linus se racontait qu'ils s'aimaient. J'ignore s'il en est de même du côté de l'Uranie. Ensemble, ils ont eu onze filles.

— Bonté divine !

— Le cosmos a fait preuve de générosité, c'est certain.

— Qu'est-il advenu de ces enfants ? Pourquoi vouloir à tout prix procréer ?

— Pour la couronne, m'avoue-t-il de désapprobation. Je n'ai jamais décrété ce genre de pratique. Elle est aussi ancienne que le mariage du Gracié Arïes. Selon la légende, Mater Astër a ordonné la naissance des futurs souverains dans ce palais. Un unique héritier par couple royal dans le but d'éviter les conflits de succession. Nous ne sommes pas censés quitter ce lieu, afin d'assurer une stabilité dans la protection de Providence.

Sa parole monte vers le ciel, mais elle se heurte aux pierres brodées de lierre du plafond.

— Les magies des princes et des princesses sont déverrouillées par une prêtresse au moment de leur venue au monde. La mission de Cléofée et de ses ancêtres est d'engendrer le plus d'enfants possible porteurs de la clé des pouvoirs de Mater Astër. Ses onze filles ont embrassé leur destin de prêtresse. Trois ont hérité de cette magie dont elles se servent pour la révélation au rang d'Aster, au côté de leur unique tante dotée des mêmes capacités. Une d'entre elles a été formée par Céréza dans le but de devenir augure de la Maison Céleste. J'ai voulu arrêter Valentina pour la mettre discrètement en sécurité. Mais mon fils s'entête à la conserver auprès de lui. Ma tentative a rendu ce don dorénavant inutile.

Ma mâchoire m'en tombe de surprise.

— *L'augure dont il me parle souvent au téléphone !*

— Je constate que vous êtes en contact régulier avec Uräne.

Je rebondis pour brouiller mes pensées.

— Pourquoi me raconter l'histoire de Valentina et de ce Linus ?

— Pour la première, j'essaie de jauger son degré d'influence sur Uräne. Est-ce qu'elle représente un atout ou un danger pour lui ?

— Je ne la connais que de vue. Je ne saurais vous répondre.

La stricte vérité.

Mais à en croire Uräne, cette femme est une perle rare !

— Mes craintes se tournent sur ce point, maugrée le roi.

Il est quand même mal placé pour lui faire la morale.

— Justement, soupire-t-il, de lassitude. J'aimerais qu'il évite de reproduire mes erreurs.

— Lÿs représentait-elle une erreur ?

— Pour en revenir à Linus, contourne-t-il, il a été maudit par une inhalation excessive d'encens des Uranies. L'un des lots devait être préparé avec un cinarbre souillé.

— Bon sang ! N'importe lequel peut potentiellement transformer de pieuses prêtresses en démons assoiffés de sang ?

— Voilà pourquoi j'ai interdit leur usage. Mais ils restent encore présents dans beaucoup de pratiques. Ce point figure dans les changements que je souhaite apporter au Culte, avant que Gédéone ne s'en serve pour créer ses propres morbois.

— Irait-il jusqu'à une telle extrémité ?

— Je ne place plus de limites à cet homme, m'assure-t-il avec gravité. Surtout en ayant compris que ses assassins attendaient le Cador en utilisant l'innocent Linus comme un appât. Mais là n'est pas la question.

Il enfonce la chargeuse de diapositives d'un cran. Sur cette image sans couleur, je me retrouve face à deux prêtresses aux yeux voilés de dentelle. Dans un petit boudoir, je reconnais Céréza et en découvre une autre.

Les murmures s'affolent autour de nous. Un frisson me prend de court.

— Linus avait accès à l'intimité de Cléofée, une semaine par mois, à Fortvaillant. Il y possédait ses quartiers, jouxtant ceux de l'Uranie. Le reste du temps, il vivait près du prieuré de la Grâce, histoire que le Culte surveille un minimum ses allées et venues ainsi que sa moralité. Il avait peu de pouvoir, réduit au seul rôle de géniteur. Mais il avait un esprit vif. Agenouillez-vous, Maestro.

Il m'invite à me placer sur une pierre lisse, usée par les siècles. Je n'apprécie pas son ordre, lui aussi trop entendu au milieu des soupirs lascifs ou dans la chambre obscène, voisine de celle de Morengo.

Je déteste aussi l'étincelle de compréhension qui perce les flammes du roi. Alors, je tais mes appréhensions et m'installe selon son souhait, dans cette position de vulnérabilité, au ras de ce qui ressemble à un autel qui surplombe la chute d'eau. Deux ronds de métal vert-de-gris pris dans la roche se retrouvent face à moi, à hauteur de poitrine.

— Posez vos coudes sur les symboles faes gravés dans le cuivre et placez vos doigts sur vos tempes, me commande-t-il d'une voix plus avenante qui passe au-dessus des remous. Ce son devrait vous intéresser.

Je ne comprends pas ce qu'il attend de moi.

Non sans mal, je dépasse ma crainte de me trouver à genoux, dos à un homme à la magie immense, dans un endroit secret où personne ne songera à venir me chercher, mort ou vif.

Je prends une profonde inspiration pour chasser un frisson.

Dans des gestes lents, je cale mes coudes sur le cuivre et porte mes mains sur les côtés de ma tête.

— *Jamais je ne vous le pardonnerai.*

Je m'écarte de l'autel d'un geste vif.

— J'ai entendu Céréza ! Distinctement ! À l'intérieur de mon crâne.

Le roi sourit, amusé par ma naïveté.

— Le Souffle de la diapositive est projeté sur la cascade devant vous. L'eau charrie le son que le cuivre et la magie fae filtrent et vous restituent par conduction osseuse. Je vous conseille d'y retourner. Je ne peux arrêter cette discussion. Faites-moi signe quand vous arriverez au bout de l'image.

J'ignore ce qu'il veut dire, mais je m'empresse de me replacer dans la même position face à cette image statique, juste animée par les mouvements des murs liquides.

— *Il l'a épousée sans savoir qui elle était ! Pire, vous avez caché la vérité au roi.*

— *Sa Majesté sait depuis des années d'où vient Lÿs,* riposte une voix douce et pourtant téméraire. *Il lui a pardonné. Ne pouvez-vous pas en faire autant ?*

— *Il ne me prête plus qu'une oreille distraite depuis son mariage avec cette imposture.*

— *Vous ne méritez pas le peu de confiance qu'il vous témoigne encore. Vous lui avez révélé la nature de Lÿs.*

— *Et il n'en a pas tenu compte ! Pire, il l'a protégée alors que son sang souillait la Maison Céleste.*

— *Vous devriez être destitué, augure.*

Le son se coupe. Je lance un bref signe dans mon dos. L'image change dans un bruit mécanique. Céréza se retrouve avec une dague sous la gorge, mais la main qui la tient ne semble pas assurée.

— *Je lis les étoiles ! Cette femme conduira le royaume à sa perte ! Elle est mariée à un autre. La guerre nous pend au nez. Je n'avais pas le choix.*

— *Vous aviez le choix d'appuyer le roi dans ses décisions et de ne pas faire ami-ami avec les personnes qui lui veulent du mal.*

— *Nous avons un arrangement. Lÿs contre la paix.*

— *J'avais raison,* s'atterre Cléofée. *Vous êtes responsable de son enlèvement. Où se trouve-t-elle ?*

— *Chez elle !*

— *Comment ont-ils fait pour passer les barrières de vents ? Seul le bateau… Oh…* comprend l'Uranie. *Vos complices l'ont forcée à monter à bord ! Vous avez organisé l'expédition. Ce navire la dissimulait en fond de cale alors que les griffons pensaient partir à sa recherche.*

Là encore le son se coupe. Happé et écœuré par cette histoire sordide, je lance un nouveau signe à mon projectionniste sans même le regarder.

La lame se situe toujours dans la main de Cléofée, mais Céréza lui a saisi le poignet et l'a retournée contre elle.

— Je *vous conseille de vous taire. Vous avez enfanté assez de filles pour ne plus vous rendre indispensable. Et cela vaut pour Linus qui nous écoute en ce moment. S'il veut à nouveau être le bienvenu à Fortvaillant, le silence demeure la meilleure clé de sa survie. Je pourrais changer d'avis et ne plus former Valentina. Elle aura bientôt l'âge de vous remplacer. Notre accord pour la tenir hors de cette vie deviendrait caduc.*

— *Je vous faisais confiance,* pleure la mère du futur augure. *Vous m'avez assuré que son intelligence l'entraînerait loin de Forvaillant et de cette obligation imposée à notre lignée. Nous étions amies.*

— *Vous avez trahi la Maison Céleste.*

— *Lÿs n'a jamais représenté une menace !*

Un bruit mécanique efface l'image. La lumière s'éteint. Je retire mes doigts de mes tempes. Les remous de l'eau me reviennent dans les oreilles.

Toujours à genoux, je me tourne vers l'homme bouleversé qui ne parvient pas à se détourner du point qu'occupait un instant plus tôt la plus grande trahison de sa vie. Céréza l'a dupé de la plus sordide des façons. Il a ordonné l'expédition, sans savoir qu'elle conduisait sa femme dans les griffes de son premier mari.

— *Ma faute. Tout est ma faute,* déclarent les murmures.

Ses poings se contractent d'impuissance et de rage. Il tente de retrouver le calme dans une inspiration chevrotante. J'admire son sang-froid. J'aurais été incapable de tant de retenue.

Il n'a tout simplement pas le choix.

Son regard descend vers moi, chargé d'espérance.

— Appuierez-vous sur la détente, Chevalier ?

Les nobles causes ne sont pas mon passe-temps, mais la vengeance fait partie de moi.

Rien que pour ce que cette femme a fait vivre à Uräne, pour s'être alliée à Bérénice de cette façon, pour avoir privé les sœurs Lamare de leur père, je consens à cette exception.

— Oui, Votre Majesté.

Je le prononce sans hésiter, à genoux devant la couronne d'étoiles.

— Ma main et mon allégeance vous appartiennent.

Chapitre 23

Alimar

Le claquement de la boîte aux lettres des Hautbois me procure un soubresaut. Pourtant, le moteur de ma moto en atténue le bruit. Mais l'émotion me cueille lorsque je dépose les quelques affaires de Childéric rapportées du sanctuaire par Norian. Son corps a été incinéré, mais les civils qui l'ont côtoyé ont insisté pour rendre quelques effets personnels à sa famille. Je me suis proposé pour ce geste nécessaire.

Je n'ai néanmoins pas le courage de sonner. Des liens trop évidents se tisseraient entre la mort de Childéric et le Maestro sanglant, le marmot avec qui jouait leur fils dans cette petite ville de province. Je ne suis même pas descendu de moto. Je repars sans un regard en arrière à peine le colis restitué.

J'ai fait ce que j'avais à faire.

J'aimerais ressentir de la nostalgie pour cet endroit. Or, la plupart des têtes qui se retournent sur mon passage ne m'avaient pas manqué. Cheveux au vent, j'accélère et dépasse l'unique ligne de tramway qui traverse Boisrouge du nord au sud. Les belles maisons blanches du centre-ville tranchent avec l'horizon pourpre de ce dernier lieu urbanisé avant les vastes étendues sauvages de cinarbres et de cèdres.

Un feu rouge coupe ma course contre le passé. Je pose le pied en guise de béquille et patiente sans tenir compte des messes basses. Le nom de Pinotte franchit la bouche de plusieurs grands-mères qui attendent leurs petits-enfants, panier sous le bras, entre le confiseur et le dispensaire.

Des pilules pour les mamies.

Des sucettes pour les mômes.

Je fais mine de ne pas les écouter sous mes lunettes de soleil. Avec un peu de chance, le doute subsistera.

— De la mauvaise graine ! bave la rombière.

— Quel culot d'oser se montrer, ajoute sa voisine. Comme ses parents, il ferait mieux de rester terré.

Loupé. Je suis démasqué.

Mon sourire insolent renvoie leur politesse aux vieilles bourgeoises.

— Belle journée, Madame Deslaurier ! Comment va votre mari, Madame Lemerle ? Vivez-vous toujours rue Sainte-Jany ? Je serais ravi de venir prendre le thé et vous donner de mes nouvelles, puisque vous semblez vous en soucier. Je vous jouerai même un petit air à l'occasion.

La grand-mère repère l'étui de mon violon dans mon dos, passé sur mon blouson en cuir, et ravale son dentier. User de ma mauvaise réputation apporte certes de l'eau au moulin des médisantes, mais j'ai dépassé le temps où ma bouille de garnement et mon rang d'Aster m'attiraient tous les suffrages en gériatrie. Aujourd'hui, mes cicatrices les font reculer d'un pas prudent et saisir la main de leurs marmots pour déguerpir.

Voilà qui est mieux.

Autant me servir de cette réputation désastreuse pour éviter d'avoir à supporter ce genre de personne. Et encore, elles ignorent qui a assassiné le cigarier il y a un peu plus d'un an, la dernière fois que j'ai fichu les pieds ici, en compagnie du Cador.

Je remets les gaz et pique justement en direction de mon seul crime sur les terres de mon enfance. La manufacture de cigarettes en briques blanches se dresse au bout de l'avenue, derrière de hautes grilles cadenassées. L'entreprise a fermé lors de la disparition du patron.

Les cinarbres portent la malédiction en leur sein depuis des années. Un excès de consommation de ces feuilles a changé le voisin de mes parents en futur démon qu'il m'a fallu abattre avec mon duo improbable : le chevalier et Georgia.

Dire qu'elle est venue ici récemment, sans moi.

Mon cœur se serre. J'aurais aimé lui faire découvrir moi-même mes terres et leur histoire.

Grïffon puis Uräne m'ont volé ce privilège.

Qu'importe, Boisrouge ne représente pas mon unique coin de paradis.

J'accélère en longeant les grilles de la manufacture, dans une rue bordée d'enseignes d'ateliers de confection de produits raffinés : ébénistes, plumassiers, éventaillistes, corsetiers, costumiers ou encore mascareri.

Je soupçonne le Cador ou Morengo d'avoir passé commande du mien chez l'un de ces orfèvres qui façonnent des masques en véritables bijoux. Ils ont l'argilis de ma famille à leur disposition sur le trottoir d'en face. Si les artisans doivent travailler au ralenti à cause des restrictions, les cheminées de l'usine en briques rouges que je dépasse fonctionnent.

Père doit être le seul extracteur de ce minerai toujours en activité. J'y devine un accord : « Conservez un œil sur les cinarbres, Salazar, pour continuer l'argilis. »

Dans quel but, puisqu'il ne peut plus le commercialiser ? Des réserves royales ? Se tenir prêts à repousser les faes ?

Le roi serait fou de ne pas prévoir ce genre de défense.

Je décélère à l'angle de l'entreprise familiale et hésite dans l'inertie de mon véhicule et celle de mes pensées.

Les paroles de Georgia m'ont bouleversé.

Alors, sur le coup d'une audace, je vire sur la petite route qui longe l'usine et les entrepôts gardés par des hommes armés et des chiens à leurs pieds. La milice privée de Père tourne la tête sur le ronronnement de ma moto, mais me laisse passer par cette voie publique, de l'autre côté du mur d'enceinte.

J'ai du mal à conserver mon allure à mesure que je pénètre dans la forêt pourpre, où la belle façade blanche à colonnes du manoir émerge au milieu des arbres. Je pose une botte sur le bitume, devant les grilles fermées, et relève mes lunettes sur mon front.

Je n'aurais jamais dû.

Georgia m'a soutenu qu'il y aurait sans doute un espoir de renouer le dialogue avec mon paternel. Or, face à cette demeure et à mes souvenirs, je doute de cette possibilité si Mère m'a renié.

Pourquoi suis-je venu ? Pour sentir mon cœur se briser davantage ?

Ne suis-je donc fait que de souffrances ? Faut-il toujours que je me raccroche au mal tout en désirant un bonheur vain ?

Oui, je suis surintendant, mais je n'ai plus de public.

Oui, je me trouve devant ce foyer, mais je n'ai plus de famille.

Ma gorge se serre. Je peine à avaler ce constat.

Je n'ai plus que mon violon et mon masque d'assassin, deux composantes de mon existence qui n'auront jamais de place entre ces murs. Mère me désavoue peut-être, mais je ne peux me défaire de qui je suis devenu : la main du roi, un chevalier mélomane, destiné à sauver un royaume, à sauver mes parents…

Un jour, peut-être, seront-ils fiers de moi ?

Sans doute que non, sous mon anonymat et leur déception.

Mes yeux se brouillent d'un chagrin inutile, à l'instar de ma présence ici. La porte du manoir s'ouvre sur un domestique inconnu en perruque et livrée des Pinotte. Il s'avance à ma rencontre dans l'allée. Il n'a pas le temps d'atteindre la grille. J'abaisse mes lunettes et rebrousse chemin. Dans le rétroviseur, je le vois interdit, ne sachant que faire.

Il doit se retrouver encore plus déboussolé lorsqu'au lieu de rejoindre la ville, je tourne court sur un sentier qui s'enfonce dans la forêt.

Un sourire monte au milieu de mes larmes silencieuses. Ce chemin, je le connais par cœur. Un cri d'euphorie m'échappe et chasse enfin ma tristesse.

La voilà, cette douce nostalgie. Elle m'étreint et me réconforte au milieu de ces bois qui m'ont tant manqué.

Merci, Georgia, de m'avoir insufflé l'envie d'y revenir.

Je tourne au rocher en forme de sphinx que seul moi décryptais de cette manière alors que ma gouvernante affirmait qu'il ne s'agissait que d'un tas de cailloux. Cette brave femme souffrait d'une ennuyeuse absence d'imagination.

Je me demande ce qu'est devenue Nouna, tandis que je pique au sud du domaine par les sentiers forestiers. J'espère qu'elle savoure sa retraite méritée.

Je m'enfonce parmi des fougères brunâtres de plus en plus denses. Ma joie de môme s'efface au profit de plus de prudence avant de briser ma mécanique. Lorsque la roue dérape sur une grosse racine couverte de mousse, je préfère mettre pied à terre et abandonner ma monture.

Je ne m'avoue pas vaincu pour autant !

Violon dans le dos, je progresse en chevalier solitaire parmi ces bois. Je ne suis pourtant pas venu sur ordre du roi, mais bien de mon propre chef. Pas à pas, le Cador devient cependant une part indissociable du maestro.

Étrange… cette prise de conscience ne me fait plus peur.

Je relève mes lunettes dans les ondulations de mes cheveux et avance avec précaution, parmi les ombres creusées dans les recoins de cette luminosité filtrée par la cime des arbres pourpres.

Les ténèbres ont toujours fait partie de moi en quelque sorte.

Tout comme ce bruit que je ne m'attendais pas spécialement à entendre : les éléphantes !

Ma joie de môme revient. Pressé, je coupe à travers le sous-bois et me retrouve nez à trompe avec Barok et sa famille.

Son nom éclate au milieu de ces bois. Elle met un moment avant d'approcher alors que je tends le bras à travers les grilles d'argilis qui séparent les jardins du reste du domaine. Je déteste les voir emprisonnées de cette façon. Elles me rappellent ma propre détention, mais aussi ces zoos où s'entassent les animaux pour le plaisir du peuple.

Je me raisonne. Le parc représente un vaste espace arboré et Père ne les aurait pas enfermées sans une bonne raison.

La trompe de Barok vient saluer ma main et remonte le long de ma manche en cuir.

— Pardonne-moi, ma vieille amie, je ne t'ai rien apporté cette fois. Je n'ai pas pensé à faire le plein de cacahuètes. Honte à moi ! J'espère que Georgia a corrigé ce manquement. Ou que tu en as chipé à Uräne ! Comme je suis heureux que tu les aies rencontrés.

J'ignore si la doyenne me comprend, mais toute sa famille se joint à ces retrouvailles. Pendant que les trompes me palpent comme autant de vieilles tantes qui me couvriraient de bises inconfortables après des années d'absence, j'avise les alentours. Je comptais m'enfoncer au-delà du domaine pour mettre mon plan à exécution.

Après tout, je n'ai pas à courir plus loin.

— D'accord, d'accord, cédé-je à mon premier public, le plus fidèle de tous. Je suis impardonnable et vous offre ce concerto, mes dames.

En réalité, elles me font le plus beau des cadeaux en ce jour d'anniversaire. J'avais cessé de célébrer ma naissance. Je ne m'en estimais plus en droit après avoir ôté tant de vies.

Mais puisqu'elles m'observent toutes, je me dois de ne pas les décevoir.

Je trouve une souche à défaut du rocher où nous nous donnions rendez-vous autrefois. Je m'y installe et sors mon violon de son étui. Pendant que je tends le crin de mon archet et accorde l'instrument, mon attention ricoche des éléphantes alignées devant moi aux arbres dans mon dos. J'espère bien attirer autre chose.

Du fin fond de ma mémoire, je cherche une partition que j'avais composée pour elles, un hommage à ces bois et à cette nature devenue mon refuge. J'avais quatorze ans lors de ma dernière venue.

— Entendez comme j'ai progressé !

Je me concentre, bats la mesure avec mon pied et me lance dans le souvenir des premières notes. Mes doigts pressent la touche et le crin enduit de colophane file sur les cordes pour retranscrire les plus beaux orages admirés au milieu de cette forêt.

Dangereux, majestueux… humides !

Mes coups d'archet appellent à revivre ces moments où je me laissais surprendre par le climat en compagnie de Barok, qui avait déjà senti le vent tourner et s'était abritée sous les cèdres rouges qui côtoient les cinarbres.

Nous affrontions ensemble les éléments, avant de me confronter seul à la réprimande que me passait ma gouvernante pour être revenu trempé et couvert de boue, mais heureux.

Quand elle m'interceptait avant Mère ou Père…

Le discours se montrait plus appuyé de leur côté.

Aujourd'hui encore, je flirte entre joie et danger, en compagnie de mes acolytes à défenses.

Une branche grince.

J'en suis persuadé : quelque chose approche dans mon dos.

Hors de question que je cesse de jouer ! Je le dois à Barok.

On n'interrompt pas le maestro !

Je clos les paupières et me laisse emporter dans cet instant volé à mon quotidien rendu trop sérieux. Je devrais quitter Corélysée pour ouvrir un opéra de plein air. J'attaque la mélodie avec plus de fougue, un avertissement à quiconque brisera mon plaisir. Il faudrait être fou pour tenter une telle manœuvre et risquer ma foudre. La moindre de mes notes pourrait devenir fatale.

Ô comme elles me démangent…

Je me replonge dans l'imaginaire de mon enfance. Pourtant, je conserve une attention accrue sur tout ce qui se trame autour de moi, sans en donner l'impression. Le jeune Alimar renoue avec ses amours, mais le plus vieux a appris à se méfier d'eux.

Je me revois, adolescent, me lever de mon rocher pour esquisser quelques pas enjoués. À mon tour, je quitte ma souche pour avancer en direction supposée des animaux. Une branche craque par terre, trop près de moi.

Je me retourne en une pirouette et me stoppe net dans mon élan.

J'ouvre les yeux sur la princesse attirée dans mes filets.

Chapitre 24

Alimar

— Tu deviens prévisible.

Parler à Bérénice me coûte. Je savais que la confrontation m'éprouverait. Mèche sur la corde du Mi, il suffirait de pousser l'archet pour anéantir l'un des démons de mon passé.

Or, si j'ai pris la peine de venir jusqu'ici pour elle, ce n'est pas pour la tuer. Pas tout de suite, du moins.

— Hadar t'a dans sa ligne de mire.

Elle m'en avertit, consciente que sa vie ne tient plus qu'à une corde.

Menton sur mon instrument, je me détourne de son costume de guerrière composé de pièces en cuir havane et d'une cape remontée sur ses cheveux blancs tressés. J'essaie de repérer l'ancien membre de la garde d'Urâne, le faux Chester qui protégeait les arrières du prince. Ma frustration se reporte sur elle quand j'échoue à le débusquer.

— Que fais-tu à Boisrouge ?

Je bascule dans une gravité effrayante. Rien que la voir me provoque une violente aversion et me replonge dans mes dégoûts les plus profonds. Sa voix fait vibrer l'odieux chantage dont elle m'a sali.

Je serre les dents pour ne pas vomir.

Je ne porte aucun masque cette fois.

— N'est-ce pas évident, Alimar ? Je surveille mes futures terres.

— En l'occurrence, tu te trouves sur celles de ma famille.

— Elles ne vaudront bientôt plus rien, si vous persistez à ne rien entreprendre pour endiguer le mal qui les ronge.

— Un peu de musique, Bérénice ?

— Ne t'avise pas…

Trop tard. Un doux nocturne la fait reculer. Ses ailes de papillon de nuit cristallines apparaissent, prête à déguerpir. L'émerveillement prend le pas sur ma précision musicale. Je ne l'avais jamais vue ainsi, la fae dissimulée sous la courtisane.

Je m'inflige une gifle mentale.

Il s'agit de Bérénice, bon sang ! Elle me montre qu'elle est encore capable de me déstabiliser. De mon côté, je me sais capable de la tuer depuis notre dernière rencontre.

Je reprends le contrôle de mon violon et de mon piège.

— Continue, je t'en prie. Je ne cesserai pas de jouer et ton garde du corps ne m'abattra pas. Pour une raison que j'ignore, tu as besoin de moi, sinon tu ne te serais pas montrée. Tu aurais fui, comme devant Uräne, il y a quelques jours.

— Je n'ai pas fui ! J'ignorais qu'il se trouvait à Boisrouge. J'enquêtais à l'autre bout de cette forêt et je ne suis revenue qu'en apprenant son admission au dispensaire. Mais il était déjà parti. Le prince se serait blessé le pied, selon la rumeur.

La peur ralentit mon tempo. Diantre, que lui est-il arrivé ? Pourquoi Georgia ne m'aurait-elle rien dit ? Pourquoi dois-je l'apprendre de la bouche malsaine de Bérénice ? À moins que ce soit faux ?

Grïffon m'a demandé pourquoi Uräne marchait avec une canne. La fae ne peut mentir à ce sujet et affiche un contentement sincère devant mon ignorance notoire. Elle mesure les faiblesses de nos liens. Je ne dois pas lui laisser cet avantage. Ma musique traînante traduit mes pensées étirées de craintes. Je me ressaisis et reprends mon petit jeu de notes au potentiel mortel.

— Sur quoi enquêtais-tu ?

— Connais-tu le vilain secret de Gédéone ?

Son inquiétude ne me dit rien de bon.

— Qu'il élève des morbois comme des chiens de garde ?

L'un de ses sourcils blancs se dresse avec étonnement.

— Te voilà mieux informé que je ne le pensais. Tu utilises ce mot : *morbois*.

— Tu me sous-estimes beaucoup trop, Bérénice.

— Au contraire, j'ai conscience de l'ensemble de tes ressources et même de tes capacités à trahir le monde entier.

— Il existe de rares exceptions.

— Et ce sera Mizar pour toi, dorénavant.

— Jamais de la vie, chantonné-je au milieu de mon nocturne sur le point de basculer en requiem. Viens-en aux faits avant que je perde patience.

— Tu vas me faciliter la tâche. Il se trouve que votre gardien du Temple s'adonne à un jeu dangereux et vicieux.

— Vous devez bien vous entendre, Gédéone et toi.

Elle me fusille du regard. Mon sourire insolent revient à la charge.

— Je l'ai croisé plus d'une fois dans ces bois.

— Encore un point commun ! Je vais finir par croire que tu es lui. Mais tu dois souffrir de surmenage ou de champignons impropres à la consommation. Gédéone ne pourrait jamais se traîner au milieu de ces bois.

— Son corps astral le peut, me révèle-t-elle entre ses mâchoires crispées. Je surveille la propagation de la malédiction. Lui recherche quelque chose.

— Les personnes qui se font piquer, murmuré-je. D'ailleurs, il t'a vue et a dit à Uräne où te trouver.

— Je le soupçonne. J'essaie de mettre la main sur les morbois et de repérer où il les cache. Avec Hadar, nous avons fouillé ces bois, sans succès. Tu n'aurais pas une idée, par hasard ?

— Si je le savais, ces malheureux seraient déjà morts. Or, toi, tu ne peux pas les éliminer. Leur corps se compose en partie de végétaux.

— Là encore, tu m'épates. Je te propose un marché, mon beau musicien.

— Ne m'appelle plus de cette manière !

— Tu adorais pourtant ce surnom.

— Bérénice…

Mes coups d'archet s'enchaînent avec plus de conviction.

— Lorsque je trouverai sa planque, accompagne-moi pour les éliminer.

Se doute-t-elle que je suis le Cador ? Ou me le demande-t-elle juste parce qu'elle sait que j'assassinais les porteurs de ce mal lorsqu'on me sortait de ma cellule ?

L'offre est alléchante, mais la perspective de devoir la côtoyer plus longtemps me refroidit.

D'ailleurs, sa proposition me semble un peu trop belle.

— En échange de quoi ?

Son sourire en coin souligne le traquenard.

— En échange, convaincs Uräne de m'épouser.

Cette mauvaise blague m'entraîne dans un rire. Plus que de la bonne humeur, il traduit ma fatigue et mon incrédulité.

— Tu as un de ces culots ! Jamais il n'acceptera. Tu es censée abattre les enfants illégitimes de ta reine.

— Réfléchis deux minutes, se vexe-t-elle. Uräne connaît mes conditions, si nous nous unissons, ce sera avec le serment qu'il laissera les faes vivre parmi vous. Si je l'assassine pour respecter celui fait à mon roi, alors cette union ne servirait à rien !

— Tu mourras donc si tu n'es pas capable de tenir celui fait à ton père. Ce mariage signe ton sacrifice pour sauver ton peuple.

Sa détermination me donne raison et, quelque part, m'impressionne malgré moi.

— Et Georgia ?

— Qu'elle garde ses distances et je n'aurai pas à faire de choix !

Bérénice ne cherche pas à la traquer. S'en prendre à elle compromettrait ses plans avec le prince. J'en suis soulagé, en partie. Je redoute cependant que Georgia se mette en tête de venger sa sœur et sa mère.

Une union avec Uräne signifierait non seulement un acte de paix, mais aussi la fin de cette vipère. Quelque chose cloche sous cette fin idéale. Des problèmes subsistent.

— Le prince refusera tant que vous détiendrez Lÿs.

— Je ne peux rien faire de ce côté-là. Trop de vies dépendent de la sienne. Elle doit rester au château.

— Que veux-tu dire ?

— Le roi Phalémir ne la relâchera jamais et une nouvelle fuite entraînerait des conséquences catastrophiques. Je ne peux pas rendre Lÿs à Grïffon, mais je propose à votre prince une arme capable d'enrayer cette malédiction.

— Pardon ? Pourquoi ne pas l'utiliser vous-mêmes dans ce cas ?

— Uräne a détruit le cinarbre avec un cimeterre fabriqué de ma main.

— Tu es forgeronne ?

Ma déduction me laisse perplexe.

— Il était en cristal façonné par la magie. Être princesse n'empêche ni d'être une guerrière ni d'avoir ma place dans une cristallerie. Et mon roi m'a interdit d'y retourner tant que je ne lui rapportais pas la tête des bâtards !

Ses dents se serrent de frustration.

— Je façonne des objets en verre gorgés de pouvoir. Les armes ont ma préférence.

— Comme c'est étonnant !

Malgré mon sarcasme, je le pense ! J'en ai même arrêté de jouer. Découvrir la véritable facette de cette femme me plonge dans une fascination teintée de méfiance.

— La magie fae et le sang de votre peuple confèrent à Uräne la force d'activer celle contenue dans ces artefacts, mais aussi de détruire la nature à laquelle nous ne pouvons pas toucher. Il doit accepter ce mariage, parce que, sans son aide, je n'ai pas de raison de défier mon père pour réaliser une épée.

— Pourquoi ne pas éliminer ton roi ? De ce que tu dis, il retient l'otage qui dénouerait la situation, mais en plus tu aurais accès à ta cristallerie.

Ses lèvres se pincent. Cette moue lui donne l'attitude d'une petite fille blessée et impuissante, rongée d'une privation que je cerne assez bien. Je mets enfin le doigt sur une faille de Bérénice.

Elle est incapable de commettre ce meurtre.

Ses yeux se détournent de mes déductions évidentes.

— Et si moi, je m'en chargeais ?

Son nez se relève brusquement. J'ai sa pleine attention.

— Tu viens me chercher pour exécuter des morbois, mais je t'offre de te défaire d'un tyran.

— Impossible ! jure-t-elle. Jamais je ne te laisserai mettre fin au plus long règne d'Edstar ! Père a connu l'Astralis !

— Pourtant, aujourd'hui, il représente un obstacle pour la survie de ton peuple.

— Il les protège au mieux contre les démons ! Mais il vieillit et son jugement s'altère parfois.

— Toi-même tu as souligné sa cruauté à Urăne ! Comment réagira-t-il à ton mariage avec l'un des bâtards ?

— Il n'aura pas d'autre choix que de l'accepter lorsqu'il verra son peuple libre ! Il a éprouvé une guerre et huit siècles de retranchements derrière les murs de sa cité. Il a de quoi parfois se montrer instable ! Mais il peut être raisonnable, en particulier si je m'adresse en personne à lui. Je le sais ! J'ai pour habitude d'arrondir les angles. Quand il découvrira de quoi Urăne est capable, il consentira à cette alliance.

Du moins, elle essaie de s'en convaincre. Cinq années d'enfermement ont failli me plonger dans la folie et l'insensibilité de mes actes. Sur ce point, je veux bien la croire.

Mais pourquoi laisser un tel homme au pouvoir ?

Une autre question me taraude.

— Pourquoi es-tu si certaine qu'Urăne réussira ? Et en cas de victoire, pourquoi auriez-vous besoin de vivre sur nos terres ?

— Après l'Astralis, les démons nous ont retranchés derrière nos murailles. Le roi Phalémir a donné l'autorisation à l'un de ses généraux de tenter d'enrayer la malédiction avec une arme d'Alya, une verrière qui m'a appris son savoir-faire. Il s'est rendu au bord de Mer Douce, le plus loin possible de la cité au cas où le sort déraperait. Or, il a fonctionné.

— Il s'est sacrifié pour conjurer le mal ?

— Son geste légendaire marque encore notre reconnaissance. Mais il n'a détruit qu'une partie de la forêt, en la réduisant en cendres. Ses soldats ont fui sur son ordre, rapportant au château que l'épée avait fendu le sol au point de faire naître des marais de lave. La lame n'avait pas accumulé assez de puissance pour griller l'ensemble de la végétation, mais les rivages n'ont plus jamais eu le même visage.

— Foutre Grâce, murmuré-je.

— Une arme plus efficace répandrait cette magie sur l'ensemble de notre royaume. Nos terres ne seront plus que laves et cendres. Nous devrons dans tous les cas migrer, mais, au moins, nous ne craindrons plus de sortir de notre cité et vos forces mettront enfin fin aux morbois qui se cachent actuellement dans la végétation d'Edstar.

Mon regard se porte sur les arbres qui nous entourent.

Cette épée agirait-elle chez nous ?

Mon cœur se serre à l'idée de perdre ces bois. Mais si Bérénice consent à sacrifier sa vie pour sauver son peuple, alors je peux bien en faire de même de mes souvenirs pour sauver le mien.

L'idée ne peut être balayée sans y avoir réfléchi davantage.

— Qu'est-ce qui nous certifie qu'Uräne survivra à cette arme ?

— Les Uranies le pensent.

— Est-ce une blague ? m'esclaffé-je.

— Ne méprise pas leurs pouvoirs, tu passes pour un ignare plus que le malin que tu aimerais être.

— Oh, merci de me rappeler à quel point je te déteste. Je me suis presque laissé avoir par ton noble dévouement. Et merci de me confirmer au passage à quel point les Uranies sont corrompues.

— Elles restent fidèles à leurs principes ! Leurs croyances se rapprochent des nôtres. Mais leurs prédictions ont toujours une part d'interprétation. Si mon plan échoue, Uräne mourra quoi qu'il advienne, soit englouti par la force de l'épée, soit de ma propre main. Tant que son geste comprend un risque, alors je peux encore jouer avec les contours du serment.

— Diantre, que ton esprit est tordu.

— Uräne refusera d'entendre tout ce qui sortira de ma bouche tant que Lÿs restera avec nous. Toi, il t'écoutera.

— Je ne parierais pas là-dessus…

— Lui transmettras-tu mon message ?

— Me conduiras-tu aux morbois ?

Nous nous jaugeons dans un moment figé dans nos rancœurs et nos propres ambitions.

Je la sens basculer, mais pas du bon côté.

— J'ajoute la libération d'Alioth dans la balance.

— T'es-tu fracassé le crâne ? Uräne ignore même qu'il est en vie ! Ta requête devra passer par Grïffon.

— Je ne veux pas le mêler à cette négociation.

— Il est pourtant notre souverain. Ce genre de décision lui revient. Il devra être impliqué.

— Contente-toi d'accomplir ce que je te demande.

Elle objecte et recule, son attention rivée sur le violon qui l'empêcherait de partir si je le lui ordonnais.

— Je ne trahirai ni mon roi ni mon prince. Et encore moins mon ami.

— Alors, nous tomberons dans une impasse. Je te recommande de faire vite avant que tes parents ne soient obligés de déménager.

Ma mèche n'a pas le temps de rejoindre les cordes, malgré mon ressentiment. Elle prend son envol sans me laisser réagir. Un bruissement dans mon dos me pousse à me retourner de crainte que Hadar ne m'attaque par-derrière. Sa silhouette massive parée d'ailes noires et cristallines traverse la canopée au-dessus des éléphantes. Il porte de courts cheveux bleu clair, couleur qu'il devait raser dans la garde pour conserver un maximum de discrétion.

Le temps que j'en revienne à Bérénice, elle a déjà disparu.

Chapitre 25

Georgia

— Sommes-nous en retard ?

Installé sur le siège passager de la voiture de fonction de Trépas Service, Poe se gratte le crâne sous sa perruque. Ma gentille tape sur ses doigts lui demande d'arrêter de me stresser en retour.

Inévitablement, je me frotte le bras et j'accrois mon taux d'énervement.

— Oui, on est à la bourre. Non, ce n'est pas grave, répété-je, pour la dixième fois ce soir. Étant donné le bouchon devant le Palais Bönté, la moitié des aristos de ce pays n'est toujours pas arrivée.

Je joue avec l'embrayage pour avancer de quelques mètres, le temps que les couples sortent des belles berlines luxueuses. Elles larguent leurs occupants sur un tapis doré qui les conduit au gratte-ciel noir. Il suffit que le prince organise une fête en l'honneur du roi pour que l'élite de Providence se pointe en une semaine.

Sans compter l'exécution dans quelques jours. Il n'y a jamais eu autant de monde en ville. Les gens deviennent morbides…

— Tu te grattes encore, me fait remarquer mon voisin.

Merde !

Je cramponne le volant pour m'éviter de toucher à la plaie causée par la piqûre du cinarbre. Mon long gant qui remonte au-dessus de mon coude dissimule le pansement. Y repenser me colle davantage la pression. Je préfère contre-attaquer.

— Bah, toi aussi !

Une nouvelle tape chasse les doigts de Poe sous sa perruque jaune, comme son habit, dans l'espoir qu'il la laisse un peu tranquille.

— Georgia, je n'aurais peut-être pas dû te suivre. Je ne suis pas invité !

— Uräne m'a proposé de venir accompagnée si je le désirais. Danse, buffet et vin gratis ! Je croyais que ça te ferait plaisir.

— J'adore l'idée ! Je t'assure ! Mais, il se lit sur moi que je ne vis pas dans leur monde.

— Je peux comprendre ton inquiétude et ton intimidation à l'idée de te pointer dans une cour princière. Rassure-toi, personne ne t'embêtera. Déjà, parce que tu as la classe dans cet habit.

— Que tu as loué pour moi…

Il a gobé cette histoire ! En réalité, je n'ai pas plus d'argent que lui. J'ai demandé ce service à Uräne. Sans rechigner, il m'a sorti la tenue de bal la moins clinquante qu'il possédait pour aider mon ami.

— Ça me fait plaisir ! De toute manière, tu es le cavalier de la sœur de Son Altesse.

— Je croyais que personne ne devait être au courant, me répond-il, perplexe. Tu as exigé que je garde le secret.

— Ouais, mais pour le mental, se le répéter fait toute la différence. Comme le dit le père d'un ami : « Sois plus élégant qu'eux ! » Dis-toi que tu es un prince et tout le monde te mangera dans la main.

Mon coup de coude essaie de lui redonner le sourire et du courage. Il l'empêche aussi de se gratter le crâne sous sa foutue perruque !

Poe me détaille d'un air étrange. Passer de la vie dans la rue aux réceptions dans un palais lui procure un choc. Il avait tant d'étoiles dans les yeux lorsque je l'ai prévenu que je m'absenterais prochainement que l'inviter m'est apparu comme une évidence.

Sa présence dans l'immeuble me rassure. Je partirai bientôt pour ce maudit continent. Mes chiens seront heureux avec lui. J'ai un pincement au cœur de les laisser ici, mais je ne prendrai pas le risque de les emmener. Mes amours…

Nous veillons l'un sur l'autre, en quelque sorte, avec Poe. Il se serait inquiété de ne pas me voir rentrer de cette nuit, puisque ma chambre m'attend toujours au sommet de ce gratte-ciel. Après ce genre de fête, je ne dis pas non à un lit à disposition. Alors, je lui ai tout déballé. J'ai confiance en lui.

Sauf le fait que Lÿs est une fae !

Mon ascendance royale a déjà failli lui coller une attaque. Allons-y doucement.

Notre véhicule arrive enfin au niveau du Palais Bönté. Je laisse tourner le moteur. Il a tendance à caler quand il a refroidi. Je descends de mon côté. Les yeux du voiturier s'agrandissent.

Loupé ! Il n'y a pas de dame à l'arrière ni de chauffeur derrière les vitres fumées. De plus, ma voiture est plus fréquente chez les petits fonctionnaires que dans l'élite.

— À l'avant, je vous prie !

Mon assurance chargée de snobisme et le fait que je lui lâche le volant le plongent dans la perplexité. Il ouvre à Poe. Mon ami sort du véhicule en suivant mes conseils. Le menton haut et l'air sûr de lui, il reboutonne son habit. Il ignore le type qui lui tient la porte, en mode : « Regardez-moi bien, je suis le maître du monde ! »

Je contourne le capot, en observant ce bel homme se métamorphoser. C'est fou comme notre attitude conditionne la perception de nous que nous renvoyons aux autres personnes. Sa soudaine puissance me fait chanceler sur mes talons. Il me propose son bras dans un sourire charmeur. Je ne vais pas me refuser ce plaisir !

Nous remontons le tapis à la suite d'autres couples, dans un défilé de mode entrecoupé de séries de flashs des journalistes. Et, comme l'aristocratie adore s'exhiber, nous revoilà dans un bouchon…

— Le buffet se mérite, persifle Poe.

— Tout comme le vin…

J'en soupire d'envie. Depuis Boisrouge, je me retrouve sur les rotules. Organiser une expédition secrète n'est pas une mince affaire, surtout quand le prince décide de se prendre pour un coup de vent. Soi-disant qu'il a lui aussi des trucs à régler. Cette fête, par exemple !

Chacun ses priorités…

Au moins, il a arrêté de broyer du noir sur la perte d'une partie de ses pouvoirs. S'activer occupe son esprit ou l'empêche de voir la réalité en face. Ma spécialité.

— Madame ! m'alpague un journaliste. Vous êtes fabuleuse ! Quel est le nom de votre couturier ?

Je me tourne vers un gratte-papier de tabloïde surexcité, sa photographe coincée derrière lui. J'oublie sa question, obnubilée par le dernier modèle à soufflet et flash permanent qu'elle tient, celui sur lequel je bave devant les vitrines.

— Je vous échange ma robe contre votre appareil !

Ma remarque fait rire tout le monde autour de nous.

Je suis sérieuse ! J'irais à cette réception à poil si je pouvais obtenir ce genre de trésor. J'ai déniché cette tenue parme en organdi brodée de fleurs dans une solderie de Montlilas. Sa profusion de sequins sur le bustier la rendait trop clinquante pour la clientèle du coin. La vendeuse m'a fait un prix pour s'en débarrasser. Elle doit provenir d'une seconde main d'une notable qui l'a donnée aux bonnes œuvres après l'avoir enfilée à une ou deux soirées.

Je n'apprécie pas les lourdes toilettes à paniers. Je les trouve inconfortables et extravagantes. De plus, elles se situe loin de mon budget. J'ai quand même ajouté des jupons pour prodiguer du volume. J'ai juré à Poe qu'il pouvait porter un smoking. Il m'a soutenu qu'il ne voulait pas détonner dans le paysage.

Pour finir, beaucoup d'invités se cantonnent aux tenues classiques de l'aristocratie. Les femmes aux longs manteaux de robe taillés dans des étoffes somptueuses et aux perruques parfumées, plumées et empierrées ; les hommes en habit, bas blancs et souliers à boucles brillantes.

D'ordinaire, je reconnais les membres de la proche cour d'Uräne au port du costume trois-pièces. La venue du roi replonge tout le monde dans la tradition.

J'aurais peut-être dû enfiler une autre robe…

Uräne m'a dit de mettre ce que je voulais !

— Elle provient de chez Lily Z'habits !

Je prends la pose pour promouvoir un magasin que personne ne connaît. J'essaie toujours de mettre en avant les petits commerçants de mon quartier. Le débarquement des aristos va leur faire tout drôle, après le prince.

Poe se prête à la séance photo, en suivant mes postures mystérieuses et sophistiquées, un poil exagérées. Notre duo improvisé ravit les chroniqueurs mondains !

Nous nous amusons bien au milieu de ce bouchon.

Faut bien s'occuper…

Les journalistes nous demandent nos noms. J'hésite à le donner afin que mon frère ne se retrouve pas au milieu d'un scandale : *« Son Altesse invite une souffleuse au bal du roi ! »* Cette seule chose qu'ils déterreraient avec facilité suffirait à provoquer beaucoup de bruit.

À la place, je mets en avant les artisans de Montlilas.

— Lui, c'est Poe ! Peintre décorateur officiel du prince, s'il vous plaît. Un virtuose du pinceau !

Les questions fusent alors que nous avançons enfin sur le tapis. Je traîne mon voisin abasourdi.

— Georgia, tu viens de mentir à la presse !

— Aux tabloïdes. Tout le monde le fait ! Tu as du talent ! Et puis, tu m'as raconté que tu as été un artiste.

— Je réalisais des fresques dans des écoles, des temples, des banques, quelques particuliers…

— Tu as embelli ma cage d'escalier. J'adore cette forêt ! Tu pourrais œuvrer pour des manoirs ou des palais.

Ses lèvres se pincent l'une contre l'autre sous ses pommettes rosées. Sa modestie le plonge dans une timidité touchante.

— Merci, mais je n'ai rencontré qu'une fois le prince, me chuchote-t-il, nerveux. Comment goberont-ils que je suis son peintre officiel ?

Nous passons les grilles et montons les marches sous une nuée de flashs. Les journalistes disparaissent au-delà de la porte-tambour du palais, mais le brouhaha dans le hall du gratte-ciel remplit nos oreilles.

— Tu sais, je pense que beaucoup de personnes qui bossent pour lui ne l'ont jamais croisé. Ne te fais pas de bile.

Nous contournons les groupes d'amis et connaissances qui se rejoignent loin des paparazzis. Je conduis Poe le long des vitrines qui abritent treize armures, douze noires et une arborant une étoile rouge sur le plastron, exposée en hauteur.

Celles des douze premiers Faësters et celle du premier roi.

Certaines ont été conçues pour des corps féminins. Elles en jettent ! Quelques-unes sont accompagnées d'épées sombres dont les lames possèdent une légère transparence. Du verre ?

Je me demande si Pygma était un homme ou une femme.

Uräne a-t-il déjà essayé une de ces armures ?

Je les aurais toutes enfilées si elles décoraient mon appartement. Ici, elles font tant partie du paysage que plus personne n'y prête attention. Sauf Poe !

Accrochée à son bras, je lui laisse le temps de les contempler une à une. Une vive émotion lui noue la gorge lorsqu'il contemple ces monuments de l'histoire, en particulier lorsqu'il prend le temps d'admirer l'une d'entre elles.

Je ne saisis pas ce qu'elle a de différent des précédentes, à part un assemblage qui offre une large ouverture dans le dos, comme quelques autres. Pas terrible niveau défense.

— Ça ne doit pas être super pratique à porter, supposé-je.

Sa mélancolie étrange se disperse sous un rire chaleureux.

Je préfère le voir ainsi.

— Sans doute, m'accorde Poe.

Par le bel escalier de marbre, nous montons au premier étage dédié aux réceptions. Un orchestre installé au balcon accueille les danseurs dans une vaste salle de bal. Sur le côté, des arcades dorées aux colonnes noires créent des salons aux multiples buffets. L'or et le cristal sont partout, y compris incrustés dans les caissons du plafond peint de scènes célestes.

J'en reste bouche bée. Cette partie du palais se trouvait fermée tout le temps de mon séjour, faute de soirées. Uräne avait tenu sa cour loin de ma guérison, et de la sienne. Nous avions besoin l'un de l'autre afin de ne pas nous enfermer dans nos deuils.

Poe et moi offrons un jeu de miroir de mines extasiées, à l'instar du parquet de danse où se reflète chaque ampoule en forme de bougie. Il donne l'impression de nous déplacer au milieu des étoiles.

En parlant de constellations, je décroche mon nez du plafond, à la recherche de Valentina. Aucune trace d'Uräne non plus. Je suppose que, si le roi était déjà arrivé, nous le saurions.

De vieilles connaissances en train d'admirer ma robe attirent mon attention au bout de la piste, pendant qu'elles commèrent derrière leurs éventails.

Parfait !

Solnia se révèle un vrai radar à prince. Elle figurait parmi les rares personnes autorisées à entrer au palais en ma présence.

— Viens, je vais te présenter à mes copines.

Mon bras harponne le sien avec plus de force. J'amène mon cavalier parmi la horde de froufrous.

— Pourquoi ai-je l'impression que tu me mènes en bateau ? chuchote Poe, malgré tout amusé.

— Je t'assure, elles m'adorent ! Au-delà de l'incroyable source d'informations que représente Solnia, elle met tout le monde à l'aise. Uräne la compare un peu à la maman de ses courtisans, car elle a l'âge de l'être pour la plupart d'entre eux. Elle les chouchoute et accueille chaque nouveau membre intronisé dans ce cercle restreint. Je ne sais pas trop ce qu'elle s'imagine sur mon compte ni ce qu'Uräne lui a révélé. Elle se contente d'être sympa avec moi. Les rares fois où je l'ai croisée au palais, Solnia n'a jamais mentionné mes liens avec lui ni même trouvé étrange que je squatte ici alors que la garde princière m'avait arrêtée devant tous ces gens.

J'englobe les danseurs dans un geste vague pendant que nous essayons de nous frayer un chemin en bordure de piste.

— Tu as été arrêtée par les hommes de Son Altesse ?

Mon cavalier s'inquiète de vivre à côté d'une potentielle criminelle.

— Et maintenant, il n'y a plus de gardes et je suis toujours là. Tu vois, ces idiots se sont plantés et ont été renvoyés.

Sa moue dubitative me vexe. Il ne croit pas en mon mensonge !

Pire, il craint de se faire remarquer en ma compagnie et de se retrouver sous les projecteurs d'un scandale.

— Ne te tracasse pas ! Mon maquillage coulait, j'avais une robe qui ne ressemblait plus à rien. Personne ne me reconnaîtra. Enfin à part ces deux-là.

Les sourires courtois de mes camarades de parties de cartes émergent de derrière leurs éventails.

— Solnia ! Nadia ! Contente de vous croiser ce soir.

Les deux femmes échangent un regard interrogateur, sous leur perruque framboise pour l'une et citron pour l'autre.

— Vachement tes copines, ricane mon ami tout bas.

Il se ramasse mon coup de coude discret. Ce n'est pas juste ma présence qui les intrigue, mais surtout celle de cet étranger à mon bras.

— Je vous présente Poe. Un artiste d'exception.

— Elle exagère. Je ne suis qu'un humble poète du pinceau, leur assure-t-il dans une aisance épatante.

Plus détendu, je jurerais qu'il a accompli ça toute sa vie !

Nadia nous détaille à tour de rôle. J'ai la vague impression qu'elle ne m'apprécie pas beaucoup. Elle ne digère pas que je lui aie menti sur mon identité la dernière fois. De plus, elle adorait Bérénice. Je suppose qu'elle voit d'un mauvais œil son éviction qui coïncide avec mon apparition. Les raccourcis sont vite faits.

Du coup, je saisis qu'elles n'ont pas été mises au parfum de l'ensemble de mon cas. Je reste prudente pour en venir au sujet qui me préoccupe le plus.

— Le prince n'est toujours pas arrivé ?

— Son Altesse est déjà repartie, vous voulez dire, rectifie Solnia dans une moue peinée sous ses lunettes en nacre.

— Joue-t-il aux cartes dans un salon ou s'y détend-il autour d'un verre ?

Ou d'autre chose…

J'ai fichu les pieds dans l'un de ces salons : jeux d'argent, cigares, alcool, Météore, jazz. Tout ce que j'aime réuni en un seul endroit.

Voilà, c'est malin ! J'ai envie de fumer et j'ai laissé mes cigares à l'appartement. J'essaie de ralentir.

— Si tel était le cas, nous y serions aussi, m'enseigne Nadia. Si le prince n'ouvre pas de lui-même ce lieu, alors nous passons la soirée en compagnie des invités. La fonction de la cour est de le divertir et de répondre à ses besoins. Et non l'inverse. Bien que Son Altesse se montre d'une grande générosité envers nous.

Poe gigote autour de mon bras. Cette conversation le met mal à l'aise.

— En réalité, vous êtes une chouette bande de potes !

— De potes ? relève Nadia.

— L'image est peu appropriée, nuance Solnia. Peu de personnes possèdent ce privilège. Le dernier en date a laissé un trou dans son cœur.

Son regard lourd de sens pèse sur moi.

Oh, elle en sait davantage que je ne le soupçonne.

— Vous parlez d'Alimar.

Un gloussement satisfait lui échappe.

Mince ! Elle m'a eue !

— La rumeur dit vrai ! Vous êtes la compagne du Maestro sanglant.

— Euh… non.

Elle confond ma surprise avec une absence de conviction et, à partir de là, se tisse toute une histoire.

— Georgia, tu traînes avec des gens aux noms étranges, me glisse Poe à l'oreille.

S'il n'y avait que les noms…

— Vous êtes sa compagne, insiste Solnia, sûre d'elle. Et le prince vous prend sous son aile afin de récupérer l'amitié d'Alimar, la nouvelle coqueluche du roi. Sa Majesté lui a donné sans vergogne le titre de surintendant de la Musique royale dans un lieu qu'il a pourtant souillé du sang d'aristocrates. Il nous manque encore quelques détails de ce puzzle, mais je parie que nous sommes sur la bonne voie.

— Bah, continuez de chercher ! Vous faites fausse route, mesdames. Y compris sur ce que vous croyez connaître d'Ali. À présent, puis-je savoir pourquoi Uräne s'est retiré ?

La moue peinée de Nadia me déconcerte.

— Dites-moi, je vous en prie. Maintenant, je m'inquiète pour lui.

— Sa Majesté ne viendra pas. Son Altesse l'a appris quelques minutes après le lancement du bal, de la bouche même du gouverneur.

Chapitre 26

Georgia

Du bout de son éventail, Nadia me montre Maxwell en grande discussion avec un autre homme près d'un buffet de vin pétillant chargé de roses noires. Tous deux ont revêtu un uniforme d'apparat militaire sur lequel leurs médailles sont épinglées.

Son verre tourne dans sa main droite sans se porter à ses lèvres. Son bras gauche, le maudit, reste figé le long de son corps. Si ce détail attire mon regard, le sien me repère. Il s'interrompt en pleine conversation et se gratte dans un réflexe anodin dont il ne se rend pas compte.

Pourquoi m'observe-t-il de cette manière ? Se souvient-il du rêve ?

D'ordinaire, peu de personnes conservent en mémoire leur activité nocturne. J'ai remarqué que mon irruption déclenchait une sorte de vigilance et qu'ils imprimaient tout ce qui se passait en ma présence.

Mon intérêt pour lui me dessert. Maxwell se demande s'il a bien rêvé.

Je m'aperçois que je me gratte aussi lorsque Poe tire un coup sec pour me décrocher de mon pansement sous mon gant. Le cœur battant, je me détache du gouverneur pour suivre la conversation que j'ai amorcée.

— Le prince se sentait si déçu qu'il a bu plus que de raison en à peine une heure, puis s'est retiré dans ses appartements, achève Solnia.

Je suis triste pour mon frère. Au-delà de la réconciliation entre la couronne et les Uranies, il désirait surtout rencontrer son père pour la première fois. La compassion que je ressens chez les deux courtisanes me prouve qu'elles connaissent assez bien sa solitude.

— Pardonnez-nous, Mesdames, mais j'aimerais profiter de cette valse avec ma cavalière.

Mon ami me sent sur une pente glissante chargée de peine. Il adopte une fausse jalousie crédible, vexé par le fait qu'elles m'imaginent avec un autre homme que lui. Sans plus un mot, il m'entraîne déjà parmi les danseurs. Je le suis, l'esprit préoccupé.

— Merci, Poe, lui soufflé-je à l'oreille alors qu'il se met en position.

Son sourire de connivence me fait chaud au cœur. Les notes de la valse nous emportent. Ma maladresse contraste avec sa maîtrise. Il nous éloigne de Solnia et de Nadia.

— Où as-tu appris à bouger de cette manière ?

— Va rejoindre ton frère sans te soucier de moi. Vu ta tête, il semble en avoir besoin. Je sens que je vais bien m'amuser par ici.

Je n'appelle pas ça une réponse !

Mon cavalier me fait tourner sur moi-même, en direction de la sortie. Il lâche ma main dans un clin d'œil et disparaît dans la foule de danseurs.

Je crois que je viens de me faire éconduire…

Et je l'en remercie ! L'absence d'Urâne m'inquiète.

Je me glisse dans l'ascenseur et attrape le trousseau de clés attaché à un sautoir de mon décolleté. J'enfonce l'une d'elles dans l'une des serrures qui correspondent aux étages privés au sommet de ce gratte-ciel.

Je souhaite juste m'assurer qu'il accuse le coup et lui proposer de redescendre en ma compagnie si ça lui chante.

La sonnerie me libère sur le palier. Je déverrouille mes appartements, autrefois ceux de Lÿs, à l'aide d'une deuxième clé. Quelques gardes royaux sont affectés à la surveillance du palais. L'un des hommes de son père garde sa porte.

Je traverse une succession de salons décorés dans des tons blancs et bleus, chargés de stuc rococo. La roseraie absorbe les quelques rayons de lumière de la ville qui arrivent jusqu'ici. Arrivée dans la chambre aux meubles imposants, j'ouvre la verrière pour me faufiler entre les bains de soleil en rotin, ceux que j'occupais pendant la majeure partie du temps, et pousse la grille d'un joli escalier en colimaçon. La reine possédait un accès pratique et discret aux jardins intérieurs de son fiston et donc, à ses appartements.

Le portillon n'est jamais verrouillé du côté d'Urâne depuis que j'ai vécu à l'étage du dessous. Une boule se loge dans mon ventre au milieu des rosiers tardifs et des lys en train de faner. Je crains de le retrouver anéanti, avachi dans son lit et ivre. La lumière de sa chambre me confirme sa présence.

Je pose la main sur la poignée en forme d'aile de ce cheval qu'il a tatoué sur l'un de ses pectoraux. Celui-là même qui apparaît entre ses draps, alors qu'une femme chevauche le prince.

La surprise de mon frère les fige en pleins ébats.

Je suis… morte… de honte ! Les joues enflammées par l'embarras, je lance mille excuses à travers la vitre.

Au milieu de ma boulette, je reconnais l'une des courtisanes de son cercle. Enfin, juste son visage, pour l'avoir vue sous l'emprise de la drogue en train de plumer ces messieurs à un jeu de cartes. Elle paraît moins outrée que mon frère sous sa longue cascade de cheveux blonds aux reflets roux, voire amusée de me découvrir dans la roseraie.

Elle est peut-être encore défoncée…

Une boîte à priser est ouverte sur le chevet, devant les voiles du lit. J'espère qu'Uräne ne s'est pas enfilé cette saloperie. Mes muscles se contractent d'une envie que je croyais passée depuis un moment.

Merde…

Je me détourne du couple et me tire vite fait. Je n'aurais jamais dû monter sans m'annoncer. J'avais compris que sa cour prenait soin de lui ! Je dois apprendre à naviguer entre les différents cercles d'influence du prince.

— Georgia !

Je me crispe sur la rambarde de l'escalier. Mon frère déboule en boitant de son pied bandé au milieu des fleurs, un drap enroulé autour de sa taille.

La honte me brûle le visage.

Il doit être d'une couleur semblable à ces roses.

— Je suis désolée ! Je pensais que tu n'allais pas bien après… ton père. Manifestement, je me trompe ! Même si je ne m'attendais pas à te voir avec une autre femme.

— Pourquoi une *autre* ? relève-t-il.

— Une femme tout court !

Je me rattrape de justesse.

Le surprendre avec Valentina m'aurait moins étonnée. Mais je m'enfonce déjà assez sans avoir besoin de le préciser.

— Je te promets de ne plus *jamais* franchir cette grille sans ton autorisation.

— Merci, Georgia.

— De rien !

Je lui lance à la volée et reprends mon chemin.

— Merci, me retient-il. Car tu as raison. Je ne vais pas bien.

Je cesse de descendre les marches et rencontre son regard rendu hagard par l'alcool et la tristesse. J'observe ses pupilles dans ses yeux irrités. À leur dilatation, je ne peux pas affirmer qu'il n'a pas pris de Météore.

Faut que j'arrête de penser à cette merde.

Mes doigts se crispent sur la rambarde.

— Je m'en doute, Uräne. Veux-tu que je reste ? Enfin, que je t'attende quelque part ? Dans l'un des salons de Lÿs ?

— Je…

Il soupire et titube sur son pied. Je remonte en vitesse afin de ramasser le prince à moitié vautré par terre.

Son état se révèle pire que mes craintes.

— Ce n'est rien, j'ai marché sur mon drap.

Je l'attrape à bras le corps pour essayer de le remettre debout. Clairement, Uräne ne m'aide pas. Il pue l'alcool.

— Tu devais laisser ton pied au repos. Ta blessure ne peut pas guérir. D'ailleurs, s'est-elle infectée ?

Il ne se rend pas compte de ma retenue et lâche la bride de son impatience.

— Mon médecin l'ausculte tous les jours. La plaie est propre et cicatrise, me rassure-t-il. J'ai des choses à faire !

— Ah oui ? Bah, tu auras tout le temps de les faire pendant que moi je partirai en rando et que toi tu resteras ici parce que tu ne pourras pas crapahuter.

Il s'effondre entre mes bras, en pleurs. Trop lourd pour moi, j'accompagne sa chute et m'assieds à côté de lui, au milieu du volume de mes jupons.

— Je ne suis bon à rien, se lamente-t-il, le visage caché entre ses mains. J'ai tout détruit. Je suis incapable de ramener ma mère, incapable de devenir roi, incapable…

— Hé, stop, Uräne !

J'attrape ses poignets pour qu'il me regarde en face. Sa détresse me broie le ventre. J'y suis allée un peu fort.

— Tu m'as ramenée à la vie. Sans toi, j'aurais plongé très loin, crois-moi. Et ça, ce n'est pas rien. Je te sais capable d'accomplir de grandes choses. Tu as collé ton poing dans la figure du Cador ! Je ris encore de le voir le cul par terre. C'était magistral !

Bon d'accord, je n'ai pas beaucoup ri sur le moment. Mais les maltés d'Uräne ont aidé à décompresser. L'image du chevalier avec sa tête enfoncée restera à jamais gravée dans ma mémoire.

Je m'attache à lui redonner le sourire. Pour le moment, je me contente de sa grimace.

— N'importe qui peut en faire de même…

— Personne n'a jamais parlé de cette façon au Cador. Tu as été mon héros à Pourprebrume. Tu les as tous ébahis avec ton super pouvoir.

Je lui tends le poing et patiente que le sien se lève pour venir m'approuver, même si son geste manque de conviction.

— Je ne regrette pas d'avoir frappé le Cador pour l'empêcher d'emmener Valentina, m'avoue-t-il. J'ignore ce qui se trame à Fortvaillant et la façon dont les serviteurs du Culte sont traités à Pourprebrume me déplaît.

— Je le sais. Le cheval tatoué sur ta poitrine te va bien. Tu es la bonté incarnée, mon frère. Palais Royal ou pas. Murs de vents ou pas. Tu exauceras le vœu de ton peuple, celui de vivre en paix, avec un roi trop canon.

Sa perplexité s'efface sous un fou rire de courte durée. Les larmes reviennent derrière, moins intenses que les précédentes. Ses émotions s'enchaînent en un éclair.

La Météore peut avoir cet effet.

Il est en pleine descente…

— J'y ai cru. J'ai feuilleté mon album pendant près d'une heure avant le début de ce bal. Je voulais revoir son visage autre que sur des portraits officiels afin de me préparer à cette rencontre. Elle m'angoissait autant qu'elle m'excitait.

Uräne raccroche avec le sujet de son père. J'essaie de suivre le fil de ses pensées brouillées.

— C'est normal !

— J'étais persuadé qu'il allait venir. Que les murs de son palais constituaient la seule raison qui le maintenait loin de moi. Je ne suis qu'un gamin idiot, de trente-deux ans.

— Tu n'as rien d'un môme, Uräne. Tes blessures d'enfance n'ont jamais guéri. Je trouve que tu t'en sors plutôt bien pour finir. Et ça me peine de te le dire, mais le roi ne pouvait pas répondre à ton invitation ! Tu as insulté Gédéone devant la garde et frappé le Cador. Et tu t'étonnes qu'il ne se pointe pas ? Il passerait pour quel genre de souverain ? D'accord, tu es son fils et il aurait dû s'y prendre autrement. Mais imagine que n'importe qui t'invite de cette manière chez lui, après avoir pété la dernière fiole d'encre magique. Tu viendrais à cette invitation, toi ?

Il réfléchit un moment au milieu des stupéfiants qui le ralentissent.

— En attendant, son absence à ma fête en son honneur me fait passer pour la risée de l'élite.

— Je crois que c'était le but. Papa a puni son rejeton après sa grosse bêtise.

— Tu as sans doute raison… maugrée-t-il.

— Bah, il va falloir commencer à t'y habituer !

— Bon sang, qu'Alimar et toi, vous allez bien ensemble !

Mon sourire taquin s'effondre.

Rien à voir !

— Tu es la seule personne qui prend véritablement soin de moi. Merci, Georgia.

— Je ne fais que te rendre la pareille. Je m'étonne moi-même d'en être capable. Mais, quand même, tu exagères. Je sais de source sûre que toute ta cour attend que tu leur ouvres un salon pour vous amuser ensemble.

— Qu'ils y aillent, lâche-t-il dans un geste désinvolte.

— Et ta copine dans ton lit, elle prend soin de toi !

Un soupir coupable lui échappe.

— Là encore, j'ai tout loupé. Je n'aurais pas dû boire autant ni même priser un peu de cette poudre illégale que m'a proposée Ludmila, alors que tu devais venir à ce bal.

— Ce n'est pas moi qui te ferai la morale !

— Je t'ai cherchée, Georgia.

— Mais j'étais en retard, me désolé-je. Poe angoissait à mort. J'ai dû le rassurer et l'aider à s'habiller. Ce n'était pas facile pour lui, mais il avait envie de m'accompagner. Et puis, il y a eu des bouchons sur le tapis…

— À aucun moment, je ne t'en veux. Et je suis heureux que ton ami soit venu.

— Passe le saluer, il sera content.

— Je risque encore de le faire bégayer, ajoute-t-il, amusé.

— Tu vois que tu es entouré !

Le manque ne lui fait voir que les absents. Il est parfois nécessaire de lui rappeler que d'autres sont présents pour lui. Surtout quand il plonge dans ce cocktail de déprime.

— Et puis, Valentina adore te dorloter.

— Valentina ! se redresse-t-il. Devant l'absence du roi, elle m'avait demandé la permission de se retirer dans son observatoire afin de préparer les horoscopes, plus attirée par le bal des étoiles que celui-ci. Je devais passer la voir. Je voulais lui proposer de servir de porte-parole aux Uranies. Mon nom m'y prédestine et elles ont accueilli ma mère. Je ne désire rien de plus que la paix. Apaiser les tensions entre la couronne et le Culte. Fonder des alliances durables au sein de notre royaume afin de nous concentrer sur nos véritables problèmes : la malédiction. Entre-temps, je me suis… égaré.

— Tu as plutôt de bonnes idées, sobre, le taquiné-je.

— Quelle heure est-il ? s'empresse-t-il de me demander.

— Aucune idée ! Je suis arrivée avec plus de deux heures de retard, donc j'imagine que….

— Oh, miséricorde ! lâche le prince, en se relevant.

Il me bouscule au passage, mais n'en prend conscience qu'ensuite. Il me propose sa main pour me mettre debout avec mes talons, mais si je tire dessus, je suis certaine qu'il terminera encore une fois par terre. Je me redresse sans son aide et sans grâce.

On fait comme on peut.

— Tu as l'air paniqué, Uräne.

— Je lui avais donné rendez-vous il y a déjà plus d'une heure. Je crains qu'elle ne m'en veuille.

— Si tu arrives à la bourre à cause d'une femme, avec ton haleine qui empeste encore l'alcool, tu as le combo parfait pour te ramasser un coup de pied au cul.

— Comment le saurait-elle ?

— Pff, ce que tu peux être bébête. Elle est augure !

— Quand bien même, je ne vois pas en quoi mes fréquentations la concernent.

Ses joues virent au rouge.

— Bah si, en fait… Ta vie entière la concerne.

Il a beau jouer le mec sans attache, il s'en inquiète quand même et recule jusqu'à sa chambre en tenant son drap.

— Je te rejoins au bal d'ici cinq minutes, me balance-t-il avant de disparaître par sa porte entrouverte.

— Hum… cinq minutes ? Es-tu certain de toi ?

Sa tête réapparaît.

— Plutôt dix minutes !

— La vache, cette Ludmila est une veinarde…

Chapitre 27

Georgia

Je sors de l'ascenseur pour repartir à la recherche de mon cavalier.

Pourquoi Uräne me donne-t-il si tôt rendez-vous au bal ?

Je suis contente qu'il redescende pour ne pas perdre la face devant ses invités. Mais ne devrait-il pas aller s'excuser auprès de Valentina avant toute autre chose ?

Lui, il est mal barré…

Tout l'inverse de Poe ! Je le retrouve en train de partager une assiette de mignardises avec une femme. Il lui décrit un paysage accroché au-dessus de l'un des buffets, assis l'un à côté de l'autre sur l'une des banquettes. Mon voisin de palier semble prendre du bon temps.

Il me repère du coin de l'œil et me fait signe avec discrétion de dégager des lieux.

Je m'en voudrais de lui casser son coup !

Il ne me reste plus qu'une chose à faire, partir à la recherche de mes deux copines. Solnia et Nadia seront heureuses d'apprendre que le prince nous rejoint. Sous couvert de la musique et des conversations derrière les éventails, j'échoue dans mon entreprise, mais rencontre une tête bien connue, aux boucles blondes collées sur son crâne.

Maxwell fend la foule pour serrer quelques mains.

Mon pouls s'emballe d'une crainte pour laquelle il n'est pas responsable, pour une fois. Je me gratte le bras à travers ma manche. Il repère mon geste au milieu des froufrous et s'excuse auprès de ses interlocuteurs.

Il vient me parler !

Non, non, non…

Une fois de plus, je fuis le gouverneur.

Je panique et me glisse entre les danseurs. Les couples me percutent. Je me fais houspiller, tandis que je distance le gouverneur parmi les convives.

Je recule jusqu'au salon où papote mon ami. Je passe derrière un jeu dense de voiles, décidée à ne ressortir que lorsqu'il sera loin. Une petite alcôve me sert de refuge.

Par chance, elle est vide…

Une pipe à eau est mise à disposition sur une table basse au milieu de poufs, à l'abri des regards. Je m'approche de cette découverte remplie de feuilles douces. Rien à voir avec le cinarbre, mais il faut bien tuer le temps.

L'excuse est légère, mais elle me suffit à tendre la main vers le briquet à côté de l'un des cendriers de ce fumoir.

Un gant cherche à écarter les rangées de voiles. Je me fige dans mon geste.

— C'est occupé !

Mon annonce ne refroidit pas les téméraires.

Ou plutôt le Cador !

Que trafique-t-il au bal, celui-là ?

— Bonsoir, Mademoiselle Lamare.

Je me redresse d'un coup. Rien que de le croiser attise ma colère.

— Vous avez un de ces culots ! Vous pointer ici alors que le roi n'a pas daigné bouger ses fesses ! J'espère que vous n'êtes pas venu en son nom. Après la trempe que vous a allongée Uräne, je ne vois plus comment vous faire comprendre que vous n'êtes pas le bienvenu au Palais Bönté. D'ailleurs, vous vous êtes fait refaire le masque après qu'il vous a refait le portrait ?

Le chevalier se statufie, à l'instar de ces armures dans l'entrée du gratte-ciel. Il semble m'écouter avec attention.

J'en profite donc !

— Partez ou, cette fois, *je* vous colle mon poing. Et croyez-moi, les bagues provoquent des dégâts.

Toujours aucune réaction.

La vache ! Ce qu'il fout la trouille en ne fichant strictement rien…

— Et puis emportez votre ami Maxwell.

Il y a quelqu'un là-dessous ?

Hé, mais oui ! Si ça se trouve, son costume est une coquille vide. Pas de squelette, pas de peau, pas de cheveux ! Juste animé par un Souffle.

Est-ce possible ?

— Je ne suis pas venu avec le gouverneur, déclare-t-il au bout d'une éternité à m'observer. J'ai à vous parler, Mademoiselle Lamare.

— Je n'apprécie pas votre façon d'agir. Me coincer derrière des voiles est une pratique franchement limite.

Je cherche la sortie à travers le jeu de tissus. Sa main se referme sur mon bras pour me retenir.

— Lâchez-moi !

Ma férocité ne l'effraie pas. Au contraire, il se rapproche de moi. Je recule jusqu'au mur où je me retrouve bloquée entre un miroir et sa cuirasse. Le Cador lève les yeux sur son propre reflet, puis me relâche dans une décharge de conscience.

Il ne bouge pas pour autant.

— J'ai besoin de votre aide.

Sa voix basse me provoque un vacillement.

Un truc ne tourne pas rond.

— Vous plaisantez, j'espère ? Vous avez essayé de nous mettre au trou parce que nous défendions une Uranie. Vous vouliez enfermer le prince ! Je ne suis pas certaine que le roi cautionnerait cet acte !

— Oh, il le cautionne, croyez-moi.

— Je ne crois rien de ce qui sort de votre bouche.

Pourtant, elle se rapproche de moi.

Dans une lenteur calculée, le Cador vient flirter avec les limites de la décence et de cette retenue qui modèle cet homme.

Son attitude me déstabilise.

— Avancez encore et je vous castre, Chevalier ou non. Cuirasse ou non. Et je vise plutôt bien.

— Le mensonge vous va si mal, Mademoiselle Lamare. Je sais de source sûre que vous maniez l'épée comme un mauvais comédien.

Mon cœur tombe en chute libre.

Je ne vois qu'une seule personne qui parlerait ainsi.

Alimar a déjà conspiré avec le Cador, mais pourquoi lui aurait-il mentionné mes piètres talents ?

J'essaie de rassembler mes maigres connaissances apprises en matière d'autodéfense grâce à Thomin pour survivre à Montlilas. La plupart du temps, mes lunettes et mon piège suffisent à faire s'éloigner n'importe quel emmerdeur.

Dans le cas présent, le Cador s'entête à se rapprocher de moi.

Ses mots me bousculent. Ils ne lui appartiennent pas.

Rien ne colle avec le son de cette voix posée.

Avec ce masque où se reflète mon incrédulité.

Avec le fer dont je sens l'odeur, tant il est proche de moi.

— Ali ? murmuré-je.

Je ne peux que me tromper.

Alimar ne peut pas être le Cador !

Pourtant, je vois mal le chevalier s'adonner à une telle proximité avec moi. Ses lèvres de métal frôlent les miennes. Je ne bouge pas. Elles me replongent à cet autre bal où il m'avait emmenée pour trouver Uräne. Nous avions échangé ces mêmes gestes. Malgré un énième masque, j'avais ressenti cette même envie de l'embrasser.

J'en cherche la confirmation dans un baiser.

Mon pouls s'emballe dans un frisson qui jaillit du plus profond de moi.

Sa bouche m'échappe, mais son front froid se pose sur le mien.

— J'espérais que tu me reconnaîtrais, cher rêve.

Ce surnom me fait basculer pour de bon.

Je me laisse aller contre le miroir dans mon dos. La main gantée du Cador glisse sur ma hanche. La mienne remonte le long de son bras, puis sur ses épaules. Il ne bouge plus tandis que mes doigts parcourent l'étoffe, jusqu'au sommet de sa tête pour la découvrir.

Je ne suis pas plus avancée.

Je fixe ces deux gouffres privés de lumière qui, je le suppose, m'observent en retour.

Pourquoi se cache-t-il là-dessous ?

Ma caresse descend sur l'attache de son masque.

— Enlève-le-moi, Georgia. Vois l'homme que je suis devenu.

Ma main tremble de confusions sur le cuir des lacets.

— Je te retire un autre de tes masques.

— Tu as ce pouvoir de m'en libérer.

Je secoue la tête.

— Je ne suis pas certaine d'y parvenir cette fois. Dans quoi trempes-tu encore ?

— Dans des enjeux qui me dépassent. Le quotidien, en somme. Rien ne change, à part les objectifs.

Son pouce se pose sur mon visage pour chasser ma grimace. Je déteste lorsqu'il me cache des choses, lorsqu'il monte ses coups en douce.

Je ne lui en veux pas. J'ai aussi mes propres secrets et je l'ai tenu éloigné de moi. J'avais besoin de calme, de temps, pour me rétablir. Mon cœur s'était refermé afin de ne plus souffrir. Pourtant, malgré ce costume et cette voix brisée contre le métal, il se remet à battre dans ce goût de fer laissé sur mes lèvres.

Il s'accélère quand le dernier lien relâche le masque. Alimar le retient et se redresse. Sa cuirasse se soulève à cause de sa respiration qui s'affole.

— Ne crains jamais de me montrer ton vrai visage. Je te connais, Ali.

Ses doigts se crispent sur ma joue, mais il m'autorise à l'aider à franchir cette frontière.

Le voile s'écarte soudain.

— Ne la touchez pas !

Les précautions d'Alimar s'évanouissent lorsque le poing d'Uräne emporte une fois de plus le Cador. Son masque vole à travers le petit salon. Je me précipite pour remettre les voiles et conserver l'anonymat du chevalier. Je n'aurais jamais pensé avoir un tel geste ni même associer Alimar à la main du roi.

Inquiet, Poe s'apprête à débarquer au milieu des deux autres hommes. Je lève les deux pouces pour lui indiquer que tout va bien, de ne surtout pas rappliquer. Je lui retourne sa politesse d'il y a encore quelques minutes en lui demandant de ficher le camp avec sa copine. Il me rend la pareille, mais reste aux aguets et repousse les personnes qui souhaitent profiter du buffet.

Ça, c'est un pote !

Mon frère lâche sa canne pour empoigner le chevalier démasqué au milieu des poufs. Je les dissimule, sans avoir besoin d'intervenir. Le choc de découvrir son ami sous cette armure suffit à retenir le prochain coup d'Uräne.

Il y a de quoi !

— Tu m'as défiguré par deux fois ! s'indigne Alimar. Je ne te connaissais pas si protecteur !

— Pourquoi deux ? relevé-je. Entre celui dans le salon des amours, celui à Pourprebrume et celui de ce soir… Ça fait trois.

— Alors c'est toi qui as frappé le Cador il y a une semaine ?

Rien que de l'imaginer fait rire Alimar, mais j'ai plus l'impression par nervosité. Figé, le poing en l'air, mon frère plisse le front. Comme moi, il saisit l'incroyable.

— Ce n'était pas toi !

— Impossible ! Nous fuyions le Cador à la base, appuyé-je. Il va falloir m'expliquer pourquoi tu portes son armure.

— Il existe deux chevaliers ! percute le prince.

— J'ai récemment obtenu ce titre dont Père serait fier et ajouté la compétence de doublure à mon panel artistique. Un rôle de composition ardu pour lequel j'avance la plupart du temps à l'aveuglette, mais reconnaissez que je me montre convaincant.

— Non ! Je t'ai identifié.

— Parce que je le voulais, me contredit-il. Tu m'as même embrassé.

Son sourire appelle le mien. Mon frère baisse le poing pour mieux l'empoigner par sa cape.

— À qui obéis-tu ?

— À ton avis, Uräne ? Fais marcher ta cervelle ! Elle ne me semble pas très vive ce soir.

Alimar le décrypte avec intérêt. Il ne lui faut pas grand-chose pour en tirer ses propres conclusions. Son ami me renvoie l'ombre d'une inquiétude. Il le connaît bien.

— Tu as obtenu ta place de surintendant en contrepartie de servir mon père, réfléchit le prince.

— Il m'a tendu ma baguette de chef d'orchestre en même temps que ce masque.

— Tu l'as rencontré…

— Plus d'une fois, lui avoue-t-il.

Uräne le relâche lourdement. Alimar roule sur les poufs, pendant que le prince s'enlise dans une déception visible.

Je ne la partage pas, pas cette fois. Je relève ma robe pour venir l'aider à le remettre debout. Alimar saisit ma main, surpris de me voir me tenir à ses côtés.

— Tu ne m'en veux pas ?

— Tu tombes toujours sur plus forts que toi. Ces puissances exploitent tes faiblesses pour se servir des dons qu'ils t'envient, que ce soit ta musique, ta magie ou… toi, brodé-je sans revenir sur son passé de prostitué. Comment t'en vouloir ?

— Dans le cas présent, ce sont plutôt mes capacités à assassiner quelqu'un qui plaisent à notre cher souverain. Je ne peux guère utiliser mes autres dons à travers ces gants.

— Et naturellement, tu as accepté ?

Le prince blessé cherche à comprendre.

— Je suis venu en dépit de mes ordres, car j'ai besoin de vous. J'ai vu l'une de ces créatures en cours de mutation avancée. Celles qui rôdent dans les forêts et les marais de lave d'Edstar. Un homme de Boisrouge que je connaissais ! J'avais pour mission de l'éliminer. Ce à quoi le roi m'emploie.

— Uräne, n'oublie pas ta résolution de renforcer la paix au sein du royaume avant de partir. Alimar pourrait t'aider à obtenir une entrevue avec ton père, que vous vous mettiez enfin d'accord !

— Hum… m'interrompt ce dernier en levant l'index pour prendre la parole. Tu me prêtes un pouvoir dont je ne dispose pas.

— Tu es chevalier, bon sang ! Et sans doute proche de lui. Ton rôle n'est-il pas de le conseiller et de le soutenir ? Tu dois bien pouvoir t'entretenir avec lui.

— Diantre ! D'où tiens-tu ta définition ?

— Qui est l'autre Cador ? nous interrompt mon frère, un peu à cran.

— Celui à qui tu as enfoncé le masque ?

Il me décoche un coup d'œil espiègle sous un sourire crispé. Le geste d'Uräne l'amuse autant qu'il le redoute.

— Je saisis tant de choses à présent. Mais Grïffon me fera la peau si je vends la mèche et j'y tiens un minima.

— Pourtant, tu la risques en te montrant à nous ce soir, souligné-je.

— J'ai besoin de vous pour ma mission qui coïncide avec la vôtre.

— Je ne suis plus convaincu par ta présence à bord, s'entête Uräne. Pardonne-moi, Alimar, mais tu as choisi ton camp.

Le rejet de son ami assombrit la mine du maestro.

— Oui, j'aurais pu refuser la proposition du roi.

Il explose de colère, mais essaie de conserver un ton assez bas pour être couvert par la musique du bal.

— Retrouver mon opéra n'était pas juste ma motivation. Tu ne côtoies pas la malédiction ! Alors qu'elle croise sans cesse mon chemin. Certes, les méthodes du Cador font froid dans le dos. Même à moi, la version originale me flanque la trouille. Mais lorsque mes missions me conduisent au bord de l'insupportable pour les êtres touchés, la mort devient leur unique espoir de délivrance et mon arme appose ma pitié. Le soulagement des deux derniers et avoir discuté avec un vrai griffon, et non avec l'imposture de Mercurio, me fait donner raison à ton père sur ce point. Tout comme il m'envoie en Edstar pour ta mère.

Son discours me ravage d'une façon qu'il ne soupçonne pas. Aucun d'eux ne remarque la glace qui remonte dans mes veines et scelle ma langue.

— Il t'envoie là-bas ? s'étonne Uräne.

— Mais enfin ! Pourquoi crois-tu que je cherche à partir ?

— Je pensais que Georgia et moi constituions tes seules motivations. Que tu désirais nous accompagner, comme…

— Comme les Faësters ont accompagné le roi Arïes dans sa quête, achève Alimar.

Son regard inquiet glisse sur moi.

Uräne détourne le sien, blessé dans sa fierté. Ses mâchoires se contractent. Il ne contredit pas Alimar.

— Oh, je t'en prie ! Tu me connais. Je vous en aurais dissuadé plutôt que d'appuyer cette folie. D'ailleurs, tu ne devrais pas ériger Arïes en modèle.

— Non, je ne te connais plus ! le brusque mon frère.

Sa pique le heurte. Le chevalier a du mal à l'encaisser.

— Hé ! Du calme, Uräne. Tu devrais prendre un café.

— Ton père m'envoie délivrer Lÿs et tuer le roi Phalémir, lui apprend Alimar dans un murmure. Grïffon n'a jamais oublié son grand amour. Jamais ! Crois-moi, il en souffre en permanence.

L'émotion force mon frère à s'asseoir sur l'un des poufs.

— Il se concentre sur une guerre interne, et me charge de mener celle à l'extérieur pour lui. Gédéone sème une joyeuse pagaille. Il a même tenté d'assassiner le Cador. De *m'*assassiner.

— Je vais l'étriper !

Je ne supporte pas qu'on s'en prenne à Alimar.

Bérénice, Gédéone… ma liste s'allonge.

— Pourquoi t'envoyer, *toi* ? enchaîné-je. Pourquoi pas le Cador numéro un ?

— L'un de nous deux doit continuer de donner le change à Providence. Uräne, laissez-nous embarquer avec vous ! Vous avez besoin d'un guide et j'en ai un sous la main. J'ai besoin d'un moyen de transport discret et vous en avez un. Allions-nous ! De plus, j'ai beaucoup à vous raconter sur la malédiction, Céréza, Bérénice et Gédéone. Prenons un instant pour en discuter dans tes appartements.

— Qui est ce guide ? se méfie Uräne, avant toute chose.

— Un homme qui connaît bien le terrain.

— Un griffon ?

Je me le demande, mais j'ignore lequel Alimar aurait dans ses contacts improbables.

— C'en est un, me confirme-t-il. Je lui ai dérobé sa confiance. Il refuse de m'aider. Je vous renouvelle donc ma requête. J'ai besoin que vous me suiviez cette nuit et que tu le convainques, Georgia.

— Parce que je suis la fille d'Andrey ?

— Parce que tu étais l'amie de son amour. Je te parle de Mercurio.

Mon cœur loupe un battement.

Chapitre 28

Alimar

Georgia est en pétard…

Après un long moment à leur expliquer que les griffons ont été envoyés au large de Mer Douce pour servir les plans de Céréza et Bérénice, je la sens capable de faire la peau à quelqu'un.

Uräne a décliné la proposition de Bérénice d'un « non » ferme et sans appel. Nul besoin d'être augure pour le prédire. Il a renoncé à renouer le dialogue tant qu'aucun effort ne sera fait dans le sens de Lÿs.

Dans les passages secrets de l'opéra, Georgia ralentit et tourne la tête dans la direction de la veilleuse du vitrail. Cette clarté bleutée jaillit à travers la grille d'aération, par laquelle Orféa venait me parler. Elle nous confère de la visibilité sur quelques pas.

Uräne se heurte à sa sœur sans avoir anticipé cet instant de doute. Le prince découvre pour la première fois cet endroit au son de sa canne.

Quand je pense qu'ils se sont battus contre un cinarbre !

Je ne vais pas me remettre de cette histoire contée ce soir.

— Avance !

Il presse Georgia, impatient d'obtenir davantage de réponses. Je pensais que couvrir leurs arrières constituait la meilleure des solutions.

Erreur…

— Oh, toi et tes grandes pattes ! Apprends à travailler en équipe.

— Que crois-tu que je fasse en ce moment même ?

— Taisez-vous !

Mon grondement se perd dans l'ombre des vieilles pierres.

Loupé pour la discrétion.

— Oh, ça va ! me rabroue mon rêve. Je me cogne partout dans le noir. Comment fais-tu pour y voir quelque chose là-dessous ?

— Par le simple fait que je le connais par cœur. Maintenant que notre effet de surprise tombe à l'eau, taisez-vous avant que…

— Halte ! Police ! Mettez les mains en l'air ! exige l'un des officiers sous mes ordres.

La lumière de sa lampe torche passe la tapisserie qu'il écarte. Un soupir m'échappe, suivi d'un second lorsque Uräne pousse Georgia pour s'interposer face au flingue.

Non, vraiment. Je ne l'imaginais pas si protecteur.

— Votre prince vous demande de baisser votre arme.

Je roule des yeux derrière mon voile et entre dans le rôle de mon personnage, de plus en plus, une seconde peau.

— Baissez votre arme, Konrad.

— Chevalier ? C'est vous…

Il en est déçu.

Une stupeur s'empare de Son Altesse. La police m'obéit mieux qu'à son futur roi. Un mauvais exemple d'indépendance des pouvoirs, dans le cas présent…

Je passe devant mes deux invités. Ils dévisagent leur propre reflet sur ce nouveau moi. Porter ce masque m'a changé d'une façon indéniable.

— Nous venons nous entretenir avec le détenu.

Konrad range son arme et les détaille. Les hommes de Norian se relayent pour monter la garde et suivent les actualités via la presse. Que le prince rende visite à un prisonnier de son père l'enquiquine.

— Vous n'avez pas à discuter cet ordre.

— Vous verrez ça avec le commissaire.

Il me tourne le dos. Je saisis son bras d'une force qui le fait pâlir.

— Il n'y a rien à voir. Vous obéissez à mes ordres.

Il finit par acquiescer et à nous ouvrir la voie.

— Je peux savoir ce qui se passe ? me demande Georgia.

Fidèle à mon rôle, je ne lui réponds pas.

Le silence et la froideur du Cador la font basculer dans une réserve que je déteste apercevoir chez elle. Elle se ressaisit néanmoins sous le poids des enjeux et du pouvoir que me confère mon statut. Je capte quelques œillades inquiètes échangées avec Uräne. Frère et sœur mettent en sourdine leur colère respective.

Enfin, elle fait de son mieux jusqu'à l'ancien local technique, aménagé en bureau de surveillance, derrière la vieille porte de la chapelle.

— Putain, Norian !

Elle le murmure.

Or, en ce lieu saint, toutes les prières sont entendues.

— Commissaire Duchêne.

Il la reprend par automatisme, mais se lève dans un bond de surprise. Les talons de ses bottes quittent le bois patiné du meuble, où il reposait ses jambes en lisant le journal, avachi sur sa chaise. Ces hommes s'ennuient comme des rats morts. Mercurio se comporte en prisonnier exemplaire.

— Chevalier, me salue-t-il.

Son regard file par-dessus mon épaule, droit sur la femme qu'il a fréquentée j'ignore combien de temps. À tel point qu'il met un moment à se rendre compte de la présence d'Uräne dans l'ombre de celle-ci.

— Votre Altesse !

Il courbe la nuque par déférence. Pourtant, il se perd dans mon manège.

Pauvre de lui. Il n'a pas fini d'en avoir le tournis.

— Ouvrez le sas, Commissaire.

Ses yeux sautent de moi, à Georgia et au prince. Je ne cherche pas à savoir ce qui se trame dans mon dos. Jamais le Cador ne se retourne sur un doute.

Norian se pose les mêmes questions que Konrad.

— Et vous entrez avec nous.

Ma voix claque derrière le métal sans pour autant la lever. Son front se plisse de réticence avant de céder.

— Konrad, ferme la porte du sas derrière nous. Appelle Pablo en renfort.

Son subalterne acquiesce. Ils échangent davantage que des mots. L'attitude du commissaire le somme de rester en vigilance et d'intervenir au moindre problème.

J'approuve sa sagesse.

Je le laisse agir comme il l'entend avec ses hommes.

Pendant qu'il nous ouvre l'accès, je saisis la carafe d'eau qui traîne sur le bureau ainsi qu'un dessert au chocolat auquel Norian n'a pas encore touché. Sa bouche demeure scellée malgré son indignation.

Je le rejoins à l'intérieur du sas avec ces quelques maigres arguments à ma disposition. Mal à l'aise, Georgia croise les bras sur les longs gants qui complètent sa ravissante robe de soirée. La fraîcheur des pierres lui donne la chair de poule.

À moins que ce soit la perspective de cette rencontre qui la chamboule.

Uräne sonde tous mes faits et gestes. J'ai eu du mal à regagner son amitié après ma détention. Mon costume ne m'aide pas à retrouver cette complicité ébranlée que nos échanges téléphoniques tentaient de reconstruire.

La première porte se ferme. Elle nous isole du reste du monde. Norian tire la clé à la ceinture de son baudrier, mais hésite.

Je tends mes offrandes à Georgia.

— Veux-tu bien me tenir ceci ?

Mon ton change. La chaleur qui l'enrobe creuse sa bouche d'un léger soulagement.

— Cool, du gâteau ! Mon jour de veine.

En revanche, elle a beau essayer de se détendre dans son ironie, son stress ne trompe personne, pas même Norian qui ignore comment intervenir. Les doigts du commissaire oscillent entre la crosse de son pistolet et le trousseau.

Je retire ma capuche, baisse ma cagoule et détache le lacet de mon masque pour l'accrocher à ma ceinture.

— Tu es fou, Ali ! Il va te reconnaître ! m'assène Georgia.

— Norian sait à qui il a affaire. C'est pourquoi il doute d'ouvrir cette porte.

— Il se demande si nous ne nous trouvons pas sous ton emprise, conclut Uräne.

— Je suis consciencieux dans mon travail, rétorque l'officier.

— J'apprécie cette qualité, lui assuré-je. Et voyez, je ne triche pas avec vous. Je vous montre mon vrai visage et vous avoue que le roi ignore tout de la présence du prince ce soir. Pourtant, j'ai besoin de Georgia pour accomplir la mission qu'il m'a confiée. Nous devons parler à Mercurio. Votre mission, Commissaire, consiste non seulement à m'obéir, mais aussi à surveiller et à protéger le prisonnier. Je vous demande de vous en tenir à votre ligne de conduite. Je vous autorise à écouter cette conversation.

— Pourquoi cette faveur ?

— J'ai appris une chose lorsque je me trouvais à la place de Mercurio et depuis peu au service de Sa Majesté. L'allégeance naît dans la confiance et non dans la trahison. J'aimerais mieux que vous obtempériez en sachant pourquoi vous le faites. Le roi m'a donné carte blanche. Il vous a détaché de la police pour vous mettre sous mes ordres. Konrad, Pablo et vous en aviez trop entendu. Ce détachement sous la protection du Cador représente votre porte de sortie, à défaut de terminer sous son arme.

Georgia bougonne quelque chose dans mon dos. J'en fais abstraction.

— Ma confiance vous est accordée depuis longtemps. Je ne vous garantis rien pour le second. Soyez toujours sur vos gardes, lorsque vous vous adressez à ce masque. Je ferai en sorte que vous seul me reconnaissiez. À présent, merci de bien vouloir ouvrir cette porte, pour votre roi, mais surtout pour votre reine.

Son attention glisse sur mes deux invités avant qu'il ne prenne sa décision. Il nous déverrouille enfin cette maudite chapelle. J'y suis venu à plusieurs occasions afin d'apporter des vêtements à Mercurio et dans l'espoir de le convaincre, en vain.

Je suis las d'attendre.

Nul n'ose entrer en premier dans ce coupe-gorge, comme quand j'écrivais mes partitions sur l'autel. Je gonfle mes poumons de détermination et force le premier pas.

Le prisonnier nous a entendus arriver dès lors que nous sommes passés devant la grille à nu, entre les vieilles statues de la Maison Céleste. Il a enfilé l'un des gilets rubis de Morengo sur une chemise blanche, un peu trop lâche pour son manque de muscles. Assis en tailleur sous le zodiaque de la nef, il patiente. Ses longs cheveux noirs aux reflets violets sont enfin propres et détachés dans son dos. Il s'est remplumé, a mangé correctement loin de l'argilis.

J'avance dans ce silence coutumier qui m'accueille. Depuis qu'il a rejeté mon offre, il n'a plus desserré les lèvres.

Uräne et Norian se joignent à moi. Seule Georgia reste dans le sas. Je me retourne pour lui tendre la main et la tirer de cette tétanie.

Elle se retrouve devant un défunt revenu à la vie.

Du moins, elle le perçoit de cette manière.

Mercurio la repère derrière moi. Sa carapace se brise.

— Georgia ! lâche sa voix rauque qu'il conserve pour les pierres.

Son prénom lui provoque une décharge de colère. Elle s'approche sans mon aide et nous bouscule, Uräne et moi. La souffleuse fonce droit sur le prisonnier. Je saisis le bras de Norian en même temps que Mercurio se mange du chocolat en pleine face.

Oh non… mon premier argument…

— Tu étais mort ! assène-t-elle.

J'attrape aussi le bras du prince. Les deux hommes tentent de me les reprendre quand l'eau éclabousse le visage du fae et que la cruche se fracasse au sol. Les doigts libres, Georgia empoigne le gilet de gentilhomme.

— Restez où vous êtes, ordonné-je à ses deux chevaliers servants. Elle en a besoin.

Norian et Uräne me réservent ce même air outré et protecteur.

Le mien, exaspéré, monte au ciel.

— Georgia, arrête ! la supplie Mercurio qu'elle secoue.

— Tu as laissé Orféa crever !

— J'ai essayé de faire entendre raison à la princesse.

— Il dit vrai, intervient Uräne. Je les ai entendus.

— Vous vous foutez de moi ? À quel moment cette femme écoute-t-elle quelqu'un d'autre que sa pomme ?

— Ne t'imagine pas ça, rétorque Mercurio.

Grave erreur. Elle le bouscule plus fort.

— Vas-y doucement, nous avons besoin de lui vivant, lancé-je d'un ton léger.

— Tu étais mort, tout comme ma sœur ! Tu avais payé pour ce que tu lui avais fait.

— Je n'ai jamais commandé à Orféa de tuer Morengo pour terminer au Service !

— Ne dis pas que c'est sa faute si elle ne savait pas utiliser ses pouvoirs ! Que c'est bien fait si elle s'est retrouvée enfermée dans ces putains de cocons ! Que Bérénice a eu raison de la laisser crever, pleure-t-elle, entre ses gestes virulents. Qu'elle est responsable de la disparition de Thomin !

— Je n'ai jamais affirmé de telles choses !

— Parce que tu en es le responsable !

Mercurio chancelle au sol lorsqu'elle le relâche sans le ménager. Son coude le rattrape juste avant qu'il ne tombe à plat dos, à sa complète merci.

— Georgia… l'appelé-je avec douceur. Il ne peut endosser à lui seul ces fautes.

— Tu cherches des coupables ? prononce le fae, l'ire lui montant au nez. L'assassin de Thomin se trouve devant toi.

— Vous êtes injustes ! me soutient Urāne. Alimar m'a sauvé la vie.

— Injustes ? Ne voyez-vous pas, Votre Altesse, que tout ceci ne serait pas arrivé si votre mère n'avait jamais quitté Edstar ?

Je lâche Norian pour enserrer le buste du prince sur le point de faire davantage que de secouer Mercurio ou de lui coller un gâteau en pleine face.

— Puis-je vous suggérer d'y aller mollo à propos de la reine ?

J'en supplie le prisonnier pendant que le fils de Lÿs se débat entre mes bras. Je soupçonne qu'il s'est réfugié dans un certain mélange qui accompagne parfois sa mélancolie. Je ne donne pas cher de ses limites.

— Je vais le tuer, argue mon ami entre ses dents.

— C'est bien ma crainte, lui assuré-je. Or, Mercurio connaît non seulement le terrain, mais aussi la vérité. Nous devons le conserver en état et de notre côté.

La souffleuse furieuse se penche pour ramasser le fae encore affaibli. Ses muscles se contractent pour le balancer sur le banc le plus proche.

— Je veux tout entendre, lui ordonne-t-elle. La vérité. Tu accuses Lÿs d'être responsable de la mort de sa propre fille. Vas-y, je t'écoute. Et au passage, explique-moi pourquoi vous avez sacrifié une expédition entière pour ramener une seule femme dans un pays qu'elle a fui ? Et pourquoi, Urāne et moi, nous ne devrions pas te faire la peau après avoir non seulement brisé nos enfances et nos parents, mais aussi pour avoir maudit un royaume ?

Chapitre 29

Alimar

— Alors, vous savez, balbutie le fae.

— Le roi sait tout, précisé-je. Soyez content que je vous rende visite, Mercurio, et non lui. Que vous me serviez de guide en Edstar constitue l'unique raison pour laquelle il vous garde en vie. Je vous suggère de bien réfléchir avant d'imputer la faute à son épouse.

— Je n'ai pas dit qu'elle était responsable du sort d'Orféa !

— Encore heureux, peste Uräne entre mes bras. Vous seriez mort dans la seconde, qu'importent les ordres de mon père.

Mine de rien, ses muscles se détendent. Je le relâche, mais le repousse derrière moi, une main à plat sur sa veste de smoking.

— Laisse faire ta sœur, lui murmuré-je.

Son regard assassin se détache de Mercurio. Il s'adoucit lorsqu'il rencontre la confiance que j'essaie de lui insuffler.

Georgia tire un banc, face à l'interrogatoire qu'elle décide de mener. Norian contemple sa rage avec de grands yeux presque effrayés.

Une bouffée de fierté m'envahit.

Elle relève le bas de sa robe et s'assied en face de lui. Ses talons se plantent sans élégance sur le siège d'en face, de part et d'autre de Mercurio, sous un nuage de jupons.

— Ali, passe-moi ton flingue !

— Hum… je vais devoir décliner. Il s'agit d'une pièce de collection, vois-tu ?

Je mets de la légèreté dans mes mots, sans mentionner l'éventualité qu'elle se fiche une balle perdue dans le pied. Elle se retrouve déjà assez à cran.

— Alors, ramène-toi avec l'harmonica que tu m'as volé. Je suppose que tu le balades partout.

Je souris à cette requête, heureux d'enlever enfin mes gants pour sortir mon larcin préféré. Elle ne m'observe pas, persuadée de la justesse de sa déduction.

Oui, je l'ai tout le temps sur moi, qu'importe mon personnage.

— Norian, ta lampe.

Ce dernier sourcille, mais la lui apporte quand même.

— Recule, lui demande-t-elle sans se détourner du prisonnier interloqué. Je ne veux pas qu'il te blesse. Pareil pour Urãne. Restez en arrière.

Tous deux s'apprêtent à riposter. Georgia lève le doigt pour qu'ils y réfléchissent à deux fois avant de la contredire.

Mon cœur se gonfle de l'honneur qu'elle me fait de me désirer à ses côtés. Même si je soupçonne que ma cuirasse et ma magie pèsent lourd dans sa balance.

Retrouver ma complice me déclenche une douce chaleur dans la poitrine.

— Réponds à mes questions, ordonne-t-elle à Mercurio. Tu me dois la vérité !

Il a du mal à cacher sa vulnérabilité devant son ancienne employée, amie de son aimé. Georgia braque la lampe torche dans ses iris bleu nacré. Il plisse les paupières et détourne la tête. Il perd le peu d'assurance qu'il tentait d'afficher.

— Parle ! gronde-t-elle entre ses dents.

La lumière glisse sous son propre menton et creuse des ombres féroces sur son visage. Ce brillant jeu d'actrice le déstabilise.

— Tu sais, un coup d'harmonica, et il avouera plus vite.

L'index de Georgia se dresse pour m'inciter à la patience. Elle ne rejette pas cette solution. L'instrument roule entre mes doigts.

— Qu'as-tu dit à Thomin pour qu'il te suive ? poursuit-elle, sans pitié.

— La stricte vérité ! se redresse Mercurio sur son banc. Je ne l'ai pas manipulé ! Arrêtez de le penser !

— Laisse-moi en juger.

Sa subite douceur ressemble à un nœud coulant autour de la gorge d'un condamné à la potence.

Cette femme est redoutable.

Bon sang, que je l'aime.

Mercurio lâche un soupir lourd de résignation, mais il met trop longtemps au goût de Georgia à se lancer. La lampe lui revient en pleine face.

— Magne-toi, je n'ai pas toute la nuit. Mon cavalier m'attend au bal.

— Ton cavalier ?

En voilà une nouveauté !

Elle chasse mon interrogation comme une mouche au-dessus de son épaule.

— D'accord, abdique Mercurio. Mais éteins cette lampe.

— Commence du début et j'aviserai. Pourquoi Lÿs et la clique de Bérénice se sont-elles retrouvées à Providence ? Franchement, te savoir dans son sillage m'écœure.

— Oriona, corrige Uräne. Le nom fae de notre mère.

Mercurio opine malgré la lumière qui l'éblouit.

— Au décès de sa première épouse, la mère de la princesse Mizar, le roi Phalémir s'est marié avec l'une des plus belles faes de noble naissance, selon lui. Nul n'osait le contredire ou aller en son sens sous peine de provoquer sa colère ou sa jalousie. Oriona le méprisait. Il se dit qu'elle usait de magie afin de ne pas lui donner d'héritier. Ses conditions de vie au palais devenaient dangereuses pour sa propre survie. Alors, notre reine a fait ce qu'elle fait de mieux. Elle a fui.

Malgré son interdiction d'approcher, Uräne rejoint sa sœur sur le banc. Ses jambes en coton et son pied blessé ont besoin d'un soutien. Derrière eux, je conserve ma vigilance pour protéger cette fratrie malmenée.

— Comment s'y est-elle prise ? lui demande le prince fébrile.

— Les membres des familles royales et les proches parents possèdent des ailes.

— Vous n'en avez pas, se souvient Uräne.

— Je ne suis qu'un guerrier, sous le commandement de Hadar. Je n'ai rien à voir avec la lignée des Saturnia, dont il descend avec Mizar, ou les autres.

— Il en existe d'autres ? relevé-je.

— Plusieurs. Et chacune hérite d'un type d'ailes. Celles d'Oriona portaient les stigmates des violences de son époux. Malgré tout, elle a survolé les forêts maudites, les marais de lave et Mer Douce. Le tout de nuit dans l'espoir d'échapper aux patrouilles volantes. Elle marchait la journée au milieu des monstres.

La lampe de Georgia s'éteint. Sa mâchoire tremble sous ses frisettes brunes.

— Elle préférait mourir en tentant sa chance plutôt que de rester avec cet homme, comprend-elle avec compassion.

Sa main passe sur celle de son frère, figé dans l'horreur de ce récit.

— Elle a atterri à Fortvaillant, sous les étoiles. Sa fatigue a bien failli l'achever. Mais une Uranie l'y a accueillie.

— Cléofée, en déduis-je.

— La mère de Valentina…

Le prince assimile ce que je lui ai raconté dans l'intimité de ses appartements.

— Vous paraissez bien informés, relève Mercurio.

— Mon nouveau masque m'octroie une bonne clairvoyance. Poursuivez, lui ordonné-je.

— Cléofée l'a intégrée à la communauté sans dévoiler son origine, à l'exception de la mère supérieure. Oriona s'est fondue parmi les Uranies jusqu'à ce que les murs du fort lui rappellent l'isolement qu'elle avait subi. Les rumeurs commençaient à naître dans le prieuré. Avec Cléofée, elles ont monté le projet de la faire sortir tout en assurant sa protection. Qui de mieux placé que le souverain célibataire en quête d'épouse et d'une lignée ?

— Un mariage arrangé ? cherche à saisir Georgia.

— Un mariage d'amour, affirme Uräne. Du moins, du côté de mon père.

— Sans l'ombre d'un doute, approuvé-je.

— Grïffon a succombé au charme de cette femme qui lui en faisait. L'homme enfermé dans son palais n'avait accès qu'à de rares distractions. Pardon, Votre Altesse, mais séduire un roi n'a pas été compliqué pour une reine.

Les mâchoires d'Uräne se contractent. Il ne peut aller contre cette logique.

— Comment peux-tu connaître ces faits alors que tu ne te trouvais pas avec elle ? l'interroge Georgia.

— À trois, nous avons mis des années à reconstituer le puzzle de sa vie en mettant ce que nous apprenions en commun depuis son départ de Prismeris. La colère de Phalémir a conduit notre roi à toujours plus de cruauté. Oriona l'a humilié. Elle a défié l'autorité de son mari et de son souverain. Pire, elle a fui son peuple.

— Bérénice le lui reproche, se remémore Uräne.

— De son point de vue, la reine a commis une faute en abandonnant plutôt qu'en se battant pour les siens.

— Facile à dire lorsque vous ne recevez pas les coups, s'impatiente Georgia. Je lui donne raison de s'être tirée.

Uräne se lève, à fleur de peau. Ses doigts glissent sur son visage fatigué. Il commence à arpenter la pièce avec nervosité et sans but. Nous le laissons canaliser son chagrin à sa manière.

— La princesse est une guerrière, nuance Mercurio.

— Et Lÿs l'est tout autant pour avoir supporté cet enfoiré ! contre sa fille.

— Je n'insinue pas l'inverse. Je vous explique juste la façon de penser de Mizar. Son peuple passe avant toute chose, y compris sa propre personne.

— J'ai pu le constater.

Malgré moi, j'appuie sa crédibilité.

— Dans son esprit, Oriona aurait dû rester pour tempérer les élans du roi. Car, après son départ, Phalémir cherchait des coupables parmi ses conseillers, comme au travers de parfaits inconnus. Plus de trente sujets ont eu leur tête coupée et exposée sur les remparts des villes en répression de cette fugue qu'elle a pourtant orchestrée seule. Et telle a été son unique chance. Personne ne l'aurait aidée.

— Le barge ! s'insurge Georgia.

Mercurio finit par opiner malgré son serment de fidélité. Ce récit fait froid dans le dos et nuance le portrait que m'avait dressé Bérénice, celui d'une fille qui ne veut pas admettre que son père a, en quelque sorte, lui aussi, perdu la tête.

Je jette un coup d'œil du côté d'Uräne. Face à l'autel, il se retourne lentement sur l'horreur que lui décrit notre prisonnier. Norian reste alerte, près de lui, un malaise perce aussi chez lui.

— La princesse a tout essayé pour tempérer Phalémir. La seule chose qui a permis de stopper cet élan meurtrier fut sa promesse, réalisée dans le sang fae, de lui ramener Lÿs.

— Une promesse dont elle ne pouvait plus se défaire, soupire Uräne.

— En effet. Dans cette entreprise, elle a embarqué deux des meilleurs atouts du royaume : son cousin, Hadar, général en chef des armées d'Edstar...

— Des armées ?

Mon murmure me vaut une simple œillade de Mercurio qui souligne notre ignorance et notre naïveté. Nous n'avons rien de tel à Providence ! Des gardes, la police, mais rien de comparable.

— ... et moi. Lieutenant d'un escadron et formé par Hadar lui-même. Il connaissait ma valeur et mon don utile pour m'infiltrer n'importe où.

— Dont la garde royale, mentionne Georgia.

— Nous nous sommes mis en route presque deux ans après le départ d'Oriona. Comme elle, nous avons atterri à Fortvaillant.

— Les vents ne vous ont-ils pas repoussés ? demandé-je, perplexe.

— Il y a des angles morts au niveau des forts. Juste sous les lentilles. La manœuvre reste périlleuse, mais en arrivant de face et sous le point de création des lumières, des faes habiles peuvent se glisser à l'abri sous les parapets, puis dans l'escalier des phares. Grâce à mon don, grimé en Uranie, j'ai appris beaucoup de choses sur Lÿs et tissé des liens avec l'une des plus ferventes protectrices de la Maison Céleste.

— Céréza... gronde Uräne.

— Après lui avoir avoué que j'étais un fae, nous avons procédé à un échange d'informations afin que chacun puisse reconstruire le chemin de cette mystérieuse femme qui a atterri du jour au lendemain chez les Uranies pour ensuite devenir reine.

— Comment Céréza a pu vous révéler ces détails ? s'interroge Georgia. En tant qu'augure, n'est-elle pas soumise au secret ?

— Si... lui confirme son frère.

Il ajoute une dose de ressentiment à l'encontre de Céréza.

— Elle ne saisissait pas ce qu'elle lisait dans le ciel de votre mère, justifie Mercurio. La nature fae d'Oriona l'a plongée dans l'aversion d'une trahison envers son roi. Lorsqu'elle lui a fait comprendre, Grïffon n'a pas réagi comme elle l'avait espéré. Il n'a pas répudié son épouse.

— Parce que Grïffon a un cœur et que l'histoire de sa femme l'a touché. Sa révélation a provoqué l'effet inverse…

Les deux enfants de Lÿs m'observent, chacun portant le poids de sa propre rancœur envers notre souverain.

— Je vous assure qu'il peut se montrer sympa !

— Avec l'aide de Céréza, nous nous sommes intégrés dans la société, poursuit le fae. Elle a déterré des branches d'Asters oubliées auxquelles nous rattacher, obtenu de faux tatouages et nous avons infiltré des points stratégiques : la garde royale pour Hadar et moi, puis, la princière, pour sa part. Mizar avait pour objectif de se rapprocher au plus près du pouvoir sans se faire repérer par Lÿs.

— Chose impossible. Mère connaissait tous les courtisans et les aristocrates de son entourage.

— Exact. Et elle aurait au moins reconnu Mizar et Hadar. Je ne suis pas certain qu'elle se souvienne de moi. Nous avons donc attendu notre heure.

— Pendant douze ans ! calculé-je, perplexe.

— Vos années n'ont pas les mêmes valeurs que les nôtres. Nous avons dû grimper les échelons au même rythme que les autres pour ne pas éveiller les soupçons. Lÿs menait l'existence qu'elle rêvait d'avoir, libre de sortir, sous la protection d'une garde qui n'aurait pas hésité à se sacrifier pour protéger son fils ou ses enfants illégitimes. En particulier l'un d'eux…

La bouche de Georgia se pince dans une moue qui le prévient de ne pas dire un mot de travers sur son père. Mercurio avise la lampe qui passe nerveusement d'une main à l'autre.

— Entre-temps, nous avons appris à connaître ces terres, ce peuple, leurs possibilités. Je me trouvais parmi les quelques gardes royaux qui sécurisent Fortvaillant et le prieuré, à une bonne place pour engranger un maximum de savoirs sur les Uranies et la Maison Céleste. Je pouvais ainsi ouvrir les portes du royaume en cas de besoin ou les surveiller, des fois que Phalémir décide de venir en personne. Une mince probabilité que la princesse ne voulait pas exclure. Devant la paix et la prospérité qui règnent à Providence, elle a pris le temps d'envisager l'intégration de son peuple. Nous étions liés par la promesse faite au roi, celle que Hadar et moi avons également été forcés de réaliser dans le sang.

— Et de faire pression sur Providence en ramenant ma mère auprès de ce monstre ? gronde Uräne.

— Rappelez-vous, Oriona a commis une faute selon Mizar. Alors, oui, votre reine, qui est aussi la nôtre, se retrouve prise au milieu d'un chantage que la princesse juge acceptable au vu des vies en jeu, à commencer par les nôtres.

— Et tu penses pareil... conclut sombrement Georgia.

— Tant que vous n'aurez pas pris conscience de ce qui se déroule en Edstar, je ne répondrai pas à cette question. Vous l'avez compris, l'expédition suggérée par Céréza pour remettre Oriona à son peuple était un leurre. Le prieuré de Fortvaillant a été prié par le roi d'abaisser ses défenses pour laisser passer le navire. À deux, Hadar et Mizar ne pouvaient soutenir qu'un homme en vol, annonce Mercurio en se désignant. Mais il devient difficile d'en réaliser de même avec une fae ailée qui a les capacités de se débattre. De plus, ils auraient dû m'abandonner.

— Pourquoi ne l'ont-ils pas fait ? réfléchit Norian.

— Ce serait prendre le risque que je ne revienne jamais. Que je me lie à ce peuple et, qu'une fois délaissé, je livre nos secrets et nos points stratégiques. On récupère toujours ses soldats en territoire ennemi.

— Ou on les abat pour éviter qu'ils ne parlent, abondé-je.

Mercurio acquiesce. Georgia se tord pour me lancer un coup d'œil effrayé. Je hausse les épaules sur cette évidence.

— Je me trouvais à bord, parmi les griffons officiels, sous le commandement de Maxwell, en compagnie d'Andrey, rencontré à cette occasion. Et donc, par la force des choses, avec Morengo. Ma présence avait été fortement recommandée par Céréza, vous vous en doutez. Elle a organisé l'expédition en suggérant des choses au roi à l'aide des étoiles. Nous avons ainsi pu faire monter trois passagers de plus, cachés en fond de cale.

Georgia bondit pour l'étriper.

Chapitre 30

Alimar

Je parviens à la retenir en enjambant le banc. Norian a le temps de se mettre en travers du prince qui a entrepris la même chose. Mercurio en profite pour se lever et passer de l'autre côté du dossier.

— Lâche-moi, Ali ! Je vais lui faire la peau.

— Rappelle-toi, nous avons besoin de lui ! Il a la connaissance indispensable du terrain.

— Rien à foutre ! À cause de lui, mon père a disparu sur ces terres à la con !

— Et ce ne serait pas plus utile d'achever le soldat qui exécutait les ordres. Il n'a pas eu le choix. Il se trouvait lié par un serment de sang. S'il refusait, il périssait.

— J'ai vu mon père tomber à cause d'une flèche fae, dans un rêve de Maxwell !

Je l'étreins d'une autre façon que celle de la force. Je lui apporte mon soutien. Cette vision a dû lui paraître aussi éprouvante que la fois où elle m'a découvert en train de jouer du violon devant le cocon de sa sœur… et le sien.

J'ai déjà perdu Orféa. Mais ma plus grande crainte reste de perdre Georgia.

— J'en suis navré, assure Mercurio. Andrey était un homme bien.

Elle bouillonne encore entre mes bras.

— Hadar, Mizar et Oriona sont sorties du bateau une fois les griffons en route dans les marais de lave.

Il en précipite ses mots, dans l'espoir que les enfants illégitimes d'Edstar l'écoutent jusqu'au bout.

— Ma mission était de faire en sorte que l'expédition ne s'approche jamais de la cité de Prismeris. Mizar redoutait qu'une guerre éclate entre les deux rois. Providence devait rester dans l'ignorance jusqu'au moment propice. La paix était la condition première de la participation de Céréza. J'ai accompagné Maxwell à la recherche d'Andrey et de Morengo parce qu'atteindre Prismeris aurait engendré une catastrophe ! Ils ont franchi la frontière de trop. Pendant ce temps, Mizar et Hadar avaient déjà amené leur reine au palais. Phalémir a appris l'existence de ses trois descendants illégitimes et a ordonné leur mise à mort. Il a renvoyé sa fille et son neveu avec cette mission et un nouveau pacte de sang pour la princesse. Forte de sa première idée, elle est revenue de la même façon qu'ils avaient débarqué, dans le navire des griffons. Mon savoir acquis auprès de certains d'entre eux lui a permis d'élaborer le plan que vous connaissez. Se rapprocher de Morengo, puis de la cour du prince pour devenir reine à son tour et protéger ainsi son peuple.

— Pendant vingt ans ! s'étonne Uräne.

— Vingt ans à tenter de comprendre le fonctionnement de vos cercles d'influence et de s'y faire une place sans éveiller de soupçons. Vingt ans pour nous lancer chacun de notre côté sur les traces de la malédiction qui commençait à gangréner vos terres, chose que nous ne voulions surtout pas. À quoi nous servirait-il de reproduire des conditions identiques au malheur que nous subissions déjà ? Nous avons donc passé ce temps à entretenir un espoir. Et, il faut l'avouer, à nous construire chacun une vie. Nous étions peu en contact. Moi encore moins que les deux autres. J'ai connu une bonne décennie à attendre les ordres, sans croiser la princesse ou mon chef. J'ai rencontré l'amour en restant loin des radars du Cador qui faisait la peau aux griffons, ou plutôt son assassin.

Ses yeux nacrés glissent sur moi avec un certain dégoût.

— La suite, vous la connaissez déjà.

— Alors c'est ce que tu as raconté à Thomin ? lui balance Georgia, incrédule.

— Sortir mon peuple de la terreur, qu'elle soit à l'extérieur ou à l'intérieur des remparts, constitue toujours mon moteur. En ce sens, j'approuve Mizar, même s'il m'arrive de désapprouver ses méthodes ! Thomin avait compris cette souffrance qui me ronge. Il a décidé de se battre à mes côtés, non seulement pour sauver les miens, mais aussi votre peuple, moins bien préparé à affronter ce qui commence à s'abattre sur vous !

— Que s'abattra-t-il, au juste ?

Uräne l'interroge avec une curiosité dévorante.

Norian s'écarte de son prince redevenu plus calme, plus dans la retenue.

— Les arbres et les créatures dangereuses, résume Georgia d'une voix blanche et glaçante.

J'ai du mal à la lâcher, surtout lorsqu'elle se laisse aller contre moi, au creux de nos craintes.

— La peur, insiste Mercurio. Le sang. La mort. Le retranchement. Puis viendra le despotisme. La fin des croyances et de l'insouciance. Le début des soupçons et des trahisons. Et, à nouveau, le sang, mais au sein des alliances. La peur gangrène tout sur son passage.

Le pouls de Georgia bat au même rythme que le mien, affolé. Mes bras ne la retiennent plus, mais au contraire l'étreignent pour nous préserver de cette sombre prophétie.

J'ai eu mon lot de trahisons. Pourtant, je m'apprête à partir pour verser toujours plus de sang. Il y a longtemps que l'insouciance a quitté la trame de mon existence.

— Vous seriez un atout pour nous permettre d'atteindre ma mère en vous faisant passer pour Bérénice, réfléchit Uräne.

— Hadar, Mizar et Phalémir me tueront !

— Que pensez-vous qu'il adviendra de vous si vous vous obstinez à refuser de nous aider ?

J'interviens et relâche Georgia pour m'avancer lentement en direction du fae.

— Vous serez le prochain à qui le Cador rendra visite. Ni vous ni moi n'en avons envie. Malgré vos beaux idéaux, nous avons compris que vous teniez un minimum à votre peau. Alors certes, vous trahiriez votre roi et sans doute même votre princesse, mais vous êtes un soldat, isolé, en territoire ennemi… En gros, coopérez ou mourez.

Mercurio prend le temps de la réflexion. Si le chevalier ne l'achève pas, possible que Bérénice s'en charge à sa place. Il en a conscience.

— Existe-t-il une probabilité que mon père soit ce soldat oublié ? ose Georgia dans un regain de courage.

— Que veux-tu dire ? la questionne l'ancien griffon sur la retenue.

— Vous avez commis l'erreur d'abandonner un griffon dans un royaume rival.

— Une flèche a traversé sa poitrine, lui assure Mercurio. Andrey a basculé dans le lac, sous un vol d'officiers de Hadar, des Saturnia. Ils ont épargné Morengo et Maxwell uniquement parce que je possède le même grade et que je leur ai demandé dans le dos du gouverneur. De toute manière, la forêt allait sans doute nous tuer. Par chance, je connais bien ces bois.

— Vous l'avez abandonné ! s'écrie-t-elle.

Elle braque sa lampe torche éteinte vers lui.

Mercurio recule. Il secoue la tête d'incrédulité. Je retiens le bras d'Urãne qui tente de rejoindre sa sœur. Cette discussion insensée leur appartient.

— Maxwell n'avait pas le choix ! Morengo et lui y seraient passés aussi.

— Dans ce cas, comment pouvez-vous tous affirmer qu'il est mort ?

— Georgia, osé-je intervenir au milieu de sa détresse. Penses-tu que ton père est en vie ?

— Tant qu'il n'y aura pas de certitudes, je ne pourrai pas faire autrement que de l'espérer.

— Et ce rêve te pousse à entreprendre cette expédition avec Urãne ?

— En partie, m'avoue-t-elle. Nos parents sont peut-être tous les deux vivants.

Elle adresse cette espérance à son frère qui ne sait quoi répondre. Il oscille entre l'ambition et les faibles probabilités.

— C'est de la folie, Georgia, tente Mercurio en reculant sous le vitrail de l'étoile. Tu vas y rester ! Tu n'atteindras jamais Prismeris sans aucune préparation. Et encore ! Les marais ou la forêt t'avaleront comme ils l'ont fait avec la moitié des griffons.

Elle s'avance dans sa direction. Dans un geste de rage, elle ôte l'un de ses gants et arrache un bandage pour nous dévoiler l'inimaginable. Mes mains s'accrochent au dossier d'un banc pour retenir mes jambes et mon cœur fauchés en même temps que mes illusions.

De petites écorces naissent autour d'une plaie.

— Georgia…

Son prénom s'étrangle dans ma gorge. Son frère blêmit d'horreur et s'emmure sous ce coup de massue. Les larmes me montent en même temps qu'une fureur creuse son chemin à travers mon être.

Non…

Pas elle…

Pas elle !

— Tu vois, mon temps est déjà compté, balance-t-elle à Mercurio dans un calme effrayant. Si mon père vit toujours et si je peux contribuer à délivrer le seul amour qui lui restera dans nos deux royaumes maudits, après la disparition de ses filles et de Soraya, alors je dois le faire ! Voilà, ma réelle motivation.

Sa voix ricoche contre la nef et me tire une unique larme. Les dents serrées pour les contenir, je refuse d'en verser d'autres.

Jamais Georgia ne se transformera.

Jamais le Cador ne pointera son arme contre elle.

Ces deux choses relèvent de l'inconcevable.

— La question est… poursuit-elle, seras-tu à mes côtés ou croupiras-tu dans cette chapelle jusqu'à ce que le Cador ou moi t'explosions la tête ?

La vive émotion du détenu s'égare à l'endroit de la tache de sang qu'il a nettoyée. Georgia choisit ses mots avec soin.

Mes doigts tremblent d'une nouvelle que je ne parviens pas à encaisser. Plutôt que de sombrer dans la peur, celle décrite avec justesse par notre prisonnier, je préfère croiser les bras et dissimuler ma peine sous une nouvelle proposition.

Acceptez et votre trahison s'achèvera ici.

— Je serai mort en arrivant en Edstar, m'assure-t-il d'une voix vacillante.

Cette gifle que nous adresse la malédiction nous remue tous. Les doigts d'Uräne cramponnent sa canne à en devenir blancs.

— Dans ce cas, arrangez-vous pour perdurer dans nos grâces et derrière nos armes. Pour vous prouver ma bonne foi, en échange de cet accord, je vous autorise à rentrer chez vous.

— Chez moi ?

— Chez lui ! s'exclame Georgia.

Elle me dévisage comme si je venais de prononcer la plus grosse ânerie de la soirée.

— À Montlilas, précisé-je, puisque je comprends qu'il s'agit de votre véritable foyer. Vous resterez sous bonne garde. Mais je gage que le commissaire sera plus à l'aise dans le bureau des souffleurs que dans le réduit privé de lumière.

Mon annonce le fait tiquer, pourtant, Norian semble considérer cette solution.

— Minute, m'interrompt Georgia. Es-tu en train de transformer mon immeuble en unité carcérale ?

— Techniquement, il appartient à Mercurio, je présume.

— Nous n'étions pas unis officiellement avec Thomin, me corrige-t-il. Pour des raisons évidentes de papiers d'identité. Mais je suppose qu'il me revient…

— Est-ce réalisable, Commissaire ?

— Il faudra sécuriser le lieu, mais je pense, oui, prononce-t-il en conservant une certaine retenue. De toute manière, je dois vous obéir…

— Super, mes chiens vont avoir de la compagnie, maugrée Georgia.

J'ai du mal à savoir si ma suggestion lui fait plaisir ou la dérange. Sans doute un peu des deux.

— Et puis j'ai un voisin maintenant ! Allez lui expliquer la présence des flics et d'un fae !

— Je suis sûr qu'il comprendra, m'approuve Uräne.

Il mesure à quel point Mercurio, en dépit de ses agissements, peut devenir un élément indispensable à notre survie dans ce royaume ennemi, en particulier pour nous infiltrer dans le palais de Phalémir.

— Un voisin ? la questionne son ancien patron.

— Mon cavalier qui m'attend au bal. Ton majordome s'est tiré puisque plus personne ne le payait. J'ai donc loué l'appart à côté. Enfin… gratuitement.

Il secoue la tête, atterré.

— Oh, ça va ! Tu étais mort ! Ne viens pas me faire la morale.

Son ancien patron tourne les mains au ciel. Il n'est pas responsable de cette fausse mort, pour une fois. Le roi l'avait caché à tout le monde, y compris à moi. Seuls Norian et ses hommes le savaient.

— Alors, acceptez-vous ?

J'insiste avant que Georgia ne lui annonce qu'elle a loué le reste de l'immeuble à titre gracieux…

— À une unique condition.

Mercurio se redresse et croise les bras.

— S'il n'y en a qu'une, je crois que nous allons pouvoir nous entendre.

Je me réjouis de l'avoir enfin fait céder, mais sa soudaine attitude de défi ne me dit rien qui vaille.

— L'assassin de Thomin n'a pas le droit de mettre les pieds chez lui.

Chapitre 31

Georgia

— Tu n'étais pas obligé de venir…

Je serre le frein à main devant l'immeuble étroit en briques rouges. L'aube ne tardera pas à pointer son nez et la place au gros lilas semble déserte.

Un tort de le croire.

Le véhicule banalisé, dans lequel se planquent trois policiers et un détenu, attend à ma porte, ses phares éteints. Mercurio a dû les mettre au parfum que les voisins surveillaient tout. À moins qu'ils aient déclenché notre système de sécurité et que les hommes craignent pour leurs fesses…

Je me gare derrière eux. Je n'ai pas retrouvé Poe au bal. J'ignore où il est passé. J'ai laissé un message au voiturier afin de lui appeler un taxi à mes frais. Urâne voulait prendre sa voiture pour nous conduire jusqu'ici. Autant arriver avec un gyrophare sur la tête !

Pour finir, je ne suis pas mécontente de revenir chez moi plutôt que dans la chambre de Lÿs. Son récit m'a bouleversée. Dans le fond, Urâne n'a sans doute pas envie de rester seul en compagnie d'une bouteille.

Même si je comprends la condition exprimée par Mercurio, j'ai la boule au ventre d'avoir abandonné Alimar à l'opéra. Pourquoi ne loue-t-il pas un appartement ?

Cet immeuble doit être l'unique endroit dans le royaume où le Cador n'a pas le droit de mettre les pieds. Et encore, l'un des deux.

Qui est cet autre qui réussit à sceller la bouche du maestro bavard ?

Je n'aime pas le savoir dans cette situation.

— Je m'inquiète pour toi, m'assure mon frère. Pourquoi ne m'as-tu rien dit, Georgia ?

Sa pitié glisse sur mon gant revenu à sa place. Je coupe le moteur. La rue replonge dans la nuit paisible.

Enfin, presque…

Mes chiens aboient derrière la porte.

— Je ne voulais pas que tu me serves ce regard réservé aux condamnés.

Je descends de voiture et claque la portière dans un mélange de chagrin et de colère. Je ne lui ai rien révélé parce que je n'ai toujours pas vraiment réalisé. Les premières écailles sont apparues avant-hier. Elles restent petites autour de la plaie, sous le pansement que je préfère conserver plutôt que de compter combien poussent sur mon bras.

Il s'agit de ma vie et je choisis de mettre à profit mon temps en déclin à trouver des solutions à la place de sombrer, comme de nombreuses fois dans le passé. Même si la situation me fout la trouille.

Ça, c'était l'ancienne Georgia.

Je remonte les quelques marches de l'immeuble et cherche le trousseau dans mon décolleté. La canne d'Urāne me rejoint en silence ainsi que les flics en civil. Ils encadrent Mercurio, menotté avec discrétion. Norian se positionne d'instinct entre le prince et le fae. Je pousse la porte et attrape les colliers.

— Urane, Lys, couchés !

Mon frère grommelle pendant que j'arrive à me faire obéir de mes deux amours. Mes chiens reculent et réalisent un barrage avec leurs corps massifs dans l'étroit couloir. Ils grondent toujours, mais au moins ils ont arrêté de rameuter tout le quartier.

— Vous pouvez entrer !

La joie de voir cet immeuble revivre me remonte le moral.

Je me heurte aux mines scandalisées des policiers, Norian le premier.

— Il y a un problème ?

— Tu as appelé tes molosses avec les noms de la famille royale ?

Il me tutoie depuis peu devant ses hommes. Ils ont vite pigé que nous nous connaissions tous. À vrai dire, ils l'ont compris depuis qu'ils m'ont eux-mêmes mise entre les racines du cinarbre.

Ouais, ouais… Je retiens, les gars !

— Urāne adore son jumeau ! Pas vrai ?

La bouche de mon frère se tord d'une grimace pas sympa ! Il avance dans le bâtiment. Le dernier flic referme la porte derrière nous.

— Tu avais parlé d'un bureau, me remémore Norian.

— À mon avis, le mieux est de laisser Mercurio libre d'agir et de surveiller les accès, plutôt que de l'enfermer là-dedans.

Je fais tout pour repousser le moment de retourner dans cette pièce.

— J'aimerais quand même y jeter un œil, insiste Norian. Ne serait-ce que pour juger si nous pouvons nous y installer.

— Vous le pouvez.

— Ouvre-leur le bureau, me commande Mercurio, ému de revenir chez lui.

— D'un, tu n'as pas d'ordre à me donner ! Je ne bosse plus pour toi ! De deux, c'est ouvert.

Je leur indique la porte. Je croise les bras d'inconfort quand Norian, lui-même sur la réserve à cause de ma propre retenue, se décide à franchir le pas le premier, une main sur son flingue. Il doit se demander si j'y cache un autre molosse. Ou, il a peur de mettre les pieds chez les souffleurs. Les deux sont possibles.

— Pourquoi te montres-tu aussi réticente ? me murmure Mercurio tandis que le commissaire disparaît dans l'obscurité du bureau.

— Pour rien…

Je hausse les épaules, sans conviction. La lumière du bureau jaillit en même temps qu'un juron de Norian.

— Oh, merde ! Georgia, veux-tu venir ?

— Vouloir ? Pas vraiment…

— S'il te plaît !

Je traîne mes hauts talons jusqu'au seuil. Mercurio prend la liberté de me suivre et tout le monde nous emboîte le pas, si bien que je suis obligée de pénétrer dans ce lieu redouté.

Les flics et le prince se bouchent le nez dans un bouquet de grossièretés. Urāne tousse. Il joue le délicat…

— Oui, bon, ça sent un peu le renfermé.

— Le renfermé ? s'exclame Norian, se masquant le visage. Planques-tu un cadavre ici ?

— Tout ça parce que je suis souffleuse ! Vive les préjugés !

— Tout ça parce que cette pièce empeste l'odeur de décomposition et que tu ne voulais pas que nous y entrions.

— Vu comme ça, toutes les preuves s'accumulent contre moi. Les cadavres sont enfouis dans la poubelle.

Il plisse le front et, sur ses gardes, recule jusqu'à l'endroit où porte mon regard.

— Qu'as-tu fichu ? marmonne mon frère, persuadé que j'ai découpé quelqu'un.

— Relax, Ton Altesse. Seule ton ex pourrait se trouver là-dedans.

— Oh, Georgia ! Tu abuses ! comprend Mercurio plus vite que les autres. Tu n'as pas vidé les poubelles en plus de cinq mois ?

— Des boîtes de pizza ! constate Norian.

— Elles ne forment que la couche supérieure. En dessous, il doit y avoir les emballages de nouilles et des sachets de beignets au chou. Ils n'étaient pas fameux. Et, cinq mois ? Tu es gentil… Thomin devait déjà le faire depuis un moment.

Mercurio se tait. Entrer dans notre quartier général le bouleverse et j'en rajoute sans le faire exprès en évoquant cette vieille querelle entre son conjoint et moi. Il préfère partir, escorté par les flics, trop heureux de s'éloigner de cette puanteur.

— Je sortirai la poubelle, annonce Norian entre résignation et soulagement. Nous nous installerons ici. Mercurio sera libre de ses mouvements à l'intérieur du bâtiment, mais aura en permanence l'un d'entre nous avec lui.

— Génial ! Faites un peu de ménage, tant que vous y êtes !

Je lui tourne le dos et m'apprête à rejoindre les autres lorsqu'un bruit métallique me crispe.

— Qu'est-ce que c'est ? s'interroge Norian.

Loupé ! Il l'a trouvé avant que je me tire…

— Le piège à Souffle, le reconnaît Uräne. Celui que je t'ai passé.

— Super, merci du cadeau !

Norian relâche aussitôt l'objectif éclaté qu'il était en train d'extraire des débris.

— Alimar a insisté pour te le donner.

— Bah, lui non plus, je ne le remercie pas. Sérieux, qu'avez-vous à la place de la cervelle ? À quel moment j'avais envie de garder l'arme qui a achevé mon ami ?

Je tends les bras pour embrasser l'espace qui nous entoure. Dans ce bureau, l'empreinte de Thomin se retrouve sur chaque détail, de la paperasse accumulée à côté de sa machine à écrire à la marque de café sur le pot, près de la boîte à outils.

Je ne conserve pas grand-chose qui me rattache à ma sœur, si ce n'est nos souvenirs et la bague que je porte au-dessus d'une demi-étoile, l'un de ses cadeaux.

Laisser cette porte close me permettait de protéger mon cœur d'un autre deuil, de les gérer un par un.

L'illusion me saute au visage. Les deux sont indissociables.

Mercurio a fait les frais de ma colère. Le voir souffrir autant que moi dans ce lieu apaise un peu mes rancœurs et mes chagrins. Le fait qu'il accepte de nous aider aussi…

Dans le fond, Thomin, Mercurio, Alimar, Uräne et moi avons tous été les pantins d'ambitions plus grandes. Il est temps que ces jeux malsains cessent. Que les pions leur tannent le fion.

— Il y a quelque chose d'étrange dans cet instrument, déclare Norian.

Il pousse les débris du bout du doigt.

— Le piège à Souffle fait appareil photo. Et maintenant, je n'ai plus ni l'un ni l'autre.

— Je ne parle pas d'une pellicule, mais d'une partition.

Je m'avance jusqu'à lui. Ma surprise entraîne celle d'Uräne. Il me suit, trop curieux de voir ce que le maestro a planqué dans cet engin de la mort. Norian me pointe une bague.

Il se lève pour me laisser la place. Dans un dernier coup d'œil songeur, il sort du bureau pour aller distribuer ses ordres à ses hommes. Mes chiens grognent.

Fébriles, mes doigts repoussent les morceaux de la coque du compartiment pour pellicules photographiques. Alimar n'a pas osé ouvrir le boîtier du piège à Souffle. Je fais rouler le métal froid du bout de l'index jusqu'à l'extraire de sa cachette. Je le ramasse et dépose l'anneau au creux de ma paume. Le travail effectué sur l'or blanc pour y inscrire une portée et quelques notes est d'une finesse remarquable. Je m'en émerveille pendant que mes amours aboient.

— J'y vais avant qu'Urane ne se charge des policiers, m'annonce mon frère.

Il presse mon épaule dans un sourire malicieux avant de disparaître en boitant au milieu du désordre et de faire taire lui-même les chiens. Je passe le fait que Norian souligne l'étrangeté d'entendre le prince ordonner à son propre prénom de la boucler. Je reste rivée sur ce bijou d'un bon centimètre de large.

Je ne sais pas lire la musique. J'ignore ce qu'Alimar y a fait graver après la clé de sol. Je ne connais que les rudiments de l'harmonica sans jamais avoir appris le solfège. Mon index caresse cette bague qu'il m'avait annoncée, un soir au Palais Pinotte.

L'émotion me saisit.

Elle roule entre mes doigts. Je découvre une inscription à l'intérieur :

« *Toi et moi. Peu importe les moyens.* »

Mes jambes me lâchent pour de bon. Je bascule sur les fesses, au milieu de la puanteur de la poubelle.

Notre adage. Sa promesse.

Mon cœur bat plus vite. Mes sentiments se mélangent à la confusion.

Peu importe les moyens, y compris la mort de Thomin.

Peu importe les moyens, quitte à trahir le monde entier.

Pour nous deux.

À l'exception d'Orféa. Avec moi, Alimar est le seul à s'être démené pour elle. Il n'a rien pu faire, pas même tenir cette promesse. Pourtant, il me la renouvelle encore une fois, alors que je l'avais rangée au milieu de ses belles paroles et de ses esbroufes.

Ma vue se brouille. Je ne sais pas quoi faire de ce bijou.

Je tends la main gauche et agite le petit doigt, celui qu'il a embrassé en me jurant d'être à mes côtés quoi qu'il advienne.

Ce soir, il me l'a encore démontré. Même sous l'armure du Cador. Même lorsque ses lèvres de métal cherchaient les miennes. Mon autre main monte jusqu'au souvenir du goût du fer, sur ce baiser que j'ai porté à ce masque.

Fébrile, je détache mon collier et ajoute cette bague aux clés du Palais Bönté afin de ne pas la perdre. Je repasse la chaîne autour de mon cou et continue d'observer les inscriptions. Il me semble qu'elles reproduisent l'écriture d'Alimar.

— Georgia !

Je sursaute à l'appel de mon frère. Je range le trousseau et le bijou dans mon décolleté et me redresse en chassant l'émotion au creux de mes paupières. L'esprit embrouillé par à la fois l'absence et l'omniprésence d'Alimar, je rejoins les hommes dans le couloir. Je ne me fais pas trop de souci. Mercurio et Urâne savent gérer mes deux amours.

Mon frère plisse le front face à ma mine de déterrée après une nuit blanche, mais me désigne en silence la cage d'escalier. Mercurio s'y trouve planté, outré, devant la fresque de Poe.

Le proprio va péter un plomb…

Je grimpe les marches et dépasse Norian qui le regarde agir, prêt à intervenir avec son flingue. Ses deux collègues ont la même attitude, au rez-de-chaussée.

Mercurio touche la peinture. Il s'en écarte aussitôt, comme si elle l'avait brûlé, puis recommence plus haut. Il doit se comporter de cette façon étrange depuis quelques minutes.

Norian se tend sur son arme.

Je lui fais signe de décompresser un peu…

— De quoi s'agit-il ? m'engueule le proprio.

— Mon nouveau voisin de palier a refait la déco. Il avait débuté sa fresque avant que je revienne vivre ici. Je lui ai donné mon accord pour poursuivre parce qu'il adore peindre. Et son talent en jette !

— Il a refait la déco ? s'emporte-t-il.

— Oh oh, ça va ! Je te rappelle que, pour moi, tu étais mort il y a encore à peine quelques heures. Et puis, les goûts ne se discutent pas. Je la trouve jolie ! Elle va bien avec la façon dont tu as décoré ton appartement. Elle représentait un bel hommage ! Alors j'ai laissé Poe peindre la cage d'escalier. Détends-toi, au pire, je lui demanderai de l'effacer. Même si je pense que ce serait dommage.

— Dommage ?

Il tend une main nerveuse en direction d'un parterre de fougères surmonté d'arbres touffus. Je me rends compte que Poe a ajouté un nouvel élément à ce décor en mon absence.

— Un éléphant à trois têtes ?

La coïncidence me surprend.

— Oui, un éléphant à trois têtes.

Mercurio me regarde comme pour m'inciter à comprendre quelque chose.

— J'ai ramené un livre prêté par Salazar Pinotte chez moi. Poe l'a découvert pendant ses essayages de costume. Nous avons pas mal traîné ensemble depuis que je suis revenue de Boisrouge. Il semblait intrigué, alors je le lui ai passé. Il l'a sans doute feuilleté et s'en est inspiré !

— Cette peinture se révèle étonnante, commente mon frère.

En appui sur sa canne, il nous rejoint, son intérêt rivé sur les détails tracés en brun sur l'or.

— Je l'avais déjà remarqué. Elle est comme… magnétique.

Mercurio désigne le prince dans un geste brusque pour appuyer son propos. Norian dégaine face à cette menace. Urăne s'empresse de lui demander de la ranger. Le revenant s'enlise tant dans cette découverte qu'il ne relève même pas qu'il a failli se prendre une nouvelle balle.

— Elle est magnétique, répète Mercurio.

— Oui, elle est… attirante.

Je réponds sans comprendre son raisonnement.

La vache, l'enfermement lui a laissé plus de séquelles que son aspect physique décharné. Dans les fringues de Morengo, il ressemble de plus en plus à un vampire affamé.

— Elle te rappelle la décoration de mon appartement, souligne-t-il.

Ses mains font des allers-retours entre lui et la fresque.

— Là tu me perds, lui avoué-je.

— Georgia, as-tu déjà regardé cette œuvre avec tes lunettes de souffleuse ?

— Bah non. Je suis au chômage technique depuis un moment…

— Tu le devrais ! Cette peinture se gorge de la magie des Souffles !

— Pff, n'importe quoi ! Poe n'est pas un Aster. Il n'a pas de tatouage. Du moins pas un rouge sur la nuque. Je lui en ai découvert un étonnant dans le dos.

— Nous non plus, nous n'en avons pas, me rappelle Urăne. Ton Poe n'est pas net.

— Tout ça parce que tu le rends un peu nerveux et qu'il a un don qui vous dépasse.

— Ces paysages illustrent d'ordinaire les anciens contes faes ! m'apprend Mercurio. Ils ressemblent à ceux qui ornent les murs du palais de Prismeris ! Peints à l'or ! Saisis-tu enfin le problème ?

— Oh, bordel… Sous-entends-tu que Poe est un fae ?

— Impossible ! Seuls trois sont autorisés à vivre à Providence.

— Pas par nous, corrige le prince, pourtant lui aussi choqué.

— Qui est ce Poe ?

Mercurio me cramponne. Norian dégaine à nouveau son flingue. Cette fois, Uräne ne lui ordonne pas de le baisser. Je leur fais signe de tous se calmer, deux secondes !

— Ce nom ne me dit rien ! s'enlise-t-il. Mais il est certain que cette personne a déjà mis les pieds au Palais de Prismeris !

Il s'enlise dans une crainte qui me fait redouter le pire. Mais le fait qu'il ne connaisse pas Poe m'étonne.

— Je sais que tu ne sortais pas beaucoup de chez toi, mais, quand même, *Poe* ! Le sans-abri qui squattait le bout de notre rue. Tu ne pouvais pas le louper ! Il parlait à tout le monde ! Il est super sympa. J'étais ravie de lui offrir un toit dans l'appartement d'Adert.

Mercurio secoue la tête, incrédule.

— Comment une personne sans ressources peut-elle acquérir de tels pigments ? me questionne-t-il.

— On trouve de tout à Montlilas ! Je n'ai pas le nez dans ses affaires.

— Georgia, je ne connais pas cet homme ! m'assure-t-il, sur le point de disjoncter. Je ne l'ai jamais vu dans le quartier !

— Mon pote n'est pas un mirage ! Tout le monde lui cause. Bon ma sœur avait eu peur de lui. Mais mes chiens l'adorent ! Je lui donnais toujours mes tickets-repas et quelques cigares.

La porte s'ouvre sans que mes gardiens de l'immeuble aboient. Ils savent qui entre.

Un peu éméché, mais le cœur léger, Poe effectue quelques pas, son sourire encore plongé dans cette soirée qui semble s'être bien terminée. Il lui faut quelques secondes pour s'apercevoir du comité d'accueil. Il titube d'avoir descendu les pyramides d'alcool du bal princier, mais parvient à se redresser devant les flics qui ont tous pointé leur arme sur cette coïncidence.

— Bah, dans ce cas, je te présente Poe.

Chapitre 32

Georgia

Mon ami remarque le fae qui m'agrippe.

Les deux se jaugent.

Une peur panique s'empare de Poe et une inexplicable pitié de moi.

— Arrêtez-le ! s'écrie Mercurio.

Le temps que l'ordre ricoche de Norian à ses hommes, le malheureux prend la fuite. Mes chiens bondissent pour partir à sa recherche et entravent la progression des policiers.

Non !

Je bouscule Mercurio pour qu'il me lâche et dévale les escaliers. La canne d'Uräne barre le chemin au prisonnier qui tente de me suivre. Je détale dans la rue en compagnie de Norian. Il crie à Pablo et Konrad de rester dans l'immeuble avec le prince.

Pour la discrétion, on repassera.

— Urane ! Lys !

Je veux les rattraper avant qu'ils ne se fassent percuter par une voiture. Je n'ai qu'à repérer les aboiements et tourner à la première intersection pour les retrouver campés sur le bitume, la truffe levée vers une paire d'ailes qui a déchiré l'habit de bal. De multiples yeux marron et bleus battent des paupières au-dessus de plumes blanches. De parfaites copies de ceux effrayés de Poe. Mon ami éméché est juché sur une poubelle depuis laquelle il tente d'échapper à leurs crocs.

Bon sang… Poe est un fae !

Il se fige face à moi. Sous le choc de cette apparition, j'arrive tant bien que mal à attraper mes chiens.

— Rendez-vous ! ordonne Norian dans mon dos, lui aussi stupéfait.

Je me retourne afin d'implorer la clémence de la police, incompétente sur le sujet fae. Poe s'envole sous les grondements.

Comme eux, je scrute le ciel étoilé qui tourne à l'orangé. Je fais marche arrière et cours dans la rue principale, accrochée à mes amours aussi perturbés que moi. Je croise une ombre qui survole les câbles du tramway suspendu. Elle disparaît dans le lever du soleil, trop massive pour n'être qu'un simple oiseau.

— Rentrons, suggère Norian, ses craintes rivées sur le ciel.

J'ai du mal à en détacher les miennes.

Poe ! Un fae !

J'ai vécu un mois sur le même palier sans m'en rendre compte.

J'ai bien logé au-dessus de Mercurio deux ans sans m'en apercevoir.

Un peu stupide, la Georgia…

Je me morigène pendant tout le chemin jusqu'à l'immeuble, en tenant mes chiens. L'arme de Norian a regagné sa ceinture, sous son blouson en cuir de civil. Je fais signe à plusieurs voisins que tout va bien, dans l'espoir qu'ils retournent dormir.

Or, non, rien ne va !

Je connais cet homme depuis que j'ai emménagé dans ce quartier. Pour moi, il fait partie de ce lieu depuis… toujours !

Me surveillait-il ? Comme c'était le cas pour Thomin et Mercurio ?

Est-ce un pur hasard ?

Savait-il qui j'étais ?

Se situe-t-il du côté de Phalémir ? Mercurio le sous-entend.

Le barge en a eu marre d'attendre le retour de sa fille, alors il a dépêché des guerriers pour effectuer le travail plus vite. Ils ne sont peut-être pas que trois à être autorisés à sortir d'Edstar.

Poe a des ailes !

Comment font-ils pour les dissimuler ? Et ses yeux ! Combien en a-t-il ?

Il est carrément intimidant dans le genre fae ! Davantage que ceux croisés dans le rêve de Maxwell. Lui possède l'envergure d'un oiseau majestueux !

Le pire, dans cette histoire, est que cette image de lui m'en rappelle une autre.

De retour à l'immeuble, je lâche les chiens dans l'entrée et claque la porte. Absorbée dans mes pensées, mais surtout dans ma déroute, je grimpe les escaliers et passe devant Uräne et Mercurio. Ils n'ont pas bougé au milieu de leurs suppositions sans fin.

— Où est-il ? me brusque le fae.

J'aimerais le savoir !

Je ne réponds pas. Norian leur fera un compte rendu.

Je poursuis mon ascension jusque chez moi. Dans les lumières de la ville, je cherche mes lunettes de souffleuse dans le tiroir de mon buffet. En même temps, j'attrape la clé de mon voisin qui glisse parmi les nombreux objets inutiles qui traînent dans ce meuble.

— Georgia ? me questionne Uräne depuis le rez-de-chaussée.

— Deux minutes, bordel !

Un peu à cran, j'essaie de respirer. Ma monture quitte les frisettes au sommet de mon crâne pour terminer sur mon nez. À l'affût de la moindre trace de Souffle, je pénètre dans l'ancien logement du majordome de Mercurio, une copie du mien, en moins bordélique.

Poe n'a pas grand-chose à lui. Au milieu du séjour presque vide, dans cette ambiance devenue pourpre et coutumière, je retrouve le livre prêté, ouvert face à l'unique chaise de la table. Je fouille sa chambre, à la recherche d'indices, mais seuls les habits en pagaille sur le lit me prouvent à quel point il a voulu bien paraître ce soir. Et je sens que ce n'était pas feint.

Dire que j'ai fait entrer un fae au Palais Bönté !

Au milieu de tout le gratin !

Tout dans son comportement me fait douter qu'il se trouve à la solde de Phalémir.

Mais les apparences sont souvent trompeuses…

Je me penche sur l'histoire de Barok, l'éléphant à trois têtes et me confirme la source d'inspiration du peintre. Je ne suis pas rassurée pour autant.

Je saisis l'imposant volume de contes et le feuillette en rejoignant la bande. À quelle page se situe cette image qui m'obsède depuis quelques minutes ?

— Qu'as-tu apporté ? s'étonne Mercurio.

Je relève le nez sur lui, mais surtout sur la fresque. Ma bouche s'ouvre de stupeur. La peinture luit d'un éclat rendu rouge grâce à mes verres, comme les Souffles !

— Oh mince, tu as raison.

Je soulève ce filtre à plusieurs reprises et alterne entre la lumière blafarde de la cage d'escalier qui ne rend pas hommage à cette œuvre et l'ambiance sanguine. Le parallèle avec Boisrouge me frappe. Avec cette lumière et cet éléphant, on se croirait au beau milieu du domaine Pinotte, mais dans une version plus féérique, plus ancienne…

Non ! Je me trompe.

C'est une copie plus vivante de la forêt traversée dans le rêve de Maxwell.

Je retire mes lunettes et les tends à Mercurio.

— Tu veux voir ?

Il descend brusquement d'une marche.

— Je ne peux pas y toucher. Tes verres sont en argilis.

— Ah oui, c'est vrai… Uräne ?

Avec appréhension, il les porte sur son nez. Mon frère ouvre aussi grand la bouche face à cette découverte.

— S'il s'agit d'une œuvre digne d'un château, nous voilà bons pour rebaptiser cet endroit : le Palais Trépas Service. Qu'en penses-tu, Mercurio ?

Je me pose au milieu de l'escalier pour reprendre mon feuilletage. Il plisse le front, sans savoir comment encaisser ma taquinerie.

Moi non plus, à vrai dire.

Cette nuit s'éternise et me fatigue.

Je reste persuadée d'avoir déjà croisé cette paire d'ailes parsemées d'yeux. Mes précautions envers l'ouvrage ancien s'effritent à mesure qu'une nervosité s'installe pour de bon. Intrigué, Uräne s'assied sur la marche derrière mon épaule et observe les illustrations des contes des guerres entre humains et faes qui se seraient déroulées il y a plus de huit siècles. Salazar n'y voyait rien de sérieux…

Mes fesses, oui !

Une feuille glisse d'une page, juste assez pour attirer mon attention et me donner raison. Je ne comprends pas les dessins où se mélangent géométrie et constellations inconnues. Je tends le papier griffonné au seul fae de cette pièce et repère l'objet de ma recherche : cette paire d'ailes portée par un corps masculin qui n'a pas beaucoup de points communs avec Poe. Ces traits ne lui rendent pas hommage. En revanche, l'armure qu'il porte ressemble à celle devant laquelle mon ami s'était attardé.

Impossible…

— Je ne sais pas déchiffrer cette écriture, s'en désole Mercurio.

— Puis-je lire ? me demande Son Altesse.

Je lui passe le manuscrit.

— Encore un énième conte sur Arïes, maugréé-je. Tu n'y trouveras rien d'original, mis à part ce dessin. Poe a les mêmes ailes.

Mercurio tend le cou pour mieux observer l'image.

— Un Filant ! s'étonne-t-il.

— La description ne mentionne pas son nom. Juste qu'il est l'unique et jeune frère du Gracié Arïes, l'un de ses chevaliers.

— Poësis, murmure Mercurio sans parvenir à le croire lui-même.

Nous relevons le nez vers lui.

— Poësis, répété-je. D'où sort ce nom ? Et c'est quoi un Filant ?

Il prend le temps de s'asseoir une marche plus bas et de rassembler ses souvenirs lointains.

— La Maison Filant est une lignée de souverains migrateurs. Ils profitaient de l'éternité pour changer de château au gré de leurs envies. Ils régnaient sur Edstar, mais ont été anéantis pendant la guerre. L'Astralis a sonné la chute du dernier roi Filant : Aëtos.

— Essaies-tu de me faire croire que Poe a plus de huit cents ans ?

— J'en ai plus de trois cents.

— Oh la vache ! Tu ne les fais pas !

— Merci…

Il roule des yeux.

Hé ! Mon compliment se voulait sincère.

— Trois cents ? murmure de stupeur Pablo.

Norian se retrouve si tendu qu'il ne peut presque plus respirer derrière ses bras croisés.

Ça fait beaucoup. J'en conviens.

— La Maison Filant ? relève Uräne. Comme les étoiles filantes et Bönté ?

— Ils se rattachent à elle, nous apprend Mercurio. Ce cheval ailé a traversé les croyances de votre peuple. Arïes a incorporé quelques-unes de nos déités aux vôtres.

Son regard nacré passe par-dessus mon épaule. Je me retourne en direction du prince qui porterait ce nom à lui seul.

— Donc, il s'agit d'une des familles royales fae dont vous nous parliez ? creuse Urãne.

— Les Filant n'existent plus qu'à travers leurs uniques descendants, la Maison Céleste.

La bouche de mon frère se pince en une moue perplexe.

— Et ça veut dire quoi chevalier d'Arïes ? Ce Poësis était-il un Faëster ? Poe est plus probablement l'un de ses descendants. Comme moi avec Pygma.

— Tu es quoi ? s'étonne Norian.

Je chasse sa question d'un revers de la main. Je ne suis pas convaincue qu'il devrait tout entendre. J'apprécie beaucoup ce seul flic à avoir fait preuve de sympathie avec moi, une souffleuse.

Bon d'accord, un peu plus que sympa…

Mais je m'inquiète pour lui et ses hommes à courir après les faes et la malédiction.

— Selon nos légendes faes, Poësis était décrit comme un peintre talentueux. Arïes et lui auraient trahi notre peuple afin de fonder le leur. Poësis était l'un des bras droits du prince, un chevalier. Là encore un titre qu'Arïes a apporté à la nouvelle culture qu'il fondait. Donc, je suppose que oui.

— Les Faësters sont censés avoir perdu leur immortalité en même temps qu'Arïes ses ailes, note l'abonné au Scriptorium.

— Ah, vous voyez ! Poësis ne peut pas être notre Poe ! Et détail de taille : il n'est pas mort.

— Je ne l'explique pas, cède Mercurio. Le reste lui correspond. D'après la description de ses ailes dans ce livre, je suis convaincu qu'il s'agit de lui.

— Peut-être que c'est un artiste qui, à cause de sa ressemblance physique, s'est attribué le surnom du prince qu'il adorait.

— Ta théorie n'enlève pas le fait que ce fae n'a rien à faire à Providence.

— Souligne le fae qui n'a rien à faire à Providence…

Mercurio plisse le front. Il évite de me répondre et reporte son attention sur le papier griffonné. Sa frustration le ronge.

— Je n'y comprends rien !

Je me relève pour reprendre cette énigme. Ses doigts se crispent sur les symboles étranges. Il finit par céder, conscient qu'il ne peut pas négocier grand-chose.

— En tout cas, ce Poe semble appartenir aux Filant et non aux Saturnia, note Uräne.

— Un point plutôt rassurant !

— Pas vraiment, me contredit Mercurio. Les Saturnia se sont emparés du pouvoir à la chute des Filant, lorsque Arïes a fondé Providence et créé une dissidence. Phalémir a assassiné le roi Aëtos et sa famille, la seule légitime à gouverner selon nos lois sacrées. À la vue du peuple qui avait survécu à la guerre et à l'Astralis, Phalémir s'est servi de la trahison des frères pour justifier qu'une nouvelle Maison devait rebâtir et assainir notre royaume mis à sang. Or, si nous nous tenons en présence de Poësis, s'il s'agit bien du prince immortel, alors il pourrait revendiquer le trône d'Edstar.

Mes doigts se crispent sur la feuille. Je la suppose écrite par Poe puisque je ne l'avais pas dénichée avant aujourd'hui. Je ne parviens pas à associer mon ami à tout ce bazar.

— Renverserions-nous Phalémir avec son aide ? espère Uräne en refermant le livre.

Les policiers échangent des regards inquiets, à commencer par Norian.

J'affirme pour de bon qu'ils ne devraient pas entendre cette conversation. Or, ils doivent suivre le prisonnier comme son ombre. Je m'étonne de voir Mercurio réfléchir à cette possibilité avec autant de sérieux.

— À supposer qu'il souhaite se joindre à vous, ce dont je doute étant donné la clandestinité dans laquelle il se terre. Il faudrait aussi trouver des partisans des Filant. La chose devrait être assez simple à cause des dernières décennies tyranniques du règne de Phalémir… Mais le plus ardu sera de convaincre ces mêmes partisans d'accorder leur confiance à l'un des princes qui nous a condamnés à cette malédiction !

Je frotte mon gant de bal. Mes doigts passent sur les aspérités formées par mes petites écailles. Je ne peux pas croire que Poe, cet être si gentil, soit responsable d'un tel massacre et du mal qui me ronge à mon tour.

Mon cœur se gonfle d'un chagrin que je tente de contenir. J'ai assez pleuré sur ces escaliers. Je me suis promis d'avancer.

J'essaie coûte que coûte de m'en tenir à cette résolution et à la voix d'Orféa.

« Ne sombre pas, Georgia. »

« Sois heureuse. »

Rien à faire, une larme m'échappe lorsque Mercurio achève de ruiner les espérances d'un autre prince :

— N'oubliez jamais, Votre Altesse, qu'une pluie d'étoiles filantes se trouve à l'origine de la paix, mais surtout de nos malheurs respectifs. Inutile de déclencher une nouvelle guerre en souhaitant commander à la bonté.

Chapitre 33

Uräne

— Tu es bien matinal !

À moitié assommé, je traîne des pieds en boitant de ma chambre jusqu'au petit salon qui jouxte mon bureau. J'ai l'impression de n'avoir dormi que quelques heures, pourtant l'horloge sur ma cheminée m'indique que l'après-midi se montre bien avancé.

Vautré dans l'un de mes fauteuils, un café en main, Alimar ricane de ma moue ensommeillée. Il fait preuve d'autant d'égards envers mon rang que je lui en retourne en tant qu'invité. Pantalon décontracté et chemise lâche sur le dos, je m'échoue sur le canapé le plus proche. Mon vieil ami ne lève que sa tasse pour toute marque de déférence.

Je n'en demandais même pas tant.

— Je t'ai servi le plus corsé et le plus pimenté, comme tu l'aimes, m'annonce-t-il en me désignant le plateau entre nous. Je venais aux nouvelles, puisque j'ai été évincé du groupe cette nuit. Une vilaine habitude…

J'avale une gorgée pendant qu'il croise les jambes. Son blouson, ou plutôt celui de ma sœur pend mollement sur le dossier. Alimar plisse le front. Mon silence lui paraît étrange. Il n'est que le résultat de ma fatigue.

— Mercurio apprécie-t-il d'être rentré chez lui ? Comment se porte Georgia ?

Son inquiétude brise cette illusion de normalité qu'il tente de préserver.

— Elle va étonnamment bien, compte tenu de sa situation et du fait que son cavalier était un Faëster.

— Allons bon, rien que cela ?

— Je te parle d'un authentique chevalier de la première génération. Un véritable Faëster au sens strict du terme : un fae choisi par l'étoile. Il a pris la fuite lorsque son secret a été dévoilé.

Sa tasse redescend vers sa soucoupe sur la table en un mouvement lent et stupéfait.

— Impossible ! Ces faes ont perdu leur immortalité.

— Dis-le au voisin de palier de Georgia, Poësis.

Alimar plisse le front sous ses mèches noires ondulées. Je ne l'ai pas reçu de cette manière informelle depuis des années. Malgré cette distance entre nous, je suis content qu'il ait forcé sa chance aujourd'hui. J'ai conscience d'avoir été rude hier, lorsque j'ai découvert sa seconde identité. Ma colère s'est mêlée à un sentiment de trahison familier. Ces secrets qui écorchent ma vie ont emporté trop loin mes mots.

Son éclat de rire me fait sursauter. Une goutte de café tombe sur mon pantalon et me brûle la cuisse. Je serre les dents, mais le maestro sans pitié s'enlise dans un fou rire.

— J'ai failli te croire. Pourquoi pas Arïes tant qu'on y est ?

— Alimar, tu es le plus facétieux de nous deux. Je ne blague pas. J'ai vu ce fae de mes propres yeux. Georgia et Norian affirment qu'il possède des ailes de plumes couvertes d'yeux, comme dans le livre de contes rapporté de chez tes parents. Poësis était le frère cadet d'Arïes. Un artiste, au grand dam de Mercurio.

Sa mâchoire s'en décroche de surprise, sans jamais lui clouer le bec…

— Alors là… ce n'est pas banal.

— Banal ? Vraiment ?

— Que dire de plus ? L'un des chevaliers que tous croyaient morts se balade dans Providence.

— Il fait la manche à Montlilas.

— De plus en plus inconcevable…

— En tout cas, conserve cette information pour toi. N'en parle pas à mon père.

L'une de ses grimaces surjouées émerge au milieu de sa stupeur, l'une de celles qui donnent l'illusion qu'il a croqué dans un citron acide. Elle me fait basculer sur la réserve en quelques secondes.

J'aimerais lui accorder ma confiance inconditionnelle, celle qui cimentait notre amitié. Or, sa réaction et son nouveau masque me poussent à me montrer vigilant, quand bien même il ne le porte pas sur lui.

Je n'aurais pas dû aborder le sujet de Poe.

— Grïffon devrait être mis au courant que la Maison Céleste compte un autre membre.

— Un Filant, corrigé-je. Seule la Maison Céleste peut régner sur Providence. Quoique lui doive avoir accès à une magie qui dépasse sans doute la mienne, maintenant que mes maigres dons se révèlent d'aucune utilité sans l'encre pour me lier au palais. Je reste légitime par le sang, mais ce Poësis pourrait-il défendre Providence et unifier les deux royaumes ? Après tout, tu dois avoir raison. Il est à la fois de la Maison Céleste et de la Maison Filant. Je vais me retrouver à faire la manche à sa place, à Montlilas, avec Urane et Lys pour unique compagnie.

Les yeux d'Alimar s'agrandissent en une moue grotesque. Je finis par en rire. Il vaut mieux cela que de continuer à m'enliser dans ces conjonctures.

— Tu as des pouvoirs, Uräne, m'affirme-t-il sans surprise. Tu es légitime, qu'importe dans quel sens nous prenons le problème.

— As-tu lu la presse après mon exploit de Pourprebrume ?

— Au risque de devoir te heurter encore une fois, le roi m'a appris ce que tu n'avais jamais osé me dire. Je ne t'en veux pas, m'arrête-t-il avant que je me justifie. Et te voir sombrer dans cette mélancolie m'insupporte. D'autant plus que je parie que tu ignores certains de tes dons, sinon tu aurais effectué des convergences plus tôt.

— Qu'insinues-tu ?

Trois coups résonnent contre la porte de mes appartements et me font encore sursauter. Une seconde tache de café agrandit la première et aggrave mon humeur. Je dépose ma tasse et me lève, mais je fais signe à Alimar de ne pas prendre la tangente. Nous avons à parler.

— Oui ?

Mon impatience tonne dans le salon. Le garde de mon père s'avance de quelques pas avant de dévoiler une douce surprise dans son dos.

— Votre Altesse, me salue-t-il. La prêtresse souhaite vous demander audience.

— Valentina n'a nul besoin de permission, faites-la entrer.

Je n'ai pas intérêt à la lui refuser. Mon comportement d'hier soir est inexcusable, quand bien même j'ai été pris de court par les événements qui ont suivi.

Georgia est arrivée avant que je m'enfonce plus loin dans cette nuit et dans cette drogue laissée à mon chevet par ma complice. Aux dires de ma cour, je considère Ludmila comme ma favorite.

Ils n'ont sans doute pas tort.

Tout est toujours simple avec elle. Elle propose et, bien souvent, je ne refuse pas. Je sais que, derrière ces instants partagés, il n'y aura pas de complications ou de coups fourrés. Cette femme connaît tous les moyens possibles de distraire un homme. Elle tient trop à sa liberté pour risquer de s'enfermer dans un palais avec moi, une couronne sur la tête et peu d'amusement autour. Choses qui n'arriveront plus désormais. Je devrais m'en réjouir, mais le sentiment d'échec prédomine.

Mon augure me rejoint, dans sa robe d'un bleu nuit parsemée d'étoiles, sans aucun ressentiment visible sous sa dentelle.

— Je vous apporte en personne votre horoscope du jour.

Elle me le tend sous un sourire.

Me pardonne-t-elle mes frasques de la veille ?

Cette victoire, sans y apporter aucune excuse, me paraît trop facile…

J'attrape le papier. Nos doigts se frôlent dans un soubresaut de mon cœur qu'il me faut étouffer. Valentina ne remarque pas mon égarement.

Elle ne le remarque jamais.

En revanche, elle manifeste sa surprise de trouver Alimar chez moi. Le meurtrier de son père, de son propre aveu, s'enfonce dans l'inconfort. Après réflexion, il se lève du fauteuil et enfile son blouson.

— Bien, je vais vous laisser…

— Reste !

Ma subite autorité le fait tiquer.

Si chacun m'assure que je suis légitime en tant que roi lorsque mon temps viendra, alors qu'ils commencent à s'habituer à cette nouvelle posture.

— Développe ta pensée, insisté-je.

— Je doute que le moment soit bien choisi.

L'attention d'Alimar glisse sur mon augure. Seul un léger pincement de lèvres montre qu'elle n'apprécie pas cette méfiance.

Et moi non plus !

— Parle librement devant Valentina. Elle sait tout de la Maison Céleste.

Je n'aime guère sa façon de l'étudier, à la manière de l'un des puzzles ardus de la prêtresse.

— Alimar…

— Vous qui savez tout de la Maison Céleste en lisant sa destinée dans les étoiles, me coupe-t-il d'une manière abrupte. Vous ignorez pourtant bien des secrets…

— Un secret est ce qu'il est, Monsieur.

— Oh, non, pas monsieur avec moi ! Alimar ou Maestro suffiront.

— Ali ! m'impatienté-je.

— Ou, Ali, si vous tenez à cette familiarité. Mais revenons à nos moutons. Peut-on *masquer* la vérité au cosmos ?

Il choisit ses mots avec soin.

Fait-il référence au bandeau qu'elle porte ?

Le Culte a tendance à aveugler ses membres, mais une telle prise de position m'étonne de sa part. Néanmoins, je deviens curieux d'entendre sa réponse.

— Certaines choses restent hermétiques à leur lumière.

— Comme le fer ? se hasarde-t-il.

Elle paraît surprise, mais prend le temps d'y réfléchir. Je ne cerne pas la direction qu'emprunte cet entretien.

— Que veux-tu dire ?

— Vouloir et pouvoir sont deux aspects différents, Uräne.

— Merci, je l'ai depuis longtemps compris. Cesse donc tes pirouettes. Tu m'agaces !

— Il fallait y songer avant de faire entrer ton augure. Sans souhaiter vous offenser.

Valentina l'approuve. Elle se range de son côté !

Alimar s'attarde sur elle dans l'ombre d'une idée qui me déplaît. Peu importe laquelle.

— Connaissiez-vous un certain Linus ? lui demande-t-il sur la retenue.

— Qui ? s'étonne-t-elle.

— Oubliez ! s'excuse-t-il presque en secouant la tête.

Le pâle sourire d'Alimar me déconcerte.

Bon sang, à quoi pense-t-il ?

— Les étoiles ne savent pas tout, pour finir. Ce qui explique que vous soyez encore en vie.

Sa déduction me met hors de moi. Il nous salue, mais je ne cautionne pas cet affront. Je le rattrape par le bras lorsqu'il passe devant moi. Mes doigts s'enfoncent dans le cuir de son blouson. Mon geste lui déplaît autant que moi ses mots. Nous toiser de la sorte ne nous ressemble pas. Malgré tout…

— Pourquoi la menaces-tu ?

— Idiot de prince.

Je me prends de plein fouet cette façade froide sur laquelle glisse ma rage, celle à laquelle je me suis heurté plus d'une fois : le Cador. Je ne supporte pas que le chevalier s'en prenne à Valentina.

— Tu insultes ton futur roi !

— Oh, futur roi, prince déchu… Il faudrait accorder ton violon, Uräne. Et apprendre la nuance entre un simple constat et une menace avérée.

— La bouche du Cador parle à travers la tienne.

Ses yeux se plissent en une nouvelle injure qu'il contient. Je le connais par cœur. Sa retenue peu coutumière chez lui bascule sur mon augure.

— Ne la regarde pas.

— Bravo, Uräne. Tu viens de lui mettre sur le dos le poids de mon identité secrète. Continue de donner à Sa Majesté de bonnes raisons de te séparer de l'Uranie.

— Tu te fonds dans l'ombre d'un être dangereux. Il voulait l'enfermer, mais comment être certain qu'il n'exécute personne à la cité monacale ou au prieuré de Fortvaillant ? Le chevalier est une plaie suintante sur le royaume. Et j'ai peur que tu deviennes aussi pourri que lui !

Mon pouls s'emballe sur ma véritable crainte qu'il se soit encore laissé embarquer dans je ne sais quelles promesses alléchantes.

Alimar me reprend son bras brusquement.

Sa colère rassurante chasse l'inflexibilité du Cador.

— Idiot de prince, répète-t-il. L'homme que tu dénigres tant voulait mettre Valentina en sécurité. Il n'a *jamais* tiré un seul coup de feu de sa vie. À l'inverse de moi, il n'a *jamais* assassiné quelqu'un.

Je secoue la tête, incrédule. Ceci ne ressemble en rien aux rumeurs qui circulent sur ce mystérieux masque.

Les paroles de Gédéone, prononcées un jour au Scriptorium, me reviennent en mémoire.

— Le Cador n'a jamais été pris en train de tuer ou de se servir d'une arme, selon le gardien du Temple.

— Et pour cause, il ne le peut pas ! Sinon, crois-moi, le Cador se dispenserait d'une doublure.

— Mais pourquoi ?

Ma voix monte d'incompréhension.

— Oh, Uräne… s'atterre Alimar. Je t'en ai déjà trop révélé. Fais marcher ta cervelle.

— Comment tirer des déductions à partir de choses que j'ignore ?

Une exclamation de surprise nous pousse à nous retourner. Valentina, elle, semble établir des connexions avec son savoir.

— Je vous laisse, s'enfuit le fourbe. Je ne peux être présent, pas avec un garde royal derrière cette porte. Je tiens à embarquer avant que mon Souffle ne regagne sa liberté.

Sa main se pose sur la poignée.

— Tu viens d'affirmer que le premier Cador ne tuait pas !

— Lui, non. Mais Maxwell serait enchanté de me faire la peau.

— Maxwell ? De quelle façon travaille-t-il avec le chevalier ?

— Oh, par la sainte étoile, se catastrophe Valentina. Les variations et les incertitudes dans le ciel de la Maison Céleste provenaient de ce *masque*.

Elle reprend le mot de mon invité. Tous deux commencent à me donner le tournis.

— Allez-vous enfin parler ?

— C'était un plaisir d'avoir pris le café ensemble. Pardonnez-moi, Votre Altesse, je ne peux rester. J'ai à faire.

Alimar ouvre la porte sur cette déclaration et me prive ainsi de réponses.

— Ali !

— L'amour n'attend pas !

Il le lâche dans une pirouette destinée à amadouer le garde. Le temps que je traverse le salon, l'ascenseur se referme sur un :

— Navré, je ne pouvais rien te révéler.

Chapitre 34

Uräne

— Souhaitez-vous que nous l'interceptions au rez-de-chaussée ? me questionne le garde.

Je me suis tant perdu dans ce manège que je mets du temps à répondre que c'est inutile. Alimar possède une protection inébranlable.

Je rentre dans mes appartements. Valentina a disparu de mon salon, mais déambule dans la roseraie. Les plantes fanent peu à peu et se préparent à l'hiver. Je redoute de devoir en faire autant.

— Voulez-vous bien m'expliquer ?

Je tente de maîtriser ma voix et ma colère, car Valentina ne s'en trouve en rien responsable. Mes doigts froissent l'horoscope que je n'ai toujours pas consulté. La prêtresse se retourne au milieu des pétales rouges qui tombent sur les lys.

— Lorsqu'un prince ou une princesse monte sur le trône, il endosse la charge d'un serment fait par Arïes dans le sang de ses chevaliers faes : celui que lui et sa descendance régnante protégeront leur peuple.

— Là se situe le devoir de tout souverain.

— Ceci signifie que la personne qui porte la couronne de Providence ne peut ôter la vie à l'un de ses sujets sans lui-même en payer le prix.

Un coup de massue s'abat sur moi. Je chancelle sur la jambe endolorie et recule jusqu'à une chaise en fer forgé blanc, devant une table qui se couvre peu à peu de pétales rougeoyants.

— Je l'ignorais.

— Cette information n'est divulguée qu'au couronnement, en même temps que quelques secrets du palais. Céréza m'a enseigné mon savoir en tant qu'augure de la Maison Céleste.

J'encaisse cette nouvelle avec le plus grand mal. Non pas des conséquences qu'implique ce serment. Je n'ai jamais souhaité prendre la vie de l'un de mes futurs sujets. Mais plutôt de la révélation qui en découle.

Mon esprit ne parvient pas à la formuler tant elle me paraît improbable, insensée, mais surtout déchirante. Je m'accoude à la table et laisse tomber l'horoscope parmi les prémices de l'hiver. Je dissimule ma peine à Valentina derrière mes mains. Le bruit de la chaise sur les graviers et la présence qui s'installe à côté de moi me prouvent qu'elle n'est pas dupe.

Tout s'aligne. Il me manquait cette unique clé de compréhension pour saisir pourquoi le chevalier s'octroyait autant de liberté, pourquoi je l'ai insulté et même frappé.

J'ai frappé mon père !

Je ne parviens même pas à le regretter sous la tension qui enserre mon crâne. Je contiens ma rage et mes larmes.

J'en ai trop déversé pour un homme qui, depuis des années, est capable de sortir de son palais et qui n'a jamais cru bon de mettre cette capacité au profit d'une rencontre, sans son masque, avec l'adolescent qui croulait sous la détresse de la disparition de sa mère. Il ne me faisait pas confiance pour conserver son secret.

Mon cri de souffrance résonne contre mes mâchoires résolument closes. J'ai la certitude que je n'ai jamais intéressé mon père au-delà d'un simple héritier.

Une chaleur presse mon épaule. Cette main dans mon dos arrête le flot des pensées dont je dois me détacher pour continuer à tracer ma voie telle que je l'entends. Valentina essaie de me réconforter.

Je m'en veux de lui apporter du souci.

Mes doigts glissent de mon visage, mais ma tête lourde reste au creux de ma paume. Accoudé à cette table, j'observe la belle prêtresse à la droiture teintée d'empathie.

— Et maintenant, que faisons-nous ?

Ma question interrompt ses cajoleries.

— Je ne comprends pas, Votre Altesse.

Un soupir las m'échappe. J'aimerais tant qu'elle me nomme Uräne.

— Qu'ont prévu les étoiles pour moi ?

Je détaille sa robe parsemée d'astres.

— Vous le savez déjà. Votre cœur blessé ouvrira les portes d'un avenir radieux, récite-t-elle, une fois encore.

— Aucun doute, mon cœur est blessé…

Mon intérêt revient sur sa moue tordue de compassion. Jamais un augure ne m'avait paru si chaleureux. Mon bras libre se lève au milieu de ma mélancolie, afin de caresser une ondulation de ses cheveux noirs aux reflets auburn. Elle se redresse, mais sa main ne quitte pas mon épaule. Je scrute sa réaction. Mon geste familier devient sensuel lorsque mes doigts remontent jusqu'à sa joue brune. Je me redresse en m'égarant sur sa peau.

Valentina ne me repousse pas.

Puisque notre roi, censé être un modèle, a lui-même bafoué nos lois sacrées en sortant du palais et en épousant une Uranie, pourquoi ne pourrais-je pas moi aussi goûter à ce plaisir défendu ? Mettre de côté ces protocoles ennuyeux pour édicter mes règles ?

Je me le demande pendant que je me rapproche lentement de la prêtresse.

Je ne peux lire sa réaction derrière son bandeau. Je me mords la bouche pendant que je mesure le poids de la transgression que mon corps entier me somme d'accomplir.

Non pas pour arrêter de souffrir, que ce soit de mes blessures physiques ou morales. Ou pour oublier l'humiliation dans laquelle mon propre père me plonge. Cette femme s'introduit au milieu de mes fantasmes. Elle attise mes désirs les plus inavouables et les plus prohibés.

Elle me fait rêver.

Comme j'en ai besoin en ce moment…

Mes dents relâchent mes lèvres. Son haleine sent le café. Je souris à ce goût que nous avons en commun, comme bon nombre de personnes. Dans notre cas, il m'attendrit.

— Que faites-vous ? me murmure-t-elle.

Son souffle tressaute. Elle se crispe sous mes doigts.

Mon comportement est tout à fait déplacé. Je retire ma main et m'éloigne d'elle.

— Pardonnez-moi, Valentina, je n'aurais pas dû. Je n'ai pas d'excuse.

Ses muscles se détendent. Elle opine pour m'accorder ce point de maladresse. Néanmoins, elle ne paraît pas offensée.

— Ma mère m'a mise en garde contre les hommes qui nous volent au Culte.

— Là n'était pas mon intention. Mille excuses.

— Comme mes sœurs, je n'ai jamais connu mon père, me coupe-t-elle. Mais ma mère n'avait pas le même discours avec elles ou moi. Elle tenait à ce que je devienne augure. Elle affirmait que j'étais trop importante pour me perdre dans le lit d'un homme.

— Votre mère vous a bien enseigné. Elle vous a protégée.

Valentina y réfléchit. Sa main quitte mon épaule en une longue caresse qui m'achève. De tout cela, elle ne se rend pas compte.

— Peut-être bien, finit-elle par admettre.

Je souris à ce doute. Je la trouve toujours plus attirante.

— De quelle couleur sont vos yeux ?

— Pardon ? s'étonne-t-elle.

— Ma question est-elle déplacée ? Elle aussi…

J'en ai assez de parler à des masques. Assez de me tromper !

J'aimerais tant la contempler dans les yeux, autant que de rencontrer ceux de mon père. Même Alimar me les cache désormais. Il a appris à porter son grimage en toute circonstance. Nul besoin qu'il soit fait de métal pour cela.

— Non, lâche-t-elle après un moment de réflexion. Personne ne me l'a jamais demandé. Ils sont gris, ponctués de corps célestes, comme tous les augures.

— Vous plaisantez ?

Je me grandis sur ma chaise et ramène ma jambe sous moi. Je crispe la mâchoire sous l'effet de ma douleur au talon, mais je n'arrive pas à croire ce que j'entends.

— J'ai pour habitude de ne dire que la vérité, même si elle dérange.

— Des corps célestes ?

Elle acquiesce à cette évidence.

— Il y a des étoiles au fond de votre regard ?

Ma phrase sonne comme une mauvaise technique de flirt. Mon ton se rapproche plutôt de l'incrédulité.

— Il s'agit d'une sorte de copie du cosmos. Lorsque nous devenons apprentis augures, un rituel chasse la couleur de nos iris pour nous octroyer cette vision céleste. Ce gris nous permet de capter plus de lumière. Quand nous délaissons notre devoir, cette singularité nous quitte. D'où cette absence chez Céréza à présent.

— Il y a des comètes et des planètes qui se déplacent en vous ?

Je scrute cette dentelle dans l'espoir de rencontrer ce phénomène. Elle ne m'a jamais paru aussi agaçante !

— Ce ne sont que des projections, mais vous pouvez le voir de cette façon.

— Oh, croyez-moi, j'aimerais le voir.

— Personne n'y est autorisé. La dernière à avoir aperçu mes yeux est Céréza, le jour où elle m'a partagé son don alors que j'étais adolescente. Ce choix n'a rien d'anodin. Elle me forme depuis le plus jeune âge à lire le ciel, même avant l'alphabet.

— Mon ciel… maugréé-je.

— Et celui de notre roi et de notre reine, bien que rien de cohérent ne ressorte de celui de Lÿs étant donné qu'il s'agissait d'une fausse identité.

— Et le fer du Cador vous empêchait de tout apprendre de votre souverain…

— Exact. D'une manière plus générale, il faut savoir ce que l'on cherche lorsqu'on traduit les étoiles.

Je ramasse l'horoscope échoué et prends enfin le temps de le consulter. Je détecte une grimace gênée sur Valentina.

Elle me l'a apporté en personne.

Souhaitait-elle jauger ma réaction ?

Depuis quand n'assume-t-elle pas ses prédictions ?

Tant de mystère me force à le déchiffrer à haute voix :

— *Horoscope personnel de Son Altesse Royale…* blablabla.

Mon ellipse lui soutire une moue outrée. J'en glousse d'amusement. Il n'y a qu'elle ou Georgia qui réussisse à me remonter le moral d'une façon prodigieuse.

— *Amour.*

J'adopte une voix suave.

— *Le jeu éclipse la prudence. Jouer avec le feu brûle toujours les doigts.*

Je m'étrangle au beau milieu de ma lecture.

— Je me trompe ou vous désapprouvez mes aventures ?

— Ce sont les étoiles qui parlent et non moi.

Elle croise les mains devant elle, sur sa robe. Son menton se lève pour tenter de conserver la face.

Est-elle jalouse ?

Je secoue la tête pour m'ôter cette fable de mon crâne et reprendre cette distraction bienvenue.

— *Fortune. Une promesse tenue est un ami convaincu. Porter une montre vous permettrait de les honorer et non de les offenser.*

Un sifflement admiratif m'échappe.

— J'ai vraiment froissé les étoiles.

— Il semblerait, lâche-t-elle dans un haussement d'épaules.

— Je leur demande pardon. Je n'avais nulle intention de les blesser.

— Leur pardon ne dépend pas de moi. Je ne suis que leur messager.

Un léger sourire en coin creuse cette farce. Le mien s'agrandit, en particulier, car je relève une chose :

— Ami ?

Je ne pourrais guère prétendre à plus. Il faut juste le temps que mon cœur reçoive cette prédiction à son tour.

— Poursuivez, m'incite-t-elle, en m'indiquant le papier.

— *Souffle. Une pluie d'étoiles filantes s'approche de votre royale tête. Ne sortez pas sans votre parapluie !*

La première phrase pourrait s'interpréter de manière tragique si la seconde ne me provoquait pas un fou rire. Mon amusement ricoche sur la responsable de ces mots. Valentina part dans un rire clair et sincère. Je n'avais jamais entendu ce son merveilleux avant cet après-midi.

Le mien se calme, mais mon sourire demeure. Je dois me contenter de son bonheur. Même s'il me frustre, dans un sens, il me convient. La voir heureuse me ravit et me suffit.

— Le cosmos a beaucoup d'humour, approuvé-je en repliant le papier.

Je le glisse dans la poche de mon pantalon et me relâche contre le dossier de ma chaise.

— Je trouve aussi, m'accorde Valentina.

Son rire repart de plus belle. Comme j'aimerais arrêter le temps.

Chapitre 35

Georgia

Je ne cours peut-être pas aussi vite qu'une paire d'ailes n'est capable d'emporter un fae, mais je possède un avantage non négligeable.

— Poe ?

Je l'appelle dans la nuit infinie.

Poe, Poe. Poe…

Ce nom ricoche en un écho féminin qui ne ressemble pas à ma voix.

Quelqu'un me parle dans ma tête ?

Cette distraction s'évanouit. Je me concentre sur l'image du visage de mon ami.

Au milieu du néant, le serpent rampe à mes pieds. Son corps constellé d'étoiles apporte une lumière en même temps qu'une idée. Je me méfie de lui, depuis qu'il m'a mordu, mais Pygma était chevalier au même titre que Poësis. Ils devaient se connaître. Le reptile peut-il m'aider ?

— Peux-tu me conduire à mon ami Poe ?

L'animal se redresse. Une petite langue fourchue passe entre ses crochets, sans que j'en saisisse le sens.

— Poe !

La bestiole se jette sur moi.

J'ai anticipé un coup de ce genre et me suis déjà décalée.

— Mais, bon sang, c'est quoi ton problème ?

Je doute de plus en plus qu'il ne soit qu'une simple émanation de mon pouvoir. Il agit selon sa propre logique. Il me balade là où il en a envie, quitte à évincer les miennes.

Et il ne lâche pas l'affaire !

J'esquive deux attaques, dont, de peu, une nouvelle morsure cérébrale.

— Arrête, Pygma !

Ma supplique traverse l'obscurité. Le serpent fuit d'un coup devant cette ombre, plus sombre que les ténèbres. Je commence sérieusement à flipper…

D'où sort cette chose ?

Un pas supplémentaire me fait basculer dans un gouffre sans fond. Morte de trouille, je ne parviens même plus à crier. Mes paupières se ferment dans un réflexe qui répond à mon corps en chute libre.

Je ne les rouvre que sous le coup d'une chaleur qui me cuit sur place, affalée sur un sol ponctué de roches. La soudaine luminosité me saisit d'une nouvelle crainte.

— Avançons !

Mercurio crache cet ordre sans s'arrêter. Les cheveux courts, il écrase les cendres comme s'il cherchait à fuir quelque chose. Sa musculature remplit à nouveau sa cuirasse.

— Écoutez-le.

Quelqu'un me met debout.

Je glisse sur une pierre recouverte de lichens. Ma semelle de chaussure de marche libère un liquide suintant à la forte odeur de fer. Un nuage de spores s'envole dans le souffle d'un jet de lave, à plusieurs centaines de mètres de nous, au milieu d'un étang de magma.

J'en reste sans voix.

— Avancez sans respirer ou vous y passerez !

Cette personne me rattrape et me pousse dans le dos. Elle me force à suivre le rythme qu'imprègnent les grandes enjambées de Mercurio, machette en main et fusil à l'épaule. Inutile de me retourner pour savoir qui me parle.

— Ce n'est pas vous que je cherchais !

— Mais moi, je vous cherche depuis des nuits, m'avoue Maxwell.

Mon coup d'œil en arrière m'assure qu'il ne plaisante pas. Affublé de la même tenue d'expédition que Mercurio, le général de l'époque arbore une mine déterminée où perce l'inquiétude. Plus loin, fermant la marche d'une troupe de civils identifiables à la démarche moins entraînée, je repère la silhouette de mon père, arme au creux du coude, à l'affût du danger.

Je refoule l'envie de me rapprocher pour le sortir d'ici.

Ce n'est qu'un rêve, celui de Maxwell.

— Regardez où vous mettez les pieds, m'ordonne-t-il. La moindre chute peut vous coûter la vie ou celle de vos camarades.

Je déglutis avec difficulté. Il finit par me rattraper.

En sueur, il sait que j'ai enfreint les portes de son inconscience à mon insu.

— Pourquoi vouloir me parler ? Et pourquoi dans ces conditions ? Autour d'un café dans votre bureau suffisait !

— J'ai essayé de vous approcher au bal, mais vous m'avez évité avec soin. Je n'ai pas le luxe de choisir mes cauchemars, Mademoiselle Lamare. Ou il y a longtemps que je me serais contenté de ne plus dormir. Même si ce vœu se réalisera sous peu.

— Vous comptez vous supprimer ?

Ma question m'écœure, mais son cheminement me conduit à cette solution ultime, celle à laquelle je refuse de songer pour le moment.

— J'ai un arrangement avec monsieur Pinotte.

Il scrute ma réaction.

Espère-t-il qu'Alimar se charge de lui à cause de sa double identité ?

Toujours fourré avec le Cador, Maxwell se trouve forcément dans le secret. Il ne me semble pas dans un état si avancé qu'il nécessite de recourir à une telle extrémité. Je m'interroge.

— Vous êtes le dernier passager mystère !

Mon attention se reporte sur le premier : le griffon qui ouvre la voie au milieu des marais de lave.

— Nous devrions entrer dans les bois et fuir cette chaleur !

La voix de mon père me fait sursauter. En arrière, il s'adresse à son général, le front plissé des mauvaises suggestions de Mercurio. La troupe n'en a pas conscience, mais le fae les perd au milieu des lichens qui recouvrent les roches.

Aucun arbre ne pousse ici.

L'orée de la forêt se situe sur l'horizon rougi par ses cimes. Mercurio évite à tout prix ce chemin. Non seulement il les conduirait à la cité, mais continuerait de décimer les griffons.

Maxwell reste concentré sur moi et ne répond pas à Andrey.

— Je me doutais que vous viendriez avec lui. Je souhaitais m'assurer que vous preniez la bonne décision.

— Vous en assurer ? Sachez que je suis la capitaine de cette expédition !

— Ridicule, cingle-t-il.

Une perle de sueur coule le long de son visage sévère. Ses cheveux sont aussi coupés court, loin de ses boucles blondes plaquées à la cire.

— Hé, je vous conseille d'être plus sympa avec moi, si vous voulez embarquer.

— Vous avez besoin de moi ! Et il en va de votre devoir de m'emmener loin de Providence. Tout comme vous faites le bon choix de fuir.

— Je ne fuis pas ! Je pars à la recherche de mes parents ! Et d'un remède.

Son sourcil s'arque d'une insulte que je ne préfère pas entendre.

— Il n'existe aucun remède. La reine Lÿs restera notre priorité. Quant à cette histoire avec votre père, oubliez-la. Pour le bien et la réussite de *votre* expédition.

— Dites, le roi est-il au courant que vous venez avec nous ?

— Pas encore, me confesse-t-il.

— Hein, hein. Vous ne comptez pas le lui annoncer, j'en suis certaine. Vous avez trop peur qu'il vous l'interdise. Si Ali et vous partez en même temps, il va se retrouver avec un seul Cador pour seul homme de main. Donc vous désertez, général.

Son front se creuse encore de réflexions.

— J'ai quitté ce grade en même temps que la garde. Et je constate que monsieur Pinotte ne sait toujours pas se taire. Le roi sera contrarié.

— Comme il le sera d'apprendre que vous complotez dans son dos. Fermez-la à son sujet et j'en ferai de même sur le vôtre.

— Ôtez-moi d'un doute…

Il enchaîne sans montrer une once d'inquiétude quant à cette délation.

— Uräne n'est pas prévu sur ce bateau ?

Là, ça craint !

Maxwell peut autant nous mettre des bâtons dans les roues que le roi.

— Bien sûr que non ! Qu'est-ce qui vous fait croire ça ?

— Votre présence et ce titre ridicule de capitaine.

— Bah, merci !

— Les moyens dont vous devez disposer pour une telle expédition. Le fait qu'il s'agit de son vœu le plus cher depuis que Lÿs a disparu. Tous ces éléments me font redouter que l'unique héritier du trône cherche à rejoindre cette opération suicidaire.

— Parlez pour vous ! J'ai l'intention de vivre !

Je crie ces mots alors que nos épaulières se touchent. Ma détermination à m'accrocher à mon existence, aussi déplorable soit-elle, remonte du plus profond de moi, dans un besoin primaire de respirer et de marquer cette cendre de chacun de mes pas.

Si la résignation gagne Maxwell, ce n'est pas encore mon cas.

— Même si j'ai peu d'espoir pour nous, je vous le souhaite.

Sa sincérité stoppe ma progression. Sa main recouverte d'une mitaine en cuir souple passe sous mon coude pour m'enjoindre de tenir ce rythme infernal.

— Mais je souhaite aussi que l'homme sur qui j'ai veillé pendant plus de vingt ans, l'enfant que je protège depuis sa venue au monde, nous survive à tous les deux.

Ses mots me remuent.

L'émotion qui les ponctue me transperce la poitrine.

Ce discours est celui d'un tuteur qui souffre de n'avoir jamais été reconnu comme un père, bien qu'il en ait endossé presque tous les rôles. Uräne est obsédé par celui qui lui tourne obstinément le dos, alors qu'il aurait pu tisser avec le gouverneur une relation père-fils, un peu bancale, mais toujours plus authentique.

Le prince espérait être le fils d'un roi.

Il pourrait être celui d'un héros.

Ça me tue de l'admettre. Maxwell peut être une enflure de première, mais il ne fait que répondre aux ordres de Grïffon. Il a dirigé les légendaires griffons. Il a fait ce qu'il fallait pour ramener le maximum de ses hommes en vie, quitte à laisser les plus têtes brûlées et les désobéissants sur le carreau. Il ne pense qu'à servir son pays et à préserver cet enfant qu'il a aimé. Je le ressens dans son cœur.

— Je comprends que vous désiriez le protéger. Je vous l'assure. Mais je ne peux pas interdire à Uräne de venir avec nous.

— Alors je me charge de le lui apprendre !

— Il vous en voudra et vous ne devriez pas vous quitter de cette façon. Ce n'est pas la dernière discussion qu'un fils devrait avoir avec son père.

La violence de sa tristesse me foudroie. J'ai du mal à respirer. Sous ses mâchoires contractées, j'en devine autant. Ses doigts s'enfoncent dans mon coude, entre les deux pièces de cuir ponctué de fer qui enveloppent mon avant-bras et mon bras.

Nous nous arrêtons. Le paysage se brouille autour de nous. La troupe défile sur des visages peu reconnaissables. Maxwell perd le fil de ses souvenirs.

— Je n'oublie pas ma place et ne prononcez pas ce genre de phrase.

— Elle est pourtant véridique.

— Le prince est blessé, contre-attaque-t-il. Voyez où nous marchons et le rythme nécessaire pour ne pas être la cible de créatures. Et encore quand les spores ne se chargent pas de nous endormir et de nous souiller. Vous savez ce qui nous attend dans cet horizon, où Andrey et nous finirons par aller. Le vrai chemin vers la cité de Prismeris.

Mon père nous dépasse au même moment, en queue de troupe. Comme tout autour de nous, il devient évanescent. Je ne peux plus conforter mes propres souvenirs avec une nouvelle image de lui. Mon cœur s'alourdit. Maxwell en profite pour enfoncer le clou des vérités.

— Il ne pourra pas marcher comme je vous obligeais à le faire.

— Vous me cherchiez pour cette raison. Pour me prouver qu'il en serait incapable.

— J'avais des doutes à confirmer. Empêchez-le de venir. Vous êtes la fille de deux gardes royaux talentueux et d'une reine fae. Vous trouverez en vous les ressources nécessaires pour avancer jusqu'à ce que votre corps se transforme. Vous ferez tout pour la réussite de cette mission, j'en suis persuadé. J'ai davantage confiance en vous qu'en l'allégeance vacillante de monsieur Pinotte.

— Vous le pensez vraiment ? marmonné-je, prise au dépourvu.

— Je vous suivrais plus volontiers que cet homme masqué, car je connais les valeurs avec lesquelles vous avez été éduquée. Je sais aussi qu'au-delà de toute considération d'obligation de devoir rendu à votre royaume, vous tenez à Urāne autant que moi.

Il ne lui est pas difficile de le percevoir à travers ce lien qui se tisse entre nous, au milieu de ce songe. Une brise fraîche balaye mes boucles sur mon front humide. Le contraste avec les éruptions de lave me laisse craindre mon réveil imminant.

Maxwell le comprend. Il tente le tout pour le tout :

— Empêchez-le de commettre la plus grande erreur de sa vie. Pour lui. Mais aussi pour Providence. Le peuple a besoin de lui.

Ses doigts lâchent mon coude. Je bascule à nouveau en arrière. Plus aucun serpent ne traîne dans le coin, juste l'ombre qui m'avale en même temps qu'elle me retient. Elle me dépose sur un matelas moelleux, au milieu de draps qui sentent la sueur.

— *Poësis*, murmure encore cette voix inconnue.

Je me redresse d'un coup dans mon lit.

Mon cœur bat fort sous l'effet de cette brise bien réelle. Je me suis endormie avec la fenêtre ouverte.

La présence d'une silhouette à cheval sur le rebord me surprend. Rien à voir avec le Faëster que je cherche partout. Les sons de la capitale chassent le bruit des pas des griffons, en même temps que le « Bonsoir, cher rêve » d'Alimar en pleine lecture de son livre m'accueille sous les étoiles.

Chapitre 36

Georgia

Je l'observe tourner les pages avec un sourire en coin.

— Je suis vexé que tu prononces le nom d'un autre chevalier dans ton sommeil, lâche-t-il d'un ton léger.

— Tu m'espionnes depuis quand au juste ?

Il se détourne d'un conte, puis se tord le cou pour lire l'heure sur mon réveil mécanique.

— Deux heures ! C'est fou ce que le temps passe vite en compagnie d'un bon bouquin.

— À cheval sur ma fenêtre ?

— Oh, non, détrompe-toi ! J'ai escaladé l'échelle de secours, puis tapé un brin de causette avec Norian. Il m'a fait comprendre que, patron ou pas, je n'avais pas intérêt à pénétrer dans ta chambre sans ton accord. Chose que je n'avais pas l'intention de faire, tu t'en doutes bien.

— Tu as récupéré ce livre et tu as un pied dans ma chambre, m'amusé-je.

— Pour éviter de mourir d'ennui et de me faire repérer par Mercurio. Norian a promis de conserver mon secret. Ou plutôt, j'ai exigé de lui qu'il la boucle. Qu'importe, cela revient au même.

— Il y a une différence de taille : la loyauté.

Alimar ricane en douceur.

— Une belle chimère.

— Tu m'étonnes que Maxwell préfère me suivre… marmonné-je.

— Que dis-tu ?

— Rien. Tu peux entrer, Ali. Puisque je suppose que tu as décidé de ne pas tenir compte du souhait de Mercurio.

— Magnifique ! se réjouit-il.

Il enjambe le rebord, pendant que je m'extrais de sous la couette. Néanmoins, ses fesses ne quittent pas la fenêtre. Sous cette apparence sûre de lui, il est tiraillé entre respecter cette exigence imposée par la famille de l'une de ses victimes et venir me rejoindre. Je soulève le drap et sors de mon lit pour qu'il n'ait pas à effectuer ce choix.

Un sifflement retentit dans la ruelle.

— Elle est d'accord, lâche-t-il dans le vide, le pouce en l'air.

Que trafique-t-il encore ?

Je me penche et le force à me laisser de la place. Assis sur la passerelle de l'échelle de sécurité, en civil, mais surtout en vigie, Norian nous espionne.

Un soupir m'échappe.

— Les flics sont ici depuis moins de vingt-quatre heures et je me sens autant surveillée que Mercurio.

— Princesse Georgia, ricane Alimar.

— Ah non ! Tu ne vas pas t'y mettre, toi aussi. Uräne y croit déjà un peu trop.

— C'est compréhensible de sa part.

Je me cale à côté de lui, sur le rebord. Nos épaules prennent appui l'une contre l'autre. Son trésor d'enfance pressé contre lui, Alimar détaille ma chemise de nuit d'un air rêveur. La chaleur dans ses yeux chocolat me déclenche paradoxalement un frisson. J'aimerais que ses mains me caressent de la même façon. Ses bras se serrent autour de son livre pour s'interdire ce pas en avant.

À moins qu'il le redoute ?

J'ai du mal à placer la barre de ce qu'il me permet de faire, ou plutôt de ce qu'il s'autorise à entreprendre avec le corps d'une autre personne. Au milieu de ce silence peu coutumier, son sourire se brise lorsque son attention dérive sur mon pansement. Je ne supporte pas sa brusque tristesse. Je m'écarte d'un coup de lui.

— Que voulais-tu, Ali ?

Mon changement de ton le déboussole. Il fait un effort pour ravaler son émotion. Je devrais sans doute en accomplir de même.

— Je désirais juste te voir. Et, pourquoi pas, t'emmener danser ?

— Danser !

Il opine, puis entre enfin dans ma chambre, de quelques pas destinés à déposer son livre sur mon lit. Un journal accompagne le recueil de contes. Ma tête s'affiche en première page d'une feuille de chou, en compagnie de Poe, dans une pose glamour.

— Je me rends compte que nous n'avons pas eu de rendez-vous galant.

— Tu me proposes un rencard ?

Un inexorable sourire me vient en même temps que mes joues s'échauffent d'une suggestion à laquelle je ne m'attendais pas. Cet article l'a fait cogiter.

— J'ai envie de faire les choses comme il se doit.

— Monter chez son rendez-vous par l'échelle de secours, soudoyer son geôlier et l'observer dormir durant des heures te sortent d'office du « comme il se doit ».

— Je ne te regardais pas dormir. Par suite d'une visite chez Uräne, je m'instruisais sur mon concurrent.

Alimar balaye le journal d'un geste arrogant.

— Ma parole, tu es jaloux !

— De chaque homme susceptible de t'éloigner de moi.

Il me l'avoue sans détour. Le feu de mes pommettes se propage à l'ensemble de mon visage. Il s'approche en scrutant la moindre de mes réactions. Recherche-t-il des preuves pour étayer sa jalousie qui, chez lui, ne dépassera jamais le stade de quelques mots ? Ou essaie-t-il de tester ses propres limites ?

Ses yeux sur ma bouche me donnent envie d'autre chose que la danse qu'il me promet. Néanmoins, son idée me séduit. Autant que de le sentir près de moi.

— Puis-je ?

Ses doigts attendent mon accord pour toucher mon bras blessé. Je n'aurais pas hésité une seule seconde pour n'importe quelle partie de mon corps, mais ma réticence creuse son inquiétude.

— Je ne veux pas que tu voies le monstre que je deviens. J'ai peur de te maudire à ton tour. Tu devrais partir, Ali.

— Par chance, j'en suis moi-même un et j'ai l'habitude de les côtoyer…

— Tu n'as rien d'un monstre ! Ne sois pas ridicule !

— Alors, ne le sois pas non plus.

Aucun reproche ne gronde dans sa voix, juste une douceur qui m'incite à lui faire confiance.

— Je ne veux pas de ta pitié.

Sa main se pose sur ma joue en une tendresse appuyée.

— Cela tombe bien. Je t'offre mon soutien.

J'avale la boule d'émotion qui menace de m'emporter.

— J'ai décidé de vivre, de me battre.

— Je n'en attendais pas moins de ta part.

Il glisse en une caresse sur mon cou, mon épaule, puis le long de mon bras.

— Puis-je ?

Il le répète, ses doigts sur le pansement.

— Je ne connais que trop bien cette sensation de se sentir sali par un corps étranger. D'être marqué physiquement par ces choses qui pénètrent notre sacralité. De refuser d'être touché d'une façon intime afin d'éviter de souiller quelqu'un à notre tour. Assimiler nos blessures nous permet de continuer d'avancer. Tu dois la reconnaître pour qu'elle devienne ton combat.

— Ne serait-il pas préférable que tu les oublies de ton côté ?

J'effleure l'une des cicatrices de son visage. Ses yeux plongent dans les miens.

— Aucune magie ne pourra me réparer. Je dois apprendre à composer avec mes démons sans m'interdire de vivre.

— Mais à l'inverse de moi, ton passé ne risque pas de te tuer.

— Je n'en serais pas si certain à ta place.

Je mesure trop tard l'ampleur de son désespoir. Alimar se raccrochait à sa vengeance parce qu'elle l'empêchait de sombrer. Maintenant que Morengo est mort et qu'il n'a plus personne à faire payer, il lutte pour ne pas tomber dans des idées aussi noires que fausses.

— Tu ne me souilleras pas en me touchant.

— Tu ne me souilleras pas en me touchant.

Il répète après moi dans une détermination ternie par cet effort qu'il endure à assimiler mes mots avant les siens. Nos situations ne sont pas comparables. Cependant, je comprends où il souhaite en venir avec cet effet de miroir.

— Nous avons chacun vendu nos corps et, même si les blessures sont différentes, les conséquences s'en rapprochent.

— Je ne veux pas que tu souffres autant que moi, m'assure Alimar. Tu es une belle personne, Georgia. Laisse-moi juste être à tes côtés afin de ne pas t'enfermer dans cette solitude qui a failli me conduire aux portes de la folie et du crime.

— Je n'ai rien d'une belle personne. Cette attaque à Boisrouge m'a-t-elle transformée ? D'accord, Valentina est une Aster, mais Uräne n'a pas été touché. Peut-être n'a-t-elle été que le point d'orgue ? Les Services successifs, la Météore, les cigares… Toutes mes conneries ont pu me contaminer à un moment ou à un autre. La malédiction prend du temps à se déclencher. Regarde les griffons !

— Elles n'étaient que l'expression de ta détresse. Qu'importe comment c'est arrivé. N'endosse pas une nouvelle culpabilité.

— Je ne veux plus te perdre !

Ma voix se tord de tristesse.

— Tu ne m'as jamais perdu, me garantit Alimar avec douceur. J'attendais que tu guérisses à ta manière. Même si elle implique de te partager avec un autre chevalier.

Sa moue malicieuse me fait rire au milieu de mes larmes silencieuses. Comment peut-il penser que mon cœur aurait la force de battre pour un autre que lui ?

— Puis-je ? me redemande-t-il.

J'acquiesce et essuie mes joues.

— Pardon, Ali.

Ses mains s'efforcent de dénouer le pansement.

— Ne t'excuse pas de me faire part de tes inquiétudes et de tes larmes. Elles emportent le poids de tes doutes. Elles ont quelque chose de merveilleux lorsque tu souris en dessous.

Mes lèvres se pincent dans une subite timidité pendant que ses doigts œuvrent avec dextérité.

Comme Alimar m'avait manqué.

Il dépose la bande sur le lit et cherche mon approbation pour ôter la compresse. Ce carré de tissu n'a pour but que de dissimuler mon mal. Il n'y a plus rien à faire en ce qui concerne la plaie. Deux rangées de petites écailles la recouvrent déjà.

— M'autorises-tu à les toucher ?

— Je croyais que tu étais l'expert en malédiction.

— Je le deviens malgré moi…

— Fais-moi une promesse avant.

Il se raidit d'appréhension.

— Non, gronde Alimar. Ne me le demande pas.

— Tu ne sais même pas ce que je m'apprête à te dire.

— Que réclamer à l'assassin qui traque les morbois ?

— Tu as vu des personnes qui en souffraient…

— Georgia, non !

— Si je me transforme en un danger pour les autres, je veux que tu m'abattes, Alimar !

Il empoigne mon visage. Son front se colle au mien. Il secoue la tête, pour refuser de m'écouter.

— Tu veux te battre. Tu ne peux pas penser à ce genre de fin.

— Dans un combat, il faut envisager le pire. Tu seras le seul capable de mettre fin à mes souffrances.

— Tu me surestimes, cher rêve.

— Tu l'as promis à Maxwell !

Alimar se détache de moi, mais ses doigts restent sur mes joues. J'ai besoin de les sentir sur moi et de le savoir de mon côté.

— Comment as-tu eu connaissance de ce pacte ?

— J'entre dans ses nuits. Ou dans ses siestes, vu l'heure…

— Oh, je vais devoir me méfier de Maxwell aussi à présent. Le gouverneur est un honnête concurrent, raille-t-il pour détendre l'atmosphère.

— Maintenant que nous sommes de la même espèce, ses écailles m'attirent terriblement.

— Ceci n'a rien de drôle, tempête-t-il.

Une de ses mains quitte ma joue pour se poser sur mes jeunes squames. En temps normal, ma peau répond tout de suite à sa chaleur. Cette surface étrangère ne réagit à aucun stimulus. Elle est comme morte.

— Il s'agit d'écorce, m'apprend Alimar dans un sérieux que je n'aime pas voir chez lui. Tu deviens en partie végétale, en quelque sorte. Les faes ne peuvent plus t'abattre sans courir eux aussi le risque d'y passer. Je dois cette information à Bérénice.

— Ma blessure est une force, à effet limité dans le temps.

— Pour l'instant, me précise-t-il sèchement.

— Pour l'instant.

Mon sourire déterminé lui accorde cette nuance. Une main sur ma joue, l'autre sur mon avant-bras, Alimar m'observe. Il se perd dans ses pensées. Son éternelle assurance n'est pas loin de se fendre.

Je préfère changer de sujet.

— Tu ne voulais pas m'inviter à danser ?

— Ma moto nous attend au pied de l'immeuble, se réjouit-il.

— Tu plaisantes ?

Mes yeux s'écarquillent.

— Une moto ! Trop cool !

— Un souffleur doit avoir un bolide ! N'est-ce pas ainsi que votre guilde fonctionne ?

Il est persuadé d'avoir raison. J'explose de rire.

Vexé, il croise les bras. Il tente de rester digne en patientant que je termine de me moquer de lui. Alimar a toujours eu ce don de me faire basculer d'une émotion à l'autre en quelques mots. Pour le meilleur, comme pour le pire…

— Tu n'es pas un souffleur, Ali !

— J'ai un piège et mon masque de Cador est équipé de lentilles.

Son annonce me calme aussitôt. Il appuie son propos d'un geste en direction de mes lunettes rouges sur mon chevet, à côté du pot de crème acheté chez Maria. Je pourrai dire à Maxwell que cette piste ne fonctionne pas…

— Pourquoi as-tu un piège et pas moi ? Le monde est injuste !

— Privilège royal, chantonne-t-il.

— Il faut être reconnu par les autres souffleurs pour le devenir.

— Tu en es une !

— J'en étais une. Maintenant, je bosse au bureau des dépôts. Enfin, bossais. Apparemment, des absences injustifiées et non annoncées pendant plusieurs jours de suite entraînent un licenciement. Je n'ai jamais vu Vectra aussi heureuse que le matin où elle m'a virée.

— Qui est Vectra ?

— Ah, voilà ! Tu n'es pas un souffleur si tu ne sais pas qui est Vectra !

— Je suis un solitaire…

— Pourquoi tiens-tu à être considéré comme l'un des nôtres ? Tu ne pourrais plus mettre les pieds dans l'Opéra Royal ! En théorie, je n'ai pas le droit de m'incruster chez toi !

— Comme moi, chez toi. Mais je t'ouvre avec plaisir les portes de *mon* royaume. J'y programmerai même du jazz ou des séances de cinématographie si tu le souhaites.

— Tu le ferais pour moi ?

— Avec un peu de chance, cette nouvelle programmation fera aussi venir le prince. Il cessera de bâiller sur mes compositions. Et pour te répondre, je ne désire rien d'autre que de passer du temps avec toi. Avoir ce point commun a quelque chose d'amusant.

— Être souffleur est amusant ?

Je me pose en même temps la question. La plupart d'entre nous le font pour l'argent, avant toute autre chose. Mais courir après les Souffles dans une partie de cache-cache peut se révéler distrayant. Cependant, je doute qu'Alimar se fasse une idée juste de mon métier. Son intention de sortie est une occasion de le découvrir.

— Commence à faire chauffer ta bécane, dis-je en attrapant mes lunettes.

La branche en métal s'accroche à une chaîne. Je me dépêche de planquer entre mes doigts la bague qu'il m'a offerte. J'ai retiré les clés et l'ai enfilée sur le long collier.

— J'en suis ravi ! se réjouit-il, tandis que je dissimule le bijou dans mon dos. Je connais quelques clubs de jazz approuvés par le prince…

— Inutile. Je dois aller faire une course et c'est l'endroit parfait pour s'amuser.

Sa moue perplexe m'arrache un sourire. Alimar a toujours redouté les souffleurs. Il est comme ces gamins qui rêvent d'être un vampire, mais qui se feraient dessus s'ils en croisaient un véritable.

Il ne va pas être déçu…

— Où allons-nous au juste ? me demande-t-il sur la retenue.

— À l'Arum noir.

Chapitre 37

Georgia

La moto s'arrête sous l'enseigne à la fleur noire d'arum, un symbole en lien avec les Souffles et la mort, paraît-il. Je n'avais plus remis les pieds ici depuis plusieurs longs mois.

— Hum, Georgia ? m'appelle Alimar. Loin de moi l'envie de me séparer de toi, mais il va falloir descendre.

Je prends mon temps pour délier mes bras de son torse, grisée par cette escapade, les cheveux au vent, lovée contre sa chemise. Il me sourit par-dessus son épaule, ses lèvres si proches des miennes.

— Il te va bien, m'assure mon pilote.

Mes paupières papillonnent à la référence du blouson qui m'enveloppe d'une odeur de cuir et d'une note sophistiquée de myrrhe.

— Encore heureux ! C'est le mien.

Je m'insurge et me détache de la belle mécanique noire. La moue peinée d'Alimar me fait regretter ce reproche. Mince, il semble tenir à cette veste, volée en même temps que l'harmonica qui appuie contre mes côtes.

— Je te le laisse à deux conditions.

— À voir, minaude ce malin. Je m'en voudrais de te dépouiller de ta seconde peau.

— J'ai plus l'impression qu'elle est devenue la tienne.

— Il est vrai, me sourit-il en terminant de garer son engin.

— Premièrement, je garde mon cuir pour ce soir. Ils me connaissent tous à l'intérieur. S'ils le découvrent sur toi, nous ne sommes pas sortis de l'auberge.

— Hum… où me conduis-tu au juste ?

— Dans le repaire des souffleurs.

— Foutre Grâce, marmonne-t-il.

Sa perplexité balaye la façade de brique rouge et s'arrête sous l'enseigne, un brin funèbre qui lui confère son charme.

Je savais que sa nouvelle vocation n'était que du flan.

— Quelle est la seconde condition ?

— Que tu m'apprennes à piloter cette merveille ! J'avais une mobylette pour me rendre à l'école d'Administration. Rien à voir avec cette grosse cylindrée.

La joie chasse son inquiétude à mettre les pieds dans un territoire méprisé de tous.

— Après ce soir, je t'emmène en week-end, me propose-t-il. Où tu veux ! Nous en profiterons pour la faire rouler.

— En voilà une idée séduisante. Comment fais-tu si ton patron a besoin de toi ?

— Il est tout à fait capable de me retrouver. Donc, réfléchis à ta prochaine destination.

— Elle est toute trouvée. Je dois partir à la recherche d'une personne que m'a recommandée ton père.

— J'avais en tête un séjour de détente plutôt que de travail.

— Mais nous sommes aussi ici pour affaire, mon cher.

Je lui ouvre la porte du bar. Une fumée rouge chatouille aussitôt nos narines d'une odeur sucrée et verte à la fois. Quelques habitués consomment du cinarbre devenu illégal au milieu des banquettes en cuir havane. D'ici à ce qu'un flic ose mettre les pieds ici…

Je tire moi-même un cigare de la poche de mon blouson et l'allume sous l'œil critique de mon complice.

— Ce n'est plus ça qui me tuera !

— Je me fiche de ce que tu fumes, mais mon invitation concernait un rendez-vous galant.

— C'est à peu près de cette manière que se déroulent tous mes rencards.

— Mais je ne suis pas comme les autres, m'assure le maestro, une pointe de défi dans la voix.

— Je te l'accorde. Tu en es loin !

Je rougis de plus belle devant son air satisfait.

Je referme la porte derrière nous. Alimar vole mes lunettes dans mon blouson et les plante au sommet de ses ondulations noires, afin de paraître dans le coup.

— Ils vont se douter que tu n'en es pas un…

— Laisse-moi entrer dans mon personnage.

Il se compose une tête de dur qui correspond à la majorité des hommes présents ce soir sous leur cuir ou leur tweed, tout dépend des styles. Plusieurs œillades curieuses transforment les conversations en murmures, dont Alimar n'est pas le seul à en faire les frais.

Un jukebox crache une musique assez ringarde. Je passe mon bras autour de celui du chevalier pété de trouille à l'idée de se retrouver ici.

Il doit être le plus dangereux de nous tous.

Je lui fais signe de s'installer au comptoir. Il se hisse sur le tabouret voisin du mien sans parvenir à mettre sa vigilance au repos.

— Hé, Wilma ! Sers-nous deux maltés !

La grande barmaid en chemise blanche, cravate noire et au chignon blond de star, lève un sourcil parfaitement dessiné et surpris. Elle opine et appuie trois coups sur la sonnette à côté d'elle. Son code pour appeler sa femme quand un client désire la voir. Étant donné que je n'ai rien réclamé, j'en déduis que je suis attendue.

Je tire sur mon cigare dans une bouffée au goût proche du miel qui me procure autant de bien qu'elle me culpabilise. Comment faire autrement dans un lieu pareil ? J'ai déjà ralenti ma consommation. J'estime l'effort honorable.

La jambe d'Alimar tressaute de nervosité. Je pose ma main sur sa cuisse pour le calmer. Son regard inquiet se rive soudain sur moi.

Je me dépêche de me retirer.

— Pardon, je n'aurais pas dû sans te demander.

— Tu le peux, se précipite-t-il d'ajouter. Toi seule le peux. J'ai encore parfois des réactions un peu brusques, en particulier lorsque je me retrouve stressé, mais jamais dans l'intention de te repousser, toi.

— Je le sais. Et je ferai plus attention à ne pas te mettre mal à l'aise.

Il me répond d'un triste sourire qui tente de se montrer convaincant avant de changer de sujet.

— Que faisons-nous ici ?

— Je viens passer commande pour notre future randonnée.

— Tu appelles cela une randonnée ?

— Nous devrions nous trouver un nom, d'ailleurs, pour renforcer la cohésion d'équipe. Et nous allons en avoir besoin… Un miracle si l'on ne s'entretue pas avant d'atteindre notre objectif.

— Je suppose que le rencard de ton précédent sommeil a vendu la mèche.

— Il veut que j'empêche notre petite licorne d'embarquer.

La bouche d'Alimar s'ouvre en grand, entre admiration et offense, lorsqu'il comprend que j'utilise ce code pour Uräne.

— Son effigie n'a pas de corne. Et il est logique que monsieur M. l'exige. Voilà pourquoi je tenais à le leur cacher. Surtout depuis que notre petite licorne est boiteuse.

— Vous savez ce qu'on faisait aux chevaux boiteux dans la ferme où j'ai grandi ? nous surprend Dusty de l'autre côté du bar. Une chevrotine et…

Elle mime un coup de fusil.

Alimar et moi restons sur le cul.

— Mon père m'a demandé d'abattre le mien qui avait la jambe brisée. J'avais seize ans. Il appelait ça de la compassion qui forgeait le caractère. Ah, pour sûr, ça m'a endurcie. Je me suis tirée de chez lui.

— Et après, il râle que nous ne lui rendons jamais visite, s'indigne Wilma.

Elle dépose nos commandes devant nous.

— Faut dire qu'il ignore que je suis souffleuse, le défend Dusty. Au bout de trente ans de métier… Merde, Wilma. Je crois que je viens de les perdre. Regarde leurs tronches !

Elle étudie nos moues écœurées.

— Tu t'en étonnes ?

Sa conjointe tire un torchon de sous le bar pour entreprendre l'essuyage de ses verres.

— Tu nous ramènes un petit nouveau, Georgia ?

— Oui, hum…

Je m'éclaircis la gorge dans mon poing pour reprendre mes esprits. Je déteste qu'on maltraite les animaux. Le premier qui touche à un de mes chiens, je lui arrache la tête.

— Je te présente, Ali. Mon stagiaire.

— La débutante prend un stagiaire, ricane B.Ben quelques tables plus loin. Le pauvre est mal barré. Vectra m'a dit que tu avais changé de travail. J'en conclus qu'elle t'a virée.

— Je te demande ce que tu as fichu de ta journée ? Non ! Et sais-tu pourquoi ? Parce que je me contrefous de toi. Alors, oublie-moi.

Il se paye une tranche de rigolade avec sa bande de potes.

— Quel con, marmonné-je, en revenant à Dusty.

— Passe-moi l'harmonica, me commande Alimar rivé sur ce clan de crétins.

— Tu ne peux pas régler tous tes problèmes en musique…

— Pourquoi pas ?

Sa question revêt un sérieux un peu dérangeant.

— La chevrotine, insiste Dusty. C'est plus efficace.

Sa compagne soupire en essuyant un autre verre. Ce bar leur appartient. Seule Dusty est une véritable souffleuse. Wilma s'occupe de toute la gestion de l'établissement et de faire les meilleurs cocktails de la capitale.

— En parlant de tuer quelqu'un, je peux te voir un privé ?

M'entendre rebondir à sa provocation décontenance la patronne. Elle adresse un coup d'œil perplexe à Wilma, avant de céder.

— Oui, bien entendu.

Alimar se tourne, prêt à descendre du tabouret. J'écrase mon cigare dans le cendrier du comptoir et l'arrête tout de suite.

— Mieux vaut que j'y aille seule.

— Vous papotez crimes et je ne suis même pas convié ! murmure-t-il en se penchant vers moi.

— Tu n'en as pas le monopole.

— Si… m'assure la main du roi, dans un regard appuyé.

— Wilma, tu peux veiller sur lui ?

— Moi ? Euh… d'accord.

Les deux patronnes ont entendu ces mots qui les mettent mal à l'aise. Je dépose l'harmonica à côté du verre d'Alimar, avant qu'il ne me réponde qu'il n'a pas besoin d'une nounou.

Je contourne le comptoir, adresse un doigt d'honneur à la remarque déplacée de B.Ben qui commente le fait que deux femmes passent dans les réserves. Il a de la chance que Dusty soit déjà loin.

Les rayonnages de boîtes de conserves et de sacs s'alignent sur mon chemin pour rejoindre Dusty dans son bureau : une vaste pièce qui accueille son atelier. Comme Thomin, elle adore bricoler des pièges. Ce parallèle me replonge dans une douce nostalgie.

— Laisse la porte ouverte, m'ordonne-t-elle. B.Ben a la connerie ce soir. Il ne se remet pas que je lui ai collé la honte l'autre jour au dépôt. Il a décidé de me le faire payer en jouant les coqs. Je ne veux pas qu'il emmerde Wilma.

— Ali la défendra en cas de besoin.

— Elle peut se défendre, mais tu sais comment sont les mecs quand ils sont en groupe et qu'ils ont trop bu.

— Aussi stupides que bruyants.

— C'est bien résumé. À propos d'homme, tu nous ramènes un sacré loustic. Lui, il n'est pas souffleur ou je n'en suis pas une.

— Il avait envie de connaître ce monde. Alors, quoi de mieux que l'Arum noir pour lui en donner un aperçu ?

— Ce monde ou ton monde ? ricane-t-elle.

Je me mords les lèvres pour contenir un sourire. Mes doigts cherchent la chaîne à mon cou. La bague sort du décolleté de ma chemise. Je me surprends à la contempler.

J'ai confiance en Dusty, depuis le premier jour où Thomin m'a emmenée ici et où elle m'a défendue contre ceux qui ont cru que la petite débutante était un chiot avec lequel jouer. J'avais du mal à m'extraire de mon brouillard entre la Météore et les Services à l'époque, ce qui laissait penser à certains qu'ils pouvaient me chahuter. Thomin et Dusty avaient remis le château au milieu du royaume, comme disait mon patron.

— En tout cas, peu importe qui est ce type. Tant qu'il te fait sourire, il est le bienvenu à l'Arum noir.

— C'est gentil, Dusty.

— Ne répète pas trop que je suis gentille. Tu vas décrédibiliser des décennies de travail.

— Je conserverai ton petit secret.

Elle tire une chaise pour me l'offrir et pose ses fesses sur son bureau, au milieu de la comptabilité du bar et des récépissés de Souffles du dépôt. Elle s'accoude à la grosse machine à écrire qui mange le reste de l'espace sur ce meuble.

— Je préfère ne pas laisser Ali seul trop longtemps.

— Tu as peur qu'il se fasse emmerder ?

— J'ai surtout peur que tu doives rebaptiser cet endroit l'Arum rouge…

— Un sacré loustic, répète-t-elle, un brin inquiète. Abrège dans ce cas !

— Connais-tu les pièges à flash vert ?

— Bordel, Georgia ! Va falloir que quelqu'un surveille tes fréquentations !

— Thomin les a mis au point. C'est en partie à cause de l'une de ces inventions qu'il est…

Je ne parviens pas à terminer ma phrase. La flopée de jurons de la part de Dusty m'en dispense.

— Qu'attends-tu de moi au juste ?

— Tu m'avais dit de passer. Que tu me trouverais de quoi m'équiper.

— Je pensais te remettre en état un de mes vieux appareils le temps de te faire assez d'argent pour en acheter un neuf et plus performant ! Pas à une arme illégale. Ça m'étonne de Thomin.

— Si tu savais… Tu serais capable de monter des flashs verts et des rouges sur un même piège ? Pour assassiner puis capturer les Souffles à la suite ?

Ma requête la surprend, mais elle y réfléchit.

— Je suppose que c'est jouable, si les flashs se succèdent. Mais tu veux en faire quoi ?

— J'en ai besoin pour… une randonnée.

Elle me scrute longtemps, à tel point que je m'attends à ce qu'elle me fasse la morale. Dusty aurait bien l'âge d'être ma mère.

Un soupir marque sa prise de décision.

— Il faudrait que j'aie accès aux travaux de Thomin. A-t-il pris des notes ?

— Je n'en ai aucune idée. Mais Mercurio doit savoir comment il a réussi.

Heureusement qu'elle se cramponne à sa machine à écrire. Mon annonce la fait tomber à la renverse.

— Tu te fous de moi ? Je le croyais mort, lui aussi.

— Ça reste entre nous, mais disons qu'il se trouve en résidence surveillée.

— Putain ! Qu'est-ce qu'ils ont fichu tous les deux ?

— Je ne peux rien te dire tout de suite, mais, si tu promets de tenir ta langue et que je parviens à t'obtenir un rendez-vous avec Mercurio, serais-tu capable d'arriver à ce résultat ?

Une main devant sa bouche, elle prend le temps de la réflexion.

Je mesure un risque qui en vaut la peine. J'espère juste qu'Alimar appuiera ma demande auprès de Norian pour autoriser cet entretien.

Confectionner une arme illégale sous le nez de trois flics, je ne vois pas en quoi il pourrait dire non…

Mercurio venait ici les rares fois où il sortait. La coopération entre Dusty et lui ne devrait pas être compliquée. Ils s'adorent !

— Je suppose que oui, m'annonce-t-elle pour finir.

— Il te faut l'appareil pour quand ?

— Non pas un, mais cinq.

— Cinq ! Mais, bon sang, tu montes une armée ?

Les griffons avaient des fusils et les chevaliers affichent des épées sur toutes les représentations connues. Certaines sont encore exposées à côté de leurs armures au Palais Bönté. La plupart sont conservées par les familles et appartiennent à présent aux descendants.

Notre expédition sera équipée de pièges à Souffles.

Je ne sais pas manier le fleuret, mais ça, je maîtrise.

— Une armée de petites licornes en cuirasse !

Chapitre 38

Alimar

Je ramasse l'harmonica à côté de mon malté et le fourre dans ma poche de pantalon. Je ne le quitte pas pour autant. Je bois une gorgée de mon verre sans me détourner du groupe à qui Georgia a collé une exquise marque de respect. Elle ne fait qu'échauffer leurs esprits déjà saouls.

— T'as un problème ? me balance B.Ben.

— Je ne veux pas d'embrouilles ici, me sermonne la barmaid.

Je lâche l'affaire et fais abstraction des provocations.

— Je ne les cherche pas.

Elle opine sur cette assurance que j'apporte à mon comportement exemplaire. Je me demande ce que Georgia trafique en réserve avec cette autre souffleuse. J'aimerais être mis au courant de l'ensemble des aspects de cette expédition.

Pense-t-elle que ma présence rendrait plus difficiles les négociations avec cette Dusty ?

Je la laisse naviguer dans son univers et me cantonne à ce que je lui ai proposé : mon soutien.

J'avale une gorgée et manque de m'étouffer avec mon malté lorsque j'entends des pas dans mon dos. J'avise la bande d'écervelés qui rient aux éclats et m'en veux d'avoir focalisé ma vigilance sur eux. J'en ai oublié de surveiller mes arrières, dans ce repaire où je redoute de ne pas être le bienvenu.

Je dépose mon verre en scrutant le joli visage de la patronne, plus curieux qu'inquiet. Je compte les rebonds qu'effectuent ses pupilles. Deux personnes se plantent derrière moi.

— Tu es nouveau ? lâche une voix féminine empreinte de douceur.

Lentement, je pivote sur le tabouret. Je me retrouve face à deux inconnus plutôt vifs et à l'alcoolémie qui ne frôle pas l'inconvenance. Je suppose d'ailleurs qu'ils sont sobres au soda que boit l'homme aux cheveux verts d'une quarantaine d'années, directement à la paille dans une bouteille.

— Je suis en stage d'observation.

— Georgia engage un collègue ?

Il s'installe sur le siège à côté de moi.

— Il fallait s'y attendre, lui rétorque son amie aux yeux en amande.

Elle aussi porte un blouson en cuir, plus cintré que celui de Georgia.

— Nous avons remarqué votre tatouage, poursuit-elle. Nous ne connaissions que Mercurio comme Aster et souffleur. Nous nous sommes permis de vous aborder. Désolée, si nous vous dérangeons.

— Vous ne m'importunez pas le moins du monde.

Une fois, j'ai propulsé Georgia au beau milieu de la cour d'Uräne, sans aucune préparation. Mon initiative s'était soldée par un lamentable fiasco, en partie de mon côté.

Je le sens sur le point de se reproduire.

Le fait qu'ils me parlent de Mercurio me conforte dans l'appréhension tenace que mettre les pieds ici était une très mauvaise idée. Ces personnes pourtant calmes et respectueuses ne vont pas tarder à me faire la peau. Je ne lâche pas l'harmonica.

— Ah, Mercurio… soupire-t-elle. C'était quelqu'un qui en imposait par sa seule présence.

Je souris par politesse, mais j'ai la sensation d'avaler des clous.

— Le plus triste c'est d'avoir perdu Thomin, l'appuie son collègue. Des générations que sa famille était dans le milieu. Tout ce qu'ils ont construit, pouf, anéanti.

Je revois la souffrance de Thomin au moment où mon appareil lui a arraché son Souffle, puis tomber quand il a emporté Uräne dans sa chute.

Ce que je redoutais précisément en entrant ici.

Mes doigts deviennent moites sur l'instrument de musique.

— Sans compter que c'était quelqu'un de bien, renchérit cette femme. Vous le connaissiez ?

— Pourquoi devrais-je le connaître ?

Je réponds sur la défensive. Ils échangent des regards déconcertés.

— Bah, vous êtes avec Georgia et vous êtes un Aster. Il y a des chances que vous ayez rencontré nos deux camarades.

— Voilà qui appelle une logique implacable.

Personne ne relève mon sarcasme. J'essaie de respirer avec discrétion pour donner le change. Le visage d'Urâne en manque d'oxygène s'impose à moi.

Je m'embourbe dans mon absence de crédibilité. Je dois partir d'ici.

Mes nouveaux collègues ne semblent pas s'apercevoir de mon trouble. Ils le considèrent sans doute pour de la timidité et s'engagent dans quelques souvenirs avec Thomin, ami aimé de tous, à les entendre.

Je peine à l'imaginer.

Thomin ne pouvait pas m'encadrer et c'était réciproque.

Mon sourire crispé me coûte jusqu'à ce que la femme lâche :

— On a fait croire à un règlement de comptes entre souffleurs. N'importe quoi ! On ne se bat pas entre nous. Cette histoire est louche. Je vous le dis, il a été assassiné et son mec aussi !

Je me lève d'un bond. Je ne supporte plus de rester au milieu des proches de Thomin. Je sais pourquoi je l'ai tué. Parce qu'il s'en prenait à l'un des miens. Mais ces gens ne pourront jamais entendre la vérité.

— Où se situent les toilettes, je vous prie ?

— Vous n'avez pas l'air bien, m'accorde l'homme au soda. Wilma, tu as mis quoi dans son verre ?

— Dis que j'empoisonne mes clients ! gronde la barmaid qui n'en perd pas une miette.

— Où se situent les toilettes ?

Je me répète, plus brusquement.

— Au fond, après le jukebox, me montre Wilma.

Je traverse la salle d'un pas pressé. Je donne effectivement l'impression d'avoir la nausée. Pas besoin de jouer la comédie.

Au lieu de vomir les immondices de ma vie, je m'enferme dans les toilettes et grimpe sur la cuvette. Une fenêtre à côté de la tirette et du réservoir d'eau m'offre une échappatoire dans une ruelle aussi sordide que mon existence.

J'atterris lourdement au milieu des sacs poubelles et roule sur le bitume pour me dégager des ordures. Je titube, le cerveau groggy par ce mal rivé à ma conscience. Les images de cette soirée d'horreur défilent encore et toujours. Je suis obligé de m'asseoir sur le premier perron qui croise mon chemin.

Le cosmos tourne trop vite. Ma tête entre les mains, j'aspire à cesser de voir ces étoiles qui m'étourdissent. Je me force à respirer pour expirer mes vieux démons et me concentrer sur mon avenir. Les remords font partie de mon existence. Je les gère tant qu'ils se taisent. Quand ils explosent à la lumière de ma conscience, je plonge dans cet album imaginaire de visages que je m'efforce de mémoriser.

À celui de Thomin s'ajoutent ceux de Childéric et de Jakob.

Je me convaincs que j'ai bien fait dans tous les cas. Mais celui de Maxwell et, pire, de Georgia se joignent à cette macabre collection.

— Non, non… chuchoté-je. Pas elle.

J'ai beau me montrer fort devant elle, en réalité, je redoute l'instant où je devrai appuyer sur la détente pour la délivrer. Cette balle ne causera pas une seule victime.

J'en mourrai aussi.

Ce sera la fin du Maestro sanglant, du Cador et surtout d'Alimar…

Je n'aurai plus de raison de me battre sans Georgia. Même si je m'accroche à cet espoir de trouver un remède, je ne peux nier la faible probabilité d'y arriver.

Dans le fond, nous périrons ensemble sur ces terres maudites.

— Ali ?

L'inquiétude de Georgia m'amène à me dévoiler. Ma main glisse sur mon visage pour en chasser l'émotion. Or, cette femme possède le don de lire sous mes masques.

— Je suis ici.

Je compromets ma position pour avoir la chance de profiter un maximum de sa présence. Elle accourt vers moi, puis s'accroupit face à mon air penaud.

— Pardon, je n'aurais jamais dû t'emmener dans ce bar.

— Pardon pour Thomin.

— Non, Ali…

— Si, j'insiste. J'ai besoin de te le dire. Nous en avons besoin, tous les deux. Ou nous ne pourrons avancer nulle part ensemble.

Devenue blême, elle s'installe néanmoins à côté de moi sur cette marche.

— Je… je ne t'en veux plus. Thomin a merdé, je le sais. C'est juste dur parfois. Il m'a tirée de la situation qui était en train de me tuer.

— De cela, je lui en suis reconnaissant.

Georgia m'observe, puis un faible sourire apparaît.

Ses doigts filent le long d'une chaîne et jouent machinalement avec une bague. *La bague*. Celle que je souhaitais lui offrir afin de lui dire pardon pour son ami, tout en lui avouant pourquoi je l'avais fait.

— Tu l'as trouvée !

Rien que de la voir sur elle me comble de bonheur.

— Qu'as-tu fait graver comme musique ?

— La berceuse que tu m'as apprise. Elle te rappellera que je serai toujours là pour toi. Qu'importent les masques que je porte, mon cœur t'appartient, Georgia.

Une vive émotion la cueille, figée autour du bijou.

— Puis-je ?

Je tends la main pour la récupérer. Dans des gestes lents, empreints de réflexion, Georgia consent à détacher le collier et à me le remettre. Elle m'observe me débarrasser de la chaîne qui trouve la compagnie de l'harmonica, puis saisir son poignet gauche dans le but de renouveler ce serment prononcé des mois plus tôt :

— Nous n'abandonnerons jamais. Toi et moi. Peu importe les moyens.

Je dépose un baiser sur son auriculaire et enfile l'anneau gravé à la place qui lui est dévolue.

Les larmes bordent ses yeux et une douce chaleur réanime mon cœur.

— Même si je danse avec ou embrasse d'autres hommes ? me provoque la malicieuse.

Ma poitrine se serre.

— Mon offre n'est pas uniquement romantique. Je tiens à toi, au-delà de qui tu choisis comme partenaire. Je ne peux rivaliser avec un fae fossilisé.

— Il est plutôt bien conservé pour son âge !

— As-tu eu une aventure avec lui ?

Je m'en inquiète de plus en plus.

— Je… je veux juste le savoir, comme pour Norian. Je te promets de te dissimuler ma jalousie.

— Norian ? Il n'y a eu qu'une nuit, il y a une éternité. Ça s'est fait comme ça, pour qu'il me contacte en priorité sur ses affaires. Je ne ressens rien pour lui.

— Oh, je vois…

Je ne le lui montre pas, mais j'en suis soulagé.

— Il n'y a jamais rien eu avec Poe ! Encore une fois, ce n'est pas parce qu'une femme cohabite avec un homme qu'elle couche avec lui. C'est fou ça ! On ne vit même pas dans le même appartement !

Je souris pendant qu'elle s'emporte. J'adore quand elle brandit l'étendard de la justice. Je trouve qu'elle le porte à merveille.

— Tu as embrassé le Cador, la taquiné-je. Tu es la seule du royaume à pouvoir le prétendre, j'en suis à peu près certain.

— Peut-être que la version originale a une vie débridée.

— Un prêtre doit avoir une vie plus débridée que lui.

Elle me scrute un instant, à la recherche de l'identité du premier Cador.

— Je t'accorde ce baiser volé à cet homme de pouvoir.

— Je savais que c'était toi, Ali.

— Cela revient au même.

— Je ne suis pas d'accord… Il y a une différence entre ce chevalier et toi.

— Tu te leurres, cher rêve. Nos agissements nous rendent indissociables. Je suis le…

Ses lèvres sur les miennes me clouent le bec, mais je ne recule pas. Mon cœur se perd dans une frénésie que ma bouche cherche à travers la douceur de la sienne. Je lui ai donné la permission de me toucher. Cette spontanéité m'a pris au dépourvu. Pourtant, je m'y noierais volontiers. Je cède à cette marque d'affection, au goût de sa peau qui m'a tant manqué, à mes doigts dans ses cheveux, à respirer le même air qu'elle.

— Tu es Alimar Pinotte, prononce-t-elle à bout de souffle front contre front.

— Je t'en supplie, ne me destitue pas de mon titre de chevalier.

— Pourquoi y tiens-tu autant ?

— J'ai prêté allégeance à la cause de mon roi, celle qui vise à sauver notre reine et à venger les griffons, dont ton père, qu'il soit en vie ou non. Celle qui veut protéger Providence de cette étoile qui nous a trahis et qui engendre ton mal. Oui, Georgia, je tiens à ce titre et à servir notre souverain, car à travers lui, je te sers, toi, en premier lieu.

Elle relâche l'air contenu dans ses poumons et me remercie du plus beau des baisers.

— Merci, Ali. Rien que le fait que tu sois entré ici, avec moi, me touche énormément. Je n'ai pas réfléchi à la probabilité qu'ils allaient te parler de Thomin.

— As-tu trouvé ce que tu cherchais ?

Je l'interromps avant qu'elle ne chasse ce tendre échange par d'anciennes douleurs.

— Presque ! Je vais avoir besoin de ton aide.

— Pourquoi je sens que ce qui se profile penche vers l'insensé et le danger ?

— Tu nous définis bien !

— J'aime quand tu parles de nous de cette façon.

Mon cœur ne parvient pas à se calmer. Je n'ose pas croire en ma chance de l'avoir à nouveau auprès de moi.

— Mais cela devra attendre notre retour de week-end.

— Tu n'as qu'un mot à glisser à Norian !

— Dans ce cas, je le ferai en passant te prendre demain matin.

Elle bondit sur ses pieds.

— Nous partons le plus tôt possible, afin d'arriver avant la tombée de la nuit, m'affirme-t-elle. À vrai dire, j'ignore combien de temps nous mettrons à moto.

— Notre destination se trouve-t-elle si loin ?

— Nous allons à Édélice.

— Merveilleux ! J'adore cette province à la fin de l'été. Elle devient la plus belle de ce royaume.

— À Port-Abondance.

— De mieux en mieux !

— Plus précisément à la Corne.

— Oh, non…

Chapitre 39

Georgia

Partie au petit matin, j'arrête la moto selon les instructions de mon prof, au pied d'une digue, à l'entrée d'un port où s'alignent de nombreux navires de marchandises. Rien à voir avec le magnifique voilier princier. Les paquebots au départ vomissent une fumée noire qui empeste le carburant.

Mis à part ce détail, je m'attendais à pire.

Je cale l'engin comme Alimar me l'apprend, puis déplie le papier tiré de mon blouson. Je ne lui ai toujours pas rendu. Le maestro est charmant dans son long manteau de laine grise. Il lui confère une distinction qui lui va mieux que de jouer les mauvais garçons. Il enfile des lunettes de soleil alors que le ciel doit se dire qu'il ne sert à rien d'arborer de belles couleurs sous cette crasse que crachent les bateaux.

Par-dessus mon épaule, collé contre mon dos, il lit :

— *Port-Abondance, La Corne, Olive la dent d'or.*

Je me laisse aller contre lui, contre sa chaleur. Sa main s'égare sur ma hanche, comme quand nous étions sur sa moto. Décidément, j'adore son bolide.

— Associer l'écriture de Père à un tel nom de fable me semble surréaliste. Moi qui, malgré son caractère, l'ai toujours pris pour un homme intègre, le voilà qui fricote avec des forbans.

— Tu y vas un peu fort ! Ce sont juste des contrebandiers, selon lui.

— Hum… Qu'allons-nous proposer à cette Olive ? De monter une expédition armée pour notre propre compte ? La définition même du forban.

— Je n'avais pas saisi que tu m'insultais et non cette brave femme.

Je me retourne au creux de ses bras et sous son sourire espiègle et sans remords. Je préfère le voir ainsi plutôt qu'effondré dans une ruelle sordide entre Montlilas et Portemimosa. Je m'engage dans ce qui lui redonne de l'entrain.

— De ton point de vue, je suis une mauvaise fréquentation pour ton père.

— Je devrais sans doute trouver une compagne moins amorale.

La délicatesse de ses lèvres fait fondre ma réplique cinglante dans son baiser.

Je m'en fiche. Je savoure de l'avoir avec moi. J'ai hésité plusieurs jours à me rendre à Édélice, seule. J'ai porté ma priorité sur les préparatifs depuis Corélysée. Or, il me manque toujours le principal : notre moyen de transport.

— Prête, Capitaine ? me murmure-t-il, sous ses yeux pétillants.

Mes doigts filent dans ses cheveux.

— Tu es tout décoiffé avec le vent. Tu devrais mettre un casque.

Sa malice se transforme en tendresse.

— J'aime trop flirter avec la mort.

— Réponse idiote !

Sa moue oscille entre oui et non. Un combat perdu d'avance.

Nous traversons la route qui s'achève par la digue et avançons le long des quais. Les bâtiments blancs face au port sont couverts de suie. Il suffit de s'enfoncer un peu dans les ruelles pour marcher au milieu des maisons proprettes, ornées de véritable dentelle sculptée dans le bois.

— La Corne se trouve près de la jetée.

Il attrape ma main et presse le pas. Son sourire devrait me rassurer, mais l'expert en plans foireux me fait douter.

— Comment connais-tu cet endroit ? Et puis pourquoi tu portes ces lunettes alors qu'on peut à peine deviner le coucher de soleil. L'horizon est bouché.

— Si tu te rends au bout de la jetée, tu peux apercevoir la barrière de vents lumineux.

— Tu ne réponds pas à mes questions ! Es-tu déjà venu à Port-Abondance ?

Je tire sur son bras pour qu'il ralentisse.

— Possible…

Son sourire en coin s'agrandit.

— Pressons ! J'ai une surprise pour toi après le recrutement de notre mercenaire.

— Mais chut ! Tu veux tout faire capoter ? murmuré-je.

— Dans ce port, tout le monde se fiche de ce que trafique son voisin, pour la simple raison qu'il vaut mieux l'ignorer.

— Cet endroit semble pourtant moins mal famé que les docks de Corélysée.

— Nous nous situons à l'exact opposé, au bord de la pointe du sud-est de la province, loin du pouvoir royal et de la poigne de fer de Maxwell. Le gouverneur d'Édélice se montre ouvert à l'idée d'octroyer des mouillages additionnels quand il y voit son intérêt. Et, observe au loin. À Port-Abondance, le soleil ne se cache pas longtemps sous les vapeurs corrompues. Il finit toujours par faire son apparition.

Le ciel gris se fend sous les rayons des lumières du soir. Un contraste fort éclaire soudain les vagues, pendant que nous rejoignons l'abord de la jetée. Je traîne des pieds, devant ce panorama magnifique.

Alimar relâche ma main sous l'enseigne surmontée d'une corne d'abondance.

— Comment souhaites-tu procéder ? me demande-t-il avant d'entrer.

Je tire sur le col de mon blouson, palpe mon cuir à la recherche de mes lunettes qui terminent sur mon nez. Mon but est d'attirer l'attention, car j'ignore à quoi ressemble cette Olive. Les mercenaires ne doivent pas avoir peur des souffleurs.

— Je parle. Tu couvres mes arrières avec l'harmonica.

Il écarte le pan de son manteau avec discrétion. L'instrument dépasse de sa poche intérieure. La crosse ornée d'effigies étoilées du pistolet du Cador loge dans un étui à sa ceinture. De l'autre côté, il me dévoile un petit piège à Souffle.

Je reste bouche bée face à cet arsenal.

— Un souffleur ne se sépare jamais de son matériel, paraît-il. Un chevalier n'avance pas sans son arme. Et un musicien ne vit pas sans musique.

Fier de lui, il referme son vêtement à l'aide d'un seul bouton, histoire de conserver tout à portée de main. Sous ses lunettes de soleil, il croise ses doigts devant lui, en mode garde du corps.

Bon sang, ce qu'il est sexy.

— On y va, patronne ?

Il dissipe mon fantasme en quelques mots.

— D'où sort cet accent de malfrat ?

Je pousse la porte d'une auberge chaleureuse, loin de l'idée que je me faisais d'un repaire de contrebandiers. Je devrais arrêter de lire ce livre de contes. Il y en a quelques-uns sur les pirates. Apparemment, Alimar les connaît par cœur.

— C'est comme ça qu'il cause, Capriborgne, le second du cap'taine Sang Dragon, dans *Mers de sang*, me raconte-t-il dans une intonation digne des plus pitoyables bandits de Montlilas. Le cap'taine a beau avoir le bateau et les cartes, mais qui le sauve de chaque baston avec sa cervelle et non ses biscotos ? Faut pas se fier à comment qu'il parle le Capriborgne. Il en a dans la caboche.

Il mime un pirate borgne et boiteux, à la malice prononcée.

Du grand n'importe quoi.

J'explose de rire.

Je me calme vite fait lorsque je me rends compte que tout le monde nous observe en silence.

— Pire que l'accueil chez les souffleurs, marmonne Alimar dans mon dos.

L'ambiance est glaciale. Certains marins en uniforme de travail plissent le front. Ils n'apprécient pas la tirade du citadin qui débarque chez eux. Dans le fond, une lumière rouge attire mon attention. Un Souffle se balade dans l'auberge. Je réprime l'envie de piquer le piège de mon second. Les clients n'aimeraient pas se faire tirer le portrait.

Près de cette lumière, une femme se lève d'une table pour venir à notre rencontre. Sa longue jupe racle les planches du sol. Elle porte ses mains sur ses hanches.

— Nous allons nous faire jeter, Capitaine, marmonne Alimar.

Je le sens chercher quelque chose dans mon dos, sûrement l'harmonica…

Du moins, j'espère qu'il ne s'apprête pas à utiliser son flingue.

— La Corne est un établissement respectable, nous assène la patronne. Les souffleurs n'ont pas le droit d'entrer. Sortez d'ici !

Cette injustice claque en moi.

J'en ai pourtant l'habitude. Les lieux publics nous sont interdits en dehors de l'exercice de nos fonctions. Beaucoup de restaurants nous ferment leurs portes, mais ce sont souvent les plus guindés de la capitale. Et puis, il nous arrive de venir manger incognito et de transgresser les règles. La plupart des bouibouis des quartiers populaires de Corélysée tolèrent notre présence. Nos revenus les intéressent.

Le pognon efface les traditions.

Une fois de plus, je ne m'attendais pas à me retrouver dans ce type d'établissement en cherchant une pirate ! J'ai l'habitude d'encaisser ce genre de réflexion, mais aujourd'hui, elle me gonfle.

— Oh, ça va ! Il n'y a pas un écriteau marqué « Interdit aux souffleurs » !

Le bruit de gorge de mon second attire mon attention sur la feuille de papier collée sur la vitrine. Par transparence, je lis : « *Interdit aux souffleurs et aux animaux de compagnie.* »

— Alors là, c'est le pompon ! Vous nous reléguez au même rang que les chiens ?

Des griffes sur les planches trahissent la présence d'un molosse plein de poils dont on ne voit plus les yeux. Ma bouche s'ouvre en grand d'indignation. On passe même après les bêtes !

Je ravale une réponse cinglante impliquant mes deux amours et la politesse qu'ils lui auraient rendue.

— Je suis dans l'exercice de mes fonctions ! Il y a un Souffle juste derrière vous.

Je ne mens pas ! La lumière se déplace en même temps que la patronne. Problème, elle ne me croit pas. Je joue alors cartes sur table.

— Nous souhaitons parler à Olive.

La femme se redresse. Son air sévère se creuse. Le halo lumineux s'agite soudain autour d'elle.

— Voilà une bien mauvaise farce. Ma sœur a été emportée par les flots il y a trois ans ! Maintenant, sortez d'ici !

Une douche froide s'abat sur mes épaules et entraîne mon cœur au fond de la mer.

— Je… je suis navrée pour votre sœur. Si cela peut vous consoler, elle n'est pas partie. Je suppose que c'est elle qui gravite autour de vous.

Ma sincérité et ma subite tristesse la surprennent. Ses mains tombent de ses hanches. Elle les croise devant elle, gênée.

Le Souffle s'étire en une forme vaguement humaine. Une sorte de bras passé autour de la patronne, comme pour l'étreindre. Un frisson la parcourt. Elle commence à me croire.

— Sortez, nous redemande-t-elle, moins vindicative, davantage touchée.

Je ne souhaite pas m'attarder nï même lui proposer de la capturer. De toute évidence, Olive n'a pas envie de la laisser pour terminer au Scriptorium. Je ne me sens pas d'empocher une prime sur cette famille…

Je contourne Alimar et regagne la jetée.

Face à la mer, je serre les mâchoires pour refouler ma tristesse. Mon second me rejoint peu après. Son épaule presse la mienne.

— Orféa me manque aussi, me lâche-t-il sans filtre.

Mes lèvres se pincent. Cependant, j'apprécie qu'il me parle librement. Même si ses mots me heurtent sans le vouloir, il y a quelque chose de rassurant à entendre encore le nom de ma sœur dans sa bouche.

Or, nous n'avons rien à dire de plus. Je me reconcentre tant bien que mal sur notre mission.

— Cherchons une autre solution.

— Père devrait mettre à jour son carnet d'adresses. Son ostracisme social s'est étendu jusqu'ici.

— Le savait-il ?

— Et il t'aurait tendu un piège ? Pour quelle raison ?

Un long soupir décharge une part de ma peine. Je ne crois pas en une entourloupe de Salazar. Son aide était sincère et son fils ne doute pas de cette intégrité. Mais nous nous enfonçons dans un bazar sans fin.

— Nous avions prévu de partir d'ici un mois.

— Tout espoir n'est pas perdu. Grïffon exigeait que mon départ reste discret, en partie pour tenir le prince à distance. Il sait qu'il aspire plus que tout à retrouver sa mère. Trouver un navire avec mon masque serait plus simple, mais Grïffon serait directement impliqué. Impossible d'embarquer à bord du voilier d'Uräne pour cette même raison. Son trois-mâts ne fait pas le poids contre un bateau de patrouille de police côtière. Un ordre du roi et nous retournerions au port, quel qu'il soit.

Une évidence douloureuse s'impose à moi.

— Sauf si nous empêchons Uräne de venir avec nous. Son père nous laissera passer sans problème. N'est-ce pas ? Il pourrait même nous affréter un moyen de rejoindre le continent.

Alimar se détache de mon épaule. Il m'observe avec surprise, puis s'avance de quelques pas sur la jetée déserte. Je le suis, suspendue au fil des réflexions de mon allié face à la couronne.

— L'affaire adopterait un caractère officiel. Si nous certifions au roi que son fils ne se trouve pas à bord, peut-être y consentira-t-il ? Mais empêcher Uräne de poursuivre son plus grand dessein serait cruel.

— Sauf qu'il est l'élément qui entrave cette mission. Depuis le début…

J'en prends conscience en même temps que je le formule.

— Avec l'assurance de la bouche même du prince qu'il n'embarquera pas, son père mettra à notre disposition de plus gros moyens. Plus visibles, d'accord.

— Pas nécessairement, rétorque Alimar. Tant que la presse, le peuple et le Culte restent dans l'ignorance, cela devrait suffire.

— Plus personne n'aura besoin de se planquer et nous pourrons enfin avancer. Uräne, Maxwell et Grïffon doivent parler entre eux ! Ali, arrange-leur un rendez-vous en ce sens, je t'en prie.

Il m'écoute avec attention, son regard porté sur les rayons de soleil qui font scintiller les vagues sur notre ultime espoir.

— Uräne refusera d'abandonner cette quête qu'il rumine depuis plus de vingt ans. Il serait capable de renoncer au trône pour partir.

— Je me charge de lui.

— Tu donnes raison à Maxwell, comprend Alimar. Le bon sens voudrait qu'il reste ici. Outre le fait que nous ignorons dans quel état se trouve Lÿs, il ne supportera pas de vous savoir tous les deux frappés par la malédiction.

Et de nous perdre tous les deux sur le continent…

Malgré ce boulet qui roule au fond de mes entrailles, je ne peux qu'abonder dans son sens.

— Il serait préférable que le futur roi ne parte pas en vrille. Et il n'a aucune protection ! Les spores peuvent s'attaquer à lui et Providence peut perdre un héritier.

— Il te répondra qu'un autre prince serait légitime à prendre sa place. Il courra ce risque pour sa mère. Je le comprends !

— Et laisser la Maison Céleste s'éteindre ainsi ? Il doit nous faire confiance, même si c'est difficile.

— Il ne s'agit pas de confiance, le défend-il.

— Je t'en prie, convaincs son père de le rencontrer ! Au moins pour qu'ils en discutent à cœur ouvert.

Alimar réfléchit encore.

— Je vais tenter le coup, mais un entretien ne signifie pas que les deux parties s'entendront.

— Tu as qualifié Grïffon de sympa. Un véritable compliment dans ta bouche.

— N'ai-je pas précisé qu'il était entêté, mais surtout blessé ?

— Blessé de quoi au juste ?

— De ne pas avoir pu être le père qu'il espérait pour Uräne. D'avoir dû laisser partir sa femme pour offrir une meilleure vie que la sienne au prince. D'avoir vu Lÿs s'épanouir loin de lui, avec un autre amant. De ne pas avoir pu la protéger du tyran qui la battait. D'avoir dû contempler son homme de main élever le futur roi. On peut lui reprocher son inaction et son refus obstiné de s'ouvrir à Uräne. Mais, dans le fond, il a déjà tant sacrifié pour lui. Je pense sincèrement qu'il cherche encore à préserver leurs deux cœurs. Les deux derniers face-à-face qu'ils ont eus l'ont anéanti et conforté dans l'idée que son fils se trouvait mieux à bonne distance de lui.

— Minute ! Ils se sont vus ?

— Uräne ignorait qui il avait en face de lui. À présent, il en a pris conscience. Du moins, je l'espère ! Ou je devrai maintenir mon « idiot de prince ». Il te racontera ces confrontations. Et tu étais présente à l'une d'elles.

Mon front se creuse de réflexion. Uräne a mal parlé au roi sans le savoir ! J'ai assisté à l'une de ces scènes ? Les seules fois où il a vraiment été en pétard c'était contre Bérénice et contre…

— Oh, bon sang !

Mon cri porte au-delà de la jetée. Des marins et des dockers se retournent vers nous. Alimar saisit mon bras pour me ramener sur le port, un grand sourire aux lèvres, barré de son index pour que je conserve ce secret.

Je le pointe du doigt à plusieurs reprises. Sonnée, je me rends à peine compte que nous traversons les quais.

— Tu es sa doublure !

Ma voix se tord sous cette énormité. Il opine, une lueur de fierté dans le regard. Je mime le coup de poing qu'Uräne a décroché au Cador. Il ne fait plus rire Alimar de nervosité, comme la fois où il a compris le geste du prince. Au contraire, il s'en désole. Le fils n'a fait que creuser ce gouffre entre son père et lui.

Mais il ne l'aurait jamais frappé sachant qui il était !

Le roi pouvait-il le lui avouer ? Comment Uräne aurait-il réagi face à ce chevalier qu'il déteste ? Il l'a longtemps soupçonné d'être le responsable de la disparition de sa mère.

Tout comme Grïffon d'ailleurs…

— Le bordel ! m'exclamé-je de retour à la moto. Nous avons bossé en trio avec… *lui* ! Sur des meurtres !

Là encore, Alimar acquiesce.

— Par la sainte étoile ! La façon dont je lui ai parlé au bal.

— Hum… c'était moi. J'aimerais que tu nous dissocies un minimum.

— Mais je ne le savais pas ! Imagine que c'était *lui*.

— Il ne t'aurait jamais abordée de cette manière. Et ta franchise l'aurait amusé.

— Amusé…

— Ce masque nous enferme sous la froideur du fer, mais la chaleur humaine réchauffe nos cœurs.

— Vos cœurs…

Sa main plonge dans la poche de mon blouson.

— Étant donné ton état de choc, tu m'excuseras si je conduis.

Je secoue la tête lentement. Mes pensées se bousculent.

Je le laisse sans problème reprendre le contrôle de notre virée.

— De plus, je connais la route jusqu'à notre hôtel.

— As-tu réservé quelque part ?

— Tu te trouves à Édélice. Abondance est le village des Pinotte depuis des générations.

— D'où tes lunettes pour passer incognito ?

— Elles sont plus pratiques que le masque.

— Foutu masque, maugréé-je.

— Mais avant de rejoindre notre destination, je veux te montrer un endroit extraordinaire.

Chapitre 40

Alimar

— Extraordinaire ?

Georgia a du mal à saisir pourquoi.

J'arrête ma moto sur une petite route de campagne, entre deux champs en dévers, comme tant d'autres aux alentours.

L'heure est idéale.

Le coucher de soleil réchauffe les blés dorés et fait rougir les coquelicots d'envie.

Mon invitée s'avance pour compléter cette vue splendide.

Je coupe le moteur pour aller la rejoindre. Ses doigts enlacent les miens dans un geste naturel. Mon torse se gonfle de contentement. J'initie quelques pas à travers les épis tardifs, sous ce climat clément. L'hiver prendra pour de bon son office dans deux jours, en même temps que ma charge de bourreau. Une date qui n'a pas été choisie par hasard par le roi. Un changement de saison, un renouveau.

J'essaie de mettre de côté mes obligations pour entraîner ma belle compagne à travers champs.

— Quand j'étais môme, monsieur Beymar me courait après avec une fourche au milieu de ces blés. Selon lui, j'écrasais ses futures récoltes.

— Il n'avait pas tort…

Georgia le défend, son observation portée sur le sillon derrière nous.

— Premièrement, ces terres appartiennent à ma famille. Il n'en est que le locataire.

— Ce n'est pas une raison pour te comporter en gosse de riches !

Elle me pince le bras, mais la laine de mon manteau me préserve de cette féroce attaque.

— Deuxièmement, Beymar est le principal fournisseur de blé du royaume. Quelques tiges abîmées ne le ruineront pas. Il s'ennuyait tant à ne rien faire d'autre que de déléguer à ses contremaîtres, qu'il pourchassait le môme en visite chez ses grands-parents.

— Môme qui s'amusait à l'emmerder.

Mon sourire charmeur souligne sa déduction.

— Ta famille n'est-elle pas censée cultiver les cacahuètes d'Uräne ?

— Les plantations d'arachides se situent plus loin, autour de la ferme. Mais ils étaient verts, plats et sous surveillance, parentale ou gouvernementale.

— Le gouverneur gardait tes champs ? s'ahurit-elle.

— Pire ! Ma gouvernante. Elle ne m'autorisait pas à gambader entre les rangées de cacahuètes afin d'éviter de me tacher.

— Donc, tu t'échappais pour courir dans les blés.

— Une activité si libératrice ! Veux-tu que je te montre ?

— Comment courir ? raille ma complice.

— Comment se sentir libre !

Je la tire par le bras pour la conduire vers le plus délicieux des exutoires. Je commence à engranger de la vitesse.

— Lâche-toi, Georgia.

Sans crier gare, j'accélère le mouvement. Elle pousse une exclamation de surprise, vite remplacée par ses rires. Nous dévalons la pente dans une cavalcade loin de nos problèmes. Les épis frôlent nos hanches. Nos chaussures les tordent, mais je lève le bras comme si j'étais capable de m'envoler.

Mon cri grave et rauque expulse mes soucis d'adulte, comme quand celui immature de mes huit ans cherchait à chasser ma haine contre les injustices de mon enfance.

Du moins, je les croyais injustes…

Un second cri m'imite.

Face à ce vent de liberté, Georgia crache ses années malheureuses.

Nos destins et nos ambitions brisés se rejoignent au milieu de nos clameurs. Je décroche mon nez du coucher de soleil pour contempler la hargne de Georgia. Celle qui lui permettra de surmonter n'importe quoi, y compris une malédiction.

Mon inattention me coûte une cheville sur une pierre. Je dérape et chute avec ma complice à terre. Pris par la vitesse, nous roulons sur plusieurs mètres avant que l'inertie des plantes nous stoppe dans les bras l'un de l'autre. Morts de rire, nous récoltons pas mal d'égratignures, mais surtout du bonheur à l'état pur.

— On recommence quand tu veux, rigole Georgia.

Elle essaie de se redresser, mais un tournis la replonge dans mon étreinte.

— Attends que le sol cesse d'avancer sans toi avant de te relever.

— Le conseil d'un expert, s'esclaffe-t-elle.

— Nous sommes loin de ma première roulade parmi les blés.

— Et de ton premier baiser dans les champs ?

Elle s'agrippe à mon manteau pour m'attirer à elle. Je me laisse aller à ses lèvres, loin de stabiliser le paysage autour de nous. Ce tournis m'engloutit, sous sa bouche passionnée. Mes doigts cherchent sa peau sous son blouson remonté dans son dos et sous sa chemise qui s'échappe de son pantalon.

Georgia m'aide en enlevant son cuir, puis en descendant ses bretelles sur ses cuisses. Elle conserve les yeux ouverts à l'affût de la moindre de mes réticences.

Je m'en veux tant qu'elle se sente obligée de faire attention de ne pas me bousculer.

J'ai envie… qu'elle me brusque !

Qu'elle prenne les choses en main !

J'ai envie d'elle.

Je passe outre cette voix qui ne cesse de me répéter que je ne devrais pas la salir ainsi. Nous avons déjà eu cette conversation avec Georgia. Je ne souhaite plus l'avoir avec moi-même.

Je m'agrippe à ses hanches pour la faire rouler sur moi. Elle me chevauche, étourdie, mais en grande partie surprise.

— Touche-moi.

Mon pouls s'emballe sur ma demande. Je me raccroche à ses yeux noisette pour m'éviter d'en voir d'autres défiler dans mon esprit.

— Es-tu sûr de toi ?

— J'en ai envie.

Mon assurance n'a pas l'air convaincante. Georgia met beaucoup de précautions à retirer mon manteau et à déboutonner ma chemise. Chacun de ses gestes fait tambouriner mon cœur plus fort.

De désir, certes. D'appréhension, surtout.

Je ne parviens pas à le cacher. Georgia le perçoit. Ses doigts se posent dans une lenteur irritante sur mon torse. Au milieu de mes sentiments, autre chose monte : de la colère.

— Touche-moi, bordel !

Mon cri est brutal. Beaucoup trop.

Elle se fige dans l'incompréhension.

Je m'en veux aussitôt. La honte s'empare de moi. Je chasse ce moment auquel je croyais pouvoir prétendre enfin, en même temps que la femme qui attise pourtant cette pulsion en moi. Le ventre tordu de lui avoir parlé ainsi, je me relève, couvert d'humiliation.

— Pardon.

Lâche, je le lui balance sans même la regarder. Je reprends mon manteau et reviens sur nos pas.

Le présent avale l'enfance.

La réalité rattrape l'insouciance.

Je serre les dents pour encaisser les voix qui me répètent que je n'étais bon qu'à baiser, sucer ou me faire prendre pour de l'argent et quelques privilèges. Je demeure enchaîné à ces corps irrévérencieux qui ont abusé de moi, parfois jusqu'aux larmes que personne ne voulait voir.

Le beau musicien

Le violoniste aux doigts agiles

La gueule mal aimable, mais baisable

Le corps parmi d'autres

Le cul à trousser

Toi !

Je regrette souvent mon geste qui a coûté la vie de quelques-unes de ces personnes. Mais en cet instant où mon sang bout d'une haine sans borne contre eux, il est difficile au Maestro sanglant d'éprouver des remords. Elles devaient payer pour le mal qui me dévore encore.

Malhabile, je reboutonne ma chemise.

— Ali !

Voilà que je m'en veux de faire courir Georgia après moi, d'entendre cette inquiétude dans sa voix.

— Ali, attends !

J'enfile mon manteau et rejoins l'asphalte. Je me résigne à encaisser le résultat de mon comportement, le sermon mérité qu'elle me passera pour lui avoir parlé de la sorte et pour l'avoir chassée loin de moi, alors que je le lui avais demandé. Je m'apprête à lui servir une série de pardons pathétiques.

Sa poigne déterminée attrape mon bras. Elle m'oblige à lui faire face. Je ne peux supporter le monstre qui se dresse devant elle. Je clos mes paupières pour lui masquer ma peine. Georgia me relâche. Ses mains se posent de part et d'autre de mon visage. L'instant d'après, la douceur d'un baiser atténue les blessures de mon cœur. J'ouvre les yeux sur les siens fermés. Elle met tant de force dans ce baiser que les douleurs qu'elle provoque ressemblent malgré tout à des pansements.

— Ne t'excuse plus jamais dans ce genre de situation, me lâche-t-elle enfin, essoufflée. Je connais la raison qui te force à réagir brusquement.

— Je n'avais pas à te répondre de cette manière.

— On s'en fout, Ali ! Nous sommes entre nous. Et si c'est la seule manière que tu trouves pour me faire comprendre que quelque chose ne va pas, eh bien, utilise-la.

— Je ne veux plus jamais te parler ainsi.

— Je sais que tu fourniras des efforts. Et ça me convient.

Ma poitrine se gonfle d'une émotion débordante. Je l'embrasse d'une passion qui ne lui démontre pas encore assez à mon goût à quel point je la remercie pour le respect qu'elle me témoigne.

— Je t'aime tant, Georgia.

Je la serre contre moi. Son tendre regard pétille à ces mots que je ne parviens plus à contenir. Qu'ils soient précipités ou qu'ils tombent mal, je dis ce que je ressens. Sa bouche s'entrouvre d'une réponse qui ne me fait pas peur.

— Scandaleux !

La voix qui s'exprime n'a rien à voir avec le charme de ma douce complice.

— Indécent !

Les yeux de Georgia s'agrandissent par-dessus mon épaule.

Chapitre 41

Alimar

— Offrir une telle comédie à une vieille dame et obstruer de la sorte la chaussée ! Voilà qui est fort égoïste.

Lentement, je me retourne, sans lâcher Georgia. Je n'ai aucun mal à associer cette voix à la joie de me retrouver face à ma Nouna.

— Alimar Pinotte !

Elle ponctue chaque syllabe d'un sérieux avertissement qui me plonge en pleine nostalgie.

— N'en avez-vous jamais assez de vous montrer en spectacle ? me rudoie-t-elle.

— Je ne vis que pour cet art !

Je me détache de Georgia pour me précipiter à sa rencontre. Je réfrène mon élan de surprise pour serrer entre mes bras ce bout de femme au chignon rigoureux, endurcie par ses années de labeur à supporter mes frasques.

— Toujours extravagant !

Elle tapote mon dos en même temps, preuve qu'elle m'adore plus qu'elle ne me désapprouve.

— Quelles sont toutes ces marques sur votre joli visage ?

— Que faisiez-vous au milieu des champs ? contré-je en la relâchant. Enfin, je veux dire ici, à Abondance ?

Elle étudie ma tentative pour changer de sujet.

Elle me connaît assez bien pour se douter que, si je cède, ce sera avec un mensonge. Alors, elle me raconte sa propre histoire.

— À votre départ, votre père m'a fait cette offre généreuse pour ma retraite. Savoir cette maison occupée l'arrange. Je profite ainsi du bord de mer et du calme de la campagne. Je reviens de chez monsieur Beymar. Le médecin me force à marcher pour mon arthrose. Je fais donc plaisir à ce vieux bouc.

Le gloussement amusé de Georgia me rappelle mon manque de politesse.

— Nouna, permettez-moi de vous présenter à une autre femme exceptionnelle !

Je lui propose mon bras pour l'accompagner jusqu'à mon invitée.

— Vu comment vous vous affichez ensemble, j'espère que vous lui avez passé la bague au doigt ! m'avertit-elle.

— Oh, il l'a fait !

Georgia agite ses tatouages et ses bijoux, sans soupçonner le manque total d'humour de ma gouvernante. Elle remarque trop tard que je secoue la tête.

— Que sont ces gribouillis à vos doigts ? Votre épouse est-elle une Aster ?

Ma gouvernante la détaille, prise d'un sérieux doute.

— Non, Nouna.

— Voilà qui va fâcher vos parents.

— Et nous ne sommes ni mariés ni fiancés.

— Je m'appelle Georgia.

Elle s'avance dans une salutation tendue avec entrain.

— Bon sang, a-t-on idée de porter autant de bagues ?

— J'en ai une pour chaque prétendant ! Vous voyez, sur celle-ci, il est inscrit Urane. Le prince m'a à la bonne. Je suis peut-être votre future reine.

Elle prend soin de dissimuler le nom « Lys » sur cet anneau, un hommage à ses chiens.

— Georgia plaisante, Nouna, affirmé-je, un brin crispé.

— Où se trouve celle que vous a offerte Alimar ?

Sa question porte l'empreinte d'un défi. La malicieuse face à elle brandit son auriculaire gauche dans une fierté délicieuse.

— La plus petite ! me reproche ma gouvernante. Comment voulez-vous rivaliser avec le prince ?

Les lèvres de ma complice se pincent de contrition lorsqu'elle réalise que la retraitée gobe tout ce qu'elle lui raconte. Pourtant, cette dernière a l'esprit vif ! Mais je lui en ai tant fait voir qu'elle se dit que tout est possible.

— Vous savez, ce n'est pas la taille qui compte.

— Georgia !

Je m'étrangle de cette audace.

— Baliverne, rétorque ma Nouna. Le petit n'a déjà pas les oreilles pointues. Comme son père, il part avec un handicap dans ce monde, autant que tout le reste soit de bonne facture.

Georgia explose de rire. Elle sent qu'il y a matière à s'engouffrer dans de prolifiques débats sur ma personne.

— Pitié…

Mon marmonnement la supplie de ne pas entraîner ma gouvernante sur cette pente. L'espiègle mime une croix devant sa bouche pour me le promettre.

Le problème est que Nouna est capable d'y glisser toute seule. Elle fait partie de ces gens qui possèdent peu de tabous sous leur loyauté à toute épreuve.

Je reprends donc les choses en main.

— J'ignorais que la maison était encore habitée. Je m'attendais à y trouver un régisseur. Nous vous raccompagnons en échange d'une nuitée à la ferme. Ce troc vous convient-il ?

— Aucun troc ne me convient avec vous ! Je n'ai jamais pu vous l'exprimer avant que je cesse de m'occuper de vous, au risque que Madame le prenne mal. Mais mon affection pour vous n'a jamais été à marchander, grand nigaud !

Elle referme sa prise autour de mon bras.

Nouna m'attendrit en quelques mots.

Ravie de cette rencontre, Georgia me propose de pousser la moto. Je suis surpris que Nouna nous accueille aussi bien. À l'instar du reste de la famille, je pensais qu'elle m'avait jeté aux oubliettes. Pour moi, cette femme fait partie des Pinotte au même titre que Mère.

Comme je suis fier de l'entendre converser de tout et de rien, mais surtout de moi, avec Georgia pendant tout le trajet entre les champs de blé, puis d'arachides, jusqu'à franchir les murs de la ferme aux couleurs d'ocre et aux tuiles orangées. Une nouvelle porte sur mes souvenirs, ceux-là heureux.

— Je vais avertir votre père que vous êtes ici.

Son annonce me hérisse lorsque nous pénétrons dans la fraîcheur de la vieille bâtisse.

— Ne vous donnez pas cette peine. Nous repartons demain matin. Nous devons être à Corélysée d'ici deux jours.

— Hors de question. Vous restez plus longtemps. Et j'appelle Monsieur afin que vous cessiez ce conflit stupide.

— En voilà une bonne idée.

Georgia l'appuie en débarquant avec nos sacoches et nos maigres affaires.

— Il n'y a pas de conflit ! Pour cela, il faudrait se parler. Chose dont ni lui ni moi n'avons envie.

— C'est faux. Salazar t'écoutera, s'en mêle Georgia.

— De toute manière, le roi me réclame. Je n'ai donc pas d'autre choix.

— Le roi ?

Nouna essaie de redresser son dos arqué. Elle renifle avec dédain.

— Vous vous exprimez comme Monsieur. Le roi a dit ci. Le roi a exigé cela. Il requiert ma présence. On ne fait pas attendre le roi.

Elle tente d'imiter son ancien patron dans une prestation aussi peu convaincante que comique. La retraite lui délie la langue.

— À croire que Grïffon est un Pinotte ! L'étau des obligations royales a peu à peu piégé Monsieur. Vous devriez vous tenir loin d'elles.

— Parfois, nos devoirs dépassent le simple fait de servir notre souverain, Nouna.

— Faites attention à vous, Alimar, me lance-t-elle dans une sincérité déconcertante. Retrousser vos manches ne vous fait pas peur, je le sais. Mais n'oubliez jamais que vous venez d'une famille de fermiers. Vous méritez chaque gloire que vous récoltez. Ne laissez aucune puissance vous les retirer ou exiger de vous quelque chose en échange. Monsieur l'a compris. Il les a tous écrasés un à un, à l'exception d'un qui lui a à peine tendu la main lorsqu'il s'est retrouvé seul contre le venin de l'aristocratie.

À cause de moi…

J'avale cette couleuvre avec difficulté. Nouna fait référence au propre positionnement de Père par rapport au roi. Mais elle sait que nous nous ressemblons sur certains points. Ce rappel violent au milieu des champs de blé me provoque un écho que je peine à encaisser.

Je ne parviens plus à masquer mon affliction.

— Ne vous en faites pas. Je veille sur lui, lui promet Georgia. Personne ne s'en prendra à Alimar avec moi dans les parages.

Elle surjoue la dure à cuire, mais mon sourire se mêle à mon émotion.

— Voilà qui est bien parlé, l'approuve ma gouvernante. Vous ferez une bonne Pinotte.

Elle nous soutire des rires. Je l'en remercie d'un baiser sur sa tempe. Mais Nouna n'est pas femme à se laisser envoûter par une marque d'affection, même provenant de l'adorable enfant qu'elle a élevé.

— Allez vous changer avant de dîner. Vous êtes écorchés et vous sentez la terre à plein nez !

Chapitre 42

Alimar

Le feu crépite dans la cheminée.

Installé par terre devant la margelle avec un tisonnier à remuer les bûches, je n'ai pas été aussi heureux depuis longtemps. Non pas une injection vive et puissante de bonheur, comme lorsque Georgia m'embrasse. Au contraire, je savoure le calme. J'ai l'impression de reprendre le cours d'une normalité délaissée lors de mon adolescence.

Georgia et Nouna papotent dans mon dos, assises à la table de ferme du séjour autour d'une tisane. Rien que les écouter me berce de paix intérieure.

— Du coup, vous connaissez beaucoup d'histoires.

— Enfant, Alimar était friand de contes.

— Je le suis toujours ! J'apprécie moins de les voir prendre vie.

— Le propre d'un conte est de résonner avec notre existence afin d'en tirer des enseignements.

— Je peux vous assurer qu'ils résonnent ! Un véritable concert de cloches.

— Avez-vous apporté votre violon ? s'enquiert ma douce Nouna. Je serais ravie d'entendre vos progrès.

— Il n'y a pas de maestro plus doué que lui dans tout le royaume, m'encense ma complice.

Elle sait peu de choses sur mon monde fait de musique, mais j'adore écouter ses compliments.

Ma gouvernante me pense humble compositeur qui a connu une légère erreur de parcours. Maintenant absous de mes péchés par le roi en personne, je m'adonne à ma passion sans plus faire de vagues. Je la conforte dans ses illusions.

— J'ai dû le laisser à l'opéra. Il est peu pratique à deux sur une moto. Mais Georgia se débrouille avec l'harmonica dans mon manteau.

Je me retourne vers la musicienne en herbe. Elle secoue férocement la tête pour ne pas se produire devant ce public restreint.

La timidité du débutant.

— Connaissez-vous des récits sur un chevalier dénommé Poësis ? Le frère du Gracié Arïes.

Ma bulle de calme se fissure. La question de Georgia me ramène lentement mais sûrement au présent. Je joue encore avec les braises dans l'espoir que les réflexions de ma gouvernante n'aboutissent nulle part.

Pas ce soir.

— Voyons, il y avait un livre qu'Alimar adorait…

— Nous l'avons récupéré, s'empresse de balayer Georgia. Ne lui avez-vous jamais conté d'autre histoire à propos de lui ?

— Je m'en souviendrais !

Je me vexe qu'elle mette en doute ma mémoire sans faille.

— Le petit doit dire vrai. Il n'y a rien qu'il n'ait pas déjà entendu.

— Voilà ! Qu'est-ce que je disais ?

Satisfait, j'en retourne à ma cheminée et à mon calme. Une bûche craque en même temps que ma gouvernante.

— J'ai conservé pour moi les balivernes que racontait Gilbert.

Mes fesses pivotent dans sa direction, sur les tomettes. Je vais m'en mordre les doigts, mais l'avidité naissante sur le visage de Georgia me pousse à formuler :

— Qui est ce Gilbert ?

— Un jeune homme à qui j'ai été fiancée à l'époque.

— Diantre ! Ma Nouna a eu une vie sentimentale !

— Ce qu'il peut être nigaud quand il s'y met, balance-t-elle à sa nouvelle alliée qui sirote sa tisane.

— Son cœur de petit garçon parle pour lui, glousse Georgia, attendrie.

Oui et alors ?

Je m'éclaircis la gorge pour recentrer le débat sur un autre type.

— Et donc Gilbert ?

— Il était guide au sanctuaire des Justes.

Je me redresse d'un coup, piqué par un vif intérêt. Je cherche dans ma mémoire. Il ne me semble pas avoir rencontré quelqu'un portant ce nom.

— Un homme gentil et attentionné, mais avec la tête un peu dans les étoiles.

Elle mime un petit moulin à côté de sa tempe.

— Mes parents m'ont interdit de me marier avec lui quand il a été renvoyé du sanctuaire après avoir raconté n'importe quoi aux pèlerins. J'ai eu le cœur brisé, mais avec le temps, je me suis rendu compte de l'énorme service qu'ils m'avaient rendu.

— Qu'a-t-il pu dire pour se faire virer de là-bas ? l'interroge Georgia, son mode détective enclenché.

Par chance, elle n'a pas emporté de lampe torche.

— Il affirmait à qui voulait l'entendre que certaines urnes étaient vides, le malheureux.

— Il avait raison !

— Alimar Pinotte ! Pas de blasphème sous ce toit, me gronde ma Nouna.

Je lui souris, avec la même insolence dont j'usais étant enfant.

— Celle de Pygma est fendue, annoncé-je à Georgia. Je soupçonne qu'un petit serpent ait filé.

— Putain, murmure sa protégée, assez fort pour que ma gouvernante fronce les sourcils.

Encore un peu et elle va la forcer à se laver la bouche avec du savon…

— Il s'était justifié en soutenant que l'urne de ce Poësis était vide. Il soulevait l'étrangeté d'une telle chose lorsqu'on sait que ce sanctuaire a été érigé par le Gracié Arïes en premier lieu pour rendre hommage à un preux chevalier mort au combat, son propre frère.

— Bizarre, en effet !

— Ceci n'a aucun sens, lâche Georgia, en pleine réflexion.

— D'où le motif de son renvoi, souligne Nouna.

— Et la joie de vous avoir eue dans ma vie.

J'empêche Georgia de poser les questions qui lui brûlent les lèvres sur ce Gilbert.

Je tiens à conserver cette femme loin de nos complications. Ma complice le comprend sans mal.

— Tant pis, bâille-t-elle d'une manière disproportionnée. Je suis exténuée.

— Nous avons de la route demain. Ne traînons pas, enfoncé-je.

Elle se lève de table et embrasse la gouvernante sur la joue après un remerciement chaleureux sur son hospitalité. Nouna sourit, touchée par son caractère.

Je m'empresse de faire de même, mais mon au revoir ne met pas un point final à notre conversation. Elle attrape mon poignet pour se livrer à quelques messes basses.

— Je vous ai préparé deux chambres, me lance la nouvelle régisseuse sous un sérieux avertissement.

— J'ai remarqué. Vous m'avez forcé à loger dans la suite des invités pour donner la mienne à Georgia en précisant que mon lit d'enfant était suffisant pour une demoiselle respectable. Bien que nous ayons vingt-huit et trente et un ans, nous avons compris le message.

— Seule la bague compte ! Cette petite est faite pour vous, Alimar. Et jamais je ne dirais cela à la légère. Vous avez trop d'importance dans mon cœur. Mais je vois la façon dont vous vous regardez et je déplore ne jamais avoir constaté cette affection chez vos parents.

— Oh, Nouna…

Sa seconde main vient recouvrir la mienne pour la presser avec tendresse.

— Ne commettez pas la même erreur que Monsieur. Nos vies sont vides sans amour. Et je ne parle pas que du mariage. Malgré toute sa dureté, votre père vous aime.

— Inutile d'aller sur ce chemin.

— Oh, je pense que c'est utile… Et offrez une plus grosse bague à ce cher cœur ! Une qui fera d'elle votre promise et non une reine. Ne laissez pas la famille royale gagner, pour une fois !

Sa dévotion me déclenche un sourire. Je l'embrasse à mon tour sur la joue pour éviter de lui faire de la peine ou de lui mentir. Je me détesterais pour cela.

Je n'effectuerai pas le premier pas vers Père. J'estime qu'il ne me revient pas de quémander son pardon. Tout comme je n'offrirai pas d'autre bague à Georgia. Seule celle-ci compte à mes yeux.

Quant à la famille royale, je n'ai rien à craindre de la part d'Uräne.

De toute manière, elle gagne toujours quoi que nous, humbles sujets, fassions.

— Bonne nuit, Nouna. Je suis heureux de vous avoir revue.

Son sourire reforme cette bulle de paix. Je la conserve dans mon cœur en remontant les couloirs de cette bâtisse de plain-pied, agrandie de plusieurs ailes à mesure que les Pinotte s'enrichissaient avec les cacahuètes.

J'entre dans la chambre dédiée aux invités, l'une des plus belles de toutes. Mère n'a pas eu le droit de mettre sa patte dans la décoration de cette ferme. Son époux tenait à ce qu'elle reste la plus authentique possible. Les matériaux conjuguent à la fois le naturel du bois et le raffinement des tissus. Ce lieu respire l'odeur poussiéreuse et rassurante des vieilles demeures mélangée aux quelques agrumes d'une coupe de fruit disposée en mon honneur sur une table. Le baldaquin vaporeux et le petit bassin en guise de baignoire, avec une vue sur les champs d'arachides en fleurs à perte de vue, constituent les rares extravagances conçues par mes aïeux.

Je retire mes chaussures sur les tomettes chaudes du feu allumé par les serviteurs qui aident Nouna à faire tourner cette bâtisse au quotidien. La véritable exploitation modernisée avec des tracteurs se trouve un peu plus loin et sous la direction d'un régisseur qui n'a que le mot « productivité » à la bouche, alors qu'ici règne « traditions ».

De l'eau brûlante m'attend près de la cheminée. J'attrape un linge mis à disposition pour saisir l'anse d'une grosse bouilloire en cuivre que j'apporte jusqu'à la baignoire profonde déjà remplie. Je teste la température avec mon orteil. Agréable, mais pas encore assez. Je m'accroupis et verse avec prudence le contenu.

Pendant que le bain se réchauffe, je me déshabille près du lit.

Nu, je fouille mon manteau jeté sur les couvertures. Je délaisse piège et arme pour ce soir au profit d'un peu de musique.

Je m'assieds au bord de l'eau et trempe mes mollets. La chaleur accentuée me provoque un râle de bien-être lorsque je m'immerge jusqu'aux épaules, installé sur le banc du bassin en pierre. L'instrument posé à côté de ma tête, je ferme les paupières sur la douceur de la nuit qui s'engouffre par la fenêtre ouverte et sur les derniers chants des grillons.

J'évite de leur faire concurrence tout de suite. Je me laisse revivre au milieu de ces bruits et de ces odeurs familières : le chêne du mobilier, le lin du linge ou encore la terre qui a fait le début de notre fortune.

Non, je n'oublie pas d'où je viens.

Mes mains caressent l'eau en des ondes sensuelles. Une hésitation allume un questionnement qui creuse mon ventre. Je n'éprouve plus de plaisir depuis longtemps au contact d'autres corps. Il n'y a que celui de Georgia qui me donne envie de plus.

De cette nouveauté découlent les prémices d'un espoir sur lesquelles mes doigts se hasardent. Mes yeux se plissent pour dépasser cette première vague de dégoût, celle qui s'érige en barrière chaque fois que quelqu'un me touche, ou, dans le cas présent, que *je* me touche.

Je ne suis peut-être pas si mort de l'intérieur.

Je force mes doigts à se poser sur mon ventre, à descendre le long de mes abdominaux contractés d'appréhension.

À quelques reprises, j'ai tenté cette expérience et n'en suis ressorti que davantage blessé, humilié de ma propre stupidité à m'imaginer que je pourrais me réparer de cette façon.

Cette fois, j'ai besoin d'y croire.

Or, comme d'habitude, rien ne se passe quand je serre mon sexe. Mes gestes n'ont plus rien de sensuel. Ils deviennent rageux et douloureux. J'expulse un grondement de frustration plutôt que de jouissance.

Je suis bel et bien mort de l'intérieur.

J'ai été sot d'envisager de gratter quelques miettes de plaisir alors que ce traître de corps avait répondu aux souvenirs de celui de Bérénice, m'enfonçant dans un odieux chantage qui avait failli se solder par le meurtre de la promise du prince.

Pourquoi elle ?

Parce que je pensais l'avoir aimée. J'adorais la façon dont elle me touchait avant de comprendre sa perfidie. Il m'est difficile de refaire confiance…

J'avais espéré que ma proximité avec Georgia avait atténué mes plaies. La souillure de Bérénice et ma solitude retrouvée m'ont retranché au milieu de mes anciens démons. L'impression de progrès dans ce rêve de Boisrouge n'était rien d'autre qu'une illusion. Dans cette valse avec Georgia, j'ai la sensation d'effectuer trois pas en avant pour ensuite reculer du double.

Aucune progression n'est jamais linéaire.

Je tiens tant à elle, à tel point que la pression que je me mets pour ne pas la décevoir me paralyse ou me retranche dans mes ruminations coléreuses.

Je crains que Georgia finisse par perdre patience en attendant mon improbable renouveau. Mais plus que tout, je redoute qu'elle n'en ait même pas le temps.

Mes larmes froides me détrompent de cette eau chaleureuse. Elle ne délasse ni mes muscles ni mon esprit. Je me tourne vers la seule source de volupté qu'il me reste : la musique.

Honteux, je ne veux pas sortir de ce trou. J'attrape l'harmonica pour quelques notes. Cet instrument accompagne tant de danses gaies et entraînantes. Ce soir, il escorte la mélancolie du fils de fermier de retour au pays.

J'improvise par-dessus les grillons, passablement, je l'admets. La noirceur s'étend dehors et allume les étoiles au-dessus des champs. La nuit s'anime dans un spectacle qui redonne un peu de magie à mon existence.

Pas celle des astres, non.

Plutôt celle qui me transcende devant une mise en scène d'opéra réussie et extraite de mon imaginaire pour prendre vie dans les yeux du public. Je perds la notion du temps et de la réalité.

L'émerveillement se poursuit quand des mollets apparaissent de part et d'autre de mon buste. Je n'ai pas besoin de me retourner pour savoir que les mains qui se posent sur mes épaules sont celles de la femme que j'aime.

— Continue de jouer, me propose Georgia.

Ses doigts entreprennent de me dénouer les muscles.

Je loupe quelques notes lorsque, enfin, je ressens du plaisir au milieu du désir.

Chapitre 43

Georgia

— J'ai les paupières fermées.

Je l'en avertis pour qu'il ne se sente pas mal à l'aise. En nuisette, j'ai plongé mes jambes dans l'eau jusqu'aux genoux. Je ne supporte pas d'entendre sa tristesse à travers cette mélodie. Logée à l'autre bout du couloir, je ne parvenais pas à trouver le sommeil.

Alimar non plus.

Je masse ses épaules. Sa joue entre au contact de ma cuisse, qu'elle prend pour un coussin. La musique cesse alors.

— Tu m'as déjà vu nu. Ton regard ne me dérange pas.

J'ouvre les yeux sur les traînées de ses larmes et sur l'harmonica qu'il maintient hors du bassin. Je me permets de l'en débarrasser pour l'abandonner sur les tomettes.

— Je croyais que revenir ici te faisait du bien.

Il attrape mes jambes pour les enrouler autour de lui, comme le feraient mes bras. Les siens m'étreignent pour que je reste dans cette position.

Alimar ne peut pas apercevoir mon sourire, mais j'aime tant que ses mains se posent sur moi.

— C'est le cas. Et je savoure le fait que tu transgresses les interdictions de Nouna.

— Elle n'est pas dupe, à mon avis.

— Alors tu la connais mal. Elle est persuadée que tu es une jeune femme pure.

Un rire secoue ses épaules et fait déraper mes doigts.

— Entre toutes les saloperies que j'ai prises, les coups d'un soir et la malédiction, je suis loin de pouvoir être qualifiée de pure. Il n'y a pas plus pourrie que moi.

— Tu te trompes, me reprend-il avec sévérité.

Il se retourne au creux de mes jambes et s'agenouille sur le banc en pierre du bassin. Ses bras s'enroulent autour de ma taille et mouillent ma nuisette.

— Je te bats, cher rêve.

Je déteste qu'il s'imagine coupable alors qu'il est la victime. Or, il ne sert à rien de lui rabâcher ce qu'il sait pourtant déjà.

— Nous nous sommes bien trouvés, en fin de compte.

— J'en remercie Orféa chaque jour, m'avoue-t-il.

Son regard s'illumine. Même s'il évoque ma sœur et notre rencontre qui a été le déclenchement d'un bon nombre d'ennuis, je préfère le voir ainsi.

— Moi aussi.

Alimar me sourit. Il se penche en avant pour embrasser mon ventre à sa hauteur. Mes muscles se contractent aussitôt d'un désir que je ne peux forcer de son côté. Il sent mon corps répondre à chacun de ses baisers sur le tissu.

J'étais perdue lorsqu'il m'a hurlé dessus dans le champ de blé. Ma prévenance l'a mis hors de lui. Elle ne faisait que creuser cette honte qui le ronge. Mais brûler les étapes risque de tout autant le braquer.

— Va à ton rythme, Ali.

Ses craintes mélangées à son envie se lèvent sur moi.

J'en ai mal pour lui.

Il me surprend, lorsque ses mains quittent mon dos pour descendre le long de mes jambes. La chaleur qui émerge au fond de lui détaille mes formes à travers le coton et la dentelle blanche, pendant qu'il relève mon unique vêtement sur mes genoux, puis mes cuisses.

— M'autorises-tu à prendre le contrôle ? me demande-t-il au milieu de sa lutte intérieure.

— Prends ce que tu veux.

Quelque chose cède en lui. J'ignore quoi et comment. Mais il se cramponne à mes hanches. Sa bouche file en de langoureux baisers à l'intérieur de mes jambes. Sa langue me goûte et remonte le long de ma peau. Elle me fait frémir tandis qu'elle se fraie un chemin en moi. Ses doigts me stimulent et me tendent davantage. Je me mords les lèvres sur cette excitation qui grossit en moi. La fenêtre est ouverte. Je m'en voudrais de choquer notre gentille hôtesse.

Malgré lui, Alimar sait comment donner du plaisir aux femmes.

Cramponnée au bord du bassin pour m'éviter de me faufiler dans ses cheveux, je me cambre sous le regard de mon partenaire. Il n'en perd pas une miette.

J'aimerais tant le lui rendre.

Je tire sur son bras en une invitation explicite à me rejoindre. Je le sens vaciller en moi. Alimar me fuit, tourmenté par ses souvenirs, avant de disparaître sous la surface.

Merde…

Je suis allée trop loin.

Je me penche dans l'espoir de le sortir de là.

— Ali ?

Je l'appelle, inquiète de l'avoir brusqué.

Ses mains agrippent soudain le rebord et me font sursauter. En un geste puissant, il s'extrait de l'eau. Je recule pour lui laisser la place de poser un genou entre mes cuisses. Alimar s'allonge sur moi en me renversant en arrière. Son corps déverse une douche qui colle mon tissu blanc aux moindres détails de ma peau.

Trempée de la tête aux pieds, je ris de son audace. Son sourire reste timide. Petit à petit il cède néanmoins à cet appel qui durcit entre nous. Il en paraît aussi surpris que réjoui.

Ce constat m'ébranle.

Ses baisers suivent un trajet destiné à me retirer ce vêtement devenu inutile. Il atterrit à côté de nous. L'ensemble de son corps m'étreint d'un coup. Le mien se réchauffe sur ce contact franc et se tend sous ses pressions de plus en plus ardentes sur mes seins. Sa peau sur la mienne enflamme chacun de mes sens.

— Te souviens-tu de ce que je t'ai promis, un jour, dans ce rêve à Boisrouge ?

Ses yeux reviennent aux miens.

— Je ne m'en souviens plus.

Il me ment sous sa pudeur.

Dans une caresse sur sa joue, je lui rafraîchis la mémoire.

— *Je te promets la nuit que tu mérites.*

— Je ne suis pas certain de mériter quoi que ce soit.

— *Douce.*

— Pour sûre, elle l'est, me susurre Alimar.

— *Loin des dorures qui t'écrasaient dans la luxure.*

— Je me sens si bien ici. Avec toi.

Je lui renvoie son sourire, heureuse de voir cette lueur de bonheur en lui, malgré quelques tremblements qui ponctuent encore son effort à aller de l'avant.

— *Sous une pluie d'étoiles filantes.*

— Rappelle-toi, c'est le moment où ce rêve a dévié en attaque de serpent. Pygma ne m'aime pas beaucoup.

— Laissons les chevaliers de côté pour cette nuit. Juste toi et moi.

La caresse d'Alimar glisse de ma poitrine jusque sur mon bras. Il remarque la troisième petite rangée d'écorce apparue au cours de la journée. Il plonge dans ses pensées, les mêmes que les miennes. Nous ne pouvons pas nous permettre de faire n'importe quoi.

— Je ne veux pas te transmettre cette malédiction.

Mon brusque retour à la réalité le brûle comme l'un de ces tisonniers au bord de la cheminée qui nous éclaire.

— Impossible.

— Ali…

— Mon passé devrait davantage te préoccuper que moi le tien.

Il se redresse et tire sur le drap de son lit. Son manteau tombe lourdement à côté de nous. Je prends le temps d'admirer cette plastique musclée. Je veux le toucher, le goûter, le mordre. Mon corps réclame ce sexe dressé entre nous.

Au comble de la frustration, je me détourne de mes propres instincts pour le voir chercher avec nervosité dans chacune des poches de son vêtement. Il tire le pistolet du Cador de sa cachette.

Alimar m'excite davantage.

On ne contrôle pas ses fantasmes !

— Je l'ai !

Il brandit un préservatif dans la même main qui tient son flingue.

Il y a un peu de vrai dans ce qu'il affirmait. Les deux deviennent de plus en plus indissociables.

Ce constat ne me dérange plus.

Je me rends compte qu'il se plaît ainsi.

Alors, il me plaît aussi.

— Je retire ce que j'ai dit, Chevalier. Je vous ai bien embrassé.

— Je le savais !

Son sourire en coin marque sa victoire. Il pousse son arme loin de nous, sous le lit pour tenter de me préserver d'autres aspects de son passé.

— Je suppose que l'aristocratie est à la pointe des traitements des maladies vénériennes. Il ne faudrait pas que leurs vilains secrets s'ébruitent de cette manière. J'ai plus de risque de te changer en monstre, Ali.

— Je préfère ne rien risquer de ton côté. Quant à moi, n'oublie pas que j'ai un joli tatouage qui me protège. J'éprouve une subite gratitude envers mes parents. Tant que tu ne me mords pas, nous ne devrions pas craindre le châtiment divin.

— Dommage…

Ma frustration s'évanouit sous les baisers d'Alimar. Il se redresse contre le pied du lit et m'attire à lui. Il m'invite à m'asseoir sur lui, dans une position qui me redonne un peu plus d'aisance.

— Je veux que tu sois libre de reculer, de partir, m'annonce-t-il, dans un réel souci qu'il transpose sur moi.

— Je n'en ai pas l'intention.

Je joins les gestes à la parole et le prends en moi.

Alimar saisit le montant du baldaquin en même temps que ma hanche. Je le laisse me guider par les pressions qu'il exerce sur ma fesse de cette manière. Les tremblements dans ses doigts se dissipent peu à peu tandis que les miens filent dans ses cheveux, sous le mouvement de mon bassin. Mon autre main se cramponne à la sienne, sur le lit.

Nos souffles se lient dans cette sensualité qui accélère mon cœur. Ma température grimpe jusqu'à nous retrouver en sueur.

J'aime la façon dont il s'accroche à mon corps mouillé. Le sentir en moi me propulse loin de tout, dans une transe intense, où nous seuls vivons encore, entourés des ruines de ce monde qui nous a tant pris. Elles apparaissent autour de nous, fumantes de notre triomphe sur toutes les crasses que nous avons eues à endurer.

Lui et moi.

Peu importe les moyens.

J'ignore où nous nous situons, nus, l'un sur l'autre, au milieu de nos gémissements et de la nuit. Cet endroit n'existe sans doute pas. Il n'est que le reflet de notre état.

— Georgia ! s'exclame Alimar.

Ses yeux montent vers le ciel nocturne. Proche du point de rupture, il découvre ce lieu et les étoiles filantes que je lui ai promis. Entre la conscience de nos corps et l'inconscience de nos pulsions, j'entre dans son esprit pour nous extraire du temps.

Au lieu de s'en effrayer, mon amant referme ses bras sur moi. Il me presse plus fort sous mes coups de hanches plus brutaux.

— Continue, me supplie-t-il. Continue, cher rêve.

Sa respiration haletante contre la mienne me fait perdre le contrôle. Les astres se décrochent du ciel lorsque l'orgasme m'emporte.

Mais ma plus belle victoire n'est pas tant cette volupté qui m'emmène loin de tout, sauf de lui.

Elle n'est pas non plus sa pulsation en moi qui libère plus que sa simple jouissance.

Ce sont plutôt ses mercis, qui accompagnent ses baisers dans mes cheveux. Ses larmes de joie dont je sens le sel sous ma bouche. Son cœur qui bat contre le mien, au milieu de cette chambre, loin des étoiles.

Chapitre 44

Georgia

Le froid me prend de cours au milieu du vide.

Plus de ruines fumantes.

Plus de chambre.

Dans le noir absolu, un rayon de lumières trace peu à peu un horizon.

Le serpent.

— Va-t'en !

Je m'étonne qu'il obéisse à mon cri. L'obscurité revient dans cet entre-deux hasardeux. Je devrais dormir dans les bras d'Alimar. Au lieu de ça, mon subconscient décide de partir en balade.

L'envie de retrouver Poe reste chevillée à mon corps.

Je ne sais pas pourquoi, mais j'ai la conviction qu'il a besoin de moi. Alors, au lieu de l'appeler, je me concentre sur lui. Nous sommes au beau milieu de la nuit. J'ai plus de chances de le croiser. Je ferme les yeux sur ce vœu silencieux.

J'ose un pas en avant. Là encore, j'ai l'impression de basculer dans le vide. Je ne panique plus sous cette sensation. Un instant plus tard, ce tournis cesse.

De l'eau tombe sur mon visage.

Non pas à la façon d'Alimar sortant du bassin pour me faire l'amour. J'en souris pendant que je chasse cette pluie fine de mes joues. Je soulève les paupières sur un étrange pressentiment.

Au milieu d'une vaste forêt verdoyante, les gouttes percent la canopée illuminée.

Je me frotte les yeux.

Je n'hallucine pas !

Des grenades éclairent ces arbres aux allures vernaculaires.

— Des astrarbres ! Je suis sur le continent avant la malédiction.

Peu de doutes. J'ai atterri dans l'esprit de Poe.

À moins qu'un autre des premiers Faësters soit encore en vie ?

Où que je me promène dans un Souffle échappé du sanctuaire…

Pygma est-il le seul ?

Je m'approche d'une branche pour contempler cette merveille de plus près. Le fruit est comparable à ceux que donnait le cinarbre originel à la différence près que leur lumière, gorgée de la magie des étoiles, est de couleur blanche et non de celle du sang.

Existe-t-il d'autres de ces miracles sur ce territoire méconnu ?

— Poe ?

Je prononce son nom à mi-voix. J'ai une foule de questions à lui poser. La pluie commence à me tremper. J'avance parmi ces sous-bois. Leur auteur ne se situe pas loin en toute logique.

Je trouve refuge dans l'entrée d'une cavité recouverte de lierre sauvage. Des toiles d'araignées se prennent dans mes cheveux. Personne n'est passé par ici depuis un moment.

Du moins, tout le laissait croire jusqu'à ce que des sons résonnent contre la roche.

Je m'enfonce dans le noir, encore une fois. Je sens que je décroche de ce rêve.

Je me raccroche donc aux seuls bruits perceptibles au milieu de ceux de la pluie : des paroles.

— Je vous demande pardon. Pardon, pour tout, gémit une voix connue et tordue de chagrin.

Une lumière chaude m'accueille. Je bats des cils pour m'adapter à la lueur de la jolie fresque peinte sur la paroi de cette grotte : une ville entourée d'une muraille d'aspect militaire, aux avancées qui lui confèrent la forme d'une étoile. Les bâtiments s'étendent en hauteur, comme construits sur un rocher entrecoupé de canaux. Cette eau encercle cette ville sur différents niveaux, jusqu'à un château terminé d'oriflammes sur des flèches. Comme d'habitude, Poe a tout retranscrit dans les moindres détails, de l'échoppe d'un boulanger, aux bannières arborant des étoiles filantes, à chaque pétale du champ de fleurs qui borde le paysage.

Cette peinture représente un travail colossal sur une si grande surface.

Ce paysage a beau afficher des singularités, il me rappelle celui contemplé dans l'un des rêves de Maxwell.

— As-tu peint Prismeris ?

Les muscles du torse nu de Poe se crispent. Il ne porte qu'un pantalon déchiré. Ses étranges ailes se redressent, de façon à m'observer arriver dans son dos, dans cette alternance d'yeux bleus et bruns. Ils battent des paupières, mais pas en même temps, comme si chacun possédait sa propre intelligence. Ils m'émerveillent autant que ces grenades dehors.

Une belle éclipse tatouée à l'or prend la largeur de ses reins et recouvre une longue cicatrice.

Le Faëster ne bouge pas.

— Poësis ?

Il se retourne dans un mouvement brusque, catastrophé que je sache son nom.

— Comment… ? Tu…

Il se relève en chassant la poussière de son pantalon en fine toile qui est bon à jeter. Je ne connais peut-être pas le prince, mais je connais l'ami. Son geste traduit le malaise de mon irruption.

— Salut !

J'agite la main d'un air joyeux, comme lorsque je lui disais bonjour le matin en le croisant devant la fresque de l'immeuble.

— Alors, c'est Prismeris ?

— Ou… oui… bredouille-t-il.

— Détends-toi, je ne suis pas Uräne. Quoique, maintenant que je vous ai trouvé un nouveau point commun, je maintiens qu'il faut que je vous présente.

— Je doute qu'il ait envie de me voir.

— Tu es quoi ? Son arrière-arrière-arrière-et-j'en-passe tonton ?

La mâchoire de Poe s'allonge d'incrédulité, avant d'émettre un petit rire.

Ah enfin ! Il décompresse. Je vais pouvoir lui tirer les vers du nez.

— Trop classes tes ailes !

— Merci… marmonne-t-il, incertain.

— Je peux avancer ?

Il me l'accorde d'un geste timide. Poe n'a jamais été quelqu'un d'exubérant. Je croyais sa discrétion forgée dans la rue, mais j'ai l'impression qu'elle provient de plus loin.

Il replie ses plumes dans son dos et s'écarte de moi afin de ne pas me toucher avec. Pourtant, elles ne me dérangent pas.

— Comment fais-tu pour les planquer ?

— Nous en avons la capacité.

Il hausse simplement les épaules.

— Ah ! Des ailes livrées toutes options.

Poe rigole à ma pitrerie. J'en suis fière !

— Pardon de t'avoir caché qui je suis.

— Oula ! Je ne vais surtout pas te faire la morale là-dessus. Moi non plus, je n'ai pas été réglo.

— Tu possèdes une discrète concentration de magie fae en toi, mais je l'ai repérée dès l'instant où tu as glissé ce premier ticket-repas dans mon chapeau, un soir où tu sortais tes chiens.

— Ils t'ont tout de suite adoré. Et moi aussi !

— Tu ne semblais pas avoir conscience de qui se trouvait en face de toi ni même de savoir toi-même qui tu étais.

— Dis que j'avais l'air d'une paumée !

Il croise les bras sur son torse dans une grimace explicite.

— Oui, d'accord. Passons…

— Je me suis rapproché de ta maison à partir de ce moment. T'en souviens-tu ?

— Ce n'était pas pour les tickets que je te filais ?

— Si, en partie ! Ta générosité m'a tant aidé.

— Toi, un prince…

— Je ne reste pas moins sans ressources. Tu logeais avec un fae à la magie plus identifiable et cela m'intriguait. Je l'évitais de crainte d'être repéré. Mais une question m'obsédait : que fichait-il ici ? J'ai eu peur pour toi, Georgia. Tu ne semblais pas savoir avec qui tu vivais.

— Tu aurais pu me laisser un petit mot dans la boîte aux lettres !

J'en ris, mais ça aurait été une bonne idée !

— Tout paraissait aller pour le mieux de jour en jour. Alors, je n'ai rien dit. Quand l'immeuble a été abandonné, je me suis permis d'entrer pour y peindre un talisman. Ce foyer était celui de faes. Je me devais de le protéger.

— Un foyer…

Il l'a été, c'est vrai. Je n'ai plus ce sentiment à présent.

— Ta fresque est donc un porte-bonheur ?

— Elle n'est pas terminée. Pour le moment, elle n'est qu'un beau paysage, celui à l'extérieur de cette grotte. Il manque l'intention pour l'activer.

— De la magie ? Celle qui rayonne avec mes verres de souffleuse ?

— Je la tire des étoiles. Maintenant que les astrarbres ont disparu, je me sers de celle contenue dans les Souffles pour l'incorporer à des pigments.

— L'or. Mercurio affirme que le palais de Prismeris possède des peintures de ce genre.

— Ce fae avait accès aux appartements royaux ! s'étonne Poe. J'aimais apposer des portes et des talismans à nos demeures.

— Des portes ?

— Mon petit secret. Nos châteaux ont tous été détruits durant la guerre contre les humains. Prismeris était la seule ville à avoir une enceinte fortifiée. Le roi Aëtos a fait de son mieux pour protéger le reste de son peuple. Sa décision lui a coûté sa couronne et sa vie.

J'effleure le dessin du champ de fleurs, absent de la vision de Maxwell.

— Ce lac est une défense ?

— Père a enfermé la population derrière les murs et a inondé la plaine afin d'empêcher la malédiction de se répandre au sein de la cité. Par la même occasion, il a condamné tous ceux qui n'avaient pas pu atteindre Prismeris à temps.

Mes doigts glissent sur la pierre, emportée par la tristesse de son histoire.

— C'est affreux.

— Il a fait comme il a pu…

— Je ne comprends pas. Les contes disent que tu te battais contre lui, alors que tu pourrais revendiquer cette couronne et dégager l'autre connard de Phalémir qui décapite ses sujets, juste pour retrouver sa femme.

Ses yeux s'arrondissent d'horreur.

— Tu l'ignorais ?

— Je n'ai aucun contact avec les faes depuis presque huit siècles !

Il secoue la tête et recule.

— Tu n'es jamais retourné là-bas ?

— Je n'en ai pas le droit !

Ses ongles s'enfoncent dans ses avant-bras.

— As-tu été banni ?

— Je devrais l'être ! se blâme-t-il, étouffé par une culpabilité étrange. Je suis davantage responsable de la mort de mon peuple que mon père qui lui a fermé ses portes.

Un bruissement dans l'entrée de la grotte se distingue de la pluie. Il interrompt un autre pas en arrière, prêt à fuir ma nouvelle question.

— Tu n'es pas venue seule ? s'inquiète Poe.

Le serpent bondit sur lui. Je tire mon ami par le bras. Ses ailes explosent les étoiles en un nuage lumineux.

Elles se rematérialisent plus loin.

— Tu es la complice de Pygma ! s'effraie le prince.

— Même pas en rêve !

Il écarte les bras pour souligner l'évidence que nous nous trouvons en plein dedans.

L'animal revient à la charge. Je m'interpose entre Poe et Pygma. Les astres ralentissent et se dressent comme pour nous jauger.

— C'est quoi son problème à la fin ?

— Pygma me déteste. Arïes et lui m'ont traqué pour me supprimer.

Chapitre 45

Georgia

— Je croyais que ton frangin avait construit un sanctuaire en ton honneur !

Le poids du corps de Poe se balance d'un pied à l'autre. Retourner dans son passé le retranche dans ce mal-être.

— J'étais un cadet un peu candide. J'ai suivi les ambitions de mon frère qui affirmait vouloir mettre fin à cette guerre meurtrière. Nous avions tant perdu des deux côtés. Il avait l'espoir de s'allier à une divinité. Les humains volaient notre magie et détruisaient les astrarbres. J'étais cependant en désaccord avec la politique d'extermination de l'ennemi par Aëtos. Alors, même si cela impliquait de trahir notre roi et père, je me suis rallié du côté d'Arïes. Et de Pygma…

Le serpent bondit sur nous, crochets en avant pour forcer Poe à se taire. Impuissante, j'attends sa cuisante morsure.

Un mur noir se dresse entre nous. Les étoiles se dispersent à son contact.

— Noctéis !

La chaleur dans la voix de Poe me surprend.

L'ombre recule et tapisse l'entrée dans la grotte. Elle bloque le passage au reptile s'il lui prenait l'idée de revenir.

Je m'écarte de Poe. Il paraît aussi soulagé que triste de voir cette chose intervenir.

— Qui est Noctéis ?

— La Dame de la nuit, me répond-il sans se détourner d'elle. Une autre Faëster capable d'éteindre la lumière des étoiles. Les chevaliers la redoutaient. Elle était mon amie.

— Ah oui, le genre de copine qu'on n'a pas intérêt à se mettre à dos. Alors c'est elle qui s'immisce dans mon esprit ! Je la prenais pour une menace. En réalité, Pygma l'est davantage.

— Pourquoi te suit-elle ? se demande-t-il à lui-même.

— Si je le savais… Raconte-moi ce qui s'est passé avec Arïes ? Pourquoi Pygma te traque-t-il ?

Poe a du mal à se détacher de ce trou noir formé par cette ombre. Ses ongles laissent des marques rouges sur sa peau. Avec prudence, j'attrape ses mains pour qu'il arrête de se mutiler. Je les presse dans l'espoir de lui donner le courage qu'il me dévoile ce que les livres nous taisent. Son attention dérive sur moi, en nuisette, mais plus précisément sur l'écorce qui pousse sur mon bras.

Il ne semble pas la découvrir. Poe m'a vue me gratter.

— Providence est né de ce pacte que j'ai moi-même scellé avec l'un de mes talismans, à la demande d'Arïes. Il a sacrifié son immortalité et ses ailes pour l'autorité absolue sur son nouveau peuple. Je ne l'avais pas perçu ainsi à l'époque. Pour moi, il préservait les derniers humains d'un roi vengeur. Mon frère avait pris soin de rassembler douze chevaliers qui lui étaient dévoués, dont Pygma, Noctéis et moi faisions partie.

Le décor change. Nous nous retrouvons au milieu d'une vaste prairie perchée sur une colline. Cet endroit ne ressemble à aucun que je connaisse à Providence.

— Une fois l'accord passé avec Mater Astër, la divinité a lancé sa malédiction sur les faes. La nuit est littéralement tombée autour de nous.

Le ciel s'assombrit soudain. Comme il m'est arrivé de le voir dans mes rêves avec Alimar, les astres se décrochent en une pluie d'étoiles filantes. Or, elles ne se contentent pas de traverser le cosmos. Des boules de feu s'écrasent sur l'horizon.

La terre tremble. Des cris s'élèvent !

La peur rampe en moi. Je serre les mains de Poe plus fort. Il en frémit encore de ce souvenir de l'Astralis.

Miséricorde divine… mes fesses !

Un incendie surgit de cet impact et commence à ravager la nature. Le temps de ce rêve s'accélère, jusqu'à ce que de l'eau apparaisse pour éteindre ce malheur. Mer Douce naît devant nous.

— Nous avons été trop loin. J'ai refusé de me soumettre au même serment que mes compagnons. Des humains se sont révoltés contre la prise de pouvoir d'Arïes. Ils m'ont aidé à me cacher. Mais Arïes devenait l'ombre d'Aëtos. Il a entamé une répression dans le sang. Pygma m'a retrouvé au milieu de la seule et unique rébellion de Providence.

Un chevalier fae surgit derrière lui, prêt à l'empaler avec son épée.

— Attention, derrière toi !

Poe ne bouge pas, sachant d'avance ce que ce fae aux courts cheveux bruns et aux iris tapissés d'écailles de serpent blanc s'apprête à accomplir. Mon ventre se sert lorsque Pygma abat sa lame sombre à l'endroit où j'avais repéré cette éclipse tatouée sur ses reins.

Un lien avec Noctéis ?

— J'ai été sérieusement touché, mais du fait de mon immortalité, je possédais de la ressource. Ma maigre victoire a été de réussir à le désarmer avant de m'effondrer.

Il me relâche au profit de sa propre épée, ressemblant à celle de Pygma. Elle désarme celle tachée de son sang. Dans son geste aussi puissant que désespéré, les deux volent dans les hautes herbes.

À bout de souffle, il se fige sur l'image de son rival qui se disperse dans la prairie.

— Noctéis m'a soigné dans le plus grand des secrets, à la demande d'Arïes. Je devais vivre pour perdre mes ailes.

— L'enfoiré…

— Mais Arïes surestimait encore son influence sur son candide cadet. Il m'a humilié face aux autres chevaliers, affirmant que mon manque de vaillance m'avait poussé à fuir. Et il le pensait ! Pour lui, il était inconcevable que je ne partage pas ses idées.

Douze faes en armure apparaissent autour de nous dans cette prairie. La plupart ricanent de ce qu'ils considèrent comme une faiblesse du prince. Certains le rabaissent, à commencer par son propre frère : le roi. Il porte une étoile grise sur son armure alors que je l'ai toujours connue rouge.

Parmi eux, une fae d'une grande beauté ne rit pas. La pâleur de sa peau contraste avec son armure et ses longs cheveux noirs. Elle leur jette à tous un regard ténébreux et désapprobateur.

— Le nouveau souverain, le Gracié Arïes à présent, a souhaité asseoir sa légitimité avec ma rentrée dans le rang et son couronnement en grande pompe sur le Champ-de-Grâce.

Le décor évolue, mais nous demeurons au même endroit. Je me retrouve au milieu d'une longue place bordée de gradins remplis de gens, jusqu'à la perspective plongeante sur Mer Douce. De l'autre côté, le roi se tient debout sur une estrade, sous un arc surmonté d'une grosse étoile en métal gris.

Ces images restent assez floues. La nature autour de nous n'a pas encore été édifiée en quartiers de la Grâce.

Poe se retourne, son visage assombri d'une détermination effrayante.

— Ce jour-là, mon frère ne me trouvait nulle part. J'étais pourtant présent, dans les ombres qui l'entouraient.

— Noctéis ?

— Sa magie me dissimulait à lui. J'ai ainsi pu apposer un talisman qui passa inaperçu sur la coupe d'or qui comportait le sang des douze chevaliers. De cette façon, le discours creux qu'il avait préparé pour assurer au peuple qu'il le protégerait quoi qu'il lui en coûte prit tout son sens.

— Tu es à l'origine du fait que le roi ne puisse pas tuer l'un de ses sujets ?

— Oui. Lorsqu'il a bu ce sang, la couronne d'étoiles qu'il portait a viré au rouge, maudite par mes soins. Celle suspendue au-dessus de sa tête sur le Champ-de-Grâce a mué en cette même couleur, comme toutes les représentations de Mater Astër exposées à cette époque dans Providence.

Des clameurs de surprise suivent le film de son récit. Je frissonne de ce côté sombre que je lui découvre.

— Ne me trouvant plus et comprenant ce qui lui arrivait, Arïes a décidé d'annoncer à tous ma mort. J'avais soi-disant été assassiné par des rebelles alors que la coupable était la lame de Pygma. Le peuple m'adorait. Il s'est servi de mon image et de mon maléfice pour les tourner à son avantage, le faisant passer pour un roi altruiste, soucieux de ses sujets et de Mater Astër un astre de sang qui justifiera bien plus tard les Services. Il faudra attendre qu'Arïes tombe malade et ne quitte plus son palais pour qu'il fasse passer sa faiblesse pour un ultime geste généreux. La barrière de vents est née, certes pour nous isoler de la malédiction, mais aussi des potentiels Saturnia en quête des derniers Filant ou d'une nouvelle terre. Son sacrifice a achevé de soumettre le peuple de Providence. Il a ainsi condamné la Maison Céleste qu'il fondait en épousant l'une de ses Faësters.

— Oh, bordel…

Le Champ-de-Grâce s'évanouit. Nous revenons dans cette grotte, face à la fresque.

— J'y ai vu mon ultime chance de me défaire de mon frère. Nous avions condamné les faes. J'ai fait de mon mieux pour protéger ce nouveau peuple. Je ne pouvais rien accomplir de plus et ceci n'a jamais atténué ma faute. Noctéis m'a aidé à disparaître pour de bon. Je suis heureux de retrouver une part d'elle. Bien que je me demande pourquoi son Souffle se balade ici.

Il observe cette ombre dans l'entrée.

— Elle veille peut-être encore sur toi ?

Plus j'y réfléchis et plus cela me paraît censé.

— Elle n'est avec moi que depuis que tu loges dans mon immeuble. Pygma s'est tiré de son urne. Ta copine l'a suivi, de crainte pour toi. Ça, c'est de la fidélité !

— Possible… Avant la création des forts, j'ai réussi à me rendre une fois sur le continent devenu interdit. J'ai pris conscience que notre erreur dépassait tous les mots. J'ai voulu mourir, Georgia, pour avoir participé à ce carnage, m'avoue Poe sous un air coupable. Mais je suis trop lâche pour passer à l'acte.

— Ta mort ne changerait rien !

Il tombe à genoux devant moi et referme ses mains sur les miennes.

— Je te demande pardon. Maintenant, tu souffres autant qu'eux de cette malédiction.

Je ne sais pas quoi penser de son récit.

Poe a-t-il une part de responsabilité ? Arïes se trouvait aux commandes de tout ce merdier ! Le Gracié a décidé d'invoquer cette étoile meurtrière. Il a anéanti son propre peuple au profit d'un plus faible et plus contrôlable, surtout accompagné de douze chevaliers aux pouvoirs aussi impressionnants que cette fresque luisante.

La peine de Poe l'a conduit à huit siècles de clandestinité à vivre sans un toit sur la tête, juste à peindre et à faire la manche.

Est-ce suffisant pour une rédemption ? Est-elle possible ?

Est-ce à moi d'en juger ?

Je n'en suis pas certaine. Je ne réponds pas à sa demande de pardon. Je ne le considère pas comme responsable de ce qui m'arrive, à moi. Mais il peut nous aider.

— Pars avec moi, Poe. Joins-toi à mon expédition en Edstar.

Toujours à genoux devant moi, il relâche mes mains.

— Impossible. Je n'en aurai pas la force.

— Tu dis regretter et je te crois. Tu es quelqu'un de bon, Poësis. Tu as secouru mon peuple comme tu le pouvais, mais le moment est venu d'en accomplir de même pour le tien.

Il se relève, sonné.

— Je ne monterai pas sur ce trône. Je n'en ai pas le droit !

— Ton soutien nous serait précieux ! Tu connais le palais de Prismeris ! Mieux, le royaume.

— Avant qu'il bascule.

— Tu as cet avantage sur nous. Mercurio nous accompagne, mais tu deviendrais un atout supplémentaire pour trouver Lÿs, la fae qui m'a mise au monde, mariée à Phalémir.

— Votre reine est aussi la nôtre !

Il en est stupéfait.

— Je ne te demande pas de prendre le pouvoir, que ce soit ici ou ailleurs. Juste de m'aider à retrouver mes parents et à préserver la paix entre nos deux pays.

— Juste…

Perplexes, ses yeux effectuent des allers-retours entre sa fresque et l'ombre qui nous protège.

Il cède dans un soupir.

Enfin, je le croyais…

— Pars de ma tête, Georgia, et n'y reviens jamais.

— Tu me chasses ?

— Tu es trop dangereuse ! Tu as amené Pygma avec toi. Il n'attend qu'une chose : me faire payer. Je ne peux pas t'aider avec lui à tes côtés.

— Ne te cherche pas des excuses, Poësis ! Affronte tes erreurs !

L'obscurité se détache de l'entrée pour s'enrouler autour de lui. Poe plisse le front d'une crainte. Le serpent s'extirpe de son trou.

— À quoi joues-tu, Noctéis ? s'inquiète son ami.

Il tente de reculer, mais le Souffle noir l'entrave pour l'offrir à Pygma. Mon pouls s'emballe, mais je saisis son intention.

— Elle t'a sauvé pour que tu sauves ton peuple !

Pygma se glisse entre nous.

— Si tu refuses, tous les risques qu'elle a endossés pour toi ne servent à rien ! Elle essaie de te le faire comprendre.

— Sors de ma tête, Georgia ! hurle Poe. Emporte Pygma ! Il va me tuer.

— Viens avec nous !

— Non ! s'écrie-t-il. Je n'ai pas le droit.

— Ta culpabilité t'en empêche ! Tu es le seul à te juger !

Le serpent rampe jusqu'à lui.

— Je t'en prie. Ne le laisse pas s'attaquer à moi.

— Accepte…

L'animal arrive à ses chevilles. Mon cœur bat à tout rompre. Je déteste le moyen de chantage que j'emploie, mais je ne vois plus que ce dernier pour l'obliger à nous suivre.

— Georgia ! Pitié !

Sa terreur chasse ma pathétique tentative de négociation. Je ne supporte pas que Pygma lui fasse du mal. Les étoiles l'encerclent.

— Poe ! Non !

L'ombre l'enveloppe pour le protéger au dernier moment. Je me jette au milieu de cette constellation et en attrape la traînée de Souffle pour la tirer à moi.

— Georgia ! Réveille-toi !

Je m'éveille au milieu du lit. J'enserre le bras d'Alimar avec autant de force que j'essayais d'extraire Pygma de ce rêve. Il contracte les mâchoires, mais ne me décroche pas de lui tant que mon cœur menace de sortir de ma poitrine.

— Respire. Tout va bien. Tu es en sécurité, avec moi.

— Je… je…

Je fournis un gros effort pour retrouver mon calme.

— Prends le temps. J'ai dû te bâillonner avec la main que tu tiens, afin que Nouna conserve cette chaste image de toi. Laisse-moi deviner, tu as trouvé Poe ? Je vais véritablement devenir jaloux de ce type.

J'acquiesce en silence. Mon pouls repart dans un rythme acceptable. Le soleil commence à dissiper la nuit par la baie vitrée refermée. Mes doigts lâchent enfin son poignet. Il se glisse entre nos draps et m'entoure de ses bras. La nuit a été courte. Nous nous sommes endormis tard, après l'avoir fait parler pour m'assurer qu'il allait bien après notre moment d'intimité. Je me love au creux de cette étreinte, rassurante pour nous deux.

— T'es-tu battue ? À t'entendre et à te voir, je me questionne. J'espère que tu as gagné, cher rêve. Je te sais capable de terrasser des princes.

— Oui…

Je lève le menton et croise son inquiétude.

— Mais pas contre Poe. J'essayais de le sauver de Pygma.

Ses craintes le crispent autour de moi.

Chapitre 46

Georgia

— Ça me paraît jouable…

Dusty me le confirme du bout des lèvres. Elle lève une moue incertaine sur le flic qui ne quitte pas Mercurio d'une semelle. Le regard impassible de Norian file de la souffleuse au fae. Il s'égare de temps à autre sur moi.

Je ne suis toujours pas convaincue qu'il devrait tout entendre…

Puisque c'était à l'un des policiers d'assurer la surveillance du détenu lors de cette réunion, il s'est imposé, en bon chef, afin de protéger ses hommes du merdier dans lequel nous les plongeons.

Sa lèvre frémit sous sa fine moustache noire, seule preuve qu'il ne va pas tarder à nous sortir d'ici par la peau des fesses.

— Je peux emporter le carnet de notes ?

— Prends tout ce que tu veux, Dusty, lui accorde Mercurio. Je n'en ai pas l'utilité.

La souffleuse se relève du bureau autour duquel nous nous sommes penchés pour lire quelques plans gribouillés par Thomin. J'ai peu mis les pieds dans cet atelier, installé dans son ancien appartement avant d'emménager avec Mercurio dans le logement du dessous. Celui-ci ressemble davantage au mien, en plus spacieux et avec l'impression qu'une tornade a tout dérangé.

Ma collègue frotte son front. Elle a envie d'embarquer l'ensemble des pièges démontés qui traînent partout sur les anciens meubles des parents de Thomin, de la table bancale au buffet massif débordant de boîtes de pellicules. Problème, un éléphant ne retrouverait pas son petit dans ce bazar.

— Je te prépare un carton avec le nécessaire, propose Mercurio.

Un nouvel entrain le parcourt depuis que Dusty est arrivée. Non seulement il qualifie mon idée d'ingénieuse, mais il se montre content d'avoir enfin quelque chose à faire. Norian repère cet élan et le laisse gambader de pièce en pièce avec Dusty, deux cartons qu'ils remplissent en suivant les notes de Thomin.

Il a fallu expliquer à la souffleuse pourquoi Mercurio se trouvait sous bonne garde policière et à quoi était destinée ma commande. La moustache du commissaire a frémi plus d'une fois.

Après le coup de massue passé, Dusty admire d'autant plus Thomin pour avoir mis fin au Service et pour nous avoir « sauvés d'une pratique cruelle et avoir retardé une malédiction ».

Son geste peut aussi s'interpréter de cette façon. Encore faut-il réussir à mettre de la distance avec le nombre de personnes décédées ce soir-là, dont ma sœur.

— Sais-tu ce que nous deviendrons après ?

La question de Norian m'extirpe de mes pensées.

— Après quoi ?

— Votre départ.

Il le précise sans lâcher les deux souffleurs du regard, dans l'ancienne cuisine transformée en laboratoire.

— Pose plutôt cette question au Cador.

Il grimace. Le masque du chevalier lui fait peur, mais le commissaire en civil ne le montrera jamais.

— Je te la pose à toi, mon amie.

Un sourire m'échappe.

— C'est toujours utile d'avoir un flic parmi ses potes !

Norian me file un coup de coude, mais il saisit sans mal que ce n'est pas pour cette seule raison que je l'apprécie.

Au début, d'accord… j'y voyais mon propre intérêt. Mais j'ai appris à le connaître au fil des mois.

— Nous en avons discuté avec Pablo et Konrad, m'avoue-t-il.

Il croise les bras, mal à l'aise.

— Eux ont une famille. Moi, je n'ai personne qui m'attend ici. De plus, nous sommes sous les ordres du Cador.

Il baisse la voix pour poursuivre.

— Si l'un d'eux part, nous nous retrouverons dans le giron de l'autre. Je souhaite négocier avec Alimar le retour de mes hommes au sein du commissariat en échange de mon engagement dans votre expédition.

— Tu es fou !

Je m'exclame un peu trop fort. Mercurio et Dusty se retournent. Je leur fais signe de continuer leurs emplettes. Après un dernier coup d'œil au détenu, Norian me demande de le suivre dans l'escalier percé entre les deux appartements des garçons.

Je m'étonne qu'il laisse Mercurio sans surveillance.

Mais, après tout, le fae n'a jamais montré qu'il cherchait à fuir. Alimar affirme qu'il doit se sentir plus en sécurité chez lui, entouré d'hommes armés qui le protègent, qu'en liberté et seul, en potentielle cible de Hadar.

Mercurio a passé trop de temps avec nous et dans le confort de son propre logement. La suspicion de trahison envers les siens pend au-dessus de sa tête.

— Ils en savent moins que moi, argumente Norian dans un murmure dans mon dos. Il leur sera plus facile de retourner travailler comme avant. Ils ont une famille ! Alimar ne me paraît pas insensible à ce genre de détails.

— Je ne doute pas qu'il interviendra en leur faveur, mais pas en la tienne.

— Et pourquoi ?

Il se redresse au milieu des marches, vexé.

— Parce que je m'y opposerai ! Tu n'es pas un Aster !

— Alors, mords-moi et l'histoire sera réglée !

— Mais chut ! Dusty ignore que je suis maudite. Et puis, merci… Sympa de me comparer à un vampire.

À mon tour, je prends la mouche. Son bras me rattrape avant que je rejoigne le salon cossu de l'appartement du dessous.

— Je sais ce qu'implique mon départ. J'ai bien saisi les enjeux à force de me taire et de vous écouter. J'ai des risques de ne pas revenir, comme toi. Mais protéger la population est tout ce qui m'anime, Georgia ! Rien ne m'attend ici à part une chaîne qui m'attache à un inconnu masqué. Je préfère te suivre libre et faire ce en quoi je crois plutôt que de continuer d'obéir aux ordres de je ne sais qui.

Ces mots me touchent et font sens. En y réfléchissant, je pénètre dans le salon au mobilier au bois roux et aux pierres turquoise qui cohabitent avec le marbre gris au sol. La bibliothèque aux niches en forme de pyramide accueille un bestiaire mystique en bronze. Quelques sculptures ont été soufflées dans du cristal. Les matériaux sont rehaussés d'or. Je reconnais maintenant la patte des faes dans cet intérieur.

La noblesse du geste de Norian voudrait que j'accepte.

Il me rejoint dans ce qui est devenu son logement depuis un petit moment. Il n'a pas quitté cet immeuble alors que ses collègues effectuaient à tour de rôle des allers-retours chez eux. La vie de policier s'avère différente de celle des gardes qui vouent une dévotion absolue à leur travail. Rares sont ceux à fonder des familles parmi ces derniers. Norian aurait le profil pour intégrer l'une d'elles. Néanmoins...

— Tu n'es pas immunisé. Tu n'es pas un fae. Enfin, je ne l'espère pas ! Il ne manquerait plus que toi.

Il secoue la tête, agacé.

— Dès que tu mettras les pieds là-bas, tu pourras être maudit. Tu n'as pas de tatouage qui te protège.

— Je n'en ai pas non plus, nous interrompt une voix depuis l'entrée. Du moins, pas d'Aster. Et je n'ai aucune certitude que mon bouclier fonctionnera contre ce type de magie.

Je me décale pour découvrir le prince, vêtu d'un costume blanc pieux, sous le buste d'une femme qui tient une torchère électrique. Il a tout entendu et s'est gardé de nous indiquer sa présence.

Uräne me fournit une bonne raison de me lancer dans ce que je redoute. Je l'ai appelé hier soir après notre retour de périple avec Alimar pour lui résumer mon échec et ce que j'ai appris sur Poe. Je n'ai pas eu le courage d'aller plus loin. Pas au téléphone...

— Peut-être que toi non plus tu ne devrais pas venir.

Ses doigts se crispent sur le pommeau d'argilis de sa canne. Ma trahison assombrit ses yeux. Je sais qu'il le prend de cette manière.

— Cherches-tu à m'évincer ?

Sa soudaine rigidité me fait froid dans le dos.

— Est-ce une brillante idée d'Alimar ?

— Il n'a rien à voir. Il t'a même défendu contre cette possibilité.

— De qui émane-t-elle, dans ce cas ? Ma propre sœur n'aurait pas eu cette intention de me briser les ailes. Pas vrai ?

— Je remonte, me prévient Norian.

Il n'a pas envie de se retrouver au milieu d'une conversation qui, de toute évidence, dépasse son simple cas. Uräne se fiche qu'il se trouve encore dans la pièce lorsqu'il me crie dessus :

— Qui ?

Mes muscles se crispent. Je ne l'ai jamais entendu lever la voix ainsi. D'ailleurs, le commissaire s'interrompt de grimper l'escalier. Plus un bruit ne filtre à l'étage au-dessus de nous. Tout le monde nous écoute.

— Je comprends que tu sois à cran, étant donné que nous nous rendons à l'exécution de Céréza. Mais parle-moi encore une fois de cette façon et j'arrête de défendre ta cause.

— Auprès de qui ? gronde-t-il entre ses dents.

Même s'il retrouve la maîtrise de sa voix, cette colère dans son regard me décontenance.

Dans le fond, je lui donne raison.

Je péterais un câble si quelqu'un me tenait éloignée de ce voyage.

— De Maxwell…

La fracture s'accentue, mais j'en ai marre de cette partie de cache-cache.

— Maxwell, encaisse son pupille avec difficulté. Tu as pris contact avec lui sans m'en informer ?

— C'est plutôt l'inverse…

— Bravo, Georgia, me coupe-t-il. Il a sûrement mis le roi dans la confidence. Tu viens de ruiner tous nos efforts. Cette expédition ne verra jamais le jour.

Sans attendre, il se retire de l'appartement de Mercurio.

— Mais écoute-moi, bon sang !

Je le suis dans l'escalier du hall où le prince claudique avec sa canne, d'autant plus énervé qu'il se trouve toujours diminué.

— Grïffon n'est pas au courant ! Maxwell n'a pas l'intention de lui parler.

— Tu es sotte de le croire.

Il s'emmure dans une froideur qui ne lui ressemble pas. Je contiens une flopée d'insultes en retour et le rejoins dans l'entrée. Mes chiens grognent. Ils me sentent tendue. Urăne leur adresse un coup d'œil craintif alors qu'il cherche à me fuir.

— Réfléchis ! Tu es la raison principale qui pousserait le roi à nous refuser un navire ! Nous n'avons plus d'autres solutions.

Je me dépêche de le rejoindre sur le perron et de refermer la porte avant que je sois obligée de m'interposer entre les aboiements et lui. Son véhicule patiente avec un chauffeur et une escorte de deux motards. Valentina s'en extrait pour me saluer. La soudaine impassibilité du prince la laisse perplexe.

Une seconde berline se gare derrière la sienne. La vitre arrière s'abaisse sur le haut du masque du Cador. La présence d'Alimar envenime son humeur.

— Retournez en voiture ! commande-t-il à la prêtresse. Georgia ne nous accompagne pas. Son chevalier servant l'attend de toute évidence.

— Je ne savais pas qu'il passait me prendre ! Je ne me suis même pas changée !

Valentina porte le bleu des augures, son voile posé sur ses cheveux, mais le blanc est de rigueur. J'ai encore mon blouson et ma chemise noire. Je ne suis ni coiffée ni maquillée pour un tel événement. La portière de la berline s'ouvre sur le Cador. Je fais signe à Alimar de rester en dehors de cette dispute.

— Inutile, tu t'accordes à merveille avec ton nouveau duo.

Son aversion pour le Cador me fait mal. Il n'a pas les idées claires et nous n'avons pas abordé la découverte de l'identité du premier chevalier. Je présume qu'il ne la digère pas.

— Rien n'est arrêté, Urăne ! Prends le temps d'y réfléchir. Nous en reparlerons au calme.

— Il n'y a plus rien à discuter. Nos efforts n'ont servi à rien.

Il monte à bord et claque la portière. Confuse, Valentina cherche une explication auprès de moi, mais je ne peux rien lui dire au milieu de cette place. Pour finir, l'augure s'attarde sur Alimar.

— Valentina, nous partons, lui ordonne le prince.

Sa bouche, seule partie de son corps encore visible, se pince pour éviter de lui répondre d'aller se faire voir.

À peine est-elle installée que les motos et la voiture redémarrent.

Chapitre 47

Georgia

Nous avons ameuté tout le quartier.

Tant pis, je n'ai pas le temps de me changer.

— On y va, exigé-je à mon tour d'Alimar. Si nous restons sur la place plus longtemps, non seulement tout Montlilas va jaser, mais Mercurio ne sera pas content de te voir chez Thomin. Un seul conflit à la fois, merci. D'ailleurs, pourquoi t'es-tu pointé ici ?

Je monte en voiture.

— Je voulais m'assurer de la protection du prisonnier en ce jour d'exécution.

Il claque la portière derrière nous. Je ne me fais pas à la voix calme et posée de ce personnage.

Sa berline se met aussitôt en route. Le cortège princier se trouve déjà loin.

— Les trois flics sont là, selon tes ordres. Dusty dévalise l'atelier de Thomin.

— Dusty ?

— À mon avis, elle est plus efficace que des policiers pour défendre Mercurio contre une attaque d'Uranies qui réclameraient vengeance. Rien que la présence de la souffleuse fiche la trouille à Pablo et Konrad. Elle est d'accord pour nous faire des pièges mortels pour l'expédition. Au vu des plans laissés par Thomin, elle affirme que ça ne prendra pas beaucoup de temps. En revanche, Urãne a pété un plomb quand je lui ai annoncé que je préférais qu'il ne vienne pas avec nous.

Alimar s'accoude à la portière, sa tête dans sa main pour m'écouter avec attention et décontraction. Je sais qu'il n'a pas le droit de trahir sa double identité au chauffeur de cette voiture dans laquelle je monte pour la première fois.

— Vaut-il mieux que je te vouvoie ? lui chuchoté-je. Qu'on fasse genre que j'ai peur du grand méchant Cador ?

Je désigne du bout du menton le type à l'avant sous sa casquette de conducteur. Un gloussement amusé, brisé par le métal de son masque, s'échappe néanmoins de lui.

— Il serait préférable.

J'acquiesce et me redresse. Urâne m'a aussi mise sur les nerfs, sans compter la requête de Norian…

— Continuez. Pourquoi lui avoir dit maintenant ?

— Je peux tout dire ? Ici ?

— Vous le pouvez.

Je déteste cette distance qu'il instaure entre nous, mais puisqu'il faut entretenir l'illusion.

— Norian veut s'embarquer avec nous. Il m'a demandé de plaider sa cause auprès de toi. De vous !

Je me mords la langue. D'un geste de la main, mon interlocuteur m'invite à poursuivre.

— Il propose son aide en échange que ses hommes retrouvent leur poste d'avant… vous. Ils ont une famille et lui souhaite servir le peuple à sa façon. Mais il y passera s'il nous suit ! Il n'est pas un Aster. D'ailleurs, Urâne non plus. Il existe un risque élevé. Nous avons déjà évité le pire avec cette foutue racine qui lui a perforé le talon, en espérant qu'il ne se transforme pas plus tard. Il ignore si son bouclier bloque ce genre de magie.

Nous quittons les immeubles en briques rouges de Montlilas pour rejoindre le transurbain. Je me détache de mon propre reflet sur la vitre, pour y refaire face sur le masque d'Alimar, nonchalamment accoudé à la portière. Il ne trouve rien à dire, pris entre son rôle et son amitié pour Urâne.

— Je sais que vous pensez que c'est à lui de faire son choix. Mais Maxwell a raison sur le fait qu'il n'arrivera pas à suivre le mouvement avec sa jambe.

Ses doigts gantés pianotent sur le fer miroitant de son visage, seule preuve du cheminement de ses réflexions.

— Sans compter qu'il vaut mieux qu'il se situe loin de son tuteur et de sa sœur lorsque nous nous changerons en démons.

Mon regard fuit le sien voilé. Je le devine peiné sous son masque. Même s'il m'assure son soutien, mes paroles lui font du mal. Je me perds dans les lumières du tunnel, pendant que notre voiture double les bouchons occasionnés par cet événement. Nous remontons le long de la file d'urgence.

— Maxwell embarque pour terminer sa mission inachevée. Je sais que vous le détestez, mais il y a quelque chose d'héroïque dans son geste.

— Je trouve aussi.

Le fait qu'il soit d'accord avec moi sur ce point me surprend. Il doit avoir changé d'avis, comme moi je l'ai fait, après ce que je lui ai raconté et après avoir côtoyé le roi.

— De mon côté, mon ambition est plus égoïste. Je dirige cette expédition pour retrouver mon père et pour délivrer la femme qu'il aime afin de leur offrir une fin heureuse, au milieu de leur malheur. Je souhaite qu'au moins l'un des enfants de Lÿs reste en vie. Uräne est le seul à avoir été préservé. Le seul qui a de l'importance pour ce royaume.

La main du Cador se pose sur la mienne, sur le cuir de la banquette. Cette marque d'affection me fait du bien. Alimar transgresse un peu son rôle pour me transmettre un peu de son courage. Il s'est redressé. Sous couvert du bruit du moteur qui résonne dans le tunnel, il se penche pour me murmurer :

— Vous avez de l'importance pour ce royaume. Votre ambition est tout aussi noble. Vous devriez lui dire ces mots.

— Notre petite licorne ne m'écoutera pas. Et je le comprends ! Jamais je n'abandonnerai l'idée de secourir nos parents. Mais je n'ai pas ses responsabilités sur le dos. Je suis plus libre que lui. Maintenant, je crains qu'il n'entrave l'expédition. De toute manière, nous n'avons plus de bateau pour nous y conduire. J'ai songé à retourner en négocier un auprès de ton… Salazar.

Je me reprends au dernier moment.

— Mais il n'acceptera jamais d'affréter un navire et de trahir son roi.

Ses doigts pressent les miens. J'y vois un signe d'approbation quant à la stupidité de cette idée.

Un soupir las m'échappe.

— Si on m'avait dit que c'était aussi épuisant de devenir capitaine.

Je lui adresse un sourire complice. J'attends sa réplique ou que mon second me nomme « cap'taine Sang Dragon », mais les marins de la Corne lui ont cassé son histoire…

— Diriger des hommes demande de puiser dans des trésors de ressources. Mais nous en ressortons grandis.

— Ouais, des hommes, nous sommes d'accord ! Parce que Valentina et Dusty, *elles*, ne me brisent pas les bonbons.

Un nouveau gloussement amusé me surprend de sa part. Alimar reprend sa main lorsque nous émergeons du tunnel sous le soleil de midi et entamons l'ascension de la colline qui conduit à l'un des plus prestigieux quartiers de Corélysée. Le cortège princier nous a déjà dégagé les bandes d'arrêt d'urgence. Là encore des bouchons se forment pour accéder à des parkings aménagés sur notre chemin. Deux policiers à moto viennent escorter notre voiture.

— Votre fatigue se ressent, m'assure-t-il. Laissez-moi voir si je peux obtenir une embarcation.

— Si vous arrivez à parler au roi dans ce sens, je vous délègue cette partie. Vous êtes le mieux placé pour lui cirer les pompes.

Il estompe un rire plus franc sous son masque. Il appelle le mien.

— Pendant ce temps, je veux convaincre Poe de se joindre à nous.

— Poe…

— Ne sois pas jaloux, chuchoté-je.

Un bruit de gorge montre que je flirte avec une limite à ne pas franchir.

— Je le maintiens, Poësis doit venir avec nous ! Avec Mercurio et lui, nous doublons nos chances de réussite. Ce Faëster a des ailes, murmuré-je. Ses plumes peuvent voler jusqu'à ce foutu château de Prismeris.

Alimar se raidit.

Comme Mercurio, il m'a confié craindre qu'une guerre fae se greffe aux tensions existantes.

Connaissant Poe, il n'y a pas de risque…

— J'essaie de le retrouver, d'où mes cernes. Mais Pygma ne me lâche pas ! Attendez un peu que je trouve comment emmener un piège en rêve et il va vite fait retourner dans sa boîte, celui-là.

— L'urne du sanctuaire…

— Remarquez, peu importe le contenant du moment qu'il arrête de me faire chier et de vouloir faire la peau à Poe. Avec Noctéis, on s'occupe de son cas.

La voiture pénètre dans le quartier de la Grâce par une route barrée par la police. Nous contournons la longue place nommée le défilé, dont je ne perçois que des bannières blanches entre les pâtés d'immeubles de notre détour destiné à éviter la foule.

— Poësis, Pygma et Noctéis. Les chevaliers des royaumes de sang.

— Comme dans le titre de ton, *votre*, livre de contes. Désolée, j'ai du mal…

Je supplie Alimar de ne pas m'en tenir rigueur.

Cette distance entre nous est compliquée à tenir.

— Aucune importance, nous arrivons.

Notre berline dépasse celle d'Urãne, garée sur un parking privé, à l'arrière d'une tente. D'ici, je remarque l'arc avec son étoile rouge, et donc maudite par Poësis, éclairée par le feu éternel. Plusieurs tribunes ont été érigées derrière ce feu.

Je me suis déjà rendue en mission dans ce quartier. Le défilé du Champ-de-Grâce était un magnifique jardin public arboré il y a encore quelques jours. Entre les larges tentures blanches, je reste bouche bée devant les gradins découverts de leur végétation. Les arbres ont été coupés et les fontaines démontées pour laisser s'entasser les différentes gardes et les serviteurs du Culte sortis de Pourprebrume dans l'allée centrale, sous la succession d'arcs commémoratifs. Ce lieu ressemble davantage à ce rêve où m'a plongée Poe. D'autant plus avec la tribune royale qui donne sur une longue scène.

Notre berline s'arrête à côté d'une seconde semblable en tout point. Grïffon est arrivé.

Je m'empresse d'ouvrir la portière, mais Alimar me retient.

— Votre place vous attend dans la loge d'honneur en compagnie du prince et de ses invités. Puis-je vous demander une faveur ?

— Comme toujours.

Je lui souris sur cette certitude.

— Surveillez l'Uranie pendant l'exécution.

— À mon avis, il n'y a pas plus fidèle que Valentina.

— Tant mieux, se soulage Alimar.

Ma main se pose sur son bras. Je me penche vers lui pour lui chuchoter à l'oreille :

— Tu fais ce qui est juste. Pour mon père, la mère d'Uräne, mais aussi pour tous les griffons morts de cette saloperie et pour tous les gens qui mourront de la malédiction. Je suis fière de toi.

J'embrasse sa joue métallique. Il ne me reproche pas mon manque de tenue envers le chevalier. À son tour de puiser en moi le courage dont il a besoin.

Dans un dernier sourire, je sors de la voiture. Une boule au ventre accompagne néanmoins mes pas jusqu'à l'une des deux tribunes d'honneur, pendant qu'il se prépare mentalement à ôter une autre vie.

Chapitre 48

Alimar

J'approche de la tente royale, plantée derrière la tribune la mieux placée pour ce grand spectacle.

Car c'est bien de cela qu'il s'agit !

Ce que Grïffon a fait du Champ-de-Grâce se révèle de loin le plus beau des opéras. Les drapés blancs froncés au-dessus des gradins, mis à nu pour accueillir le bon peuple de Providence, confèrent une perspective impressionnante jusqu'à la vue imprenable sur l'une des baies de Corélysée. Seul bémol, les vents lumineux au large sont moins visibles qu'en pleine nuit.

La foule se presse pour obtenir une place en haut des tuniques blanches des frères-gardiens, du bleu nuit des prêtres et prêtresses, du gris-bleu de la garde du gouverneur de cette province, du rouge de la royale. L'azur de la police encadre chaque accès aux spectateurs et ponctue ce parterre de fleurs pieuses et dévouées.

J'approche des tentes en m'attardant sur les membres du Culte retenus contre leur gré à Pourprebrume depuis des jours. Aucun mal ne semble leur avoir été fait. Ils se retrouvent quand même sous bonne garde, devant la scène qui s'avance en podium sous l'arc de Miséricorde, en englobant le feu sacré, pour terminer au premier quart du défilé.

La condamnée est déjà présente en plein soleil, dans une robe du même pourpre que l'étoile. À genoux près d'Adéma et de quatre autres gardes aux fusils rivés sur elle, Céréza porte un sac sur la tête.

Ils m'attendent.

Ou plutôt, ils attendent que notre souverain me donne l'ordre de tirer.

Le gouverneur sort justement de la tente de son patron.

— Sa Majesté se change. Il vous demande de patienter à l'extérieur.

— Je dois me mettre à nu devant lui, mais pas l'inverse.

Ce sarcasme sous mon masque le perturbe. Si je suis en accord avec le geste que l'on exige de moi aujourd'hui, je n'en suis pas moins stressé. Et quand je stresse, je parle. Une constante plus forte que moi.

Je repère l'entrée de l'une des deux loges d'honneur qui encadrent celle du roi. Pour sa première représentation officielle, il a mis le paquet. Je reconnais bon nombre de membres de l'aristocratie, dont quelques proches encore en vie de Morengo, à l'instar du gouverneur de Concordia : Atticus. Le plus jeune dirigeant à ce poste adorait les orgies organisées par le surintendant de l'époque. Par chance pour lui, il ne s'intéresse qu'aux femmes et m'a toujours ignoré.

Je prends une profonde respiration pour chasser mon dégoût.

Un homme en costume blanc, comme tout le monde, le rattrape pour lui toucher deux mots : Salazar Pinotte.

Mon cœur loupe un battement.

Je recule de quelques pas, à en surprendre Maxwell. Une observation du côté de son homologue de Concordia, aux cheveux roux plaqués avec élégance, suffit à ce qu'il comprenne mon trouble.

Ce que Père raconte à Atticus l'ennuie d'une manière prodigieuse. Pire, il s'empresse de fuir le paria de la haute société. Il adresse un salut à Maxwell et le hèle sous prétexte de devoir lui parler.

— Restez ici, m'ordonne le gouverneur de Corélysée. Ne vous laissez pas déstabiliser.

Je n'ai pas le temps de l'envoyer promener. Maxwell s'avance à l'entrée de la seconde tribune d'honneur pour saluer Atticus et sa clique de sympathisants. Les gouverneurs des autres provinces se joignent à ce rassemblement. Seul Gédéone manque à l'appel. Père fulmine en silence derrière cette grossièreté, puis décide de s'installer à sa place. Mère ne semble pas l'accompagner.

Que lui voulait-il ?

Lui toucher un mot du problème de Boisrouge ?

Intrigué, je recule encore. Un dernier coup d'œil à Maxwell valide mon occasion de me faire la malle le temps de retrouver ce souci sur le visage paternel depuis la tribune en face. On me laisse circuler sans mal au milieu de la cour du prince.

Je sursaute néanmoins lorsqu'une poigne se referme sur mon bras.

— Tu ne devrais pas venir ici, m'assène Georgia.

Mon masque descend sur elle. Je ne comprends pas le pourquoi de son désarroi.

— Le chevalier peut se faufiler où il veut.

En tailleur et jupe crayon blancs sous son ombrelle, comme bon nombre d'aristocrates, Solnia nous passe devant dans une moue intriguée. Nadia la suit sous son petit turban à la mode, de ceux que portait parfois Orféa. Elle juge ouvertement la femme qui tient le Cador.

Je m'écarte de mon rêve qui tranche avec tout ce blanc dans son cuir, afin de lui éviter l'opprobre. Juste assez pour faire glisser sa main de mon bras, mais trop peu pour ne.pas soulever de questions si j'en crois d'autres invités qui remplissent les gradins.

— Oh, oui, c'est vrai, semble-t-elle se souvenir. Mais vous aussi, tenez vos distances !

Son avertissement et son vouvoiement me chagrinent. Je soupçonne davantage que des faux-semblants à préserver.

— Que voulez-vous dire ?

— Au cas où vous ne l'auriez pas remarqué, Uräne est fâché !

Assis à côté de son augure, le prince me fusille d'un sale regard en coin sous sa couronne, ce simple anneau d'or.

— Diantre, il ne se remet pas de ma visite chez lui. Ne me dites pas, Mademoiselle Lamare, qu'il n'a toujours pas compris.

Mon attention repart d'instinct sur la tribune royale, le trône encadré de deux chaises sur une estrade, vides pour le moment. Je croise néanmoins le questionnement de Père. Il nous dévisage, Georgia, puis moi.

Craint-il que le Cador cherche des ennuis à cette dame ?

De ce que j'ai saisi, il semble l'apprécier. J'en souris.

— Vous avez de la bouillie à la place de la cervelle dans votre boîte de conserve ?

Un gloussement amusé m'échappe et décrédibilise mon personnage. Quelques têtes se tournent vers moi. Je me redresse. Afin de dissimuler l'imposture, j'empoigne le bras de ma compagne.

— Suivez-moi, Mademoiselle Lamare.

Je donne l'impression d'exiger alors que ma main propose. Uräne se lève pour me ficher dehors en personne. Sa sœur lui adresse un geste d'apaisement. Elle m'accompagne loin des gradins sans rechigner, bien au contraire.

— Merci, l'ambiance est irrespirable depuis qu'il a pété un câble. Je crois surtout qu'il est stressé.

Je l'emmène avec moi derrière la berline qui m'a amené jusqu'ici, puis la relâche, bien malgré moi.

— À présent, veux-tu m'expliquer ce qui se passe ?

— Oh, nous en revenons au tutoiement. Tu me colles le tournis !

— Tu m'as abordé de cette manière.

— Parce que tu me l'as demandé dans ta voiture.

Je me raidis, saisi d'un furieux doute.

— Georgia, tu n'es jamais montée avec le Cador.

— Nous sommes venus ensemble !

Je secoue la tête, catastrophé par ce qui se dessine. Les doigts de Georgia cachent sa bouche ouverte de stupeur. Ses yeux s'agrandissent de compréhension.

— Oh putain ! lâche-t-elle.

— Il n'était pas convenu que je vienne te chercher. Pourquoi l'as-tu suivi ?

Ses doigts glissent sur sa peau devenue pâle.

— Nous venions de nous disputer avec Uräne ! Il a refusé d'entendre raison sur… notre randonnée. Il m'a plantée devant chez moi quand tu es arrivé.

— Ce n'était pas moi !

— Vous avez la même voix ! Enfin pas là…

— J'enfile bien plus que ce masque ! La voix du Cador est travaillée pour qu'il n'y ait pas de différence. Mais je fais toujours en sorte que tu me reconnaisses ! Que lui as-tu raconté ? Pourquoi était-il chez toi ?

Mon pouls s'affole dangereusement.

— Il voulait s'assurer de la protection du prisonnier pendant…

Elle tend le bras en direction de la foule impatiente de rencontrer son roi.

— Je redoutais qu'il passe un jour ou l'autre. Je ne pouvais pas lui cacher le lieu de détention de notre guide. Mais je ne m'attendais pas à ce que ce soit aujourd'hui, alors qu'il a autre chose à faire. Pitié, dis-moi que tu ne lui as rien avoué de compromettant.

— Il sait tout, murmure-t-elle, replongeant dans cette conversation.

— *Tout* ?

— Oui, tout ! La randonnée, la petite licorne, Dusty, Maxwell… et même Poe ! Il sait tout, s'étrangle-t-elle.

Mon cœur s'arrête sur la perspective de ma mort prématurée.

— Comment a-t-il réagi ? demandé-je d'une voix blanche.

— Comme le Cador ! Distant, sans se dévoiler. Quoiqu'il ait rigolé, à plusieurs reprises.

— Il a *rigolé* ?

Un espoir incongru. Il ne me fera peut-être pas disparaître tout compte fait.

— Il m'a pris la main.

— Pardon ?

— Du calme. Tu deviens trop identifiable. Je pensais qu'il était toi. Je l'ai même embrassé !

— Oh, non, Georgia…

— Sur la joue ! me détrompe-t-elle. Je voulais te donner du courage pour ce qui va suivre et te dire à quel point je suis fière de toi.

Je commence à cuire dans ma cuirasse.

Ce qu'elle m'apprend me touche profondément.

— Merci, cher rêve.

Elle perçoit toute ma reconnaissance au-delà de ce masque.

— Tu lui as dit tout cela ?

— Ce bon acteur n'en a pas perdu une miette. J'ai cru qu'il était toi. Il ne se montrait pas très bavard, mais il y avait le chauffeur avec nous, alors…

Je caresse sa joue dans un geste bref que je ne devrais pas effectuer en public. Je veux juste chasser cette nouvelle inquiétude en elle.

— Je lui parlerai et encaisserai comme il se doit une belle réprimande. Tranquillise-toi, il a besoin de moi. Il ne m'arrivera rien.

J'essaie de m'en convaincre par la même occasion.

— Et puis, tu as réussi le miracle de le faire rire.

— Il a dit que j'étais importante pour le royaume.

— Comme il a raison.

— Nous avons papoté gestion d'équipe !

— Cet instant aurait dû te mettre la puce à l'oreille. Regarde, dès que je travaille en groupe, je me fiche tout le monde à dos.

— Uräne et toi n'êtes pas mieux.

J'aimerais tant embrasser son sourire en coin.

— J'y retourne, avant que notre petite licorne quitte ses copines pour débarquer.

— Va. Je te rejoindrai ce soir, dans ta chambre, si Grïffon ne m'a pas expédié sur un navire pour une mission en solo.

— Dans ce cas, tu me trouveras à bord avec toi.

— Je te sais assez déterminée pour y arriver.

La chaleur dans ma voix la fait glousser d'envie. Néanmoins, je dois la chasser au profit de mon personnage que je peine à tenir en sa compagnie. Georgia recule dans une moue d'excuse que je ne veux plus voir. Elle n'est pas responsable de cette mauvaise farce de Grïffon.

Il va m'étriper…

Je prends le temps de respirer, mon visage offert au ciel. Or, le soleil ne parvient pas à réchauffer ma peau sous ce métal. Les pieds plombés par les conséquences de mes cachotteries, j'avance en direction de la tente. Maxwell papote toujours avec ses confrères quand une voiture me coupe le chemin. Un peu plus loin, la portière s'ouvre sur Gédéone.

Sa présence me replonge dans ma vigilance.

Le grand-père me repère derrière ses grosses lunettes et plisse le front. Maxwell s'empresse de venir accueillir le gardien du Temple. Gédéone étudie le souverain s'approcher de lui dans son plus beau rôle de composition.

Oui, il est bon acteur…

Comment Grïffon peut-il se retenir d'étrangler cet homme ?

Tout simplement car il ne le peut pas…

L'ancien paraît en proie aux incertitudes en nous observant à tour de rôle. Il savait…

Il se doutait que le roi se cachait sous le Cador. Nous voir tous les deux au même endroit l'immerge dans l'incompréhension que son âge rend d'autant plus lisible. Par des gestes lents, il accède à la requête de Sa Majesté et entre sous sa tente.

Grïffon m'adresse un signe discret pour que je conserve mes distances, mais invite Maxwell à les rejoindre.

Je n'aime pas ça.

J'avance tout de même lorsque quelques fausses notes attirent mon attention dans mon dos. Je ne suis pas le seul à entendre cette mauvaise musique à la flûte. Les derniers convives se retournent, mais ne s'y attardent pas, trop pressés de s'installer.

Un garde royal s'aventure au milieu des voitures. Je lui impose de revenir à son poste devant le gradin princier avec la certitude tenace que ce son m'est destiné. Je traverse le parking, puis franchis le cordon de sécurité qui barre la route.

La mélodie résonne dans l'une des ruelles autour de nous. Elle passe comme un bruit festif au milieu de la foule qui s'amasse dans cette ville, parmi ceux qui n'ont pas trouvé de place sur le Champ-de-Grâce. Ce lieu porte terriblement mal son nom aujourd'hui.

Le peuple s'écarte sur mon passage, mais j'hésite à m'enfoncer davantage. Le roi a bientôt besoin de moi.

Je m'apprête à rebrousser chemin, mais un visage bien connu m'attend sous l'ombre d'une capuche, une flûte devant sa bouche : Bérénice.

Chapitre 49

Alimar

Comment connaît-elle ma double identité ?

Je rejoins la même ruelle où les membres du Culte ont failli mettre un point final à mon existence.

La coïncidence ne me plaît guère.

Je tire mon flingue et la maintiens au bout de mon canon, sous la discrétion de ma cape. Ma simple présence suffit à nous laisser seuls, à l'ombre du mur du prieuré.

— Tu tombes mal.

— Le moment est idéal, au contraire ! me contrarie Bérénice, comme d'habitude. Gédéone est occupé. Nous devons agir maintenant.

Elle range la flûte à sa ceinture. Dans sa tenue de guerrière, ailes dissimulées sous sa magie et sa propre cape, elle n'émet aucune hésitation sur qui se trouve devant elle.

— Les as-tu retrouvés ?

— Ils sont justes sous nos pieds. Tu les supprimes et tu repars à ton autre rôle de bourreau.

— La mort de Céréza n'a pas l'air de t'affecter.

— Au cas où tu ne l'aurais pas remarqué, nous ne sommes plus que deux. Comment veux-tu que nous sauvions la vie de l'Uranie ? Elle savait ce qui lui en coûterait de se faire prendre. Elles le savent toutes.

— Comment cela, *toutes* ? Ôte-moi d'un doute… tu n'as pas converti un nouvel augure ?

— La lubie d'Uräne ? Aucun risque qu'elle le trahisse.

Mine de rien elle m'enlève un poids.

— Souhaites-tu que je te liste mes alliées ou pressons-nous d'éliminer les démons qui menacent de polluer la future terre des faes ?

— Fais-le en marchant…

Je réajuste ma position de tir. Mon mouvement attire son attention sur mon arme.

— Oh, qu'il est malin ! persifle-t-elle en me tournant le dos. J'espère que ton jouet est chargé.

— Avance ! Je n'ai pas de temps à perdre.

Elle me précède dans une moue dédaigneuse et provocante, encore et toujours. Nous contournons le prieuré, jusqu'à une grille qui barre un accès percé dans le mur blanc du bâtiment. Elle plisse le front et hésite.

Ses gants d'un cuir fin gris clair poussent le portail en fer. Je prends soin de le refermer derrière moi, tandis que nous nous enfonçons dans un souterrain qui plonge sous le prieuré. L'obscurité nous engloutit.

À l'odeur et à l'eau que nous remuons avec nos pieds, Bérénice m'entraîne dans les égouts.

Je déteste cette femme…

— Pourquoi cette porte n'était-elle pas verrouillée ?

— Elle l'était lors de ma dernière venue.

— D'où ton hésitation. De quelle manière as-tu découvert cet endroit ?

— En me montrant patiente. Chose dont vous êtes tous dépourvus.

— Allons-y pour les insultes…

Sans plus la voir, je me contente de suivre son venin.

— Un nouveau cas s'est déclenché à Boisrouge. Une délation et quelques prêtres plus tard, nous les avons filés jusqu'ici. Ce n'est pas plus compliqué.

— Mais, les serviteurs du Culte étaient tous censés être enfermés à Pourprebrume !

— Il faut croire que non.

Diantre, je le sens mal…

— Minute ! Tu as balancé cette personne à Gédéone !

— Un appel anonyme. Il me fallait un appât. J'en ai trouvé un !

— Tu n'as aucun cœur, Bérénice.

— Mizar !

Elle me reprend sans même chercher à me contredire.

— Je préfère ne pas effacer tes fautes en même temps que ton nom. Bérénice me permet de me remémorer à chaque instant pourquoi je ne te ferai plus jamais confiance.

La lumière apparaît au bout du tunnel. Elle découvre en même temps que moi que mon arme était réglée avec justesse en direction de sa tête. Ma prouesse flatte mon ego.

Elle vacille devant mon canon qui lui dit bonjour.

— Continues-tu de ressasser le passé ou avançons-nous ? chuchote-t-elle.

— Les deux.

De son baudrier, elle tire deux poignards en cristal incolore. Je les soupçonne d'être aussi durs que deux diamants.

— Je m'occupe des prêtres et toi des démons, m'ordonne-t-elle.

— T'inclus-tu avec eux ?

— J'ignore ce qui a pu me plaire un jour en toi…

— Mon sourire ravageur, sans doute.

— Tais-toi et marche !

Elle passe la tête dans un couloir nauséabond, un bras d'égout. Elle monte sur un trottoir souterrain après s'être assuré que la voie était libre.

— Où se planque ton dévoué cousin ?

Je ne peux m'empêcher de penser que je plonge en plein traquenard.

— Arrête de me viser avec ton arme ! me houspille-t-elle.

— Jamais. Réponds.

— Il s'occupe d'une tâche que je lui ai confiée.

Rien ne transparaît sur son visage quant à l'importance de cette affaire. Mon souci grandit pour tous ceux qui se trouvent sur le Champ-de-Grâce.

— Que manigances-tu ?

— Chut !

Elle m'ordonne de me taire, une lame devant ses lèvres. Elle passe la tête dans un nouvel embranchement, ou plutôt, à travers une grille ouverte. Quelque chose ne va pas.

L'inquiétude chasse son arrogance naturelle et méprisable.

— Il y avait des prêtres la dernière fois. Ils ont échappé au rassemblement de Pourprebrume car ils étaient terrés ici, en charge des démons. Une belle ironie.

— Comment sais-tu que je suis le Cador ?

— N'entends-tu pas ce que je te dis ?

— J'exige une réponse avant de rebrousser chemin. De toute évidence, nous nous dirigeons droit vers un piège. Et pour une obscure raison, je ne te crois pas responsable de celui-ci.

— Je me suis rendue dans ton opéra. Je connais la loge de Morengo.

— Tu t'y vautrais avec lui. Dès demain, je change d'hébergement.

— J'ai déniché ton déguisement dans sa penderie, en forçant l'entrée. J'étais venue te chercher pour cette affaire, mais tu demeurais introuvable. Alors j'ai décidé de te cueillir. Il y avait moins de risques que tu recules à renfort d'excuses aussi pompeuses que vaseuses.

— Parce qu'être attendu par toute la capitale n'est pas une bonne excuse ?

— Magne-toi, argue Bérénice entre ses dents.

Je la suis derrière la grille, peu rassuré. Mon arme change de cible, histoire que personne ne ferme cette issue dans notre dos. Nous débouchons dans un cul-de-sac composé de plusieurs cellules, toutes vides.

— Merci pour cette perte de temps !

— Je ne comprends pas, s'inquiète-t-elle. Je te certifie qu'il y avait quatre morbois avant-hier ! Trois l'étaient devenus depuis longtemps…

— Les trois griffons disparus !

Ceux dont le roi ignorait le sort.

— … et l'autre en stade de mutation avancé.

— Celui que tu as vendu au Culte.

— Les portes sont ouvertes, constate-t-elle.

Mon pouls s'accélère. Mon bras tendu commence à trembler sous le poids de mon arme, mais surtout à cause du nœud coulant qui se referme lentement sur nous.

Je rebrousse chemin sans me soucier de Bérénice. Je repasse la grille et me traite d'idiot de l'avoir suivie dans ces tunnels.

— Alimar !

Elle me court après sur le trottoir souterrain. Mon prénom me provoque une décharge de colère. Mon flingue pointe à nouveau sa tête.

— Chevalier Cador, Votre Altesse !

— Je te jure qu'ils se trouvaient ici. Je n'ai aucun intérêt à te tendre un piège ! J'ai besoin de toi pour les éliminer. Ils sont nocifs pour tous ces gens dehors. Imagine que l'un d'eux se jette dans la foule et se mette à mordre. L'invasion de morbois deviendrait incontrôlable. Ils peuvent être n'importe où ! Ils représentent un danger pour tout le monde, y compris pour nous.

Ma main gauche arrive en soutien de mon poignet droit. Il tremble plus fort lorsque, dans l'éclairage blafard de ces souterrains, apparaît une créature invraisemblable.

Mon geste et mon silence soudain font basculer Bérénice dans une prudence accrue. Elle se tourne vers ce démon couvert d'écorces et de petites feuilles pourpres qui ont grignoté les chairs. Cette nouvelle peau lui confère un aspect assez chétif. Ses doigts, ses bras et ses jambes se sont allongés de sorte qu'il marche à quatre pattes. Ses côtes se dessinent sous les squames. Son flanc bat d'un besoin primaire auquel il ne peut se soustraire. Cet appel du sang luit dans ses yeux injectés, entre des oreilles en pointe, elles aussi proéminentes. Ses longues griffes raclent dans l'eau souillée pendant que mon propre sang se fait la malle, loin des crocs qui voudraient s'en rassasier.

Un morbois.

Les étoiles seules savent depuis combien de temps le griffon a cessé d'exister sous cette damnation. Je m'empêche de réaliser un lien trop évident avec Georgia, mais rien n'y fait. Son destin me broie les entrailles.

L'horreur se complète avec l'arrivée d'un second dans l'ombre du premier, au bout des égouts.

— Recule sans mouvement brusque, m'ordonne Bérénice.

Ses ailes apparaissent dans le dos de sa cape fendue.

Je me souviens de l'assiette qui avait réveillé Childéric. Ils réagissent aux bruits et aux forts stimuli. Une fois n'est pas coutume, j'écoute la fae qui connaît les morbois mieux que moi.

Le cœur au bord de la rupture, je recule.

Les deux démons me suivent de leurs pupilles rouges et luisantes.

Pourquoi sont-ils sortis ?

Gédéone a-t-il décidé de prendre sa revanche aujourd'hui sur le Cador ? S'attendait-il à ma venue ?

Je n'y crois pas. Il vient juste de découvrir que deux hommes animent ce costume. Il savait que le roi serait trop occupé avec l'exécution pour jouer les chevaliers, mis à part pour apprendre mes manigances auprès de Georgia. Ce problème de loyauté me paraît secondaire face à ce qui se profile.

Je ne vois qu'une seule explication : Gédéone avait prévu de les lâcher contre la couronne ! Le fait que ses sbires n'apparaissent pas n'est que le fruit de son doute sur l'identité du Cador.

Mais comment pourrait-il les diriger depuis la tente et la tribune royale ? Et par-dessus tout : où se trouve le troisième morbois ?

À mon avis, la personne en cours de mutation s'est tirée loin de ces représentations de son avenir.

La responsable de ce fiasco entreprend la même chose que moi. Les démons fléchissent les pattes, prêts à bondir.

— Bérénice, grondé-je.

— Cours, s'écrie-t-elle.

La princesse s'envole. Je la maudis en dérapant avec mes bottes mouillées. Les créatures nous prennent en chasse, mais les poignards de la fae ne peuvent rien contre eux. Je déguerpis le long du trottoir, arme au poing, sans parvenir à me retourner pour viser. Je saute dans le tunnel qui trempe mes chevilles. Bérénice s'engouffre derrière moi, incapable de voler sans visibilité dans cet espace étroit.

Je me paye l'audace de regarder en arrière. Quatre points lumineux remontent cette pente à nos trousses. Le tissu de ma cape pèse lourd à force de se gorger d'immondices. J'opte pour une décision radicale : la retirer. Mais avant, j'ôte mes gants et les balance je ne sais où.

— Que fais-tu ? vocifère Bérénice.

Au bruit de pas qui glissent, elle s'est pris l'un d'eux. Je range mon harmonica à ma ceinture.

— Lâcher de cape !

Je l'annonce un peu trop tard si j'en crois l'insulte qui suit. Tant pis pour mon piège, il tombe en même temps que le reste.

— Je vais te tuer ! me promet Bérénice.

— C'est déjà le cas !

Notre salut pousse avec le soleil. La sortie apparaît. Je force sur mes muscles. Ma respiration vive et mon masque m'empêchent de me servir de ma magie. J'arrive en premier sur la grille. La tirer me fait perdre une précieuse seconde. Je n'ai pas le temps de la refermer avant ou après Bérénice ni même de choisir. Les deux paires d'yeux rouges s'extraient de l'obscurité pour s'afficher au grand jour.

La fae déploie ses ailes, prête à m'abandonner à une mort certaine.

— Si j'en crève, ce sera avec toi !

Je la rattrape par le bras et la balance au pied des morbois. Ils hésitent à franchir l'ombre du prieuré pour entrer en pleine lumière.

La craignent-elles ?

— Charogne ! s'écrie-t-elle à mon encontre.

Bérénice recule sur les fesses en les conservant dans son champ de vision.

— Je t'accorde que nous empestons après cette charmante excursion.

— Tu ne veux pas faire autre chose que de parler pour changer !

— Ce que je m'efforce de faire !

Mon arme vise l'une de ces créatures. Voir ce que les griffons sont devenus m'écœure. Notre expédition n'est-elle pas insensée ?

— Tire dans les yeux, la gueule ou le ventre. Tes balles ne peuvent rien contre leur écorce, m'ordonne la guerrière impuissante.

Un coup de feu nous surprend. Il provient du Champ-de-Grâce où la foule exulte après un moment de torpeur.

Mon coup de feu !

Céréza a poussé son dernier soupir sans mon intervention !

— Non… soufflé-je de dépit.

Mon inattention nous coûte cher à tous les deux. Les morbois en profitent pour tester leurs limites. Ils bondissent en pleine lumière.

Bérénice se lève et s'envole.

Une des créatures me renverse et tape ma tête sur les pavés. Ma vision se trouble un court instant dans cette douleur. Mon tir part, mais le manque au milieu des coups de griffes que mon armure encaisse. Le démon saute sur moi à plusieurs reprises, tel un chat qui jouerait avec une souris, certes ardente, mais si tentante.

Je le repousse à coups de pied, à coups de poing. Sa patte éjecte mon arme dans la ruelle et m'entaille ma paume.

Je serre les mâchoires.

Son visage creusé couvert de minuscules écorces cogne contre mon masque en une tentative pour me mordre à travers le métal. Son haleine putride me soulève l'estomac. Ses dents noirâtres ripent sur le fer, mais je me récolte un violent mal de tête. Il s'éloigne d'infimes secondes qui me laissent à peine le temps de me redresser.

Une nouvelle griffure fait sauter mon masque et met ma joue en feu. À découvert, je sais ma fin imminente lorsque ses crocs se jettent sur la proie dont il a ôté la carapace. Ce démon est doté d'une certaine intelligence.

Un autre tir retentit.

Le morbois s'effondre sur moi d'une balle logée dans l'œil.

Mort.

À bout de souffle, je n'ose plus bouger de crainte d'attirer son compère. Un homme arrive en courant à ma rencontre. Nous sommes seuls. Mon cœur n'en finit pas de s'affoler. Salazar Pinotte repousse le corps du monstre qu'il vient d'abattre avec le pistolet du Cador.

Pour la première fois, je reste muet face à lui.

— Pressons !

Il me l'ordonne en me tendant la main pour me remettre debout.

— Pressons ?

Je répète ce salut improbable, tant j'avais effectué une croix sur cet homme depuis longtemps.

— Aidons ta camarade ! L'un des morbois lui court après. Est-elle une… fae ?

Ce qualificatif lui paraît aussi improbable qu'à moi de l'entendre de sa bouche. La créature a dû m'achever. Mon Souffle se retrouve dans une autre vie. Je ne vois que cela.

— Alimar ! gronde la voix paternelle.

— Voilà qui devient réaliste. L'espace d'un instant, j'ai cru avoir poussé mon dernier soupir.

— Tu n'as pas changé…

— Je reste votre déception, tranquillisez-vous.

Je me relève sans son concours, puis ramasse mon masque couvert de bave. Beurk…

Il est enfoncé. Je ne peux plus me cacher.

— Ce n'est pas ce que j'ai dit.

— Nous devons rejoindre le roi de toute urgence !

Je le coupe et dissimule mon visage sans plus pouvoir appliquer ce bout de métal. Je suis obligé de le tenir et m'en contente dans l'urgence.

— Mais, ton amie ?

— Bérénice peut bien se faire dévorer par un morbois, je m'en contrefous. Au contraire, je plains la pauvre créature qui avalera cette pourriture. Sa Majesté est en danger aux côtés de Gédéone. Je dois le sortir de là, tout de suite.

Des cris retentissent au loin.

Mes doigts se crispent sur le fer qui perturbait ce démon. La peur à l'état brut m'étreint en saisissant le drame qui se joue sur le Champ-de-Grâce.

— Le troisième morbois…

Chapitre 50

Uräne

Je n'ai jamais assisté à un tel rassemblement. Cette masse bruyante m'impressionne. Elle laisse croire que tous les sujets de Providence se sont regroupés à l'occasion d'une exécution.

Georgia revient de son entretien avec le Cador. Elle slalome entre les membres de l'élite qui jugent sans gêne son manque de tenue : dans sa façon de s'habiller pour l'occasion, du fait qu'elle s'assied la dernière en passant devant tout le monde, de ne pas comprendre le pourquoi de sa présence à mes côtés ou de sa manière franche de s'excuser. Elle me déclenche un sourire malgré ma rancœur.

Ma mise à l'écart m'a blessé. Je ne m'attendais pas à cela de sa part. Depuis le début nous œuvrons main dans la main. Pour une fois, je me sentais enfin libre de mener un combat qui me tenait à cœur.

Pourquoi cette précaution qu'elle n'avait jamais encore manifestée ? Maxwell ? Vraiment ? J'ai plutôt l'impression que tout part d'Alimar et de sa proximité avec le roi.

Comment savoir ce qui émane de l'un ou de l'autre ?

De toute manière, tout est fichu.

Un chevrotement reporte mon attention ailleurs pendant que ma sœur s'installe juste derrière moi, en compagnie de Solnia et Nadia. Valentina ne semble pas dans son assiette. Ce n'est pas l'augure à genoux à côté d'Adéma qu'elle dévisage. Ses doigts se cramponnent à sa robe bleu nuit. Son regard masqué, caché dans l'ombre de son voile passé sur ses cheveux, ne cesse de fixer la tribune drapée du même blanc que cette place, avec deux sièges et un trône d'or qui n'attend plus que notre souverain, comme nous tous.

J'étouffe cette excitation, résidu d'espoirs d'un petit garçon. Je fais mon deuil de connaître un jour ce père. J'arrête de courir après son attention pour me concentrer sur mon avenir. Pour le moment, j'admets soutenir mon roi dans sa sentence à l'encontre de Céréza, même si d'autres devraient aussi s'aligner sous les fusils.

J'envie Alimar d'avoir obtenu le privilège d'appuyer sur la détente. Mon cœur oscille entre la jalousie de le voir crouler sous ce genre d'honneur et ma répugnance face aux impunités du Cador. Cette impression qu'il s'éloigne depuis des années s'ancre davantage en moi alors qu'il demeurait la seule personne à me comprendre.

Un reniflement reporte mon attention sur l'augure qui siège à ma droite, alors qu'elle devrait se trouver en compagnie des autres dans le défilé, entourés de gardes et de policiers. Ce droit que je m'octroie suscite des désaccords parmi les serviteurs du Culte.

Ce n'est pas ce qui semble ennuyer Valentina.

— Je n'ai pas reçu d'horoscope ce matin.

Je laisse de côté mon statut le temps d'une taquinerie pour extraire cette prêtresse de ce qui la ronge. Elle lève soudain le nez. Sa bouche s'entrouvre comme si elle venait de se souvenir de cet oubli.

— J'ai été très précautionneux avec mon café.

Mon sourire ponctue ma blague.

— J'ai même un parapluie dans ma voiture, au cas où…

Mon épaule presse la sienne, dans un geste intime malvenu devant le peuple. Valentina s'enlise dans sa torpeur.

— Ai-je la couronne de travers ?

Je fais au moins rire ma sœur.

Ma colère se retourne sur elle avec l'envie de lui demander de se mêler de ses affaires. Je ne résiste pas longtemps à son air espiègle. Mon sourire en coin finit par lui accorder l'effet amusant recherché auprès de mon augure. Georgia m'en renvoie un plus franc, soulagée de ne pas avoir perdu mon affection.

La violence de sa trahison n'a d'égale que la place qu'elle a prise dans mon cœur.

— Vous pouvez sortir vous reposer dans ma tente si vous ne tenez pas à être présente.

Valentina s'apprête à me répondre lorsque la foule se lève comme un seul homme. Je me joins à cet élan populaire puisque, pour une fois, je ne me situe pas au centre de l'attention. Le gouverneur de cette province entre le premier sur la tribune pour se positionner devant le siège d'apparat qui lui est destiné.

Mon front se plisse sur une vaste blague : Gédéone marche en compagnie du roi. Le gardien du Temple et la couronne se montrent unis face à la déchéance de l'Uranie. Le saint impose son pas lent au souverain qui l'escorte, sans pour autant le toucher, jusqu'à sa chaise où ce dernier l'abandonne.

Il n'y a pas d'autres mots.

Gédéone paraît décontenancé, mais Maxwell noie le poisson en quelques phrases. Pendant ce temps, le roi se dirige vers les micros et un pupitre en arrière du feu sacré. Il me donne tout le loisir de l'observer pour la première fois en chair et en os. Ma poitrine se serre d'une désagréable sensation : ma surprise et ma curiosité n'ont rien de différent avec celles des rumeurs et des exclamations qui enflent autour de nous.

Le peuple découvre aussi pour la première fois leur père, en quelque sorte.

Ce sentiment de normalité que je désirais éprouver me cuit dans l'amertume. Je me répète que cet homme en costume blanc rehaussé d'or n'est rien de plus pour moi que mon souverain à la couronne d'étoiles rouges.

Les éloges de ma mère à son égard me reviennent en de vilains démons qui m'assènent que je me mens à moi-même. Nos ressemblances physiques apposent le sceau de ma vulnérabilité à ce constat.

Le regard inquiet de Maxwell croise le mien, le seul à se préoccuper de la tempête qui malmène mon cœur.

Lui, et ma sœur qui presse furtivement mon épaule.

Après une profonde inspiration, je profite du fait que le roi endosse son rôle de chef religieux, en coupant l'herbe sous le pied de Gédéone au passage, pour écouter ses prières tordues par les micros.

La nuque courbée, comme l'ensemble des gradins qui ont cessé de bourdonner, je m'enfonce dans cette normalité. La voix de mon père n'a rien à voir avec celle du Cador, à tel point que je me demande si Alimar ne m'a pas lancé sur une fausse piste ou si Valentina ne s'est pas trompée. Je sors de mon état pieux pour couler un regard à ma voisine. Une larme roule sur sa joue.

Elle s'enlise dans une détresse que je ne saisis guère.

Bon sang, que se passe-t-il dans sa tête ?

Incapable de la voir dans cet état, je cherche à attraper ses doigts cramponnés à sa robe, mais me heurte à la main de ma sœur. Elle a déjà anticipé cette initiative.

Je réfrène un nouvel élan de jalousie. À vrai dire, je remercie Georgia plutôt que notre étoile divine. Je me rapproche d'elles de manière à dissimuler cette marque d'amitié. Ma vigilance embrasse les environs. Avoir le menton baissé ne m'empêche pas d'apercevoir ce qui se trame autour de nous.

Le peuple en prière ne s'intéresse pas à cette tribune. Les quelques personnes égarées dans leurs pieux devoirs, tel leur prince, observent leur roi avec curiosité. Ils écoutent ses mots adressés aux étoiles et répétés par mon augure.

J'en fais de même, mais je remarque que le souverain s'attarde sur moi. Des lunettes de soleil masquent le contour de ses yeux, mais son obstination à me fixer m'incite à croire que je deviens son centre d'intérêt.

Un nœud se défait en moi.

C'est idiot…

Pourtant, pendant qu'il converse avec le cosmos, sa peau se met doucement à rayonner. Ma bouche s'entrouvre sur ce prodige dont je n'avais jamais été le témoin. Il a beau le dévoiler à l'ensemble du royaume, il me sourit lorsque son pouvoir éblouit les premiers rangs, à commencer par Maxwell et Gédéone.

— Bordel de merde, jure ma sœur en pleine prière.

Georgia me provoque une vague d'amusement difficile à dissimuler. Je courbe davantage la nuque pour ne pas donner l'illusion que le prince se rit du roi, alors qu'au contraire, je sens pour la première fois de la joie me parcourir à la pensée de cet homme. Je ne me retourne pas, de crainte de partir dans un fou rire avec Georgia.

— Uräne, me murmure-t-elle.

D'instinct, je me tourne vers Valentina, de crainte que son état empire. La ferveur de ma prêtresse l'emmure dans sa fonction. Je ne suis même pas certain que ses paupières soient ouvertes sur ce miracle.

— Uräne !

Sourire aux lèvres, je consens à rencontrer sa malice.

Je fais fausse route.

Ma gaieté dégringole loin de cette complicité que je m'imaginais partager. Sa stupeur se porte sur un autre prince, à l'entrée de cette tribune. Il ressemble plutôt à un mendiant échevelé avec sa chemise déchirée. De crainte d'attirer trop l'attention sur lui, il chuchote aux gardes royaux qu'il veut nous parler. Je le devine à ses gestes.

Poësis a mal choisi son moment !

L'un des gardes me cherche du regard. J'autorise l'ami de Georgia à passer, mais surtout, je lui fais comprendre de se montrer discret.

Il fait comme il peut…

Autant ma sœur provoque des commentaires au milieu de l'élite, autant ce pauvre homme, ou fae devrais-je dire, déclenche de vives réactions qu'il me faut étouffer à coups de menaces silencieuses.

Pendant qu'il s'accroupit dans le dos de Valentina, en appui sur les genoux de Georgia qui se rassied pour mieux l'entendre, j'appréhende l'opposition du roi qui nous observe malgré sa verve. Maxwell se tend derrière lui. Mon signe subtil espère les rassurer bien que sa présence me préoccupe.

— Bon sang, où étais-tu passé, Poe ? s'indigne son amie, penchée vers nous.

Solnia le salue dans un murmure comme l'une de ses connaissances. Plus personne autour de nous ne prête attention au souverain.

Poe remet ses idées au clair. Il semble avoir essuyé une tempête.

— Montlilas est mon chez-moi, chuchote-t-il. Où veux-tu que j'aille ?

— Tu as d'autres propositions, rétorque son amie. Dont une à Montlilas.

Poësis secoue la tête et s'enfonce dans son malaise, surtout lorsqu'il se retrouve nez à nez avec l'air inflexible de mon augure, agacé d'avoir été dérangé pendant une prière.

Valentina le jauge.

Je préfère qu'il se concentre sur moi.

— Pourquoi désirez-vous nous parler maintenant ?

Son intérêt monte sur ma couronne tandis que ses joues virent au rouge. Je l'impressionne ?

Je ne comprends pas le pourquoi de cette timidité, en particulier avec moi, humble devant ce Filant, prince des siècles avant ma venue au monde. Lui semble avoir égaré ce titre en même temps que sa personne.

— Je devais vous prévenir de toute urgence.

Il se tourne vers Georgia.

— Notre immeuble a été attaqué, murmure-t-il.

Une exclamation étranglée s'échappe de ma sœur. J'attrape la manche de la chemise déchirée du fae afin qu'il m'accorde la primeur de ce qu'il a découvert. Mon pouls s'emballe d'un mauvais pressentiment.

— Racontez-moi.

— Les chiens n'arrêtaient pas d'aboyer. Alors je suis sorti de ma planque ! J'ai vu un Saturnia fuir avec le fae qui vivait avant dans cet immeuble.

— Un Saturnia ? souffle Georgia.

— Hadar…

Je le déduis sans mal.

À la clameur qui s'élève d'un coup ponctué d'applaudissements, le temps des prières est révolu. Nous pouvons tous nous rasseoir.

Je vais en avoir besoin, et pas juste à cause de mon pied lancinant lorsque je heurte ma canne laissée sous mon siège.

Le roi enchaîne avec les malheurs qui nous ont frappés.

— Mercurio s'est tiré ? s'étrangle son ancienne employée.

— Vous ne les avez pas poursuivis ? Sont-ils ici ? m'enflammé-je. N'y avait-il pas une autre Saturnia ?

— Je… je ne sais pas, bégaye Poësis. J'ai préféré m'occuper de la survivante et de venir vous prévenir, plutôt que de traquer sans arme un membre d'une maison ennemie.

Georgia lui empoigne le bras. À côté d'elle, Solnia entend tout, même si elle donne l'impression de se concentrer sur le discours. Tant pis pour les éventuels ragots, même si je la sais capable de conserver des informations compromettantes afin de préserver la cour du scandale. La situation est grave. Nous avons besoin de savoir au plus vite. Ma sœur secoue le prince comme pour se réveiller elle-même.

— Pourquoi parles-tu de survivante ?

— Les trois policiers sont morts égorgés.

— Norian…

Ma sœur se brise de tristesse. Sous le choc, l'air lui manque.

J'en ai mal pour elle.

Un mélange de peine et de colère me saisit à mon tour. Il marque aussi notre funeste messager. Poësis éprouve du mal à continuer, mais se force à nous raconter.

— J'ai trouvé une femme étourdie et blessée dans la cuisine. J'ai compris qu'elle était une souffleuse à son réflexe d'exiger que je lui apporte un piège. Elle a capturé les trois Souffles et m'a raconté que Mercurio l'avait lui-même assommée pour éviter que le Saturnia ne s'attaque à elle. Puis elle a refusé l'hôpital et m'a demandé de l'emmener chez elle. Enfin, j'ai filé ici.

Ma sœur l'écoute, une main devant sa bouche. Ses larmes ruissellent sur ses joues.

— Pour ce faire, j'ai dû me dévoiler.

Il nous indique sa chemise déchirée dans son dos.

— Vos ailes ? En plein jour ?

Solnia écarquille les yeux, pourtant toujours rivés sur le roi.

— Pardon, Votre Altesse, mais le Saturnia s'est déjà compromis. Devant l'urgence, je n'ai pas réfléchi davantage.

— Tu as bien fait, lui assure Georgia, d'une voix tremblante.

— Que quelques habitants aperçoivent Hadar est différent de vous montrer à tout Corélysée.

— Une catastrophe, m'appuie Valentina.

— Aviez-vous vu quelque chose ?

— Pas cela, me répond-elle du bout des lèvres, sonnée.

— J'ai pris des précautions, se vexe Poësis. Je n'ai pas débarqué face à cette fichue étoile.

— N'êtes-vous pas incommodé par cet astre en argilis ?

— Vous parlez du monument que le roi est en train de profaner ?

Nous relevons le menton sur quatre gardes de mon père qui portent une plaque en fer au bout de pieds de biche. Sur ordre de la couronne, ils posent ce grand sceau marqué d'un griffon surmonté de deux étoiles sur le feu, dans des encoches taillées sur la scène.

Le peuple et moi-même manifestons notre stupeur. Maxwell adresse une mine inquiète à son souverain, mais aussi à Gédéone.

Rien ne transparaît sous ses verres myopes. Qu'en pense le gardien du Temple impassible ? A-t-il peur que le Cador lui tombe dessus ?

D'ailleurs, où est passé Alimar ?

— Tout ce qui date du temps d'Arïes n'est pas de l'argilis, mais du métal maudit, m'explique le Faëster.

Ma bouche s'ouvre de surprise.

— Je te raconterai, me propose Georgia.

— Mais la couronne du roi ?

— Maudite, approuve-t-elle. Une belle supercherie, à l'image de Mater Astër.

Valentina s'offusque en silence de ce blasphème mal placé. Pour ma part, je digère ces révélations en observant le feu disparaître, étouffé par le métal.

L'indignation monte parmi les rangs du Culte, mais bon nombre ignoraient que cette étoile n'était pas ce qu'elle paraissait être et s'emmurent dans l'effarement. Leur souverain n'en est pas à son premier tour de force.

Que cherche-t-il à agir si frontalement ?

Il poursuit avec la liste des exactions de Céréza, qu'il juge devant nous coupable. Maxwell s'avance et tire son pistolet.

— Où est le Cador ? s'inquiète Georgia dans un nouveau chagrin.

Je déteste entendre cette fragilité, celle qui s'était estompée lors de la préparation de cette nouvelle expédition, ce nouvel espoir.

Cependant, je me pose la même question en suivant Maxwell jusqu'au pupitre où parle mon père, juste derrière la plaque au griffon.

L'absence d'Alimar provoque un appel au plus profond de moi.

Une conviction à l'état brut.

Une intuition forgée au sein même du cosmos.

Mon destin se joue maintenant !

— C'est le moment.

Je me lève et tends une offre à mon augure.

— Prête à réconcilier la couronne et les Uranies ?

Chapitre 51

Uräne

Les murmures enflent autour de nous.

— Que comptes-tu faire ? s'étonne Georgia en séchant ses larmes.

— Jouer mon rôle de prince. Rendre la justice que mon père ne peut accomplir lui-même. Devenir ce chevalier que je rêvais d'être.

Mes yeux descendent sur Poësis. L'histoire du Gracié Arïes a toujours bercé mon éducation et ses chevaliers au noble cœur ont exercé une sorte de fascination sur mon imagination.

Je me suis trompé de frère.

Ou plutôt les contes m'ont trompé.

Le respect qu'il m'inspire semble inconcevable à cet autre prince. Son amie m'a raconté pas mal de choses sur lui hier soir.

— Je viens avec toi ! Poe, garde ma place !

— Il est temps que l'on te reconnaisse, ma sœur, approuvé-je.

Un hoquet échappe à Solnia. La surprise se répand dans toute l'assistance, lorsque je quitte la tribune en compagnie de Valentina et de Georgia. Je laisse ma canne derrière moi. Je vais avoir besoin de mes deux mains.

Notre fuite ressemble à une désapprobation. Notre souverain en perd même ses mots.

Il n'en est rien !

Les gardes de mon père essaient de m'interdire l'accès à sa tente. Un ordre passe depuis la scène et nous libère la voie. J'avise les fruits, vins et gâteaux disposés au milieu des fauteuils et des paravents. Des boîtes chics en bois rouge estampillées « le père Pinotte », peintes à la main par une célèbre artiste, érigent ces cacahuètes offertes par Salazar au rang de produits de luxe, au milieu de dizaines d'autres présents apportés par des sympathisants à la couronne.

Nous traversons ce lieu de préparation, puis contournons le trône et la chaise sur laquelle reste assis Gédéone. Je feins l'indifférence, dans une retenue pour ne pas en terminer avec lui.

Pas tout de suite.

Le roi et le gouverneur nous observent chambouler le programme de cette exécution. La ferveur soudaine du peuple me déstabilise. Mon entrée triomphale m'écrase du même éblouissement dans lequel je plonge d'ordinaire mes interlocuteurs. Face à des dizaines de milliers d'individus, j'encaisse une leçon d'humilité, mais je me gorge surtout de leur engouement.

Sur ces planches, je me dirige d'un pas maladroit vers les deux hommes qui ont fait de moi ce que je suis. Je saisis quelle est ma place et surtout en accepte le poids. Ma détermination reste intacte, même face au véritable Cador. Il se demande si je ne m'apprête pas à l'offenser à nouveau à la vue de tous.

Maxwell n'ose rien dire, mais il n'en pense pas moins.

À l'inverse de son voisin, je le connais par cœur.

Arrivé à leur hauteur, je m'incline devant mon souverain. Les deux femmes dans mon dos m'imitent, en fidèle soutien. La foule se tait. Nous lui offrons un spectacle qu'elle n'oubliera pas de sitôt.

La main royale se pose sur mon épaule.

Une décharge d'émotion me prend de court. J'avale cette boule qui me noue la gorge, mais dépasse cette fierté que je lis sur son visage en me redressant.

— Votre Majesté…

Ma voix passe le micro du pupitre et résonne sur toute la place.

— Mon fils.

Cette familiarité m'est difficile à lui rendre en public, surtout en face-à-face. J'inspire avec discrétion pour réussir à poursuivre. Ses doigts s'enfoncent dans mon épaule et m'y encouragent.

— Au nom de la Maison Céleste. Au nom de notre reine adorée.

La clameur du peuple me force à marquer une pause.

— Au nom de mes sœurs, protégées par l'amour de notre mère.

Le scandale explose en un bourdonnement.

Cet exercice oratoire devient ardu.

Je tends la main en arrière pour presser celle de Georgia. Nous échangeons un sourire ému.

Mon père laisse passer une petite grimace, mais d'un mouvement de menton m'invite à continuer. Par ce simple geste, il la reconnaît en tant que fille de Lÿs.

Je me concentre afin de mener ce discours et non pas me faire engloutir par cet effet de masse.

— Mais surtout au nom de toutes les composantes essentielles de Providence, qu'elles soient du Culte, de l'État ou du peuple.

Un calme relatif revient dans les gradins.

— Avec le soutien des Uranies…

Je désigne Valentina, statufiée dans mon dos.

— Je vous demande la permission de rendre votre justice. Votre Majesté, je vous prie de bien vouloir me laisser être votre main.

Sa décision mûrit dans d'interminables réflexions.

Quelques secondes tout au plus…

Je redoute qu'il me chasse, qu'il me le refuse devant tous ces anonymes, mais surtout devant les personnes qui comptent pour moi.

Impossible de lire son regard. Comme pour Valentina, cette frustration me ronge. De près, je perçois quelques veines noires se faufiler sous les verres teintés, que le maquillage de circonstance, pour les objectifs et la postérité, n'est pas parvenu à masquer malgré l'effort.

Il va me faire raccompagner et demander à Maxwell d'œuvrer dans sa province. Ils se concertent d'un rapide coup d'œil. Leur complicité me surprend. D'un coup, j'ai l'impression d'avoir deux pères…

Sa bouche se tord d'une décision incertaine.

— La Maison Céleste et Providence ne pourraient mieux être représentées qu'avec vous, mon fils. Vous êtes ce renouveau dont le royaume a besoin. Dont *j'ai* besoin.

Sa pause m'emmure dans la perplexité.

Ce n'est pas l'impression qu'il me donnait.

— Je remercie votre mère d'avoir su le lire dans les étoiles. Puissent l'arme du gouverneur et votre main apporter la paix.

Il me l'accorde !

Une bouffée de contentement et de courage m'envahit. L'assentiment de mon roi, de mon père, me gonfle de détermination.

Son geste invite, ou plutôt exhorte Maxwell à me passer son pistolet. Ce dernier obéit, mais son inquiétude perce lorsque nos doigts se rencontrent sur la crosse en métal ouvragé de l'arme du Cador. Mon tuteur voit toujours en moi l'enfant et a du mal à considérer l'homme que je suis devenu. Un handicap que n'a pas mon propre sang qui me découvre déjà mature.

Le cœur battant, j'avance en boitant le moins possible vers la prisonnière à qui l'on ôte le sac de la tête. Elle ne paraît pas aussi malmenée que Mercurio. Il n'a jamais été question d'exécution publique pour lui. Il pouvait être torturé afin qu'il parle. Céréza devait être conservée en état pour l'exemple, dans le but de prouver que l'autorité royale a assez fait preuve de clémence et de patience envers elle.

Je ne parviens pas à imaginer ses yeux dotés de corps célestes et gris, comme me l'a appris Valentina. Leur brun ne reflète aucune chaleur. Cette femme s'en trouve dépourvue. Elle détestait sa reine et ne m'appréciait guère. De son point de vue, je n'étais que le fruit des manigances de ma mère.

Georgia me suit de loin, équipée d'un piège confié par son souverain ou Maxwell. Elle cherche ses lunettes dans son blouson et creuse le scandale.

La nouvelle princesse est une souffleuse !

Si le peuple savait…

Elle fait encore équipe avec le Cador. Impressionnée, elle met du temps à enfiler ses verres rouges de part et d'autre de son nez.

Adéma m'indique l'endroit où m'arrêter. Deux gardes saisissent la prisonnière par les bras. Je leur demande de m'accorder quelques mots. Ma main gauche se pose sur la droite qui tremble d'ôter une vie pour la première fois. Ma détermination, elle, ne flanche pas.

— Vos actes abjects ne seront jamais oubliés ni pardonnés. Au nom de la paix, vous avez plongé le pays dans le chaos.

— Je l'ai fait pour mon royaume.

— Assez !

J'interromps sa voix éraillée, seule preuve que la couronne n'a pas été si clémente à son encontre, en plus du fait qu'elle ne tient sans doute pas sur ses pieds. Ses poignets sont marqués d'ecchymoses dissimulées sous sa robe.

— Vous ne méritez plus notre mépris. Votre mort entretiendrait ce poison sans pouvoir nous guérir. Votre Souffle, Céréza, ne donnera pas voie à de nouvelles vocations.

Je fais signe à ma sœur qui trifouille son piège de le ranger. Georgia écarquille ses yeux rougis. Dans son dos, Valentina adresse quelques mots à mon père en aparté. J'ignore quoi, mais je ne dois pas me laisser distraire.

— Je formule un vœu à Bönté, celui que votre Souffle brûle dans les marais de lave, à l'instar des griffons que vous avez condamnés. Je fais confiance aux étoiles pour prolonger la justice du roi.

La peur s'installe pour de bon sur son visage. Ses actes et son nom ne seront pas oubliés, mais son Souffle ne sera pas conservé.

Je lui refuse l'honneur d'accaparer une place au Scriptorium et qu'un individu égaré trouve un jour en elle une quelconque indulgence entre les lignes de sa vie. J'estime qu'elle a perdu ce droit.

Plus fébrile que je ne le montre, je donne mon accord pour terminer de la mettre en position, face au peuple et à ses erreurs. Le mal se répand parmi eux par sa faute, même si ces braves gens l'ignorent. Je repère quelques membres du Culte, en particulier des frères-gardiens, qui crachent en signe d'ultime déchéance.

Mes muscles se contractent, mais mon poignet se stabilise lorsque je lève mon arme à quelques pas de son dos, certain de ne pas la rater.

Je conserve ma vigilance sur la foule, soucieux de savoir les trois faes complices de cette femme en liberté. Les gardes de mon père se placent derrière moi, Adéma à côté de ma sœur et de Valentina qui l'a rejointe.

Mon poids se reporte sur ma jambe stable.

Je prends une profonde inspiration et accomplis mon devoir.

— Pour les enfants de Providence !

Ma déclaration se ponctue de mon tir. Mon bras recule sous la déflagration. La balle traverse sa nuque dans un silence devenu macabre et provoque l'effondrement de son corps.

Quelque chose se brise en moi.

Ma respiration se bloque pour contenir une soudaine nausée.

Je viens de tuer…

Avant que ma future couronne m'en empêche.

Et je n'en ai pas fini.

Je me remets en position de tir et m'avance près de la condamnée mourante. J'ignore si elle m'entend toujours, mais je profite de pouvoir encore le faire pour viser son cœur. Je m'avance de quelques pas boiteux, de sa faute.

Dans des paroles moins grandiloquentes, plus sombres, plus confidentielles, je termine d'extraire la candeur du mien :

— Celle-ci est pour ma mère et pour les bâtards d'Edstar.

Sa lèvre frémit. D'une dernière pression sur la détente, je venge ma famille.

Chapitre 52

Georgia

Des frissons me remontent dans le dos.

Peu d'entre nous ont entendu les dernières paroles d'Uräne à Céréza. Personne ne l'a jamais vu endosser un tel rôle. L'aura du prince rayonnerait presque autant que la peau du roi.

Une brève traînée lumineuse traverse le ciel en plein jour, en direction du nord et des marais de lave d'Edstar. Des étonnements marquent ce miracle et assoit l'aura divine du prince.

Par Bönté !

C'est incroyable !

Les applaudissements soudains de la foule me font sursauter. Mes doigts restent fébriles autour du piège que m'a passé mon ancien patron qui se déguisait en Cador. Il le portait dans sa poche, prêt à l'utiliser pour capturer le Souffle de Céréza.

Uräne l'a condamnée à bien pire.

Je me retourne vers notre souverain et le gouverneur. Tous deux lèvent le menton, la même fierté placardée au visage. Malgré mon palpitant malmené, je n'en éprouve pas moins.

Seule Valentina n'a pas bougé d'un poil à côté de moi. Je la sens pétrie de trouille depuis que je les ai retrouvés et je devine qu'elle se traîne ce sentiment depuis son lever. Quoique l'augure nocturne dorme encore d'habitude à cette heure-ci.

Avait-elle prédit la fugue de Mercurio ?

Pourquoi n'aurait-elle rien dit ?

Et Norian…

Mon cœur s'alourdit de cette nouvelle perte. Sa mort s'ajoute à ma liste des motifs qui pousseront mon arme à abattre Bérénice. L'ordre émanait d'elle, j'en suis certaine.

Et Mercurio ?

Je le pensais désormais de notre côté…

J'avance à la rencontre de l'Uranie, sous les acclamations de la foule à destination de la famille royale. Nous avons beau nous tenir au bout de la scène, dans le défilé avec les tribunes d'honneur dans notre dos, j'ai l'impression de passer inaperçue à côté d'Uräne et de son père.

Tant mieux…

— Valentina ? Vous allez bien ?

Elle secoue la tête, lentement.

— Vous voulez un câlin ?

Je le prononce dans une moue destinée à lui redonner le sourire. Là encore, elle refuse en silence. Son attention reste rivée sur le prince qui s'incline devant son peuple, avant de reculer jusqu'à nous.

Une longue respiration chevrotante décharge le stress d'Uräne lorsqu'il revient à côté de son augure. Il baisse le menton. Son acte le fait cogiter.

— Merci, frangin. J'apprécie ton geste et ma présentation au monde.

Je balaye la foule. En réalité, je suis pétée de trouille et préoccupée par d'autres choses, à commencer par une absence.

— Où est le chevalier ?

L'une de ses armes en main, Uräne fronce les sourcils.

Que dois-je y lire ?

— Tu es sans doute la dernière à l'avoir vu.

— Il devait rejoindre ton père. Je m'inquiète pour lui.

— Ne t'en soucie pas. Le Cador finit toujours par réapparaître.

Son amertume me débecte. J'attrape la manche de son costume blanc. Pas fort, juste assez pour qu'il sente ma réticence.

— Trois policiers sont morts lors de l'évasion de Mercurio, dont un de mes amis. Une autre a été blessée. Et on ignore où se trouve ton ex ! Alors, ne me dis pas de ne pas me faire du souci pour lui. Parlons-en au roi.

— C'est déjà fait, nous interrompt Grïffon, loin des micros, pendant que sa garde enlève le corps de Céréza de la scène.

La vache, ce qu'il est intimidant de près !

Un peu comme son fils, quand on ne le connaît pas. Et d'autant plus l'un à côté de l'autre. Ce duo ferait des ravages dans les bals.

— Maxwell partira à sa recherche dès la clôture. En attendant, conservez votre calme et votre langue.

— Je l'accompagne.

Grïffon me décrypte à travers ses lunettes de soleil. C'est fou, on devine ces petites lumières dansantes derrière ses verres teintés.

— Je ne vous demande pas votre accord, précisé-je. Je vous en informe juste.

Je cherche la solidarité d'Uräne pour qu'il vienne en aide à son ami, mais rien.

Il détourne le regard !

Je croyais qu'il m'avait pardonné. C'est peut-être le cas, mais il ne fait toujours pas confiance à Alimar. Donc, à son père ?

— Merci de m'en avoir... *informé*, approuve le roi, un peu sèchement.

— Nous ne sommes plus à ça près...

Ouais, ouais, je fais référence à son coup tordu dans la voiture. Et il le sait puisqu'il glousse d'amusement.

Non, mais je rêve !

Ce ricanement sincère est celui que j'avais perçu en sa compagnie sous le masque du Cador.

— Bon, clôturez. Je me fais du souci pour... le chevalier.

Je me rattrape au dernier moment dans cette suggestion.

— Moi aussi.

Uräne se retourne d'une manière brusque sur l'aveu de son père. Une vilaine jalousie assombrit ses jolis traits hérités des faes.

Des cris terrifiants suspendent le temps.

Le peuple s'agite dans les gradins du côté du prieuré. Des hurlements retentissent de partout. La garde se resserre autour de nous pour encercler le prince et le roi.

Je ne vois plus rien de ce qui se passe.

J'entends juste Adéma rugir :

— Évacuez !

La garde nous oblige à reculer pour nous mettre en sécurité.

— Ce sont les faes ?

— Pire, me répond mon frère. C'est un cauchemar.

Il pâlit de ce qu'il aperçoit par-dessus les épaules des hommes et femmes plus grands que moi. Il attrape le bras de Valentina tout en retournant avec le groupe auprès de Maxwell, sous l'étoile. L'ancien général refuse cette protection et tire son propre petit pistolet de sous sa veste de costume blanc. Il crée une brèche dans laquelle je m'engouffre afin de le suivre.

— Protégez la princesse, ordonne Uräne aux quelques gardes.

— Je ne suis pas une princesse !

Je hurle à bout de nerfs et surtout angoissée. Maxwell fait signe à Adéma de me laisser approcher de lui et, surtout, de me foutre la paix ! Je finirais presque par apprécier le gouverneur.

Je dépasse la tache de sang de Céréza et le rejoins au bout de la longue scène.

— Là !

Du bout du doigt, Maxwell me montre l'inimaginable : une créature effrayante couverte d'écorce et de petites feuilles rouges. Elle traverse à coups de griffes et de dents les serviteurs du Culte. La marée blanc et bleu nuit s'empourpre et tente de fuir. La garde et les flics ne sont pas assez nombreux. Au milieu de ce mouvement de foule compact, ils ne parviennent pas à progresser jusqu'à elle.

— Un morbois ! se catastrophe l'ancien griffon.

Ma bouche s'assèche face à notre destin commun.

Maxwell pointe son arme en direction du démon, mais se dit la même chose que tous les autres : il risque de blesser quelqu'un ou pire.

À part lui, peu de personnes sont capables d'identifier cette chose.

Un souffle d'air balaye notre dos. La présence de Poe me fait sursauter.

— Oh, bordel, balbutié-je.

— Vous permettez ?

Il demande le pistolet comme s'il réclamait son crayon à une petite vieille pour faire ses mots croisés.

Maxwell va nous faire une attaque devant la paire d'ailes et la myriade d'yeux rivés sur lui, loin d'être le seul dans la foule qui panique de plus belle. Il en perd même le réflexe de se défendre quand le fae lui arrache son flingue dans une manœuvre martiale ponctuée d'un « toutes mes excuses » si sincère que cette politesse paraît déplacée.

J'aurais aimé le connaître dans sa grande époque princière.

Il s'envole avec son butin. Je retiens le gouverneur qui s'apprête à donner l'ordre de lui tirer dessus.

— Non ! Poësis est des nôtres !

— Un fae ?

— Un Faëster. Un vrai de vrai !

— Vous plaisantez ?

— Souvent, je vous l'accorde. Mais pas aujourd'hui. Bon sang, que fait-il ?

Poe s'élève entre nous et la créature. Juste assez haut pour qu'elle ne l'atteigne pas. L'éclipse dorée qui recouvre une longue cicatrice apparaît sous sa chemise en lambeau à cause de ses ailes. Le Culte s'apeure toujours plus. Les prières pleuvent devant cette apparition.

Les plumes attirent le démon. L'instinct des morbois le pousse-t-il à chasser les faes en priorité ?

Poe poursuit son effort pour l'éloigner des points d'évacuation.

Et sa tactique fonctionne !

Il recule. Nous sentons le souffle du mouvement de ses ailes sur nos joues échauffées. Quelques frères-gardiens et gardes du gouverneur se joignent à cette tentative pour sécuriser un périmètre au pied de la scène. Mon ami pointe l'arme sur la bestiole.

— Il nous sauve, se réjouit Maxwell.

À l'inverse, un poids tombe dans mon estomac.

— Mais il se sacrifie ! Poe !

Je hurle son nom comme si ma propre vie en dépendait. Il fait la sourde oreille alors qu'il se trouve juste devant moi. Mon bras est trop court bien que j'essaie de le tirer par les plumes.

— Arrête ! Tu vas en mourir !

Son regard coupable passe par-dessus son épaule.

Il le sait.

Maxwell commence à comprendre son cheminement.

Poe descend de manière à ne pas rater le morbois, canon rivé dessus. Ses ailes battent tandis qu'il pose un orteil sur les planches qui recouvrent la végétation du Champ-de-Grâce.

De nombreuses personnes s'immobilisent devant ce spectacle irréaliste. Je n'entends plus rien d'autre que mon cœur qui tambourine contre ma tempe.

Je ne peux pas le laisser faire ! J'ai déjà perdu Norian aujourd'hui. Hors de question que je perde Poe !

Le démon le charge. Je lâche le piège au pied de Maxwell et jette mes lunettes. Après quelques pas, je saute dans le vide.

— Georgia !

Je percute le dos ailé et me raccroche à ses plumes. Le flingue lui échappe des doigts. Nous chutons tous les deux dans la fosse aux fauves.

Je roule sur les planches et serre les dents pour encaisser les douleurs dans mes côtes et mes épaules. À moitié sonnée, je reste cependant persuadée qu'Alimar m'a appelée.

Il est ici.

Il va bien.

Je me le répète sans perdre de vue le morbois qui se demande lequel de la femme tombée du ciel ou du fae qui tente de se relever, il va dévorer. Et comme j'ai moi aussi du sang fae, dur de choisir.

Ses horribles yeux rouges luisants passent de Poe à moi. De l'autre côté du démon, je croise la colère de mon ami.

— Pourquoi as-tu fait ça ? m'engueule encore un prince.

Non, vraiment, j'ai le chic pour me les mettre à dos.

— Parce que je tiens à toi, ailes de poulet !

Sa moue outrée s'agrandit de stupeur. Néanmoins, la première partie de ma phrase arrive enfin à ses neurones sonnés.

— Personne ne m'a dit ce genre de chose depuis bien longtemps.

— Tu vois, tu devais vivre pour l'entendre, mon petit pigeon.

— Tu vas tous me les faire ?

— Et la liste est longue, ma colombe.

— Bon sang, marmonne-t-il.

— Ta punition pour avoir essayé de te sacrifier.

— Il le fallait !

— La place grouille d'hommes armés, bordel !

— J'avais le meilleur angle possible.

— Tu ne me feras pas croire que ton geste était noble.

— Il l'était !

— Tu cherchais juste à te foutre en l'air en ayant bonne conscience !

— J'avais enfin trouvé le courage de le faire.

Il baisse le regard. Je déteste le poids de ses remords qui arque ses épaules. Je ne suis pas certaine que sa rédemption passe par son renoncement à la vie…

C'est stupide.

On pourrait penser que nous nous taillons la bavette sur les planches du Champ-de-Grâce. Or, le démon tourne la tête à chaque nouvelle prise de parole. Plus nos échanges sont vifs et plus il se tâte pour savoir qui mordre en premier. Ce qui laisse l'occasion au frère-gardien dans son dos de ramasser l'arme de Maxwell tombée lors de la chute de Poe.

Le courageux essaie de faire le moins de bruit possible, sous couvert de nos bavardages. En haut de la scène, le gouverneur à genoux tend le bras en direction de ses hommes afin qu'ils n'interviennent surtout pas.

Le pauvre Maxwell est devenu blême…

Un peu comme moi et Poe. Nous avons beau raconter nos vies, pour finir, nous n'en menons pas large. J'y suis allée trop fort avec mon ami. Il met trop de temps à répondre. Même si je m'en veux de l'avoir froissé, j'embraye sur autre chose pour qu'il ne rejoigne pas le fabuleux clan des monstres.

— Et ta peinture, elle provient d'où ? Le prince fae pisse-t-il de l'or ?

Trop longue ! Ces deux phrases me valent l'attention soutenue du morbois.

Poe s'extrait de sa tristesse, du moins en apparence. Déconcerté, il rebondit quand même sur l'occasion.

— Le marché noir. J'ai mes sources. Je paye en tickets-repas et même avec les cigares que tu me donnes.

— Ne balance pas de nom. Je tiens à encore les acheter.

— Tu ne devrais pas continuer à en fumer.

— Mais, est-ce que, *moi*, je te dis quoi faire de ta vie, mon autruche ?

— Tu viens de le faire !

— Pas faux…

— Et il y a deux nuits aussi.

— Oui, bon, ça va.

— Tu m'as même fait du chantage.

— Toutes mes excuses, Votre Altesse !

La créature perd patience.

Je suis la dernière à avoir parlé.

Je serai la première à être bouffée.

Le morbois se jette sur moi, mais le tir retentit en même temps que je me protège la tête avec mes bras. Son corps s'effondre à côté de moi.

Mon cœur martèle ma cage thoracique. Poe court pour m'aider à me relever. Maxwell demande à l'un de ses hommes de lui apporter une échelle de secours sous l'estrade. J'entame un pas vers le frère-gardien qui m'a sauvé la vie et serre les dents sur de probables ecchymoses. Son canon reste rivé sur le morbois, dans l'attente que nous nous éloignions.

Un frère-gardien qui sait se servir d'une arme ?

Ce n'est pas banal…

— Mettez-vous en sécurité derrière Amir ! nous ordonne Maxwell en train d'enjamber l'échelle. C'est un Aster.

Je lève le nez sur les tribunes désertées de l'élite.

— Il n'y en a pas un autre qui a bougé son cul pour aider le Culte ! Ils se sont tous tirés avec leurs pouvoirs. Ils estiment que payer pour les obtenir est une reconnaissance suffisante ?

— Ils n'ont jamais été confrontés aux morbois, souligne le frère-gardien, plus indulgent que moi. Je les ai combattus sur le Continent Interdit.

— Un griffon ! Enchantée, Amir !

— Votre Altesse, me salue-t-il, sans se détourner de sa proie.

— Il ne va pas s'y mettre, lui aussi !

Mon objection soulève le ricanement de Poe.

On évacue la pression comme on peut…

— Princesse Georgia Lamare ne te va pas, m'assène mon poulet.

— Crois-tu que prince Poësis est plus vendeur ?

Il hausse les sourcils.

— Et mince… si, c'est plus sexy, soupiré-je.

— Lamare ? relève cet homme qui a probablement connu mon père.

D'autant plus s'il est Aster. Il lève le nez en direction de Maxwell, immobile sur l'échelle. Les doigts du gouverneur tremblent sur les barreaux. Il les remonte dans la précipitation.

Un tir résonne depuis la scène. Debout sur les planches, Maxwell se fige d'horreur. Mon cœur avec lui.

Chapitre 53

Alimar

Le poids du jugement de Salazar Pinotte glisse sur moi.

Comment le savoir sans même le regarder ?

Je l'ai subi toute mon enfance…

Entre les immeubles cossus, nous pressons le pas sans perdre notre vigilance. Plusieurs morbois courent toujours et à entendre les cris qui s'élèvent de la place, je suppose que l'un d'eux s'est frayé un chemin parmi la foule.

Nous ne pouvons courir, de crainte d'attirer le dernier à nos trousses.

J'espère qu'il est occupé à ronger les os de Bérénice…

Je crains qu'il ne s'agisse que d'un rêve. La princesse se trouve loin avec ses ailes.

Il reste cette personne en pleine mutation. Le souvenir de Childéric dévoré par le bois me provoque un frisson. Sans être devenu un complet morbois, il a déjà fait des dégâts.

— Ton visage…

Père n'ose pas terminer sa phrase.

Fait-il référence au masque qui filtre le peu d'air que mon angoisse parvient à me laisser ? Ou à ma belle bouille d'enfant aujourd'hui lacérée ?

Je ne relève pas. Je n'ai pas envie de m'épancher sur les mauvais père et fils que nous avons été. J'ai autre chose à faire pour le moment.

Salazar Pinotte se heurte à la froideur du Cador.

À moins que ce ne soit la mienne…

Tout cela revient au même.

— Pourquoi êtes-vous en ville ?

— Je voulais parler à Atticus, me répond-il, surpris. Il refuse de me recevoir au siège gouvernemental de Concordia. Il ne prend pas au sérieux le problème de Boisrouge.

— Voilà qui lui donnera une leçon.

— Depuis quand portes-tu ce masque ?

Son effort m'agace sous ma migraine, autant que son soudain intérêt pour moi. Il le remarque.

— Je t'ai repéré avec mademoiselle Lamare. Connaissant son affection à ton égard et ton…

Il hésite sur ses mots, pendant que nous remontons la ruelle du prieuré. Mon quoi au juste ? Mon inclination pour le meurtre ? Ma cruauté que Mère soulignait ? Mon passé tumultueux ?

— … tes liens avec Sa Majesté, j'en ai tiré mes conclusions et t'ai suivi.

Je relève l'adresse mise à profit dans cette pirouette.

— Un risque insensé.

— Alimar, nous devrions…

Mon cœur manifeste deux soubresauts successifs.

Le premier, à l'entente de mon prénom utilisé sans aucune pointe de reproche ou de consternation par mon paternel.

Le second, aux raclements de griffes dans notre dos qui ont interrompu sa bravoure.

Nous nous figeons à la sortie de la ruelle du prieuré. Figé dans ma prudence, j'abaisse mon masque face aux deux points rouges lumineux, bien plus proches que ce que notre baisse de vigilance avait détecté. En fin tireur, Père lève mon pistolet en direction des orbites.

Je cherche l'harmonica à ma ceinture. Je palpe l'étui de mon arme sans rien trouver.

Non ! Je l'ai perdu !

Père remarque que je n'ai rien à ma portée susceptible de déployer mon don.

À part mon masque…

J'observe le visage impersonnel, puis les points rouges qui se rapprochent lentement dans un son guttural fort déplaisant. Le temps que je frappe le métal contre le mur pour en obtenir des notes, cette créature aura déjà tué l'un d'entre nous.

Nous reculons de quelques pas, dans l'espoir de maintenir un minimum de distance avec elle. Nous sortons de l'ombre de la ruelle pour nous planter au milieu de la route barrée et prendre la pleine mesure du chaos qui s'abat autour de nous. Le soleil a le mérite de faire hésiter le démon à nous suivre.

— J'ai besoin d'une arme ou de quelque chose capable de jouer de la musique.

— Reprends la tienne, Alimar.

— Et me priver du plus fin tireur de Boisrouge ? Il faudrait être stupide !

Il s'agace à ce compliment véridique, mais je ne veux surtout pas qu'il lâche sa seule protection. La garde et la police dépassées autour de nous nous offrent une brèche dans le système de sécurité dans la zone réservée aux personnalités, mais surtout…

— La tente royale. Enfermons-le dedans.

J'y trouverai sans doute des petites cuillères !

Mon acolyte insolite ne semble pas convaincu, mais, faute de mieux, se range du côté du Cador. Nous reculons jusqu'aux barrières d'accès aux loges d'honneur désertes. Le démon apparaît dans la lumière du jour. Ébloui, il secoue la tête dans un cri strident.

— Maintenant !

À mon signal, nous nous élançons dans notre maigre plan. Le morbois s'acclimate trop vite à mon goût. Ses griffes raclent sur le bitume, rapides, bien plus que nous. L'absence de gardes à l'entrée de la tente ne me dit rien de bon.

Problème, j'avais compté sur eux !

Il n'y a personne pour refermer la porte derrière le Cador. Si l'un de nous deux ralentit, il est mort.

J'échange mes craintes en un seul regard avec mon coéquipier.

Trop tard pour réfléchir à autre chose, nous nous engouffrons sous la toile blanche.

La même idée nous traverse : un coup de pied dans le mât central.

Problème encore, nous nous donnons un coup d'épaule douloureux et manquons le poteau.

Je repousse Père en direction de la scène et prends la fuite en même temps que le mât. La structure s'effondre sur le morbois au moment où je me vautre sur l'estrade, au milieu de cacahuètes ! Une roulade me relève contre le trône.

Sonné, mais toujours entier, je me redresse face à Adéma et à ses quatre hommes qui ont mis le roi, le prince, l'augure et le gardien du Temple en sécurité au pied des quelques marches. Leurs fusils sont rivés sur l'irruption de mon paternel.

Je constate qu'Uräne a enfin fait la connaissance du sien.

— Salazar ! s'étonne notre bon souverain. Et vous…

Ai-je perdu mon nom en même temps que mon masque atterrissait à ses pieds ? Les canons hésitent à viser mon visage à découvert. J'y porte peu d'attention. Depuis mon point de vue, j'aperçois Maxwell.

— Georgia !

Elle se jette dans le vide !

Mon cri provoque la terreur d'Uräne.

Il se retourne, prêt à courir sauver sa sœur.

Trop tard.

Un violent choc me percute et m'envoie en bas de l'estrade, contre mon père que j'entraîne dans ma chute. Mon arme lui échappe.

Le troisième morbois ne laisse personne réagir alors que ma migraine s'aggrave. D'un bond prodigieux, il s'attaque aux gardes et les terrasse en quelques coups de griffes ou de crocs. Uräne lève son pistolet tandis que je tente de me débarrasser du démon qui me piétine sous le sang des hommes qu'il massacre. L'écorce qui le constitue lui octroie un poids considérable. Ma cuirasse amortit la plupart de ses mouvements, mais il s'agite tel un chaton qui essaie d'attraper des oiseaux en sautant sur un coussin.

Le coussin encaisse les impacts pendant que Gédéone se volatilise.

Sa disparition subite me surprend, autant que l'augure qui aide Salazar à se relever. Valentina en perd son voile sur ses cheveux.

Gédéone n'était qu'un corps astral !

Il n'était pas ici en personne !

— Il avait prévu cette attaque ! enrage Uräne.

Le prince boite afin d'abattre l'animal qui me considère comme son butin ou sa proie. Nul n'ose tirer une balle de crainte d'achever le Cador, mais les griffes qui commencent à percer le cuir vont bientôt avoir raison de mon cœur. Le démon gratte ma cuirasse à la recherche de cette pompe à sang. Mes coups de bras pour m'en débarrasser demeurent vains. Je m'écorche les doigts sur l'écorce.

De son pas claudicant, Uräne vise la tête qui veut me mordre. Ses crocs s'enfoncent dans le cuir de mon avant-bras qu'ils rencontrent.

La position de tir du prince me paraît trop hasardeuse pour ma survie. Pourquoi un garde ne se charge-t-il pas de l'abattre ?

La réponse est simple. Il ne reste plus qu'Adéma encore consciente, mais blessée. Grïffon comprime l'hémorragie de sa dévouée générale avec sa veste de costume blanche. Elle tente de convaincre le roi de la laisser et de s'éloigner de cette bête. Père et l'augure n'ont plus d'armes.

Je me détourne de la terreur paternelle pour ne pas lui offrir le spectacle qu'il redoute. Mon coude repousse l'animal, mais mes forces s'amenuisent à mesure que je m'épuise.

— Tire !

Mon ordre bouscule Uräne. Son air sévère s'appose sur moi. J'ignore ce qu'il a en tête, mais je n'aime pas ce que j'aperçois.

Il ne va quand même pas me regarder me faire déchiqueter !

Une nouvelle attaque de crocs a presque raison de ma carotide. Le prince décide enfin de presser la détente.

Rien ne se passe.

— Tu as l'arme du vrai Cador ! Elle ne doit pas être chargée, ou très peu !

Ses yeux mordorés s'effraient enfin de ma mort imminente sous le filet de bave qui dégouline sur ma joue. Mon coude lâche peu à peu sous la force qu'exerce la gorge puissante du morbois sur mon bras.

Un coup de feu part dans la foule.

Mes craintes et mes dernières pensées se tournent vers la femme qui fait encore battre mon cœur avant qu'il ne se fasse dévorer.

Une onde de magie déferle sur moi.

Il souffle le démon et l'envoie dans les ruines de la tente. Mon corps se retrouve lui aussi propulsé contre le trône.

Je ne peux rien contrôler !

Uräne est obligé de relâcher son pouvoir avant de me briser en deux.

Le morbois devrait être sonné, comme moi, mais il saute d'un bond par-dessus le trône et moi, droit sur Uräne.

Mon ami recule, mais sa jambe le trahit. Il se rattrape, un genou à terre. Trop tard pour viser.

Mon impuissance me submerge quand un coup de feu résonne. Le démon s'écroule sur le prince qui n'a pas le temps de l'éviter. L'augure et Salazar se précipitent pour l'aider et le dégager.

Je respire à nouveau, enfin j'essaie, lorsque mon ami se relève dans les bras de Valentina.

Père accourt à mon secours. Il me tend une main que je ne parviens pas à saisir. Pas quand celui d'Uräne s'effondre sous l'étoile pourpre.

Mon pistolet, celui du Cador, lui tombe des doigts.

Chapitre 54

Uräne

Le roi tombe à genoux.

Un vulgaire pantin abandonné des étoiles.

Mon premier réflexe est de hurler à la garde pour qu'ils viennent sécuriser cette scène. Où sont-ils tous passés, à la fin ?

L'effroi de la foule me revient aux oreilles. La peur, que ce soit pour moi ou pour Alimar, m'avait rendu sourd face au démon et m'avait retranché dans les miens.

Pourquoi a-t-il jugé bon de ramener cette chose auprès de nous ?

L'inconcevable se dessine devant moi et sur les lèvres de Valentina.

— Le roi se meurt.

Elle en est triste, mais pas surprise. Du moins, pas autant que ceux qui en prennent conscience en même temps que moi. Sonné de ma rencontre avec le morbois, mais aussi de cette lueur de compréhension dans mon ciel, je me détache de l'augure de la Maison Céleste.

Elle le savait…

Entre Valentina, Alimar et mon père, je navigue dans une tempête d'émotions aveuglantes et assourdissantes.

Mon pas boiteux m'entraîne vers les conséquences du sacrifice de cet homme que je connais à peine. Le morbois était l'un de ses sujets. Il a donné sa vie pour protéger la mienne.

Avec cette impression tenace que le démon m'écrase encore le torse, je pose un genou à terre devant le roi. Il s'effondre entre mes bras. Je le rattrape comme je peux, mais je manque moi-même de stabilité. Il tombe lourdement sur le dos, près de sa générale qui presse la veste blanche imbibée de sang contre sa blessure. Il ne pouvait rien faire d'autre que de défendre son peuple…

La couronne d'étoiles roule sur les planches de la scène. Adéma se relève sur son coude, sidérée par l'agonie de notre souverain.

Comment dois-je réagir ?

Avec le peu de force qu'il lui reste, mon père se cramponne à ma main.

— Uräne… prononce-t-il, le souffle court. Retirez mes lunettes.

Ébranlé par mon destin qui force sa chance, j'accède à sa demande. Je découvre pour la première fois ces yeux éclairés d'une lumière vacillante, alors qu'il tente de les maintenir ouverts.

L'unique fois où je pourrai les contempler.

L'émotion me noue la gorge.

Les veines autour de son regard s'estompent peu à peu.

— Son pouvoir le quitte.

La présence d'Alimar dans mon dos m'irrite. Il se tient à distance, mais pourquoi s'invite-t-il encore entre mon père et moi ? Le sien le soutient pour qu'il puisse marcher. Ne peut-il pas s'en contenter ?

L'autre main du mourant se pose sur ma joue. Elle coupe court à mes sombres pensées pour me concentrer sur lui. Sa peau perd elle aussi sa lumière.

Les planches résonnent de désagréables vibrations. Maxwell accourt.

— N'approchez pas ! J'interdis à quiconque d'approcher !

Mon cri est viscéral. J'ai besoin de ce peu d'intimité enfin accordée. Maxwell ronge son frein, près du sceau du griffon.

— N'oubliez jamais qui sont vos alliés, m'implore mon roi.

Je secoue la tête, je ne veux pas entendre de derniers mots.

Pas quand ils figurent parmi les premiers.

— Providence passe avant vous.

— Taisez-vous.

Mon murmure se ponctue d'une larme qui m'échappe. Un mauvais exemple de ce qu'il espère m'inculquer depuis ma tendre enfance.

— Je vous ai toujours aimés, votre mère et vous. Et ceci a sans doute été ma plus grande erreur de monarque, mais non pas d'homme.

Mes lèvres pincées contiennent en vain ma peine.

— Or, comme le Cador l'a appris, du poison naît parfois l'antidote.

Je me tourne vers Alimar qui parvient encore à se frayer une place dans les pensées de mon père alors qu'il s'éteint. J'ai du mal à l'encaisser.

Les doigts à bout de force retombent de ma joue. Ce geste me pousse à profiter de ce dernier moment précieux qu'il me reste en tant que prince.

— Votre cœur, Uräne, les sauvera tous de mon erreur.

— Elle n'était pas la vôtre !

— Vous serez le meilleur roi que Providence n'ait jamais connu. De ceci, je pars… fier.

Son mot se meurt, emporté par son Souffle.

Je ne retiens plus mes larmes ni même ma douleur. Je m'écroule en pleurs sur le corps de mon père. Les afflictions s'élèvent autour de moi. Les rumeurs enflent dans ce brouhaha inconsistant mêlé d'agitation. Ma vie a toujours été rendue publique. Cet instant ne fait pas figure d'exception.

À la peine se mélange le dépit.

Je voudrais envoyer paître le monde entier, retirer cet anneau de mon crâne et le jeter dans cette mer inaccessible qui me nargue au loin.

J'ai l'impression que tout s'effondre, alors que j'ai tout à bâtir.

— Uräne…

Quelques pas approchent. Ceux-là, je ne les repousse pas.

Ma sœur me ramasse encore une fois dans un piteux état.

Sa main précautionneuse se pose sur mon épaule. Elle ne me brusque pas, mais même à elle j'ai du mal à dévoiler mes larmes.

— Tu as le droit d'être triste, me murmure-t-elle. Et même en colère.

Que devine-t-elle de ce feu haineux qui rampe peu à peu dans mes veines ?

— Mais je dois le faire…

Accroupie de l'autre côté du corps, elle tient une boîte en bois rouge. Quelqu'un a récupéré ce présent des Pinotte dans les décombres de la tente.

Encore eux…

— Il souhaite rejoindre le sanctuaire des Justes.

Elle observe quelque chose dans le vide entre nous. Le Cador lui donne encore des ordres. La souffleuse a une dernière mission à effectuer pour lui. Et le cinarbre qu'elle tient fait office de piège rudimentaire afin de pouvoir lui permettre de rejoindre ces urnes que je m'imaginais vides.

Je hoche la tête et m'assieds sur les planches. Étourdi, je n'ai plus l'impression de sentir de douleur autre que celle qui m'arrache le cœur. Georgia recule et échange deux mots avec Maxwell. Elle fait signe à Valentina d'approcher. Mon augure remet son voile dans des gestes fébriles. Il y a autre chose que de la tristesse sous cette dentelle mouillée de ses pleurs.

De la culpabilité ?

J'essaie de repousser cette rage qui accompagne ma supposition.

Les proches du roi se rassemblent autour de son corps. Le reste de la garde encore debout se regroupe derrière nous, sous les ordres d'Adéma qui décide de se lever coûte que coûte pour un dernier hommage. Salazar est obligé de lâcher Alimar pour lui venir en aide.

Les prières de Valentina font couler à nouveau mes larmes, mais elles n'apaisent en rien ma peine. Elle a le bon sens de le recommander aux étoiles et non pas à une seule. Elle puise dans un registre propre aux Uranies et évite de prononcer le nom de l'astre qu'il a défié et éteint aujourd'hui, en même temps que l'allégeance de la Maison Céleste au Gracié Arïes.

Je repère les ailes de Poësis dans le dos de ma sœur, en retrait du groupe. Au beau milieu de ce recueillement, ma tête bouillonne d'indécisions.

Dois-je avoir confiance en ce fae ?

Au frère d'Arïes ? Au dernier roi légitime de nos ennemis ?

Mon admiration pour ce prince se mue en questions, sans doute car je n'en suis plus un. J'ai la sensation de basculer derrière des voiles plus opaques à la loyauté.

Désormais, à qui dois-je faire confiance ?

J'entends à peine les quelques mots prononcés par Georgia, une sorte de formule consacrée, guidée par Poësis. Elle referme le couvercle de cette boîte de cacahuètes de luxe sur le Souffle.

Ce manquement à la dignité du roi me heurte.

J'essaie de me raisonner sur ce seul contenant en cinarbre que nous avons sous la main. Même juste transitoire, il n'empêche qu'un monarque mérite mieux.

— Votre Majesté.

Ce titre et cette main tendue de Maxwell me bousculent dans mon devoir. Poësis fronce des sourcils inquiets sous sa compassion.

Craint-il que j'ordonne son arrestation ? Le devrais-je ?

L'arrivée d'Alimar dans mon champ de vision reporte mes réflexions sur le Cador démasqué. Il se tient le flanc en approchant de ma sœur.

Mon père m'a sommé de ne pas oublier qui étaient mes vrais alliés. Je commence à me demander si l'assassin qui a engendré ce carnage et de ce fait un régicide en est réellement un.

Il glisse un mot à l'oreille de Georgia. Je ne le supporte pas.

— N'as-tu donc aucun respect pour personne ?

Ma voix cingle dans le silence qui s'est abattu après la prière. Son regard de tueur apparaît au milieu des cicatrices, le véritable visage du maestro.

— J'avais du respect pour le roi autant que pour l'homme, en témoigne mon costume, Uräne.

— Votre Majesté.

Je le reprends avec autorité. Il plisse le front et ouvre la bouche sous le choc de cette mise au point. Je me relève seul tant bien que mal. J'encaisse la douleur qui ressurgit dans mon pied. Maxwell range sa poignée de main inutile.

— Je l'ai toujours affirmé. Le jour où je monte sur le trône sera le dernier du Cador.

— Ne commets pas cette erreur !

Il ose un pas vers moi. D'un geste, je lui recommande de ne pas en tenter un autre.

— Le Cador est ta meilleure arme, Uräne !

— Votre Majesté ! Ancre-le-toi dans le crâne !

— Uräne… essaie ma sœur.

— Je te conseille de rester en dehors de cette conversation.

— Tu me *quoi* ? s'offusque-t-elle.

— Ne prenez aucune décision sous le coup d'une perte si grande, Votre Majesté, me suggère Maxwell.

— Je n'ai jamais eu les idées aussi claires. Arrêtez le Cador !

— Tu as vrillé !

Georgia s'emporte pendant que la garde saisit Alimar.

Le choc est tel qu'il ne cherche pas à se défendre. Ses blessures l'en empêchent. Alors, il dégaine sa dernière arme : ses mots.

— Il y a quelques années, je croyais que tu m'avais dénoncé pour que je croupisse en prison. Je ne m'étais plus senti aussi trahi depuis Morengo. Aujourd'hui, tu me plantes un nouveau couteau dans le dos.

— Et que dire de toi qui viens d'assassiner notre roi ?

— Je ne suis pas responsable de sa mort !

Il se débat enfin entre les mains des gardes.

— Tu as ramené ces monstres parmi nous !

— Bérénice et moi avions un accord. Je te transmettais sa proposition de paix et, en échange, elle m'aidait à débusquer les morbois que Gédéone conservait dans le plus grand secret !

— Tu avais un accord avec Bérénice, m'écœuré-je.

— Nous espérions les abattre ! Mais le saint les avait déjà relâchés pour supprimer la couronne et le chevalier qu'il croyait ne faire qu'un ! Si tu cherches un coupable, cherche l'homme qui te servait toutes les réponses auxquelles tu aspirais sur un plateau. Cherche l'homme qui endormait la vigilance du prince en mal de repères ! Celui qui a tué ton père pour te mettre toi sur un trône tombé en poussière !

— Je ne sais plus qui tu es, Alimar ! m'écrié-je, tendu de rage. Je me perds dans tes masques ! Comment veux-tu que je te fasse confiance ?

— Ce décès dans la Maison Céleste était écrit, s'avance Valentina. Les étoiles ont guidé le destin de tous.

— Vous le saviez…

— Depuis cette nuit.

L'augure tente de défendre le Cador. J'aurai tout vu !

— D'où votre absence d'horoscope. Vous avez cherché à me le cacher.

Ma colère monte d'un cran. Téméraire ou inconsciente de la blessure qu'elle me provoque, elle s'approche.

— J'avais confiance en vous et en votre loyauté, Valentina.

— Écoute-la avant de la juger, s'immisce ma sœur.

Je me sens attaqué de toutes parts. J'en ai assez de ces voix qui ravagent mon esprit et qui me disent quoi faire ou ne pas faire sous couvert du secret.

Je ne le supporte plus !

— Emmenez-les ! Tous les deux !

Le moment de flottement qui s'ensuit aggrave mon humeur.

— Emmenez les responsables de la mort du roi !

Deux gardes saisissent l'augure qui a trahi mon cœur. L'effet de la mienne lui provoque le même supplice.

— Votre Majesté, s'interpose Salazar.

— Je vous conseille de ne rien dire, si vous ne voulez pas tenir compagnie à votre fils à Fortfer.

— Fortfer ! explose Georgia. Quand je disais que tu avais le droit d'être en colère, je ne suggérais pas de t'en prendre à tout le monde.

— Tais-toi !

— Non, je ne la fermerai pas !

Les hommes en rouge n'ont pas de mal à emmener le maestro et la prêtresse. Georgia contourne le corps de mon père pour planter son doigt dans ma veste de costume. Ma jambe vacille sous le poids de cette provocation. Des gardes approchent pour me défendre. Je leur fais signe de me laisser faire. Mes conflits avec ma sœur ne les concernent pas.

— Tu t'attaques aux mauvaises personnes, pour l'unique raison que j'ai eu le malheur de t'écarter de nos projets. Je t'ai blessé ! Et tu t'en prends à Alimar, parce qu'il t'est plus simple de le trahir que de te dresser contre ta seule famille : Maxwell et moi.

— Tais-toi, grondé-je entre mes dents.

— Et maintenant, tu condamnes la femme qui ne vit que pour toi !

Loin d'être courbée sous la honte de son erreur, Valentina relève le menton et marche dignement. Elle assume les conséquences de son silence.

Mon crâne va exploser.

— Je ne te demande pas ton avis, Georgia !

— Où est passé cet homme qui clamait que l'indépendance des pouvoirs était la clé de la paix de Providence ?

— Il a appris à différencier réalité et utopie !

— Où est passé ce prince au cœur plein de bonté ?

Elle appuie sur le tatouage de mon torse. Son ongle s'enfonce dans ma chemise à m'en faire mal. Je ne bronche pas, même quand je repère Poësis s'approcher.

— Il est devenu roi.

Le plat de sa main me frappe violemment à la poitrine. Maxwell retient ma chute. Ma garde s'agite autour de nous. Là encore, je leur ordonne de conserver leur distance.

— Bravo, Votre Majesté, persifle Georgia. Continue comme ça ! Tu te changeras bientôt en ce tyran qui coupe les têtes de son peuple, cloîtré dans son palais, cerné par la malédiction. Marie-toi avec Bérénice, tant que tu y es, histoire de compléter le tableau de la cruauté et de rejoindre les Saturnia.

Elle me jette le piège et le Souffle qu'il contient au visage. Je le réceptionne avant que la boîte se fracasse.

— Bien joué ! Encore un peu et tu me faisais moi aussi enfermer pour régicide.

Elle me tourne les talons. Sous les dizaines de milliers de chuchotements qui nous entourent, je me retire de la poigne de Maxwell. Je serre le cinarbre entre mes doigts sans croire en sa prophétie. Mon père m'a affirmé que je serai le meilleur roi que Providence n'ait jamais connu. Je fais ce qu'il faut pour punir ceux qui ont provoqué sa mort sous cette étoile maudite.

Alors pourquoi ses mots me meurtrissent-ils autant que de la regarder s'éloigner ?

— Reviens, Georgia !

— Va te faire voir, Uräne ! cingle-t-elle depuis l'estrade.

Poësis atterrit à ses côtés, en fidèle allié. Cependant, il la retient et tend le bras dans notre direction. Sa frayeur et de nouveaux cris balayent l'idée que je suis cette fois la cause de ce tapage. La peur aux tripes, je me retourne juste à temps pour découvrir les dernières bribes de la magie de mon père s'éteindre, elles aussi.

La barrière de vents lumineux s'effondre, et avec elle, nos frontières.

Chapitre 55

Alimar

J'ignore depuis combien de temps je suis enfermé dans les cellules immondes de Fortfer.

Ma chapelle offrait au moins le privilège de voir les jours défiler, derrière le vitrail de la sainte étoile. Ici, je me contente des écuelles jetées par une trappe de cette porte close hermétiquement.

Personne ne m'a retiré mon armure trouée et griffée ni même touché davantage que les bras, en partie parce que j'ai menacé de tuer quiconque essaierait.

Sans le moindre contact avec l'extérieur, sans les visites d'Orféa, je replonge dans mes vieux démons. Je me cogne le front contre la pierre, assis par terre, à côté du cuir balancé de rage aux quatre coins de cette foutue cellule. Cette fois, aucun masque en argilis n'absorbe les coups de mon isolement.

Que se passe-t-il dehors ?

Uräne s'est-il calmé ? Ou Sa Majesté emprunte-t-elle le chemin du despotisme ?

Pas lui…

Non, pas lui…

Grïffon avait raison. Il a tout pour devenir un bon roi. Encore faut-il qu'il parvienne à faire la part des choses.

Et Georgia ? Comment va-t-elle ?

Je ne la vois plus, que ce soit en rêve ou en cauchemar…

Comme j'en veux à Uräne de nous priver de ces heures précieuses qu'il nous reste.

La trappe de ma cellule s'ouvre. Voilà le dîner…

Les tartes aux pommes insipides servies sur ordre de Maxwell me manquent soudain.

Elle se referme sans que j'entende le son habituel de la ferraille qui se déverse avec son contenu sur le sol.

Je cesse d'assommer le peu de conscience qu'il me reste pour me tourner vers ce mystère. Je plisse les yeux sous une violente migraine et sous le bruit de clés dans la serrure. Mon dos malmené par le morbois qui me prenait pour un paillasson se vrille d'une douleur. Rien de grave. Je suppose que ce n'est que musculaire. Ma guérison me donne une estimation approximative du temps passé en prison. Une semaine, sans doute.

Un gardien ose pénétrer dans l'humble tanière du monstre, une arme en main. J'avise l'écuelle trop loin pour me jeter dessus et jouer un air mélodieux qui le mettrait hors-jeu. Il faudrait ensuite que je récupère son flingue et que je parvienne à sortir de ce labyrinthe. Seul.

J'abandonne l'idée. Mon front retombe contre la pierre.

— Lève-toi devant Sa Majesté ! exige ce misérable.

Sa Majesté ?

Je pivote sur mes fesses en encaissant mon dos sensible et dissimule ma stupeur sous mon plus beau regard de tueur. L'arme la plus dangereuse du royaume se retrouve le cul dans la merde à cause de l'homme le plus puissant. Du déjà vu…

Et sa mine dégoûtée me fait mal.

Uräne fronce le nez.

— N'as-tu pas prévu un fichu pour préserver ton odorat délicat ?

Le gardien de prison saisit son pistolet par le canon, prêt à m'enseigner la courtoisie en plus du protocole à coup de crosse. Le roi retient son bras sans y mettre beaucoup de conviction.

— Je t'ai sauvé la vie, Uräne. Je n'attendais certes rien en retour. Mais j'avais espéré que ce geste aurait compté pour toi.

Il se tend sous une moue pincée, puis se penche à l'oreille de mon maton pour lui souffler quelques messes basses dont je suis dispensé. À la suite de quoi, sans plus un regard, il s'en retourne à son existence royale.

— Bonjour, merci, au revoir ! Ta mère ne t'a-t-elle pas appris les bonnes manières ?

Mon objectif est de le faire revenir avec cette envie de me casser la figure comme il adore le faire. Je préfère que nous nous battions plutôt que nous nous taisions. Or, le gardien m'ordonne d'enfiler mon armure et de le suivre.

Perplexe, je me lève pour la première fois depuis je ne sais quand. Je ramasse les morceaux de cuir que j'attache ensemble sur la tunique crasseuse et les sous-vêtements portés depuis ce jour sur le Champ-de-Grâce. Enfin, il me menotte.

Bande d'idiots.

Ils m'offrent de quoi tous les tuer en quelques bruits de chaîne.

Mes premiers pas dans les couloirs de Fortfer sont maladroits. Tous les individus croisés en chemin jettent un œil méprisant ou curieux sur ce qui reste du chevalier qui entrait et sortait de cette prison comme bon lui semblait.

Ce n'était même pas moi…

Je me retrouve seul à encaisser le fruit des frasques du Cador.

J'espère qu'ils n'ont pas à l'idée de me faire subir le sort de Céréza. L'exigence d'Uräne de me voir porter cette armure me pousse à le redouter. Mes doigts se raccrochent à mes menottes, prêts à gagner ma liberté.

Le soleil à peine levé me cueille sur le quai avant qu'on me force à monter à bord d'un bateau pénitentiaire. Je passe devant Uräne, appuyé sur sa canne. Mes gardiens me jettent dans l'une des cellules qui donnent sur le petit salon à la vue panoramique. Pendant qu'ils ressortent, je constate à quel point la mer est calme sans les lumières qui l'agitent d'ordinaire.

Le phare en pierre astrale est éteint.

La pierre astrale !

J'en reviens au prince qui ordonne la fermeture de ma geôle.

L'aile qui constitue le pommeau de sa canne n'est plus en argilis !

Uräne analyse mes deux déductions silencieuses. La porte masque son sourire en coin, puis se verrouille sur mes doutes.

Peut-il s'approcher aussi près de cette roche sans subir les effets de sa lignée ?

Sa peau ne brillait pas. Ses yeux étaient dénués de flammes et de veines noires.

Et cette canne…

Les moteurs du bateau assourdissent mes pensées. Je me relève pour observer le fort s'éloigner.

Pourquoi m'avoir laissé cette petite trappe ouverte ?

J'ajoute cette anomalie à ma liste.

D'autres surgissent longtemps après notre éloignement du phare de Fortfer, puis de celui de Fortbrise. Un membre de l'équipage s'inquiète que nous nous éloignions des côtes. Des coups de feu retentissent juste au-dessus de ma tête. Un corps tombe d'une autre trappe qui permet de surveiller le prisonnier depuis le pont de commandement. L'homme est déjà mort lorsque son crâne se fracasse contre le sol.

Le capitaine !

— Foutre Grâce, lâché-je au milieu de mon pouls affolé. Une mutinerie !

La trappe se referme au-dessus de nous, mais j'ai le temps de voir passer une aile noire et cristalline.

— Hadar…

Les faes attaquent le navire ! Je suis prêt à parier que l'un d'eux m'a fait sortir. Et il m'a demandé d'enfiler ma protection.

Oh, miséricorde…

Dans quel bourbier je m'enfonce encore ?

Les tirs sont brefs, tout comme les cris. Je me détourne du pauvre capitaine avec qui j'avais eu l'occasion d'échanger quelques rares mots sous mon masque. Ma porte se déverrouille. Je m'éloigne d'elle, les doigts sur mes chaînes afin de recevoir la première paire d'ailes qui entrera.

Rien ne se passe.

J'entends quelques paroles qui ne me sont pas destinées, étouffées par le moteur. Le calme revient à bord. Sur mes gardes, j'avance jusqu'à l'ouverture qui m'offrait une vue sur le panorama. Le nouveau roi m'attend devant la baie vitrée.

Je conserve ma prudence, mais force ma chance. Je pousse la porte sur cette copie d'Uräne.

— Vous ne m'avez pas adressé un mot. Vous saviez que je vous identifierais, Mercurio.

— Je ne commets pas les mêmes erreurs que vous. Il écarte la canne de sa hanche, toujours fichée dans le sol.

— Pourtant, vous en avez commis. Votre pommeau n'est pas celui d'Uräne.

— J'ai dû m'adapter. J'étais sûr que vous me suivriez même si vous me reconnaissiez. Personne ne voudrait rester derrière ces murs, quitte à s'accorder avec ses ennemis. J'en sais quelque chose.

— Le sommes-nous vraiment ?

J'avise les alentours, seuls dans ce salon. Mais ceci compose une illusion. Son absence de réponse me le prouve.

— Le gouverneur et maintenant le roi, vous faites dans les rôles ardus.

— En ce point, nous nous ressemblons, Alimar.

J'opine à ce triste constat.

— Comment vous êtes-vous échappé de chez vous ? Combien de mes hommes sont morts à cause de votre trahison ?

Mon détachement traduit mal la crainte que j'éprouve.

— Les trois…

Le criminel a l'obligeance de reprendre les traits de son visage, dans son costume de souverain. Cette peine dans ses yeux de nacre bleue n'est pas feinte. J'en ai tant pour chacun de ces policiers. Ils ont vécu à ses côtés au cours de sa détention. Mercurio commençait à bien les connaître.

Georgia doit être triste de la perte de son ami. Ma peine s'accentue.

— Et votre copine Dusty ?

— Elle aussi.

C'est infime, mais il secoue la tête pour me prouver que non.

Il a masqué sa mort !

Je simule une nouvelle affliction dans un soupir. La porte du salon s'ouvre sur la plus épuisante des apparitions. Bérénice me détaille telle une vache qu'elle souhaiterait ajouter à son troupeau.

— Meuh…

C'est plus fort que moi. Je fais le bovin.

Ses sourcils blancs montent sur son front.

— Tu entres ici comme dans une étable ! Je t'accueille comme il se doit.

— Je constate que tu es encore en état.

— Déplaisir partagé. Le morbois ne t'a pas dévorée.

— Des menottes ! repère-t-elle. Es-tu fou, Alioth ? Retire-les-lui !

Elle s'adresse à son ombre qui bloque l'accès de cette pièce. J'ai appris de Mercurio qu'il était loin d'être fou. Tout ce qu'il entreprend a un sens. Il voulait que je conserve un avantage sur moi, tout comme mon armure.

Le fae aux courts cheveux bleus ainsi qu'aux ailes noires et cristallines me saisit les poignets pour m'enlever l'une d'elles.

— Ne vous donnez pas cette peine, cousin Hadar-Chester Saturnia machin truc…

— J'avais raison, nous aurions dû le faire boire tout de suite, annonce ce goujat.

— Il doit savoir, objecte Mercurio. Le réveil serait trop brutal. Et il est plus simple qu'il consente à s'endormir.

— De quel réveil parlons-nous au juste ? Et si vous êtes tous les trois ici, qui pilote ce maudit rafiot ?

Je lève la tête sur la cabine du commandant et constate qu'il y a bien des policiers en uniforme à la manœuvre.

À moins que…

— Ce ne sont pas des agents.

— Des faes, me conforte Mercurio.

Sa princesse victorieuse ne le dément pas.

— Vous n'avez pas perdu de temps pour débarquer une fois la frontière tombée.

— Tu ne crois pas si bien dire, sourit Bérénice. Mais toi, tu me serviras de monnaie de négociation avec Uräne.

Un rire m'échappe.

— La bourde ! Tu n'as sans doute pas tout suivi pendant que tu ralliais tes troupes, chère couleuvre, mais le nouveau roi me déteste à présent. En témoigne la charmante chambre qu'il m'a offerte.

— Je connais assez bien Uräne. Il tient à toi.

— Tu te fourres le doigt dans l'œil. Et comme ce doit être douloureux.

— Remettez-le en cellule et endormez-le, soupire-t-elle.

Elle est persuadée d'avoir raison. Vu l'endroit où Uräne m'a fait enfermer, je doute de la réussite de son plan.

D'ailleurs...

— J'exige de connaître notre destination !

— Ne te mets pas dans tous tes états, Alimar. Remercie-moi à la place. J'accède à ton souhait. Je t'emmène dans mon palais.

Du bout du menton, elle ordonne à Mercurio d'agir. Le fae sort un flacon de sa veste de costume et me demande de reculer.

— Je veux rester conscient ! Durant tout le voyage !

— Et prendre le risque que tu te sauves ou, pire, nous tues tous dans notre sommeil ? Hors de question, tranche Bérénice.

— Ne me tente pas...

— Regagnez votre cellule.

Le ton de Mercurio me supplie d'obéir. Son regard, lui, cherche à me transmettre une pensée. Ma migraine et l'incompréhension m'empêchent de la décrypter.

Hadar entre derrière moi. Il m'ordonne de m'asseoir dans un coin, puis retire le corps du capitaine dans une longue traînée de sang au sol. Mercurio ravale son dégoût. Il s'agenouille devant moi et me tend le flacon.

— Buvez. Je vous en administrerai pendant tout le voyage.

— Combien de temps dure-t-il ?

— Quelques jours... Vous allez être conduit par les airs. Vous ne verrez pas votre arrivée à Prismeris, pour des raisons stratégiques.

— Cesse de le materner, Alioth, s'impatiente sa princesse. Fais-le boire et rejoins-nous sur le pont. Le spectacle commence.

Elle s'éloigne en compagnie de son cousin adoré. Mercurio se penche en arrière pour s'en assurer.

— Elle nous laisse seuls ?

Mon constat me laisse dubitatif.

— Hadar reviendra si je traîne, m'informe son subalterne. Mizar sait que vous ne fuirez pas tout comme je savais que vous me suivriez.

— Donc, elle m'emmène volontairement auprès de son père dans le but que j'en finisse avec lui ?

— Elle compte sur cet appât pour que vous vous montriez conciliant. Elle envisage toujours de négocier avec Uräne avant quoi que ce soit d'autre.

— Entendez-moi bien, Mercurio. Je m'en tiens à ma promesse, celle faite à mon roi, mais surtout à Georgia. Je m'en vais délivrer Lÿs. Et si, pour atteindre mon objectif, je dois appliquer l'ordre de Grïffon d'assassiner Phalémir, alors je le ferai.

— Je l'espère bien, me chuchote-t-il.

Loin de celle d'un bon petit soldat, sa réponse me fait tiquer. Il insiste pour que j'avale le contenu de cette fiole.

— Je veillerai sur vous, autant que possible. Il ne vous arrivera rien, tant que je resterai dans les parages.

— Et quand vous ne serez pas là, Alioth ? Qui me protégera ? Je préfère ne compter que sur moi, voyez-vous.

— Restez loin de Phalémir.

— Voilà qui me rassure…

Des bruits de pas reviennent. Dans la précipitation, il m'ordonne :

— Buvez !

Mes doigts se referment sur cette mixture à l'odeur de fleurs. Je bloque mon regard dans la promesse de Mercurio en espérant que, pour une fois, l'un de nous deux en tiendra une. J'avale le contenu quand une question m'assomme.

— De quel spectacle parlait cette garce ?

Je sombre déjà, quand il se penche pour ramasser la fiole :

— La fin d'un monde.

Chapitre 56

Georgia

— Vous êtes-vous reparlé depuis ?

Habillé en blanc, comme nous tous, Poe n'en a rien à cirer de mon « chut » qui signifie non.

En prime, tous les regards se tournent vers moi !

Le cortège princier quitte la salle ronde des souverains du sanctuaire des Justes. Urãne me passe devant. Sa tête blême fait peur à voir. Il est abattu.

Il m'adresse un coup d'œil furtif sur son chemin, sous les indications d'Amir dans son dos et au rythme de sa canne. L'ancien prince vient de déposer la grosse urne en bois décorée de griffons de son père qu'il a tenu à emporter seul. Plus loin devant moi, Maxwell, solennel, marche avec les autres gouverneurs, à l'exception de Gédéone, le grand absent. Tout le monde ignore où il est.

Nous entrons enfin à notre tour. Nous quittons les cierges et les urnes anciennes pour rencontrer les souverains et les chevaliers. Je me retrouve au milieu des invités officiels, avant la cour larmoyante de compassion.

Je n'aime pas beaucoup cet endroit malgré sa beauté. Les Souffles autour de moi me mettent mal à l'aise. J'ai le sentiment qu'ils ont tous quelque chose à raconter et personne pour les écouter.

À part moi…

Non, merci !

— C'est classe, ici, s'exclame Dusty juste devant moi.

Elle a un sérieux coquard sur le visage, cadeau de Mercurio qui lui a sauvé la vie. Elle n'arrête pas de me soutenir à quel point ce mec est bien. Qu'il fait la fierté des souffleurs. Qu'il n'est pas responsable de la mort de Norian.

Il s'est quand même tiré avec Hadar !

Selon elle, Mercurio l'aurait blessée pour éviter que le guerrier ne s'attaque à elle. Il lui a chargé de me transmettre un message : « Dis à Georgia qu'elle peut toujours compter sur moi. »

Que penser de ce nouveau changement de cap de Mercurio ? Dois-je lui faire confiance ? Sérieux, il me donnait moins le tournis quand il se contentait de rester en dehors de nos conneries à Thomin et à moi.

Les éloges de Dusty pleuvent aussi sur Poe qui me tient compagnie.

Des faes ? Pour elle ? Même pas peur !

Uräne l'a invitée aux funérailles du roi. La moindre des choses, étant donné ce qu'elle a fait pour nous.

Ce qu'elle continue de faire à vrai dire.

Mais il n'en sait rien, puisqu'il ne me parle pas !

Un peu plus loin derrière moi, je repère les parents d'Alimar. Son père est dévasté de ce qui lui arrive. Uräne a refusé à plusieurs reprises de le rencontrer.

Quant à sa mère…

Elle le considère toujours comme mort.

Je suis folle d'inquiétude pour lui. J'ai du mal à trouver le sommeil, même en ingérant de quoi dormir. C'est pire, les cachetons m'empêchent de le rejoindre autant que le fer de cette prison qui bloque ma magie.

Poe fait moins le malin lorsqu'il se retrouve face à son urne. Lui qui affichait une certaine désinvolture pour l'œuvre de son frère s'emmure à présent dans une froideur déconcertante.

Nous formons un bouchon.

L'aristocratie en a l'habitude…

Ils nous contournent pour rendre un dernier hommage à Griffon, mais surtout pour éviter le fae qui s'est dévoilé à tous sur le Champ-de-Grâce.

Uräne doit essuyer un sacré merdier depuis…

Dans mon dos, j'intercepte un nouveau coup d'œil de sa part, ses traits tirés de fatigue, avant qu'il ne parte du sanctuaire. La situation devient ridicule.

Mon bras s'enroule autour de celui de Poe pour le tirer de ses pensées.

— Laisse tomber, il s'agit d'une coquille vide.

— C'est assez sordide, me murmure-t-il. J'aimais mon frère. Il représentait un modèle inatteignable pour un jeune prince rêveur plutôt que guerrier. Je n'ai pas eu le choix de prendre les armes. Je n'étais pas mauvais au combat et on m'octroyait souvent le rôle de vigie. Je n'étais juste pas à ma place. Son comportement m'a d'autant plus blessé.

Je frotte son dos en signe de réconfort.

Les histoires de famille se révèlent parfois si compliquées…

Le père d'Alimar me salue en me dépassant. Sa mère fait comme si elle ne m'avait pas vue. Je me promets de leur parler après cet hommage et tire Poe par le bras, mais il me fait le même coup à chaque urne des douze chevaliers. Sa mélancolie sur celle de Noctéis réfrène mon envie de sortir d'ici. Il pose les mains sur le nom peint de celle qui était son amie, d'après ce que j'ai compris.

— Elle n'est pas à l'intérieur, m'affirme-t-il.

— Étant donné qu'elle s'incruste dans ma tête, je n'en suis pas très étonnée. Je pense même qu'elle me parle. J'ai entendu ton nom à plusieurs reprises. Elle te cherchait aussi…

Ma révélation le préoccupe, mais il ne rebondit pas sur ce sujet épineux. Poe abandonne cette urne pour celle de Pygma qui suit. Il renouvelle l'expérience avec plus de réticence.

— Elle est vide.

— Grande nouvelle…

— Depuis quand l'aperçois-tu dans ton esprit ?

— Depuis quelques mois, je dirais. Depuis que j'utilise de plus en plus de magie. La première fois était dans le rêve où j'ai rencontré Alimar.

— Tu ne t'en servais pas avant ?

— Je ne sais pas trop. Morengo avait enfermé mes pouvoirs dans cette bague. Il existait une certaine perméabilité entre elle et moi. Mais je ne me souviens d'aucun serpent. Pygma a la fâcheuse tendance à s'attaquer aussi à Ali. Il se méfie de lui…

Poe réfléchit dans un bruit de gorge indécis. Son doigt passe avec réticence sur la fissure au niveau du col.

— Il doit être en liberté depuis un moment, à ma recherche. Comme moi, il a remarqué la présence fae à Montlilas. Et peut-être même les autres. Son Souffle ne pouvait pas m'atteindre directement…

— Jusqu'à ce que j'apparaisse dans ton paysage. Je suis désolée, Poe.

— Je suis heureux de t'avoir trouvée. Et tant que Noctéis sera elle aussi libre, nous serons protégés.

Son sourire se perd à nouveau dans cette nostalgie. Je n'ose pas lui demander ce qu'elle représente pour lui, mais ils ont l'air de compter l'un pour l'autre.

— À ton avis, pourquoi Pygma s'attaque-t-il à Alimar ?

— Sans doute parce qu'il te détourne de lui, de ses intentions. Je ne vois que cette explication.

— Il est jaloux ?

— Pygma était le bras droit de mon frère. Ce fae se méfiait de quiconque approchait de sa position. Et comme j'étais prince, Arïes me plaçait avant lui. Il me détestait. Pardonne-moi l'expression, mais il avait les dents longues… Il voulait tout connaître de tout le monde pour conserver des menaces en réserve. Menaces qu'il proférait et exécutait en rêve, loin des soupçons. Il n'y avait jamais aucune preuve directe contre lui. Prends garde à ton pouvoir, Georgia. Pygma ne t'a pas choisie par hasard. Il a attendu plus de huit siècles pour trouver sa descendance habitée par cette même magie et pour sortir de l'ombre. Il sait se faire oublier ou, au contraire, s'imposer à nous. Pardonne-moi. Mon rapprochement a fait de toi l'instrument idéal de sa vengeance.

Un frisson me parcourt le dos.

— Tu me parles du fae, mais son Souffle est peut-être moins dangereux.

— Lui, oui. Mais, *toi*, tu es dangereuse, Georgia. Ne le laisse pas t'utiliser.

Mes doigts se serrent sur son bras.

Que se passerait-il si Pygma venait à prendre le contrôle de mon subconscient alors que je me transforme en morbois ?

Le démon étoufferait-il le Souffle ?

Le Souffle se servirait-il du démon ?

— Moi qui pensais que Mercurio était le plus cool des souffleurs !

Dusty nous surprend. Au bras de Wilma, elle écoute tranquillement cette conversation.

— N'as-tu pas bientôt fini avec ton idolâtrie pour lui ? Il ne se rendait même pas sur le terrain ! À part squatter parfois ton bar, il ne sortait pas de chez lui.

— Il fait partie de la communauté, comme Wilma !

Elle me défie de la contredire. Sa femme non plus ne part pas sur le terrain, pourtant elle nous aide à sa façon. Je saisis où elle veut en venir.

— Il était le conjoint de Thomin. Il est des nôtres, Aster ou pas.

— Enfin, plutôt fae ou pas. Arrête de me pointer du doigt, tout le monde nous observe !

— Toi aussi, t'en es une, chérie. Et tu es bien de la famille !

Elle me flanque de petites claques sur la joue avant d'avancer jusqu'au roi.

— Je ne suis pas fae, murmuré-je.

Poe détourne le regard sous un sourire en coin.

— Oh toi, tais-toi.

— Je n'ai rien dit ! ricane-t-il.

Nous conservons le silence pour le reste de la procession, en particulier devant l'urne de Grïffon. J'avoue être curieuse de lire son Souffle. Je le connaissais mal et sans doute pas du tout.

Pourtant, les témoignages de son amour envers Lÿs et Uräne me plongent dans un profond respect. Si Alimar avait fini par lui pardonner d'avoir fait de lui son assassin, alors je suppose que je le devrai.

Il ne sert à rien de garder des rancœurs auprès d'un mort.

Je médite ceci pendant le chemin de retour jusqu'au parking.

Je reste en compagnie de Dusty, de Wilma et de Poe, à côté de ma moto. Ou plutôt de celle d'Alimar, récupérée avec ses affaires à l'opéra pour les mettre à l'abri, à commencer par son violon.

Nous sommes seuls. Poe fiche un peu la trouille à la plupart des gens. Les lunettes de Dusty dans ses cheveux qu'elle abaissait pour s'extasier des urnes rayonnantes, aussi.

Je n'ai pas essayé. Les sentir me suffit déjà.

Le prince serait le bienvenu chez les souffleurs…

D'ailleurs, il reste avec nous et séjourne à nouveau sur le même palier que moi. Il craint que Hadar ou Bérénice débarque pour m'enlever.

Je n'attends que ça qu'ils viennent pour m'emmener rejoindre Alimar et ensuite nous occuper de leur cas.

Je cherche Salazar au milieu des inconnus. Le ciel est dégagé en cette fin de journée, malgré la neige qui recouvre les sommets. La plus haute des montagnes de Providence offre un beau panorama sur Mer Douce dépourvue de lumières.

— Puis-je te parler ?

Dusty, Wilma et Poe courbent la tête en signe de respect. Je me retourne, surprise de découvrir le nouveau roi m'adresser enfin la parole.

Techniquement, il n'est pas couronné. Il porte encore cet anneau d'or qui fait de lui le prince héritier. Mais je vois mal qui d'autre prendrait sa place.

Tout le monde le considère comme le souverain. Il lui manque juste cette couronne qui lui sera transmise au terme d'une cérémonie, à la fin du deuil national.

— Nous vous laissons, propose Poe.

— Non, restez, le retient mon frère. Je dois des excuses publiques à ma sœur.

— Tu sais ce que j'attends de ta part. Uräne, je comprends que tout ce qui t'est tombé dessus d'un coup t'ait fait griller un fusible.

Rongé de remords visibles, il regarde autour de nous pour nous assurer que seul notre petit groupe m'entend.

— J'avais besoin de temps pour assimiler. Pour réussir à faire le point.

— Alimar et Valentina ne méritaient pas d'être enfermés.

— J'en ai conscience à présent. Je ne dors plus depuis. Je voulais t'annoncer que je vais m'entretenir avec Alimar. J'ai ordonné qu'on le ramène au Palais Bönté. Il arrive ce soir. J'ai pensé que tu souhaiterais le voir.

— Je souhaite surtout que tu le libères !

— J'ai besoin de lui parler avant. Peux-tu le comprendre ?

— Dans ce cas, promets-moi de l'écouter.

— Je te le promets.

— Je te fais confiance.

— Merci, me sourit-il.

— Et Valentina ?

Maxwell fait irruption et nous interrompt sans la moindre excuse dans notre conversation. Nous percevons que quelque chose ne va pas. Il a laissé tomber son attitude solennelle au profit de son autorité de gouverneur. Il n'attend même pas qu'Uräne lui donne la parole.

— La nouvelle vient de me parvenir, mais elle date déjà de plusieurs heures, étant donné qu'aucun téléphone n'arrive jusqu'ici.

— Parlez, exige Uräne avec plus de curiosité que de fermeté.

— Fortvaillant a été attaqué par des navires volés par des faes.

Le roi chancelle sur sa canne. Ma main attrape d'instinct son bras pour encaisser le choc.

— Les Uranies ont aidé les faes à prendre le contrôle du fort. Quelques-unes ont été exécutées pour avoir résisté au même titre que la garde royale.

— C'est horrible !

— Ce n'est pas le pire, me coupe Maxwell. Ils ont attaqué tous les forts et placé un blocus.

Il tend des jumelles à Uräne. Le nouveau souverain se crispe dessus en regardant à travers. Il les abaisse lentement.

Je les lui arrache pour le constater par moi-même. Après un moment d'impatience, je repère des points au large, près de Fortbrise.

Les faes nous cernent.

— Et Fortfer ? réclame Uräne.

— Votre demande de transfert a bien été menée. Cependant, le bateau pénitentiaire a dévié de sa route avec à son bord monsieur Pinotte.

— Les faes ont enlevé Ali !

Une rage terrible s'éveille en moi.

L'envie de démonter ces bateaux un à un !

— Évite de tous nous mettre dans le même panier, nuance Poe.

Il encaisse mon regard noir parce qu'il sait qu'il a raison.

— Quelques gardes ont été autorisés à quitter le fort en vie pour délivrer un message, poursuit Maxwell. Le papier vous attendra à Corélysée, mais l'homme qui a accouru jusqu'ici a entendu son contenu au téléphone. La princesse Mizar emmène monsieur Pinotte à Prismeris. Elle ne le libérera qu'à condition que vous acceptiez ses termes pour votre union, Votre Majesté.

— N'accepte pas ! tonné-je. Bérénice ne veut ou ne peut pas, soi-disant, mettre Lÿs au milieu d'un chantage, alors elle a pris le plus atteignable pour elle, celui qu'elle connaît le mieux.

— Où se trouve Alimar ?

Salazar me surprend dans mon dos.

— Pardon, Votre Majesté, s'impose-t-il, mort d'inquiétude. Mais je cherchais Georgia et je vous ai écouté dès que j'ai entendu le nom de mon fils.

— Vous n'avez aucune excuse à me fournir. Il est normal que vous vous souciiez de lui.

Salazar s'approche sur la retenue. Il a du mal à cerner les changements d'humeur d'Uräne qui sort enfin de la crise existentielle qui l'a fait chavirer. Le revoilà à flot, avec de lourds bagages, mais je l'espère plus raisonnable.

— Avons-nous les capacités de contre-attaquer ? demande le roi au gouverneur dont dépend Fortvaillant.

— Non, se désole Maxwell.

— Uräne, laisse-moi diriger mon expédition, comme nous l'avions décidé. File-moi un bateau et je te jure que je pars tous les chercher, même s'il faut que je tue moi-même tous les Saturnia ! Et ne me dis pas de ne pas tous les mettre dans le même panier !

Je devance Poe qui ouvre la bouche pour diluer ma rancœur. J'ai juste envie de m'occuper moi-même de Bérénice et de Phalémir.

— Je vous prête un navire marchand et un équipage, propose Salazar.

— Impossible ! Aucun ne peut passer, me contrarie davantage Maxwell.

— Resterons-nous ici à ne rien faire ? Attendre qu'Uräne cède à sa connasse d'ex pour revoir Alimar et Lÿs ? Ce n'est pas acceptable !

— Je n'ai jamais annoncé que je céderai, s'emporte-t-il à son tour.

Nous nous échauffons l'un l'autre.

Nos sangs résonnent de la même hargne.

Son esprit bouillonne. Il échafaude des plans dans toutes les directions. Je ne suis pas certaine qu'un seul aboutisse. J'ai davantage l'impression qu'il prend peur de se retrouver à l'aube d'une guerre.

Elle est à nos portes.

— Il existe un autre moyen pour se rendre en Edstar, ose s'aventurer Poe. C'est ce que j'essayais de t'expliquer.

Nos espoirs se tournent vers le prince fae.

— Peu importe de quoi il s'agit, lâche Uräne. Ma réponse est oui. Maxwell, emmenez-moi à Pourprebrume.

— Tu t'en vas ? m'étonné-je.

— J'évite qu'une seconde erreur ne soit commise !

Il s'éloigne au son de sa canne. Maxwell est devenu son nouveau bras droit.

A-t-il contribué à ce qu'Uräne retrouve le chemin de la raison ?

Lui a-t-il mis le pied à l'étrier du trône ?

Non seulement il n'y en a plus, selon Alimar, mais en plus il ne peut pas entrer dans son palais.

— Quel est ce moyen ?

Je le demande à Poe, sur la retenue, de crainte d'être déçue et de ne plus jamais revoir Alimar.

Mon ami jette un coup d'œil autour de nous. Plusieurs personnes nous observent. D'autres essaient de regarder au large, comme le faisait le roi. Poe se penche au milieu de notre petit groupe afin d'être le plus discret possible.

— Je vous ouvre une de mes portes.

Chapitre 57

Uräne

Je me précipite hors de la voiture avancée à l'une des portes de la cité monacale. Maxwell reste dans la berline. Cet ordre le contrarie, tout comme venir sans escorte. Personne d'autre que moi n'a à essuyer mes erreurs.

J'ai autorisé le Culte à reprendre ses occupations parce que je ne voyais aucune perspective positive à les laisser enfermés derrière les murs de Pourprebrume. Seuls subsistent ceux qui vivent à l'année ici ou qui, perdus dans leur foi, flânent sur les bancs qui longent les bras d'eau. Sans gardiens, le Temple est à l'arrêt, à l'instar de toute cette province, pourtant le cœur du royaume.

J'ai beau détester cet endroit, ceci me désole.

Le Palais Royal, à l'autre bout du bayou, demeure lui aussi vide d'occupants.

Je me serais soumis sans broncher au rituel qui me reliait à cette prison pour réactiver la barrière de vents. Même de plus faible intensité, elle aurait ralenti nos assaillants à défaut de les dissuader.

Seul le Scriptorium continue son œuvre, hermétique aux changements qui s'opèrent autour de lui.

Gédéone s'y cache-t-il ? Ma garde n'a rien trouvé.

Combien de membres du Culte lui sont-ils dévoués ?

Pour cette raison, je me méfie lorsque je traverse le pont qui me conduit à un observatoire. Un frère-gardien et un garde royal en surveillent l'accès. L'avantage d'être connu de tous me dispense de parler pour qu'on me laisse passer. Je monte les marches d'un pas pénible. Ma lenteur me permet de surprendre leur échange de regards interrogateurs. Mon manque d'escorte les étonne.

Je savais que je croiserais peu de monde.

En haut de l'escalier, je suis accueilli par des armes. Mes hommes s'excusent à peine mon premier coup de canne sur le chemin de ronde des remparts. Nul besoin de demander la direction. Le cœur battant, je presse le pas, inquiet que les faes m'aient dérobé davantage qu'une amitié déjà brisée par ma faute.

J'ai honte de m'être comporté de la sorte, aux yeux de tous.

Les premiers faits d'un monarque donnent-ils le ton de son futur règne ? Je vais m'employer à l'éviter.

Je franchis encore un barrage composé de frères-gardiens et de gardes. Ces derniers veillent au respect de la loyauté des premiers envers la couronne et leur chef religieux : moi. J'ai tant à faire dans ce domaine, comme dans tous les autres. Et pour l'instant, je dois regagner la confiance de mes véritables alliés.

— Passez-moi les clés et descendez.

Le garde devant la porte de l'observatoire m'obéit aussitôt. Je mets plus de temps à oser frapper contre le métal. Pris d'un doute, je relève la manche de mon costume blanc pour regarder ma montre. Nous approchons du début de soirée. Je ne réveillerai pas Valentina.

Aucune réponse ne me parvient.

Je refrappe, puis tends l'oreille.

Rien.

— Valentina ? Puis-je entrer ?

Les hommes murmurent entre eux au pied du petit escalier. Ils se demandent ce que fiche leur souverain. Aucun n'a pu ainsi se montrer en spectacle en dehors du Palais Royal.

Le silence de l'augure commence à m'inquiéter. Et si les faes étaient passés par la coupole pour l'enlever la nuit dernière ?

Elle n'avait pas l'autorisation de se servir de son télescope, tout comme j'avais interdit les visites et les sorties. Ma sévérité se mue en crainte. Je déverrouille la porte.

Un soulagement m'envahit lorsque je la trouve à sa table, en train de faire un puzzle. En chemise à carreaux, cheveux relevés, en pantalon et chaussettes, elle ne me donne pas l'impression d'avoir repéré ma présence.

— Valentina ?

Sa bouche se pince, tandis qu'elle place une pièce de ce bouquet de fleurs. Elle saisit sa tasse de café, à l'effigie de la cité monacale pour en boire une gorgée.

Je me prends de plein fouet son ignorance. Mon entreprise s'annonce ardue…

Je repousse la porte afin de nous procurer de l'intimité. Un éclaircissement de voix destinée à lui faire lever le nez de son ouvrage échoue, lui aussi. Je n'hésite plus et me lance.

— Je suis venu vous mettre en sécurité. Emportez quelques affaires et…

— Quel genre de geôlier demande au prisonnier s'il peut entrer dans sa cellule ?

— Vous êtes plus en résidence surveillée qu'en prison.

Valentina se redresse sur sa chaise. Sa tasse claque contre le bois de la table, à côté de ses carnets d'horoscope.

Comment les remplit-elle sans lire le ciel ?

Elle croise les bras en signe de défi.

L'augure me fait payer son enfermement.

— Je maintiens que vous auriez dû m'avertir de cette catastrophe, m'entêté-je. Vous avez une part de responsabilité dans la mort du roi.

Ses sourcils montent au-dessus de son bandeau.

— Tout comme je mesure la mienne dans tout ce qui se passe. J'aimerais éviter que vous vous retrouviez, vous aussi, dans le giron des faes, que vous deveniez une monnaie d'échange. Mais plus que tout, je souhaite vous demander pardon d'avoir été prompt à m'emporter sans vous laisser vous expliquer.

— Pourquoi les faes s'intéresseraient-ils à moi ?

— Bérénice vient d'enlever Alimar. Vous comptez tant pour moi que je crains que cela se voie et se sache. La princesse pourrait s'en prendre à vous pour m'atteindre.

Valentina se lève d'un geste brusque. Sa chaise tombe à la renverse.

Elle ne la ramasse pas pour autant. Ses doigts s'enfoncent dans sa chemise. Elle réalise les cent pas, non pas d'inquiétude, mais de colère.

— Vous m'en voulez. Je le comprends…

— J'ai choisi de vous sauver ! explose-t-elle.

— Pardon ?

— Les augures ne transgressent jamais cette frontière. Nous délivrons nos messages en nous efforçant de ne pas les surinterpréter, sans jamais guider les mains qui décident. En cela, je ne vaux pas mieux que Céréza.

J'ose m'approcher d'elle, mais me retiens de la serrer dans mes bras. Je ne supporte pas ce que j'entends.

— Vous n'avez rien en commun avec cette femme !

— Ce n'est pourtant pas la sensation que vous me donnez à me traiter de la sorte. Mais après tout, nous sommes augures toutes les deux. Nous avons manipulé votre père pour atteindre notre objectif.

— Que dites-vous ?

Mon cœur se serre de réticence, incapable d'encaisser une trahison de sa part.

— Sur la scène, au moment où vous vous apprêtiez à ôter la vie de Céréza, j'ai délivré son ultime horoscope au roi. La nuit qui a précédé ce jour tragique, une des étoiles de la Maison Céleste s'est éteinte. Une étoile filante a traversé votre ciel.

— Je n'entends rien à tous ces préceptes. Venez-en aux faits !

— J'ignorais lequel de vous deux était concerné par ce mauvais présage ! Je me suis demandé comment intervenir. Alors, j'ai choisi de lui annoncer qu'il mourrait dans la journée.

— Ce faisant, il a tiré pour me protéger, croyant que le cosmos en avait décidé ainsi.

Je le déduis dans un murmure affligé. Valentina contourne la chaise et effectue le pas qui nous sépare.

— J'ignorais quand et comment. Le masque du Cador me brouillait souvent la vue. Mais je suis sûre d'une chose, votre père aurait tiré quoi qu'il arrive.

— Nous n'en saurons jamais rien ! J'avais imaginé qu'il m'avait aimé au point de donner sa vie pour moi. À présent, je viens à en douter, comme sur de nombreux sujets le concernant.

— Il a pris cette décision parce qu'il vous aimait !

— Vous avouez vous-même l'avoir manipulé !

Une ancienne blessure s'ouvre.

Je refuse de m'enfoncer à nouveau dans cette tempête et de redevenir ce monarque qui tranche sans discernement. J'essaie d'écouter Valentina, même si cela me fait mal.

— Parce que je vous ai choisi !

Sa voix monte dans son obstination à me le répéter.

— La couronne que Providence mérite… J'ai déjà entendu ce souhait. De la part de Gédéone.

Elle se grandit sous un air sévère. Son visage se retrouve dangereusement proche du mien. Mes sentiments pour elle se mêlent à ma colère, à cet arrière-goût de trahison qui accompagne toujours la pensée du saint.

— Je vous ai choisi, vous, Uräne ! Et non pas le prince ou le roi. Je l'ai fait pour vous ! Au-delà de vous servir, vous comptez pour moi, pour reprendre vos mots.

Mon cœur s'emballe sur cette déclaration. Mes yeux s'égarent sur sa bouche en colère, mais je n'ose croire en cette reconnaissance tant espérée, qu'elle me voie comme un homme et non un devoir.

Mes sentiments migrent en un désir impossible à assouvir.

Je n'ai jamais eu autant envie d'embrasser ses lèvres encore tremblantes de son audace. Mon pouce s'aventure sur elles pour les apaiser. Sa respiration s'accélère, mais Valentina me laisse faire.

Rien que sentir sa chaleur sur ma peau me procure la tentation de cueillir un baiser.

Toucher une prêtresse de cette manière m'engage sur une pente interdite. Pourtant, mon doigt glisse sur sa joue pour offrir une occasion à ma bouche de s'exprimer d'une autre façon.

J'avance, à l'affût de ses réticences. Mon ventre se contracte. Son haleine à l'entêtante odeur de café qu'elle vient de boire me provoque une décharge d'envie à laquelle je succombe.

— J'ai usé de mon influence pour mon propre intérêt.

Son murmure m'arrête net. Nos nez se frôlent.

— Je mérite d'être destituée.

Je me fige au milieu d'une pulsion insoutenable, mais je ne peux continuer plus loin. Elle me cède parce qu'elle s'imagine avoir commis une faute.

Ma main quitte sa joue. Je m'écarte d'elle aussitôt et effectue quelques pas, mon désir honteux caché derrière mes doigts. Je lui tourne le dos, afin de m'éclaircir les idées et de calmer mon corps emballé par ce qu'il espérait. En avait-elle aussi envie ? J'aime à croire qu'elle m'autorisait à agir ainsi parce qu'une part d'elle ressent cette attirance.

Cette question ne devrait même pas se poser. Dans tous les cas, nous aurions basculé de l'autre côté de cette limite pour de mauvaises raisons. Elle ne se pense plus digne d'être augure.

Je ne supporte pas qu'elle se contente d'une vie par défaut entre mes draps, sous le scandale d'un roi qui reproduit les erreurs de ses parents.

« Du poison naît parfois l'antidote. »

Si je suis ce miracle, alors je ne peux l'empoisonner, *elle*.

— Jamais je ne me passerai de vos dons, Valentina.

Je le lui avoue, droit dans les yeux.

Enfin, façon de parler.

— J'ai fauté.

— Au contraire. Vous me faites comprendre le véritable sens du mot *amour*.

Sa bouche attirante s'entrouvre de stupeur.

— Vous me faites comprendre la véritable signification du geste de mon père, tout comme le fait que le devoir n'est pas forcément dénué de sentiments.

Ces lèvres se pincent. Comme j'aimerais lire son regard en cet instant.

J'avance un genou à terre, en appui sur ma canne, et ramasse sa chaise avant de saisir sa main sous sa surprise.

— Vous m'êtes précieuse, Valentina. J'ai besoin de vos lumières et des étoiles qui les allument. Pardonnez-moi de ne pas vous avoir écoutée. Revenez au Palais Bönté.

Elle se mord la joue dans une moue si attendrissante.

— Mais avant cet espoir d'une heureuse décision, j'ai une terrible nouvelle à vous apprendre. Les faes ont attaqué Fortvaillant. Des Uranies qui ont résisté n'ont pas survécu. Je n'en sais pas davantage à propos de votre famille. Et comme j'en suis navré !

Elle tombe à genoux devant moi, sous le choc. Cette fois, je n'ai pas d'autre choix que de consoler ses pleurs entre mes bras.

Chapitre 58

Alimar

Une mélodie me berce, mais quelque chose ne colle pas.

Il y a bien un orchestre, mais le son des instruments est étrange. Plus cristallin. Ces rires et ce brouhaha apportent une dissonance désagréable avec ce concert. Concentré sur les notes, je ne reconnais pas cette musique de chambre dont tout le monde semble se foutre.

Tout le monde ?

J'essaie de sortir de ce brouillard, mais mon inconscient persiste à s'accrocher à quelques souvenirs évanescents : les bruits du moteur du bateau, la forêt pourpre qui défilait sous mes pieds, la voix de Mercurio. Moi, en train de me soulager dans un buisson.

Je ne saurais retranscrire une chronologie à ces événements.

Quelque chose frôle mon mollet.

Le serpent de Georgia ?

Ah, non ! Pas lui !

Je balance un coup de pied dans le vide. La peur de ce reptile injecte un peu de vigueur dans mon cœur.

— Il se réveille, s'émerveille une femme.

— Regardez ces petites oreilles toutes rondes, déclare une autre. Trop mignon, ce chaton.

Un doigt glisse le long de ma joue. Je puise dans mes ressources pour chasser ce nuisible. Ma propre main me colle une claque.

Des rires s'élèvent autour de moi.

Cible de leurs moqueries, je soulève une paupière lourde.

Un arc-en-ciel pastel brûle ma rétine. Je me retourne sur le côté. Un tissu balaye mes hanches.

Je m'éveille sur un buffet de bal composé de verre, de la table aux coupes de boissons en passant par les chandeliers aux cires dégoulinantes.

— Voilà qui paraît appétissant.

Les doigts qui me pressent les fesses me réveillent pour de bon.

Je me relève dans la maladresse provoquée par les résidus des potions de Mercurio. Encore groggy, je recule loin des barreaux en verre et des femmes qui me contemplent en se mordant les lèvres derrière eux.

Mon dos percute d'autres barreaux. La douleur récoltée à cause du morbois et du pouvoir d'Uräne me lance en un faible écho. Ces quelques jours immobiles ont au moins permis sa quasi-guérison.

Contrairement au reste de mon être.

Le cœur martelant mes côtes, je me retrouve en cage.

Une cage en verre !

Au milieu d'un banquet.

— Quel est ton nom, mon mignon ? m'assène une des indélicates qui ont osé poser leurs mains sur moi.

Mon dégoût mêlé de frayeur les fait rire. Elles portent les cheveux longs bleu pâle, roses ou d'un jaune solaire. Des bijoux aux gemmes extravagantes ornent leurs oreilles et leurs robes de mousseline légère à la transparence presque indécente.

— Il est peut-être timide. À moins qu'il ne comprenne pas notre langue ? suppose mal celle à la paire d'ailes de papillon du même bleu presque blanc que sa chevelure.

Une Saturnia.

Elle contourne les barreaux pour venir au plus près de moi. Acculé dans un coin, je la regarde s'incliner devant moi, puis poser sa main sur son décolleté plongeant, retenu par une grosse broche en forme de papillon.

— Moi, être Véga. Toi, avoir vu mon frère, Hadar.

Elle pointe dans une direction dans laquelle je ne regarderais pour rien au monde. Sa voix a beau être douce et se vouloir rassurante, j'en reste muet et pas juste à cause de ma bouche sèche et pâteuse.

— Il ne répond pas, se désole-t-elle dans une moue candide. Comment s'expriment ces pauvres gens dans leurs marais puants, Alioth ?

Marais puants !

Ils nous considèrent comme des arriérés qui ne vivent que dans le bayou ?

— Il vous comprend parfaitement, Dame Véga.

Je lève la tête sur Mercurio, à mes côtés, comme promis. Il me sert une grimace navrée en même temps qu'une coupe remplie d'un liquide qui ressemble à une infusion nauséabonde.

Je fronce le nez devant cette mixture.

— Une décoction de fleurs séchées, m'informe mon nouveau geôlier. Ici, nous ne prélevons que ce qui ne détruit pas la végétation. La plupart du temps, nous attendons que les fruits tombent seuls des arbres et que les plantes fanent pour les utiliser sans risque. Buvez sans autre crainte que le goût. Je n'ai rien ajouté dedans.

Je le fixe sans me saisir du gobelet en cristal.

Je le maudis pour me retrouver enfermé dans cette cage. Je sens bon et porte pour unique vêtement une sorte de tunique que je tire sur mes cuisses. Je repère plusieurs guerriers en poste devant les portes de cette vaste salle voûtée de vitraux pastel. Comme Mercurio, ils portent une armure de métal doré.

— Avez-vous vu son tatouage ? minaude Véga. Mon étoile se trouve dans la constellation de la Lyre ! Peut-on imaginer qu'il m'est prédestiné ?

Elle glousse avec ses copines.

Bonté divine !

Mieux vaudrait-il être mort que d'entendre pareilles inepties.

Une centaine de faes – au bas mot – festoient autour de buffets, assis sur des banquettes ou des poufs au sol. Certains dansent, sous l'effet de l'alcool ou d'une quelconque substance. Et Mercurio croit que je vais avaler ce qu'il me tend ! Avec la sœur de Hadar qui a décidé de faire de moi son jouet ? Jamais !

— Faites-moi confiance, me murmure-t-il.

La blague ! J'ai bu ses potions sans rechigner et me voilà dans une cage d'apparat, montré tel un animal. Mes joues se gonflent de colère.

— Ne fais pas le difficile, mon mignon.

La main de Véga caresse ma mâchoire. Je la repousse violemment. Un cri lui échappe lorsque son bras se tord entre les barreaux.

— Ne me touchez pas ! Jamais ! C'est compris ?

La musique a étouffé sa douleur. Mon air de tueur ressurgit pour la forcer à déguerpir.

Erreur…

Ici personne ne connaît le Cador ou le Maestro sanglant.

— Il a du caractère, le beau ténébreux, se gausse sa copine aux cheveux rose. Il me plaît.

Je rassemble le peu de salive qu'il me reste pour la lui cracher à la figure, quand une autre apparition me donne envie de changer de cible.

— Allons, mesdames, n'ennuyez pas le pauvre Alimar, triomphe Bérénice. Il est ma prise de guerre.

Les deux femmes autour des barreaux poussent des soupirs déçus. La troisième soutient son bras en m'adressant un regard noir.

— Prise de guerre…

Je maugrée entre mes dents. Pendant ce temps, la princesse invite les emmerdeuses à se joindre au concert qui débutera sous peu.

— Désolé, me souffle Mercurio.

— Il ne devait rien m'arriver.

— C'est le cas.

— Je suis en cage ! Et j'en conclus que quelqu'un m'a dévêtu et lavé.

— Mes garçons se sont occupés de toi, nous interrompt Bérénice.

Elle se retrouve aussi indécente que ses copines dans cette robe, du même bleu presque gris que ma tunique, qui met en valeur ses longs cheveux blancs. Jamais une courtisane ne se baladerait ainsi à la cour d'Uräne, à moins que ce soit dans son lit.

Au milieu des parfums sucrés des fruits mélangés à celui du vin, je ferme les paupières de toutes mes forces afin de chasser le souvenir de son corps qui ne fait que se rappeler à moi à travers ce tissu.

Quand elle réapparaît devant moi, sa satisfaction de pouvoir toujours me déstabiliser se placarde sur sa figure.

Je vais la tuer…

Les barreaux sont en verre. Il me suffit de saisir ma boisson pour me débarrasser pour de bon d'elle. Le son du cristal porte loin.

Une idée peu judicieuse au milieu de son peuple.

— Tes garçons ? As-tu eu des enfants en prime ? Pauvre d'eux…

Son visage s'assombrit d'une menace que je connais bien. À force, je commence à douter qu'elle passera un jour à l'acte. J'en suis persuadé, elle conserve des sentiments pour moi.

Handicap que je n'ai plus de mon côté !

Mon sourire cruel l'agace.

— Père le demande. Fais-le sortir.

Mercurio tire la clé de sa ceinture, à côté de la même épée que portent les autres faes en armure. Il s'attend à ce que Bérénice s'éloigne, mais elle ne nous lâche pas la grappe. Je sens qu'il veut me prodiguer des conseils sur ma future entrevue avec le roi que j'ai pour mission d'assassiner. À la place, sa fille se donne pour vocation de devenir mon mentor. J'esquisse mes premiers pas incertains sur des jambes fragiles, au milieu des convives enjoués par le butin rapporté par leur princesse. Escorté par Mercurio, j'écoute Son Altesse bavasser.

— Ne parle pas sans qu'il t'en ait donné l'ordre. Montre-toi respectueux. Range ton arrogance et tes sarcasmes. Lèche-lui les bottes.

— Le beau-père idéal. Uräne va l'adorer.

— Qu'est-ce que je viens de te dire ?

Elle me réprimande sous un sourire crispé.

Mince, ma rencontre avec le roi la met à cran.

— Ne prononce pas un mot sur mon plan. Je le dévoilerai en temps voulu.

— Hum… tu m'annonces que j'ai un moyen de pression sur toi ? Je commence à me sentir à l'aise au milieu de toute cette impudence.

— La ferme, Alimar.

Je m'apprête à la faire tourner chèvre, mais Mercurio secoue la tête pour m'en dissuader. Il n'est pas le seul homme à se coiffer d'une longue tresse parmi les faes armés. Hadar reste toutefois une exception avec ses courts cheveux du même bleu que sa frangine. La musculature de Mercurio en pleine reconstruction fait pâle figure à côté de ses collègues.

Et à côté de celle du roi Phalémir !

Je me sens d'un coup peu de chose.

Dos au feu d'une immense cheminée en verre, assis sur un trône blanc, il observe s'approcher la bête curieuse, davantage qu'un trophée de guerre.

La joue appuyée contre son poing, il me détaille de la tête aux pieds.

Je ne me gêne pas pour en faire de même.

Des ailes semblables à celles des papillons de nuit, comme sa fille, s'étendent dans son dos. Mais elles ont véritablement l'apparence de ces insectes. Dans sa tunique bleue à l'étoffe brodée de verrerie précieuse, il arbore une certaine beauté, à l'instar de la plupart des faes autour de nous.

Vivre au milieu de la perfection, dans son bocal depuis l'Astralis, doit être d'un ennui mortel !

C'est l'impression qu'il donne.

Quelques fines pattes d'oie trahissent néanmoins son âge vénérable. Ses courts cheveux de la couleur de la neige supportent une couronne en cristal scintillant parée de gemmes blanches.

Mercurio appuie sur mon épaule pour que je m'agenouille devant le roi.

Bérénice empoigne ma tête pour que j'embrasse le sol en verre.

Saleté…

Depuis mon point de vue, je repère les bottes de mon garde reculer de deux pas, mais les sandales de la manipulatrice rester à côté de moi.

— Qu'est-ce que c'est ? gronde le timbre rauque.

Phalémir en imposerait dans un grand opéra. Je l'imagine au milieu d'un décor nocturne chantant l'appel de ses troupes pour combattre la reine de la nuit. Ses ailes siéraient à merveille au personnage.

Quelque chose dans ce goût-là.

— Un cadeau rapporté de Providence, Père.

Je serre les dents. Je déteste être considéré comme un objet.

Ou pire…

— Un cadeau ? Pour moi ou pour toi, Mizar ? Sa constitution d'humain me paraît fragile. Tes garçons n'en feront qu'une bouchée. Qu'en pensez-vous ?

Je ne vois pas à qui il s'adresse et n'entends pas les réponses au milieu des rires de cette cour mesquine. La vilaine blague que j'essuyais au conservatoire se répète.

« L'Aster ressemble à un humain. »

« Son tatouage est un faux. »

« Il a oublié d'évoluer, celui-là. »

Père affirme que les insultes forgent le caractère.

Nous en avons tous les deux trop souffert.

« De l'élégance, m'ordonnerait-il. *Sois meilleur qu'eux ! »*

Je relève la tête en un regard meurtrier. D'instinct, je cherche une arme. L'orchestre me paraît impitoyablement lointain dans un coin. L'un des buffets et les coupes en cristal se situent plus à ma portée.

Bérénice suit mon cheminement. Sa main sur mon épaule redresse mon buste sans ménagement.

— Il n'est pas très bavard, se trompe Phalémir. Tu vas t'ennuyer avec lui.

Je me raidis. Hors de question de rester avec Bérénice !

— Quel est ce tatouage sur ta nuque ? m'interroge-t-il.

Je conserve le silence, je n'apprécie pas le virage qu'emprunte ma détention.

— Parle !

Sa voix ricoche contre le verre et le cristal de cette pièce et le rend d'autant plus impressionnant.

— La constellation de la Lyre, révélé-je sans lever la mienne.

— Cela signifie qu'il possède un don de magie, en l'occurrence en lien avec la musique, précise Bérénice, un brin agacée par je ne sais quoi.

Retirez l'arrogance et les sarcasmes, je deviens peu loquace !

— Alimar nous divertira. Il est compositeur d'opéra, musicien et chef d'orchestre. Il possède le rang de chevalier.

Ces informations lui font lever un sourcil, tout au plus.

— Le mignon est musicien ! raille cet idiot. Je comprends mieux ton intérêt.

Une minute ! Que veut-il dire ?

— Joue-nous quelque chose.

Il claque des doigts pour faire apparaître une petite lyre devant lui, comme par magie…

Elle ressemble à celle de mon enfance, sauf que, bien entendu, elle est en cristal. Mes yeux s'agrandissent sur cette aubaine. Le roi me tend l'instrument de sa mort prochaine !

— Viens à côté de moi, ma fille. Écoutons ce que tu nous as ramené.

Loin de l'avenante courtisane, Bérénice s'apparente à un bloc de glace, taillée dans le roc de la guerre.

Pourquoi me laisse-t-elle attraper cette arme ?

Elle se raidit lorsque je la place contre mon aisselle et que mes mains recherchent leur position sur des cordes étrangères. Les invités se rassemblent autour de nous.

L'occasion se révèle trop belle ! Parmi eux se trouve sans doute Lÿs. Il me suffirait de tuer son mari pour la voir apparaître !

Je m'échauffe en douceur.

Bérénice me lance un sourire satisfait au son des premières notes.

A-t-elle changé d'avis ? Veut-elle que j'abatte son père ?

Elle sait qu'en me donnant cette lyre, je vais me servir de ma magie.

Suis-je l'artisan de son coup d'État ?

Vaut-il mieux Bérénice que Phalémir comme souverain ?

De ce que j'ai appris de lui, je commence à le penser…

J'entreprends les cordes avec plus de vigueur. Le moment est venu pour le Maestro sanglant de faire son grand retour.

— Non…

Le chuchotement de Mercurio surgit trop tard. Les notes portent déjà mon pouvoir, mais rien ne se passe du côté de ma victime. Une morsure froide fige mes doigts en plein exercice meurtrier. Une douleur fulgurante se répand dans l'ensemble de mon corps. Mon cri de souffrance ricoche contre le cristal, sous les sourires et les murmures de l'assistance.

Je veux lâcher la lyre, mais elle reste accrochée à mes mains. Elles repartent toutes seules sur les cordes dans une musique inconnue.

Mon pouls s'affole.

Je perds le contrôle !

Les notes se retournent contre moi. Elles extraient mon souffle et déchirent ma chair. Cette souffrance insoutenable me fait tomber à la renverse. En état de choc, je n'entends plus que les applaudissements qui s'élèvent autour de moi avant de perdre connaissance.

Chapitre 59

Alimar

Une furieuse odeur me ramène de mon trépas. Ce mélange de soufre et de plantes en putréfaction me réveille dans un violent haut-le-cœur.

— Bassine ! s'empresse un homme.

La seconde d'après, je vomis de la bile dans un récipient doré. Je n'ai rien d'autre dans l'estomac.

Je me sens… vide.

— Ton machin pue la mort, gronde une voix grave.

— Ma mère me le mettait sous le nez dès que je tournais de l'œil, proteste une deuxième énergique.

— Elle essayait sans doute de te tuer, suggère une troisième plus posée.

Je reprends ma respiration après un ultime haut-le-cœur. Dans le fond de la gamelle, je croise mon visage creusé de cernes d'épuisement et scarifié d'un nouveau souvenir de morbois, comme la cicatrice dans ma main. Je parie qu'elle est en or.

— Répète un peu pour voir !

— Ta mère essayait sans doute de te tuer.

— Il a raison.

Ma déclaration à bout de souffle impose le silence autour de moi.

Je masse mon ventre sensible avant de me confronter aux trois hommes qui m'observent chacun à sa manière.

Le premier possède la carrure épaisse des guerriers. Ses longs cheveux noirs aux reflets bleus sont d'ailleurs tressés. Debout à côté du lit où je suis étendu, il me porte un regard aussi acéré que ces hommes qui étaient armés.

Assis au bout du matelas, le deuxième me toise, indigné que j'aie insulté sa mère. Sa courte coiffure rousse dessine une étoile en feu autour de sa tête.

Le troisième, le plus mince d'entre eux, à la tignasse blonde en pagaille, m'accorde un sourire reconnaissant de se ranger de son côté. Installé dans un fauteuil au milieu d'une chambre somptueuse aux tons outremer, il replonge dans un livre qui paraît plus intéressant que ma présence.

Nous portons tous les quatre la même tunique, de ce bleu-gris qu'arborait Bérénice. À la différence d'eux, de larges bracelets en métal entourent mes poignets.

Foutre Grâce !

— Les mignons de Bérénice.

Je le déduis avec horreur.

— Bérénice ? s'étonne l'homme assis sur mon lit, beaucoup trop enjoué pour mon état de fatigue.

— Mizar, lui traduit celui dans le fauteuil. Elle doit avoir choisi ce nom de l'autre côté.

— Comment le sais-tu ?

Il croise les bras dans l'attente d'une réponse prompte.

— Nous partageons nos lectures. Bérénice est l'héroïne de l'un des romans qu'elle affectionne.

— Au moins, ils partagent quelque chose, ricane celui debout aux allures de guerrier.

Il se gausse avec son voisin, pendant que le lecteur leur adresse une grimace qui souligne leur imbécillité avant de tourner la page.

— Par la sainte étoile, où ai-je atterri ?

— Dans ta chambre, au sein du harem de la princesse Mizar, m'annonce la voix grave. Et nous préférons être appelés ses garçons, comme elle le souhaite, plutôt que ses mignons. Je m'appelle Tauri. Le survolté, c'est Rigel et l'intello Polaris.

— Ouvrir un livre ne fait pas de moi un intellectuel.

— Il n'assume pas, me balance Rigel, sur le ton de la confidence.

Je n'écoute guère leurs chamailleries.

Bérénice m'a envoyé dans son harem !

Je navigue en plein cauchemar.

Un nouveau haut-le-cœur me menace.

— Où est… Alioth ?

Je retrouve son nom au dernier moment.

Tous les trois me regardent avec stupéfaction. Même Polaris a levé le nez de son bouquin.

— Oh non, geint Tauri en fermant les paupières.

Rigel me pointe d'un doigt sévère.

— J'attends le retour du bel Alioth depuis des décennies. Pas touche ! Chasse gardée !

— Pourquoi lui as-tu parlé de lui ? soupire Polaris. Il va nous saouler avec le lieutenant.

— Désolé, j'ignorais qu'il était avec toi…

Mon excuse me plonge dans la perplexité. Je ne comprends rien à ce groupe de faes. Pour avoir connu Thomin, Rigel semble loin des goûts de Mercurio.

Enfin, j'ai devant moi un éventail de personnalités qui ne collent pas avec Bérénice, alors…

Ils sont sans doute forcés de rester ici.

— Dans ses rêves, oui, m'assure Tauri dans un clin d'œil dont il peut s'abstenir.

— Et ils sont torrides, approuve Rigel. Avez-vous remarqué dans quel état maigrichon Alioth est revenu ? Frêle, comme Polaris !

— Merci, grommelle le concerné.

— Toi aussi, tu as l'air amoché.

Rigel tend le bras pour tâter une de mes cicatrices. Comme Véga, je le repousse violemment. Tauri se précipite pour s'interposer. Même Polaris s'est levé.

— Ne me touchez pas ! hurlé-je. Jamais ! Vous l'avez déjà fait sans mon consentement. Le premier qui recommence est mort ! Compris ?

Je frappe mes deux bracelets l'un contre l'autre pour les faire reculer. Ma magie va me permettre de m'imposer tout de suite dans ce groupe et d'édicter mes règles.

Ce sentiment de vide se creuse en moi.

Plus rien ne sort de mes doigts.

La panique m'envahit.

— Mon pouvoir ! Qu'est-il arrivé ?

Mon corps se souvient de la douleur provoquée par cette lyre. Un frisson d'horreur me parcourt la peau.

— Calme-toi, on va t'expliquer, brode Tauri.

Il passe une main confuse dans ses cheveux, peu disposé à se lancer le premier. Il cherche de l'aide auprès de ses collègues soudain muets. Le grand gaillard, le seul qui ose m'approcher, se retrouve face à ma détresse d'avoir, une fois de plus, égaré mon don. Couplé à ce contexte de harem, je me recroqueville à l'autre bout du lit, mes bras autour de mes genoux.

— Cessez de le torturer ! exige une fae sortie de nulle part.

Ou plutôt du mur en pierre blanche de ma chambre !

Elle l'a traversé !

Les trois hommes s'alignent au fond de la pièce et courbent la tête. À l'inverse de toutes les faes croisées à cette réception, cette dame porte une longue robe rouge qui couvre sa peau et un long voile de même couleur sur ses cheveux. Des feuilles de couleur dorée, tissées dans une dentelle, lui masquent le visage à l'exception du nez et de la bouche. Comme les prêtresses de Providence, elle voit à travers.

— Le roi désapprouvera notre compagnie.

Polaris s'en inquiète, davantage pour lui.

— Quelle coïncidence, vous partez de cette chambre, tout de suite !

Son doigt pointe la sortie.

— Il appréciera encore moins que vous restiez seule avec le nouveau.

— Alors, ne lui révélez rien et personne n'aura d'ennuis.

Peu convaincus, les garçons de Bérénice referment la porte derrière eux. Debout au pied de mon lit, la fae perd en sévérité, dans sa posture et dans sa voix.

— Pardonnez-les. Ils sont maladroits, mais ils ont bon cœur.

— Comment avoir bon cœur et se vautrer dans le harem de cette garce ? Les oblige-t-elle ?

Sa bouche se tord d'un malaise.

— Puis-je m'approcher ? Je vous promets de ne pas vous toucher. Je vous ai écouté.

Je me retourne sur le mur de pierre d'apparence épaisse d'où elle semble provenir. À l'exception d'une porte à l'opposé, la seule ouverture reste une fenêtre cloisonnée de vitraux bleus où est représentée une forêt féérique sous une nuit étoilée. Comment peut-elle avoir entendu quoi que ce soit ? Après quelques secondes de réflexion, je le lui accorde sous le coup d'un pressentiment.

Elle s'assied avec grâce au bord de mon lit, aussi près que mon attitude de repli le lui autorise.

— Cela vous paraîtra surprenant étant donné d'où vous venez, mais les faes de ce harem sont avec la princesse de leur plein gré.

— Rien ne me surprend plus après avoir subi Morengo, voyez-vous ?

Oh, oui… elle le voit.

Sa bouche s'ouvre sous un effet de surprise. Elle le connaît bien.

— Et je n'ai pas atterri dans ce harem de mon plein gré. Je me retrouve l'objet d'un chantage entre Mizar et votre fils.

Elle enlève son masque dans la précipitation et fait glisser son voile sur ses cheveux blonds.

Pas de doute. Il s'agit de notre reine disparue. J'ai assez observé ses portraits dans l'album d'Uräne pour ne pas me tromper. L'espérance chasse mes craintes et appelle l'émotion au fond de ses yeux bleus.

Je me redresse sur mon lit.

— Je vous ai retrouvée, Votre Majesté ! Maintenant, dites-moi comment vous aider à sortir d'ici.

Son long soupir affligé ne présage rien de bon. Son regard se porte sur mes bracelets. Elle tend les mains dans leur direction, mais se retient d'achever son geste.

— Puis-je ? me demande-t-elle.

Elle en possède aussi, mais taillés dans un cristal qui luit de magie, sous ses manches longues. Intrigué, mais surtout rassuré par son identité, je le lui autorise. Avec délicatesse, Lÿs me saisit les poignets.

— Comment vous nommez-vous ?

— Alimar ou Maestro suffisent.

Un léger amusement lui échappe. Tel était mon but.

— J'imagine que Mizar vous a enlevé parce que vous entretenez un lien fort avec mon fils.

— En partie, oui. À vrai dire, avec chacun de vos enfants.

Elle ouvre de grands yeux. L'émotion revient en une vague inattendue.

— Vous connaissez mon secret !

Elle ne peut s'empêcher de sourire à la mention de sa famille.

Pauvre d'elle…

— J'en sais long sur la Maison Céleste et les Lamare, mais le temps presse.

Elle acquiesce et se ressaisit. Je ne peux pas lui apprendre l'ensemble des mauvaises nouvelles dans ces conditions. Elle ignore tout depuis sa disparition.

— J'étais curieuse de vous découvrir lors du banquet, bien que je ne sois jamais invitée. Un conseil : ne sous-estimez jamais Phalémir. Il a repéré votre tatouage et vous a ordonné de jouer avec une lyre qui a enfermé votre pouvoir.

— Comme Morengo avec cette bague et la magie de Georgia, enragé-je, pendant qu'elle mesure l'étendue de mes connaissances. Comment le récupérer ?

Mes doigts se referment sur ses poignets. Lÿs ne prend pas peur. Au contraire, les siens me cramponnent en retour pour m'accorder son soutien.

— Je l'ignore.

— Je dois retrouver ma magie pour vous faire sortir d'ici.

— Il nous est impossible de partir. Ces bracelets nous retiennent tous les deux.

Un pavé tombe au fond de mon estomac.

— Nous sommes enchaînés à ce château ? Comme l'était Grïffon au sien ?

— Pourquoi parlez-vous de lui au passé ? s'inquiète-t-elle.

— Je vous en prie, expliquez-moi. Les nouvelles de Providence attendront. Il semble que nous allons avoir du temps à tuer…

Je masque ma tristesse, assez mal sans doute. Ce temps représente un luxe dont je ne dispose pas si je veux revoir Georgia en vie.

— Vous êtes lié à cette cité d'une manière moins vicieuse que moi. Vos bracelets sont des chaînes invisibles qui vous empêchent de sortir des quartiers nobles du château.

— Voilà qui est fâcheux…

Je bous de rage, mais je ne m'avouerai pas vaincu.

— De mon côté, je reste libre de me déplacer du moment que je ne me montre pas en public. Mon époux, prononce-t-elle avec dégoût, n'a pas trouvé comment m'ôter mon don de traverser les murs.

— Oh, je vois comment vous vous êtes sauvée du Palais Royal.

— Je n'en ai pas eu la nécessité. Grïffon ne m'a jamais retenue. J'ai sincèrement eu de la peine pour lui.

— Je m'en doute.

Elle a besoin d'être comprise. Les instants passés auprès de son mari à Providence me confortent dans l'idée qu'ils s'appréciaient. Peut-être pas de la même façon, mais un respect mutuel s'imposait entre eux.

— Ces deux rois n'ont rien en commun.

Elle laisse apparaître la plus surprenante des paires d'ailes que j'ai connues. Elles s'apparentent presque à celles des mythiques dragons.

Une autre maison. Une autre lignée.

Mais les trous, les scarifications et leurs formes tordues me font mal au cœur.

Je vais retrouver cette lyre et tuer ce fumier !

— Mes ailes brisées ne m'ont pas arrêtée. À mon retour, Phalémir a trouvé un moyen plus sordide de me retenir. Mes bracelets sont reliés à l'eau, Maestro.

— Je n'ai rien vu de mon arrivée.

Je le précise sans saisir où elle veut en venir.

— La cité de Prismeris est cernée de hautes enceintes et d'un lac afin de nous protéger des créatures.

Elle me sonde du regard.

— Malgré moi, je connais les morbois. Je vous en prie, poursuivez.

— Le système hydraulique de la ville dépend de canaux qui l'entourent sur plusieurs niveaux. Pour faire court, vous ne pouvez pas sortir des quartiers nobles du château. Vos bracelets vous bloqueront. Si je franchis cette limite, l'eau qui circule dans Prismeris se déversera dans l'ensemble de la cité et noiera la population.

Mes yeux s'écarquillent d'horreur.

— Les vies de ces faes sont suspendues à la mienne. Rien de grave ne doit m'arriver, sous peine de déclencher son sort. Dans un sens, cette condition me protège de ses plus virulentes colères. Or, j'aurais préféré la mort à vivre auprès de lui. Comprenez-vous jusqu'où Phalémir est capable d'aller pour satisfaire un caprice ?

— Un sombre fumier qui mériterait d'être jeté en pâture aux morbois !

Mon pouls bat dans mes tempes. Mon esprit désespéré essaie de trouver une solution.

— Je suis désolée, Alimar. Vous voilà pris au piège avec moi.

Je lui reprends mes mains et bondis hors du lit.

— Lÿs, nous partirons de Prismeris, tous les deux ! Vous reverrez vos enfants et moi, mon opéra ! Je désire plus que tout embrasser encore Georgia ! Continuer de traîner avec Uräne dans les clubs de jazz ! Mes uniques et véritables aspirations.

Ma conviction ne la porte guère.

— Oriona, à cette cour, je vous prie. Je n'ai aucun espoir de mon côté et je ne prendrai aucun risque à l'encontre de ce peuple. Ne vous apitoyez pas sur mon sort. Il y a longtemps qu'il a été scellé. En revanche, je veux que vous traîniez dans les bars avec Uräne et que vous embrassiez Georgia pour moi.

— Je refuse de vous abandonner, Votre Majesté. Ensemble, nous mettrons fin au règne de Phalémir. Sans ce tyran vous serez libre et moi aussi. Vous n'êtes plus seule contre lui.

Lÿs se relève pour jauger de ma sincérité. Elle puise un peu de courage au milieu de ma détermination à ne pas rester à croupir dans le harem de Bérénice. Sa résignation se fissure sous une hésitation, une nouvelle étincelle d'espoir.

— Phalémir est un roi puissant et dangereux.

— De l'aveu de Maxwell, vous vous trouvez en compagnie de l'arme la plus dangereuse de Providence. Il n'est pas le premier à bâillonner ma magie. J'ai appris à tuer sans y recourir.

Un sourire féroce naît enfin sous ses beaux yeux bleus.

Je viens de me dégoter une nouvelle complice de meurtre.

Nous allons bien nous entendre.

Épilogue

Georgia

— Tu as dit oui !

Je le rappelle à mon frère qui observe l'artiste achever la fresque de mon immeuble, pendant qu'Urane lui sent la jambe. Lys est couchée aux pieds de Valentina. L'augure est venu vêtu d'un pantalon et d'une chemise à carreaux ! La journée de tous les miracles.

Si Poe accélère le mouvement !

— Te fiches-tu de moi ? s'exclame à nouveau le roi en costard.

— Roh, explique-lui, Poe ! Il ne me croit pas.

— Je m'applique à terminer mon travail aux aurores, puisque *tu* as décidé que c'était le moment idéal.

Perché sur une chaise, en blouse éclaboussée de couleurs, il façonne le plumage d'un oiseau de ce mur, dans le ciel de la cage d'escalier.

— Tu me soutiens qu'elle doit être finie pour s'activer. Moi, en bon capitaine, je soutiens qu'on met les voiles aujourd'hui. Donc, on a qu'à dire qu'il s'agit du dernier piaf !

— L'art ne fonctionne pas ainsi. Il ne suffit pas d'affirmer qu'un tableau est achevé pour que ce soit le cas. Il correspond à une vision d'artiste.

— J'aime bien le regarder peindre, balance Dusty, assise en travers d'une marche, déjà équipée pour partir. C'est reposant.

Comment peut-elle se montrer aussi calme dans son armure ?

J'ai enfilé la même, semblable à celle du Cador et confectionnée par la compagnie Pinotte. Salazar a tenu à apporter sa contribution à cette expédition en renforçant certaines parties d'argilis enrobées de cuir pour ne pas perturber notre fae. Quelques systèmes permettent de dévoiler le métal rouge en cas d'attaque. Elle est assez confortable à porter, loin de celles exposées dans le hall du Palais Bönté. Mais, depuis que je l'ai sur le dos, observer les délicats coups de pinceau me rendent dingue.

— Tu rajoutes toujours plus de bestioles et de feuilles à cette composition ! Opte pour le minimalisme !

— Il faudrait que je recommence tout !

Je serre les dents sur une flopée de noms d'oiseaux. Poe met mes nerfs à rude épreuve. Je suis pressée de partir retrouver Alimar. Je n'aime pas le savoir aux mains de Bérénice depuis plusieurs semaines.

— Ma magie ne s'activera que si je suis satisfait du résultat.

Il me répond… tranquillement.

— Et ensuite ? le questionne mon frère.

— Explique-lui, déclare le prince concentré sur ses plumes brunes et dorées.

— En théorie, Poe peint à l'aide d'un pigment mélangé à la poussière d'étoiles.

— Captée par les grenades des astrarbres.

— Bon, c'est toi ou moi qui racontons ?

— La précision me semblait importante.

Le petit malin sourit, toujours appliqué sur sa tâche.

— Comme les astrarbres ont disparu, changés en cinarbres, il se sert de poussière de Souffle.

— Te moques-tu de moi ? doute Uräne.

— Certains souffleurs vendent des Souffles qui ne rapportent presque rien au marché noir, lui apprend Dusty. Ils ont plus de valeur là-bas ! Un sacré commerce tourne sous le nez des autorités ! Je connais un type qui prétend en extraire de la poussière d'étoiles. Je croyais que c'était du pipeau jusqu'aujourd'hui. Mais je ne devrais pas balancer ça devant le roi.

— Je vous assure que j'ai autre chose à penser pour le moment.

— Voilà comment plein de jeunes tombent dans la délinquance, persiflé-je.

— Ensuite ? me réclame mon frère dans un soupir.

— Ensuite Poe se magne de terminer sa jolie fresque et y appose une intention.

— Sur le dernier coup de pinceau.

— Merci pour la précision… Notre cher prince avait l'habitude d'en réaliser dans tous ses châteaux. Parce que monsieur avait plein de maisons de famille dans son beau royaume. La classe !

— Moi aussi j'ai plusieurs palais, ronchonne le souverain envieux.

Je lui donne une pichenette sur l'épaule pour qu'il range sa jalousie et poursuis.

— Par cette intention, Poe a le pouvoir de créer un pont entre deux peintures.

— Y en a-t-il dans le château de Prismeris ?

— Oui, lui répond l'artiste obnubilé par son oiseau. Sauf que je ne me suis pas rendu là-bas depuis trop longtemps. J'ignore si le nouveau propriétaire les a toutes laissées en place. Nous aurions pu avec l'aide de Mercurio. De plus, la plupart sont déjà connectées, souvent entre elles ou à une fresque de l'un des autres châteaux. Ils ont été détruits au cours de la guerre. J'ignore quels murs sont encore intacts. Je ne prends donc pas le risque de nous faire apparaître je ne sais où. J'ai choisi celle que j'avais peinte dans une grotte.

— Celle de ton rêve.

— Celle-ci. Je l'avais réalisée lors de notre dernière campagne militaire avec Arïes, pendant mes longues missions de vigie. La maison me manquait. Je voulais y retourner. J'avais espoir de créer une porte. À la place, nous avons élu domicile dans le nouveau royaume de Providence.

Un soupir triste lui échappe. Son pinceau se suspend au milieu de ses réflexions avant de reprendre son œuvre. Je conclus afin de le laisser se concentrer.

— Voilà, pour résumer.

— Il s'agit d'une idée aussi brillante que magnifique, approuve Valentina.

Mon frangin ne semble pas convaincu.

Au point où nous en sommes, je ne lui demande plus son avis. Nous n'avons pas grand-chose à perdre.

Quelqu'un frappe à la porte. Uräne a le réflexe d'attraper les chiens qui partiront vivre avec lui. Mon cœur se serre à cette idée. Mais je sais qu'ils seront heureux.

— Entrez !

Salazar s'avance le premier, les bras chargés de deux longues housses. Que trimbale-t-il ?

Maxwell le suit, en armure dissimulée sous une cape. Il a l'air rassuré de la porter lorsqu'il se faufile devant mes amours. Le père d'Alimar presse ce qu'il transporte contre lui. Nous commençons à devenir à l'étroit dans ce couloir.

À ma grande surprise, le gouverneur n'est pas le seul équipé de la sorte.

— Hum… Bonjour, lancé-je au type dans son dos.

Après les salutations à Sa Majesté, Maxwell consent à m'expliquer.

— Je ne vous présente pas Amir. Ancien griffon et Aster, m'annonce Maxwell, sans complexe de court-circuiter mon organisation. Il a revêtu son vieil uniforme et emporté son fusil, j'espère que ces détails ne posent pas de problème.

J'accueille le type qui nous a sauvé les miches avec Poe, contente de l'avoir parmi nous.

— J'ai été marqué par ce qui s'est passé sur le Champ-de-Grâce, m'apprend-il. Les autres griffons du sanctuaire ne souhaitent pas revenir sur ces terres. Au-delà de mes prières, je veux contribuer à la recherche d'un remède et d'une paix durable entre nos royaumes. Ce sentiment d'inachevé reste tenace, comme pour Maxwell. Je retourne terminer ma mission. Que Mater Astër me pardonne, mais je sens que j'accomplis ce qui est juste.

— Soyez le bienvenu, Amir. Rien que pour avoir fait en sorte que nous ne soyons pas dévorés, je vous adore déjà. Un religieux avec un flingue. Cette journée est vraiment étrange. En parlant de ça : Dusty !

— Ouais, cheffe !

Sans pression, elle fouille dans son sac.

— Est-ce raisonnable d'envoyer une civile non-Aster sur le continent ? me murmure l'ancien chef qui doit se faire à l'idée qu'il ne l'est plus.

— Vous avez besoin d'un ingénieur sur le terrain.

Dusty lui répond avec le même discours qu'elle m'a servi pour me convaincre.

— Je me suis fait attaquer par un fae et j'ai vu le morbois dans la presse. Que je reste ici ou que je crapahute avec vous, ce n'est qu'une question de temps avant qu'on termine tous comme ça ! Alors, Aster, fae, ou pas, mon matos et moi, on vient avec vous. Je ferai tout mon possible pour que Wilma et les autres ne chopent pas cette saloperie et pour éviter qu'ils finissent égorgés par nos voisins !

Maxwell m'adresse un coup d'œil perplexe.

— Je ne peux pas lutter contre Dusty. Ne cherchez pas. On ne dit pas non à la reine des souffleuses.

— Eh ouais, chéri, balance-t-elle au gouverneur.

Elle sait pourtant qui il est…

— Tenez, ils sont tout beaux, tout neufs.

Elle me confie les pièges mortels à Souffles commandés. Mais puisqu'il manque des participants, l'un d'eux revient à Amir, avec une paire de lunettes vertes en prime, pendant que Poe termine son foutu plumage !

— Dommage que je ne l'aie pas su avant, commente Salazar. J'aurais pu vous faire réaliser une autre armure à partir de l'argilis.

Le Cador avait puisé son inspiration chez les griffons pour confectionner la sienne.

Un regret du roi de ne pas avoir pu les accompagner ?

Sans doute…

Celle d'Amir possède quelques différences avec les nôtres, mais, dans l'ensemble, elles se ressemblent. Maxwell l'a convaincu à la dernière minute.

— Je lui ajouterai de l'argilis en chemin, affirme Dusty.

— Euh, comment comptes-tu t'y prendre ?

Elle me demande de patienter et fouille encore dans son sac à dos en sortant son propre piège modifié.

— Rassure-moi, tu as emporté le minimum pour survivre là-dedans ?

— Largement ! Et si je fais fondre ça, j'aurai plus de place !

Elle extirpe une cage en métal pourpre ouvragée.

— Le masque d'Ali ! Où l'as-tu retrouvé ?

— Dans le placard de la cuisine de Thomin.

Elle hausse les épaules. Normal, quoi…

Thomin n'a jamais eu l'occasion de revendre sa prime pour avoir délivré Alimar.

— Mon fils portait cette chose sur le visage ? s'inquiète Salazar.

— Il lui doit ses cicatrices, lui avoué-je.

Je n'insiste pas plus sur ce coup qu'il encaisse au moral. Lui rappeler que l'un des coupables de ses sévices se trouve planté devant lui, ses yeux rivés sur moi, ne serait pas bon pour la cohésion d'équipe.

Si Maxwell finit étranglé par Salazar – chose qui lui pend au nez d'après l'ombre coléreuse sur le visage du père d'Ali – nous perdrons encore du temps.

Il ne détourne même pas le regard ou montre le moindre remords. Il est persuadé qu'il a fait ce qu'il devait faire.

— Bonne idée de le faire fondre, Dusty.

— Je sais !

Elle refourgue le masque d'argilis dans son sac.

— C'est terminé ! se réjouit Poe du haut de sa chaise.

Nous nous tournons vers l'œuvre d'art. Rien ne se passe.

— Euh… es-tu sûr de ton coup ?

— Le portail est activé pour une vingtaine de minutes, selon ton souhait.

— Bah, magne-toi de te changer !

— Puis-je vous parler à tous les deux ? nous prie Salazar.

Non, mais ils vont toutes me les faire !

Laisser cette brèche ouverte plus longtemps constituait un risque trop important d'invasion. Nous trouverons un autre moyen de rentrer.

Si nous rentrons…

Je fais signe au père d'Alimar de nous suivre dans la pièce des archives, avant mon labo photo. Poe y a laissé son armure.

Salazar se dépêche de refermer la porte, pendant que j'aide mon poulet à s'équiper. Monsieur a le droit à un modèle spécial, sans argilis, mais dont le dos dégage la place pour ses ailes. J'ai l'impression d'habiller l'un de ces amours potelés qui ornent les murs des riches demeures et des salles de spectacle. Je me retiens de lui pincer la joue.

Salazar pose ses deux housses sur la table où traînent plein de paperasses que je n'ai jamais rangées.

— Vu l'état dans lequel j'ai retrouvé le Palais Pinotte à Rocheprince, je suppose que vous y êtes venus avec Alimar, nous reproche son paternel. Il manquait des armes dans l'armurerie et seul mon fils savait où se cachait le stand de tir.

— La faute de Thomin. Il les a piquées.

Je balance un mort.

Je n'en suis pas fière, mais Alimar ne trinquera pas pour ce vol en prime.

— Dans ce cas, vous avez sans doute remarqué ces lames au-dessus de la cheminée, entourant le blason de la famille.

Il découvre de grosses épées aux poignées et aux lames de cristal noires. Je me souviens d'elles !

Et après avoir vécu au Palais Bönté et m'être promenée dans les rêves de Poe, je reconnais des armes de Faësters.

Le prince ouvre de grands yeux. Sa main caresse l'une d'elles.

— Comment les avez-vous trouvées ?

— Ainsi, il ne m'avait pas menti, s'enorgueillit Salazar. Je les ai gagnées en duel amical contre un Aster qui prétendait manier l'épée mieux que moi. Il affirmait qu'elles appartenaient aux premiers chevaliers. Je ne l'ai pas cru, mais le défi m'a plu. Celle que vous touchez m'a permis de remporter l'autre. Ne suis-je toujours pas autorisé à venir avec vous ?

Il me le glisse au passage, l'air de rien.

— Ali serait dévasté s'il vous arrivait quoi que ce soit ou que vous vous transformiez en morbois.

Sa grimace me désapprouve, mais il paraît que savoir dire *non* fait partie des qualités d'un chef, m'a soutenu Maxwell.

Si Alimar me perd, je ne veux pas qu'il perde aussi son père. Ce serait trop cruel.

Mon nœud à l'estomac étend mon stress.

— À qui appartiennent précisément ces épées ?

— Aucune idée, me répond Salazar.

— À moi, m'avoue Poe.

Son doigt glisse sur une plume ciselée en haut de la lame.

— Et celle-ci est celle de Pygma.

Un serpent discret s'enroule autour de la garde.

— Nous les avions perdues au cours de notre confrontation lors de la révolte de Providence. À croire qu'elles se sont transmises chez les humains, puis dans votre peuple.

Il tire la sienne d'un fourreau moderne et sourit comme s'il retrouvait une vieille amie.

— Conserve celle de Pygma, Georgia.

— Moi ? Tu ne m'as jamais vue tenir une épée ! Alimar se moque de moi depuis qu'il m'a surprise au fleuret. Et il y a de quoi. Et puis… Pygma !

— Peu importe à qui elle appartenait, il s'agit d'une bonne arme dont tu aurais tort de te passer pour un simple prétexte de manque d'entraînement. Avec du travail, on peut tout réaliser. Crois-tu que je sois né en sachant peindre ? Je t'apprendrai les bases pendant nos pauses. Accepte, s'il te plaît !

J'observe la lame noire, perplexe. Mais sa détermination a quelque chose de communicatif. Devant elle, je me projette avec une autre. Si le sang de fae d'Uräne mélangé à celui de notre peuple le propulse au rang d'espoir, selon Bérénice. S'il peut lever la malédiction.

Alors, le mien le peut aussi !

Nous avons la même mère et nos pères descendent de Faësters.

Le roi ne peut se rendre en personne sur ces terres.

Moi, je le peux.

Et si je dois reporter ma vengeance et pactiser avec Bérénice pour avoir accès à l'arme qu'elle nous a promise, celle qu'elle fabriquera et qui nous sauvera tous, alors je le ferai. Avec un peu de chance, mon offre dispensera Uräne de ce mariage et libérera Alimar.

Mais, je le jure, elle payera pour tous ses crimes.

Déterminée malgré mes entrailles serrées de peur, j'empoigne l'épée d'un chevalier pour la faire mienne. Le début de mon apprentissage pour réparer les injustices.

Satisfait, Poe me montre comment la passer sur ma cuirasse et la porter de côté.

— Une parfaite Faëster, chevalier des étoiles et non d'une seule, m'assure le prince fae. Entre ta naissance, ton arme et Pygma, tu as tout pour l'être.

— Faëster Georgia Lamare. C'est mieux que princesse !

Je m'en amuse, mais, en réalité, je n'ai jamais été aussi fière de moi.

— Les deux ne sont pas incompatibles !

Je ne l'écoute plus lorsqu'il m'ouvre la porte sur les adieux.

Non sans émotion, je dis au revoir à Salazar avec la garantie de tout faire pour sauver Alimar. Puis je serre mes chiens contre moi et laisse échapper une larme pour chacun.

Valentina se tend entre mes bras sous l'attaque d'un câlin surprise. Elle finit par m'étreindre à son tour.

— Veillez sur mon frère.

— C'est promis, me sourit-elle.

J'en suis si touchée que je lui colle une bise sur la joue. J'espère ne pas froisser je ne sais quel règlement du Culte.

Puis arrive le plus dur, le moment que je redoutais…

Et Uräne aussi.

Je l'enlace fort contre moi. Je me raccroche à lui, à son beau costume, une dernière fois.

— Je suis désolée que tu ne puisses pas venir.

— J'ai compris que ma place était ici, m'assure-t-il la voix brisée par cet adieu.

Nous avons tous les deux conscience que nous avons peu de chances de nous revoir.

— Promets-moi de prendre soin de toi. De tout faire pour t'en sortir.

— Je te le promets.

Je serre les dents pour m'éviter de pleurer. Quelques personnes autour de nous ignorent que je suis atteinte de la malédiction, et encore plus Maxwell. Nous conservons notre secret et l'espoir dans nos rangs. Mais notre temps est compté.

— Maxwell, je vous ordonne de me ramener ma sœur, déclare Uräne en me pressant plus fort.

Nous échangeons un regard furtif avec le griffon. Il fait partie de ceux qui ne savent pas que le gouverneur ne reviendra pas. Maxwell préfère qu'il pense qu'il est tombé au combat. Je respecte son choix.

— Je ferai l'impossible pour, lui ment-il dans un sourire.

— Je t'aime, me murmure Uräne.

— Je t'aime aussi, mon frère.

Nos larmes finissent par couler. C'était inévitable.

Le roi essuie les siennes après m'avoir relâchée. Puis, à la surprise de tous, il serre Maxwell contre lui.

— Merci, pour tout.

Le gouverneur ému avale une boule qui lui comprime la gorge.

— Cela a été un privilège et un honneur de vous voir vous épanouir. Restez vous-même, Uräne. Ne laissez pas le pouvoir vous changer. Je rejoins votre père, vous ferez un grand souverain.

— Vous avez été un père pour moi, lui assure-t-il.

Le sourire de Maxwell me fait couler une nouvelle larme.

— Je ne veux pas briser l'ambiance, mais nous devons partir, annonce Poe.

— Je rêve, maintenant, il nous presse !

— Une minute, je te prie. Je voulais te donner ceci, me retient Uräne.

Valentina lui tend ce que j'avais pris pour son sac en cuir.

— Il appartenait à notre mère, précise-t-il pendant que je découvre un vieil appareil photo. J'ai glissé le restant de pellicule et de flashs dans le fond. De quoi documenter votre expédition et me montrer des images d'Edstar.

J'en perds mes mots, touchée par ce présent. Un merci et un nouveau câlin lui montrent à quel point je suis fière que nous appartenions à la même famille.

— Que portes-tu à la ceinture ?

Uräne le remarque enfin pendant que je passe la bandoulière sur mon armure.

— L'épée de Pygma ! Ma nouvelle arme, celle de ton nouveau chevalier, Majesté.

Ses yeux s'agrandissent à la recherche d'explications auprès du prince qui se place à côté de moi dans la cage d'escalier. Mais ce dernier reste muet. Il a la trouille de retourner chez lui.

— Faut assumer ses parts d'ombre, frangin.

Je me gorge de courage avant que je perde l'envie de partir. Je le fais pour lui, pour Orféa, pour nos parents, pour Alimar, pour notre royaume.

J'adore me mettre la pression…

Entourée de Maxwell et de Poe, Dusty à côté de lui et Amir près de son ancien général, je sors les épaules.

— À mon commandement !

Je lève la main, prête à toucher la peinture. Nous devons effectuer ce geste en même temps. Je répète ce que Maxwell m'a rappelé, ce que j'entendais parfois de la bouche de mon père qui, justement, imitait son chef à table.

Je contiens un sourire au milieu des larmes qui terminent de sécher sur ma joue.

L'heure n'est plus aux adieux.

— Avancez !

L'heure est au combat.

Envie de fantasy ?

Découvrez les autres fantasy de Jo Colleen :
Démé-Ter – Les trois couronnes et ***Victor's Rock.***

Remerciements

Comme le tome précédent, *Les chevaliers des royaumes de sang* doit beaucoup à ma constellation de lectrices : Lisa, Émilie, et Simonne. Mention spéciale à Luny qui a décortiqué cette histoire plusieurs fois et m'a aiguillée dès le premier jet. Merci à vous toutes pour vos remarques constructives et votre enthousiasme.

Merci à mes artistes, Anaïs et Geoffroy, qui donnent vie à cet univers merveilleux, mais aussi à mon experte des mots : Danièle.

Et enfin, merci à vous, lecteurs.

C'est grâce à vous que l'histoire prend vie à travers ces pages et qu'elle continue son chemin, une fois ce livre refermé.

Note de l'auteur

Un grand merci pour votre lecture.

Vous avez apprécié cette histoire ?

Parlez-en autour de vous. Le bouche-à-oreille est l'un des meilleurs moyens d'aider les auteurs à se faire connaître.

Pour que d'autres lecteurs puissent suivre les aventures d'Alimar et de Georgia, vous pouvez laisser des commentaires sur la page Amazon du roman ainsi que sur Babelio ou Booknode.

Pour découvrir les coulisses du livre, connaître les dernières parutions et suivre mon actualité, rendez-vous sur Instagram, TikTok et sur mon site Internet.

Merci infiniment et à très bientôt,

Jo Colleen

www.jocolleen.com

Instagram : @ jo.colleen_auteur

TikTok : @jo.colleen.auteur

Facebook : @Jocolleenauteur

Contact : jocolleenauteur@gmail.com

www.ingramcontent.com/pod-product-compliance
Lightning Source LLC
LaVergne TN
LVHW050910080826
845145LV00001B/43

* 9 7 8 2 4 9 3 2 5 2 4 3 2 *